아몬
[AMON]
헤아릴 수 없는

FEEL PREMIUM EDITION

피숙혜 장편 소설

AMON

아몬

[A M O N]

헤아릴 수 없는

Contents

프롤로그

prologue

오스왈드는 버지니아에서 급히 워싱턴으로 향했다. 덜래스 회장이 조속히 본사로 돌아오라고 한 탓이었다. 항공모함 조지H.W부시에서 스텔스기가 이륙하는 것만 봤지, 공중급유를 마친 후 안전하게 지상에 착륙하는 것은 보지 못했다는 점이 내심 마음에 걸렸다.

일을 마무리 지은 후 연락을 하겠다던 테일러의 전화를 받기 위해, 그는 워싱턴으로 향하는 내내 휴대폰을 손으로 만지작거렸다.

버지니아를 출발한 지 3시간, 차는 막 백악관을 지나 10층 정도 높이의 매우 고전적인 외관의 회벽 건물로 진입했다. 풍기는 분위기나 모양새가 몇 블록 떨어져 있지 않은 백악관과 매우 흡사했다. 그것은 덜래스 가문의 힘을 상징적으로 나타내는 것이기도 했다.

「도착했습니다. 퀸튼 씨.」

제드릭이 운전석에 내려 뒷문을 열자, 오스왈드가 풀어 두었던 정장 단추를 다시 채우며 차 안에서 미끄러지듯 빠져나왔다. 숱 많고 곱실거리는 갈색 머리를 깔끔하게 빗어 넘긴 그는 전형적으로 정장이 잘 어울리는 남자였다. 단단한 허벅지에 보기 좋게 감긴 고급 정장은 그가 움직일 때마다 비단처럼 광택이 났다.

오스왈드가 바지 주머니에 무심하게 손을 찔러 넣고 로비를 걷는 동안 흩어지는 초점 사이로 얼굴을 붉힌 여직원들의 표정이 보였다. 곳곳에서 자그마한 탄성 소리들이 불거져 나왔다. 그들은 오스왈드의 외형에 감탄하면서도 모두들 짠 것처럼 뒤로 주춤거리며 물러서기 바빴다.

그는 수많은 군중의 한가운데 있어도 그 존재감을 뚜렷하게 드러낼 정도로 근사한 남자이지만, 특유의 고압적이고, 어딘지 모르게 위험한 분위기 때문에 누구도 그에게 선뜻 말을 건네지 못했다. 상대방이 여자라면, 웬만한 강심장이 아니고서야, 아니면 웬만큼 본인에 대한 자긍심이 높지 않고서야 그와 눈도 제대로 마주치지 못했다. 혹여나 눈이라도 마주치면, 모두들 메두사라도 본 듯 그 자리에서 돌처럼 굳었다.

오스왈드가 끼고 다니는 여자가 할리우드 셀러브리티인 이유도 거기에 있었다. 물론 댈크로우 본사가 로스앤젤레스에 있기 때문이기도 하지만 지나치다 싶을 정도로 화려한 그 여자들이 아니고서야 최소한의 인간적인 교류를 기대하기도 매우 힘들기 때문이었다.

똑똑똑.

오스왈드가 회장실 문을 두드리자, 안에서 아주 낮고 지친 기색이 역력한 남자의 목소리가 들렸다.

「들어와.」

이제 60대 중반에 들어선 덜래스 회장의 방은 생각보다 작고, 검소했다. 미국의 정치와 돈을 주무른다는 사람의 사무실치고는 초라해 보이기도 했다.

한때는 부와 명예에 인생의 사활을 걸던 적도 있었지만 그는 지금 노쇠해 있었다. 지금처럼 사업에 목숨을 걸기보다, 아내와 자식과 함께 남은 인생을 보내고 싶은 마음이 간절했다. 댈크로우의 실질적인 경영을 오스왈드에게 넘긴 것도 그런 이유다.

덜래스 가문이 운용하는 군수업체인 댈크로우사는 그가 운용하는 사업 중 가장 큰 사업이었다. 가장 많은 이익을 벌어들이는 건 덜래스 사모펀드 회사이지만, 가문의 태동과 역사를 같이한 댈크로우사에 대한 회장의 애정은 남달랐다. 폭력과 살육을 통해 돈을 벌어들인다는 오명을 뒤집어쓴 회장은, 어쩌면 덜래스 가문의 사업들 중에 가장 곪고 아픈 손가락일지는 모르지만 이 사업이 지닌, 미국과 덜래스 가문과의 역사를 같이했다는 상징적인 가치를 언제나 지키고 싶어 했다.

「오스왈드.」

「덜래스 씨.」

그는 오스왈드가 방 안에 들어서자마자 돋보기안경 너머 멀끔한 오스왈드를 살폈다. 냉정하게 꽉 다문 입술과 신비롭게 빛나는 오묘한 색의 눈동자, 몸에 감긴 검은색 정장이 여전히 흑표범을 연상케 했다.

언제쯤이면 저 숨 막히는 분위기가 유해지려나.

보통의 남자는 서른 중반쯤이 되면 이글이글 타오르던 화염이 식는다. 청춘의 화마가 지나간 자리에는, 대신 부드러움과 따듯함이 채워지기 마련이었다. 그러나 오스왈드는 달랐다. 눈앞의 사내는 여전히 위험해 보였고, 여전히 강렬했으며, 여전히 화염처럼 타올랐다. 그리고 그 뜨거움 뒤로 그는 냉혹하고 차가운 자신을 숨겼다. 그 황무지에는 그 어떤 온풍도 불지 않았다.

회장은 오스왈드가 앞에 멈춰 서자 조용히 자신의 책상 앞에 잡지 하나를 내밀었다.

눈에 들어온 표지에는, 대문짝만하게 자신의 사진이 찍혀 있었다.

그 옆으로 선명하게 박힌 노란 타이틀.

[GQ와 포브스지가 선정한 가장 잘나가는 남자 오스왈드 퀸튼은 게이일까, 아니면 성적 무능력자일까.]

표지에 찍힌 자극적인 문구도 거슬렸지만 이 잡지가 덜래스 회장의 손에 들려 있는 건 더 거슬렸다.

「헤일리 피셔. 네가 최근까지 데이트했던 배우라더군.」

그녀는 금발의 푸른 눈을 가진 전형적인 미인이었다. 건강하고 우아한 이미지로 현재 할리우드에서 가장 사랑받고 있는 신인 배우인 그녀가 오스왈드의 옆에 서면 둘은 누가 봐도 근사하게 잘 어울렸다.

잡지의 오른쪽 하단에 보이는 그 여자의 조각 같은 얼굴과 함께 인터뷰에서 따온 인용구가 눈에 띈다.

[그는 '진짜 남자'가 아니에요.]

오스왈드는 지끈 두통이 왔다. 제발 제대로 된 여자를 고르라던 로즐리의 경고가 머릿속에 번개처럼 스쳐 지나갔다.

「말해 봐라, 오스왈드. 너 정말 게이인 게냐.」

「아니요.」

「그럼, 무성애자냐?」

「아니요.」

단호하고 무뚝뚝한 대답에 둘 사이엔 어색한 침묵이 감돌았다. 덜래스는 전혀 속을 읽을 수 없는 오스왈드의 냉정하고 고요한 눈동자를 말없이 들여다봤다.

제 손으로 20년을 돌봤지만, 이 신비롭고 호전적인 젊은이는 여전히 어떤 사람인지 정확하게 보이지가 않았다.

「이런 문제로 가십거리에 오르는 것이 이번이 처음은 아니야. 그렇지?」

셀 수도 없이 많았다. 그때마다 그쪽 계통에 발이 넓은 덜래스의 처이자, 가문의 안주인인 로즐리가 찌라시가 시중에 깔리지 않게 적절하게 대처해 왔다. 하지만 사람들의 입을 타고 전해지는 풍문마저 잠재울 수는 없는 일이었고, 이로 인해 군수업체 CEO인 오스왈드의 이미지에 막대한 타격을 입게 될 건 뻔했다.

사업의 성격상 오스왈드가 실제로 어떤 사람인지와는 상관없이 보수적이고, 마초적인 이미지를 지녀야 한다.

특수 부대를 전역한 후 프린스턴대를 나온 그의 커리어.

남성적이고 근사한 외형을 지닌 그의 이미지는 그것에 아주 잘 부합해 왔고, 그래서인지 델래스가 오스왈드를 전면에 내세우며 댈크로우를 포함한 델래스 가문의 거의 모든 사업의 차기 경영인으로 낙점했다는 암시를 공공연히 해 왔어도 그것에 불만을 갖는 사람은 없었다.

그런데 한번 쏟아지기 시작한 이 추문은 몇 년 사이에 무지막지하게 불어나고 있었고, 현재 이 문제는 오스왈드 개인뿐만 아니라 댈크로우의 이미지마저 훼손시킬 수 있다는 불안감을 야기시켰다.

델래스 회장은 이 둘 모두를 아꼈기 때문에, 이 두 가지 측면 모두가 매우 걱정스러웠다.

「너도 알겠지만 오스왈드. 우린 지금 매우 좋지 않은 상황을 겪고 있어. 시장은 축소됐고, 그나마의 입찰에서는 번번이 다른 업체에 사업권을 빼앗기고, 점점 수익을 내기는 더 어려워지고 있다. 시민단체는 못 잡아먹어 안달이고, 살인마라는 이미지도 모자라, 우리가 이슬람 테러단체에 무기를 팔고 있다고 떠들고 있잖니.」

미군이 습격한 IS의 본거지에서 댈크로우의 상표를 단 신형 무기들이 대량으로 쏟아져 나온 게 가장 큰 치명타였다. 여론은 급속도로 나빠졌고 미 의회는 국제사회의 눈치를 보느라 더 이상 댈크로우사와 관련된 사업 투자비를 승인해 주지 않고 있었다.

진퇴양난. 델래스 회장의 얼굴이 부쩍 수척해진 건, 나이 탓이기도 하지만 자신의 분신과 같은 회사가 잘하면 영원히 간판을 내려야 할지도 모른다는 불안감 때문이기도 했다.

델래스는 침묵을 지키는 오스왈드를 쳐다보며 힘없이 어깨를 한 번 들어 올렸다가 떨어트렸다.

「난 늙었다, 얘야. 얼마 남지 않은 여생을 이젠 가족에게 헌신하며 보내고 싶어.」

그는 지쳤다. 예전처럼 전투적으로 사업에 뛰어들기에는 더 이상 체력도 정신력도 따라 주지 않았다. 이젠 모든 걸 손에서 놓고 뒤로 물러서고 싶었지만 그렇게 하기에는 젊은 시절에 너무 많은 적을 만들었다. 그중에서도 사업을 위해 형제들에게 등을 돌린 것이 가장 큰 문제였다. 이젠 너무 늙어 이빨 빠진 호랑이가 될 기미가 보이자 젊은 시절의 악연이 모두 부메랑이 되어 날아오고 있었다.

「내가 너에게 너무 많은 짐을 지운다는 건 알고 있다, 오스왈드. 하지만 내가 믿는 사람은 오로지 너 하나뿐이야.」

오스왈드가 무너지면, 그래서 댈크로우사의 주가가 하락하고 기업이 위험해지면, 덜래스 회장의 형제들이 자신의 지분을 핑계로 개떼처럼 몰려들 것이다. 그리고 거기서부터 시작해 덜래스 회장이 피땀으로 일궈 온 모든 사업을 다 빼앗길 수도 있었다. 이제 다 늙은, 덜래스 회장 본인이 패가망신하는 거야 자업자득이라고 받아들일 수 있었지만 아직 젊은 자신의 처와 이제 겨우 세 살배기인 하나뿐인 아들 트리버는 아니었다.

회장은 트리버가 장성할 때까지 그를 책임져야 했다.

그리고 이제 늙고 지친 자신을 대신해 그 의무를 오스왈드에게 지워 버렸다. 그게 오스왈드에게 부담이 될 것을 알면서도 그것 이외에 다른 방법이 없었다.

그의 말대로 그가 믿을 수 있는 사람은 오로지 오스왈드뿐이었다. 육십 평생 살며 자신이 쌓은 인덕은 고작해야 이 정도뿐이었다. 늙고 나니, 그것이 무척이나 후회가 된다.

「내가 너에게 무척 못된 짓을 하고 있는 게지.」

회장의 얼굴에 슬픈 빛이 떠올랐고 오스왈드는 전혀 표정의 변화 없이 정중하게 입을 열었다.

「그렇지 않아요. 늘 감사하게 생각하고 있습니다.」

사실이다. 갈 곳이 없던 천애고아를 거둬 준 것은 덜래스 회장이었다. 그는 오스왈드가 고등학교 정규 과정을 마치고 군을 제대한 이후 대학교를 졸업할 때까지 헌신적으로 뒷바라지를 해 줬다. 그래서 매스컴에서는 오스왈드를 그의 사생아라고 떠들기도 했지만, 둘은 닮은 구석이라곤 한 군데도 없었다. 키도 외형도 머리 색과 눈동자 색도.

자신과 닮은 구석이라곤 전혀 없는, 혈육도, 입양한 자식도 아닌 타인을, 그 정도로 정성껏 보살펴 주기란 매우 어려운 일이다. 잘난 외형 말고는 가진 게 아무것도 없는 오스왈드를 지금의 위치에 올려놓은 것은 모두 덜래스 회장의 힘이었다. 그가 아니었다면 오스왈드는 길거리의 어딘가를 배회하는 부랑자로 살았을 확률이 높았다.

차라리 그의 사생아였다면 얼마나 좋을까라는 생각을 오스왈드는 지금도 가끔 한다.

덜래스 회장은 데스크 위의 서류 더미 하나를 손으로 만지작거리며 화제를 전환했다.

「우리가 꾸준히 광물자원 탐사에 투자해 온 건 알고 있겠지.」

「네. 알고 있습니다.」

「작년에 새로운 광물을 발견했다는 것도?」

「네.」

알고는 있다. 하지만 어느 나라에서 발견된 건지를 알고 난 이후에는 그 프로젝트에 대해 자세히 살펴보지 않았다. 아주 원초적인 거부감 때문이었다.

「이 주변 땅을 매입하는 걸로 문제가 아주 많아. 그 땅의 소유주가 땅을 팔기를 완강히 거부하고 있어.」

문제. 그 땅에서 일어나는 문제.

내내 변화 없던 오스왈드의 눈동자가 살짝 흔들렸다. 미국 정부에 알리고 비밀리에 주한 미군의 도움을 받으면 일은 훨씬 쉬워진다. 하지만 정부가 나서게 되면 안 그래도 국제적으로 미운털이 박힌 댈크로우사가 이 자원을 확보해 이윤을 얻기란 매우 힘들어질 것이다. 만일 희소가치가 높고 활용도도 매우 높은 획기적인 자원이라면 나라 사이에 이권 다툼이 생기는 것 역시 자명했다. 그렇기에 댈래스 회장도 이 자원에 대해 완전히 파악하고 확보할 수 있을 때까지 이 일을 극비로 진행시키고 싶어 하는 것이다.

오스왈드는 댈래스 회장의 어조에서 자신에게 바라는 게 무엇인지 간파했다. 그의 눈동자가 흔들린 것은 그래서였다.

「네가 한국을 싫어한다는 건 알고 있다. 하지만 이 문제는 댈래스사의 존폐가 달렸을 뿐 아니라 앞으로 기업의 미래를 이끌어 줄 매우 중요한 문제야. 그리고 이 문제를 해결할 적임자로 지금은 너 이상의 사람을 찾을 수가 없구나.」

오래전 떠나온 땅이다. 아니 쫓겨났다고 해야 맞을까. 그 나라에 대한 애정도, 그리움도 남아 있지 않다. 머릿속에 남은 거라곤 지독한 미움과 절망뿐이다.

「시기적으로도 네가 잠시 미국 땅을 떠나 있는 게 좋겠다. 시간이 지나면 풍문은 가라앉을 게 틀림없어.」

별다른 도주로가 보이질 않는다. 단지 막연한 두려움으로 회장의 제안을 거절하기엔 이 사업에 걸린 책임이 너무도 컸다. 게다가 어쩌면 이건 댈래스 회장에게 그동안 진 빚을 단 한 번에 갚을 수도 있는 기회였다.

「알겠습니다. 제가 가죠.」

그는 주저하지 않고 대답했다. 만일 주저한다고 해도 댈래스 회장의 성격상 어떤 이유를 붙여서라도 그를 한국으로 보낼 터였다. 노쇠했다고는 하지만 댈래스 회장은 아직 그 정도의 힘은 있었다. 그렇기 때문에 아직도 이 거대한 사업체를 주무르고 있는 것이다.

「고맙다, 오스왈드. 이제야 마음이 놓이는구나.」

꽤나 고전할 것을 예상했던 회장은 의외로 흔쾌히 원하던 답변을 얻어 내자 눈에 띄게 밝아진 표정으로 미소 지었다.

「언제 출발할 계획이니?」

그는 에두르지 않고 서둘러 떠날 것을 종용했다.

「이번 주 내로 출발하겠습니다.」

그 전에 해결해야 할 문제를 모두 마무리 짓고 나서.

오스왈드의 눈이 시중에 유통시키지 못한, 가십 잡지의 표지로 쏠렸다.

◆ · · ● ●

꽤나 근사한 파티였다. 헤일리는 다운타운에 위치한 아파트에 들어서며 몸을 휘청였다. 보디가드의 부축을 받으며 엘리베이터에 오르자 그녀는 벽 한쪽에 기대 실없이 웃음을 흘렸다. 7할은 취해서였고 그중 3할 정도는 오스왈드 때문이었다.

인터뷰가 실린 잡지가 오늘 아침 가판대에 오르지 못했다는 건 오스왈드가 그 인터뷰를 이미 사전에 인지하고 있음을 뜻했다. 헤일리가 원한 것도 그거였다. 오스왈드가 그 내용을 미리 보는 것. 무척 위험한 방법이지만 그 강철 같은 남자를 자극하려면 이 정도의 모험은 감수해야만 한다.

보디가드가 문을 열었고 헤일리는 들어서자마자 그의 우람한 팔뚝을 붙잡고 하이힐부터 벗어 던졌다. 자신의 우아한 이미지를 잘 살려 줄 블랙 홀터넥 드레스의 치맛자락을 붙잡고 연신 콧노래를 부르는 그녀를 보디가드는 못마땅하게 바라보며 지탱했다.

헤일리는 할리우드에서 알아주는 파티광이었다. 이미지완 다르게 문란한 성생활을 즐겼고 마약에도 매우 관대했다. 그녀가 아직까지 우아하고 고급스러운 이미지를 고수할 수 있는 건 오스왈드의 데이트 상대라는 타이틀 때문이었다. 곧 그가 떠나고 나면 그녀는 할리우드의 악동이 될 가능성이 매우 크다. 그리고 보디가드에게 그건 꽤 골치 아픈 일이 될 터였다.

오스왈드의 데이트 상대가 되는 건 배우로서 커리어를 다지는 데 매우 현명한 방법이었다. 그와 만나면, 후광 효과로 이렇다 할 작품이 없어도, 몸값은 두 배 이상으로 뛰었다. 이름이 알려지지 않은 신인은 그와 파파라치 사진 한 장 찍히는 게 소원이었다. 그럼 한순간에 명성을 얻을 테니까.

하지만 헤일리는 오스왈드를 만나기 전에도 제법 잘나가는 배우였으므로, 그를 만나는 건 오스왈드와 비슷한 목적이었다. 장식품.

그의 옆에 서는 건 오스카 트로피를 거머쥐는 것만큼 짜릿한 일이다. 포브스지와 GQ 커버를 동시에 장식할 수 있는 남자는 정말 희귀했고 어쩌면 오스왈드가 유일할지도 모를 일이다.

자신의 명성이라면 적어도 그 정도의 남자는 만나 줘야 했다. 그래야 게임이 된다.

「악! 젠장!」

침실에 들어서며 헤일리는 저도 모르게 깜짝 놀라 욕설을 내질렀다. 그러고는 황급히 문을 막아섰다. 보디가드가 여자의 비명에 반응해 침실로 따라 들어오려 했기 때문이었다. 헤일리는 문을 잡아당겨 그의 시야를 가리고 고압적으로 명령했다.

「물러서. 밖으로 나가.」

여자는 서둘러 문을 닫았다. 순식간에 취기가 달아나고 심장 박동이 올라가기 시작했다.

침실 소파에 앉아 있는 저 근사한 실루엣. 다리를 꼬고, 등받이에 기댄 자태가 우아하고 날렵해 보였다. 이런 광경을 꽤나 고대하고 있었지만 그래도 그가 침실에 있다는 건 놀라웠다. 데이트하며 단 한 번도 그는 자신의 집 안으로 들어온 일이 없었으니까 말이다.

그녀는 연기력을 발휘했다. 떨리는 심정을 숨기고 짐짓 태연한 척 고개를 들며 어깨를 꼿꼿하게 펴고 요염하게 그에게 다가갔다.

커피 테이블 위에는 사장당한 피플지가 보란 듯이 펼쳐져 있었다.

그 페이지에는 헤일리가 오스왈드를 '속이 텅텅 빈 요란한 선물 상자'에 비유한 문구가 선명하게 박혀 있었다.

그런 말을 하긴 했지만 저렇게 강조해서 큼지막하게 박을 필요까지 있었을까?

「언제 왔어요?」

자신이 생각해도 무척이나 태평하고 부드러운 목소리였다. 그래. 전혀 겁먹은 것 같지 않아. 자신의 연기력에 만족하며 헤일리는 미소 지었다.

「……」

그는 대꾸가 없었다. 아무리 자기애가 넘쳐 그에게 기죽지 않는 타입이라고는 하지만 이렇게 고요하게 침전된 그는 무서웠다. 소파에 기대어 앉은 저 거대한 몸이, 눈 깜짝할 새에 일어나, 자신의 목을 조를까 봐 겁이 난다. 그리고 이런 공포를 느끼는 건 비단 그녀가 지은 죄가 있어서만은 아니었다.

그는 늘 상대방에게 그런 공포를 줬다. 그의 빛나는 눈동자는 황금처럼 눈이 부셨지만 그래서 더 악해 보이기도 했다. 마치 타락한 천사 루시퍼처럼.

「읽어 봤어요?」

「그래야 하나? 표지만으로 충분해 보이는데.」

그의 목소리는 심심하고 건조했다. 화가 나서 길길이 날뛰며 흥분 하는 모습을 볼 거라 생각했는데…….

헤일리의 예상은 보기 좋게 빗나갔고 그건 그녀를 당황스럽게 만들 었다.

「……화를 낼 거라고 생각했는데 별로 그래 보이지 않네요.」

여자의 투정을 부리는 듯한 말투에 그의 입꼬리가 매끄럽게 올라갔다. 이런 상황에 저런 미소라니. 그걸 보며 몸이 달아오르는 건 또 뭘까.

모두 자신이 이 남자를 차지하고 있다고 생각하지만 그건 사실이 아니었다. 그는 꽁꽁 언 얼음 같다. 미끄럽고 날카로워 힘을 주어 잡으면 잡을수록 손에서 빠져나간다. 가까스로 잡고 있어도 그 날카로운 차가움에 곧 손에서 놓아 버리게 된다. 그는 중독적이지만 소유하기엔 반드시 고통이 따르는 남자였다.

그는 그러니까, 너무나 어려웠다. 가끔 그는 정말, 심장이 얼음이나 크리스털로 만들어진 것 같았다. 피조차 차갑게 식었거나, 아니면 아예 흐르지 않거나.

그의 감정 없어 보이는 눈동자를 보고 있으면 더욱더 그랬다.

하지만 위험하고 험난해 보이기 때문에 더 욕심이 났다. 이 오스왈드라는 트로피에 자신의 이름을 새겨 넣고 싶었다. 그리고 이 트로피를 손에 쥐면, 모든 부와 명예를 거머쥐는 것과 마찬가지다. 아니, 그것과는 상관없이 그저 이 남자를 정복하고 싶다. 이 남자를 온전히 차지하고 싶었다. 그가 가진 부와 명성과는 상관없이 그는 그저 그 자체로 이미 눈이 부셨다.

「내가 그래야 하나?」

지루해 보이기까지 한 고저 없는 목소리.

「미안하게도. 피플지와 인터뷰한 건 너 하나가 아니야. 내가 유통 전에 사들인 잡지도 이번 한 번이 아니고.」

나 하나가 아니라고? 헤일리는 그대로 얼어붙었다.

「내가 화를 낼 거라고 생각했다니. 며칠만 지나면 이름조차 기억 안 날 여자의 헛소리에 반응할 필욘 없지.」

이름조차 기억 안 날 여자의 헛소리. 저 입에서 나온 소리가, 분명 그 소리가 맞나?

감히 어떻게 내게?

헤일리의 주먹에 불끈 힘이 들어갔다. 자존심이 너무 상해 얼굴이 붉어지기 시작했지만 그것보다 자신의 예상을 비켜 나간 오스왈드의 반응에 훨씬 더 크게 당황스러웠다.

「유감이야, 헤일리. 너라면 좀 더 우아한 방식을 택할 줄 알았는데.」

오스왈드의 태도에 헤일리는 낙담했다. 결국 그에게 자신은 겨우 이 정도의 존재밖에 되지 못했다는 것에 화가 났지만, 그것보다는 절망감이 훨씬 더 컸다.

「자존심이 상해서 그랬어요.」

여자의 연기력은 무너지기 시작했다. 그녀의 얼굴은 진실로 처참했다.

「당신은 늘 나를 액세서리 취급 했잖아요.」

「피차 마찬가지야.」

「당신은 날 한 번도 여자로 대해 주지 않았어요.」

「어불성설이야, 헤일리.」

「당신은 한 번도 날 만진 적이 없어요.」

「내 마지막 기억은 다른데.」

차 안. 마지막 데이트를 기억해 보자면 헤일리는 내내 오스왈드의 무릎 위에 올라앉아 있었다. 둘은 꽤나 길고 진한 키스를 나눴고 그러는 동안 서로의 몸 여기저기를 바쁘게 지분댔다.

「필요 이상으로 과했지.」

필요 이상으로 과했던 건 본인뿐이었다. 그가 헤일리의 가슴을 만졌지만 그건 노골적으로 헤일리가 그의 손에 가슴을 밀어붙였기 때문이었다.

「우린 한 번도 끝까지 가 본 적이 없잖아요.」

단 한 번도, 오스왈드가 먼저 다가온 적이 없다. 그녀가 지분거리면 못 이기는 척 따라 줬을 뿐이고 그마저도 적당한 선을 넘기지 않았다. 차라리 떠도는 풍문처럼 그가 게이였으면 좋겠다는 생각도 했다. 그게 사실이라면 차라리 깨끗하게 그를 포기하고 사업적인 파트너로서 그와의 관계를 지속할 의향도 충분히 있었다. 하지만 그는 게이가 아니었다. 미스터리하고 알 수 없는 남자긴 하지만 그건 확신할 수 있다.

그는 여자를 너무 잘 다뤘다. 여자를 그렇게 잘 다루는 게이가 존재하는 건 불가능했다. 헤일리가 아는 수많은 남자들 중 오스왈드처럼 능수능란하게 키스하는 남자를 본 적이 없었다. 그는 여자가 어떻게 해야 좋아하는지를 상대의 머릿속을 읽는 것처럼 정확하게 알았다.

그는 다른 남자들처럼 그녀의 가슴을 떡 주무르듯 만지는 대신 부드럽게 쓸고 애를 태우며 간질였다. 그렇게 온몸이 뜨거워질 때까지 버터처럼 그녀를 녹여 댔다. 모든 감각을 깨워서 곤두서게 만들고 그의 가벼운 터치에도 반응하게 만들었다. 오로지 손길만으로, 단지 가슴을 만지는 것만으로 그녀에게 쾌감을 선사한 남자는 그가 유일했다.

그와 온전하게 하룻밤을 보내면 그는 또 얼마나 많은 쾌감을 가져다줄까. 늘 그게 못 견디게 궁금했었다. 하지만 그는 단 한 번도 그녀의 아파트에 들어온 적이 없었다. 그렇다고 자신의 집에 초대한 적도 없다. 오로지 밖에서만 만날 뿐이고, 그마저도 대부분이 레드카펫 행사나 파티, 자선 모임에 동행하기 위해서가 훨씬 더 많았다.

지난번 차 안에서, 그의 무릎에 올라탔을 때에는 정말 작정을 했었다. 호텔이든, 집이든 아니면 차 안이어도 상관이 없었다. 무조건 그와 끝까지 가야 했다. 헤일리는 그에게 굶주려 있었다. 그의 혀가 자신의 입술이 아닌 다른 곳을 쓸어 주길 간절히 원했다. 그의 손끝이 좀 더 자신의 은밀한 부분을 파고들어 주길 정말 간절히 바랐다.

자신처럼 아름다운 여자가, 눈빛 한 번만 줘도 개처럼 혓바닥을 내밀고 꼬리를 흔드는 남자가 지천에 널린 여자가, 설마 그를 정복하지 못할 거라는 생각은 감히 해 본 적이 없었다. 그의 바지 지퍼에 손을 대자마자 보는 눈이 많다며 오스왈드가 점잖게 물러났을 때 헤일리는 자신의 마지막 자존심이 처참하게 무너지는 것을 경험했다.

이 남자를 끝내 정복하지 못할 것 같은 두려움에 그녀는 이성을 잃었다.

「짐작은 했지만 생각보다 더 멍청한 여자로군.」

그는 소파에서 조용히 몸을 일으켰고 헤일리는 본능적으로 뒤로 물러섰다. 그의 눈동자가 짐승처럼 번뜩거렸다.

「넌 내가 어떤 사람인지 알지 못해.」

어떻게 저렇게 소음 없이 부드럽게 움직일 수 있을까. 헤일리는 그의 날렵하고 우아한 동작에 넋을 잃으면서 동시에 그가 꼭 자신과는 다른 생물체 같다는 이질감을 느꼈다.

잔인하게 빛나는 그의 눈동자와는 다르게 자신의 턱에 닿은 그의 손길은 깃털처럼 보드랍다. 오스왈드는 그녀의 목선을 따라 천천히 손을 아래로 내렸다. 헤일리가 꼴깍 침을 삼키는 사이 손가락은 쇄골을 지나 젖가슴 위로 올라왔고 새틴 소재의 드레스 위로 그의 손이 우악스럽게 헤일리의 가슴을 움켜쥐었다.

「헉.」

아픔 때문에 신음 소리가 절로 났다. 그에게 비틀린 가슴이 고통에 욱신거렸다. 헤일리는 새된 비명을 속으로 삼켰다.

왜일까. 그의 강렬함 때문인지, 취해서 고통을 망각했기 때문인지 고통스러운 상체와 다르게 그녀의 하체로 피가 몰렸다.

그는 헤일리의 가슴을 움켜쥔 채 그녀를 거칠게 뒤로 몰아갔다. 비틀비틀 뒷걸음을 치다, 침대에 발치가 걸리더니 여자의 몸은 그대로 넘어갔다.

푹신한 스프링에 몸이 몇 번 튀어 올랐고 헤일리는 감히 몸을 일으킬 수가 없었다. 두려움의 끝에 아주 간절한 기대감이 있었다. 이 남자에게 정복당할지도 모른다는 기대감이. 그래. 결국 매스컴을 이용한 건 잘한 짓인지도 몰라. 어떤 식이든 간에 저 남자의 불길만 타오르게 한다면 그걸로 된 거다.

「너 같은 여자는 신물 나게 많이 봐 왔어.」

그는 헤일리의 홀터넥을 거칠게 아래로 잡아당겼다. 목 뒤로 압박감이 느껴지더니 가슴께에서 그대로 뜯겨져 나갔다. 눈부시게 드러난 티 하나 없는 젖가슴. 여느 남자라면 눈에 들어오자마자 정욕에 휩싸였을 테지만 오스왈드의 얼굴에는 냉정함만이 가득했다.

헤일리는 숨을 몰아쉬었다. 공포와 흥분이 뒤섞이자 아찔한 쾌감이 몰려오며 몸이 애타게 달아올랐다. 오스왈드가 마침내 너덜거리는 드레스를 그녀의 몸에서 완전히 잡아 빼 버렸고 여자는 숨을 멈췄다.

그는 잔인한 남자로구나. 헤일리는 거친 섹스를 기대했다. 자신의 몸을 뒤집고 거칠게 파고들며 짐승처럼 교합하는 그림을 머릿속에 그리자 온몸에 피가 들끓었다.

「너 같은 여자가 원하는 게 뭔지도 아주 잘 알아.」

오스왈드의 손이 손바닥만 한 헤일리의 실크 티팬티 위에 올라오자 그녀는 신음하며 허리를 뒤틀었다. 그러곤 벌어진 입술을 핥으며 정염에 불타는 눈으로 오스왈드를 올려다봤다.

「다리를 벌려.」

마침내 고대하던 순간이 왔음을 깨달은 헤일리의 온몸에 전율이 스쳤다. 그녀는 혁혁 숨을 몰아쉬며 과감하게 다리를 벌렸다. 그러자 오스왈드는 번뜩이는 눈을 들어 그녀의 얼굴을 들여다보고는, 커다란 손으로 순식간에 그녀의 목을 움켜쥐고 매트리스로 내리눌렀다.

킥 하는 소리.

「네가 원하는 걸 선사해 주지.」

그는 여유롭게 매트리스 위에 무릎을 대고 올라와 바지 주머니를 뒤졌다.

「내가 아주 재미있는 걸 발견했거든.」

잠시 후 손가락에 딸려 온 물건은, 헤일리가 침실 서랍 깊숙이 넣어 둔 핑크빛 버트플러그였다.

이 무례한 남자가 내 방을 뒤졌어! 헤일리의 불쾌하고 놀란 눈에 그의 입꼬리가 유려하게 위로 말려 올라갔다. 매혹적인 미소.

「넌 평범한 건 싫어하지. 안 그래?」

그는 이마에 붉은 핏줄이 튀어나온 채 버둥거리는 헤일리를 내려다보며 스테인리스 재질의 애널플러그를 입 안에 넣고 혀를 굴렸다. 숨을 몰아쉬느라 벌어진 헤일리의 입은 더욱 벌어졌고 공포와 기대감에 심박 수가 솟구쳤다.

얼마나 지났을까. 압박에 익숙해진 헤일리가 버둥거리는 강도를 늦추자 오스왈드는 입에서 체액에 젖어 번들거리는 버트플러그를 뺐다. 이어서 헤일리의 엉덩이 사이에서 가느다란 천을 살짝 치운 뒤 어떠한 경고도 없이 그것을 단번에 엉덩이 안으로 밀어 넣었다. '악' 하고 헤일리가 비명을 지르자 오스왈드는 그녀의 목을 더 세게 죄었다. 날카로운 헛숨이 가느다랗게 흘러나왔다.

「쉬. 조용히.」

헤일리는 단단한 오스왈드의 팔뚝을 본능적으로 꽉 움켜잡았다. 도드라진 근육이 강철처럼 단단했고 툭 불거져 나온 혈관이 손끝에 집혔다. 거기서 그가 조금만 더 힘을 주면 자신의 목은 그대로 부러져 버릴 것 같았고 그렇게 생각하니, 잠시 잊고 있던 사실이 기억났다.

그가 그린베레 출신의 군인이었단 것을.

이라크 전쟁에 참전했고, 아프간과 중동, 필리핀 등을 오가며 수많은 사람을 눈 하나 깜짝하지 않고 죽여 왔다는 사실 말이다. 절묘하게 이어지던 쾌감과 공포의 균형이 순식간에 공포로 기울었다.

「놔…… 놔줘요…….」

쌕쌕 새는 발음으로 헤일리는 간신히 입을 뗐다.

「놔 달라. 이제야 내가 무서워진 모양이지?」

오스왈드는 헤일리의 눈에 떠오른 공포를 읽고서 더 잔인하게 웃어 보였다.

「제발…….」

「걱정 마. 아주 쉬울 테니까.」

오스왈드는 아주 부드럽게 읊조렸다.

여자란 얼마나 혐오스러운 동물인가. 기어오를 때와 그러지 말아야 할 때를 전혀 구분하질 못한다. 이루 말할 수 없이 어리석으면서 똑똑한 척을 한다. 멀끔한 외형에 속아 그 안에 든 괴물을 제대로 보지도 못하면서 못된 호기심으로 앞뒤 구분 못 하고 날뛴다. 막상 그 문을 열면 문 앞에 서 있는 건 사나운 맹수 정도가 아니었다. 그 어디서도 본 적이 없을, 비대하고 끔찍한 괴물이었다.

그는 이런 게임을 아주 잘했다. 오랫동안, 정말이지 아주 오랫동안 이런 일에 단련되어 왔다. 잡혀 온 인질의 손톱 아래에 못을 하나씩 박아 넣거나, 신체의 여러 부위에 핀을 찔러 넣고 감질나게 전압을 높이는 것과 크게 다르지 않다.

모든 것은 계산과 통제력의 싸움이다. 아프간에서의 일을 차치하더라도 그는 이런 부류의 게임에는 천부적인 소질이 있었다. 그는 헤일리의 실크 팬티 위에 중지를 가져다 댔다. 꾹 누르자 그녀의 하체가 펄떡 뛰어올랐다. 클리토리스. 그가 집은 건 정확하게 거기였다.

그래, 이건 매우 쉽지 헤일리.

오스왈드가 손톱을 세워 실크 재질 위로 그녀의 클리토리스를 살살 긁자 그녀의 턱이 위로 들리며 히익 하는 쉰 소리가 튀어 나갔다.

「그리고 아주 빠를 거야.」

그녀의 허벅지 사이로 밀려든 열기에 땀이 맺혔다. 헤일리는 발버둥 치며 감각을 통제하기 위해 다리를 아래로 쭈욱 뻗었다. 그러나 소강될 것 같은 쾌감은 예상을 깨고 더 강렬하게 그녀를 몰아붙였다. 헉헉 내뱉는 숨소리가 더욱더 불규칙하고 거칠게 변해 갔다.

「숨을 쉬어. 노력해.」

오스왈드가 달래듯 말했다. 그녀의 가늘고 기다란 목을 손으로 움켜쥔 남자가 하는 말치고는 너무 황당한 주문이었다. 하지만 헤일리가 숨을 쉬지 못하는 이유는 그가 목을 움켜쥐고 있기 때문만은 아니었다.

그의 손길과 엉덩이에 박힌 버트플러그의 진동이 더 그녀를 숨 쉴 수 없게 만들었다.

「그만.」

헤일리가 헐떡대며 애원했다. 죽을지도 모른다는 공포와 노련한 그의 손가락이 실크 위로 클리토리스를 긁을 때마다 느껴지는 강렬한 쾌감이 그녀를 비틀며 쥐어짰다.

「바로 그거야. 헤일리.」

아플 정도로 크게 뜬 두 눈은 새하얀 허공 위로 초점 없이 흩어졌다. 더 이상은 안 될 것 같았다. 그러나 한계치를 느끼는 이성과는 다르게 온몸의 감각은 그가 주는 쾌감을 무섭게 흡수해 갔다.

「가장 강렬한 쾌감은 공포와 아주 흡사하거든.」

그의 손가락이 실크천 위로 그녀를 문지를 때마다 숨이 멈췄다. 골반 아래로 빠르게 몰려드는 열기. 마치 자신의 마음을 읽기라도 한 것처럼 그는 그 작은 천 조각 위에서 너무도 정확하게 헤일리의 성감대를 짚었다. 감각이 예민해질수록 오스왈드는 느리고 강하게 그녀를 압박했고 쾌감은 그즈음부터 질주하기 시작했다.

너무 빨라. 이건 너무 빠르잖아!

헤일리의 하체가 뻣뻣하게 굳었고 꺽꺽 넘어가는 숨소리마저 멈추자 오스왈드는 그녀의 목을 죄며 손가락에 더욱 압력을 가했다.

잠시 후, 그녀의 온몸이 쾌감에 발작하듯 경련했다.

오스왈드는 그녀의 푸른 눈동자가 정신을 잃고 뒤로 넘어갈 기미가 보이자 곧바로 손을 풀었다. 아주 찰나의 정적 이후, 헤일리는 쿨럭쿨럭 기침을 하며 급하게 숨을 몰아쉬었다. 타는 듯한 폐보다 온몸을 훑고 지나간 쾌감이 더 거칠게 그녀를 다그쳤다. 숨을 쉬라고. 어서 숨을 쉬라고.

자칫 죽을 수도 있었어. 오스왈드가 1초만 더 목을 조르고 있었다면 헤일리는 그대로 정신을 놨을 거다. 그 생각에 온몸이 부들부들 떨려왔다.

그는 이런 남자일까. 여자를 가학적으로 다루는 정도가 헤일리가 상상하는 것과 달랐다. 채찍질을 하고 촛농을 떨어트리고, 사지를 묶는 그런 '플레이'가 아니라 그는 정말로 여자를 죽음으로 몰고 갔다. 아주 미세하게 그 끝자락에 멈춘 게, 계획된 것인지 아니면 계획에서 비켜난 것인지 그걸 모르기 때문에 더 겁이 났다.

혹시 누가 알아? 그가 사람을 죽인 게 꼭 전쟁에서만이 아닐지?

게다가 그는 권력도, 힘도, 든든한 뒷배도 있었다. 그것들을 얼마든지 사용할 수 있었고 그래서 무슨 짓을 하더라도 빠져나올 수 있었다. 여긴 그런 사회였다. 돈과 권력이면 뭐든 다 되는 사회.

그는 자신처럼 이제 막 이름을 알리기 시작한 여배우 하나쯤은 쉽게 죽인 후 눈 하나 깜짝하지 않고 은폐할 수 있었다. 갑작스레 마릴린 먼로가 떠올랐다. 정말 이대로 조금만 지났다면 알몸으로 침실에서 발견된 그 여자와 같은 처지가 될 수도 있었다.

오스왈드가 헉헉대며 숨을 몰아쉬는 그녀의 뺨에 부드럽게 손을 올렸다. 그 이질적인 감각에 그녀는 움찔하며 몸을 움츠렸고, 오스왈드는 만족스럽게 웃어 보였다.

「현명해졌군.」

이 사람은 악마다. 괴물이야. 가장 달콤한 맛을 가진, 가장 강력한

독이다. 아직 몸속에서 진동하는 버트플러그의 파장에 헤일리는 어금니를 꾹 물고 버들버들 떨리는 몸을 조금씩 돌렸다. 그는 폭군이었고, 산 채로 짐승을 물어뜯는 금수였다. 헤일리는 태어나서 처음으로, 자신이 초라하고 볼품없는 존재라고 느꼈다. 그의 발톱 아래에 놓인 아주 작은 짐승 같았다.

「뒤처리는 네 손으로 해.」

무자비하고 잔인한 인간. 그는 헤일리의 인격과 자존심을 무참히 밟아 으깨고 있었다. 여자로서 이렇게 수치스러운 말은 들어 본 적이 없다. 헤일리는 손을 돌려 자신의 손으로 버트플러그를 잡아서 **빼어**냈다. 고통스럽게 신음했고 눈물이 왈칵 솟았다.

「당신은 괴물이야.」

악력에 쉬어 버린 그녀의 목소리는 떨리고 격앙되어 있었다. 그러나 오스왈드는 아주 환하게 웃었다. 마치 듣고 싶었던 단어를 들은 것처럼 말이다.

「그래, 헤일리. 그걸 꼭 명심해.」

그는 느릿느릿 자리에서 일어서 자신이 헤일리의 몸에서 뜯어낸, 홀터넥 드레스를 그녀의 벌거벗은 몸 위로 던졌다.

「그럼 나와 몸을 섞지 않은 걸 감사하게 될 거야.」

「……」

「내가 그리워질 일이 없길 바래. 목숨을 내놓을 각오가 아니라면.」

「……」

해사하게 웃는 그의 얼굴이 소름 끼치게 무서웠다. 평소 젠틀한 그에게 어렴풋하게 느꼈던 짐승의 살기가, 번뜩이는 눈동자 속에 거침없이 드러났다. 헤일리는 그걸 무척이나 섹시하다고 느꼈다. 그의 눈동자에 엿보이던 그 짐승 같은 면이, 침대 위에서는 어떤 모습일지 상상하게 만들었다. 그러나 막상 마주한 그의 본모습은 아주 지독했다. 섹시하다거나, 거칠다고 표현할 만한 것이 아니었다. 그건 훨씬 더,

강렬하고 무자비했다.

「당신은, 도대체, 정체가 뭐죠?」

정말 알고 싶었다. 이 남자는 누구일까. 사람인 건 맞나? 아니면 정말 현실이라는 지옥에 떨어져 버린 루시퍼인가?

정말 많은 남자를 만나 왔다. 스마트함의 탈을 쓴 난봉꾼 배우, 마약에 찌들어 있는 락 가수, 스테로이드에 중독된 위험천만한 운동선수.

하지만 이 남자는 그들과 달랐다. 이런 남자는 지금까지 만나 본 적도 없고 앞으로도 만나 볼 일이 없을 것 같았다. 이토록 아름다우면서 이렇게 무서운 남자는 그가 유일하다.

「당신은, 사랑이란 걸 할 줄은 알아요?」

그의 금색 눈동자가 일순간 아주 짙어지며 탁한 빛을 띠었다. 호전적인 눈동자가 차갑게 얼었다가 너무 급작스럽게 다시 녹았다.

「물론이야. 사랑이란 걸 몰랐다면 난 괴물이 되지도 않았겠지.」

그는 아주 서늘하게 웃었다. 그 눈부신 미소가 헤일리의 뜨거웠던 몸을 아주 단번에 식혀 버렸다. 공포. 이제 오스왈드는 그녀에게 공포 그 자체였다. 그는 커피 테이블 위에 떨어진 재킷을 들고 우아한 걸음걸이로 방문 앞에 서서 조용히 몸을 틀었다.

「그 세 치 혀 잘 간수해. 다음번엔 오늘처럼 중간에 멈추는 일은 없어.」

헤일리는 말없이 두 손으로 자신의 목덜미를 감쌌다. 그의 손자국이 선명했다. 하루 이틀 후면 그 붉은 자국은 시퍼런 멍으로 남게 될 것이다. 그리고 그걸 볼 때마다 떠올리겠지. 오늘 일을.

헤일리의 아파트를 빠져나오며 오스왈드의 얼굴에 드러나 있던 여유로움은 단번에 걷혔다. 광기가 실린 눈과 딱딱하게 굳은 입매가 얼음보다도 서늘했다.

망할. 그녀의 몸을 만졌던 손에 벌레가 기어가는 것처럼 느껴진다.

자신의 아래에서 뱀처럼 몸을 뒤틀며 열락에 들떴던 그 모습이 악몽처럼 눈앞에 잔상을 뿌려 댔다.

차라리 그녀의 목을 비틀어 끝을 냈어야 했나. 그러면 이렇게 더러운 기분은 느끼지 않았을 것 같다. 하지만 살육은 이미 충분히 했다. 전쟁이라는 이름으로, 정의라는 이름으로 허기가 채워질 때까지 말 그대로 목숨이 있는 모든 것들을 도륙했다. 분노하고 광포한 짐승은 그런 식으로 자신의 갈증을 채웠다.

자신에게 정말로 문제가 있다는 사실을 인지한 건, 참전을 끝내고 미국으로 돌아오고 난 직후였다. 그의 동료들은 고국으로 돌아오자마자 여자를 찾았다. 그 품에서 공포와 스트레스를 덜어 버리고 싶어 했다. 하지만 오스왈드는 그렇지가 못했다. 모든 여자가 아름다운 껍질을 뒤집어쓴 벌레처럼 보였다. 그래서일까. 그는 여자에게 가학적으로 굴었다. 사랑이나 즐거움을 위한 플레이가 아니라 정말로 여성을 혐오해서 나오는 행위였다. 여자가 자신의 아래에서 몸을 뒤틀며 열락에 들뜨는 건 그야말로 악몽이었다. 그 여자도, 그런 표정을 불러일으킨 자신도 용납을 할 수가 없었다.

모든 게 더럽게만 느껴졌다. 그래서 그는 여자가 자신의 아래에서 싸늘하게 식고, 공포에 질릴 때까지 상대를 괴롭혔다. 그러고 나면 혐오와 분노는 빠르게 물러갔지만 그 대신 자괴감이 몰려왔다. 여자가 도망치고 난 텅 빈 방 안에 혼자 앉아 그는 자신이 얼마나 처참하게 망가졌는지를 그때마다 마주해야 했다. 아주 잔인하게.

평생 제대로 된 사랑을 해 본 적도, 받아 본 적도 없던 10대의 소년은 결국 비틀린 이성관을 갖게 되었다. 그렇게 30대가 되었고, 세상을 살아가는 법은 유연하게 터득했지만 그의 고장 난 내면은 치유되지 못했다. 그 황량한 땅에는 아무것도 자라질 못했다. 그 공허함을 감추기 위해 그는 강함에 더욱 집착하는지도 모른다. 강인한 육체. 강인한 정신. 냉철한 이성.

겉보기에 완벽한 남자가 되어 갈 때마다, 그의 내면은 점점 더 텅 비어 갔다. 그는 늘 한 치 앞도 보이지 않는 망망대해를 걷는 기분으로 살았다. 발밑의 살얼음판이 언제 갈라질지 모른 채로.

그가 아파트를 빠져나오자 미리 대기 중이던 제드릭이 벤틀리 차량의 뒷문을 열었다. 그는 정장 재킷을 옆자리에 던져두고 시트 아래를 발로 툭 차, 간이 냉장고를 열었다. 차창을 내리고 차가운 생수로 자신의 오른손을 씻어 낸 뒤 그는 재킷의 행커치프를 빼내 말끔히 잔여물을 닦아 냈다.

「한국행 비행기 편을 알아봐 줘, 제드릭. 가능한 제일 빠른 걸로.」

「네, 퀸튼 씨.」

어쩌면 정말 그는 이곳을 떠날 필요가 있는지도 모른다. 이 모든 것이 지겨워지기 시작했으니까.

1

한국에 도착하자 한국 지사장을 맡았던 코일이 공항으로 마중 나와 있었다. 오스왈드는 코일이 제공한 롤스로이스 차량을 타고 곧바로 댈크로우사로 향하며 그에게 건네받은 서류부터 펼쳤다. 이 땅을 밟은 이상 조금의 틈도 없이 일에만 열중하고 싶었다. 가능하면 그 어떤 잡생각도 할 수 없을 만큼.

오스왈드가 종이를 한 장씩 넘기자, 코일이 안경테를 콧등 위로 밀어 올리며 입을 열었다.

「대단히 기이한 광물입니다 사장님.」

보고서에서는 석탄과 흡사한 외형을 지닌 탁한 적색빛 고형의 모습과, 고열로 녹인 이후 구릿빛을 띠는 은색의 액체로 변해 있는 광물의 사진이 첨부되어 있었다.

「원석은 석탄과 아주 흡사합니다. 잘 부서지고 가루로 만들기도 아주 쉽죠. 다른 점이 있다면, 열을 가하면 액체로 녹는다는 겁니다. 그리고 그 이후 고체로 변하고 나면 아무리 다시 높은 열을 가해도 녹지가 않습니다. 내식성도 무척이나 강하고요.」

오스왈드는 그 변형된 광물의 인장강도 실험 수치를 눈으로 확인했다. 밀도, 인장강도, 연신율, 항복강도. 모든 것이 리퀴드 메탈, 티타늄 합금보다 10배 이상 높았다. 그럼에도 불구하고 그 광물의 무게는 플라스틱과 흡사했다.

「매우 가볍지만 실험해 본 결과 XM—109 총탄으로도 뚫리지 않습니다.」

소재가 가볍고 강도가 강한 데다가 자유자재로 변형이 가능하다면 사용 가능성은 무한대다. 여러 가지 제련법을 시도해 봐야겠지만, 그 방법이 제법 간편하다면 티타늄을 대체하기에도 더할 나위 없이 적합했다.

완전히 새로운 물질. 놀랄 노 자로군.

「솔직히 말하면 퀸튼 씨. 이런 물질은 처음 봅니다. 좀 더 연구를 해 봐야겠지만 이게 혁명적인 물질인 건 확실해요.」

코일은 흥분을 감추지 못하고 눈을 빛냈다. 이 작은 체구의 재미 교포 동양인은 자신의 발견에 대단히 신이 나 있었다.

「아몬석.」

오스왈드는 광물에 붙여진 이름을 천천히 발음했다.

「처음 발견한 연구원이 지었습니다. 이집트 신의 이름을 따왔다더군요.」

오스왈드는 서류를 덮으며 물었다.

「매장량이 얼마나 되지?」

「지금 현재로선 확인할 길이 없어요. 저희가 채굴한 양은 무척이나 적습니다. 그 정도 양으로는 실험을 계속 진행하기도 힘들 지경입니다. 시추탐사가 가능해야 합니다, 사장님. 간접적 탐사로는 한계가 있습니다…….」

「땅을 팔지 않는 이유가 뭐라는데?」

「첫째로는 죽은 처의 묘가 거기에 있답니다. 그리고 자신도 곧 묻힐 땅이고, 장차 자신의 딸이 살아갈 땅이라고도 합니다. 아무리 돈을 많이 준대도 싫다고 하더군요.」

「남자의 정보는?」

코일은 곧 다른 서류 봉투 하나를 그에게 내밀었다.

「유환오. 64세. 30년간 교직에 있다가, 정년 후에 강원도 삼척에 땅을 사 텃밭을 가꾸며 삽니다. 교직연금과, 미리 들어 둔 사제연금을 받고 있어서 먹고사는 것에는 지장이 없어 보입니다.」

오스왈드는 서류 봉투를 뜯어, 남자의 얼굴을 확인했다. 백발이 성성하지만 60대 중반이란 나이에 비해 얼굴은 젊어 보였다. 촌부처럼 하얀 수염이 듬성듬성 나 있고 얼굴은 햇빛에 그을려 고구마처럼 붉고 까맸다. 새하얗게 보이는 치열이 인상적이다. 웃는 눈매에 푹 파인 주름이 아주 선명했지만 얼굴빛이 밝았다. 얼굴이 환하다는 말은 딱 이런 때 쓰는 것 같다.

「자식은 딸 하나뿐인가?」

「네, 퀸튼 씨. 8년 전 결혼했답니다. 서류상 남편 밑으로 들어가 있기 때문에, 그 이후에 유환오 씨 관련 서류에는 남겨진 흔적이 없습니다.」

「헬기 이동은 가능하고?」

「네, 가능합니다. 30분 거리에 헬기 이륙장이 있습니다.」

오스왈드는 서류를 덮고 손목시계를 살폈다.

「오후에 출발하지.」

「네.」

유환오는 막 닭장에서 닭들을 내보내고 유정란을 꺼내고 있었다.

컹컹컹!

밖으로 나온 닭을 보자마자 누렁이가 꼬리를 흔들며 짖어 댔다.

또 시작이로군.

닭들은 푸드덕 날갯짓을 하며 혼비백산했고 수탉은 안절부절못하며 비명을 질렀다. 놀자는 누렁이의 몸짓에 닭들이 사방으로 흩어졌다. 저러고 나면 꼭 한두 놈은 알을 못 낳았다. 아니면 화석처럼 이상한 모양의 알을 낳든가.

"누렁아! 이놈아!"

유 씨는 플라스틱 바구니에 유정란을 마저 다 담고 누렁이를 향해 고함을 질러 댔다. 철딱서니 없는 개 놈은 주인의 말은 아랑곳 않고 닭과 술래잡기 중이었다. 누렁이를 좇는 못마땅한 시야에 멀리 산비탈 아래에서 고급스러운 차량 한 대가 올라오는 것이 보였다. 삼척 동네에서 이 정도로 높은 고지대에 집을 짓고 사는 사람은 자신뿐이었으므로, 비탈길을 타고 올라오는 저 차량은 필시 자신의 손님일 것이다. 한눈에 보기에도 고가의 외제 차량.

유 씨는 푹 한숨을 내쉬며 혀를 찼다. 정말 포기란 것을 모르는 사람들이로구먼.

그는 닭장 앞 텃밭에서 홍당무 두 개를 더 뽑아 툇마루에 놓고는 디스 담배 한 개비를 꺼내 천천히 불을 붙였다. 다 피울 때쯤, 차는 정확하게 유 씨의 2층집 앞에 멈춰 섰다. 값비싼 차답게, 유려하고 매끄러운 정지였다. 차량의 운전석 문이 열리고, 백발의 거구 남자 하나가 내리자 유환오는 무언가 자신의 예상을 빗겨 나갔다는 것을 알아차렸다.

외국인?

검은색 정장을 입은, 마치 바윗덩어리 같은 그자가 뒷문을 열자 이번엔 단단하고 늘씬한 머리통 하나가 삐죽 차 밖으로 솟아올랐다. 이국적 풍모. 멀리서도 이목구비가 보일 만큼 뚜렷하다.

허 참. 그놈 참.

그는 마지막 담배 연기를 내뿜으며 놀라움과 탄성이 뒤섞인 헛웃음을 켰다.

내가 눈이 나빠 헛것을 보는 건 아니겠지.

검은색 정장을 멋들어지게 갖춰 입은 그 남자는 190에 가까워 보이는 커다란 키에 단번에 눈에 띨 만큼 수려한 용모를 갖고 있었다. 단정하게 빗어 넘긴 갈색 머리. 백인인 것이 분명해 보였지만 그을린 피부와 어딘지 모르게 이질적인 눈매가 인상적이었다.

혼혈?

어디와 혼혈일까. 인디안? 라틴 계열? 어딘지는 몰라도 기가 막히게 잘 섞여 놨다. 한번 보면 절대로 지워지지 않는 강렬한 인상. 육십 평생을 살며 이런 외형의 남자는 처음이었다. 저 남자가 이 삼척 시골 땅에 서 있다는 것이 정말이지 안 어울려도 너무 안 어울렸다.

그는 차에서 내리자마자 외투 깃을 정리하더니 곧장 마당으로 들어왔다. 걸음걸이가 유려했다. 곧게 뻗은 허리선이 귀족처럼 우아했으며 매끄럽고 각진 턱선에서는 진중함이 엿보였다. 유 씨는 그 남자를 뚫어져라 살폈다. 지금껏 봐 왔던 댈크로우사 관계자들은 조무래기들이었다. 바로 그가, 진짜다.

「나 혼자 가지.」

「차 안에서 대기할까요?」

「그렇게 해.」

제드릭이 조용히 차에 올라타자, 오스왈드는 계단 앞에 서서 다시 한 번 옷매무새를 가다듬고 돌계단을 올랐다.

사진에선 마냥 사람 좋아 보이는 촌부였다. 하지만 실제로 본 유환오는 생각만큼 인심이 좋아 보이지 않았다. 자신을 향해 매처럼 활강하고 있는 눈이 매우 날카로웠다. 생각보다 훨씬 어려운 일이 될지도 모른다. 저런 눈매를 한 남자는 속을 잘 알 수 없다.

상대는 오랫동안 교직 생활에 몸담았던 학자. 타고나길, 배움과 호기심을 탐닉하게끔 태어난 사람. 오스왈드는 낯선 긴장감을 느꼈다.

거지꼴을 한 임금이라도 본 기분이다. 흐린 노인의 눈에 윤기가 돌며 무척 매섭게 빛났다.

"누구시오?"

유 씨는 호기심이 가득 담긴 목소리로 물었다. 그가 어떤 목소리를 지닌 남자인지도 무척 궁금했다.

"안녕하세요. 어르신. 오스왈드 퀸튼이라고 합니다. 댈크로우사에 근무하고 있습니다."

유창한 한국말. 유 씨의 입이 벌어졌다. 목소리는 생각보다 훨씬 더 낮고 파장이 컸다. 군더더기 없이 완벽한 한국어 구사는 눈을 감고 들으면 그가 외국인이란 사실을 눈치채기 어려울 정도였다.

"유환오 선생님. 맞으십니까?"

유 씨는 대답 대신 껄껄껄 웃었다. 그것 참 재밌는 외국인이네.

"내가 뭐라고 불러야 하오?"

그는 호감이 가득 담긴 밝은 목소리로 물었고 오스왈드는 정중하게 미소 지었다.

"편하실 대로 부르시면 됩니다."

"그럼 그냥 오스왈드라고 해도 되오?"

오스왈드는 다시 매력적으로 입꼬리를 올리며 웃었다.

"물론이죠."

"한국말을 잘하는 것처럼 다른 나라 말도 잘하오? 중국어나 일본어는?"

"아니요, 잘 못합니다."

"그럼 혹시 친지나 친구 중에 한국 사람이라도 있소? 외국인치고, 한국말을 너무 잘하는 것 같은데."

"어릴 때, 잠깐 살았습니다."

"아."

유 씨는 알겠다는 듯 고개를 끄덕이며 반가움에 나지막이 웃음을 흘렸다. 한번 보면 눈을 돌리기가 쉽지 않은 청년이었다. 그에겐 온갖 미사여구를 가져다 붙일 수 있을 것 같았다. 햇빛에 빛나는 눈동자는 날카로운 칼날 같기도 했고, 쇠붙이처럼 무겁고 단단해 보이기도 했다. 낮고, 귀에 쏙쏙 박히는 부드러운 음성은 그가 육체적으로 강인할 뿐만 아니라 무척이나 지적인 생물체임을 말해 주고 있었다. 이 남자와는 좀 대화가 통하지 않을까? 유환오는 그에게 유쾌한 호감을 느꼈다.

"우리 뒷산에 관심이 있어서 오셨군. 맞지?"

"네."

오스왈드가 망설임 없이 대답하자 유 씨는 다시 소리 내어 기분 좋게 웃었다. 그는 이곳에 들른 여느 사람들과 달리 화려한 말로 진심을 포장하지 않았다. 물론 똑똑해서겠지.

"이야기가 길어질 것 같군. 혹시 막걸리라는 거, 먹을 줄 아오?"

"먹어 본 적은 없습니다만, 술은 먹을 줄 압니다."

"이런 외딴 시골에 있으면 사람이 그리워지는 법이지. 이왕 온 거 나랑 술 한잔하겠는가?"

의외의 전개로군. 코일에게 들은 마지막 보고는 마당에 들어서자마자 찬물 세례를 받았다는 것이었다. 그러나 이 노인은 자신에게 제법 친밀하게 굴고 있었다.

낯선 여자에게 '한잔할래요?' 란 제안은 수도 없이 받았지만 낯선 남자에게, 그것도 백발이 성성하고 새까맣게 그을린 노인에게 술 한잔하자는 제안을 받은 건 처음이었다. 아무래도 유창한 한국말이 그의 호감을 산 게 틀림없어 보였다. 덜래스 회장의 말대로 이 일엔 자신이 적역이었을지 모른다.

"물론입니다."

"여기 앉아 있게. 내가 술상을 봐 오지."

그는 평상을 가리키고는 곧 집 안으로 들어가 버렸다. 반질하게 잘

닦여진 나무 위에 그는 정장 재킷을 풀며 앉았다. 그러고 나자, 그의 눈에 비로소 고즈넉한 시골의 풍경이 담겼다.

이와 비슷한 장면을 동양화에서 본 것 같다. 단풍으로 얼룩진 산의 끝자락이 절묘하게 마주 닿아 있었고 발아래로는 끝도 없이 길이 펼쳐졌다. 비탈길의 끝에 맑은 냇가가 흐르는 것이 전형적인 배산임수 지역이었다.

아깝군. 그는 그런 생각을 했다. 유 씨가 왜 이 땅을 팔지 않으려는지 그 이유를 그는 조금은 알 것 같았다. 이곳은 땅을 파헤치며 훼손시키기엔 너무 아름다웠다. 평화롭고 조용한 말년을 보내기엔 정말로 근사한 장소였다.

유 씨가 작은 상에 막걸리와 신김치, 찐 고구마, 그리고 몇 가지의 마른반찬을 챙겨 나오자 오스왈드가 서둘러 일어서 노인에게서 상을 받아 들었다. 그의 커다란 몸에 들린 상은 쟁반처럼 작아 보였다. 오스왈드가 평상 위에 상을 내려놓자 유 씨는 기분 좋게 웃으며 신발을 벗고 올라와 양반다리를 하고 앉았다.

"딸아이를 시집보내고 바로 서울 생활을 정리했다오. 자동차 경적 소리가 가득한 동네에서만 살다가 이곳에 오니 아침에 들려오는 새소리가 어찌나 좋은지. 꼭 신선이 된 기분이라네."

유 씨는 호탕하게 말하며 그릇 두 개에 막걸리를 채우고 하나를 오스왈드에게 내밀었다.

"마셔 보게. 아주 달다네."

오스왈드는 고개를 돌려 그릇에 입을 댔다. 달짝지근하고 끈끈한 액체가 혀에 닿자 꽤 괜찮다는 생각에 단번에 그것을 들이켰다.

"잘 마시는구먼."

유 씨가 흡족하게 미소 짓고는 자신도 막걸리를 입 안으로 털어 넣었다. 크으— 하는 소리와 함께 신김치를 집어 우적우적 씹더니 곧 다시 입을 열었다.

"난 말이네. 이 땅에서 여생을 보내고 싶네. 닭도 키우고 개도 키우고…… 여름이면……."

그는 잠시 뜸을 들이며 시선을 저 너머, 비탈길 아래로 떨어트렸다.

"손주 새끼들이 개울가에서 물장구치는 것도 보면서……."

그러고는 한동안 추억에 잠긴 듯 입을 다물었다. 노인의 눈이 쓰고 애처로워 보였다. 딸을 오랫동안 만나지 못한 것일까.

"나에 대해 얼마나 알고 있나? 아무것도 모르고 오진 않았을 테지."

"그저 알아야 할 부분만 알고 있을 뿐입니다."

오스왈드는 그에 관한 거의 모든 것을 알고 있었다. 그의 주민등록번호, 나고 자란 곳, 그의 처가 언제 죽었는지, 어디에 묻혀 있는지와 심지어 사이는 어땠는지. 현재 그의 월수입은 얼마고, 어떻게 살고 있는지, 읍내는 일주일에 몇 번이나 내려가는지 가장 최근에 구매한 장비가 무엇인지까지도. 유 씨는 말없이 미소 지으며 다시 잔을 채웠다.

"이곳은 내게 마지막 보금자리라네. 말년의 행복을 모두 이곳에 걸었지."

돈 문제라면 그 값은 얼마든지 지불할 수 있지만 노인이 말하는 건 금전적인 이야기가 아니었다. 이곳을 보고 나니 그가 말하는 것을 이해할 수 있었다. 여긴, 돈으로 가치를 매길 만한 장소가 아니다. 더 비싸고 근사한 땅을 찾는다 해도 이 산자락에 둘러싸인 아늑함을 재현시킬 수 있을지는 장담하기가 어려웠다.

"혼자 계시기 외롭지 않으세요?"

한 템포 비껴 나간 오스왈드의 물음에 그는 다시 껄껄 사람 좋게 웃어 보였다.

"외로울 새가 어디 있겠나. 해가 뜨면서부터 해가 질 때까지 일해야 하는 곳인데. 농촌 생활이란 게 그렇지. 사방이 다 일거리 천지라네. 안사람이 죽고 난 후에는 일거리가 더 늘어나서 말이야. 그저 하루하루 주어진 일만 하기도 바쁘지."

오스왈드는 노인이 따라 준 잔을 다시 들이켰다. 생각보다 오래 걸릴지도 모른다. 그는 사람을 어르기보다 부러뜨리는 쪽에 더 소질이 있었다. 그런데 이 노인은 부러뜨리기엔 너무 유연해 보였다. 지금껏 자신이 능숙하게 사용해 왔던 방법으로는 이 노인을 굴복시킬 수가 없을 것 같았다.

거기에다 이곳의 풍경은 사람을 무디게 만들었다. 심장이 얼음으로 만들어졌다는 소리를 듣는 오스왈드도 이곳에서 풍경을 바라보고 있자니 제법 자신이 감성적으로 변하고 있음을 느꼈다. 자신이 기억하고 있는 한국이란 더럽고 지저분하고 늘 욕설과 반말이 오가던 쓰레기장이었다. 그때에는 이런 곳이 존재한다는 사실도 몰랐다. 그는 30대가 되어서야 한국의 전혀 다른 모습을 목도하고 있었다. 고요하고 잔잔한 평화로움이 깃든 땅이란 것을 말이다.

"꼭 이 땅이어야 하는가?"

노인이 물었다.

"네. 현재 광석이 발견된 곳은 이곳 하나뿐입니다."

"꼭 그걸 캐내야겠는가?"

"네."

기업의 사활이 걸린 일이었다. 오스왈드는 망설임 없이 대답하면서도 죄책감이 들었다. 이곳의 풍경이 자꾸만 신기한 힘을 발휘한다. 이 아름다운 곳을 파헤쳐야 한다는 것이 꽤 께름칙하다. 이제 와 도덕심이라도 느끼는 것일까.

전쟁 괴물. 그 기업의 이미지를 탈피하고자 무수히 노력하면서도 이 사업은 언제나 괴물을 만들었다. 이곳의 땅을 파헤쳐 버리면 자연이 남겨 준 아름다움은 완벽하게 파괴될 것이다. 땅에 남아 있는 모든 광물을 다 캐고 난 다음, 껍질만 남겨 둔 산송장 같은 대지는 얼마나 시간이 지나야 복원될까. 아마 유 씨나 오스왈드가 살아 있는 동안은 보지 못할 것이다. 오스왈드는 자신의 대답이 남기는 무게감을 잘 알고 있었다. 거기에 담긴 잔인함도.

하지만 그것보다 지금 당장은 댈크로우사가, 덜래스 회장이 더 중요했다. 이것 또한 그에겐 도덕심이었다.

"그걸로 무엇을 만들 건가. 전쟁 무기를 만들 건가."

"현재로선 그저 연구 목적입니다, 어르신."

유 씨는 오스왈드의 말을 믿지 않았다. 그 광물이 어디에 쓰일지는 이미 댈크로우사의 명성으로 알 수 있었다. 지난달 신문 1면에 실린 사진에서 IS 본거지에서 나온 신형 무기 대부분에 댈크로우의 까마귀 문장이 박혀 있는 것을 유 씨는 자신의 눈으로 분명히 보았다.

대한민국에서 가장 싼 동네의, 가장 싼 땅이었다. 강원도의 모든 땅이 그렇지만, 유 씨가 가진 땅은 유난히 척박했다. 아무리 땅을 걸러도 바위만 한 돌덩이가 아직도 밭에 뒹굴었다. 키울 수 있는 작물도 그 때문에 많지 않았다. 이 넓은 대지에, 그저 작은 텃밭을 기르며 자급자족 생활만 영위하는 것도 그런 이유였다. 헌데 이 땅이 그런 가치가 있다니. 어느 날부터인가 시꺼먼 사내들이 나타나 애걸복걸해 대는 것이 사뭇 놀라웠다. 그리고 하필 그 기업이 군수업체인 건 더더욱 놀라웠다.

그는 물욕이 없었다. 자손들에게 남겨 줄 아름답고 안전한 세상을 만드는 것을 훨씬 더 가치 있게 여겼다. 수만금을 준다고 해도 이 땅을 팔지 않은 이유는 이 땅에서 캐낸 광석이, 댈크로우사에서 어떻게 쓰일지를 알고 있기 때문이었다. 살육을 위한 무기를 만드는 데 손톱만큼도 일조하고 싶지 않았다. 분명 이 젊은이를 보기 전까지는 그 생각에 한 치의 흔들림도 없었다.

콩밭 저 밑에서 마실 나갔던 누렁이가 총총거리며 올라왔다. 누렁이는 오스왈드를 발견하자마자 킁킁킁 냄새를 맡더니 꼬리를 흔들며 그의 손등을 핥았다. 오스왈드는 능숙하게 개의 목덜미를 긁고 머리를 쓰다듬어 주었고 누렁이는 그의 발밑에 납작 엎드렸다.

"자네를 좋아하는군."

"순한 녀석이네요."

"그렇지 않네. 낯선 사람에겐 짖는 녀석이지."

오스왈드는 자기의 발아래에서 배를 발라당 뒤집으며 재롱을 떠는 누렁이를 내려다보며 선선하게 웃었다. 유 씨는 하얀 이를 드러내며 조용히 웃는 그의 옆모습을 빤히 살폈다. 다른 건 몰라도, 유 씨 자신이 알던 사내 중 가장 근사한 남자임은 틀림이 없었다.

"내게 하나뿐인 딸이 있네."

유 씨의 말에 오스왈드가 고개를 들었다. 8년 전에 시집간 딸이 있다는 코일의 말이 선명하게 떠올랐다.

"불행한 사고로 결혼 생활에 실패한 채 죽지 못해 살고 있다네."

이건 전혀 모르던 정보. 누렁이의 재롱에 입가에 걸려 있던 미소가 싸늘하게 식었고 유 씨는 쓰게 웃었다.

"내가 제안을 하나 하지, 오스왈드."

불길한 기분이 들기 시작했다.

"내 딸아이에게 다시 사랑하는 법을 가르쳐 주게."

오스왈드의 금색 눈동자가 크게 팽창했다.

"내 딸아이를 행복하게 해 준다면, 내가 이 땅을 자네에게 팔겠네."

취한 건가? 오스왈드는 노인이 막걸리를 들이켠 횟수를 세었다. 네 잔. 얼굴엔 취기가 없었다. 까맣게 탄 얼굴에서 그걸 읽기가 불가능할지도 모르지만 호흡도 눈빛도 취한 사람이라고 할 수 없을 만큼 맑았다. 그럼 미친 건가?

그는 오늘 자신을 처음 봤다. 처음 보는 남자에게 뭘 가르치라고? 사랑? 하나뿐인 외동딸을 행복하게 해 달라고?

오스왈드는 자신을 바라보던 유 씨의 집요한 관찰을 상기시켰다. 그의 눈에 가득했던 호감도. 그것이 설마 그런 의미일 줄은 몰랐다.

"어차피 이 땅은 조만간 내 딸아이의 소유가 될 걸세. 내가 살면 얼마나 살겠는가."

"······어르신."

"내겐 하나뿐인 딸이네. 내 딸아이가 다시 웃을 수만 있다면, 그래서 행복해진다면 나는 이 땅뿐만 아니라 내 목숨까지 자네에게 내어놓지."

이건 너무 황당해. 대체 이 노인이 무슨 생각인지를 모르겠다.

"교편을 잡으며 수많은 사람들을 봐 왔네. 자네는 무척 침착하고 강인해 보이는군."

강인한 게 아니라 잔인한 거다. 침착한 게 아니라 냉정한 거고. 그를 아는 모든 사람은 그를 두려워했다. 아주 끔찍하게 여기기도 했다. 특히 여자들은 더했다. 여자에게 그는 괴물이었다. 여자를 공포에 질리게 할 뿐, 한 번도 행복하게 해 준 적이 없다.

그는 여자를 사랑하는 것이 불가능했다. 어디 그것뿐인가? 사랑이 아니라 애정을 갖기도 불가능했고 심지어 여자를 만지는 것도 불가능한 사람이다. 그가 여자를 안을 때는 오로지 상대방을 부수고 싶을 때뿐이다. 끔찍한 파괴. 그것만이 가능한 사람이다. 이 얼마나 가당치도 않은 부탁이란 말인가.

"제게 왜 이런 제안을 하시는 건지 모르겠습니다."

"내가 만나 본 남자 중 자네가 가장 근사하기 때문이라네."

다시 말문이 막혔다. 내 외형? 겨우? 그 정도로 멍청한 사람 같진 않은데. 정말 알 수가 없는 노인네다.

"자네 정도의 외모라면, 내 딸아이도 쉽게 사랑에 빠지지 않겠나?"

맙소사. 지금 뭘 하자는 거지, 이 노인네가?

"저는······."

오스왈드는 말을 더듬었다. 말을 더듬는 경우가 대체 얼마 만이란 말인가,

이건 말도 안 되는 제안이다. 거절해야만 하는, 납득할 수도 받아들

일 수도 없는 제안이다. 하지만 이 제안을 거절하고 나면 딱히, 그의 땅을 차지할 다른 방법 또한 찾을 수 없었다. 복잡한 머릿속을 대변하듯 오스왈드의 눈이 크게 흔들렸다.

"따님이, 이혼했단 이야기는 듣지 못했습니다."

"그렇겠지. 서류상 정리가 아직 안 되어 있겠지만 그 결혼은 이미 3년 전에 깨졌다네. 가능하면 자네가 그것도 정리해 줬으면 좋겠군."

유 씨는 사심 없이 웃어 보였다. 지금 자신의 딸에게 무슨 짓을 하고 있는지 알고는 있는 걸까? 원하는 게 뭘까? 정말 딸에게 사랑을 가르치라고?

차라리 반신불수인 여자에게 걸음마를 가르치라고 하는 게 낫다. 그건 최소한 눈에 보이는 결과물이 있는 것 아닌가. 하지만 이건 어떤 식으로든 결론을 도출할 수 없는 문제다.

지금 날 상대로 말장난을 하자는 건가?

그러나 유 씨의 눈빛은 진지했다. 오스왈드는 입술을 씹으며 자신이 해결 가능한 범주 내의 제안을 생각했다. 이혼. 서류상 정리.

"혹시, 제가 따님과 결혼이라도 하길 바라십니까?"

"그렇다고 내 딸과 재혼을 하라는 건 아니라네."

점점 더 어려워진다. 차라리 재혼을 하라는 게 나았다. 돈과 명예라면 줄 수 있다. 마음이 아니면 모두 다. 언제가 되었든 결혼은 해야 하고, 어차피 해야 하는 거면 지금 시점에서 하는 것도 나쁘진 않았다, 결혼을 하면 그를 둘러싼 추문은 사라질 테니까. 거기에 덤으로 이 땅까지 딸려 온다면 그 정도는 아주 기껍게 내어 줄 수 있다.

하지만 행복이라니. 사랑이라니. 그런 허상에 가까운 개념을 어떻게 이뤄 내란 말인가.

"내 제안이 너무 애매한가?"

애매할 뿐 아니라 불가능했다. 애초에 시도조차 하지 못할 일이다.

"그럼 이렇게 하면 어떤가. 내 딸을 웃게 해 주게."

"……."

"난 그저 내 딸이 웃는 걸 보고 싶다네. 죽기 전에 딸아이가 아주 행복하게 웃는 걸 보는 게 내 평생의 소원이야."

웃게 해 달라. 겨우?

여자는 태생적으로 웃음이 헤프다. 어떤 여자라도 마찬가지야. 적당히 꽃과 보석을 바치고, 적당히 아껴 주는 척 연기를 하면 보통은 세상에서 가장 행복한 여자처럼 웃어 보였다.

여자를 유혹하는 건 쉬웠다. 그저 의미 없는 눈짓 몇 번, 미소 한 번. 그 이후엔 달아오른 여자에게서 연락처를 얻으면 끝이었다. 그 이외의 어떤 노력도 그는 해 본 적이 없다. 그럼에도 불구하고 모든 여자가 그의 옆에 서면 백치처럼 웃었다.

세상에서 자신이 가장 아름다운 줄 아는 배우, 유서 깊은 귀족 집안의 콧대 높은 아가씨. 그 어떤 경우에도 예외는 없었다. 유환오는 그걸 알고는 있는 걸까?

"그게 답니까? 따님을 웃게 하는 것?"

"그래. 그거면 되네. 나는 내 딸을 잘 안다네. 웃게 되면, 지금까지의 자신을 돌아보게 될 거야. 어쩌면 삶의 의미를 다시 찾을지도 모르지."

어쩌면 삶의 의미를 다시 찾을지도 모른다? 그런 애매하고 확률 없는 도박에 패를 건다니. 그것도 자신 같은 남자에게. 오스왈드는 노인을 이해할 수 없었다. 현명한 줄 알았더니 아둔한 노인일 수도 있다.

"따님은 어디에 있죠?"

"수원에 있네. 도청에서 근무 중이지."

"제가 어르신의 약속을 어떻게 확증할 수 있죠?"

"원한다면 공증받은 각서를 써 주겠네."

'내 딸의 웃음을 찾아 주면 땅을 넘기겠다.' 그 내용이 들어간 각서를 쓰는 데 변호사를 대동해야 한다니. 소름이 돋을 만큼 유치했다.

"정말로, 이 일을 진행하시겠습니까?"

"물론이네."

"후회하지 않으시겠어요?"

"절대로."

이 노인은 도박에는 소질이 없는 것이 분명해.

그의 말대로 오스왈드의 외형은 지나치게 멀끔했다. 그 자신도 그걸 알고 있다. 자신의 외모로는 여자를 유혹하는 것보다 유혹하지 않는 것이 더 어렵다는 것을 말이다. 이건 오스왈드가 마음만 먹으면, 그의 땅을 거저 갖는 거나 다름이 없는 게임이었다. 지금 이 노인은 자신의 땅도 모자라 자신의 딸까지 오스왈드에게 통째로 갖다 바치는 꼴이다. 땅이든, 딸이든 결국엔 끔찍하게 파괴될 것이다.

"내 딸아이가 내게 남은 전부라네."

전부라면, 그걸 더 소중히 여겼어야지. 나 같은 쓰레기에게 이런 말도 안 되는 부탁을 하는 게 아니라. 이 아둔한 노인네야.

"알겠습니다."

오스왈드는 정중하게 대답했다. 그의 고요한 눈이 불처럼 이글거리자 유환오는 조용히 웃었다. 그는 자신의 예감이 맞기를 빌었다. 인생을 건 마지막 도박의 잭팟이 터지길 그는 간절히 바랐다.

"지금 이걸 기사라고 쓴 거야!"

미친 게슈타포 자식.

편집실에 있는 모두가 국장의 쩌렁쩌렁한 목소리에 인상을 팍 찌푸린 채 칸막이 안으로 몸을 웅크렸다.

불쌍한 최 기자. 뭐가 밉보여서 맨날 저렇게 혼나는 걸까.

"문맥이 하나도 안 맞잖아. 이걸 방송에 내보내면 사람들이 알아듣기나 하겠어? 이런 기본적인 지식도 없이 어떻게 기자질을 하겠다는 거야?"

벌써 세 번째 퇴짜를 맞자, 최 기자는 입술을 물며 간신히 울음을 삼켰다. 종이가 너덜거릴 정도로 고쳤는데 어떻게 해야 이 미친 자식의 마음에 든단 말인가.

때려치워 버릴까. 정말 나는 무능력한 인간인 걸까. 평소에 헤실거리며 웃음 많던 최 기자의 얼굴이 붉어지자 모두들 안타까워 가슴이 타들어 갔다. 마냥 밝고 착한 최 기자가 뭐가 맘에 안 들어 저렇게 매번 잡아먹으려 드는지 모르겠다. 국장은 도끼눈을 뜨고 최 기자를 쏘아보았고 여자는 고개를 푹 숙인 채 어찌할 바를 모르고 있었다.

모두가 입을 다물고 이 엿 같은 상황이 빨리 끝나길 바랐다. 4시에 있을 녹화에 정신 바짝 차리고 있지 않으면 저 게슈타포 자식이 또 무슨 지랄 발광을 할지 상상만으로 숨이 턱턱 막혔다.

최대한 조용히 있자. 쥐 죽은 듯이. 저 미친놈의 눈에 띄면 오늘 하루 똥 밟는 거야.

"최 기자님. 음성 파일 다시 녹음해 주세요."

너무도 무심히, 아무렇지 않게 그 정적을 깨 버리는 목소리에 모두의 목이 한쪽으로 돌아갔다. 국장도, 최 기자의 목도 마찬가지였다.

근무 2년 차. 도청 뉴스팀에 가장 마지막에 들어온 종편 담당인데 분위기는 절대 막내 같지가 않았다. 분위기 파악이 전혀 안 되는 듯한 무표정한 얼굴의 그녀가 가끔은 정신이상자로 보인다.

"소음이 들어가 있어서 그래요. 빨리요."

국장과 최 기자의 눈이 벽시계로 향했다. 3시.

방송 녹화는 4시였다. 도청에 위치해 있는 도청 뉴스팀은 매일 4시에 뉴스를 녹화했다. 지금 녹음을 해 놓지 않으면 안 되는 상황이었기 때문에 국장은 '쯧' 혀를 신경질적으로 찬 뒤 저리 가 보라고 손을 휘이휘이 저었다.

텅 빈 스튜디오로 향하는 최 기자의 뒤를 장 감독이 음성을 따기 위해 따라 들어갔다. 아무리 작은 규모의 방송국이지만 업계의 특성상 분위기는 무척이나 거칠었다. 기수로 수직적인 상하관계가 맺어지다 보니 나이가 아무리 많아도 자기보다 먼저 들어온 사람에겐 무조건 선배님이라고 칭하며 존댓말을 붙여야 했다. 그러다 보니 자기보다 기수가 낮은 사람이 들어오면 그 권력을 이용해서 괴롭히는 경우도 꽤 잦았다.

똑똑하고 드센 게 가장 좋지만, 그게 안 되면 멍청하더라도 드센 게 나았다. 멍청하고 드센 것보다 더 나쁜 건 똑똑하고 여린 거였고 그것보다 더 최악인 건 순진하면서 여린 거였다. 여기서 상처받지 않고 잘 살아남으려면 무엇보다 독한 게 가장 좋았다.

그런 면에서 본다면 유단희는 이 편집실에서 가장 강자였다. 국장이 아무리 소리를 질러도, 그녀의 사수가 아무리 갈궈도 저 무표정한 얼굴이 변하는 경우를 본 적이 없다.

때론 '저 여자가 지금 국장의 말을 제대로 듣고 있는 건가?' 싶을 정도였다. 처음엔 미친 여자인가 싶어서 꺼렸는데 유일하게 이 편집실에서 아무렇지 않게 국장의 지랄 발광을 종료시켜 버릴 때면 그녀의 똘끼가 든든하기도 했다.

그래서일까. 시간이 지날수록 사람들은 단희를 편하게 느꼈다. 독특하고 사이코 같지만 따져 보면 단희가 사람들에게 피해를 끼친 적은 없었다. 늘 과묵하고 표정이 없어서 그렇지 열심히 일했고, 2년 동안 한 번도 사람들의 눈 밖에 날 만한 행동을 한 적도 없었다.

가장 먼저 출근해, 늘 가장 늦게 퇴근했고 뭐든 시키면 군말 없이 잘했다. 그리고 방금처럼, 무심하게 도움을 주기도 한다. 물론 본인은 의도치 않았겠지만.

"유단희 너는 편집 다 완료했어?"

감히, 내가 훈계를 하는데 끼어들어? 건방지게?

물론 시각이 급박하여 어쩔 수 없는 상황이란 걸 알고 있으면서도 성질을 못 이긴 국장이 으르렁거렸다.

"……."

늘 1초 느린 반응. 단희는 모니터를 주시하던 눈을 아주 천천히 치켜떴다. 쌍꺼풀 없이 커다란 눈이 섬뜩하다.

"최 기자님 오디오 파일을 건네받아야 완료하죠."

"……."

마치 여태껏 뭐 들었냐는 그녀의 무심한 태도에 사람들은 이를 물고 웃음을 참았다.

통쾌해 죽겠네.

이 편집실에서 유일하게 국장에게 꼬박꼬박 말대답하는 단희를 국장은 단 한 번도 이겨 본 적이 없다. 하는 말마다 국장의 속을 긁어 놓으면서도 딱히, 이치에 어긋난 말은 한 적이 없는 탓이다. 국장은 입을 한일자로 꾹 다물고 획 등을 돌려 앉았다. 속이 부글부글 끓었다.

가끔은 정말이지, 저 여자를 잘라 버리고 싶다. 그럴 권한은 본사에 있으니 차마 자르진 못하겠고, 그런 권한이 설령 본인에게 있다고 해도 핑계 댈 만한 것이 없었다. 부지런하고, 일도 잘했으니까.

생각할수록 기분이 상한다. 명색이 국장은 자신인데, 왜 매번 편집실 안에 들어서면 저 막내의 눈치를 보게 되는 걸까.

너무 이성적이고 어쩔 땐 너무 신랄해서 그 앞에서 길길이 날뛰고 있으면 자신이 병신이 된 기분이 들었다. 그래서인지 자꾸만 화를 내기 전에 한 번씩 유단희의 동의를 구하는 것처럼 그녀를 쳐다보게 된다. 이 방송국에 있으면서 또라이란 또라이는 다 만나 봤지만 저런 부류의 또라이는 처음이었다. 뭐 하나 걸리는 것도 없는데 그렇다고 뭐 하나 맘에도 안 드는 부류. 국장은 흘깃 눈초리를 돌려 모니터를 쳐다보고 있는 유단희를 곁눈질했다. 저 속에 뭐가 들었을지 진짜 궁금하다.

저녁 6시가 되자 단희는 자리에서 일어섰다. 아주 드문 정시 퇴근이었다.

"단희 씨."

스튜디오를 빠져나오는데 누군가가 등 뒤에서 불렀고, 단희는 후드티를 뒤집어쓰다 말고, 상대방을 확인하기 위해 천천히 고개를 돌렸다.

"이거요."

최 기자가 쭈뼛쭈뼛 다가오며 그녀의 손에 3단으로 접힌 붉은색 우산을 하나 들려 줬다.

"밖에 비 와요. 전 우산이 두 개거든요. 가져가요."

최 기자는 한 번도 단희가 우산을 가지고 다니는 걸 본 적이 없었다. 그래서 단희는 늘 비가 올 때면 외투를 푹 적시고 다녔다. 워낙 기이한 여자라, 다들 으레 그러려니 생각했지만 최 기자는 항상 비 올 때마다 그녀가 우산도 없이 돌아다니는 게 마음에 걸렸다. 쓸데없는 오지랖이란 생각을 하면서도 자꾸만, 이 냉담하기 그지없는 여자를 챙겨 주고 싶었다. 어쩌면 천성이 남 챙기기를 좋아하고 정이 많아서일 수도 있다.

처음엔 정말 미친 여자라고 생각했는데, 국장이 자신을 쥐 잡듯이 잡을 때마다 희한하게 매번 유단희가 그 상황을 끝내 줬다. 우연치고는 너무 잦게 그 횟수가 계속되다 보니, 이 또라이 같은 여자가 알고 보면 무척 다정한 사람인 건 아닐까 하는 의심을 하게 됐고 자꾸만 정이 갔다. 다들 국장이 지랄하면 자기 몸 사리기에 바쁜데 오로지 이 여자만이 그렇지가 않았다.

"그럼 내일 봬요."

최 기자는 방그레 웃어 보이며 홀연히 자리를 떠 버렸고 단희는 멍하게 우산을 들고 서 있다가, 무표정하게 터덜터덜 계단을 내려갔다.

추적추적 비가 내리고 있었다. 아스팔트 위로 스물스물 기어 올라오는 비 내음이 코끝을 기분 나쁘게 자극시킨다. 단희는 입구에 서서 가만히 그 냄새를 맡고 있다가 집까진 걸어가야겠다고 생각했다. 사람들에게 부대끼는 대중교통을 이용하는 걸 원래 싫어하지만 이런 날씨엔 더욱더 싫었다.

그녀는 최 기자가 준 우산을 옆구리에 끼고 후드티 주머니에 양손을 찔러 넣고 무작정 앞으로 걸어 나갔다. 투둑투둑. 머리 위로 굵은 빗방울이 하염없이 쏟아졌다.

자신의 먹잇감이 막 정문을 빠져나오고 있었다.

확실해?

오스왈드는 도청 앞길에 차를 세우고 비상등을 켠 채 스스로에게 자문했다.

의심의 여지없이 확실하지.

그는 휴대폰 액정에 박힌 여자의 사진을 한 번 더 확인하고 아랫입술을 꾹 물었다.

전신을 터번으로 칭칭 두른 테러리스트 새끼들도 단번에 알아봤다고.

특수부대를 거치며 그 정도의 눈썰미는 갖게 됐다.

그래도 그렇지. 저게 내 목표물이라고?

자신에게도 수준이란 게 있다. 유환오가 건네준 사진 속의 여자는 제법 여자답기나 했다. 갓 스무 살이 되었을 때의 사진이라 젖살이 채 빠지지 않은 하얀 얼굴이, 꼭 자신이 페도필리아가 된 기분이 들게 만들었지만 그래도 최소한 여자로는 보였다.

헌데 지금 자신의 눈앞에 실체를 드러낸 사람은 심지어 여자 같지도 않았다. 가만, 사람인 건 맞나?

푹 눌러쓴 캡 모자. 그 위에 후드티를 뒤집어쓰고, 이렇게 장대비가 쏟아지는데 옆구리에 낀 우산은 쓰지도 않고 있다. 머리부터 발끝까지 모두 검은색 일색이라 이런 스산한 날씨에 잘못 보면 저승사자로도 착각할 지경이었고 모자 그늘에 가리어진 눈은 어디에 박혀 있는 건지 제대로 보이지도 않았다. 오로지 동그란 콧망울과 산이 선명한 입술. 갸름한 턱선. 별 특이하지도 않은 그 윤곽만이 이 여자가 사진 속 사람과 동일인이란 걸 말해 주고 있었다.

우산을 갖고 있으면서 쓰지도 않는 여자라.

심리학적으로 이건 어떻게 파악해야 하는 걸까. 정신과 담당의이자 자신의 오랜 친구인 루시에게 이런 경우에 대한 조언이라도 들어야 하는 걸까. 그는 눈앞의 희한한 광경에 넋을 놨다. 부녀가 쌍으로 제정신이 아닌 건가?

코일에게 부탁한 이 여자에 대한 신상 조사는 일주일 후에나, 자신의 손에 쥐어진다고 했다. 중국의 해커한테 부탁하면 이틀이면 해결될 일을, 뭘 어디까지 조사를 하려고 들기에 그렇게 오래 걸리는 건지는 모르겠지만, 그때까지 참지 못한 건 그 속도가 너무 느려서가 아니었다. 다급하기도 했고, 그 괴짜 영감의 딸이 대체 어떤 사람인지 궁금하기도 해서였다.

무려 10년 전 사진 속의 여자도 그다지 자신의 취향은 아니었다. 그는 무엇보다 동양인은 나이에 비해 지나치게 어려 보인다는 점이 싫었다. 그래서 늘 그의 선택지에서 동양 여자는 배제되어 왔다. 그건 본인에겐 암묵적인 원칙이었다. 지나치게 어린 여자도, 지나치게 어려 보이는 여자와도 데이트는 하지 않는다.

헌데 사진 속의 여자는 어려 보이는 것도 모자라, 자신에 비해 너무 작고 왜소했다. 그나마 마음에 든 거라고는 통통해 보이는 볼륨감 있는 몸이었는데 지금 저 여자는 볼륨감이라고는 눈을 씻고 찾아볼 수가 없었다. 그사이에 대체 얼마나 살이 빠진 거야. 최악이다. 저 팔목은 잡고 힘을 조금만 줘도 그대로 부러지게 생겼다. 안 그래도 작아 보이는 등은, 벗겨 놓으면 갈빗대의 개수까지 셀 수 있을 것 같았다. 타협을 할 수 있는 선에서 이미 한참을 벗어났다. 아무리 진심으로 여자와 교감을 나누지 못하는 사람이라고 해도, 취향이란 건 존재했다.

그래. 그 빌어먹을 취향이란 게 내게도 있단 말이야. 어느 정도의 여자가 내게 걸맞는지 정도는 정확하게 알고 있다고.

170센티 이하의 여자는 만나 본 적이 없다. 속옷 모델을 제외하고 체지방이 20퍼센트 미만인 여자를 만나 본 적도 없다. 저 여자는 기껏해야 160센티가 막 넘을까 말까 한 데다가, 자신이 보기엔 지나치게 말라 있었다. 체지방의 문제가 아니다. 체지방도 없어 보일 뿐 아니라 근육도 없어 보였다. 저 여자가 자신의 옆에 서면 그녀는 '기아'로 보일 것이다. 이건 전혀 밸런스도 맞지 않거니와 무척이나 비도덕적으로 느껴진다.

약자는 건드리지 않는다. 그게 그의 철칙이었다. 저 여자는 약자다. 그것도 밟으면 으스러질 만큼 형편없는 약자. 농담이 아니야, 정말 저 여자를 구슬려서 데이트를 해야 한단 말이야? 저 유령 같은 여자랑?

차라리 아프간을 한 번 더 갔다 오는 게 속 편하겠어.

여자가 차창을 스쳐 지나가자 오스왈드는 적당히 거리가 벌어질 때까지 기다리다가, 장우산을 들고 차에서 내렸다. 그는 좀 더 여자를 파악하기 위해 따라가 볼 요량이었다. 구미에 당기건, 당기지 않건 목표물을 신중하게 추적하는 건 아주 오래된 그의 본능이었다.

얼마나 조용히 따라 걸었을까, 앞서가던 유단희가 골목길에서 나오는 여자와 철퍽 몸을 부딪쳤다. 비바람 때문에 상대편이 우산을 너무 바짝 숙인 탓이었다. 몸이 부딪히고 나자 단희의 옆구리에서 우산이 툭 떨어졌고 동시에 보도블록에 떼구르르르 종이컵이 구르며 허연 연기를 내뿜었다. 오스왈드는 발걸음을 멈추고 단희의 뒷모습에서 바닥을 구르는 종이컵으로 시선을 옮겼다.

뜨거운 커피.

"어머! 죄송합니다! 어쩌지! 죄송합니다!"

대학생 정도로 보이는 상대방은 연신 사과하며 어쩔 줄 몰라 했다.

"안 다치셨어요? 어떡해. 괜찮으세요?"

앞자락에서도 하얀 연기가 피어오르는 게 보였다. 옴팡 뒤집어썼군.

"괜찮아요."

아주 무심한 대꾸. 장대비의 소음 때문에 오스왈드의 귀에는 단희의 목소리가 제대로 들리지 않았다,

단희는 몸을 굽혀 우산을 집어 들었다. 그러곤 아무렇지 않게 다시 발걸음을 옮겼다.

뭘 하는 거지?

자신만큼 상대방 여자도 황당해 보였다. 단희의 뒷모습을 쫓으며 몇 번이고 뭔가 말을 건넨 것 같은데 오스왈드가 보기에는 들은 척도 하지 않는 것 같았다. 그녀는 여전히 장대비를 온몸으로 맞고 있었다. 저럴 거면 우산은 왜 옆구리에 끼고 있는 거냐고.

아무리 차가운 비에 몸이 젖었어도, 그 정도의 커피가 몸에 끼얹어 졌는데 그게 뜨겁지 않을 리가 없다. 분명 그녀의 몸에서 뜨거운 연기가 피어오르는 걸 자신의 눈으로 확인했으니까. 보통의 반응은 뜨겁다고 호들갑을 떨며 몸을 숙이거나, 닦아 내거나, 적어도 인상 정도는 찌푸리는 것이다. 하지만 그녀는 인상을 찌푸리지도, 호들갑을 떨지도 않았다. 마치 아무것도 느끼지 못하는 사람처럼. 뭐야, 이 여자.

불행한 사고를 당했다더니 그때 감각을 잃었나? 뇌에 손상이 간 건가?

설마, 신체적인 장애로 웃는 게 불가능한 건 아닐까? 유환오가 자신에게 했던 말들의 앞뒤 맥락을 맞춰 보면 그랬을 가능성은 없어 보이지만 그래도 혹시 모르는 것 아닌가. 그 영감이, 자신을 엿 먹인 것일지.

오스왈드는 단희가 몸을 틀어, 골목으로 사라지는 것까지 보고, 서둘러 다시 자신의 차에 올랐다. 어쩐지 그 영감의 손에 놀아나는 것 같아 썩 기분이 좋지가 않았다.

이건 정말 말도 안 되는 짓이야.

그는 고개를 절레절레 저으며 차를 출발시켰다.

◆　•　　•　●　•

이 한심하고 황당한 거래는 파기해야 옳다. 며칠 동안 그 찝찝한 생각이 머리에서 떠나질 않았다. 무엇 하나 마음에 들지 않는 외형보다 더 못마땅한 건 그 여자가 제정신이 아닌 것처럼 보인다는 거다. 아무리 이성에 대해 무심해도 미친 여자를 아무렇지 않게 받아들일 만큼 무심한 건 아니었다. 적어도 제정신이긴 해야 할 것 아닌가. 그래야 웃게 하든, 뭘 하든 상식적인 선에서 마무리를 지을 수 있지 않나.

삑—

초조하게 책상을 두드리고 있는데 인터폰이 울렸다.

「네.」

— 퀸튼 씨. 코일 씨가 오셨습니다.

「들어오라고 해.」

코일이 문을 열고 사장실에 들어왔을 때 그는 오스왈드의 심난한 기분을 알아차리지 못했다. 그가 오스왈드와의 대면을 피하지 않는 몇 안 되는 사람이긴 해도, 그 어두운 황금색 눈동자를 읽어 낼 수 있을 만큼 오래 바라보는 것은 아직 서툴렀다. 그와 어느 정도 친숙해져야 그에게서 느껴지는 공포가 사라질까. 그의 눈을 똑바로 바라보는 사람은 그에게 넋을 놓은 사람이거나, 아니면 댈래스 회장과 그 일가, 그리고 타인으로는 드물게 그가 후원하는 그 커다란 동양인, 리즈디 청년 정도였다.

「퀸튼 씨.」

「……..」

코일은 그의 침묵에 긴장했다. 오스왈드는 겉으로 보기에 감정의 기복이 별로 없었다. 때론 무서운 사람, 어쩔 때는 말도 못 하게 부드러운 사람이었지만 그가 정말로 어떤 성격을 갖고 있는 사람인지는 아무도 알지 못한다. 그래서 모두들 그가 무표정일 때와 마찬가지로 그가 웃고 있을 때에도 잔뜩 그를 경계했다.

코일은 막 도약하기 직전의 짐승처럼 책상에 앉아 있는 오스왈드를 보고 침을 한 번 꿀떡 삼킨 후 성큼성큼 앞으로 다가갔다. 다른 건 몰라도 자신이 들고 온 소식은 분명 그에게 좋은 소식이니 최대한 빨리 이 이야기를 전하고 싶었다. 그는 오스왈드의 책상 앞에 서서 앞뒤 다 자르고 본론만 이야기했다.

「막 연구소에서 보고를 받았습니다. 제련 후 고체로 변한 아몬 액체가 레이더에도, 적외선에도 잡히질 않는답니다.」

레이더에도, 적외선에도 잡히지 않는다?

「연구소에서 실험 결과 영상을 곧 이메일로 송부하겠다고 했어요.」

내내 생각에 잠겨 있던 오스왈드가 조용히 입을 뗐다.

「스텔스기의 도료로도 사용 가능하단 말이로군.」

코일은 열정적으로 고개를 끄덕였다.

「이건 정말 놀라운 일이에요.」

차세대 스텔스기의 개발은 댈크로우사가 오랫동안 중점적으로 투자해 온 사업이었다. 아무리 많은 연구와, 돈을 때려 부어도, 완전히 레이더와 적외선에 잡히지 않는 스텔스기의 개발은 불가능했다. 그저 발견되는 확률을 어디까지 낮출 수 있느냐 그 싸움이었다. 그것도 레이더상에서만 말이다.

불가능한 것을 조금이라도 가능하게 하려 그동안 얼마나 많은 연구를 해 왔나. 그러나 이 자원을 확보할 수만 있다면 이제 그 돈 덩어리 삽질을 끝내도 된다. 이것을 독점할 수만 있다면 스텔스기뿐 아니라 거의 모든 분야에서 댈크로우사는 그야말로 누구도 넘볼 수 없는 독보적인 존재가 된다. 그 생각을 하니 머리털이 쭈뼛 곤두섰다.

빌어먹을. 이건 정말 포기할 수가 없다고.

그는 손으로 자신의 이마를 문지르며 초점을 책상 끝 어딘가에 고정시켰다. 골치 아프게 됐다. 말도 안 되는 제안에. 말도 안 되는 여자에, 말도 안 되는 광물이라.

어느 구석으로 봐도 현실적인 면이라곤 전혀 존재하질 않는다. 그는 한숨을 한 번 내쉬고는 다시 코일을 향해 금색 눈동자를 들었다.

「유환오의 딸에 대한 정보는?」

「아직입니다.」

「병원 기록부터 좀 뒤져 보라고 해. 혹시 정신과 진료 기록이 있는지 어떤지.」

「알겠습니다.」

그 여자가 미친 건지 정확하게 확인해야만 한다. 미쳤으면 어디가 어떻게 미친 건지도.

오스왈드는 인터폰을 눌렀다.

— 네, 퀸튼 씨.

「월라스를 올려 보내.」

— 네.

스멀스멀 두통이 밀려오고 있었다.

단희는 아침 안개가 아직 자욱하게 낀 산 아래를 살피며 툇마루에 조용히 앉아 있었다.

"언제 왔니."

아빠의 목소리에도 그녀는 조용히 먼 곳만 응시했다. 주말마다 특근을 해서 얻은 단 하루뿐인 휴가를 단희는 강원도에 오는 것으로 소비했다. 그리고 늘 그랬듯이 그녀는 차가운 아침의 이슬을 맞으면서 우두커니 툇마루에 앉아 있었다. 마치 석상처럼.

오늘따라 날이 흐렸다. 해는 한참 전에 떠올랐건만 흐린 구름에 가려 세상은 단희의 얼굴처럼 창백하기만 했다.

"추운데, 왔으면 들어오지 않고."

유 씨는 딸아이의 시선을 따라 산 아래를 응시했다. 그녀가 희미하게 보이는 냇가를 멍하게 쳐다보고 있음을 알고 난 후에 그는 조용히 가녀린 딸의 손마디를 잡았다.

"감기 걸리겠다. 들어가자."

언제부터인가 딸아이는 표정을 잃었다. 항상 먼 곳만 응시했고 벙어리처럼 묻는 말에 잘 대답하지도 않았다.

그녀에겐 고통을 망각하기에 3년이란 시간이 무척이나 짧았겠지만 유 씨에겐 너무도 길었다. 마음에 병이 나면 몸도 마찬가지로 약해지는 것 같다.

제대로 먹지도 자지도 못하는 딸은 3년 만에 완전히 몸이 망가져 버렸다. 면역력이 급격히 나빠져 그녀는 사시사철 감기를 달고 살았다. 저러다가 정말 몸의 어딘가가 도저히 손쓸 수 없을 만큼 망가지는 건 아닐까 겁이 나 유 씨는 매 분기마다 딸아이의 건강검진은 빼놓지 않고 챙겼다. 부모로서 다 큰 자식에게 해 줄 수 있는 일이라곤 고작 그것뿐이었다.

"들어가재도."

그는 마른 딸의 어깨를 잡아끌었다. 어서 딸아이를 이 고통의 구렁텅이에서 꺼내길 그는 간절히 바랐다. 그걸 위해서라면 악마에게 기꺼이 영혼이라도 팔고 싶었다.

「직원들은 계속 상주해 있고 2년에 한 번씩 업체만 바뀌고 있습니다. 그러니까 2년에 한 번씩 소속사만 바뀌는 거죠. 그래서 직원들 사이에서도 매번 불만이 많은 것 같습니다.」

법무부 이사인 최정락은 그의 앞에 서류 하나를 더 내려놨다.

「올해 3월에 새로 사업을 입찰받은 미디어업체 정보입니다. 양재에 위치해 있고 사업이나 자산 규모 같은 걸 봤을 때, 그리 건실한 기업은 아닌 것으로 보입니다.」

작년 매출액은 13억. 회사의 규모에 비해 턱없이 적은 수입이다. 가진 돈을 소비하며 회사를 운영 중인 것이 분명했다. 꽤나 경영난에 시달리겠군. 오스왈드는 서류 더미를 덮었다.

「사들여.」

「네?」

오스왈드가 되묻는 걸 정말 싫어한다는 말을 코일에게 수없이 들었음에도 헛것을 들은 것 같아 되묻지 않을 수가 없었다.

「브레인 미디어. 여기 사들이라고.」

「…….」

「돈은 얼마가 됐든 상관없으니 최대한 빨리 사들여. 가능한 한 아주 빨리.」

「……네. 알아보겠습니다.」

사업에 있어서는 무서울 정도로 냉철한 사람이라고 들었다. 제왕적인 통치 스타일이 아니라 합리적이고 치열한 논의를 더 좋아한다고는 알고 있었는데 이 생뚱맞은 업무 지시는 뭐지? 군수업체가 이런 작고 볼품없는 미디어 기업을 뭣 때문에 사들이려는 거지? 최정락은 영문을 모르면서도, 그 내용을 그에게 되묻기엔 겁이 나 일단 수긍해 버렸다.

그가 이 문제를 코일에게 제대로 알리고, 최대한 빨리 회의를 잡아야겠다고 마음먹으며 사장실을 나가자, 오스왈드는 책상 위에 올려 놓은 유단희의 사진에 눈길을 돌렸다. 티 없이 맑아 보이는 눈동자와 사랑받고 자란 사람 특유의 반짝거림이 가득했다. 얼마 전 자신이 마주한 그 여자와 동일인이란 게 정말 믿기지가 않는다. 처음 느낀 감정은 '황당함'이었지만 시간이 지나니 슬슬 그 황당함이 '호기심'으로 뒤바뀌고 있었다. 뭐가 이 여자를 이렇게 만든 걸까. 그걸 꼭 알고 싶다.

　그래, 해 보자고. 이 게임.

2

그 주 월요일은 도청 직원들의 월례회의가 잡혀 있었다. 그렇게 아침행사가 있는 날이면 뉴스팀은 새벽 6시까지 출근해 기자재를 강당으로 옮기고 촬영 준비를 해야 했다. 국장을 빼고 남은 팀원들이 모두 거기에 매달렸다.

단희는 그중에서도 가장 막내였기 때문에 잔심부름이 끝도 없이 많았다. 뭘 가져와라, 뭘 챙겨 와라, 이걸 연결해라, 저걸 빼 와라, 충전해 와라, 케이블을 더 가져와라, 기타 등등. 사이코라고 께름칙해하면서도, 막상 부려 먹을 땐 대차게 잘도 부려 먹었다.

일주일에 두 번은 꼭 새벽 출근이다. 해 뜨기 전에 나가서 해가 져야 돌아오는 거지 같은 생활을 거기에 있는 내내 반복해야만 했다. 그걸 견디지 못해서 나가는 직원들도 무척이나 많았다. 단희가 들어오기 전까지 있던 종편 담당은 채 세 달을 버티지 못하고 나갔다고 했다. 빡센 근무 환경, 너무 드센 선배들, 이래도 저래도 혼만 내는 국장 때문에 없던 정신병이 생길 지경이었으니까 말이다.

한 시간 반가량 지속된 월례회의를 마치고 단희는 트라이포트 2개와 전기 케이블 릴을 어깨에 걸치며 비틀비틀 엘리베이터에 올랐다. 직원들은 이미 모두 빠져나가 텅텅 빈 엘리베이터엔 자신을 제외하고 검은색 정장 바지에 회색 코트를 입은 남자 한 사람뿐이었다. 단희는 케이블 릴을 바닥에 내려놓고 2층 버튼을 눌렀다. 타인에게 무신경한 단희였지만 엘리베이터 안에 그 남자의 향기가 진동을 해서 신경이 안 쓰일 수가 없었다.

무슨 향기지? 머스크 향인 건 맞는데, 무척 달콤하고 향긋했다. 온 엘리베이터 안에 진동을 하는데도 두통이 몰려오지 않는 걸 보면 그렇게 자극적인 향은 아니었다. 2층에 도착했다는 알림음이 들렸고 단희가 케이블 릴을 잡기 위해 몸을 숙이자, 커다란 손이 먼저 케이블 릴을 들어 올렸다.

"어디까지 옮기면 되죠?"

낮고 허스키한 목소리. 너무 낮아서 영화관에서 서라운드에 둘러싸였을 때처럼 발바닥부터 머리끝까지 그 소리가 울렸다. 그는 케이블 릴 손잡이를 잡고 단희의 어깨에서 트라이포트를 하나 더 빼 자신의 어깨에 걸친 뒤 먼저 엘리베이터에서 내렸다.

그의 어깨에 메어진 트라이포트가 무척이나 작아 보인다. 무게 중심을 뒤로 싣고도, 양손으로 바꿔 들며 힘겹게 옮기던 케이블 릴이 그의 손에 들리니 휴지 갑처럼 느껴졌다.

단희는 엘리베이터에서 내리며 남자의 뒷모습을 살폈다. 곱슬거리는 고동색 머리카락. 코트로 감싼 어깨가 무척이나 넓어 보였다. 그 아래로 내려오는 정장 바지에 감긴 종아리는 매우 날씬했고 키는…… 상당히 커 보였다. 비현실적인 비율. 도청 직원이라고 하기엔 너무 눈에 띄었지만, 타인에 관심을 갖지 않는 단희였으니 이내 그 궁금증도 소강되었다.

그는 긴 다리로 엘리베이터에서 내려 'ㄷ'자 복도를 유려하게 걸었다. 주위를 두리번거리면서도 단희가 어디에 멈춰야 하는지 정확하게 알고 있는 것처럼 걸음걸이에 망설임이 없었다.

"거기에 놔두세요."

복도의 맨 끝에 다다랐을 때 그의 뒤를 따라 걷던 단희가 단조로운 음성으로 말했다.

그러자 남자는 시선을 들어 '보도국'이라고 적힌 팻말을 읽었다.

"무거울 텐데. 제가 안까지 옮기죠."

"아니요, 외부인은 출입 금지라서요."

웃음기 없는 단희의 표정에 그는 별다른 말 없이 트라이포트와 케이블 릴을 그 팻말 바로 아래에 내려놨다.

"감사합니다."

단희는 정중하게 인사한 후 트라이포트와 케이블 릴을 챙겨 들었다. 스튜디오 안으로 들어선 후 문을 닫는 속도는 문 앞에 서 있는 사람이 기분 나쁠 정도로 빨랐다. 하지만 감사를 표했으니 그것으로 된 일이었다. 트라이포트와 케이블 릴을 구석 창고에 넣어 두고 몸을 돌리다가 눈앞의 광경에 잠시 멈칫했다. 왜 스튜디오 한가운데에 사이좋게 모여 있지?

아. 주간회의.

단희는 그제야 텅 빈 머릿속에 다시 한 번 오늘이 월요일임을 상기시켰다.

"단희 씨도 자리에 앉지."

사장은 그 특유의 목구멍에 뭐가 걸린 것 같은 목소리로 명령했다. 단희는 삼각대와 케이블 릴을 캐비닛에 올려 두고 곧 스튜디오 한쪽 구석에 접혀 있던 간이 의자를 꺼내, 사람들과 조금 더 거리를 둔 곳에 자리를 잡고 앉았다. 부스럭 소리 하나 안 날 만큼 고요했는데 분위기가 요상스럽게 흐트러져 있었다. 국장은 어디에 있기에 코빼기도 안 보이는 걸까. 단희는 이리저리 눈을 돌려 그를 찾았다.

월요일 회의는 늘 개판이었다. 본사에서 온 사장은 관리한다는 명목하에 몇 달째 주간회의에는 꼭 참여했는데, 자신이 새로 맡은 팀을 자기식으로 운영하고 싶어 하는 사장과, 본인의 방식을 고집하는 국장의 의견 대립은 대단히 심각했다.

국장으로선 어차피 2년에 한 번씩 바뀌는 사장보다 이 회사에서 10년이나 근무한 본인의 방식을 더 고집하는 게 당연했고 사장은 몇 년이 됐건 이 팀의 월급을 주는 사람은 본인이니, 팀에 대해 이러쿵저러쿵 간섭을 하는 게 당연하다고 생각했다. 둘은 처음부터 대척점에 서 있었다.

그래도 그나마 원만하게 유지되던 두 사람의 관계는 몇 달 전 연봉 재협상을 하면서부터 급격하게 나빠졌다. 그만한 돈을 받을 능력이 없다며 뉴스팀 전원의 연봉을 10% 이상씩 깎아 버렸기 때문이다.

사장이 가장 좋아하는 직원은 '주는 대로 받으면서 열심히 일하겠다'는 사람이었다. 회사가 발전이 없는 건 사장의 그런 마인드 때문이다. 쥐꼬리만 한 월급으로, 몸이 상할 때까지 인력을 굴려 대니 1년을 채 버티지 못하고 나가는 사람이 부지기수였다. 직원들 모두가 20대 중반을 넘지 못하는 것은 그런 이유에서였다.

거기에 비하면 도청 뉴스팀은 연령대가 아주 높았다. 모두가 적어도 20대 중반은 훌쩍 넘어섰고 다들 최소한 2년 이상 근무했으니 현재 사장이 갖고 있는 사업적 깜냥으로는 감히 컨트롤할 수 없는 팀이었다. 그걸 모르고 설쳐 대니 모두 기가 찰 수밖에.

주간회의는 항상 시한폭탄을 껴안고 있는 것 같았다. 국장과 사장의 기싸움에 늘 모두가 질식할 지경이었는데 오늘은 이상하게도, 텅 빈 스튜디오에서 회의를 기다리고 있는 건 브레인 미디어의 사장 하나뿐이었다.

40대 중반으로 보이는 그는 땅딸막한 키에 커다란 얼굴, 새하얀 피부에 굵은 목을 갖고 있었다. 코 옆에 난 커다란 점이 투박해 보였지만 잘 차려입은 정장에 고급 안경테, 신경 써서 다듬은 헤어스타일은 꽤 고급스러웠다. 종합적으로 보자면 선비 옷을 입은, 마당쇠처럼 사장의 외형은 아주 이상했다.

"급작스럽지만 먼저 전해야 할 소식이 있습니다."

그는 데스크 위에 엉덩이를 대고 앉아 두 손을 비볐다. 그의 비장한 목소리를 들으니 뭔가 꼭 나쁜 일이 일어날 것만 같았다.

"브레인 미디어가 다른 그룹에 인수 합병 될 겁니다."

진지하게 내뱉은 말에 사람들의 고개가 양옆으로 갸웃거렸다. 그래서? 그쪽 기업이 어디로 인수 합병이 되건, 아니면 사장이 바뀌건 그건 이쪽 팀과는 아무런 상관이 없었다.

"그래서 조만간 인원 정리가 있을 거예요."

"우리도요?"

"네. 예외란 없어요."

"네에?"

촬영팀에서 가장 나이가 많은 거구의 장 감독이 총대를 메고 물었다가 생각도 못 한 최악의 대답이 나오자 다들 새된 소리를 내며 험악하게 인상을 찌푸렸다.

회사가 인수 합병이 되건 말건 그건 그쪽의 사정이지!

단희를 제외한 남은 인원 모두가 5년 이상 이 팀에 근속했다. 단희의 사수인 최은경은 무려 7년이나 이 팀에 있었다. 그런데, 2년에 한 번씩 바뀌는 담당 도급업체가 바뀐다고 해서 그 피해를 여태껏 잘해 온 뉴스팀이 받아야 한다니. 이건 납득할 수가 없었다.

"저희랑은 상관없는 일이잖아요."

참다못한 장 감독이 다시 항변하자 사장이 고개를 저었다.

"상관이 어떻게 없어요. 당신들 월급을 우리 회사가 주고 있는데."

"사장님은 그 대신 도청에서 하청비를 받지 않습니까."

"그 하청비로는 여러분의 월급도 다 챙겨 주지 못해요. 지금까지는 제 사비로 여러분께 높은 급여를 드렸지만 더 이상은 못 해요. 저도 자선 사업가는 아니지 않습니까?"

사기꾼 새끼. 남자 직원들이 이를 부득부득 갈았다.

"국장은 이제 나오지 않을 겁니다. 오늘부로 해고됐으니까."

뭐라고? 다들 입을 벌렸다.

그 게슈타포 새끼가 잘린 건 정말 기쁜 일이다. 기쁜 일이긴 기쁜 일인데, 지금 상황은 기쁘지가 않았다. 그는 이 팀에서 가장 많은 급여를 받았던 사람이고 사사건건 사장의 눈에 거슬렸던 사람이었다. 그러니 본보기로 누구보다 먼저 잘린 거다. 이건 월권행위야.

국장이 미친놈인 건 분명하지만, 사장 나부랭이보다야 훨씬 더 이 팀에 대해 잘 알았다. 그가 짖어 댈 때마다 주둥이를 틀어막고 싶은 욕구를 간신히 참아 낸 건 그가 꽤 팀을 잘 수습해 나갔기 때문이었다.

그런 국장을 잘라 냈다고? 그럼 다음은 대체 누구지?

모두가 그다음 순번이 자기가 될까 봐 안색을 파리하게 굳혔고 사장은 무심하게 사태를 관망하고 있는 단희를 골몰히 쳐다봤다.

"유단희 씨."

초점 없이 멍한 단희의 눈에 초점이 맞아 들어가며 싸늘하게 식었다. 소란스러웠던 스튜디오의 소음이 일순 소거되었다.

설마. 쟤야?

단희는 팀원 중에 월급은 가장 적었지만 일은 가장 잘했다. 저 여자를 자르는 건, 이 팀을 공중분해시키겠다는 것과 다름이 없었다.

"이제부터 당신이 팀장입니다."

헉하는 탄성.

늘 별다른 미동 없던 단희의 미간이 얄파닥하게 구겨졌고 그녀를 제외한 나머지 직원들은 모두 입을 벌리고 질색을 했다.

유단희가? 국장이라고?

68

"이건 말이 안 돼요!"

단희의 사수인 최은경이 자리에서 벌떡 일어서며 신경질적으로 고함을 질렀다. 그녀가 단희를 얼마나 달달 볶아 대며 괴롭혔는지 거기에 있는 모두가 익히 알고 있었다.

"단희는 우리 중 가장 기수가 낮아요!"

"나이는 은경 씨보다 많죠."

겨우 두 살이 많을 뿐이라고! 그렇게 항변하고 싶은 걸 꾹 참고 은경은 조끼 끝을 불안하게 만지작거렸다.

"나이순으로 할 거면 장 감독님이 국장을 해야 맞죠."

"장 감독은 뉴스 촬영 담당이잖아요. 사정상 인력 충원은 없습니다. 장 감독이 촬영에 빠지면 그 자리는 누가 채우죠? 은경 씨가 채울 건가요?"

"그렇게 치면 단희 씨가 종편을 안 하면 누가 종편을 하죠?"

"은경 씨가 해야죠."

뭐?

그녀는 입술을 부들부들 떨며 헉 숨을 들이마셨다. 단희가 와서 간신히 벗어난 업무다. 정말이지, 너무 지겹고 힘들고 짜증이 나서 종편을 담당하는 내내 죽고 싶다는 충동을 느꼈다. 일은 또 왜 그렇게 많은지 항상 가장 먼저 출근해서 가장 늦게 퇴근해야 했다. 매번 들어왔다 학을 떼고 나가는 전임자들 덕분에 7년째 그 일을 꿰차고 있다가 이제야 간신히 그 업무에서 벗어나 막 연애도 시작했는데, 다시 저 모래 늪 속으로 들어가라고?

"원래 은경 씨 일이기도 했고, 지금 은경 씨가 하는 일이…… 명확하지 않잖아요?"

늘 바쁘게 일하지만 따지고 보면 그녀는 일이 없었다. 뉴스 CG와 종편은 단희가 다 했고 그녀가 하는 일이라고는 고작 포토샵으로 관련 꼭지 타이틀을 만드는 일뿐이었다. 스튜디오 녹화 때 자막기를 만지긴 하지만, 그건 이 스튜디오의 누구라도 할 수 있는 일이었다. 더 이상 반박하지 못하자 사장은 고개를 한 번 끄덕여 보이고는 단희의 뒤로 천천히 걸어갔다.

"이제부터 뉴스팀 팀장은 유단희 씨입니다. 본사에 요구할 일이 있으면 단희 씨를 통해 해 주세요. 그리고 단희 씨는 매주 월요일 뉴스 녹화를 마치고 나면 본사로 보고하러 오세요. 주소와 연락처는 문자로 남기죠."

사장은 핵폭탄을 투하하고, 그렇게 스튜디오를 빠져나갔다. 적막한 그 공간에 모두들 내상을 입어 누구 하나 입을 열지 못했다.

그건 단희도 마찬가지였다. 그러기 쉽지 않은데 일순 머리가 멍해졌다. 그러니까 결론적으로 국장을 밀어낸 자리에 자신이 들어가 앉게 되는 거다. 이건 분명 하극상으로 비칠 테고, 모두의 반발이 엄청날 텐데. 저 사장 새끼는 무슨 생각으로 날 그 자리에 끌어다 앉히는 거지? 도저히 견디지 못할 상황을 만들어서, 모두를 다 내쫓을 그런 계획인가?

멍한 눈으로 주위를 훑자 감독이건, 기자건, 편집팀이건 할 것 없이 단희를 쳐다보고 있었다. 누군가는 겁을 집어먹고 있었고 누군가는 몹시 불쾌해 보였고 누군가는 그냥 멍청해 보였다.

평소에 자신에게 '단희 씨'라고 깍듯하게 대해 준 사람도 있었지만 '야, 야' 하던 사람도 있었다. 사수였던 최은경은 모든 히스테리를 단희에게 풀어 댔고 촬영팀에서 가장 나이가 많은 장 감독도 여자가 돼서 사근사근하지 못하다고 항상 단희를 질타했었다. 그런 자신들의 전적 때문인지 단희를 보는 눈에 못마땅함과 독기가 어려 있었다. 단희가 자신의 윗사람이 되는 걸 누구도 원치 않았다. 그녀를 업신여겼던 사람은 더욱더 말이다.

모두가 분노와 경악에 휩싸인 이 상황에서 단희를 빼놓고 유일하게 제정신을 차리고 있는 사람은 최 기자 하나였다. 그녀는 만약 이 중에 팀을 이끌어 갈 사람이라면 단희도 나쁘지 않다는 생각을 했다. 이 팀에서 가장 감정에 휘둘리지 않고 어떤 상황에도 초연할 사람이었고, 그동안 가장 열심히 일한 사람도 그녀였다.

기수를 운운하지만 그녀는 이곳에 경력직으로 들어왔지 신입으로 들어온 것이 아니다. 그리고 이 팀의 여직원들 중 가장 나이가 많았다. 자신은 스물일곱 살이었고, 나머지 기자 두 명은 그보다 어렸으며 가장 나이가 많은 여직원은 스물여덟 살인 그녀의 사수였다.

당장 뭐라고 그녀를 칭해야 할까? 국장님? 팀장님?

"이 상황이 말이 돼?"

장 감독은 펄쩍 뛰며 분개했다. 나이로 보나, 경력으로 보나 저 사이코 같은 여자보다 자신이 훨씬 더 나았다. 국장이 물러났으면 당연히 그 자리는 자신의 것이었다.

"이게 말이 되는 상황이냐고. 너는 이게 말이 된다고 생각해?"

장 감독의 살기 어린 목소리에 단희가 그를 똑바로 주시했다. 누르락붉으락한 얼굴이 평소보다 더 못생겨 보인다는 생각을 하며 단희는 자신의 손목시계를 확인했다.

11시 반. 4시 녹화까지 시간이 빠듯하다.

"일단, 다들 일하세요. 이따 녹화 때 지휘는 장 감독님께서 하시고. 3시까지 취재 마치고 돌아오시면, 제게 테이프를 넘겨주세요. 평소와 다름없이 지내면 돼요."

단희가 의자에서 일어나며 평이한 어조로 명령했고 그녀의 아무렇지 않은 행동에 장 감독의 얼굴이 더 붉게 타올랐다. 그녀가 저렇게 말짱한 얼굴을 하는 것이 마치 이 상황을 당연하게 받아들이고 있는 것 같아 더 열이 받는다.

"내가 네 말을 왜 들어야 돼!"

장 감독이 고함을 꽥 지르자 스튜디오가 쩌렁쩌렁 울렸다. 모두들 그 기합에 움츠러들었지만 단희는 반대로 매섭게 눈을 치켜떴다.

"지금 당장 이 문제는 어쩔 도리가 없으니, 일단 하던 대로 하시라고요. 회사를 관두든, 원래대로 돌려놓든 그건 제가 알아서 할 테니까요."

더없이 침착하고 냉소적인 그 목소리는 장 감독의 10분의 1 데시벨이었지만 파장은 훨씬 더 컸다. 그녀의 이성적인 태도가 스튜디오를 뒤덮은 장 감독의 흥분을 압도했다.

단희는 자리에서 일어나 그대로 편집실로 들어갔다. 그러고는 아무렇지 않게 자리에 앉아 자신의 일에 집중하기 시작했다.

모두들 그녀를 또라이라고 생각하고 있었지만, 이 상황에서는 그녀가 가장 똑똑했다.

◆ · · • • ·

회사 앞에 당도해 사장의 문자에 적혀 있는 주소가 정확한지 다시 한 번 확인했다. 월요일부터 보고하면 된다더니, 왜 퇴근하고 들르라는 건지 영문은 모르겠지만 그걸 되묻기도 귀찮아 알겠다고 단답해 버렸다. 그 사람과 두세 마디 더 섞어 봐야 기분만 잡칠 테니 차라리 몸이 좀 귀찮아지는 게 나았다.

그저 어디 빌딩의 한두 층을 임대했겠지 싶었는데 생각보다 커다란 회사의 규모는 퍽이나 놀라웠다. 정문 앞에 검은 까마귀 모양 로고와 멋들어진 폰트로 'DelCrow'라고 쓰인 간판이 척 보기에도 범상치 않아 보인다. 미국 기업이라고 했던가?

그전에 방문했던 본사는 양재 어느 주택가에 숨어 있는 5층짜리 건물이었는데 여긴 멀리서도 눈에 띌 정도로 랜드마크급이다. 어렸을 때 이렇게 남들 보기에도 번드르르한 건물을 가진 회사에 들어가는 것이 꿈이었다. 꽤나 열정적으로 취업 전선에 달려들기도 했지만 커리어가 안 돼 번번이 실패했었다. 비록 2년뿐이지만 이제 와서 이런 건물을 본사람시고 들어가게 되다니 이것도 참 인생의 아이러니였다.

"가방은 이곳에 올려 주세요."

보안 게이트 컨베이어 위에 가방을 올리자 X선 검사기가 가방 내부를 완벽하게 투시해 보였다. 출입 절차가 꽤나 까다로웠다. 데스크에서 방문증을 끊고, X선 검사기를 통과해야만 내부로 진입이 가능한 시스템이란 건 그만큼 보안에 공을 들인다는 이야기였다.

보안 직원은 게이트를 열어 주며 단희에게 가방을 다시 돌려주었다. 그는 정중하게 미소 지었다.

"15층으로 올라가시면 됩니다."

고속 엘리베이터는 단희를 눈 깜짝할 새에 15층으로 올려놨다. 눈을 몇 번 끔뻑거릴 동안 엘리베이터 문이 열렸고 윤기 나는 까만 머리를 포니테일로 단정하게 빗어 넘긴 여직원 하나가 다소곳하게 그 앞에 서 있었다. 몸에 잘 맞는 펜슬스커트 차림을 하고 있어서 회사원이라기보다는 모델에 더 가까워 보였다.

단희의 추레한 차림새에 한 번쯤 눈살을 찌푸릴 만도 한데 기계적이긴 해도 여자의 입가에는 환한 미소가 걸려 있었다.

"유단희 팀장님?"

"네."

"외투는 제게 주시죠."

"아니요. 입고 있을 거예요."

"실내라 상당히 더우실 텐데요."

그 말에 단희는 백팩을 바닥에 내려놓고 주섬주섬 점퍼를 벗었다.

"혹시 가방도 보관해 드릴까요?"

"네. 잠시만요."

단희는 점퍼를 여자에게 넘기고, 백팩에서 수첩과 펜 하나를 꺼내고 나서 가방도 여자에게 넘겼다. 이 회사는 모든 게 체계적으로 보였다. 모두의 움직임에 군더더기가 없고 각자의 역할을 잘 알고 있었다.

완벽하지만 그래서 인간미가 없어 보이기도 했다.

"따라오세요."

"네."

단희는 주위를 곁눈질하며 여자의 또각거리는 구둣발 소리를 따라 갔다.

— 퀸튼 씨, 유단희 씨가 도착하셨는데요.

그는 보고서 옆에 메모를 끄적이다 말고 인터폰 너머 비서의 목소리에 반응했다.

「올라오는 대로 들여보내 줘.」

— 네.

도청에 갔던 일을 다시 떠올리니 헛웃음만 나온다. 자신의 면상에 대고 그렇게 차갑게 문을 처닫는 여자는 경험해 본 일이 없다. 자존심이 상한다기보다는 그 상황이 기가 막혔다.

그것뿐이겠어?

시선을 어디에다 꼬라박은 건지, 눈 한 번을 제대로 마주쳐 보지 못했고 덕분에 그는 유단희라는 여자의 얼굴이 대체 실물로 어떻게 생겨 먹은 건가 확인도 해 보질 못했다.

괜스레 가서 도지사라는 작자에게 정치자금을 좀 대 달라는 잡소리나 들었지, 애초에 거길 간 목적을 하나도 달성하지 못한 것이다. 그나마 다행인 건 말투나 행동으로 봐서는 저능아처럼 보이진 않는다는 사실이었다. 차갑고 냉담하고 어딘가 감정적으로 고장 나 보이긴 하지만 장애나 질병이 있어 보이진 않았다. 한 번이라도 눈을 마주쳤다면 그 여자의 얼굴을 좀 더 자세히 관찰할 수 있었을 텐데. 그럼 좀 더 정확하게 어떤 여자인지 알 수 있었을 테고.

그 여자가 커트 머리인 건 처음 알았다. 손질하지 않아 이리저리 뻗친 반곱슬 머리카락 때문에 모자를 벗어도 사내자식 같은 건 여전했다. 그래도 커트 머리 아래로 드러난 목선은 무척 여성스러웠다. 하얗고 가늘고 길었다.

그 정도라도 감지덕지해야 하나?

새삼 자신의 꼴이 우스웠다.

단희는 오크나무로 만들어진 커다란 양문형 도어 앞에 섰다. 어쩐지 이 문 안에는 전혀 다른 차원의 세계가 펼쳐질 것만 같은 기분이 든다.

비서는 조용히 문고리를 잡고 부드럽게 문을 열었다.

"들어가 보세요."

비서가 격식을 차린 미소로 말했다. 단희는 속으로 작게 심호흡을 하고 문 안으로 발을 들였다. 사무실 내부는 심각할 정도로 깨끗했고, 모든 것들이 곡선으로 짜 맞추어져 있었다.

진회색 카펫, 파스텔 블루의 소파, 1인용 나무 의자들, 단단한 마호가니 책상, 그 뒤로 블라인드가 걷혀진 전면 창이 보였다. 클래식하고 깔끔한 인테리어였지만 완벽해서일까, 인간미를 느끼기 힘들었다.

그리고 한 명의 남자. 하얀 셔츠를 입은 장신의 남자가 책상 옆에 서 있었는데 단희가 사무실 안으로 들어오자 그는 손에 든 서류 뭉치를 책상 위에 내려놨다.

"Hello."

해 질 녘의 노을이 실내의 모든 것을 붉게 물들였고 눈앞에 보이는 남자의 목소리는 어디선가 들은 것처럼 낯익었다.

어디서 들었더라?

그녀는 닫힌 문 앞에 한참 동안 서 있다가 무거운 발걸음을 옮겼다. 자신의 발이 깨끗한 대리석에 구정물이라도 묻힐 것 같아 내심 조심스럽다.

단희가 빠르게 사무실을 한 번 둘러보고 꽤 어색하게 걸음을 옮기는 동안 오스왈드는 미동도 하지 않은 채 여자가 걸음을 옮기는 것을 구경했다. 남자에게 가까이 다가갈수록 코끝에 달큰한 냄새가 풍겼다.

아…… 이 냄새.

그 향기가 코끝에 스치자 단희는 번쩍 눈을 들어 비로소 남자의 얼굴과 마주했다.

"오스왈드라고 합니다. 오스왈드 퀸튼."

할 말을 잃었다. 잘생긴 남자 같은 건 관심 없다. 실은 이 세상 누구에게도 관심이 없다. 그런데도 단희는 이 남자에게서 눈을 뗄 수가 없었다.

눈동자.

붉은 노을에 반사된 그의 눈은 붉은빛을 머금은 황금색으로 타오르고 있었다. 영화나 잡지에서 보아 온 그 어떤 서양인도 이런 색의 눈동자를 가진 사람은 없었다. 어떻게 이런 색일 수 있지?

호박색이라고 하기에는 너무 탁했고, 갈색이라고 하기에는 너무 밝았다. 그 오묘한 색에 단희는 넋을 놓은 채 그의 눈을 구경했다. 그의 눈은 블랙홀처럼 시선을 빨아들이고 있었다.

"유단희."

그의 낮은 목소리가 또박또박 자신의 이름을 발음하자 단희는 정신이 퍼뜩 들었다.

그제야 자신이 미친 여자처럼 너무 오랫동안 이 남자를 쳐다보고 있음을 자각하고 난 단희는 황급하게 시선을 내렸다. 오스왈드의 입술에 묘한 미소가 걸렸다.

"대니라고 불러도 될까요? 발음하기가 어려워서."

"네."

단희는 얼떨떨하게 대답했다. 생긴 건 완전 서양인인데 한국어는 기가 막히게 똑 부러졌다.

"앉죠. 대니."

그는 단희의 어깨 위에 부드럽게 손을 올려 소파 쪽으로 밀었다. 어깨에 그의 온기가 느껴지니 오소소 소름이 돋았다. 검은 짐승처럼 보이는 외형의 남자치고 손길은 깃털처럼 부드럽다. 단희가 자리에 앉자 오스왈드가 그녀의 맞은편에 우아하게 자리를 잡았다.

사업가? 사업가치고는 그 외형이 너무 위협적이다. 그의 황금색 눈동자, 걷어붙인 하얀 셔츠 소매 사이로 드러난 구릿빛의 근육질 팔뚝, 갈색 머리카락, 날렵하고 건장해 보이는 체구. 어디 하나 위협적이지 않은 곳이 없다. 이 남자가 서류를 들이밀고 사인하라고 하면 그 내용이 뭐가 됐든 사인할 수밖에 없을 것 같았다. 죽고 싶지 않다면 말이다.

다리를 꼬고 등받이 뒤로 손을 돌린 그의 입꼬리가 살짝 올라갔다. 미소 짓고 있는 게 분명한데 눈빛이 무표정할 때보다 더 날카로웠다. 광대뼈 아래 볼가에 홀쭉하게 골이 파였는데 그게 그의 턱선을 더 단단해 보이게 만들었다.

혼혈? 단희는 흔들림 없는 눈으로 그를 살폈다. 완벽하게 서양인인 줄 알았는데 계속 눈을 마주치고 있으니 그는 묘하게 이국적이었다.

오스왈드는 여전히 입가에 미소를 띤 채 여자를 살폈다. 검은 후드티에 닳아 빠진 블랙 진. 한결같은 취향이다. 이곳과 전혀 어울리지 않았다. 그리고 자신과도.

초면에 자신을 똑바로 쳐다보는 여자가 단희 하나는 아니었다. 그러나 다른 것은 그의 외형에 넋이 빠진 게 아니라 아주 냉철하고 이성적으로 그를 관찰하고 있다는 점이다. 엄마를 닮은 것인지 생김새로 보면 유환오와 부녀지간이라는 것을 선뜻 알아차리긴 힘들지만 자신을 맹렬히 탐구하는 저 눈빛만은 제 아비의 것을 꼭 닮았다.

노을빛에 비친 여자는 어둠의 자식 같은 복장을 하고 있음에도 묘하게 햇살처럼 보였다. 그녀의 눈동자와 머리 색이 일반적인 동양인에 비해 밝은 게 그 이유였다. 어두운 복도에서 스쳐 지나가듯 본 것과는 또 사뭇 느낌이 다르다. 유환오에게 받은, 사진 속의 그녀와 마주했다면 어딘지 모르게 자유롭고 히피스러운 분위기를 풍겼을 게 틀림없다.

쌍꺼풀 없이 커다란 눈이 순진해 보이기도 하고 매서워 보이기도 했다. 동그랗고 짧은 코끝이 전체적으로 어려 보이는 인상을 만들었는데 그린 것처럼 갸름한 턱선은 꽤나 여성스러웠다. 새침하고 도톰한 입술은 선명한 립스틱을 바른다면 제법 매력적일 것 같았다. 오스왈드는 한참 동안 말없이 단희를 관찰했다. 이 여자는 아주 이상했다. 어린애같이 보이는데, 또 묘하게 어른스러워 보이기도 했다.

저 후줄근한 후드티를 벗기고 홀터넥 드레스를 입히면 좀…… 달라 보이려나?

오스왈드가 단희를 쳐다보며 그녀의 재미없는 외형에 대해 연구할 동안 단희는 그에 대한 대강의 관찰을 끝마치고 언제쯤 이 남자가 본론을 이야기할지를 꽤나, 인내심 있게 기다렸다.

언제쯤이면 저 거북한 눈길을 거두고 입을 열까.

그녀의 지루한 눈동자가 오스왈드에게도 고스란히 읽혔다. 이쯤이면 분명, 얼굴을 붉혀야 맞았다. 아니면 당황해서 제 얼굴에 뭐가 묻었는지 더듬더듬 확인하거나, 안절부절못하며 궁지에 몰린 강아지처럼 끼잉대는 것이 여태껏 오스왈드가 겪었던 가장 보편적인 여자들의 반응이었다. 그러나 단희는 그중 어디에도 속하질 않았다. 그저 지루한 눈으로 목석처럼 앉아 있을 뿐이다.

이거 정말 재미있네.

조용히 내려앉은 침묵 사이에 묘한 신경전이 펼쳐졌지만 단희는 그가 자신을 보며 무슨 생각을 하건 1퍼센트도 관심이 없었다. 이곳에 온 목적은 오늘 일어난 황당한 사태에 대해 설명을 듣고, 본인의 의사를 말하기 위해서이지 그에게 관찰당하려고 온 것이 아니다.

자신이 남에게 무관심한 것처럼 남들이 자신을 어떻게 보는지에 대해서도 그녀는 무관심했다. 그저 빨리 용건을 끝내고 싶을 뿐인 단희의 얼굴이 점점 더 짜증스럽게 변해 갔다.

고집스러운 침묵이 오스왈드에겐 슬슬 유쾌해지고 있었다. 그는 집게손가락으로 자신의 입술을 매만지며 조금 더 미소 지었다.

정말로 아무 생각이 없어 보이는 얼굴.

어떤 사람인지 파악하기 위해 이야기를 나누는 것보다 입을 다물고 있는 게 때론 더 나은 방법이기도 했다. 브레인 미디어에서 건네받은 인사 자료에는 그녀를 '과묵하다'고 표현했지만, 틀렸다. 이건 과묵한 게 아니라, 정말로 아무것도 궁금하지가 않은 거야.

"회사 생활은 어때요? 만족스러운가요?"

"네."

"현재 업무에도?"

"네."

오랜 침묵 끝에 나온 부드러운 질문에 그녀는 건성으로 느껴질 만큼 지체 없이 대답했다. 매일 12시간이 넘는 고강도 업무량에, 완벽하게 경직된 수직적 상하구조. 단희 이전에 3개월을 버티는 사람이 없다고 들었는데, 이 깡마른 체구의 여자가 2년 동안이나 그 직책을 버티고 있었다. 사내에서 또라이로 통한다는 이야기를 전해 들었지만 앞뒤 사정을 살피니 그렇게 하지 않으면 아마 2년을 버티긴 힘들었을 테지.

"급여는 어때요?"

"……."

단희가 침묵했다. 딱히 만족스럽지는 않다는 뜻인가? 물욕 없는 부친과는 아무래도 반대인 모양이었다.

"현재 급여를 얼마나 받고 있죠?"

"세후 150이요."

"확실히 적군요."

"네."

"일단 두 배로 올리죠."

단희의 눈동자가 동요했다. 돈이군. 깜깜하던 길에 한 줄기 광명이 비쳤다. 그것도 가장 밝은 빛. 돈에 움직이는 여자라면 일은 무척이나 쉬웠다. 마음이 놓이는 한편으로 너무 뻔해 실망스러운 기분도 들었다.

"추후에 팀이 안정되면 연봉 협상을 다시 해서 급여를 좀 더 올리도록 하죠. 우리 회사는 Director에겐 그보단 더 후한 대접을 해 주는 곳이니까."

브레인 미디어는 급여를 깎아 내기 바빴는데 이 남자는 올려 주기 바쁘다. 건물을 보아하니 돈깨나 있는 회사 같은데, 그래서 이렇게 인심이 넉넉하신가?

"다른 팀원들의 급여가 원래보다 10% 이상씩 깎였어요. 혹시 그것도 재조정 가능한가요?"

여자의 입에서 나온 첫 질문이 타인을 위한 질문이란 게 흥미로웠다.

"다시 급여를 높여 받을 만큼, 자격이 있는 사람들이라고 생각해요?"

"네."

단희가 망설임 없이 답하자 오스왈드가 천천히 고개를 끄덕였다.

"그렇다면 재조정을 해 주죠."

원래 회사를 관두겠다는 말을 하려고 했다. 팀장 자리에 올라앉아 있어 봤자 누구 하나 자기의 말을 들을 것 같지도 않았고 아무리 세상만사에 무심해도 자기에게 어울리는 위치가 어디쯤인지는 파악하고 있다. 팀장이라는 자리가 본인에게는 어울리는 위치가 아닐뿐더러, 팀원들을 관리해야 한다는 사실 또한 귀찮았다. 그냥 모니터나 쳐다보며 컴퓨터랑 싸우는 편이 훨씬 더 속 편하고 좋았다.

퇴근할 즈음부터 사태를 바로잡지 못하게 되면 차라리 사직서를 내고 오자고 내심 결심했건만, 들어오자마자 이 남자의 눈동자 때문에 일이 꼬이기 시작하더니 갑자기 두 배로 오른 급여가 단희의 발목을 잡았다.

이곳을 관두면 또 어디에 취직이 가능할까? 무뚝뚝하고 냉소적인 단희를 면접에서 떨어트리지 않을 회사는 그리 많지 않았다. 이 뉴스팀은 워낙 사람들이 많이 빠져나가서 방송 운영에 지장을 줄 정도가 돼 있었기 때문에 절박한 심정으로 그녀를 합격시킨 것이다. 또 이런 회사를 만날 수 있다 해도 300만 원이란 월급을 지불해 줄 회사는 다시 만날 수 없을 게 뻔했다.

"또 내게 요구할 게 있나요?"

그가 단희의 얼굴을 바라보며 하얀 치아를 드러내고 웃었다. 눈가와 이마에 선명하게 주름이 졌는데 그게 늙어 보인다기보다 알랭 드롱이나 제임스 딘처럼 퇴폐적으로 보였다. 단희의 심장이 펄떡거리고 살아 있었다면, 이 순간, 아마 이 남자에게 홀딱 빠져 버렸을지도 모른다.

"국장님을 복직시켜 주세요."

오스왈드가 손가락으로 자신의 무릎 위를 두드렸다.

"그건 힘들겠는데요. 우린 제 발로 나간 사람을 다시 찾아가진 않아요."

국장이 제 발로 나갔다니. 여기가 아니면 딱히 근무할 곳도 없을 텐데. 왠지 믿기지 않는걸.

"팀장님으론 장 감독님이 더 제격이세요."

오스왈드의 표정에서 미소가 천천히 가셨다.

"누구요?"

"장기석 감독님이요. 6년이나 근속하셨고 나이도 가장 많으세요.

부득이하게 국장님이 자리를 비울 때 늘 관리 대행을 하셨고요."

"그 말은, 두 배의 월급을 포기한다는 소리로 들리는데."

"상관없어요. 다른 직원들과 마찬가지로 10퍼센트만 올려 주세요. 그게 제겐 가장 적당해요."

돈에 욕심은 있는데 자리엔 욕심이 없다? 물욕은 있지만, 주제껏 부리겠다? 제 아비만큼 읽기가 힘든 여자 같다.

"그건 곤란한데요."

매우 곤란하지. 손가락으로 관자놀이를 짚고 대답하는 오스왈드의 어조가 사뭇 매서웠지만 단희는 흔들리지 않고 똑바로 반박했다.

"전 사람을 상대하는 데 서툴러요. 제겐 무리한 직책이에요."

오스왈드 자신도 처음엔 그렇게 생각했다. 그녀를 팀장 자리에 올려놓는 건 정말 말도 안 되는 짓이라고. 베풀 때는 베푸는 사람이지만 사업에 관해서는 달랐다. 능력도 없는 사람에게 기회를 줄 만큼 호락호락한 사람은 아니다. 하지만 그녀를 팀장 자리에 올려놔야, 매주 본사로 보고를 하러 올 테고, 그렇게 억지로라도 마주할 기회를 만들어야 이 목석같은 여자를 상대할 수 있을 테니 어쩔 수 없는 선택이었다.

그런데 의외로 지금은 이 여자가 그 자리에 잘 맞을지도 모른다는 생각이 든다. 명확하게 자기 주제 파악을 잘한다는 것도 그렇고, 꽤나 합리적인 판단을 내리는 것도 그랬다.

"글쎄. 난 그렇게 생각하지 않는데……."

"갑자기 업무를 바꾸는 건 못 해요."

면전에 대고 으름장을 놓으며 언성을 높이는 그녀의 태도가 흥미롭다. 본격적인 성장기가 지나고 볼품없고 깡마른 소년에서 눈부신 청년이 되고 난 이후엔 누구도 그에게 언성을 높이거나 으름장을 놓지 못했다. 딱 한 사람만 빼놓고서. 레베카.

그 여자를 생각하니 순식간에 기분이 가라앉았다. 오스왈드는 그것을 떨쳐 버리려 살짝 헛기침을 하고 자세를 바꿨다. 아니, 같은 부류가 아니지. 그 여자는 그레이스 켈리처럼 눈부시게 아름다웠고, 이 여자는 시궁창의 쥐 같잖아. 그러면서도 이렇게 겁대가리 없이 구는 게 오히려 더 참신해 보이긴 했다.

"정 받아들이기 어려우면 사람이라도 뽑게 해 주세요."

사람을 뽑지 말라고 한 적이 있던가? 그런 지시 사항을 내린 적은 없는데. 오스왈드가 아무 말도 않자, 단희는 다시 한 번 힘주어 입을 열었다.

"지금 인원으로 팀을 운영하는 건 불가능해요. 국장님이 있었을 때도 늘 빠듯했어요."

오스왈드는 몸을 펴 소파 등받이에 기댔고 자세는 한층 더 여유롭고 오만해졌다.

"어떤 사람을 원하는데요?"

"편집 인원이요. 아비드를 다룰 줄 아는 사람이면 돼요. 경력이든 신입이든 상관없지만, 경력이면 인수인계를 하는 시간은 줄어들겠죠."

"좋아요. 그렇게 해 주죠."

"그리고 제게도 업무를 정리하고 인수인계를 할 시간이 필요해요. 팀장 업무가 뭔지도 파악해야 하구요. 당장 팀장 역할을 하는 건 불가능해요. 그러니 그동안만이라도 장 감독님이 대행할 수 있게 해 주세요."

"별거 없는데, 그저 내가 부를 때마다 본사로 들어오면 돼요. 그게 다야."

단희가 한숨을 내쉬었다. 멍청한 인간. 눈이 분명 그렇게 말하고 있었다. 그 혐오스러운 표정이 충격적이면서도 재미있다. 하기야, 내가 방송이나 뉴스에 대해 뭘 알겠는가. 아는 거라곤 어느 상황에서고 살아남는 법뿐인데. 그녀의 눈에 멍청해 보여도 할 말은 없지만, 정말 이런 경험은 너무 오랜만이라 생경하게 느껴진다.

"국장은 뉴스 녹화를 총괄해야 해요. 오케스트라의 지휘자 같은 역할이라고요. 그리고 전 그런 걸 한 번도 해 본 적이 없어요."

아. 그런 문제?

"그럼 그건 안 하면 되잖아요."

"뭐라고요?"

"내가 당신에게 원하는 역할은 딱 하나야. 이곳에 나를 보러 오는 것."

단희의 얼굴에 확 열기가 올랐다. 한국말에 능숙한 줄 알았더니, 뜻을 잘 모르나?

이런 경우엔 나를 보러 오라는 게 아니라 '보고를 하러 오라'는 것이 맞는 표현이다. 그걸 정정해 줘야 하는지 잠시 고민했다. 별다른 뜻 없이 한 말일 텐데 저 입에서 나오니 몹시도 유혹적이다.

"나머진 다 당신 마음대로 해요. 팀을 어떻게 개편하건, 조직도를 어떻게 갈아엎건, 누굴 자르건, 누굴 뽑건, 인력을 줄이건, 늘리건. 그 팀에 관한 전권은 당신에게 주죠. 다만 내게 이야기만 해 주면 돼. 이렇게 마주 앉아서."

"꼭 그래야 하나요?"

오스왈드는 고개를 끄덕였고 단희는 난처했다. 자기의 눈앞에서 쌍시옷이 들어간 욕설을 지껄인 사람에게도 불편함을 느껴 본 적이 없는데, 이 남자는 불편했다. 호감에 어린 듯 반짝이는 눈도, 그의 위협스러울 정도로 매력적인 외형도 몹시.

왜 내게 흥미를 보이지? 그의 흥미를 끌 만한 구석이라곤 전혀 없는데 말이다. 매사에 무관심하게 대하다 보면 상황 판단은 꽤 정확해진다. 이 남자의 황금색 눈이 궁금증으로 빛나고 있는 게 느껴졌다. 거기엔 심지어 호의마저 담겨 있다. 하지만 그의 흥미나 호의를 받을 만한 일은 한 적이 없었고, 아무 이유 없이 지금 이러는 거라면 그건 더 께름칙했다. 그래서 가능하면 그와 대면하고 싶지가 않다. 얼굴을 보기보단 전화로, 전화보단 문자로, 가능하면 문서로 그를 대하고 싶었다.

여긴 뭐 하는 회사일까. 그게 처음으로 궁금해졌다. 규모를 보아하니 꽤 번듯한 기업임에는 틀림없었다. 이런 기업이 뭐하러 브레인 미디어를 사들였을까. 보통은 몸집을 불리기 위해 회사를 인수 합병 한다고 들었는데 브레인 미디어는 이 회사의 몸집을 불려 주기엔 매우 형편없는 회사였다. 오히려 회사의 이미지를 깎아 먹었으면 깎아 먹었지, 득이 될 건 하나도 없어 보인다. 이 잘생긴 외국인은, 정체가 뭐지?

"생각이 많아 보이는군."

오스왈드의 말에 생각에 잠겼던 눈을 들었다. 그의 등 뒤에서 이글이글 불타는 노을이 단희의 눈을 자극했다. 그 눈부심에 단희는 눈을 찌푸리며 가늘게 떴다.

이 남자는 위험해. 그녀의 생존 본능이 그렇게 소리쳤고 머릿속이 혼란스러웠다.

생존 본능.

생존 본능이라니.

이렇게 역겨울 수가.

오스왈드가 손목에 채워진 자신의 시계를 들여다봤다. 6시. 코일이 주선한 저녁 식사 자리에 참석해야 할 시간이었다.

"더 물어볼 거라도?"

그는 이야기를 마무리 짓기 위해 부드럽게 미소 지으며 물었다.

"아니요."

"그럼 이만 일어나죠. 나와 저녁 식사를 할 생각이 아니라면."

당연히 당신과 저녁 식사 따위를 할 마음은 없지. 단희는 천천히 자리에서 일어섰다. 별것 아닐 거야. 이 남자에게서 자꾸 이상한 기분이 들지만 단희는 그 기분을 무시했다. 매사에 무관심하게 지내 왔던 것처럼, 이 남자에게도 무관심하면 된다.

오스왈드가 그녀를 따라 일어서더니 성큼성큼 그녀를 앞질러 사무실의 문을 우아하게 열었다.

"조심히 돌아가요."

"……."

"조만간 또 보죠."

"……."

"대니."

자신의 이름을 멋대로 부르는 그의 음성은 심각하게 위험했다.

해군 참모총장과 함대 사령관을 이런 싸구려 룸살롱에서 만나게 될 줄은 몰랐다. 코일의 장소 섭외 능력이 부족한 것인지, 아니면 이자들이 이런 곳을 선호하는 것인지는 모르겠지만 오스왈드는 룸 안으로 발을 들이자마자 꽤 탐탁지 않은 기분이 몰려왔다.

그들은 오스왈드의 번듯한 외형에 감탄하면서도 그가 어째서 한국에 왔는지 의문스럽게 생각했지만 코일과 오스왈드는 그저 형식적인 자리라고만 이야기했다. 실은 아몬석에 관련된 문제가 터질 때 언제든 쥐고 쓸 수 있는 장기말을 만들기 위해서지만 말이다.

"하긴 한국처럼 무기 팔아먹기 좋은 곳이 또 어디 있겠소? 60년 넘게 분단국가에 전시 상태인 나라론 여기가 유일하지."

사령관은 마른안주를 잘근잘근 씹으며 자조적으로 말했다. 넓게 퍼진 눈썹에 커다란 머리통, 새하얀 피부가 전혀 군인답게 보이지 않았다.

"그래도 말이지, 얼마 전 독일 회사에서 일이 터져서 말이야 아주 골치 아팠다고."

보고서로 전해 들었다. 제구실을 못 하는 잠수함을 사들이는 대가로 해외여행과 성매매를 접대받았다는 것. 꽤 떠들썩해야 할 일인데 언론 통제가 잘되어서인지 그렇게 시끄럽지 않게 지나갔다.

아이러니하게도 그 보고서 바로 밑에는 코일이 몇 주 전 권익위원회가 주체하는 외국 기업 최고경영자 초청 설명회에 다녀온 후 작성한 서류 기록이 있었다. 공무원 행동 강령에 따라, 법으로 적시한 3만원 이상의 향응이나 접대를 받아서는 안 된다는 교육을 받았다는 내용의.

겉으로 우아한 척은 다 하지만 발밑은 시궁창에 담그고 있단 소리겠지. 물론 거기서 빠져나가고 싶어 하지도 않고 말이야.

"당분간 몸 좀 사려야 할 성싶어 거절하려다가, 내가 우리 사장님 나온다고 해서 나왔어. 안 그렇습니까. 총장님?"

총장은 룸에 들어온 이후 서로 간단한 인사와 악수를 나눈 것 이외에는 고집스럽게 침묵을 지키고 있었다. 두꺼운 목에 거뭇한 피부. 얇게 선으로 그은 듯한 작은 눈 때문에 심중을 헤아리기가 매우 어려운 인상이었다.

질펀하게 양주잔을 들이켜는 사령관과는 달리 그는 아까 따라 놓은 잔을 채 비우지도 않고 매우 점잖게 앉아 있기만 했다.

코일이 설마 이런 자리를 불편해하는 것은 아닐까 불안한 마음이 들던 찰나 총장의 눈치를 살피던 사령관이 조용히 코일에게 귓속말을 했다

"아, 네."

코일도 예상 못 한 일이었다. 난처함에 턱에 절로 힘이 들어갔는데 목적이 접대인 이상 별다른 방법이 없었다. 아니나 다를까 호출한 도우미 아가씨들이 방 안으로 들어서자마자 꽤나 평온함을 가장했던 오스왈드의 얼굴이 급격하게 굳기 시작했다.

그 사정을 아는지 모르는지, 들어온 도우미들은 오스왈드의 옆자리에 앉고 싶어 아까부터 쭈뼛거리며 안으로 들어가질 않았다.

오스왈드는 돈에 관해서는 제법 관대했다. 뒷돈을 찔러 줄 거면 상대방이 기겁할 정도로 들이부어 주기도 했고, 퇴임한 고위직 군인이나 정치인들을 '고문' 이란 타이틀을 붙여 회사에서 먹여 살리는 것도 괘념치 않았다

하지만, 이런 문제에 관해서는 달랐다. 마약이나 여자 같은, 단지 한순간에 소진해 버리는 유희에 개처럼 헥헥대는 인간들을 그는 가장 혐오했다.

그를 이 자리에 끌고 오는 것이 아니었다. 아무리 참모총장이 오스왈드를 동석시키지 않으면 나오지 않겠다고 으름장을 놓아도, 한국에 온 이상 이 나라에서 일어나는 비즈니스를 그에게 상세하게 알려 줘야 했어도 어쩌면 보고서를 보여 주는 것으로 끝냈어야 하는지도 몰랐다.

하지만 한국에서 사업을 한다는 것은 이런 것이다. 공정하고 도덕적인 경쟁을 펼치는 게 아니라 은밀한 뒷거래와 추잡한 접대로 모든 것들이 이루어졌다. 그리고 더러우면 더러울수록 쥐고 휘두를 수 있는 장기말의 크기도 더욱 커졌다.

가장 앳돼 보이는 여자애 하나가 눈을 반짝이며 오스왈드 옆에 앉으려고 하자 코일이 얼른 일어나 여자의 팔을 잡아챘다.

"아니. 저쪽으로."

그는 마지막 여자 하나까지도 사령관과 참모총장의 옆으로 끼워 넣고는 이마에 번지는 식은땀을 닦으며 자리에 조심스럽게 착석했다. 내내 여자들은 열망에 찬 눈으로 오스왈드를 힐끔거렸다. 그의 표정이 너무 무서워서 그저 힐끗거리는 것이 다였지만 이 방에 들어온 목적이 무엇인지는 확연히 알 수 있었다.

그래. 이래야지. 이래야 내가 알던 나라지.

오스왈드는 속으로 쓴웃음을 삼켰다. 시간이 지나도 변하지 않는 것들.

눈앞에서 그걸 다시 확인하니 울컥 분노가 치밀어 올랐다.

지금까지 네오콘 새끼들을 상대하는 일이 가장 더럽다고 생각했는데 여기 와서 보니 그건 신사였다. 그 사람들은 골통이지만, 나름의 매너와 확고한 자신만의 도덕이 있었다. 그런데 눈앞에 보이는 소위, 군인이란 새끼들은 법도, 도덕도, 양심도 없어 보인다.

함대 사령관이 여자의 원피스에 손을 넣고 가슴을 주무르자 오스왈드의 어금니가 꾹 물렸다. 돈 주고 보라고 해도 안 볼 싸구려 포르노를 눈앞에서 보고 있자니, 그 역겨움이 슬슬 참을 수 없는 지경에 이르기 시작했다.

미국에 두고 온 40구경짜리 글록이 못 견디게 그리워지기 시작했다.

여자들은 기계적이었다. 기계적으로 웃고 기계적으로 술을 따르고 기계적으로 남자의 지분거림을 감당했다.

오스왈드는 참모총장에게로 눈을 돌렸다. 양옆에 여자를 끼고 여전히 무뚝뚝하게 술잔만 기울이고 있지만 그가 여자를 부른 주모자였다. 점잖게 앉아 있지만 그의 눈이 여자의 가슴과 다리를 훑는 것을 오스왈드는 똑똑히 보았다. 아마 지금쯤 여자의 몸매로 값을 매기고 있을 것이다. 어쩌면 테이블 밑으로 여자의 허벅지를 주무르고 있을지도 모르지. 오스왈드는 그가 가지고 있는 더럽고 어두운 욕망을 저 위선적인 가면 위로 끄집어내고 싶었다.

여기가 중동이고 그가 속한 곳이 한국군이 아니라 테러단체였다면 저 영감탱이가 똥을 싸며 울부짖을 때까지 껍데기를 발가벗겨 줄 수 있었을 텐데……. 그러지 못한다는 게 못내 아쉬웠다.

"그래서 그 천오백 억짜리 쓰레기는 어떻게 하실 작정인가요?"

천오백 억짜리 쓰레기라 함은, 독일에서 접대를 받고 가져온 잠수함을 말하는 것이었다. 잠수함이면서 잠수를 못 하니 쓰레기인 것이 확실한데도 사령관의 인상이 찌푸려졌다.

"그건 그쪽이 상관할 바가 아닌 거 같은데."

"우리 회사에도 처분 못 하고 있는 쓰레기가 제법 되거든요. 하지만 최소한 배는 물에 뜨고, 비행기는 하늘을 날고, 잠수함이라면 물에 가라앉기는 하죠."

쓰레기라는 단어가 못내 마음에 걸렸지만 사령관은 꾹 참고 대답했다.

"우리라고 그러고 싶었던 줄 알아? 하지만 어쩌겠어. 처자식 건사해 가며 먹고살려면 어쩔 수 없이 눈 질끈 감고 넘어가야 하는 일도 있는 법이네. 나라에서 주는 쥐꼬리만 한 월급으로 손가락만 빨며 살 순 없지 않나. 그깟 잠수함 따위 한두 개 하자가 좀 있으면 어때. 어차피 여긴 절대로 전쟁 안 터져. 왜냐. 모두가 이 상황을 이용하는 것뿐이거든. 이렇게 좋은 정치적, 경제적 수익 모델이 없으니까."

아프간, 이라크, 아프리카를 포함해 특수부대에 복역하며 15번이나 파병을 다녀오고 깨달은 건 단 하나였다.

어떤 상황에서건 '절대'란 없다. 어떤 목적에서건 마음만 먹으면 서로의 머리통에 총을 겨누는 상황은 언제고 너무도 쉽게 벌어졌다.

"여긴 한국이라네. 로마에 왔으면 로마법을 따르듯 한국에 와서 사업을 하겠다면 한국의 법을 따라야지. 아무리 외국인이고 잘나가는 사람이라지만 단어 선택에는 좀 신중을 기하게."

꽤 콧대 높은 발언이었다. 이 사람들이 이런 식으로 오스왈드 앞에서 설칠 수 있는 것은 아시아 지역이 미국 다음으로 큰 무기 시장이란 걸 알고 있기 때문이었다.

유럽이나 러시아의 군수업체가 치고 올라오는 마당에 한 곳이라도 더 사업적으로 유리한 고지를 차지하기 위해 향락을 제공하는 기업은 수도 없이 많았다.

그렇기 때문에, 아무리 오스왈드가 대단해도, 그 뒤에 있는 딜래스 가문의 힘이 막강하다고 해도 눈으로 확인한 바가 없으니 그들에겐 오스왈드도 댈크로우사도 그저 자신들에게 쩔쩔매는 수많은 군수 기업 중 하나일 뿐이었다.

"여긴 한국이고, 우린 도덕과 예의를 중요시한다네. 사업을 하려면 그건 꼭 명심해야 할 거야."

"Caedite eos. Novit enim Dominus qui sunt eius."

오스왈드가 주문처럼 라틴어를 읊조리자 사령관이 잔을 들이켜다 말고 멍청하게 그를 쳐다봤다.

"뭐라고 했나?"

"모조리 죽여라. 신께서 가려낼 것이다."

사령관도 참모총장도 잘 알고 있는 표어였다. 군인이라면 누구나.

"군인에게 도덕이 뭔지는 저도 잘 알고 있습니다, 사령관님. 뭐…… 귀에 걸면 귀걸이, 코에 걸면 코걸이. 그런 거 아닙니까?"

오스왈드는 자신의 넥타이를 느슨하게 당겼다.

"하지만 아무리 그래도 우린 그런 쓰레기는 안 팝니다. 이 나라는, 사병의 한 달 월급이 얼마죠? 만 원은 넘나요? PX를 민영화하고, 빨랫비누를 가지고 장사를 해서 뭘 얼마나 남겨 처먹건 그거야 제 비즈니스가 아니지만, 최소한 목숨 갖고 장난질은 하지 말자. 뭐 그 정도의 양심은 있습니다."

사령관이 자리에서 벌떡 일어섰다.

"이 건방진, 지금 나 들으라고 하는 소린가?"

코일은 침을 꼴딱꼴딱 삼키다가 그를 말리기 위해 같이 자리에서 일어섰다.

"오해십니다, 사령관님. 사장님은 그저 일반적인 저희의 사업 기조를……."

"닥쳐!"

"제가 뭔가 틀린 말을 했나요? 죄송하지만 한국말이 서툴러서요."

눈 하나 깜짝 안 하고 천연덕스럽게 대꾸하는 오스왈드를 쳐다보며 사령관의 얼굴은 더욱더 붉으락푸르락해졌다.

한국말이 서툴러? 그걸 믿을 만큼 내가 병신인 줄 알아?

"감히 여기가 어디라고……."

"그만하지."

사령관이 오스왈드의 멱살이라도 잡으려 들자 총장이 나섰다. 여태껏 관찰하듯 사태를 방관만 하던 이가 내뱉은 첫마디였다.

"하지만……."

"그만해."

총장은 술잔을 조용히 테이블에 내려놨다.

"추태를 부렸네. 내가 대신 사과하지."

그는 자리에서 천천히 일어섰다.

"오늘 자리는 이쯤에서 파하도록 하지. 어쨌든 한국에 온 것을 환영하네."

오스왈드는 마지못해 따라 일어섰고 마지못해 총장이 내민 손을 잡았다.

"기회가 된다면, 자네 군 복무 시절 이야기를 좀 듣고 싶네. 물론 이런 자리에서 말고."

"돌아가실 차비는 넉넉히 준비해 뒀습니다. 조심히 가십시오."

오스왈드는 즉답을 피하고 부드럽게 웃으며 총장 뒤의 사령관을 쳐다보았다.

"사령관님도요."

총기가 있었다면 분명 난사했을 것 같은 얼굴로 사령관은 홱 고개를 틀었다. 당분간 저 자식의 면상은 안 봐도 될 것 같아서 차라리 다행이란 기분이 든다.

코일은 재빠르게 배웅을 위해 둘을 뒤따랐고 오스왈드는 진이 빠져

털썩 자리에 주저앉았다. 정말 참아 내기 버거웠다. 여기서 뭘 하고 있는 걸까, 대체.

이미 다 알고 있었던 것이었다. 뇌물, 뒷돈, 접대. 그런 식으로 사업을 한다는 것. 미국에서도 별반 다르진 않았다. 그때마다 그는 그 모든 상황들을 잘 조절해 왔다.

하지만 오래된 기억이 벌침처럼 그의 이성을 자꾸만 건드렸다. 벌써 십수 년도 더 지난 일인데 이곳의 공기, 내음, 그리고 그 악몽의 잔상들이 아직도 어제처럼 생생하게 느껴졌다.

그 말도 안 되는 거래. 그 빌어먹을 광석.

그것만 아니었어도 이런 시궁창에서 쥐새끼 같은 잡배랑 어울릴 일은 없었다.

"……."

한참 만에 오스왈드는 자신의 앞에 조용히 앉아 있는 여자를 발견했다. 참모총장의 옆에서 조용히 술만 따르던 가장 앳돼 보이던 여자. 두 남자가 나가면서, 코일이 분명 여자들도 모두 내보냈건만 그녀는 커다란 눈을 올려 뜨며 아주 조용히 집중해서 오스왈드를 쳐다보고 있었다.

"……내게 무슨 용건이라도?"

"사장님이 누군지 알아요."

"그래서?"

"사장님과 자면, 몸값이 뛴다면서요?"

여자는 주섬주섬 자리에서 일어나 드레스 지퍼를 내렸다. 오스왈드는 그녀가 벗은 옷이 발밑으로 다 떨어질 동안 말없이 그녀의 행동을 관망했다.

"전 배우 지망생이에요. 아직 이렇다 필모는 없지만, 단역으로 드라마나 영화에도 몇 번 나왔어요."

"그래서?"

여자는 아주 늘씬했다. 점 하나 박히지 않은 피부가 도자기처럼 빛났고 뽀얀 젖가슴은 이제 막 피어난 봉오리처럼 싱그러웠다. 정력적인 아저씨들이 보고 있으면 침깨나 흘릴 비주얼이긴 했지만 오스왈드에겐 지루해도 너무 지루한 그림이었다.

"전 이왕이면 할리우드에 진출하고 싶어요."

수줍지도, 창피하지도 않은 듯 얼굴에는 야망이 가득했다. 수없이 많은 여자들을 만나며 수없이 많이 본 그 표정에 그는 담담히 입을 열었다.

"Do u even speak English?(영어를 할 줄이나 알아?)"

여자가 멍청하게 눈을 좌우로 굴렸다. 무슨 뜻인지 백치 같은 머릿속으로 해석하려고 꽤나 안간힘을 쓰는 그 모습이 헛웃음이 터져 나오게 만든다. 오스왈드가 고개를 절래 젓자 그녀는 한 발짝 앞으로 나오며 강하게 항변했다.

"알아요. 알아! 그러니까 영어 할 줄 아냐는 말이잖아요."

"……."

틀렸나? 오스왈드가 대꾸를 하지 않자 여자는 확신이 없어졌다.

"잘은 못 하지만, 배우면 잘할 수 있어요 전 아직 어리니까 뭐든 잘 배워요."

"몇 살이죠?"

"스무 살이요."

스물. 오스왈드는 실크 팬티 한 장만 걸친 여자를 위아래로 꼼꼼히 살폈다. 동양인의 나이는 잘 가늠할 수가 없단 말이지. 유단희보다 열 살이나 어린데도 둘의 차이가 잘 느껴지지 않았다. 이 여자처럼 벗으면 좀 달라 보이려나? 하긴 그 깡마른 몸에 볼 게 뭐가 있겠어. 여자의 벗은 몸 따위는 신물 나게 보아 왔다. 그래서 몸매가 어떻든 아무 감흥을 일으키지 못한다는 걸 눈앞의 이 여자도 좀 알아야 할 텐데 말이다.

"미안하지만 난 이런 거래는 안 해요."

그는 부드럽게 달래듯 말했다. 야망이 큰 거야 알겠지만 이런 곳에서 이런 거래를 요청하기에 여자는 아직 너무 어렸다. 오스왈드에게 그녀는 여자가 아니라 교화해서 집으로 돌려보내야 할 가출 청소년쯤으로 비쳤다.

"그럼 이건 어때요? 전 처녀예요."

여자는 침을 꼴딱 삼키고 눈을 빛냈다.

"안 믿으시겠지만 전 2차는 안 나가요."

"……."

"직접 확인해 보시면 알걸요. 정말인지 아닌지."

당돌할 뿐 아니라 겁도 없네. 이 배짱은 높이 사야 하나?

"높으신 분들은, 이런 걸 좋아한다고 들었어요. 20년 동안 고이 지킨 처녀성을 드릴 테니 절 좀 도와주시면 안 돼요?"

오스왈드가 의자 깊숙이 상체를 묻었다.

"그렇게 고이 지킨 처녀성을 왜 나한테 주려고 하지?"

"그거야 아주 높이 날아 보고 싶으니까요."

"……."

"그리고 사장님 정도면 저한테는 로또나 다름없거든요. 그리고 지금은 인생에 단 한 번뿐인 기회구요."

"그러니까 실력도 안 되고 영어도 안 되지만 유명세는 갖고 싶단 말인가?"

"배우면 돼요. 제대로 배우면 뭐든 잘할 수 있어요."

철부지로군. 자신감만은 높이 사겠지만 이 여자에게 어울리는 건 할리우드가 아니라 그가 운영하고 있는 청소년 보호소였다. 헛된 욕망에 눈이 멀어 자신의 모든 걸 망치는 망나니에겐 거기가 딱이다.

오스왈드는 몸을 일으켜 정장 안주머니에서 지갑을 꺼냈다. 100만 원짜리 수표 5장을 차곡차곡 테이블 위에 올리고는 여자 쪽을 향해 그것을 밀었다.

"그 처녀성은 잘 접어 넣어 두라고. 아가씨."

"이게 뭐예요?"

"적선."

"……."

"성공을 원한다면 공부를 해. 몸을 팔아 얻으려고 하지 말고."

그녀는 테이블에 있던 지폐를 손에 들고 세어 보더니 눈을 찌푸렸다

"내 처녀성은 이것보다 비싸다고요."

그 말에 오스왈드가 박장대소했다. 이젠 그 어이없는 배짱이 귀여울 지경이었다.

"누가 그래? 네 처녀성이 오백만 원보다 값어치 있다고?"

"전 예쁘고 몸매도 끝내주니까요."

"너 같은 여자는 지천에 널렸어. 지금 당장 나가 길거리를 걸어도 너보다 나은 여자는 수도 없이 골라잡을 수 있어."

"그럴 리가요."

"내 말을 믿는 게 좋을 거야. 그 돈 먹고 떨어져, 꼬마. 험한 꼴 보기 전에."

오스왈드가 나지막이 경고하자 여자는 유혹적으로 웃었다.

"전 사장님이 맘에 들어요."

그건 내 알 바가 아니지.

"스폰이 싫으면…… 그냥 저랑 데이트하는 건 어때요? 아니면 그냥 자는 건요?"

오스왈드는 대꾸하지 않았다. 그럴 가치가 없었기 때문이다.

"곧 다시 봬요, 오스왈드 사장님."

닫히는 문 사이로 여자의 가릉거리는 목소리가 흘러나왔다. 그는 빠른 걸음으로 미련 없이 그 지겨운 장소를 떠났다.

헤일리 피셔와 닮은 구석이 있는 여자다. 그녀랑 어떻게 끝났는지를 알아야 저 텅텅 빈 머릿속에 '제정신'이라는 게 박히겠지.

여기나 저기나. 재미없는 여자투성이로군.

그러고 보면 이쪽보다야 확실히 유단희가 더 재미있긴 하다.

끔찍한 몰골이긴 해도 그 여자는 최소한 싸구려로 굴지는 않았으니까 말이다.

3

  채용 공고를 내고 인력을 충원할 때까지 최소 2주는 걸릴 거라고 생각했는데, 오스왈드 덕택에 그 공백은 오랜 시간이 걸리지 않아 메워졌다.

  [보낸 사람: Oswald Quinton(Oswald,Quinton@DelCrow.com)
  받는 사람: 유단희(danhee00@gmail.com)
  첨부파일: 김상우.doc

  Danny.
  급한 대로 본사 인력을 파견합니다.
  내 기억이 맞는다면, 당신의 조건에 잘 부합하는 사람일 겁니다.
  부디, 마음에 들길 바랍니다.
  PS: 업무 계정을 다시 만들어요. Tommy가 도와줄 겁니다.

Oswald Quinton/CEO.

DelCrow Global.inc.]

한국말만 잘하는 줄 알았더니, 쓰는 것도 능숙하다? 외국인에게 무척이나 어려운 언어라고 들었는데 얼마를 공부해야 이 정도의 어휘력을 발휘해 쓸 수 있는 걸까.

"토미?"

"네?"

오스왈드에게서 온 이메일을 못마땅하게 열어 본 단희가 기가 차발음하자 앞에 선 남자가 대뜸 대답했다.

보통 이런 일로, 최고경영자가 직접 이메일을 보내나? 큰 기업에 대한 경험이 없다 해도 그게 아니란 것 정도는 안다.

인재 파견은 인사과 담당이고 보통은 인사 담당자가 이메일을 보내면 그걸로 충분할 테니까 말이다.

다른 건 몰라도 자신의 주제 파악 하나는 정말 잘하는 단희였다. 부사장도 아니고, 어디 법무법인을 낸 지사의 지사장도 아닌 일개 도급 사원이 자꾸 이런 일로 직접적으로 경영자와 부딪치는 건 듣도 보도 못한 광경이었다. 이 상황이 진짜 이상한 상황이란 것 정도는 굳이 깊게 생각하지 않아도 알 수 있었다.

"김상우 씨?"

"네."

남자의 목소리는 밝고 씩씩했다. 갓 대학을 졸업한 스물여섯 살짜리 청년. 마른 체구에 입가에 보조개가 파였다. 전체적으로 수수하고 맑아 보이는 인상이었다. 여기서, 잘 버티려나 모르겠는데…….

단희는 오스왈드가 첨부한 그의 인적 사항 파일을 열어 업무 역량 항목을 꼼꼼히 확인했다.

"아비드 사용할 줄 알아요?"

"네."

"카메라는 어디서 다뤄 봤어요?"

"대학교에서도 다뤄 보고, 졸업하기 전에 방송업체에서 인턴 생활도 했어요."

"댈크로우사에선…… 주로 무슨 업무를 했어요?"

"아. 저는 그냥 바로 여기로 왔는데요. 뽑힐 줄도 몰랐는데, 합격 통지받고 나서 바로 여기로 가라더라고요. 와 보니까 이유를 알겠네요."

상우는 머리를 긁적이며 웃었다.

"원래 지원한 업무는 뭐예요?"

"몰라요. 그냥 닥치는 대로 다 냈거든요."

사람 좋게 웃어 보이는 얼굴에 약간의 똘끼가 묻어난다. 어쩌면 잘 버틸지도 모르겠네. 묻고 싶은 건 많지만 물어봤자 본인도 모를 것 같아서 단희는 그쯤에서 파일 창을 내렸다.

"팀장님, 근데 그 전에 먼저."

그는 자신의 백팩을 벗어 지퍼를 열더니 거기서 노트북 하나를 꺼냈다.

"이거, 본사에서 전해 주라고 하더라고요."

그는 잠시 주춤거리며 양해를 구하더니 단희에게서 다시 노트북을 빼앗아 들었다. 그러곤 전원 버튼을 켜고 부팅이 될 동안 잠시 기다렸다.

"댈크로우 사내 보안 접속이 가능한 컴퓨터래요. 팀장님 메일 계정을 만들어 둬야 한대서요. 오늘 아침에 부리나케 달려가서 배워 왔어요."

노트북 액정이 커지자 상우는 침착하게 아침에 보안과에서 배운 순서를 상기시키며 손을 놀렸다.

"여기에 아이디 입력하시고 비밀번호 만드시면 돼요."

보안. 보안. 보안. 하여간 그놈의 보안은 참 중요시 여기는 회사다.

지난밤에 하도 궁금해 뭐 하는 회사인지 찾아봤다. 무기를 만드는 회사. 그걸 보고 나니 지금 이 상황이 더 기가 막힌 거다.

단희는 자신의 영어 철자를 누르며 이 황당한 사태에 대해 일부러 골을 썩이지 않으려 노력했다. 누가 무슨 의도로 이 방송국을 샀건 그저 월급만 따박따박 주면 자신과는 전혀 상관이 없는 일이었다. 그 수상쩍은 외국인이 왜 부담스럽게 구는지도 굳이 깊게 생각하고 싶지 않았다. 어차피 적당한 때에 떨어져 나갈 테니 말이다.

상우가 완료 버튼을 누르고 흡족하게 웃었다. 어마무시한 미션을 끝내고 난 후, 아주 후련한 표정이었다.

"됐어요. 이제 이 계정으로 연락하면 된대요. 팀장님."

"……일단 자리부터 안내해 줄게요."

단희는 자리에서 일어나, 본래 자신의 자리였던 맨 구석 자리로 그를 안내했다.

"여기서 작업하시면 돼요. 알겠지만 이 컴퓨터로 웹 서핑은 금지예요. 인터넷을 해야 할 일이 있거든, 스튜디오 앞의 공용 컴퓨터를 써요."

"네."

그는 자리에 앉으며 익숙하게 마우스를 잡았다. 품새를 보아하니 확실히 익숙한 기기인 듯했다.

"할 건 별로 없어요. 감독님들이 가편해 주면 인아웃점 잡고 음향만 잘 봐 주면 돼요. 이따 녹화 시에 신호에 잘 맞춰 재생시키면 되고요."

"네. 알겠어요."

"기자분들이, CG가 들어가야 할 부분은 따로 표시해서 파일 넘겨 줄 거예요. 일단 그것부터 하죠."

"네."

"최은경 주임님."

한때는 그녀의 사수였던 최은경을 부르자 아까부터 삭막한 사무실

에 불편함마저 감돌았다. 며칠 전까지 '선배님' 이외의 다른 호칭은
감히 붙이지 못하던 위치였다.

선배님. 감독님. 기자님.

아무리 같은 '님' 자가 들어가도 그녀가 저 위치에서 자신을 부르는
건 정말로 고까웠다.

"……."

최은경은 대답하지 않았다.

지가 알아서 하겠다더니. 관두지도 않았고 그 자리를 장 감독에게
양보하지도 않았다. 방송에 대한 지휘권은 장 감독에게 양보했지만
여전히 유단희가 그 팀의 팀장이었고 여전히 자신보다 상관이었다.
본인에게 돌아오는 피해가 없어도 그 점을 도저히 인정할 수가 없었
다. 자신의 이름 석 자를 따박따박 부르는 걸 듣고 있자니 더 그렇
다.

"……최은경 주임님."

단희가 한 번 더 불렀고 그녀는 마지못해 불쾌한 눈초리를 홱 돌려
단희를 쏘아봤다.

"이따 온에어 때, 주임님이 상우 씨 좀 봐 주세요."

"전 그 업무 담당이 아니라서요."

살기 어린 말대답에도 단희는 여전히 특유의 무표정에 흐트러짐이
없었다.

"장 감독님."

단희는 장 감독 쪽으로 고개를 돌렸고 그 역시 고깝지 않은 시선으
로 대답을 대신했다.

"감독님이 좀 봐 주세요."

"그것까지 해 줄 시간은 없어."

냉랭한 대답에 이번엔 김 감독에게 시선을 돌렸다.

장 감독만큼이나 풍채가 좋지만 그보다 기수가 낮은 촬영감독이었

다. 서글서글하고 밝아 나이는 많아도 팀 내에서 '귀여움'을 담당하는 사람이었고 모두에게 미움을 사는 법이 없었다.

"김 감독님."

"에? 나?"

"감독님이 좀 봐 주세요. 다룰 줄 아시잖아요."

"그……."

대답을 얼버무리며 그는 주변의 눈치를 살폈다. 이도 저도 못 하는 신세.

"직접 하시면 되잖아요."

최은경이 톡 쏘아붙였다.

"전 그 시간에 본사에 들어가 봐야 해요."

"왜요? 업무 끝나고 가시면 되잖아요."

단희는 특유의 한심하단 눈으로 바라보며 고개를 살짝 기울였다.

"그럼 사장님한테는 내가 갈 때까지 야근하라고 할까요?"

최은경이 할 말을 찾지 못해 얼굴을 붉혔지만 고개만은 꼿꼿하게 쳐들었다. 어떤 수를 쓰든 강짜를 놔서 망신을 주기로 작정을 한 것 같았다. 신입 앞에서 체면을 구겨 얼굴을 붉히고 엉엉 울기를 바라는 것 같았지만 단희는 눈 하나 깜짝하질 않았다. 애초에 거기에 짓밟힐 만한 감성이라곤 눈곱만큼도 갖고 있질 않았으니까 말이다.

"안 하실 거예요?"

감정이 실려 있지 않은 기계적인 목소리로 물었다.

"전 못 하겠는데요."

"그럼 관두세요."

분위기에 숨죽여 있던 사람들의 목이 미어캣처럼 들렸다. 뭐?

"상우 씨 포토샵 다룰 줄 알죠?"

"네."

"꼭지 타이틀도 같이 만들어요. 샘플은 내가 보내 줄게요."

"네."

눈치 없는 신입이 생글거리며 대답했다.

"그럼 나도 관두겠어!"

장 감독이 붉으락푸르락해져서 일어섰다.

"그럼 관두세요."

단희는 기계적으로 답했다.

뭐?

장 감독을 포함한 모두가 입을 벌리고 정지했다. 최은경이야 그렇다 치더라도 방송국에서 장 감독의 역할은 꽤 컸다. 당장 그가 없으면 촬영을 갈 사람이 없었고, 녹화 때에 지휘해 줄 감독관도 없었다. 대책 없이 일을 저지르고 있는 단희를 뺀 모두가 그 상황에 제대로 당황하고 있었다.

"상우 씨 Z5 다룰 줄 알죠?"

"네."

"그럼 촬영도 해요."

"네."

미어캣들이 재빠르게 상우 쪽으로 고개를 돌렸다. 쟨 뭐 하는 신입이야!

"최 기자님."

"네."

최 기자가 더듬거리며 자리에서 벌떡 일어섰다.

"상우 씨랑 촬영 나가요. 모르는 거 있으면 잘 좀 가르쳐 주세요."

"아…… 네……."

"촬영 나갔다 들어오세요. 녹화는 5시로 미뤄도 되니까요."

"네."

그는 막힘없이 대답했다. 세상에 또라이가 비운 자리를 다른 또라이가 채우네.

"김 감독님."

"네."

"김 감독님이 대신 녹화 때 지휘하세요. 멀티플레이어시잖아요. 이젠 지휘하실 때도 됐죠."

그건 맞는 말이었다. 김 감독은 이 중 유일하게 방송에 관련된 모든 장비를 만질 줄 아는 사람이었다. 그래서 그는 결원이 생기면 늘 그 자리를 능숙하게 채웠다. 슈퍼, 조명, 기술감독, 음향도 마찬가지였다.

"유단희 너 미쳤어? 승진했다고 눈에 뵈는 게 없어?"

장 감독이 핏대를 세우며 삿대질을 했다.

"네가 감히 뭔데 나가라 마라야! 네가 그럴 권한이나 있어?"

"있어요."

하여간 흥분하는 법이 없지. 일정한 톤의 그 목소리에 다들 벌써부터 기가 질려 버렸다.

"나한테 있어요. 못 믿겠으면 전화해서 확인해 보시든가요."

괜한 협박이나 빈말을 하지 않는 여자이니 사실임이 틀림없었다.

"하루아침에 팀원을 둘이나 자르고, 이 스튜디오가 잘 돌아갈 것 같아?"

장 감독은 자신의 예상과 다르게 흘러가는 상황에 파리하게 안색을 굳혔다.

"잘 굴러가겠죠. 빈자리는 곧 채워질 테니까. 안 보여요?"

단희는 흘깃 상우를 한 번 쳐다봤고 최은경은 상황에서 빠져나가기 위해 조용히 자리에 다시 앉았다. 지난달 지른 가방의 할부 값이 그녀의 사고 회로를 지배하고 있었다.

"내 월급에 지장만 없으면 누가 들어오건 나가건 내가 알 바 아니에요. 그러니까 일할 생각 없으면 나가요."

단희의 음색은 심드렁했고 백 퍼센트 진심이었다. 애초에 그녀에게 동료애라든가 팀으로서의 협동심을 기대하기엔 무리가 있었다.

그리고 여긴 직장이었다. 모두 자아실현이나, 사회 기여 따위가 아니라 돈 때문에 이 일을 하고 있다. 처음엔 나름의 원대한 포부를 가지고 아니면 막연한 호기심을 가지고 이곳에 발을 들였을지 몰라도 시간이 지나면 모두 할 줄 아는 것은 그것뿐이라 이 일을 한다. 월급에 지장만 없으면 알 바가 아니란 단희의 말이 기분은 나빠도 정답이었다.

장 감독은 얼마 전에 큰아이의 돌잔치를 치렀고 그의 아내는 이제막 3개월 차의 임산부였다.

지금 일을 관두면 당장 벌어먹고 살길이 막막했다. 유단희가 그걸모를 리 없다. 말을 섞진 않았어도 이 사무실에 처박혀 있으니 이 안에서 흘러나오는 이야기는 귀에 들렸을 테니 말이다.

너무 조용하고 사람이 음습해서 업신여겼던 것이 사실이다. 혹자는 그녀가 아무리 갈궈도 무표정인 게 무섭고 질린다고 했지만 장 감독에게 그녀는 두드리기 좋은 샌드백이었다. 무슨 말을 어떻게 하건 그녀는 반응하지 않았고 덕분에 장 감독은 그녀를 꽤 막 대했었다. 면전에 대고 사이코라고 하거나 사근사근한 맛이 없다거나 여자가 너무 더럽게 하고 다닌다거나 하는 막말도 했다. 어쩌면 성희롱으로 비칠수도 있는 말들이었지만 그녀는 그저 흘려들을 뿐이었다. 그게 늘 마음이 편했다. 업무에 관련된 것이 아니라면 그녀를 뭐라고 폄하하고비하하건 그녀는 배설물을 담는 변기처럼 그걸 아주 잘 흡수했으니까.

그런데 눈앞의 유단희는 전혀 다른 사람이었다. 기계적이고 여전히 감정 기복 없어 보이는 건 같았지만 윗사람이 되고 보니 그 느낌이 판이하게 달랐다. 더 이상 그녀를 업신여길 수가 없었다. 예전처럼 막말을 하거나 성희롱조의 농담도 할 수가 없었다. 이제야 그녀가 자신의 목줄을 쥐고 있음을 실감했다.

이 여자는 변기가 아니라 괴물이 살고 있는 네스호였다. 그 깊이도, 그 안에 정확하게 뭐가 살고 있는지도 가늠하기 힘든.

장 감독은 홱 가방을 들더니 분에 못 이겨 그대로 스튜디오를 박차고 나갔고 최은경은 좌불안석 분위기를 살피며 칸막이 안으로 몸을 웅크렸다.

덜컹 열린 사무실 문이 힘에 못 이겨 삐걱대는 소리를 가만히 듣다가 단희는 태연한 얼굴로 자신의 자리로 돌아갔다. 신경 쓰지 말라거나 하던 일이나 계속하라는 말 따위도 없이 모니터에 얼굴을 박고 마우스 휠을 돌려 대자 모두가 알아서 분위기를 수습해야 했다.

상우는 최 기자와 눈짓을 맞추고 카메라 가방을 들고 나갔고 최은경은 조용히 모니터 창에 포토샵을 켰다. 김 감독은 휴대폰 벨을 조용히 무음으로 바꿨고 막내 촬영감독과 다른 기자 한 명도 발뒤꿈치를 들고 사무실을 빠져나갔다.

한차례의 폭우가 그렇게 지나가고 있었다.

◆ ·　·● ·

"국장님을 다시 데려오려고요."

만나자마자 하는 첫마디는 명료했다. 사무실을 놔두고 굳이 이 넓은 올림픽공원까지 나온 건 이 여자의 뾰족함 때문에 늘 지나치게 딱딱해지는 분위기를 조금이나마 완화해 보려는 목적이었다.

이 여자와 로맨틱한 분위기가 조성될 거란 생각은 추호도 한 적이 없지만 설마 야외에 나와서까지 이 정도로 경직돼 있을 줄은 몰랐다. 게다가 전권을 위임해 줬더니 맨 처음 한 일이 베테랑 촬영감독을 자르는 일이었다. 그리고 나선 나간 사람을 다시 데리고 온다고 하고 있고 말이다.

"일단 걷죠."

107

오스왈드가 앞서서 걸음을 옮기자 단희는 백팩 어깨끈을 두 손으로 그러쥐고 조용히 그의 뒤를 따랐다.

"제드릭은 신경 쓰지 말아요."

단희가 자꾸만 뒤쪽을 의식해 쳐다보자 오스왈드가 단희의 어깨를 부드럽게 잡아끌었다.

"데려와서 어쩔 생각인데요?"

"당장 이 일에 능숙한 사람이 빠졌으니 능숙한 사람으로 메꿔야죠."

"돌아오면 분명 자리를 두고 트러블이 날 텐데?"

"어차피 여기 아니면 갈 곳도 별로 없는 분이세요. 스스로 관둘 만한 분도 아니었고요. 뭔가 이유가 있었겠죠."

"그걸 어떻게 잘 알죠?"

"2년 동안 매일 보던 분이니까요."

팀이 인수되기 전의 사정은 잘 알지 못한다. 브레인 미디어 사장과의 사이가 견원지간으로 안 좋다는 이야기만 들었을 뿐이다. 타인에게 전혀 관심이 없는 것처럼 굴더니 하는 말을 듣고 보자면 또 꼭 그런 것만은 아니었다.

"데려와서 뭘 시키려고요? 내내 국장이었으니 다시 당신 자리를 차지하려 들 텐데."

어차피 자리엔 미련이 없는 여자다. 오스왈드가 걱정되는 것도 바로 그 부분이었다.

"상우 씨를 촬영 담당으로 배정하고, 제가 다시 편집을 하면 돼요."

오스왈드가 홱 단희를 돌아봤고 단희는 주춤 물러서며 경계했다.

"그 국장이란 사람, 인사 평가가 형편이 없어요."

어련할까. 서로 개와 고양이처럼 으르렁댔으니 인사 평가가 고울 리가 없다. 그 사장이나 그 국장이나 그 나물에 그 밥이지.

"그리고 난 그 사람 별로고."

"······만나 뵌 적도 없으시잖아요."

만나 보고 싶은 생각도 없다. 어차피 유단희가 아니면 누가 오든 일을 그르치게 되니까. 오스왈드는 단희의 걸음 속도에 맞춰 천천히 다리를 움직였다.

"조만간 스튜디오를 이전할 거예요."

그의 말은 금시초문이었다.

"어디로요?"

"새로 지은 신관 1층에 꽤 큰 장소가 있어요. 원래 강당으로 쓰겠다는 걸 내가 선수 쳤죠. 새로 스튜디오를 이전하게 되면 뉴스팀의 사이즈를 더 키울 거예요. 좀 더 건설적으로."

지금껏 도청 뉴스팀은 은행 창구나 다름없었다. 그냥 입금해 둔 돈을 빼내면 되는 곳이니 사이즈를 키울 필요도 건설적으로 개발할 이유도 없던 곳. 종편 담당이 앉는 자리가 낑낑거리며 간신히 몸을 끼워넣을 만큼 구석진 것은 그 사무실이 겨우 열 명 남짓의 직원들이 사용하기에도 턱없이 좁기 때문이었다. 하지만 누구도 환경을 개선해 줄 생각을 하지 않았다. 정부에서 돈을 대 주는 곳이니, 발전보단 자리보전이 우선이어서 전투적으로 투자하기엔 꽤 재미가 없을 터였다.

"그러니 조만간 조직도를 개편해요, 대니. 다시 복귀시킨 국장에게 방송 지휘는 맡기더라도 전권은 계속 당신이 쥐고 있을 수 있게."

"······지금."

단희는 뒷말을 잇기 전에 한숨부터 내쉬었다. 오늘 무슨 일이 벌어진 건지 여태껏 입이 아프게 말했건만 뭘 알아들은 거지, 이 사람은?

사람들은 불만이 가득하고 오늘 같은 일이 다시 벌어지지 않으리라고 장담하기도 어려웠다. 단희가 그 자리를 꿰차고 사무실에 들어앉아 있는 건 안전핀을 뽑은 수류탄을 굴 안에 던져 넣는 것과 다름이 없었다.

"또 말을 듣지 않으면 다 잘라 버려도 돼요."

장난처럼 던지는 말투에 단희는 눈살을 찌푸렸다.

"그런 식으로 통제될 만한 사람들이 아니에요."

그는 비죽 웃으며 재킷 안주머니에서 얇고 네모난 무언가를 꺼내 그녀 앞에 내놨다.

신용카드.

오후 햇살을 받은 그의 곱슬거리는 머리카락만큼 그의 미소가 반짝거렸다. 지나가는 모두가 이 장신의 미남을 힐끗거리고 있었는데 익숙한 것인지, 아니면 모르는 것인지 본인만 그것에 무관심했다.

"사람들을 다룰 때 가장 중요한 게 뭔지 알아요?"

"……."

"뭘 잘 먹여야 돼. 돈이건, 음식이건."

"……."

"술이든, 밥이든 남은 팀원들 배를 적당히 채워 줘요. 한도는 없으니까."

"……."

도청에 들어와 단 한 번도 사적으로 팀원들과 술을 먹은 적이 없었다. 2년 동안 그 흔한 회식 한 번 한 적이 없다. 삼삼오오 저들끼리 모여 술잔을 기울이거나, 너무 고된 철야에 가끔 저녁 식사에 반주를 섞어 마실 때는 있어도 소위 전우애를 다진다는 회식 문화는 단희에게도 그 팀원들에게도 거리가 멀었다.

과연 이 방법이 통하려나 싶으면서도 단희는 오스왈드가 건넨 카드를 받아 들었다. 최대한 그와 닿지 않도록 노력하면서 말이다.

오스왈드는 소매 끝 사이로 비죽 튀어나온 그녀의 손톱을 확인했다. 심하게 물어뜯은 흔적. 길고 예쁜 손가락 같은데, 관리가 형편없었다.

"웃은, 그것뿐?"

오스왈드가 그녀를 위아래로 살피며 물었고 단희가 대답을 하지 않자 그가 한 번 더 입을 열었다.

"계속 같은 옷만 입고 다니는 것 같은데."

"······."

"별다른 뜻은 없어요. 그저 옷이 너무 얇아 보여서."

뭘 입건 네가 상관할 바가 아니란 생각을 하고 있었는데 마치 단희의 속을 읽은 듯 오스왈드가 대답했다. 남 일에 신경 끄라는 말을 단희가 속으로 삼키자 그는 좀 더 눈을 빛냈다.

"지금, 감기 걸린 거 아닌가?"

"······."

"목소리도 안 좋아 보이고."

얘는 근데 왜 반말과 존댓말을 절묘하게 섞어서 쓰는 거지? 무심하려고 애를 쓰고 있건만 사사건건 신경을 자꾸만 건드린다.

"그 뭐더라······. Immunity······."

그가 미간을 찌푸리고 한동안 생각에 잠겼다가 곧 활짝 얼굴을 폈다.

"면역력!"

이 위협적인 남자에게서 아이 같은 면을 발견하는 건 참 힘든 일일 것 같았는데 그의 얼굴이 일순간 천진해졌다. 단희는 그에게서 느껴지는 커다란 간극에 저도 모르게 입을 벌리고 끙 하는 소리를 뱉었다.

"면역력이 안 좋은 건가?"

"그게, 사장님과 상관이 있나요?"

"직원에 대한 의무죠. 아닐 수도 있고."

아닐 수도 있고? 이도 저도 아닌 대답에 단희의 눈가가 미세하게 경련했고 오스왈드는 하얀 이를 드러내며 씩 웃었다.

"내 말은, 사람 대 사람으로서의 호감일 수도 있단 이야기죠."

쓸데없이 그의 말이 뇌간에 바늘처럼 파고들었다. 단희는 자리에 딱 멈춰 섰다. 저런 천진한 미소를 지으며 부하를 상대로 말장난을 하는 데에 동참해 줄 의사는 눈곱만큼도 없지만 자칫하단 그를 진심으로 상대하며 애써 유지하던 평정을 깨트려 버릴지도 모른단 생각에 덜컥 겁이 났다.

"업무적으로 더 하실 말씀 없으시면 전 가 볼게요."

"긴장 좀 풀어요. 대니. 밖에 나왔으니 경치라도 좀 구경해 보는 게 어때요?"

경치나 구경할 인생이 아냐. 단희는 치밀어 오르는 신경질을 속으로 꾹 삼켰고 오스왈드는 한두 걸음 앞에서 같이 멈춰 섰다. 바지 주머니에 두 손을 넣고 조용히 서 있는 그의 모습은 단단하고 여유로워 보인다.

"매번 마주할 때마다, 우린 이렇게 딱딱한 업무 이야기나 해야 하나?"

"그럼 무슨 이야기를 하죠?"

"평범한 대화."

"……."

"날씨 이야기. 어제 먹은 맛있는 음식 이야기. 재밌었던 영화 이야기. 그런 것들."

남들에겐 평범한 대화겠지만 단희에겐 어려운 대화였다. 날씨도 음식도 영화도 모두 그녀에겐 낯설고 무감각한 주제였으니까.

"당신 이야기를 해 봐요. 좋아하는 게 뭐죠?"

그 말이 너무 유혹적으로 들려서 대답하고 싶지가 않았다.

"그럼 싫어하는 건?"

"……."

"늘 그렇게 무표정해요?"

"……."

"의도적으로 답을 안 하는 건 대답하기 싫어서인가? 아니면 할 말이 없어서인가?"

"……."

"업무 이야기 외엔 나누지 않겠다……?"

"……."

단희의 가느다란 머리카락이 햇빛에 솜털처럼 너울거렸다. 오스왈드는 잔뜩 털을 세운 고양이 같은 여자에게 한 걸음 더 다가가 그녀를 조용히 내려다봤다. 손으로 뒷목을 잡아서 들어 올리면 그대로 발톱으로 할퀼 것 같다. 공격적으로 보인다는 건 반대로 잔뜩 겁이 나 있다는 반증이다.

그는 몸을 돌려 아까 지나온 좌판으로 향했다. 소규모의 프리마켓이 진행 중이었는데 그는 좌판에 펼쳐져 있는 여러 가지 물건 중에 붉은색 스카프 하나를 집어 들었다.

그는 거스름돈을 받지 않고 일어섰다. 그러고는 단희의 목에 스카프를 둘러 주기 위해 가까이 다가서며 두 팔을 벌렸다. 오스왈드 특유의 달콤한 향이 단희의 코끝에 후욱 느껴졌다.

앤 뭐지, 도대체?

보통의 사람들은 단희가 이렇게 굴면 정나미 떨어졌다는 듯한 표정을 짓고는 두 번 다시 그녀에게 접근하려 들지 않았다. 그녀가 뭘 하건 상관하고 싶어 하지 않아 했고 그럼 서로 주고받아야 될 말만 아주 짧게 주고받는 간단한 사이가 됐다.

그런데 그에겐 자신의 그런 면이 전혀 통하질 않았다. 그러자 오히려 겁이 나고 당황되는 건 단희였다. 단희가 뒤로 물러서며 스카프를 잡아 빼내려 하자 오스왈드는 힘주어 앞으로 여몄다.

"전 이런 거 안 받아요."

단희는 더듬거리면서도 고집스럽게 대답했다.

"나도 원래 이런 건 안 해."

"……."

"당신이 감기에 걸리면 곤란해. 내겐 꽤 소중한 자원이니까."

스카프를 단단히 두른 후 그녀에게서 손을 떼어 내자 단희의 커다래진 눈이 비로소 보였다. 오스왈드는 입꼬리를 올려 부드럽게 웃었다.

그래, 그러라고 한 말이야, 아가씨. 혼란스럽고 겁이 나라고.

"난…… 이런 거 필요 없어요."

"난 줬던 물건은 도로 안 받아요. 그러니 필요 없으면 버려."

단희는 뒤로 한 발 물러서더니 그에게서 몸을 돌렸다. 그리고 뒤도 돌아보지 않고 앞으로 성큼성큼 걸어 나갔다.

오스왈드는 도망치듯 멀어지는 모습을 조용히 지켜봤다. 생각보다 함락 불가능한 성은 아닌 것 같다는 생각을 하고 있는데, 단희가 스카프를 목에서 풀더니 그대로 길가에 있는 쓰레기통에 처박아 버렸다.

아아. 역시 쉬운 여자는 아니야.

◆ · · ● ·

회식을 제안하고 나서 한두 사람이 참석하면 그나마 성공적일 것이라 생각했는데 아침에 단희가 휘몰아 놓은 날벼락 때문인지 이미 잘려 버린 장 감독을 뺀 전원이 회식에 참석했다. 처음엔 이런 상황이 꽤나 당황스러웠지만 어쩌면 모두들 막연히 이런 자리를 바라고 있었을지도 모른다는 생각이 들었다.

최초의 회식이니, 모두에게 제대로 된 음식을 먹이고 싶다는 생각에 단희는 근처에서 가장 시설이 좋은 소고깃집을 예약했다. 카드에는 한도가 없었고, 오스왈드라는 작자는 어쩐지 얄미웠으므로 단희는 팀원들이 헛구역질을 할 때까지 소고기를 먹일 작정이었다. 술과 값비싼 고기 때문인지 분위기는 무척이나 왁자지껄했다. 최은경도 입사한 지 7년 만에 누리는 호사에 아까의 사건은 깡그리 잊고 누구보다 열성적으로 회식 자리를 즐기고 있었다.

"팀장님. 좀 드세요."

멍하게 앉아 있는 단희의 접시에 김 감독이 집게로 고기를 떨궜다. 그러자 단희는 고개를 저으며 그 고기 조각을 다시 김 감독의 접시에 내려놨다.

"전 소고기 별로 안 좋아해요. 많이 드세요."

"에이. 너무 안 먹으면 사람들이 불편해해요. 조금이라도 먹어요."

김 감독이 다시 집게로 고기를 접시에 놓아두자 단희는 마지못해 젓가락을 들었다.

"이런 자리에서까지 저한테 존댓말 안 하셔도 돼요."

고기를 씹으며 무뚝뚝하게 말하자 김 감독은 킥킥 웃으며 단희의 접시에 고기 한 점을 더 내려놨다.

"어쨌든 회식도 업무의 연장이니까요."

김 감독이 뉴스팀에 근무하는 5년간 단 한 번의 회식도 없었던 건, 국장이 그 돈을 사적으로 사용해서라는 걸 그는 알고 있었다. 본사에서 나오는 업무비를 그런 식으로 횡령해도 그동안 별탈이 없었던 이유는, 관계의 특성상 본사에서 뉴스팀 내부 사정을 파악하기가 꽤 어려웠기 때문이었다. 국장은 의도적으로 본사와의 관계를 불편하도록 조성했고 팀원들은 그런 국장에게 알게 모르게 영향받아 본사와 뉴스팀 사이를 갈라서 생각하게 되었다. 그러다 보니 자세한 근무 환경에 대해 직접적으로 소통할 수 없게 되는 것이다.

장 감독도 국장의 그러한 행동이 비도덕적이라는 사실을 알고 있었다. 그것이 잘못되었다는 것을 알면서도 자신의 자리를 빼앗겼다는 생각에 결국 무리수를 둬 버렸다. 본래 보수적이고 변화를 싫어하는 성격도 분명 영향을 끼쳤을 것이다.

"그…… 장 감독님이요……."

김 감독은 조심스럽게 단희의 술잔을 채우며 말을 꺼냈다.

"아직 아이들도 어린데…… 다시 좀…… 잘……."

단희가 말이 없자 그는 다시 한 번 크흠 헛기침을 하며 눈치를 살폈다

"장 감독이 성격이 좀 그래서 그렇지 나쁜 사람은 아니잖아요. 팀장님도 아시겠지만…… 제가 잘 구슬려서 데려오면…… 좀……."

단희는 맞은편에서 김상우에게 연달아 술을 권하는 여직원 무리에 시선을 고정시키고 있었다.

"그렇게 하세요."

"네?"

너무 빠른 대답에 김 감독은 한 번 더 되물었다.

"어우, 이걸 어떻게 마셔요!"

신입 신고를 제대로 하고 있는 김상우가 냉면 대접에 가득 담긴 술을 보며 진저리를 쳤다. 이미 먹일 대로 먹여 놔 그의 얼굴은 취기에 붉게 달아올라 있었다.

"왜 이래~ 사내대장부가. 우리도 여기 들어올 때 다 이렇게 신고식했어."

최은경이 깔깔거리며 대접을 그에게 밀었다. 그 안에는 간장, 김치조각, 옥수수 알 몇 개가 둥둥 떠다녔다.

"더는 못 마셔요. 진짜!"

그가 손사래를 치자 최 주임과 기자들은 젓가락을 두드리며 야유했다. 뉴스팀 여직원들에게 새로 들어온 남자 직원을 귀여워 해 주는 방법이란 이런 식으로 괴롭히는 거였다.

게다가 얼마 만에 들어온 남자 신입인지. 모두들 못 잡아먹어 안달이 난 눈이었다.

"흑장미 해 줄 사람? 흑장미?"

김 감독은 어리둥절해했고 단희는 다시 대답했다.

"다시 오겠다고 하면 데려오세요."

그 일로 화가 난 게 아니었나? 장 감독과 최 주임은 늘 단희를 사이

코패스라고 여겼다. 기계처럼 일만 하는 단희를 못마땅하게 여기며 그녀가 사무실 분위기를 해친다고 했었다.

단희는 몸을 일으켜 말없이 대접을 들었다.

어어. 하는 작은 탄성이 새어 나갈 동안 그녀는 배짱 좋게 그 고약한 잡탕주를 꿀꺽꿀꺽 목으로 쉼 없이 넘겼다. 사람들은 단희가 접시를 비우는 동안 말없이 움직이는 그녀의 목젖만 멍청하게 바라봤다. 설마 그 대접을 단희가 받아 들 줄이야. 꿈에도 생각지 못했다.

"크으―."

탕 하고 테이블 위에 대접을 내려놓자 상우가 재빠르게 고기 한 점을 단희의 입 앞에 대령했다.

"팀장님 여기요."

"고마워요."

단희는 잡탕주의 고약한 맛에 인상을 쓰며 상우의 젓가락에서 고기를 받아 들어 우적우적 씹었다. 사람들은 저도 모르게 감탄 어린 박수를 쳐 댔다. 그러면서도 모두가 헷갈려 하기 시작했다.

애가 지금 김상우를 의도적으로 도운 건가……? 아니면 그냥 사이코라, 사이코 짓을 한 건가……? 무뚝뚝한 표정으로 아무 말 없이 다시 자리에 착석하고 다시 심드렁해지는 저 얼굴을 보고 있자면 뭐라고 생각해야 맞는 건지 알 수가 없었다.

그래도 김 감독은 그녀가 어떤 사람인지는 어렴풋하게 느낄 수 있었다. 그녀는 사이코패스나, 감정이 없는 기계 같은 사람이 아니었다. 그렇게 보이고 싶어 하지만 실은 누구보다 따뜻한 사람일 거라고, 그는 생각했다.

◆ · · ● ●

「휴대폰은 좀 내려놓는 게 어때?」

오스왈드는 얼음 잔에 스카치를 따르며 짓궂게 웃었다.

「뭐라고요?」

「아까부터 휴대폰만 쳐다보고 있잖아. 제이 씨.」

정우는 오스왈드가 밀어 준 스카치 잔을 잡고 한숨을 내쉬었다.

「밀고 당기기라도 하는 거야?」

「얘는 밀리기는 하는데 당겨지진 않아요.」

잔을 홀짝이는 정우의 얼굴이 불만으로 가득했다. 어린애들의 연애란.

「궁금하면 네가 연락해 보면 되잖아.」

「앤 어렵다니까요. 뭔지 모르지만 어쨌든 좀 달라요.」

「네 눈에만 어렵겠지.」

오스왈드는 이 스물세 살짜리 꼬마가 여태껏 어떤 식으로 연애를 해 왔는지 잘 알고 있었다. 기본적으로 여자에 무관심했지만 귀여운 생김새와 커다란 덩치 때문에 늘 여자의 호감을 샀다. 가는 여자 잡지 않고 오는 여자를 막지 않는 게 그의 연애 모토였는데 어째 이번만은 그게 맘대로 안 되는 모양이었다.

「뭐 때문에 불렀어요?」

오스왈드는 테이블 아래에서 판넬 하나를 꺼내 건넸다.

「자. 갖고 싶어 했잖아.」

오스왈드가 그에게 건넨 건 A4 사이즈만 한 후앙 미로의 작품이었다.

정우는 작품에서 눈을 떼지 못한 채 한참을 들여다보다 미심쩍게 눈을 들었다.

「토미를 소개시켜 준 값치고 꽤 비싼데요.」

「그만한 값어치를 하길 빌어야지.」

그때 테이블 위에 오스왈드의 휴대폰이 진동했다.

[Tommy]

늦은 시각에 그에게 전화 올 일은 딱 하나였다. 유단희에 관한 것.
오스왈드의 얼굴에서 사적인 부드러움이 빠져나가고 업무적인 냉담
함만 감돌았다.

그는 표정만으로 공과 사가 확실히 구분되는 사람이었다.

「토미?」

— 여어어어보오오오오세에에요오오오오오?

길게 늘어지는 목소리엔 맛이 간 티가 역력했다.

「이봐.」

— 퀴이이인트으으은 씨이이이. 크으은이이이이이이일이…….

휴대폰 밖으로 삐져나오는 그의 목소리에 정우는 그림을 빼앗길까
주섬주섬 그걸 가방에 쑤셔 넣기 시작했다.

「뭐? 똑바로 말해.」

— 여어기이…… 팀장님…… 그니까아 다…… 취했…… 딸꾹.

어금니를 꾹 문 오스왈드는 한숨을 조용히 내뱉고 입을 열었다.

「똑바로.」

— 팀장님…… 취했, 딸꾹. 여기 쓰러져서, 딸꾹. 여기…….

「어디야.」

— 고기, 소고기…… 여기 도청…… 근처 소고기…… 화단 아주
커…… 길이야…… 안 보여…….

정우를 노려보는 오스왈드의 눈이 이미 백 마디의 말을 하고 있었
다.

이 쪼다 같은 새끼를 누가 데려왔지.

「주사가 없는 사람이 필요하단 말은 안 했잖아요.」

정우는 남 일이라는 듯 어깨를 한 번 으쓱했고 오스왈드는 그에게
서 더 알아들을 만한 말이 안 나올 거란 생각에 미련 없이 전화를 끊었
다.

「따라와.」

젠장.

오스왈드가 조용히 명령하자 정우는 속으로 욕을 내뱉었다. 그 형은 다 좋은데 술이 약했다. 소주 한 병이면 인사불성 수준으로 취하는 타입이라 웬만하면 그에게 그 이상의 술을 권하진 않는다. 입사 첫날부터 회식일 게 뭐람. 거기서 수습 불가능한 추태만 안 부렸음 다행인데. 오스왈드의 수가 틀려, 줬던 그림을 다시 내놓으라고 하면 곤란한데…….

김상우를 발견하는 건 쉬운 일이었다. 월요일 아직 자정도 넘기지 않은 시간에 바닥에 엎어져 꿈틀거리는 남자는 그 하나였으니까.

그는 바닥에 엎드려 벌레처럼 꿈틀거리며 바닥을 밀어 내려 발버둥이었다.

"살려 줘요……. 갇혔어……. 살려, 살려……."

아씨. 망했네. 최정우는 그런 김상우를 버러지처럼 쳐다보는 오스왈드의 표정에 속으로 탄식했다.

"아. 형!"

가방 안에 들어가 있는 후앙 미로의 작품을 정말로 토해 내야 될 것 같다는 생각에 속이 뒤틀려 정우는 짝 하고 상우의 등을 쳤다.

"여기서 뭐 해!"

"갇혔어…… 나 좀 꺼내 줘."

정우는 인정머리 없을 정도로 세게 감정을 실어 그의 뺨을 찰싹찰싹 때렸다.

"정신 차려! 이 양반아!"

"누군가…… 누군가가 나를……."

"유단희는 어디 있지?"

오스왈드가 주위를 두리번거리며 낮게 물었다.

"형!"

찰싹찰싹! 야무진 소리가 거리에 울렸다.

"여자 어디 있어, 여자!"

"같이 있었는데…… 누군가 날 가뒀어. 분명 누군가가 팀장님을 납치……."

이 정신병자가.

정우는 그의 말을 더 듣고 싶지 않아 다시 찰싹찰싹 뺨을 때려 댔다. 김상우의 입에서 낮은 신음이 무력하게 흘러나왔다,

"어느 방향으로 갔는지 기억해?"

오스왈드가 물었고 김상우는 힘없이 손가락으로 골목 한쪽을 가리켰다.

"저, 저쪽……."

"넌 이 녀석 좀 해결해."

"알겠어요."

정우는 고개를 끄덕였다.

회식을 하라고 등을 떠민 건 자신이었지만 그렇다고 술에 곤죽이 될 때까지 퍼마시란 소리는 아니었다. 그리고 팀원들의 배를 채우라고 했지 본인 술독을 채우란 소리는 아니었고. 그는 상우가 가리킨 골목 쪽으로 걸음을 재촉하며 주머니에서 휴대폰을 꺼내 들었다. 목록에서 코일을 찾아 통화 버튼을 누르고 귀에 대 신호음을 확인하며 그는 계속해서 주위를 두리번거렸다.

— 퀸튼 씨.

「코일. 유단희 집 주소 좀 보내.」

— 지금이요?

「지금 당장.」

— 알겠습니다. 문자로 전송할게요.

번화가에서 멀어져 낡은 빌라촌 골목에 들어서자, 검은 형체가 눈앞에 보였다. 담장에 기대어 비틀비틀 걸어가는 고양이 같은 등.

오스왈드는 천천히 전화기에서 귀를 뗐다. 단희는 담장에 몸을 지탱한 채 걷고 있었다. 한 번에 너무 많은 알코올을 급하게 들이켠 탓에 취기가 빠르게 꼭지까지 차올랐다. 눈앞이 흐리고 청력도 몽롱했다. 알코올 냄새가 밴 자신의 숨소리와 어깨에 까끌까끌하게 긁히는 벽돌의 감촉만 아주 희미하게 느껴졌다.

"대니."

무거운 눈꺼풀을 끔뻑이는데 눈앞에 큰 그림자가 졌다.

아. 잘생긴 사장이네. 단희의 눈이 반달로 굽었다.

"안녕하세요."

인사를 하려 고개를 숙이자 몸이 앞으로 넘어갔다. 오스왈드는 재빨리 그녀의 앞가슴을 손으로 당겨 안았다. 이마가 콩 하고 오스왈드의 가슴팍에 충돌했고 오스왈드는 힘을 주어 단희의 어깨를 일으켜 세웠다.

"정신 차려. 내가 누군지 알아보겠어?"

"오스왈드……."

술에 취한 단희는 간지러울 정도로 말랑한 목소리를 냈다. 평소엔 또랑또랑하다 못해 아플 정도로 찌르던 차가운 눈이 무겁게 들리자 웃음이 픽 새어 나왔다.

"그래, 나야."

"좀…… 쉬어야겠어요……."

단희가 비틀거리며 중얼댔다.

"집이 이 근처야?"

단희가 고개를 푹 숙이고 웅얼거렸다. 그 목소리가 오스왈드의 귀에는 잘 들리지 않았다.

"뭐?"

"토……."

토?

"웨에에에에에에엑—."

요란한 소리를 내며 오스왈드의 값비싼 구두 위로 토사물이 쏟아짐과 동시에 그의 바지 주머니에서 메시지 알림이 진동했다. 그는 신음했다.

정말 가지가지 하는군.

여자는 가벼웠다. 오스왈드는 자신의 셔츠 소매로 단희의 얼굴에 묻은 토사물을 대충 닦아 낸 뒤 코일이 찍어 준 주소와 맵을 확인하고서 그녀를 가뿐하게 안아 들었다. 집은 단희를 발견한 곳에서 멀지 않았다.

동로 149번 길 49.

아주 낡고 오래된 이층집은 거의 대부분의 것들이 녹슬어 있었다. 오스왈드는 좁고 경사진 외벽 계단을 오른 뒤 현관을 살폈다. 얇은 유리와 이미 찌그러질 대로 찌그러진 병약한 알루미늄으로 이루어진 문은 그나마 있던 유리도 아래쪽은 깨져 나가고 위쪽도 모두 금이 가 있었다.

힐끗 본 1층 집은 분명 방화문으로 되어 있었는데 여긴 사람이 사는 집이라기보다 창고의 입구처럼 보였다. 도어록도 아니고 문고리 아래에 열쇠 구멍 하나가 잠금 장치의 전부인 집.

"대니 열쇠……."

손잡이를 잡으며 열쇠의 행방을 물어보려다가 오스왈드는 다시 말을 멈췄다. 허름한 문이 저항 없이 당겨져 그는 당황하고 말았다. 이 여자는 문도 잠그지 않고 산다.

그는 몸을 돌려 동네를 둘러봤다. 어둡고 좁고 빽빽한 집들이 여유 없이 들어찬 곳이었다. 좀도둑이나 날강도들이 들끓을 것 같은 동네에 방화문은 고사하고, 그나마 제구실 못 하는 현관문마저 제대로 잠그지 않고 산다는 건 어떻게 받아들여야 맞을까.

녹슬고 경첩이 맞지 않는 문을 열고 집 안으로 들어가 불을 켜자,

더 황당한 풍경이 그를 멈추게 만들었다. 좁은 원룸 안에는 아무것도 없었다. 정리되어 있지 않은 이부자리. 종이 박스 몇 개. 옷걸이에 아무렇게나 쌓여 있는 옷가지.

여자가 사는 방은 물론이고 심지어 사람이 사는 방 같지도 않다. 오스왈드는 쿡 하고 폐부를 찌르는 따끔함을 느꼈다. 여기가 당신 집이 맞는지 진심으로 묻고 싶었다. 하지만 코일에게 온 문자는 이 집 주소가 확실했고 옷걸이에 아무렇게나 걸려 있는 검은색 옷가지들은, 분명 이 여자의 것일 게 틀림없었다.

깨끗한 간이냉장고, 사용감이라곤 전혀 없는 싱크대. 싸늘한 집 안에 정리되어 있는 것이라곤 하나도 없다. 오스왈드는 일단 신발을 벗고 집 안으로 들어갔다. 요란한 구토 덕분에 자신은 물론이고 단희의 옷가지에도 토사물이 튀어 있었다. 그는 좁은 화장실 문을 발로 밀어젖히고, 변기 뚜껑 위에 단희를 앉혔다. 두 사람이 들어서자 좁고 낡은 화장실이 꽉 찼다.

"대니. 정신 차려."

"……."

"당신 옷을 벗어야 돼."

단희는 타일 벽에 옆머리를 기대고 몸을 앞뒤로 까딱거렸다. 완전 맛이 갔군. 내가 또 회식을 권하며 카드를 내밀면 내 손가락을 잘라 버리겠다. 오스왈드는 속으로 그렇게 생각하며 일단 자신의 옷가지부터 벗었다. 바지, 스웨터, 가장 처참하게 더러워진 셔츠를 벗어 세면대 위에 던져 놨다. 그러곤 벌거벗은 상체를 한 자신의 모습을 낡고 얼룩진 거울로 살폈다.

이게 무슨 꼴이지. 어쨌든 대단한 여자야. 만난 지 세 번 만에 내 옷을 벗게 만드는군.

그는 단희의 앞에 쪼그려 앉았다.

엉망진창.

내일 아침에 술에서 깨어나면 꽤 볼만하겠네. 오스왈드는 속으로 비죽거리며 일단 이 여자의 꼬락서니를 수습해 줘야겠다고 생각했다.

"옷이 더러워졌으니 일단 벗길게."

오스왈드는 거침없이 손을 뻗어 그녀의 후드 지퍼를 내렸다. 지이이익— 하는 소리가 텅 빈 화장실에 웅웅 울렸다. 겉옷을 벗겨 내자 아주 얇고 색이 바랜 하얀 반팔 셔츠가 드러났다. 셔츠는 여자에게 심각할 정도로 컸다. 얇고 뾰족한 쇄골이 그대로 보였고 반팔 셔츠 밑으로 뻗은 단희의 팔은 마른 가지처럼 앙상하게 말라 있었다. 옷을 빨아서 입긴 하는 건가?

여자에게서 악취가 난다는 느낌은 한 번도 받은 적이 없었다. 하지만 노랗게 변색된 셔츠는 사람이 착용할 만한 것이 아니라 다 쓰고 버린 걸레 같았다. 옷도, 자기 자신처럼 제대로 관리하는 것 같진 않다.

오스왈드의 동정심을 살 수 있는 여자는 흔치 않았다. 하지만 이 정도로 망가진 여자라면 그의 동정심을 사기엔 충분했다. 이 성난 고양이 같은 여자의 카랑함 이면에는 낡고 초라한 자아가 있었다. 오스왈드가 적응하지 못하겠는 건 사진으로 본 스무 살의 그녀와 현재의 그녀에게서 느껴지는 너무 큰 괴리감 때문이었다.

오스왈드도 처참한 유년 시절을 보냈다. 그때의 자신도 이 여자처럼 온몸에 털을 세운 고양이였다. 어딘지 모르게 그 모습이 겹쳐 보이면서 또 너무도 멀어 보였다. 그는 사랑에 굶주린 어린아이였고 여자는 자신만의 견고한 성을 쌓아 놓고 아무도 그 안에 발을 들일 수 없도록 밀어 내는 것에만 골몰하고 있었다,

실패한 결혼 생활. 그게 얼마나 지독했는지는 모르지만 누군가의 애정이나 호기심마저 밀어 낼 정도라면 꽤나 심각한 내상을 입은 건 확실했다. 오스왈드는 여자의 마른 몸에서 걸레 같은 셔츠도 벗겨 냈다. 제드릭에게 길가에 세워 둔 포르쉐를 정리하라고 부르며 자신의

옷도 몇 벌 가져오게 해서 여자에게 입힐 작정이었다. 최소한 이 누더기 같은 옷보단 나을 테니까.

"······."

수없이 많은 여자의 벗은 몸을 봤다. 물론 그중에 이렇게 형편없이 마르고 볼품없는 속옷을 걸친 여자는 본 적이 없지만, 여자의 몸을 많이 보다 보면 그 특징을 뚜렷하게 구분할 수 있었다. 오스왈드의 눈에 들어온 건 배꼽 아래로 나 있는 11자의 튼 살들이었다. 그 흉터가 뭘 가르키는지를 그는 단번에 알아차렸다.

"당신 아이가 있군."

단희가 꿈뻑 눈을 떴다. 놀랄 일은 아니다. 결혼을 했으니 아이가 있겠지. 그건 가장 평범하게 일어나는 일이고. 하지만 이 여자에게 아이가 있다는 건 놀라웠다. 제 손으로 아이를 키우지 않을 수는 있다. 형편이 안 되어 남편에게 아이를 맡길 수는 있지. 하지만 지금 이 모습은 어느 한구석도 엄마답지 않았다.

"······죽었어."

죽었어?

단희의 입꼬리가 신경질적으로 올라갔다. 웃는 것인지 우는 것인지 분간할 수 없는 그 표정에 오스왈드가 넋을 빼고 있자 그녀는 탁 터져 나오는 한마디를 더 보탰다.

"내가 죽였어."

그러곤 오스왈드가 뭐라고 대꾸하기도 전에 픽 그의 품으로 꼬꾸라졌다.

4

오스왈드는 포르쉐의 액셀러레이터를 꾹 눌러 밟았다. 머릿속을 뒤덮은 혼탁한 기분에 전방을 주시하고 있지만 보이는 건 아무것도 없었다.

'죽었어. 내가 죽였어.'

유단희는 그 말을 내뱉고는 그대로 의식을 잃었다. 쓰러지듯 꿇어떨어진 여자를 씻겨 정리되지 않은 이부자리에 눕혀 놓은 후 그가 가장 먼저 한 일은 코일에게 유단희에 대한 자료 조사가 얼마나 진행되었건 당장 그걸 가져오라고 지시하는 일이었다. 그리고 지금 그 서류 뭉치는 자동차 보조석에 나뒹굴고 있었다.

오스왈드는 잔뜩 화가 났다. 왜 그렇게 화가 나는 것인지 명확하게 정의 내리지 못하지만 마음속에 참을 수 없는 뭔가가 울컥 치밀어 올라 도저히 그걸 속으로 삼킬 수가 없었다. 심장 한편이 죄이는 통증.

그의 머릿속은 '불가능하다'는 생각 말고 아무것도 들어 있질 않았다.

이건 불가능해. 아니 부도덕해. 아니, 이건 내가 할 수 있는 일이 아니야.

그는 사이드 미러를 살피며 차선을 바꿨고 차량은 텅 빈 고속도로를 거침없이 질주했다.

쾅!

세 시간 남짓한 거리를 그 절반의 시간 만에 도착한 오스왈드가 포르쉐 문을 거칠게 닫았다. 유 씨는 쏜살같이 올라오는 고급 외제 차량에 그가 누군지 단번에 알아봤다. 운전하는 모양새로 보아 딸아이에 대해 뭔가를 알게 되었다는 것도 예상할 수 있었다.

"전 못 합니다."

대뜸 마당으로 올라온 오스왈드가 목소리에 힘을 꾹 주고 말을 씹어뱉었다. 헝클어진 머리, 적색 스웨터에 회색 면바지를 입은 그의 모습은 편안하고 활동적으로 보였지만 동시에 경황이 없고 초조해 보였다. 매우 서둘러 온 티가 역력하게 났다.

"딸아이가 말해 주던가, 아니면 자네가 뒷조사를 한 건가."

유환오는 누렁이의 밥그릇에 사료를 채우고 느긋하게 몸을 일으켰다

"그게 중요합니까?"

"중요하지. 사건의 개요를 알고 있는 것과 누군가의 입장에서 서술된 이야기를 듣는 것은 전혀 다른 문제이니까."

오스왈드는 입술을 이로 꾹 누르고 유환오에게 코일에게 받은 서류 더미를 넘겨줬다. 유 씨는 서류 더미를 받아 들더니 평상에 무릎을 짚고 천천히 앉아 나지막이 숨을 한 번 골랐다.

"내가 왜 자네에게 딸아이에 대해 다 알려 주지 않았는지 아는가?"

그는 오스왈드에게 딸아이의 미소를 보게 해 달라는 부탁을 하면서도 단희에 대해 아무것도 말해 주지 않았다. 일하는 곳, 그저 짧은 소

개, 사진 한 장. 그게 다였다.

"자네가 내 딸을 평범한 여자로 대해 주길 바랐기 때문이라네. 수완이 좋다면 딸아이가 마음의 문을 열고 자네에게 말해 줄 수도 있겠지. 헌데 이미 글러 먹은 듯하군."

그는 노인답게 너털웃음을 지으며 서류 봉투에서 몇 장의 서류를 빼냈다.

경찰 수사 보고 문서, 피의자와 참고인의 진술 조서 등이 보였다. 보고서에 적힌 사건 개요는 간단했다.

[사거리 건널목에서 정지 신호를 무시하고 횡단보도를 홀로 건너던 다섯 살의 남자아이가 트럭에 치여 사망. 정황상 운전자의 전방 주시 태만으로 사료되나 고의성이 있다고 보이지 않음.]

당사자들의 심경이 들어가지 않은 보고서는 심심하고 지루하기까지 했다. 그러나 사고 당시의 사진을 본 유 씨의 손은 조금씩 떨려 왔다. 누군가에겐 눈길조차 가지 않는 몇 줄의 문장이, 누군가에겐 평생 지울 수 없는 상흔이기도 했다.

"내게 그러더군요. 자신이 죽였다고."

보고서에는 단희에 대한 내용은 한 줄도 들어가 있질 않았다. 그리고 왜 다섯 살짜리 아이가 혼자 길을 건너고 있었는지에 대한 설명 역시 없었다. 그때의 단희가 뭘 하고 있었는지 유추하기가 힘들었다. 오스왈드를 계속해서 괴롭힌 건 자신이 죽였다고 한 단희의 그 고백이었다. 말도 안 된다는 생각을 하면서도 마음 한편이 싸했다. 전후 사정을 알지 못하니 무엇도 단정할 수가 없었다.

전쟁에서 수많은 곳을 폐허로 만들고, 수없이 많은 사람을 죽였지만 단 한 번도 어린아이를 죽인 적은 없다. 그건 오스왈드에게 마지노선이었다. 지켜야 할 도덕의 마지노선. 한 번도 그 경계를 넘어 본 적은 없었다. 그에게 있어 아이는 보호받아야 하고 사랑받아야 하는 존재였다. 미국 내에 존재하는 수많은 청소년 보호 센터를 늘 적극적으로 후원하는 이유도 거기에 있었다. 죄 없는 아이들은 지켜야 할 가치가 있는 존재들이다.

　그래서 단희의 입에서 나온 그 한마디를 확인해야만 했다. 죄책감에 짓눌린 그 한마디 말속에 담겨진 진실이 무엇인지 말이다. 그는 이곳으로 오는 내내 혼란스럽고 두려웠다. 그리고 간절하게 자신이 생각하는 최악의 진실을 마주하지 않길 바랐다. 그걸 마주하면, 자신은 그것을 감당하지 못할 것이다.

　"그건 사고였네."

　유환오는 서류를 평상 위에 내려놨다.

　"이건 그저 보고서에 지나지 않아. 이걸 읽고 내 딸아이에 대해 뭘 알 수가 있나."

　"적어도 아이가 정말 죽었는지는 확인할 수 있겠죠."

　"딸애는 임신 8개월이었네."

　임신 8개월. 유환오의 한마디가 오스왈드의 머리통을 둔기로 내리치는 듯했다. 임산부였어.

　"둘째를 배고 있었고 산달이 가까워 오던 만삭의 임산부였어. 뛰기는커녕 뒤뚱대지 않으면 제대로 걷기도 힘들었네."

　유환오의 얼굴이 고통스럽게 일그러졌다. 세월이 지나 나이를 먹으면 대부분 세상사에 관해선 조금은 멀어지는 법이었다. 포용할 수 있는 것들이 많아지고 여유로워지며, 들고 나는 것에 쉽게 마음이 흔들리지도 않았다. 하지만 눈에 넣어도 아프지 않을 첫 손주에 대한 기억은 달랐다. 그건 언제나 유 씨를 뒤흔들어 놓았다. 그 기억은 딸아이의 얼굴을 볼 때마다, 그리고 여름마다 손주가 찾아와 뛰놀던 냇가를 볼 때마다 그의 심장에 둔탁하고 녹슨 철심을 고통스럽게 박아 넣었다.

　"보고서에 쓰여 있다시피 지학이는 다섯 살이었네. 천방지축으로 뛰어다니기만 할 나이."

"……."

"어린이집 하원길에 제 엄마가 끌고 간 유모차를 타지 않겠다고 버텼던 모양이네. 쏜살같이 앞으로 뛰어가는 아이를 유모차까지 끌고 있는 만삭의 딸애가 어떻게 따라잡을 수 있었겠나."

한순간에 벌어진 사고의 모습들이 눈앞에 그려지는 것 같았다.

"그 몸으로 전력 질주를 했기 때문인지 아니면 그저 충격 때문인지 그날 밤에 사산된 아이를 낳았네. 의식이 없는 내내 출혈이 멈추지 않았다더군. 딸애는 아마 그때 차라리 죽길 원했을 거야."

"……."

"딸애는 자신이 아이를 살릴 기회가 무수히 많았다고 생각하네. 조금만 더 뛰었다면, 조금만 더 손을 뻗었다면, 아이가 울더라도 강제로 유모차에 태웠다면. 결국 단희는 지학이도 배 속의 태아도 제대로 지키지 못한 셈이 된 게지."

오스왈드는 주먹을 꽉 쥔 손으로 제 입을 꾹 눌렀다. 구역질이 나는 것처럼 속에서 울컥울컥 자꾸만 형태 없는 것이 쏟아져 나와 꽉 누르지 않으면 남김없이 토해 낼 것만 같았다.

"지학이 때문에 한 결혼이었어. 어린 나이에 대학교 졸업도 포기해야만 했지. 남들은 꾸미고 가꿀 나이에 시부모님 봉양하며 아이까지 키우는 게 쉽지는 않았을 거야. 불평 한 번 없이 5년을 견딘 결혼 생활이었지만 지학이를 잃고 나니 그 결혼을 지속할 이유가 없어졌다네. 딸애의 삶을 지탱하던 모든 게 흔적도 없이 사라졌으니까 말이야."

그는 딸의 연애 시절부터 사위가 마음에 들지 않았었다. 아들이 귀한 집의 장손. 딱 하나뿐인 외동. 날이 시퍼런 시부모에, 사위는 부족한 것 없이 풍족하게 자라 씀씀이가 헤펐다. 그러나 철부지 딸아이는 자신의 반대에도 불구하고 사랑한다는 이유 하나만으로 그를 선택했다.

사위는 딸아이에게 첫사랑이자 첫 남자였다. 불같이 빠져들어 연애를 한 지 1년 만에 딸아이는 임신을 했다. 군에 입대한 남자가 첫 휴가를 나왔을 때쯤이었다. 아이를 출산하고 결혼식을 올릴 때까지 곁에 두고 싶었지만 펄펄 뛰는 시댁 어른들 때문에 남편도 없는 시댁살이를 배불러서 시작해야 했다.

눈에 넣어도 아프지 않을 손주 새끼를 얻었지만 지금 와 생각해 보면 그때, 사부인이 집안을 운운하며 우쭐거리는 모습을 보자마자 딸아이의 손모가지를 비틀어서라도 산부인과에 데려갔어야 했나 후회가 되었다. 어차피 이렇게 가 버릴 아이였다면, 딸아이가 망가지기 전에 보내 줬어야 했던 건 아니었을까 하고 말이다.

"처음 뵈었을 때 제게 그러셨죠. 죽지 못해 살고 있다고."

"그랬지."

코일에게 받은 자료는 더 있었다. 여자는 저축을 일절 하지 않았다. 대신 여자는 월급으로 받은 돈의 대부분을 보험에 투자했다. 종신보험과 생명보험. 단 두 종류였고 수익자는 모두 자신의 아버지였다. 여자는 죽음을 기다리고 있었다.

집에 아무것도 없는 것은 살 가치가 없기 때문이었을 거다. 옷을 사지 않는 것도, 자신의 몸을 돌보거나 가꾸지 않는 것도 그럴 필요가 없기 때문이다. 물욕이 있다고 착각했지만 그건 물욕이 아니라, 아버지에게 줄 자신의 사망보험금의 금액을 좀 더 높이고 싶은 욕심에서 비롯됐던 거였다. 보험을 하나 더 늘리거나, 보장 내용을 보강해서 자신이 죽었을 때 아버지가 받을 돈을 좀 더 불려 주기 위함이었겠지. 그런 식으로 자신이 죽으면 홀로 남을 아버지에게 뭐라도 남겨 주고 싶었던 거다. 그게 아버지에게 자신이 할 수 있는 최선의 방법이었을 테니까.

정말 미련한 여자다. 오스왈드는 이제야 유환오를 이해할 수 있었다. 부정에서 비롯된 절실함과 무기력함을 아주 어렴풋이. 그의 딸은 스스로 삶의 빛을 조금씩 끄고 있었다. 그러면서도 그녀는 꾸역꾸역 미련도 없는 삶을 계속해서 살아가고 있다. 아주 고통스럽게 말이다. 어째서일까.

"죽지 못해 산다는 말은, 스스로 죽을 수 없다는 말로 해석해도 됩니까?"

"일종의 믿음이지. 스스로 목숨을 끊으면 개, 돼지로 태어난다든가, 아니면 지옥으로 떨어진다든가…… 하는 것들."

오스왈드는 평상에 맥없이 앉았다.

"아이를 만날 수 없다…… 그런 의미겠네요."

"천국이 존재한다면 지학이는 반드시 거기에 있겠지. 불교 사상처럼 해탈하여 윤회의 굴레에서 벗어나는 게 가장 축복받은 사후 세계라면 지학이는 분명 그 굴레에서 벗어난 어딘가에 있을 거네. 단희가 제일 두려워하는 건 죽어서도 아이를 만날 수 없다는 거네. 삶을 끝내고 싶다는 의지보다 아이를 보고 싶다는 의지가 더 강할 테니까."

유 씨는 무거운 표정으로 자신의 옆에 앉은 오스왈드의 옆얼굴을 살폈다. 그 복잡하고 가라앉은 얼굴이 그가 얼마나 혼란스럽게 휘청이고 있는지를 알려 줬다.

"자네 아직도 이 땅이 필요한가?"

그거야 두말하면 잔소리지. 이 땅은 꼭 필요하다. 어떻게 해서든 어떤 방법을 쓰든, 차지할 수만 있다면 차지해야 할 땅이다. 하지만 오스왈드는 쉽게 대답할 수가 없었다. 실수다. 이 일을 너무 쉽게 생각했었다. 여자 하나 유혹하는 게 뭐가 대수로운 일이겠냐고 쉽게 단정지었다. 오스왈드는 단희의 아픔을 가늠할 수가 없었다. 공감도 할 수 없지만 이것은 그를 고통스럽게 만든다.

"그럼 계속 이 거래가 진행되길 바라네."

아니, 자신 없어. 타인의 고통이나 상처를 배려하는 타입은 아니었지만 이건 이야기가 다르다. 목적을 위해, 이미 삶의 의지를 잃어버릴 정도로 상처받은 타인을 이용하는 것이 이토록 두렵기는 처음이었다.

"아니요. 전 못 합니다."

"우리가 이 거래를 하던 날, 내가 자네에게 말했었지. 자네는 침착하고 강인해 보인다고. 난 그 말이 빈말이 되지 않길 바라네."

"전, 모정을 경험해 본 일이 없습니다."

기가 막히군. 오스왈드는 스스로 왜 이런 이야기를 털어놓는지 알 수 없다. 누구에게도 말한 적이 없지만 너무 겁이 나 털어놓지 않고는 견딜 수 없었다.

"부정도 마찬가지로 겪어 본 적이 없어요."

"고아인가?"

"아버지는 누군지 모르고 어머니의 존재만 희미하게 기억할 뿐입니다."

낡고 지저분한 이불 더미에 파묻혀 죽은 듯이 잠만 자던 모습. 그게 기억의 전부였다.

"전 따님을 이해할 수 없을 겁니다. 경험해 본 적이 없으니, 공감하기도 힘들겠죠. 그러니, 제가 따님에게 삶의 의미를 다시 찾게 해 줄 만큼…… 가치 있는 경험을 선사해 주긴 힘들 겁니다."

"사랑이란 걸 해 본 적은 있고? 남녀 간의 사랑만 말하는 게 아니야. 뭐든 정이란 걸 준 적은 있나?"

사랑이라 믿었던 순간들은 분명히 있었다. 모든 걸 다 내놓고 바닥에 엎드려 그걸 구걸해 보기도 했다. 그러나 그건 집착이기도 했고 광기이기도 했다. 그리고 가질 수 없는 것을 향한 소유욕이기도 했다. 끝은 처참했고 남은 것은 망가진 자아뿐이었다. 그걸 사랑이라고 할 수 있나?

"……모르겠습니다."

"자네가 내 딸을 조금 일찍 만났다면 좋았을 뻔했군."

유환오는 오스왈드의 커다란 등을 다정하게 두어 번 툭툭 두드렸다. 낯선 접촉에 그의 눈이 조금 커졌다.

"그 아인 아주 사랑이 넘치는 아이였거든. 주변 모두를 웃게 만들었지."

사진 속의 단희는 정말 그랬다. 그 주변에 햇살이 바닷물에 비치듯 잘게 쪼개져 그녀의 미소 옆으로 반짝거리는 것 같았다. 왜 저렇게 망가졌을까 궁금했지만 이런 이야기를 듣고 싶진 않았다. 차라리 남편의 외도나 폭력으로 망가졌다면 오스왈드는 여자를 감당할 수 있었을 거다. 하지만 아이를 잃은 엄마는 아니야. 그건 그에게 너무 어려웠다.

"자넨 똑똑해, 오스왈드. 30년 동안 아이들을 가르치며 가장 먼저 안 사실이 뭔지 아나? 똑똑한 아이들은 뭐든 빨리 배운다는 거네. 결국 어떻게든 답을 찾아내지."

"어르신, 저는……."

오스왈드가 반박하려 하자 유환오가 말을 막았다.

"이 거래는 언제까지고 유효하네. 내 딸아이가 살아 있는 동안, 그리고 자네가 살아 있는 동안은 언제든."

노인은 벗어 두었던 챙모자를 다시 머리 위에 쓰며 몸을 일으켰다.

이건 어차피 도박이었다. 확률의 게임이고 그 확률이 매우 적다는 것을 알면서도 베팅을 했다. 변수가 좀 더 생긴다고 해서 관둘 생각은 애초에 없었다. 유 씨는 혼란스러워하는 오스왈드의 어깨를 위로하듯 토닥였다. 그가 갖고 있는 어둠이 어렴풋하게 보였다.

평생 사랑을 받지 못하고 자란 아이가 어떤 어른이 되는지 그는 선생으로 재직하며 꽤나 많이 보아 왔다. 강인하지 않으면, 애정에 굶주린 아이가 이 정도로 훌륭하게 성장하긴 힘들다. 이 잘생긴 청년은 갈피를 잡지 못하고 있지만 그는 이 상황을 긍정적으로 생각했다. 자신의 딸처럼 오스왈드도 어딘가 고장 나 있었고, 그것이 오히려 득이 될지도 모르는 일이었으니까.

"자네에게 이 땅에서 나는 광물이 아주 절실하길 비네. 내게 내 딸아이의 행복이 그러하듯이 말이야."

유 씨가 비탈길 아래 콩밭으로 내려가고도 한참 동안 오스왈드는 그 자리를 뜨지 못했다.

◆ · · ● ·

단희는 눈을 뜨자마자 몰려오는 편두통과 어지러움에 끙끙댔다. 콜록콜록. 늘 하던 대로 발작적인 기침을 몇 번이고 토해 낸 뒤 타는 듯한 갈증에 뒤척이던 몸을 무겁게 일으켰다. 전날의 과음에, 감기까지 겹쳐서 술이 깨었어도 의식은 여전히 몽롱했다. 하기야 언제는 맨정신일 때가 있었나.

더듬더듬 간이냉장고를 더듬어 생수통부터 찾아 꺼낸 뒤 입을 대고 벌컥벌컥 들이켰다. 울렁거리던 배 속에 차가운 냉수가 들어가자 비로소 좀 진정되는 기분이었다. 몸을 일으킬 때부터 어딘지 모르게 묘하게 낯설다는 기분을 느꼈었는데 생수를 들이켜고 난 뒤 눈으로 방 안을 훑으니 왜 그런 기분이 들었는지 확실하게 알 것 같았다.

집 안은 정리되어 있었다. 방 안을 굴러다니던 종이 박스는 사라졌고 옷걸이에 산처럼 쌓여 있던 옷가지들은 차곡하게 개어져 방 한편에 가지런히 놓여 있었다. 아까부터 코끝을 맴돌던 향기로운 냄새는 알고 보니 자신의 몸에서 나고 있었다. 자신의 것이 맞는지 확인하기 위해 옷을 잡아당기자 눈이 부실 만큼 깨끗하고 보드라운 티셔츠가 보였다. 긴 소매 끝이 그녀의 팔목에 맞춰 단정하게 접혀 있었다.

무슨 일이지 이게?

단희는 전날의 기억을 떠올려 보려 노력했다. 회식이 있었고 김상우 대신 술을 마셨고, 고깃집을 나오며 계산을 했다. 그리고…… 기억은 거기에서 멈춰 있었다. 신입을 극성맞게 괴롭히는 꼬락서니가 눈에 거슬려 일을 저질러 버렸지만 그렇게 급격하게 취하리라는 건 계산에 넣지 않았었다. 한때는 알아주는 주당이었는데 뭐든 시간이 지나면 쇠퇴하는 법인지 체력도 더 이상 받쳐 주질 않았다. 아무 기억이 없으니 자신이 어떻게 여기에 누워 있는 건지, 왜 집 안이 정리되어 있는 건지, 이 커다란 셔츠는 누구의 것인지 생각나지 않았다. 하긴 누가 됐든 알 게 뭐람.

술에 취해 인사불성이 돼도 결국 눈이 떠지고, 눈을 뜨고 나서 보면 집이었다. 그 사실에 실망했다. 치안이 안 좋은 동네라고 들었는데 유독 단희에게만은 참 안전한 동네다. 문을 열어 놔도 밤늦게 길거리를 배회해도 아무런 일이 일어나질 않았다. 한때 가진 것들을 잃어버릴까 결벽적으로 몸을 사릴 때에는 결국 갖고 있는 가장 소중한 것을 앗아 가 놓고, 소중한 것이 아무것도 남아 있질 않자 이젠 아무것도 가져가려 들지 않았다.

잔인하고 시시한 세계.

단희는 몸을 일으켜 낡고 어두운 화장실로 향했다.

이튿날, 정말로 김 감독은 자신이 말한 대로 장 감독을 뉴스팀으로 데리고 돌아왔고 단희는 사무실에서 장 감독을 발견하고도 늘 그렇듯 아무런 대꾸 없이 묵묵히 자신의 일과를 시작했다. 그녀의 냉담함에서 모두가 평화를 느끼기는 난생처음이었다.

회식의 여파인지, 아니면 전날 매섭게 휘몰아쳤던 단희의 냉정함 때문인지, 더 이상 누구도 대놓고 단희가 자신의 상관이고 팀장이라는 것에 토를 달지 않았다. 단희가 얼마나 냉정한지를 이미 경험했으므로, 밥줄이 끊기고 싶지 않으면 속으로 어떻게 생각하든 겉으론 티를 내어선 안 된다는 것쯤은 모두가 깨달은 셈이다.

그 주는 아무런 사건 없이 꽤 잔잔하게 흘러갔다. 생각보다 너무 빨

리 평화가 찾아와 한편으로 불안하기도 했지만 장 감독이 돌아와 빈
자리를 메웠다는 것에 모두 위안을 받았다.

"그러니까, 자리에 안 계시단 거죠?"

"네."

오스왈드가 명령한 대로, 매주 월요일 마주 앉아 보고하기 위해 댈
크로우 본사의 뭣 같은 보안을 뚫고 찾아왔건만 돌아오는 대답이 출
근을 하지 않았다는 거다. 그것도 꽤 오랫동안. 몸이 아픈가? 그럼 진
작 이메일로라도 약속이 취소됐다고 알려 줘야 할 거 아냐. 더럽게 귀
찮게 만드네.

비서는 오스왈드의 스케줄 표에 적힌 유단희의 미팅 약속을 확인했
다. 보통 중요한 약속의 경우는 늘 더블 체크가 되어 있었다. 그런 경
우 오스왈드는 자신의 자택에서도 일을 봤다. 화상으로 회의를 진행
하거나 보고를 받는 게 가장 흔했지만 중요한 일일 때에는 부사장인
코일이나, 법무부의 최정락 이사가 그의 자택을 찾아가기도 했다.

그리고 단희와의 약속에는 트리플 체크가 표시되어 있었다. 이 정
도면 매우 중요하고 무척 다급한 일이란 뜻이었다.

"자택 주소를 알려 드릴게요."

자택 주소? 그렇게까지 해야 하나. 단희가 망설이고 있는데 비서는
망설임 없이 오스왈드의 자택 주소가 적힌 쪽지를 그녀에게 건넸다.

"기다리고 계실 거예요."

비서는 확신에 차서 말했다. 오스왈드의 스케줄에 처음으로 등장한
트리플 체크 표시였다. 이 정도면 신속하고 즉각적인 보고만이 유일
무이한 업무 매뉴얼이었다.

"감사합니다."

비서가 너무 확신에 차 말하는 바람에 단희는 얼떨결에 메모지를
받아 들었다.

집으로 가라고?

지난번엔 공원, 이번엔 집. 장소 스펙트럼 한번 넓네. 속으로 구시 렁대면서도 단희는 발걸음을 서둘렀다. 어서 빨리 이 보고를 해치워 버리고 싶었다.

오스왈드는 홈웨어 차림으로 방에서 나와 맨발을 질질 끌며 인터폰 으로 향했다. 하루 종일 컨디션이 안 좋았다. 그렇게 컨디션이 안 좋 은 지 벌써 며칠이었다.

그는 인터폰 액정에 보이는 낯익은 얼굴에 그 자리에 못 박힌 듯 굳 어 버렸다. 이 여자가 여길 왜 왔지? 아, 망할. 월요일이로군.

매주 월요일 유단희와의 미팅에는 트리플 체크 표시가 되어 있었 다. 그렇게 표시해 둔 건 그저, 유단희와 있는 시간 동안 다른 일로 방 해를 받고 싶지 않았기 때문이었다. 이 여자의 마음을 얻으려면 어떻 게든 단둘만 있을 시간이 필요했기 때문에. 모든 건 다 머리로 계산한 행동이었다.

또한 아직 유단희와 만날 준비가 되지 않았음에도 그녀가 자신의 자택으로 찾아온 건 비서가 매뉴얼대로 행동했기 때문이고, 비서를 매뉴얼대로 행동하게 만든 건 오스왈드 본인이었다.

오스왈드는 출입문 버튼을 누르고 인터폰을 껐다. 그는 스스로 의 식하지 못한 채 아랫입술을 초조하게 씹어 댔다. 유환오를 만나고 난 이후로, 그는 좀처럼 업무에 집중하질 못했다. 본인도 자신의 그런 모 습에 꽤나 당황했다.

군에 복무하며 아이를 잃은 엄마가 울부짖는 모습이나 피투성이가 된 부모의 옆에서 공포에 질려 우는 아이의 모습은 많이 보아 왔다. 보는 횟수가 늘어 갈수록 그런 모습에 무뎌졌다. 가슴 한편엔 죄책감 이 있었지만 그것 역시 시간이 지날수록 흐려졌다. 군 제대 후, 아이 들을 위한 적극적인 후원 사업으로 남아 있는 죄책감을 꽤 많이 덜어 냈고 지금은 그저 잠깐씩 꿈에서나 보고는 한다.

핑―

엘리베이터의 도착음이 들리고, 언제나와 같은 음침하고 왜소한 여자가 모습을 드러냈다. 단희는 엘리베이터 문이 열리자마자 나타나는 실내 풍경에 잠시 당황하여 좌우로 눈을 굴렸다.

여긴…… 현관이 없어?

"대니."

인사 대신 자신의 이름을 부르는 오스왈드의 목소리는 평소보다 더 많이 잠겨 있었다. 늘 정장을 갖춰 입은 모습만 보다가, 편안한 박스 티에 홈웨어 바지를 걸친 그를 보니 이상하게 느껴지는 게 당연했지만 꼭 그의 복장 때문에 그런 것은 아니었다.

진짜 많이 아픈가? 찾아오기 적당한 때가 아닌가? 기다리고 있을 거란 비서의 말에 너무 아무 생각 없이 찾아와 버렸다.

단희는 오스왈드의 앞에 우뚝 멈춰 섰다. 평소엔 늘 웃으며 먼저 맞이했다. '대니' 하고 부드럽게 부르고 '어서 와요' 하며 예의 그 발광하는 미소를 지어 보였다. 그런데 오늘은 아파서인가 그 어떤 환영의 말도 미소도 없었다. 남들에게 늘 겪던 일인데 늘 반겨 줬던 사람이기 때문인지 그의 굳은 얼굴은 단희를 긴장하게 만들었다.

"다음에 찾아올까요?"

단희와 마주하자 오스왈드는 깨달았다. 전쟁터에서 본 그 끔찍한 참상들이, 그의 마음을 뒤흔들어 놓지 못했던 건 그곳이 언제나 삶과 죽음의 기로에 서 있는 곳이기 때문이었다. 죽이지 않으면 죽는다. 살기 위해서는 누군가 죽어야 한다. 평화가 공존할 수 있는 법 따위는 없었다. 그에게 중요한 것은 생존이었다. 자신의 생존 말고는 그 무엇도 중요하지 않았다. 정의니, 도덕이니, 사랑이니, 그런 것을 철저히 배제한 채 그는 생존만을 위해 싸웠다. 그 단순함이, 그 잔인함이 그를 살아남게 했다. 그는 그것으로 극복했다고 여겼다. 악몽은 이미 지워졌다고 말이다.

하지만 아니야. 눈앞의 여자는 전쟁에서 살아남은 생존자가 아니다. 여기는 전쟁터가 아니다. 그러나 이 평화로운 세상에서, 그녀만 전쟁터에 들어가 있었다. 그리고 그녀에겐 희망이란 것이 전혀 보이질 않는다. 살아 있지만 살아 있다고 볼 수도 없다. 그녀는 모든 것이 스러진 곳에 남은 패잔병처럼 보였다. 차라리 죽기만을 바라는 그 모습이 그를 아프게 했다. 죽음이 늘 그림자처럼 따라다니던 전쟁터에서조차 자신의 죽음에 초연한 자는 없었다. 모두가 마지막까지 삶에 대한 희망을 놓지 못한다. 그러나 단희는 죽기 위해 몸부림을 쳤다. 살기 위해서가 아니라.

단희는 그저 그가 많이 아프기 때문이라고 생각했다. 유리 파편처럼 흔들리는 황금색 눈동자도, 싸늘하게 굳은 표정도, 굳게 닫혀 좀처럼 열리지 않는 입술도.

"많이 안 좋아 보이시네요. 다음에 찾아올게요."

단희가 차분하게 말하고 몸을 돌리자 오스왈드가 손을 뻗어 앙상한 손목을 잡았다. 여자의 손목은 너무 가늘었고 남자의 손은 너무 커서, 남자의 손가락이 손목을 휘감고도 한참이 남았다.

"아니."

단희가 몸을 돌려 그를 쳐다보자 오스왈드는 그러쥐었던 단희의 손목을 부드럽게 놓았다.

"괜찮아. 들어와."

"그럼, 실례하겠습니다."

커다란 소파에 꽤 가깝게 붙어 앉아 새롭게 짜일 조직도를 내놓고 설명하는 내내 그는 종이가 아니라 단희만 쳐다봤다. 아픈 사람인 걸 감안해도 그건 정말 이상했다.

늘 껄렁하지만 업무적인 일에 관해서는 놓치는 법이 없는 사람이었다. 단희가 흘리듯 말한 한두 마디도 그는 허투루 듣지 않았었다. 왜 이러는 거지 오늘?

"그래서…… 일단 장 감독님과 제가 파트를 나눠서…… 듣고 계세요?"

이야기를 지속하다 단희가 참지 못하고 되물었다.

컨디션이 안 좋으면 듣질 말든가. 가겠다는 사람을 붙잡아 들여보낸 건 본인이었다. 그래 놓고 넋을 놓고 앉아 있음 어쩌잔 거야.

"저한테 혹시 묻고 싶은 거 있으세요?"

꾹 다문 입술이 꼭 할 말을 참고 있는 사람처럼 보였다. 한일자로 다문 입처럼 경직되어 있는 눈엔 장난기나 웃음기라곤 찾아볼 수가 없다. 그는 경계하고 있었다. 이제 와서 새삼스럽게 말이다.

어쩌면 이제야 현실을 자각하고 자신이 상대하는 여자가 얼마나 추한 여자인가를 깨달았을지도 모른다. 아무래도 상관없었다. 자신을 뭐라고 생각하건. 그래도 일에 관한 한 명확하게 대화를 나눠야 한다. 그를 이해시키고 확답을 받아야 이 넌덜머리 나는 보고가 끝날 수 있으니까 말이다. 그런데 이 남자는 묻지도 않고 심지어 듣지도 않고 있다. 단희는 눈을 한 번 굴리고는 개편한 조직도와 서류철을 다시 백팩 안으로 쑤셔 넣었다.

"컨디션이 회복되면 연락 주세요. 본사에서 뵐게요."

단희는 자리에서 벌떡 일어서서 가방을 챙겨 멨다. 더 이상 발전이 없다고 생각되면 뒤끝 없이 일어서는 것도 매정하리만치 빨랐다.

"어디로 가지?"

업무에 대해 이야기할 땐 한마디도 않더니 이제야 입을 연다. 그것도 어딜 가냐다.

"집이요."

"거긴 못 가."

단희의 미간은 점점 영문을 알 수 없는 오스왈드의 대답에 신경질적으로 구겨졌다.

감기약을 잘못 드셨나. 무의식과 의식의 세계의 중간쯤에서 헤매고

142

계신 모양이다. 못 가긴 왜 못 가나. 거기가 내 집인데.

단희는 불쌍하단 눈으로 심심한 동정을 표한 후 성큼성큼 걸음을 뗐다.

"거긴 보수가 필요해."

그 말에 단희가 걸음을 멈췄다.

"농담이 아니야. 그 집에선 못 살아."

"……그걸 어떻게 알아요?"

깨끗하게 정리된 집 안. 가지런히 접힌 옷가지. 그리고 갈아입혀진 셔츠.

"우리 집에 왔었어요?"

오스왈드는 대답 대신 어깨를 한 번 으쓱해 보였다. 예상은 했다. 이 여자가 아무 기억도 못 할 것이라고. 유환오는 거래는 죽을 때까지 유효하다고 했고, 그렇다는 건 선택권은 오스왈드 자신에게 있다는 것이었다. 그는 아직 무엇을 선택할지 결정하지 못했다. 유환오, 그 거래, 이 여자. 그 모든 걸 쉽게 생각했다는 것이 후회가 된다.

성공에 집착했었고 그래서 실패하지 않았고 그래서 뭐든 자신만만하게 확신했었다. 하고자 마음먹은 걸, 이루지 못한 적은 없었다. 그런데 처음으로 오스왈드는 이 여자에 대해서만은 확신할 수가 없었다. 이 작은 고양이 같은 여자가 갑자기 너무나 거대해 보였다. 그 안에 들은 게 무엇인지, 어떤 것인지 이젠 감히 짐작할 수가 없게 됐다.

"혹시…… 날 씻겼어요?"

그렇게 묻는 단희의 눈동자가 오스왈드와 마찬가지로 흔들렸다.

"그래."

단희는 잠시 얼었다가 길게 안도의 한숨을 내쉬었다.

아, 그래. 그래서였구나.

갑작스럽게 거리를 두며 경계하던 그가 이제야 이해가 됐다. 엉망진창으로 더러운 집 안도 봤을 테고 생기를 잃어버린 자신의 벗은 몸도 봤으니 얼마간 품었던 자신의 대한 호의가 씻기듯 사라진 거라고 그녀는 단정 지었다. 그러면서 단희는 안심했다. 다행이었다. 더 이상 자신에게 호감을 가진 사람이 없어서. 자신이 떠나도 미련을 남길 사람이 없어서 말이다.

"당신은 뭐든 놀라는 법이 없군. 내가 무슨 사정으로 그쪽 옷을 벗기고 씻겼는지 궁금하지 않아?"

"……그래야 하나요?"

단희는 늘 그의 허를 찌른다. 당황하는 법도, 무서워하는 법도, 망설이는 법도 없다. 삶에 달관한 사람처럼 그저 무심했다. 그게 삶을 포기했기 때문에 나오는 자세란 걸 안 이상 오스왈드는 예전처럼 그녀의 태도에 재미를 느끼질 못했다.

"더러우니 그러셨겠죠. 어쨌든 감사합니다. 돌봐 주셔서."

전혀 감사하지 않다는 말투로 그녀는 까딱 고개를 숙였다. 그러곤 엘리베이터 앞까지 걸어가 버튼을 누르려는데 어느새 따라왔는지 오스왈드의 커다란 손이 버튼을 가로막았다.

"말했지만 그 집으론 못 돌아가."

이게 미쳤나. 단희는 눈을 매섭게 뜨고 그를 노려봤다. 간담이 서늘해질 만큼 차가운 눈이었다.

"회사에서 집을 구해 줄 거야. 최소한의 안전장치는 되어 있는 집으로."

"필요 없어요."

"어차피 짐도 별로 없던데 부모님 집이든, 친구 집이든, 친척 집이든 집이 구해질 때까지 거기서 기다렸다가 몸만 들어가."

"불우한 청소년을 위한 봉사를 아주 많이 하신다더니, 제가 불우한 청소년으로 보이나 본데 제 일에는 신경 꺼 주세요. 정말 부담스럽거든요."

"아니. 그 정도면 동정받을 자격이 충분해. 몰랐으면 몰랐지, 알고

144

나서 방치는 못 해."

"나 동정해 달라고 한 적 없어요. 그러니까 멋대로 시작한 동정심은 멋대로 끝내요. 본인 도덕심 지키자고 날 끌어들이지 말고."

단희는 버튼을 덮은 오스왈드의 손을 신경질적으로 밀었다. 그러자 이번엔 손 대신 몸으로 버튼을 막아섰다.

"비켜요."

아, 진짜 진절머리 나게 구네. 말씨름하기도 귀찮아 단희는 후우 숨을 고르고 얼굴에서 짜증을 고의적으로 걷어 냈다.

"알겠어요. 알겠으니까 비켜요."

"……."

"알아서 할 테니까 꺼지라고요."

"어디로 갈 생각인데?"

"어디든지요."

"내가 데려다주지."

단희는 짜증이 났다. 그는 처음부터 매우 불편한 사람이었다. 그의 호기심을 자극하자고 그에게 무관심하게 군것이 아니다. 물론 이렇게 잘난 남자에게 그런 자신의 태도가 호기심을 일으킬 수야 있겠지만 그걸 노린 것도 아니다. 정말로 관심이 없고, 정말로 귀찮기 때문에 그에게 무관심한 거다.

아무리 눈이 부신 것도, 고귀한 것도, 근사한 것도 단희의 상실감을 채워 주진 못했다. 이 세상의 모든 것이, 그녀에겐 아무런 의미가 없었다. 그걸 어떻게 착각하건 그거야 본인 마음이었다. 뺨 한 대 맞고 사랑에 빠지는 유치한 재벌 마인드를 갖고 있건 말건 알 게 뭐란 말인가. 하지만 이 정도 밀어 냈으면 자존심이 상해서라도 관둬야 하는 게 맞다. 마조히스트가 아니라면 말이다.

"당신 정신병자예요?"

"정신병자는 당신이지."

그가 맞받아치자 단희의 눈가가 꿈틀댔다. 뭐라고?

"당신 감각이란 게 있긴 해? 뜨거운 거, 차가운 거, 그런 게 느껴지긴 하나?"

"……."

"먹는 거, 자는 거, 입는 거 그걸 제대로 하긴 해?"

"……."

"죽지 못해 사는 거면 차라리 제대로 살아. 당신 아이한테 부끄럽지도 않아?"

단희의 얼굴이 처음으로 하얗게 질렸다. 입이 벌어지고 그 커다란 눈이 사정없이 커졌다.

"무슨 말을……."

"당신이 한 말이야."

"뭐라고요?"

"술에 취해서 그쪽이 한 말이라고. 아이가 죽었다고. 당신이 죽였다고."

다리에 힘이 풀리면서 단희의 몸이 휘청했다. 주사를 부린 거야? 고작 주사로 아이의 일을 입 밖으로 내 버린 거야?

꽤 오랫동안 술을 마시지 않았다. 술을 마시면 한없이 무너졌다. 그러다가 감정에 못 이겨 스스로 목숨을 끊을까 봐 겁이 났다. 그전에는 주사가 없었다. 술을 마셔도 취한 적이 없었고, 취해도 차라리 쓰러져 잠을 잤지, 미주알고주알 입 밖으로 자신의 일을 내뱉는 법도 없었다. 하지만 그건 너무 오래전 이야기였다. 그리고 그때의 자신과 지금의 자신은 전혀 다른 사람이었다.

꾸역꾸역 살아가기 시작한 이후엔 어떤 일을 해도 후회하질 않았는데 처음으로 후회가 되었다. 괜한 오지랖으로 술을 마신 것이 몹시도.

"내가 어디까지 말했어요?"

"그건 궁금한가 보지?"

단희가 푹 숙였던 고개를 천천히 들었다. 후회와 미련이 가득한 눈이었다. 이런 표정도 짓는 여자였다. 그러니까 아이란 말이지. 이 여자의 단 하나뿐인 약점은 오로지 죽은 아이뿐이었다.

"그럼, 얌전히 내가 시키는 대로 해. 당신 아버지 집으로 가. 내가 데려다줄 테니."

"꼭 내 아버지 집이 어딘지 아는 것처럼 말하네요."

"비상 연락망으로 인사 카드에 적혀 있으니까. 기다려. 차 키를 가져올게."

"……."

오스왈드가 엘리베이터 앞에서 비켜섰다. 그가 방으로 들어가 홈웨어를 갈아입고 차 키를 챙겨 들 동안 단희는 얌전히 엘리베이터 앞에서 기다렸다.

"따라와."

오스왈드가 앞장서자 단희는 예의 그 무표정하고 무감각한 표정을 지은 채 적당한 거리를 두고 오스왈드의 뒤를 조용히 따랐다.

차 안은 고요했다. 스포츠카 특유의 소음과 진동이 둘 사이의 적막을 메워 줄 뿐이었다.

"내가 또 무슨 말을 했어요?"

단도직입적이네. 돌아가는 법을 모르는 여자다. 결국 못 참고 먼저 말을 건넨 것은 단희였고, 그녀가 침묵을 깨고 먼저 말한 건 둘이 만난 이래 처음이었다.

"아이를 잃는 건 어떤 기분이지?"

"내가 먼저 물었어요."

"아니. 정말로 궁금해서 그래."

단희는 답답함에 눈을 굴리며 창밖으로 시선을 던졌다. 심사가 뒤틀려 어금니를 꾹 물고 있는데 그는 아무렇지 않게 다시 입을 열었다.

"죄책감이 느껴지나?"

"……."

"함께 죽고 싶어지나? 아니면 대신해서 죽고 싶어지나?"

하는 말끝마다 신경을 거슬러서 단희는 홱 고개를 틀어 그를 노려봤다.

"무슨 말이 듣고 싶어요?"

"아이를 얼마나 사랑했어?"

"차 세워요."

오스왈드가 속도를 줄일 생각을 않자 단희는 몸을 숙여 차 핸들을 자신의 쪽으로 확 꺾었다. 바퀴가 급회전하며 몸의 중심이 한쪽으로 쏠렸고 오스왈드는 본능적으로 브레이크를 힘껏 밟았다.

끼이이이이익— 하는 소리. 낮은 스포츠카는 반원을 그리며 가드레일에 쿵 하고 충돌했다. 사방에서 에어백이 부풀어 올랐다.

"괜찮아?"

차체가 낮고 반응 속도가 빨랐기 때문에 에어백이 터지긴 했어도 큰 충격은 없었다. 차가 멈추자 몸에 무리가 가지 않았다는 것을 확인하고 오스왈드는 단희를 살피기 위해 시선을 돌렸다. 여자는 가차 없이 벨트를 풀고 반밖에 열리지 않는 차량 문짝 사이로 날쌔게 빠져나갔다. 도망치고 있단 말이 딱 맞다.

늘 상상 이상을 보여 주네.

오스왈드는 천천히 벨트를 풀고 차 밖으로 나갔다. 휴대폰으로 제드릭의 번호를 눌러서 귀에 대고 성큼성큼 앞으로 걸어가는 단희의 뒷모습을 따라 시선을 옮겼다.

— 네, 퀸튼 씨.

「차가 퍼졌어. 다른 차 좀 가져와야 할 것 같아. 여기 중부 고속도로 곤지암 IC 지나 10분 정도 거리야.」

오스왈드는 표지판을 확인하며 단희의 뒤를 따라 느긋하게 걸음을 옮겼다.

— 어떤 차량으로 가져갈까요?

「아무거나, 튼튼한 걸로.」

— 알겠습니다. 30분 정도면 될 겁니다.

전화를 끊자 오스왈드는 휴대폰을 바지 주머니에 쑤셔 넣고 좀 더 보폭을 넓혔다.

"대니. 기다려."

"……."

"사람을 불렀어. 걸어선 못 가니 기다려야 해."

분명히 들었을 텐데 걸음을 멈추지 않자 그는 좀 더 보폭을 넓혀 단희를 따라잡고는 멈추라는 듯 그녀의 손목을 잡아 꾹 힘을 주었다.

찰싹!

얼굴이 오른쪽으로 돌아가고도 한참 있고 나서야 이 쥐똥만 한 여자가 앙칼지게 자신의 뺨을 후려쳤다는 사실을 깨달을 수 있었다.

"이 미친 새끼야!"

무슨 새끼? 자주 듣던 욕이긴 하다. 각양각색의 언어로. 한국어로 들으니 더 살벌하긴 하네.

"나랑 뭐 하자는 거야! 당신 변태야? 사이코야? 싫다는데 왜 귀찮게 굴어!"

"사이코? 같이 죽자고 핸들 꺾은 건 정상이고?"

"죽는 게 무서우면 제발 부탁인데 나 좀 내버려 둬!"

"왜? 당신은 죽는 게 안 무서우니까?"

말할 가치가 없다. 애초에 대화가 통하지 않는 사람이야. 아니, 그냥 상대해선 안 되는 사람이야.

"나한테서 떨어져요."

단희는 그에게 분명하게 경고했지만 그는 물러서질 않았다. 이렇게 쥐똥만 한 여자가 아무리 화를 내고 긁어도 아프기는커녕 가렵지도 않았다. 어쩌려고 마음만 먹으면 이런 앙상한 여자는 한 손으로도 충분했다.

"내 어떤 말이, 차갑기 그지없는 당신을 펄펄 뛰게 만들었지?"

비웃는 게 아니다. 조롱을 하는 것도, 비아냥대는 것도 아니다. 그는 정말로 진지했다. 정말로 아무것도 모르는 얼굴로 아주 조용히 물었다.

뭐가 날 펄펄 뛰게 만들었냐고? 어떻게 그런 걸 물어볼 수 있어?

누구도 섣불리 단희에게 그 일을 입 밖으로 내지 못했다. 심지어 가장 가까운 부모도 감히 그녀에게 아이가 죽을 때 어떤 기분이었냐, 같이 죽고 싶진 않았냐, 그런 걸 물어보진 못했다. 어떻게 감히! 생판 알지도 못하는 사람이 그런 걸 물을 수 있어. 어떻게 감히 내…….

머릿속을 휘감는 분노가 갑작스럽게 뚝 끊겼다. 아주 찰나의 깨달음.

단희는 오스왈드의 황금색 눈동자를 뚫어지게 쳐다봤다.

세상에.

"정말 모르는구나."

그녀는 나지막이 중얼거렸다. 이 남자는 고장 나 있어.

"당신은 감정이란 게 없어요?"

"아마도."

질리도록 들었던 질문을 이젠 부정하지도 않았다. 그는 공감이라는 것을 잘 못 했다. 남의 심정을 잘 헤아리질 못한다. 다만 계산할 뿐이다. 그걸 감정이라고 부른다면 확실히, 오스왈드는 그걸 느끼지 못했다. 이건 그런 그가 처음으로 하는 시도였다. 공감이란 걸 해 보기 위한 질문이었다.

궁금했다. 정말로. 아이를 잃으면 어떤 기분인지, 맹목적이고 헌신적으로 누군가를 사랑한다는 건 어떤 것인지. 그게 어떤 고통을 남겨 주는지. 그걸 모르기 때문에 그는 유단희가 어렵고 혼란스러웠다.

"그러니까 알려 줘. 그게 어떤 기분인지."

"그게 왜 알고 싶어요?"

"엄마의 애정이란 게, 어떤 건지 알고 싶으니까."

무슨 말을 하건 비아냥대며 닥치라고 욕을 해 줄 생각이었다. 아니면 뺨을 한 대 더 올려붙이거나 아니면 그의 정강이를 차서 이 거머리 같은 남자를 어떻게든 떨궈 버리고 싶어 죽을 지경이었다. 하지만 그의 그 한마디가 단희의 그런 욕구를 잠시 사라져 버리게 만들었다. 단희의 눈에 감정이 스쳤다. 여자는 동요하고 있었고 무슨 말인지 정확하게 알고 싶어 했다.

"나에 대해 알고 싶어?"

그는 질문을 늘 질문으로 받아치는 것 같다. 그와 대화를 나누며 제대로 된 답을 받아 본 적이 없으니까.

"아니요. 알고 싶지 않아요."

"그거 유감이네. 나에 대해 알면 여러모로 이득일 텐데."

"제 잘난 맛에 사는 분이시네요."

"몇몇 가십지들이 나에 대해 알고 싶어 아주 안달이 나 있거든. 내가 어떤 사람인지. 게이인지, 아니면 성불구자인지, 아니면 무성애자인지."

"궁금하진 않지만 뭐가 되었든 참 안 됐네요."

단희가 꼬장꼬장하게 맞받아쳤고 오스왈드의 입꼬리가 비죽 올라갔다. 그래, 이쯤에서 관두자.

"아이가 죽었고 당신이 죽였다는 말 이외엔 아무 말도 하지 않았어."

단희의 눈이 의심으로 가늘어졌다.

"당신 사는 꼬락서니를 보면 죽지 못해 산다는 건 굳이 말 안 해도 알 수 있어."

다행이다. 밑도 끝도 없이 그에게 쏟아 뱉어 버린 줄 알았다. 아버지에게도 심지어 전남편에게도 한 적이 없던 짓을 이 생판 모르는 남자에게 해 버린 줄 알았다. 단희는 가슴을 쓸어내렸다.

"당신이 집 안 꼴 그렇게 하고 사는 거 당신 아버지는 알아?"

당연히 안다. 자신의 딸이 어떻게 살고 있는지. 첫 1년은 어떻게든 집으로 끌고 내려갔다. 엄마는 딸을 제정신으로 돌려놓으려고 무던히도 많이 애를 썼다. 부모란 것은 그런 걸까. 자식의 고통을 보며 몇 겹은 더 아팠던지, 어느 날 갑자기 비명횡사했다. 동맥경화. 생전 병이라곤 없던 분이셨다. 늘 건강하고 씩씩해서 아빠는 몰라도 엄마는 못해도 백 살까지는 살 거라고 농담하곤 했는데 그렇게 갑자기, 아무런 준비 없이, 가 버릴 줄은 몰랐다. 그즈음, 그나마 지지부진하게 끌어오던 남편과의 관계도 완전히 끊겼다.

단희는 완전히 고립됐고 그때부터는 모든 감각을 잃었다. 오스왈드의 말처럼 차가움도, 뜨거움도, 아픔도, 슬픔도, 아무것도 느끼질 못했다. 1분 1초가 너무도 느리게 흘렀고 무엇인가에 미치지 않으면 견딜 수가 없었다. 그래서 일을 시작했다. 고되고 힘들수록 좋았다. 미친 듯이 파고들 수 있는 일이라면 무엇이든 좋았다. 대학을 중퇴한 덕에, 고졸이 학력의 전부인 단희는 자신이 할 수 있는 가장 최선의 직종을 택했다.

일은 힘들었지만 그 덕에 2년을 버틸 수 있었다. 유 씨는 단희를 붙잡지 못했다. 그녀를 다시 끌고 가지도 못했다. 그녀가 얼마나 발버둥을 치며 사는 건지, 언제고 죽고 싶은 그 마음을 어떻게 견디며 살고 있는 건지 알고 있기 때문에, 그는 단희에게 무엇도 강요하지 않았다. 다만 모든 것을 흘러가는 대로 맡길 뿐이었다. 그러다 오스왈드를 만났다. 그리고 이 미스터리한 남자에게 자신의 남은 운을 몽땅 걸었다. 단희만 그 대목을 모르고 있었다.

"묻고 싶은 게 있는데요."

노을이었다. 곧게 뻗은 도로의 끝에 보이는 붉고 따가운 노을. 그 빛이 단희의 윤곽을 따라 그녀에게 어둠을 만들었다. 붉은 그림자가 진 단희를 오스왈드는 눈을 찡그린 채 쳐다봤다.

"왜 내게 관심을 갖는 거죠? 난 당신의 관심이나 보살핌을 바라지 않아요."

"……."

"날 불쌍하게 보는 것도, 난 바라지 않아요. 실은 당신의 동정이 아주 혹 덩이 같아요."

"……."

"그러니 오늘을 마지막으로 날 그냥 내버려 둬요. 제발 부탁할게요."

이것 봐. 이 여자는 어려워. 죽기를 각오한 사람을 살게 만들 순 있다. 강제로, 완력으로, 사육하듯 여자를 가둬 놓고 죽지 못하게 조치를 취할 순 있다. 하지만 남은 게 아무것도 없는 사람을 행복하게 만들어 주기란 불가능한 일이다. 아이를 다시 살리지 못하는 이상 이 여자에게 웃음을 되찾아 줄 순 없다.

그는 처음부터 갖고 있었던 게 없어서 상실감이란 고통을 알지 못한다. 다만 지독한 외로움을 겪어 봤을 뿐이다. 그렇기 때문에 소중한 걸 빼앗기고 난 다음에 느끼는 고통 역시 알지 못했다. 둘 다 텅 비어 버린 건 마찬가지건만, 자신과 이 여자는 같지 않았다. 어느 쪽이 더 깊을까. 어느 쪽이 더 메말랐을까.

오스왈드는 단희의 머리카락을 향해 손을 뻗었다. 붉게 타오르는 솜털처럼 보여서인지 아니면 아지랑이처럼 보여서인지 그것도 아니면 그저 그 붉은빛이 시력을 앗아 가며 그의 이성까지 함께 앗아 가 버린 것인지 오스왈드는 그녀의 앞머리에 닿을 듯 말 듯 손을 뻗어 손끝으로 그 아슬아슬한 감촉을 느꼈다.

뻣뻣해. 곧 끊어져 버릴 것처럼 거칠었다. 손은 호선을 그리며, 그녀의 광대뼈로 향했다. 바스러질 공예품을 만지는 것처럼 조심스러운 손길이 단희의 턱선을 따라 내려가다가 '빵' 하는 경적 소리에 퍼뜩 정신을 차렸다.

뭐 하는 거지? 나?

당황한 두 사람 사이로 열을 받은 아스팔트의 뜨거운 공기가 훅 하고 스쳐 지나갔다.

「제드릭.」

건장한 백발의 남자가 롤스로이스에서 내려 육중하게 다가오자 오스왈드는 몸을 돌려 그를 맞이했다. 그가 나타난 게 좋은 타이밍인지, 나쁜 타이밍인지를 모르겠다.

「다친 곳은 없으십니까?」

「없어.」

견인차가 막 오스왈드의 포르쉐를 화물칸에 싣고 있었다.

「가시는 곳까지 제가 모시죠.」

제드릭은 롤스로이스의 뒷문을 정중하게 열었고 오스왈드는 단희를 돌아봤다. 여전히 무표정하군. 그는 오랫동안, 여자를 먼저 만진 적이 없었다. 그리고 단 한 번도 그런 식으로 조심스럽게 접촉한 적이 없었다. 그 모든 걸 알아도, 이 여자는 그때도 이런 표정을 지을까? 그렇겠지. 썩 기분이 좋지는 않군.

"타. 제드릭이 운전할 거야."

그는 냉담함이 느껴지도록 단희의 등을 밀며 평이하게 말했고 단희의 깃털처럼 가벼운 몸이 흐르듯 방향을 따랐다.

5

차 안에는 묘한 긴장감이 흘렀다. 제드릭은 그러지 않으려 노력하면서도 자꾸만 룸미러로 두 사람의 얼굴을 번갈아 살폈다. 여자가 함께 차량에 동석하는 걸 숱하게 많이 보아 왔지만 이 정도로 조용한 차 안은 처음 겪어 봤다. 그는 자신의 보스가 하는 일을 물어본 적도 없고, 궁금해한 적도 없지만 왜 도로 한복판에서 포르쉐가 미끄러졌는지, 그리고 왜 이렇게 분위기가 얼어붙어 있는지는 몹시도 궁금했다. 여자는 긴장되어 보이지도 들떠 보이지도 않았다. 오스왈드의 바로 옆에 붙어 앉아 있으면서 저 정도로 냉담하게 구는 여자는 그로서도 처음이었다.

왜일까. 서로에게 무신경해 보이는 두 사람이지만 이상하게 서로를 의식하고 있는 듯한 묘한 어색함이 감돌았다.

강원도에 도착했을 즈음에는, 이미 해가 지고 깜깜한 어둠이 내려 있었다. 차가 냇가의 작은 돌다리를 건널 때쯤이면 늘 산 비탈길 위로 단 하나뿐인 집의 불빛이 보였는데 오늘은 웬일로, 불이 꺼져 있었다.

전화를 해도 수신음만 갈 뿐 받질 않았다.

희한한 일이네. 벌써 주무시나?

차는 단희의 집 앞에서 멈춰 섰다. 달조차 떠 있지 않으면, 가로등도 설치되어 있지 않은 집 근처는 발밑을 분간하기도 힘들 정도로 어두웠다.

"주무시나 봐요. 전화도 안 받으세요."

"일단 내려."

오스왈드는 뒷문을 열고 먼저 내렸다. 컹컹컹컹! 강아지가 낯선 차량에 요란스레 짖어 댔고 단희와 오스왈드는 차의 헤드라이트 불빛에 의지해 계단을 올랐다.

왜지. 등골의 잔털이 쭈뼛 섰다. 눈앞이 어두운 거야 그렇다 치고 묘하게 공기가 서늘했다. 매번 온순하던 강아지의 짖는 소리가 평소와는 다르게 신경질적이다. 오스왈드는 굴절된 헤드라이트 빛을 등지고 집 주변을 유심히 살폈다.

툭. 발에 차이는 바구니. 안에서 고르다 만 콩알들이 사르락 소리를 냈다. 왜 이걸 바닥에 내버려 뒀지?

"잠깐."

단희가 현관문을 열려는 걸 오스왈드가 저지했다.

"기다려. 내가 열게."

오스왈드의 행동이 이상했다. 맨날 이상한 사람이지만 지금이야말로 그는 숨죽인 맹수처럼 느껴졌고 단희는 저도 모르게 뒤로 한 발 물러섰다.

"잠시만요. 열쇠를……."

끼익—

손잡이를 잡고 돌리니, 단희가 가방에서 열쇠를 꺼내기도 전에 문은 날카로운 쇳소리를 내며 열려 버렸다.

컴컴한 어둠 안에 형광등 센서가 반짝 켜졌다.

오스왈드는 무척이나 조심스럽게 행동했고 단희는 그런 오스왈드를 보며 한 발자국도 움직일 수가 없었다. 그는 중문을 스르륵 밀고, 신발도 벗지 않은 채 집 안으로 들어섰다.

아빠는 조심성이 많은 분이다. 한적한 시골에 훔쳐 갈 건 아무것도 없는 집이지만 해가 지면 꼭 현관문은 잠갔다. 오스왈드가 전등 스위치를 올리자 단희는 새된 비명을 '히익' 하고 들이켰다.

피.

환하게 밝혀진 마루의 바닥은 뭔가를 쓸고 간 듯 붉은 자국이 선명하게 나 있었다. 핏자국은 부엌에서 문 앞까지 쭉 이어져 있었고 식사 준비를 하던 중이었는지 도마 위엔 썰다 만 채소가, 물을 끓이고 있었을 듯한 냄비는 부엌 구석에 엎어져 있었다.

"아빠!"

단희는 정신없이 아빠를 불렀다. 어디선가 '왜'라고 잠에 취한 목소리로 대답해 오길 정말 간절하게 바랐다. 화장실과 거실, 방이란 방의 문은 모두 열어젖히며 단희는 분주히 돌아다녔다.

"아빠!"

오스왈드는 바닥에 쪼그려 앉아 떨어진 부엌칼을 집어 들었다. 칼의 끝에 가느다랗게 혈흔이 묻어 있다.

이 피의 주인이 누군지는 몰라도 이 칼에 베인 것은 확실해 보였다.

"아빠!"

단희의 목소리는 점점 절박하고 히스테릭하게 변해 갔다. 그리고 마침내 오스왈드가 혈흔이 묻은 식칼을 들고 있는 걸 보자 그녀는 휘청거리며 벽에 기댔다. 눈앞이 하얗게 질렸다. 혼비백산. 단희는 그 사자성어 그대로 완벽하게 혼비백산한 상태였다.

경찰. 신고해야 돼.

본능이 그렇게 말하고 있었고 단희는 바들바들 떨며 손에 전화기를 들었다.

112를 누르고, 통화 버튼을 누르려 하자 오스왈드가 휴대폰을 낚아채어 갔다.

"무슨 짓이에요!"

"경찰에 전화하면 안 돼."

"미쳤어요? 전화기 내놔요!"

단희는 고함을 지르며 몸을 일으켰다.

그는 침착했다. 이 상황이 정말로 익숙해 보였고 어쩌면 평소보다도 더 평안해 보이기까지 했다. 전화기를 되찾으려 아무리 손을 휘둘러도 바윗덩이 같은 몸은 꼼짝도 하지 않았다.

"내놔! 이 정신병자야!"

단희는 이를 물고 그에게 덤벼들었다. 이 미친 자식. 누가 봐도 저건 아빠의 피고 이 집 안에서 심각한 몸싸움이 있었다는 사실을 알 수 있다. 강도를 당했는지, 정신이 돈 사람이 와서 아빠에게 해코지를 한 건지 아무것도 알지 못한다. 그런데 경찰에 신고를 하지 말라고? 단희는 그의 뺨을 찰싹 내려쳤다.

젠장. 아까 맞은 자리를 또 맞았다.

"아빠가 잘못됐으면 책임질 거야? 네가 찾아낼 거야? 이 미친 새끼!"

단희는 길길이 날뛰었다. 지금은 오로지 아빠의 생존만이 그녀의 모든 것을 지배했다.

"네 아버지는 광물을 갖고 있어."

무슨 개소리를 하고 있는 거야.

"뭐?"

단희는 기가 막혀 되물었다.

"상상도 할 수 없을 만큼 값비싼 자원이 이 집에서 발견됐다고. 유전이나 금광과는 감히 비교도 할 수 없을 만큼 귀해."

광물? 이 집에서 상상도 할 수 없을 만한 값비싼 게 발견됐다고? 몇 번, 이 집에 아빠의 손님이 찾아온 것을 본 적이 있었다. 대부분 고급 차량을 타고 있었고 한결같이 정장을 입고 있었다. 아빠는 교직에 오랫동안 몸담고 계셨기 때문에 단희는 그게 단지, 스승을 찾아온 아버지의 오랜 제자들이라고만 생각했다. 요즘 들어 생각이 많아 보이고, 자꾸만 멍하게 뒷산을 쳐다보곤 하셨는데 이제 와 생각해 보니 그 별거 아닌 듯한 것들이 모두 퍼즐 조각처럼 불안하게 들어맞았다.

"당신이 그걸 어떻게 알아요?"

"그걸 우리가 발견했으니까."

우리. 우리가 누구지?

"댈크로우사요?"

"알겠지만 우린 군수업체야. 무기를 만들고, 그걸 팔아 돈을 벌어. 세상이 평화를 유지할수록, 우린 빈곤해져. 살아남으려면 완전히 새로운 걸 개발하거나, 아니면 완전히 새로운 걸 찾아내는 수밖에 없어. 우린 이걸 찾아냈고 지금은 절실하게 이것을 필요로 해. 댈크로우사의 생존이 걸린 문제야."

단희는 열심히 머리를 굴렸다. 이 땅에 광물이 있다. 그 광물은 아버지의 소유이고, 그는 그걸 발견한 회사의 소유주이고, 그리고 내…… 상사다?

갑작스러운 인수 합병, 너무 파격적인 승진, 억지스러운 미팅, 그가 자신에게 보였던 원인 모를 호감. 그는 아버지에게서 이 자원을 얻으려 자신에게 접근한 거다. 이게 너무도 필요해서.

짝!

단희는 다시 한 번 오스왈드의 뺨을 내리쳤다

세 번째. 그래. 이 여자가 아주, 아주 완고한 오른손잡이란 건 확실하네.

"무슨 짓을 한 거야. 나한테, 아빠한테."

이 상황에 진실을 숨기는 건 득이 될 게 없었다. 일이 이렇게 된 이상 그녀 역시 진실을 알고 있어야 한다. 당장은 지금 벌어진 일을 제대로 수습하는 것이 중요했다.

"당신 아버지와 나는 거래를 했어."

거래?

"무슨 거래요?"

"내가, 당신을……."

짝!

말이 끝나기도 전에 매섭게 단희의 손이 그의 뺨을 또 후려쳤다.

WHAT. THE. FUCK……

"나를 두고 아빠와 거래를 했어요?"

그건 때리기 전에 물었어야 하는 거 아닌가? 엄청난 다혈질이로군. 네 번째 같은 곳을 맞았더니 어금니가 다 아팠다. 오스왈드는 욱신거리는 뺨을 손으로 매만지며 잠시 동안 화를 삭였다.

"어떻게 나를 두고 아빠와 거래를 할 수 있어요."

게다가 성질이 급하기도 했다. 하지만 단희를 두고 거래한 건 맞지 않나. 어떻게 보면 직관력이 뛰어난 걸 수 있었다.

"내가 하려던 말은……."

「퀸튼 씨.」

어느새 중문 사이로 나타난 제드릭이 오스왈드를 조용히 부르는 바람에 말이 끊겼다.

「나와 보셔야겠습니다.」

오스왈드의 시선이 단희에게서 그로 옮겨 갔다.

「밖에 사체가 있습니다.」

DEAD BODY. 단희는 그 한 단어를 정확하게 알아들었다.

안 돼. 눈앞이 깜깜해지며 까무러칠 것 같았는데 오스왈드가 커다란 손으로 단희의 팔뚝을 단단히 붙잡고 그녀를 지탱했다.

"침착해."

이 상황에 어떻게 침착할 수 있지? 사지가 발작하듯 떨렸고 온몸에 피가 완전히 증발한 듯 하얗게 질렸다. 피. 시체.

단희의 눈앞에 지학이의 차가운 몸뚱이가 떠올랐다. 트럭에 치여 아이는 골대에 부딪힌 축구공처럼 반대편으로 튕겨져 나갔었다. 바닥에 철퍽하고 떨어진 지학이는 사지가 아무렇게나 꺾인 관절 인형처럼 보였다. 영혼이 빠져나간, 육신밖에 남지 않은 아이의 몸이 얼마나 차가웠던가. 고무. 손끝에 닿는 감촉은 고무였다. 온기도 생기도 느낄 수 없었다.

순간적으로 겁이 덜컥 나서 단희는 손을 벌벌 떨며 그 몸을 어떻게 추슬러서 어떻게 끌어안아야 할지 몰랐다. 내내 어쩔 줄 모르는 손은 아이의 몸뚱이 위에서 허우적거렸을 뿐이었다. 겁에 질려 제 아이를 제대로 안아 주지도 못한 부모. 그 기억이 결코 무뎌지지 않는 칼날이 되어 단희를 매 순간 찔렀다. 그리고 이제 그걸 다시 겪어야 했다. 사랑하는 사람이 고무 덩어리처럼 누워 있는 것을 다시 봐야만 했다. 그 생지옥을 또 겪어야 했다.

더 이상 나락으로 떨어질 곳이 없다고 생각했는데 그녀의 삶은 늘 그녀를 배신했다. 발작하듯 떨던 단희의 무릎이 휘청 꺾였고 오스왈드는 허리를 받쳐 안았다.

"정신 차려! 아직 아무것도 확인하지 않았어! 아직 아무것도 몰라. 그러니까 지금 정신 놓으면 안 돼. 그러기엔 너무 일러. 알겠어?"

그는 단희의 어깨를 단단히 쥐고 어르듯 속삭였다. 침착한 음성 때문인지, 아니면 그의 강한 손 때문인지, 단희의 귀에 그의 말들이 한 음절도 겉돌지 않고 자석처럼 모두 빨려 들어갔다. 그는 단희의 공포 어린 얼굴을 똑바로 들여다봤다. 그녀가 자신과 시선을 맞출 수 있게 유도하며 쉽게 알아들을 수 있도록 천천히 말했다.

"난 이제 밖에 나가서 제드릭이 말한 걸 확인해 볼 거야. 당신은 여기에 있어. 알겠지? 좀 쉬면서 자신을 진정시켜. 지금으로선 그게 당신이 할 수 있는 최선이야.”

오스왈드는 자신의 가죽 재킷을 벗어 덜덜 떠는 단희의 어깨에 두른 다음 그녀의 찬 어깨를 위아래로 부드럽게 쓸었다.

“아니요, 나도 가겠어요.”

“무리하지 마. 당신 아버지 얼굴은 나도 알아. 내가 확인하면 돼.”

단희의 얼굴은 더 새파랗게 질렸고 의지하듯 오스왈드의 옷깃을 꽉 쥐었다.

“나 혼자 여기 두지 말아요.”

금방이라도 울듯이 붉게 충혈된 눈은 황망하면서도 고집스러웠다. 당연한 상황이지만 그녀가 내보이는 연약함이 오스왈드를 사뭇 놀라게 만들었다. 약간의 틈을 두고 그는 하얗게 질린 단희의 손을 깍지껴 잡았다.

“좋아. 대신 쓰러질 것 같으면 차라리 나한테 기대. 알겠어?”

오스왈드는 단희가 고개를 떨듯이 끄덕이는 걸 확인한 후에 걸음을 뗐다.

제드릭이 차에서 꺼내 온 손전등으로 길을 안내했다. 사체는 길을 사이에 두고, 유 씨의 집 반대편 수풀에 등을 보이고 누워 있었다. 오스왈드의 손에 이끌려 거기에 도착했지만 차마, 볼 용기가 안 나 단희는 오스왈드의 커다란 등 안쪽으로 숨어들었다.

「몸을 돌려.」

제드릭이 오스왈드에게 손전등을 넘기고 남자의 몸을 뒤집자, 풀썩— 마른 잎들이 마찰하는 소리가 들려왔다.

제발, 제발……. 하나님…… 제발…….

“…….”

시체의 얼굴을 확인하려 침묵하는 그 순간이 영겁의 시간처럼 길었다. 단희는 눈을 질끈 감고 속으로 수도 없이 신의 이름을 부르짖었다.

"아는 사람이야?"

오스왈드가 물었다. 아는 사람? 단희의 눈이 번쩍 떠졌다.

오스왈드가 몸을 비켜섰고 단희는 손전등에 비친 남자의 얼굴을 확인했다. 남자는 검은 라운드 셔츠에 검은 바지를 입고 있었다. 아빠와는 다르게 커다란 풍채와 짧게 자른 머리. 굳이 자세히 관찰하지 않아도 다른 사람이란 건 금방 알 수 있었다. 긴장이 풀린 단희는 '아' 하고 긴 신음을 내며 바닥에 주저앉았다. 이제야 꾹꾹 참았던 눈물이 터지며, 기쁨, 안도, 잃어버렸다고 생각했던 감정들이 끊임없이 밀려왔다.

오스왈드는 손전등으로 남자의 전신을 살폈다. 왼팔의 자상, 아무래도 부엌에서 현관까지 이어진 피는 이 남자의 것 같다.

「제드릭, 윗옷을 들어 봐.」

오스왈드가 명령하자, 제드릭은 몸을 숙여 남자의 윗옷을 들쳤다. 엄지손톱만 한 구멍.

「관통당한 것 같은데요, 퀸튼 씨.」

오스왈드는 남자의 등에서 문신을 봤다. 커다란 잉어가 등판을 가득 수놓아 있었고, 몸의 여기저기 날카로운 것에 긁히거나 찔린 상처가 나 있었다. 전체적인 모습을 종합해 보자면 합법적인 일을 하며 사는 사람은 아니었다. 누군가 꽤 위험한 일을 하는 사람의 똘마니 정도로 보인다.

「반지.」

오스왈드가 손전등으로 그의 팔을 훑다가 약지 손가락에 끼워진 반지를 비췄고, 제드릭이 그의 손가락에서 반지를 빼 들었다.

「불독 같군요.」

저벅저벅 걸어온 제드릭은 오스왈드에게 반지를 건넨 후, 뭔가 더 나올까 싶어 남자의 몸 이곳저곳을 꼼꼼하게 뒤졌다.

사나운 어금니를 드러낸 불독. 은으로 된 반지는 굵고 정교했으며 매우 고급스러웠다.

「주문 제작일 거야. 알아보면 금방 나오겠지.」

「지갑이나, 신원을 확인할 만한 물건은 없습니다.」

「사체를 던져 놓고 갔다는 건 당황했든지 다급했든지 둘 중에 하나 겠지. 어쨌든 똑똑한 놈들은 아니야.」

다급했더라. 제드릭은 사체를 다시 한 번 천천히 살폈다. 이렇게 방치해 두고 가는 게 최선의 방법이 되려면 확실히, 매우 다급하고 당황했어야 한다.

「불법 체류자들일까요?」

「글쎄. 사 둔 비행기 편에 빨리 올라야 하는 놈들일 수도 있고. 중요한 건 이게 유환오의 사체는 아니란 사실이야. 지금으로선 그가 살아 있을 확률이 조금이라도 올라간 것에 안도해야지.」

오스왈드는 커다란 한숨을 쉬고 강아지처럼 웅크린 단희의 옆에 무릎을 세우고 앉았다. 안 그래도 작은 여자가 바닥에 웅크리고 있으니 더 작아 보인다. 그는 단희의 등을 위로하듯 천천히 쓸었고 얼마간의 오열을 그친 후 단희는 숨을 고르며 얼굴을 들었다.

"경찰에 신고해야 돼요."

오스왈드의 집게손가락이 단희의 눈가를 스쳤고, 그는 염려가 담긴 표정으로 잠시 머뭇거리다 물었다.

"대니. 힘들겠지만 잘 생각해서 대답해 줘. 혹시 짐작 가는 사람 있어?"

"전혀요."

강하게 부정했다가 이내 다시 인상을 찡그리고 훌쩍거렸다.

"모르겠어요……. 최근에는…… 대화를 거의 안 했어요. 집에도 잘 안 와 봤고요."

아빠에게 무관심했던 자신에게 화가 났다. 제 몸 하나 추스르지 못해, 하나밖에 없는 가족에게 그동안 너무 큰 죄를 짓고 살아왔다는 것을 이제야 실감했다. 자식에게도 씻지 못할 죄를 짓더니, 이젠 그걸 자신의 아버지에게도 고스란히 반복하고 있다.

"아빠는 누군가에게 미움 살 분은 아니세요. 그건 확실해요."

단희는 다시 터져 나오는 눈물을 닦으며 흐느꼈고 오스왈드는 난감함에 이를 꾹 물었다. 야단났네. 만일 개인적인 원한이 아니라면 분명 땅에 관련된 일이었다. 그리고 이 땅에 관한 정보는 오로지 댈크로우 사 관계자들밖에 모른다. 소수의 연구 관계자들, 자신, 코일, 제드릭, 덜래스 회장. 그뿐이다. 가장 소수의 검증된 사람들만이 이 프로젝트에 관한 정보를 공유하고 있었고 의심할 만한 사람들은 확실하게 제외시켰다. 하지만 분명, 어디선가 정보가 새어 나가 어디론가 흘러들어 갔을 가능성이 지금 현재로선 가장 커 보였다. 누가, 왜, 이렇게까지 한 것인지를 알아보는 건 이제 온전히 오스왈드 본인의 몫이 되었다.

"경찰에 신고해야 돼요."

단희가 다시 한 번 서럽게 애원했다.

"그건 안 돼, 대니."

"어째서요?"

"너무 위험해."

그 말에 단희는 히스테릭하게 코웃음을 쳤다.

"위험하다고요? 아빠는 사라지고 대신 웬 남자가 죽은 채로 길에 나뒹굴고 있는데 어떻게 이것보다 더 위험할 수 있어요?"

"개인적인 원한이 아니라면 뭔가를 노리고 접근한 걸 수 있어. 그리고 이젠 알겠지만 당신 아버지 소유의 이 땅엔 아몬석이 있고."

아몬석.

"아몬석이 그 광물의 이름인가요?"

"그래. 지금으로선 그 광물 때문이라는 게, 가장 확률이 높아."

"하지만 그 광물은 당신 회사에서 발견했잖아요."

"맞아."

단희의 눈이 순간 분노로 희번덕거렸고 오스왈드는 살기 위해 서둘러 단희의 오른손을 꽉 잡았다.

"여기 남자가 하나 죽어 있어. 그것도 총에 맞아서. 이게 우발적이든, 계획적이든 한 번 사람이 죽어 나가면 두 번은 쉬워. 누가, 왜 무엇 때문에 이런 일을 벌인 건지는 모르지만 우린 신중해야 돼."

"하지만 어떻게……."

"내가 할 수 있어. 어떻게든 이 일을 바로잡을 거야. 날 믿어."

그는 단희의 얼룩진 뺨을 손바닥으로 꾹꾹 눌러 닦아 내며 어금니를 꾹 물었다. 그리고 한참 동안 단희의 뺨을 닦는 데 골몰하던 그의 눈이 다시금 시선을 맞춰 왔을 때 그 금색 눈동자는 어둠 속에서 선명하게 타오르고 있었다.

"맹세할게. 나쁜 일은 결코 일어나지 않을 거야. 절대로."

◆ • • ● •

남자는 총에 맞았다. 혈흔으로 보아선 집 안에서 총을 맞은 것이 아니었다. 그렇다면 외부의 어딘가에서 총을 맞았단 이야기고 그 드넓은 숲 속을 샅샅이 뒤진다고 해도 남자의 몸을 관통한 총알을 찾는 건 매우 힘들 것이다. 설사 찾는다 한들, 그걸로 총의 기종을 알아내 봤자 아무런 단서도 되지 않을 게 분명했다. 누가 한국 땅에서 총기를 소지하고 다닌단 말인가. 가능성은 여러 가지였지만 모두가 불법인 것만은 확실했다.

오스왈드는 단희를 자신의 펜트하우스로 옮겼다. 단희는 단 하나뿐인 유환오의 가족이고 만일 유환오에게 무슨 일이 생긴다면 그녀는 단 한 명뿐인 그의 상속인이었다. 만일 일을 그르쳐 유환오를 정말로 죽이기라도 했다면 자연스럽게 그 땅의 소유권은 유단희에게 넘어갈

166

테고 목적이 그것이라면 그들은 다시 같은 방법으로 유단희를 노릴 가능성이 매우 컸다. 아니, 거의 확실하다고 봐야지.

그는 자신의 드넓은 펜트하우스 2층을 통으로 그녀에게 내줬고, 조만간 비서를 통해 유단희에게 어울릴 만한 옷도 구비해 둘 생각이었다. 취향으로 봐선 뭐든 검은색이면 되겠지.

「그쪽 계통에서 성공한 졸부 사업가를 한 명 압니다.」

오스왈드가 유단희의 옷에 대해 골몰하는 사이 코일이 불쑥 치고 들어왔다.

아. 맞아. 그 이야기를 하고 있던 중이었다. 지하경제에 발 담그고 있는 믿을 만한 정보원을 찾을 수 있는지에 관한 이야기.

「믿을 만한 사람이야?」

「성격은 호탕하고 입이 무거운 편입니다만, 한국 재벌들 사이에선 양아치 취급을 받고 있습니다. 태생 때문이겠죠. 다른 건 모르겠고 명예에 목이 말라 있는 사람이니, 퀸튼 씨와 친분을 쌓기 위해서라면 무슨 짓이든 할 겁니다.」

재벌들 사이에서 오스왈드는 유명했다. 명문대에, 특수부대를 나온 똑똑하고 귀티 나는 남자였고 당장 장성한 자식이 없는 덜래스 회장의 후계자로 점쳐지는 가장 막강한 존재였다. 다들 그와 안면을 트고, 친분을 잘만 유지한다면 그를 등에 업고 새로운 활로를 모색할 수 있을 거란 기대감에 부풀어 있었다. 그러니까 오스왈드는 그들 사이에서도 가장 로얄층. 주류 중에서도 가장 최정상의 주류로 생각되어지고 있는 것이다. 그런 그와 어떤 이유로든 얽히는 것을, 누구도 마다할 이유가 없었다. 오스왈드가 눈짓하자 제드릭이 불독 반지를 코일에게 내밀었다.

「죽은 남자의 손에 끼워져 있던 거야. 흔한 반지는 아니니 그 남자가 쉽게 알아볼 수 있을지도 몰라.」

「알겠습니다.」

「만약 모른다고 하면 근처에 있는 주얼리 세공 관련 업체란 업체는 닥치는 대로 다 뒤져 봐. 반드시 알아내야 하니까.」

「알겠습니다.」

「그리고 사내 보안을 다시 확인해야겠어. 우리 쪽에서 정보가 새어 나갔다면 누가 어디로 빼내어 간 건지 꼭 찾아야 돼. 직원들 신상도 다시 한 번 다 털어 봐. 해킹을 하건 뭘 하건 수단 방법 가리지 말고.」

「알겠습니다.」

「좋아.」

자신이 하려던 이야기를 다 내뱉은 오스왈드가 후 숨을 내쉬며 의자에 앉았다.

「저 그런데 퀸튼 씨.」

코일이 반지를 정장 안주머니에 챙겨 넣고 조심스럽게 다시 말을 꺼냈다.

「지금 상황에 적절치 못할지도 모르지만, 보고드려야 할 것 같아서요.」

「계속해.」

오스왈드가 책상으로 의자를 당겨 앉았다.

「그…… 연구원 하나가 병원에 입원했습니다.」

오스왈드의 피곤한 눈이 날카롭게 들렸다.

「무슨 이유로?」

「호흡기 질환으로요. 원래 천식 환자로 알고 있습니다만…… 최근에 아몬석을 연구하며 급격히 심해진 것 같습니다. 새벽에 발작이 있었답니다.」

「다른 연구원은?」

「괜찮습니다. 아직까지는요.」

오스왈드는 집게손가락으로 책상을 통통통통 두드렸다.

「아직 미지의 광물이고, 위험 요소가 아예 없을 순 없어. 희생이 필요하다면 해야겠지.」

직원은 원래 천식 환자였다. 아직 확실한 게 아니야. 오스왈드는 피곤함에 자신의 턱을 한 번 쓸어내리고 긴 숨을 내쉬었다.

「당분간 그를 충분히 쉴 수 있게 배려해 줘. 확실한 결과가 나오기 전까진 그 정도면 충분할 거야.」

「알겠습니다.」

코일이 방을 나가고 난 후 오스왈드는 책상 모서리를 손으로 훑으며 생각에 잠겼다. 호흡기 질환이라⋯⋯. 우연이라 해도 별로 좋은 징조는 아니었다. 광석의 문제에도 신경이 쓰였고 유환오의 생존에도 신경이 쓰여 안 그래도 복잡한 머리가 더 복잡해졌다. 어디서부터 어디까지 연결되어 있는 건지 유추하려고 해도 감이 잡히는 것도 없었다.

「덜래스 회장님께, 보고하지 않아도 될까요?」

제드릭이 조심스럽게 물었다. 어쩌면, 보고해야 할지도 모르지. 하지만 회장이 한국으로 자신을 보낸 건 이 문제에 대해 골치를 썩고 싶지 않아서였다. 모든 게 명확해지고 대책을 강구한 후에 보고해도 늦지 않다는 판단에 오스왈드는 고개를 저었다.

「아직 일러.」

그는 손목시계를 들어 시각을 확인했다. 시곗바늘은 자정을 훌쩍 지나 있었고 제드릭의 무표정한 얼굴에는 피곤함이 엿보였다.

「오늘 수고 많았어요, 제드릭. 내일은 내가 연락할 때까지, 올라오지 말고 쉬어요.」

「네. 그렇게 하죠.」

제드릭은 잘 자라는 인사 대신 짧게 미소를 지어 보이고는 아래층으로 내려가기 위해 방을 나섰다.

단희는 두 명의 남자가 간격을 두고 오스왈드의 서재에서 나오는 모습을 2층으로 향하는 계단에 앉아 지켜봤다. 무슨 이야기를 나누는 것인지 서재 문 앞에 귀를 대고 엿들어도 보았지만 집치고 방음이 매우 잘되어 있는 데다가, 서로 영어로만 대화를 주고받아 아무런 소득이 없었다.

제드릭은 단희를 발견하고 짧게 묵례를 했고, 그가 막 엘리베이터를 타고 사라질 때쯤 서재 불이 꺼지며 집의 주인이 거실로 모습을 드러냈다.

"거기서 뭐 하는 거야."

그는 단희를 발견하자마자 인상부터 찡그렸다. 여자는 오스왈드가 집 안으로 데리고 들어온 모습 그대로였다. 헝클어진 머리카락에, 여전히 흙먼지와 차가운 바람 냄새가 묻어 있는 후드티를 입은 그대로.

"왜 안 씻었지?"

여기 온 지 2시간이 지났다. 단희에게 필요한 건 깨끗한 샤워와 푹신한 베개, 그리고 따듯한 코코아였다. 그는 성큼성큼 다이닝 룸으로 향했다가 인상을 더욱 찌푸리며 단희 앞에 우두커니 섰다.

"심지어 차려 놓은 음식은 먹지도 않았잖아."

"이 집은 왜 이렇게 적막하죠?"

"그게 대답이야?"

"여긴 숨 막혀요."

피곤에 찌들어 퀭한 눈을 한 단희가 무감하게 말했고 오스왈드는 단희의 말에 텅 빈 집 안을 눈으로 훑었다. 완벽한 인테리어. 먼지 하나 없는 청결함. 도시의 야경이 내려다보이는 완벽한 창까지. 모든 걸 다 갖추고 있지만 단희의 말대로 그의 공간에는 사람의 온기란 것이 전혀 없었다. 비었기 때문에 적막하고 그래서 늘 어둡고 무거웠다. 단희가 느끼는 게 무엇인지 알아차린 오스왈드는 손을 한 번 들었다가 자신의 허벅지를 가볍게 쳤다. 여기는, 오스왈드 그 자신 같았다.

"난 타인과 같이 있는 것에 서툴러."

그는 단희의 옆에 몸을 굽혀 앉았다. 그의 발끝은 단희보다 두세 계단 아래에 닿아 있었다.

"그리고 내 공간을 누군가와 공유하는 것에도 서투르고."

이 펜트하우스는 오스왈드가 선택한 게 아니었다. 코일이 준비해 둔 것이다. 사람들은 오스왈드라면 으레 가장 좋은 것, 가장 비싼 것, 가장 높은 것을 가져야 한다고 생각했다. 그러다 보니 본인도 그런 그들의 생각에 따라 행동하게 됐다. 하지만 집의 크기나 화려함 같은 걸 신경 써 본 적은 없었다. 한때는 그저 두 발을 뻗고 잘 수 있는 작은 방 한 칸을 간절히 원했던 때도 있었으니까.

그가 원하는 건 그저 혼자 있을 수 있는 공간이었다. 혼자라는 것에, 그리고 외로움이란 것에 너무도 익숙해져서 이젠 혼자여야만 마음의 안정감이 찾아왔다. 집 안에 상주 도우미가 없는 것도 그 때문이다. 그는 가능하면 집에 있는 시간만큼은 완벽히 혼자이길 원했다. 그래서 그가 집에 돌아왔을 때 그 누구의 흔적도 없기를 원했다. 피치 못할 사정이긴 하지만, 유단희가 이곳에 머문다는 건 그로선 전혀 예측하지 못한 얼떨떨한 상황이었다.

"밤이 되니 사람 사는 곳이 아닌 거 같아요."

단희의 불평에 그가 여자의 원룸을 떠올리며 웃음을 터뜨렸다.

"글쎄. 당신에게 들을 말은 아닌 거 같은데."

그녀는 오스왈드의 농담에도 웃지 않고 곧바로 본론을 꺼냈다.

"무슨 진전 없었어요?"

"아직은. 하지만 곧, 모든 게 명백해지겠지."

단희는 자신의 발끝을 쳐다보며 고개를 주억거렸다. 여자를 바라보는 오스왈드의 눈길이 묘했다. 좋은 일과 나쁜 일은 같이 일어나는 법인가 보다. 유환오의 행방불명으로 사태가 최악으로 치닫고 있음에도 그중에서 그나마 수확이 있었다면 이 여자의 사뭇 부드러워진 태도였다. 그 뾰족하고, 가시 돋친 듯한 여자의 태도가 몰라보게 유해졌다. 제 아비의 목숨을 눈앞의 남자가 쥐고 있다는 생각 때문이겠지만.

"정말 아무것도 안 먹을 거야?"

"배 안 고파요."

"내 집에서 굶어 죽어 나가는 사람은 없어야 할 텐데."

어차피 몇 년간 제대로 된 끼니를 챙겨 본 적이 없어서 단희에겐 너무 익숙한 일이었다. 그로 인해 영양소가 부족해지고 그 때문에 머리카락이 푸스스해지고 피부 전신의 각질이 때처럼 일어서고 있지만 이제 와서 저녁을 꼬박꼬박 챙겨 먹는 것도 우스웠다. 아버지가 어떻게 됐는지 알지도 못하는 판에 목구멍으로 음식이 넘어갈 리가 없잖아.

"술이라도 한잔할래? 지독한 버번위스키가 하나 있는데."

"아니요."

여기서 또 술을 마시고 무슨 추태를 부리려고. 단희는 깔끔하게 거절했다.

"이 일이 하루 이틀로 끝나면 좋겠지만 만약 그렇지 않다면, 우린 대비를 해야 돼. 그리고 그걸 하기 위해서 가장 중요한 건 한결같은 컨디션을 유지하는 거야. 어떠한 순간에도 머리가 잘 굴러갈 수 있게."

그는 자리를 털고 일어선 후, 단희의 손목을 잡아당겨 그녀를 강제로 일으켜 세웠다.

불쑥 당겨진 단희의 코앞에 오스왈드의 단단한 가슴이 있었다. 그가 손목을 놓고 한 걸음 뒤로 물러서자 단희는 눈을 끔뻑이며 고개를 들어 그를 쳐다봤다.

"그러기 위해선 적당히 휴식을 취해야지."

"그럴 수 없는 거 알잖아요."

"적어도 노력은 해 봐. 따뜻한 물로 씻고, 이불 속으로 기어들어 가. 양을 세든 별을 세든 원한다면 성경책이라도 빌려줄게. 몇 페이지 넘기지도 않고 잠이 올걸."

단희는 자신이 없었다. 할 수 있다면 당장이라도 뭔가를 하고 싶었다. 1분 1초가 아까웠고 이렇게 멍청하게 앉아 있어야만 하는 것도 견딜 수 없었다.

"이러다가, 그쪽이 먼저 잘못되겠어. 만약 이 상황에서 당신이 잘못되면 난 아몬석도 차지하지 못할 뿐 아니라, 당신 아버지한테 맞아 죽게 될 거야."

아, 뭐. 이 여자는 그런 것엔 관심이 없겠군. 어차피 타인에게는 관심이 없는 사람이니까.

"……있을 수가 없어요."

생각에 빠져 있어서인가, 여자의 중얼거리는 말의 앞부분이 제대로 들리지 않았다.

"미안, 못 들었어. 뭐라고 했어?"

단희는 아랫입술을 이로 꾹 눌렀다가 곧 절망적으로 말을 뱉었다.

"무서워서 혼자 있을 수가 없어요……."

무엇보다 가장 겁나는 것은 자신이 혼자라는 사실이었다. 혼자라는 것이 가장 무서웠다. 아이를 잃어버리고 3년간 그녀는 혼자이기 위해 발버둥 쳤다. 스스로를 타인에게서 차단하고 벽을 만들고 스스로를 고립시켜 자신의 인생을 외롭고 처절하고 지옥처럼 만드는 것에 자신의 모든 것을 쏟아부었다. 자신의 인생을 지옥으로 만드는 것만이, 그녀가 잃어버린 모든 걸 단 한순간도 잊지 않고 살아갈 수 있는 유일한 방법 같아서였다. 하지만 지금은 아니야. 지금은 혼자라는 게 그녀를 가장 견딜 수 없게 만들었다. 그 사실이 숨을 막고, 가슴을 터질 듯이 고통스럽게 만든다.

단희는 저도 모르게 가슴에 손을 가져가 쥐어뜯듯 후드티를 꽉 잡았다. 그러자 오스왈드가 단희의 손에 자신의 손을 가만히 덮었고 조심스레 힘을 주어 여자의 손을 후드티에서 떼어 냈다. 그러고는 그의 쪽으로 부드럽게 당겼다.

"그럼 나와 같이 있어."

◆　•　　•　●　•

혼자 있는 게 무섭다고 자기 입으로 말해 놓고, 막상 그를 따라 그의 커다란 침실에 들어오고 나니 기분이 영 이상했다. 그가 호감을 보였던 목적이 무엇이었는지 확실히 밝혀진 마당에 설마 또 전처럼 자신에게 유혹적인 태도를 보일 리는 없겠지만, 문제는 단희 자신의 무너진 감정 상태였다. 그리고 그런 자신도, 그걸 아무렇지 않게 받아들이는 오스왈드의 태도도 단희로선 무척이나 생경하게 느껴졌다.

오스왈드의 침실은 2층의 게스트 룸과는 확연히 비교될 만큼 컸다. 킹사이즈 침대. 마주 보는 2인용 소파에 커피 테이블. 미닫이문으로 연결된 육각형의 드레스 룸 끝에는 욕실이 연결되어 있었다. 오스왈드가 그 안으로 사라지자 단희는 방 앞에 서서 그 커다란 침실을 눈으로 훑었다.

이렇게 쓸데없이 크기만 하니 집이 삭막한 거다. 빈틈이 없이 메워져 있지만 실제로 이 중 오스왈드가 사용하는 공간은 몇이나 될까 생각해 봤다. 아마도 침실 하나뿐이겠지. 천천히 한 발짝씩 옮기다가 문득 시선을 잡아끈 건 널따란 1인용 가죽 소파 뒤에 걸린 커다란 그림 한 폭이었다.

말인지 사람인지, 검은 피부에 오렌지빛 머리를 한 재치 있는 초상화였다. 유화로 대충 문지른 듯 둔탁하고 거친 느낌이 쫀쫀하고 맛깔스러웠다. 그림 하나 걸려 있을 뿐인데 그 덕에 방 안의 차분한 분위기에 생동감이 느껴졌다.

"제이 씨가 그린 거야. 내가 꽤 오랫동안 후원해 왔던 아이지."

오스왈드가 어느새 등 뒤로 다가와 말했다.

"아마, 곧 눈 깜짝할 새에 유명해질 거야. 잘 봐 둬."

근사한 그림이긴 했다. 예술에 전혀 관심이 없는 자신의 눈에도 꽤 강렬하게 다가왔으니 말이다. 지학이도 참 그림을 잘 그렸는데. 단희는 그림을 보며 지학이가 고사리 같은 손으로 스케치북을 가득 채워 그리던 때를 떠올렸다. 뚜렷한 형체도 색채도 없었지만 아이의 그림은 늘 행복이 넘쳤다. 단희는 매일매일 아이의 그림이 아이의 키만큼 성장하는 것을 지켜보며 행복해했다. 그 행복이 앞으로도 자라날 것이라는 믿음을 한 번도 의심해 본 적이 없었다.

"따뜻한 물을 받아 놨어."

오스왈드가 단희의 손에 셔츠와 바지를 들려 줬다.

"내 거야. 크겠지만, 일단 갈아입어."

"별로……."

"그 닳아 빠진 후드티를 입고 내 침대로 기어들어 오는 꼴은 못 봐."

기어들어 가……?

"그 정도는 양보해."

"내가 언제 그쪽 침대로 기어들어 간댔어요?"

"혼자 있기 싫다며."

"그렇다고 같이 자잔 이야긴 아니었어요."

"그럼 뭘 하잔 이야기였는데?"

그저 무섭다는 이야기였다. 겁에 질렸고 완전한 패닉 상태에서 깨어나지도 못했다. 거기에 무슨 계획이 있겠는가. 단희가 말문이 막히자 오스왈드는 한숨을 푹 내쉬며 얼굴을 한 번 쓸었다.

"난 피곤하고 지쳤어. 자고 싶어. 당신이랑 실랑이할 시간 없어."

그냥 차라리 혼자 있을까. 이 남자의 태도를 보아하니 아쉬운 소리를 한 것이 실수란 생각이 들었다.

인상을 쓰고 생각에 잠겨 있자 오스왈드가 그녀의 무릎 밑으로 손을 넣어 휙 단희를 들어 올렸다. '악' 하는 짧은 비명 소리.

"뭐 하는 거예요!"

"말했잖아. 이럴 시간이 없다고."

오스왈드는 버둥거리는 단희를 당겨 안고 저벅저벅 욕실로 걸어갔다. 그러고는 단희를 사치스러운 거품이 일어나 있는 커다란 욕조에 그대로 던져 넣었다.

첨벙!

요란한 소리를 내며 단희의 전신이 거품 밑으로 가라앉았다가 몇 초 후에 '푸악!' 하며 물을 뿜는 소리와 함께 수면 위로 허겁지겁 얼굴이 떠올랐다.

"미쳤어!"

단희가 얼굴에 묻은 거품과 물을 닦으며 꽥 소리를 질렀고 오스왈드는 무표정하게 셔츠 단추를 풀었다.

"그러고 있으니 속이 다 시원하네."

"정신병자."

단희가 으득으득 어금니를 물고 대꾸하자 그는 셔츠를 완전히 몸에서 빼내 세면대 위로 던졌다. 그의 단단한 상체가 여과 없이 드러나자 단희는 눈을 동그랗게 떴다.

"뭐, 뭐 하는 거예요."

"뭐 하는 걸로 보이는데?"

"설마 여기 들어올 생각이에요?"

그는 대답 대신 바지 버클을 풀었고 단희는 손을 들어 그의 하체를 자체적으로 가리고는 고개를 반대쪽으로 과도하게 돌렸다.

"그만해요!"

첨벙첨벙. 소리가 들리더니, 단희의 가슴 정도 차오르던 물이 욕조 밖으로 범람하기 시작했다.

"그쪽 옷까지 내가 벗겨 줘야 하는 건 아니겠지?"

저 미친놈이! 욱하는 마음에 고개를 돌리자 오스왈드의 몸은 다행스럽게도 물에 잠겨 있었다. 선명한 흉근이 보였고 욕조의 양옆으로 뻗은 팔 덕에 단단한 삼각근과 날개처럼 펼쳐진 활배근이 거품 위로 위풍당당하게 모습을 드러내고 있었다.

댈크로우사에 대해 검색하다 그에 대해서도 알게 됐다. 특수부대를 복역한 전직 군인. 그게 거짓은 아닌 듯했다. 그저 보기 좋은 몸을 만들기 위해 운동으로 크기를 키운 몸이 아니었다. 조각조각 빚어진 몸이 아니라, 오랫동안 생존을 위해 단련된 군더더기 없는 몸이었다. 까맣게 그을린 피부 여기저기엔 상처가 훈장처럼 나 있었고 당장이라도 가까이 가면 화약 냄새가 날 것 같았다.

"이제 와서 새삼 날 신경 쓰진 말라고. 어차피 볼 거 다 본 사이 아니야?"

웃기고 앉았네. 그건 불가항력적인 상황이었고 그런 상황에서도 그가 자신의 옷을 벗기는 것에 동의한 적은 없다. 게다가 볼 걸 다 본 사이란 건 상호 서로 볼 걸 다 보고 나서야 납득이 되는 단어지, 한쪽이 일방적으로 한쪽의 알몸을 구석구석 씻긴 다음에 통용되는 단어는 아니었다. 그렇다고 억울하니 네 알몸도 보잔 이야기는 절대로 아니야.

이 사람이랑 있으면 늘 예상치 못한 방향으로 모든 일들이 스펙터클하게 흘러갔다. 무엇보다, 어쩐지 자꾸만 의도치 않게 휘둘리는 것 같아 짜증이 난다.

"이것도 어떤 의미에선 추행이에요!"

"혼자 있기 무섭다며. 그 말을 충실히 따라 주는 것뿐이야."

"그렇다고 누가 같이 벌거벗고 목욕하재요?"

신경질적으로 되묻는 단희의 목에 핏대가 섰다. 오스왈드는 그녀가 되바라지게 대드는 게 무감한 것보단 훨씬 마음에 들었다.

"혹시 뭐 이상한 걸, 기대하고 있다면……."

"입 닥쳐요! 경박하니까!"

단희가 젖은 후드티를 벗어 올리며 사납게 말하자 오스왈드가 저 혼자 소리 죽여 웃었다.

지금 내가 여기서 왜 이러고 있는 거지? 단단하게 유지하던 벽이 와장창 무너지더니, 그 사이를 이 남자가 멋대로 파고들고 있었다. 이래서야 꼭 내가 이 남자에게 투정을 부리고 있는 것 같잖아.

단희는 꼬물거리며 속옷의 마지막 한 조각을 벗어 욕조 옆에 던졌다. 철퍽하고 무거운 소리를 내며 팬티 조각은 아래로 떨어졌다.

"……."

단희는 무릎을 세우고 바짝 손으로 끌어안은 채 그에게서 최대한의 거리를 유지했다. 이게 무슨 짓이란 말인가. 전남편과도 연애할 때 딱 한 번 함께 목욕했을 뿐이다. 이 남자는 심지어 사귀지도 않고 좋아하지도 않고, 굳이 따지자면 눈에 거슬리고 귀찮고 짜증 나고 매사에 신경을 돋우는 남자였다.

그런데 왜 여기에 이렇게 같이 들어앉아 있어야 하지? 이 상황이 짜증 나고 화가 나 죽겠는데, 남자는 너무나 태연했다. 어째서 저렇게 태연해? 설마, 날 화나게 해서 내 공포를 몰아내 주려는 건가?

"하나만 물어볼게요."

"뭘?"

"이거 안 이상해요?"

"뭐가."

"이러고 있는 거요. 지금 그쪽이랑 나랑 둘이 발가벗고 욕조에 들어와 있는 거요."

"그쪽이 남자였음 이상하겠지."

가운뎃손가락을 올리고 싶은 충동을 참으려 단희는 자신의 무릎을 더 꽉 당겨 안았다.

"원래 이런 사람이에요? 아니면, 원래 미친 사람인 건 알지만, 지금은 내 기분을 풀어 주려고 미친 척하는 거예요?"

"어느 쪽도 아니야. 난 그저 빨리 씻고 잠이나 자고 싶은 사람이야."

모르겠다. 의도인지 아닌지. 그렇지만 단희의 마음을 엉망진창으로 지배했던 불안감과 공포는 확실하게 사라졌다.

"그쪽이랑 뭐 이상한 걸 할 생각은 전혀 없어요."

"마찬가지야."

단희는 그 대답에 고개를 저으며 혀를 내둘렀다.

"설마 다른 대답을 원해?"

단희가 매섭게 눈을 뜨며 그를 노려봤다. 그걸 보자 오스왈드는 여자를 더 골리고 싶었다.

"껴안는 것 정도는……."

"서로 관심도 없는 남녀가 알몸으로 욕조에 들어앉아 있는 상황을 전혀 이상하다고 인식 못 하는 그쪽이 정신적으로 문제가 있는 사람은 아닌가 하고 동정하는 중이었어요! 당신은 감정이 아니라 뇌가 고장 난 사람이에요!"

오스왈드가 웃음을 터트렸다.

"이게 뭐가 웃겨요!"

"당신과 다른 부류의 여자들은 나와 알몸으로 만나고 싶어 안달이 나 있으니 차라리 영광스럽게 생각해 보는 건 어때?"

"그럼 그쪽에 가서 보여 주고 박수라도 받든가요."

그가 다시 한 번 웃었다.

세상에. 여기 앉아서 이 원수 같은 남자나 웃기고 있는 처지다, 지금 자신의 처지가. 기막혀.

"댁한테도 나같이 형편없는 여자보단 뭔 부류인지는 몰라도 그쪽 부류의 여자에게 알몸을 보여 주는 게 더 이득 아니에요?"

그는 눈썹을 긁으며 웃음을 소강시켰다.

"뭐가 됐든 마찬가지라."

"게이?"

아니지 남자였음 이상하다는 걸 보니, 게이는 아니지.

"혹시…… 뭐 이상성애자예요? 사람보다는 물건이 좋다든가…….”

그가 또 웃었다.

"원래 이렇게 말이 많아?"

그러게. 연신 종알거리는 자신을 단희 역시 이해할 수가 없다. 이 상황에 제정신일 리야 없겠지만 그걸 제쳐 두고서라도 자꾸만 긴장이 되고 초조한 기분이 들었다. 뭐라도 계속 생각하든지 행동하든지 떠들지 않으면 어쩐지 견딜 수가 없는 기분이었다.

"미안해요. 지금 좀…… 내가 상태가 안 좋아요.”

단희는 눈을 감고 좌우로 털듯 고개를 흔들었다. 제정신을 좀 차려 보고 싶었다.

"난 고장 난 거 맞아.”

단희가 헛기침을 하고 눈을 몇 번 깜빡이고 나자 오스왈드가 조용히 입을 열었다.

"당신이 내게 한 말 그대로야.”

"…….”

"난 여자랑 섹스 못 해.”

돌직구네. 단희가 그 자리에 바짝 굳었다. 지금 이게 안심하라고 하는 말이야?

"그렇다고 남자랑 할 수 있는 건 아니야.”

"그럼 역시 물건을…….”

"절대 아니야.”

오스왈드가 경고조로 단호하게 부정하자 단희가 '합' 하고 입을 닫고 고개를 천천히 끄덕였다.

"그럼…… 무성애자…… 뭐, 그런 거예요?”

"글쎄. 그렇다고 하기엔 욕구가 없는 건 아니거든.”

"그럼…….”

단희가 공중으로 손을 뱅뱅 돌리자 오스왈드가 금세 알아듣고 대답했다.

"알아서 해결해."

"아……."

단희는 쩝 소리를 내며 머쓱하게 고개를 주억거렸다.

"꽤 괴롭겠네요."

그녀의 말에 오스왈드는 헛웃음을 들이켰다. 날 동정하고 있단 말이지. 이 볼품없는 여자가. 그런데도 이상하게 기분이 나쁘진 않았다. 단희의 말대로 본인도 왜 여기에 이 여자랑 이러고 있는지 그 역시 알수가 없었다. 애써 익숙한 척하고 있지만 그도 10대 이후 여자와 욕조에 들어와 본 적은 없다. 사실 그 이후엔 불가능했다고 하는 게 맞았다.

이유는 모르겠지만 이 여자는 여느 여자들과는 달랐다. 자신을 향해 유혹적으로 웃지도 않고 몸이 달아 그에게 달려들지도 않는다. 그동안의 여자들이 끈적끈적하고 달콤한 꿀 같았다면 이 여자는 물 같다. 달라붙지도 끈적이지도 않지만, 향도 없고 색도 없고 아무런 맛도 없었다. 그래서인가? 어처구니없이 벌어지는 모든 상황이 편안하게 다가왔다. 오히려 재밌게 느껴지기도 했다.

"이젠 익숙해졌어. 누군가와 나를 공유하지 않아도 된다는 건 의외로 편하기도 해."

단희는 스무 살 이후로 온전히 자신이 자신의 것인 적이 없었다. 연애할 때는 남자 친구의 것이었고 결혼해서는 남편의 것이자 시부모들의 것이었다. 아이가 태어난 후엔 아이의 것이었고 지금은…… 자기자신도 스스로를 버려 이젠 누구의 것도 아니었다.

남자는 스스로 외로움을 택한 것 같다. 하지만 단희는 단 한 번도 외로움을 스스로 원한 적이 없었다. 그런데도 늘 외로웠다. 아무리 시간이 지나도 그 고통스러운 상실의 기분은 익숙해지질 않았다.

"부럽네요. 자기 인생을 자기가 택한 것 같아서."

단희의 말에 그는 아무 말 없이 웃었다. 그녀의 인생은 스스로 택한 게 아닌지 반문해 보고 싶었지만 그건 단희에게 무척 잔인해 보여서 그는 입을 다물고 웃는 것으로 대신했다.

그 이후론 꽤 텀을 두고 조용히 이야기를 나눴다. 예전 같았다면 대꾸도 하지 않았을 그의 질문들에도 단희는 드문드문 대답했다. 알몸으로 욕조에 앉아 이렇게 이성적인 대화가 가능하다는 게 웃겼지만 어쨌든 가능했다. 그것도 아주 편안한 분위기 속에서 말이다.

"여자랑 할 수 있는 것도 없으면서, 왜 그렇게 여자는 끼고 다녀요?"

"나에 대해 생각보다 관심이 많았나 봐."

"구글에 당신 이름 좀 쳐 봐요. 나오는 건 진탕 여자 끼고 있는 사진들뿐이니까. 보고 싶지 않아도 보게 된다고요."

"그것도 비즈니스일 뿐이야. 난 불행하게도 댈크로우사의 얼굴마담이거든."

어디에 있든 얼굴마담이 됐을 거다. 흔하지 않은 비주얼이니.

"생각해 봐. 나 같은 사람이 여자랑 데이트를 하지 않으면 다들 뭐라고 생각하겠어."

게이라고 생각하겠지. 특수부대 출신의 게이 경영자라. 뭐가 엄청 앞뒤가 안 맞긴 하네.

"그 여자들은 알아요? 그쪽이 그…… 잘 안 되는 거?"

잘 안 돼? 어감이 고자인 듯 느껴져서 정정해 줄까 하다가 단념하고 그는 어깨를 한 번 으쓱했다.

"대부분 알게 되지. 아주 안 좋게."

대부분 살려 달라고 빌며 끝나거나, 악마 같은 자식이라고 욕하며 끝났단 이야기는 해 봤자 득이 될 게 없으므로 쏙 뺐다. 물속에 들어가 있음에도 아까부터 몸에 자꾸 소름이 돋는 걸 보니 물이 꽤 차갑게 식어 버린 듯하다. 단희는 추위에 양팔을 문지르며 자리에서 벌떡 일어섰다. 앙상하게 마른 몸이 거품 사이사이에 처량맞게 드러났다.

"나 마음만 먹으면 당신 허리를 반대편으로 접어서 부러트릴 수도 있을 것 같아."

오스왈드가 단희의 얇은 허리를 쳐다보며 인상을 썼고 단희는 황당하게 입을 벌리며 그를 노려봤다.

"그 무슨 돼먹지 못한 개소리예요."

"그만큼 말랐단 뜻이야. 보고 있기 고역일 정도야."

"그럼 안 보면 되잖아요."

단희는 고압적으로 말하고선, 샤워 부스 안으로 문을 쾅 닫고 사라졌고 한참 동안 오스왈드는 혼자 낄낄거리고 웃었다.

아. 이제 좀 알겠네. 이 여자가 원래 어떤 성격이었는지.

6

'이 병신 같은 새끼! 지 애미 잡아먹은 괴물 같은 놈! 차라리 죽어! 당장! 죽어 버려!'

매서운 손이 사정없이 난타했다. 도운은 내내 비명을 지르며 방 한 구석에서 오들오들 떨었다. 뭘 잘못한 것인지 모른다. 그저 할머니는 자신의 기분에 따라 도운을 때렸고 할머니의 기분이 좋았던 적은 손에 꼽을 정도로 적었다.

'할머니 잘못했어요. 잘못했어요!'

왜 빌어야 하는지도 모른 채 그는 그저 아프고 고통스러운 매질이 빨리 끝나기만을 바라며 앵무새처럼 같은 말만 반복했다.

오스왈드는 방 한가운데 서서 그 광경을 지켜봤다. 그만해. 그 말이 입 밖으로 나가질 않아 넋을 놓은 채, 제대로 먹지도 씻지도 못해 더럽고 야윈 아이가 할머니의 두꺼비 같은 손과 발에 채이고 얻어맞아 입술이 터지고 코피가 나고, 멍이 드는 모습을 그저 바라봐야만 했다.

아이는 매질에 무기력했다. 벗어날 생각도 반항할 생각도 못 할 만큼 그는 너무 오랫동안 그런 환경에 노출돼 있었다. 생각이라는 것을 할 수 없었고 살려 달라고 비는 것 말고는 대부분의 시간을 멍하게 지냈다.

그만해.

오스왈드는 방 한편에 서서 그 한마디를 못해 끙끙거렸다.

그만해.

제발 그만해.

몸이 굳어서 눈을 떴는데 등에 붙어 있는 거머리 같은 감촉에 한 번 더 얼어붙었다.

"……."

가위에 눌린 건가 싶어 손마디 끝을 한번 움직여 보고는 천천히 고개를 돌렸다.

그 감촉은 유단희의 것이었다. 잔뜩 웅크린 새우등을 하고 그녀는 오스왈드의 등 뒤에 찰싹 달라붙어 있었다.

'여기 절대로 넘어오지 말아요! 닿으면 짜증 나니까!'

침대 가운데에 쿠션을 일렬종대로 늘어놓고 소리를 꽥꽥 지르며 경고하더니, 웬걸. 그걸 본인이 넘고 있다. 오스왈드는 여자가 깨지 않도록 몸을 천천히 일으켜 방 밖으로 나섰다. 부엌으로 들어가 냉수를 한 잔 들이켜고는 자신의 눈두덩이를 손바닥으로 꾹꾹 눌렀다.

안 하던 짓을 하니까 그렇지. 멍청아.

혼자 있기가 무섭다는 단희의 말에 침대까지 내어 준 탓이다. 평생 누군가와 한 침대에 붙어 자 본 적이 없으니 이 상황이 불편하고 그래서 무리를 하고 있던 탓이다.

안 하던 짓을 하니, 안 꾸었던 악몽을 다시 꾸고 있었다. 그는 크리스털 잔을 식탁 위에 올리고 다시 맨발을 끌며 침실로 들어갔다. 여전히 새우처럼 웅크린 단희의 작은 몸이 킹사이즈 침대 한가운데 덩그러니 놓여 있었다.

정말 이상한 여자. 겁 없는 건 처음부터 알았지만 적응력이 이렇게 좋은 줄은 몰랐다. 남의 침대 위에서 잘도 자네. 하긴 그 뭣 같은 집구석보다야 이곳이 훨씬 넓고 청결하겠지.

기억하기로, 유환오의 집은 남자 혼자 사는 집치고 정리 정돈이 잘되어 있었다. 결혼하고 나서는 어떻게 살았는지 몰라도 그 전까지는 그런 아버지 밑에서 꽤 깨끗하고 청결하게 살았을 거다.

스스로를 생지옥에 몰아넣는 아픔이라. 묘하게 자신과 닮아 있었고 또 묘하게 어긋나 있다. 오스왈드는 매트리스 위에 엉덩이를 대고 앉아 어둠 속에 어렴풋이 드러난 단희의 얼굴을 물끄러미 감상했다. 차가운 눈동자는 꼭 감겨 있었고 잠에 취해 벌어진 입에서는 쌕쌕 숨소리가 났다. 제멋대로 헝클어진 머리카락에, 오스왈드의 커다란 셔츠가 몸에 칭칭 감겨 전체적으로 엉망이고, 무방비했다.

처음, 그녀의 집에서 여자의 자는 모습을 봤을 땐 고압전선이 흐르는 위험한 벽처럼 느껴졌는데 지금은 밖에서 신나게 싸돌아다니다가 집으로 돌아와 곯아떨어진 10대 소녀를 보는 기분이었다. 왠지 가슴 한구석이 찌르르했다. 죄책감인가. 멀미가 나는 것처럼 거북한 느낌에 오스왈드는 자신의 늑골 가운데 부분을 손으로 쓸었다.

아직 유환오와의 거래를 공증해 둔 각서는 유효했다. 유환오의 생사가 어떻든 오스왈드는 그 각서에 써 둔 거래를 끝마치고 싶었다. 그가 무사히 돌아온다면 이 여자를 웃게 할 수 있을 것 같다. 그걸 꼭 보고 싶다.

콜록, 콜록, 콜록. 언제나와 같이 발작적인 기침으로 하루가 시작됐다. 단희는 칼칼한 목을 가다듬으며 몸을 일으켰다. 채광 좋은 유리창에서 햇빛이 사정없이 쏟아지고 있는 게 못마땅해 여자는 인상을 썼다.

"Good morning."

굿모닝 같은 소리 하네. 고질적인 저혈압 때문에 여름이든, 겨울이든 아침이면 늘 춥고 기분이 안 좋았다. 일어나자마자 몰려오는 현기증과 발작적인 기침 때문에 요즘 들어선 더 기분이 안 좋다.

단희는 뒤집어쓰고 있던 이불을 벗어 내리며 듣기 좋아 짜증까지 나는 목소리의 근원지를 향해 고개를 돌렸다. 언제 일어난 것인지 그는 이미 옷을 다 갖춰 입고 휴대폰을 만지작거리고 있었다.

"그 큰 침대를 다 차지하고 자더군. 고마워. 덕분에 좁은 소파에서 자며 다시 한 번 내 인생에 대해 진지하게 성찰하게 해 줘서."

단희는 그가 헛소리를 늘어놓는다고 단정 지었다. 헛소리가 아니래도 뭐 상관있나. 좁은 소파로는 제 발로 걸어 나간 게 아닌가. 불편하게 자든 말든. 나만 잘 잤으면 된 거다. 잠을 못 잔 것치고 멀끔해 보이는 저 커다란 남자는 딱 보기에도 별로 걱정해 줄 필요도 없을 것 같았다.

지난밤에 단희는 계속해서 공포에 질려 있었다. 오스왈드와의 시답잖은 말장난이 끝난 이후에 급격하게 불어난 끔찍한 상상들과 의문들, 아빠에 대한 죄의식. 그리고 늘 잠재되어 있던 자식에 대한 죄의식. 그게 한꺼번에 쏟아져 나와 내내 단희를 집어삼키려 들었다. 내내 뒤척이다, 도저히 견딜 수 없어서 오스왈드의 등을 보고 손을 뻗어 그의 옷깃을 붙들고 잠들었다. 잠든 내내 그에게 의지했고 잠에서 깨어난 후에는 그 머쓱함에 일부러 퉁명스럽게 굴었다.

아버지가 돌아오면 제일 먼저 이 남자에게서 도망가야지. 그러고 나선 원래의 생활로 돌아갈 거다. 그럼 이 정신없고, 어딘지 모르게 이상해진 자신의 모습도 다시 원래대로 되돌릴 수 있을 거다. 욕실에 들어가 새로운 칫솔 헤드를 뜯어 전동 칫솔에 연결한 후 단희는 내내 그 결심을 했다.

"이젠 뭘 하죠?"

양치와 세수를 대충 끝마치고 나온 단희가 오스왈드에게 물었다. 그는 휴대폰으로 메시지를 전송하며 흘깃 단희에게 눈길을 던졌다가 다시 한 번 의심스럽게 쳐다봤다.

"왜요."

왜요? 아침 준비는 그걸로 끝인 건가? 저 토네이도 같은 머리는 어떻게 할 건데? 설마. 저 상태로 내내 그동안 출근을 해 왔던 건 아니겠지.

"당신이 입을 옷은 곧 도착할 거야."

어제 입었던 그 물에 젖은 걸레 같은 옷은 아침 일찍 오스왈드가 쓰레기통에 던져 넣었다. 길거리의 부랑자들에게도 적선을 하는 마당에 같이 거품 목욕까지 한 여자를 그 지경으로 놔둘 순 없지. 비서에게 연락해 뒀으니 늦어도 점심쯤이면 쇼핑해 둔 옷가지를 올려 둘 것이다.

"무슨 옷이요?"

"당신이 입고 다닐 옷."

영문을 모르겠다는 듯 단희의 얼굴이 한쪽으로 기울었다.

"입고 있잖아요."

설마. 농담도. 오스왈드는 잠시 말뜻을 살피다가 다시 미심쩍다는 듯 입을 열었다.

"그건 내 옷이잖아."

"드레스 룸 보니 똑같은 옷이 몇 벌은 있는 것 같던데 쪼잔하게 굴지 말구요."

"쪼…… 뭐?"

그는 처음 듣는 단어에 미간을 찌푸렸다. 그러다 뭔가 여자에게 말려든 기분이 들어 황급히 머리를 털었다.

"내 말은, 그 옷을 입고 외출할 거냐는 거야."

"못 할 것 같아요?"

단희의 한쪽 눈썹이 도도하게 올라갔다. 아니. 할 것 같아. 헌 거적때기를 벗겨 놨더니 이번엔 새 거적때기를 걸친 느낌이다. 물론 저 여자 몸에 걸친 옷이 꽤나 값비싼 옷이긴 하지만 저건 엄연히 홈웨어였다. 밖에 입고 돌아다닐 옷이 아니고. 애초에 그런 걸 구분할 여자가 아닌 것부터가 문제지만.

"이제 뭘 하면 돼요?"

단희는 그의 앞에 서서 한 번 더 물었다. 이미 하룻밤이 지났고 그만큼 마음은 다급해졌다. 단희는 초조하게 자신의 입술을 뜯으며 다시 입을 열었다.

"난 뭘 할 수 있어요? 뭐라도 하게 해 줘요."

여자가 할 수 있는 일은 없다. 지금까진 오스왈드 본인도 할 수 있는 게 없었다. 할 수 있는 거라곤 기다리는 것뿐이다.

"일단 난 회사로 나가 봐야 해. 처리해야 될 일이 있어."

단희에겐 아버지이지만 그에겐 그저 골치 아프게 꼬인 업무에 불과할지도 모른다. 무슨 일인지는 모르겠지만 한시가 급한 마당에 그 일은 좀 미뤄 두면 안 되냐고, 그의 앞에서 펄쩍펄쩍 뛰고 싶은 마음을 그녀는 간신히 참았다.

"전 못 나가요. 출근해도 일 못 할 거 같아요."

"어차피 위험해서 안 돼. 여기 있어."

"여기 혼자 있으라고요?"

'무서워서 혼자 있을 수가 없어요.'

그 말이 또, 오스왈드의 발목을 잡았다. 그의 얼굴이 어색하게 굳자 단희는 정신이 번쩍 들었다.

"미안해요. 자꾸."

정말 형편없이 구네. 단희는 자조적으로 웃으며 그에게 사과했다. 내 공포를 남에게 전가시켜선 안 된다. 그가 자신을 보살펴야 할 이유는 하나도 없다. 그리고 그는 지금 자신이 할 수 있는 최선을 다하고 있을 것이다. 그러니 그에게 더 이상의 책임을 전가시키지 말자. 이건 스스로 이겨 내야 할 공포다. 다시 누군가를 질리게 만드는 한심한 여자가 되진 말자.

"이해해."

오스왈드가 소파에서 몸을 일으키며 부드럽게 말했다.

"중요한 일이라 그래. 만약 알게 되는 게 있으면, 바로 연락 줄게."

"고마워요."

고맙다는 말은 당연한 거다. 왜 이 여자 입에서 나오는 당연한 말에 자꾸 당황하는지 모르겠지만 그는 또 당황하고 말았다. 참 평범한 걸 새롭게 보이게 하는 재주가 있는 여자다.

"혼자 있는 게 싫으면……."

"괜찮아요. 아는 게 생기면 바로 연락만 줘요. 그럼 괜찮을 것 같아요."

"그래, 그럼."

"컴퓨터, 써도 돼요?"

"마음대로. TV든, 책이든, 컴퓨터든 좋을 대로 써."

"고마워요."

좋아. 오스왈드는 혼자 작게 고개를 끄덕이고는 엘리베이터에 올랐다. 닫히는 문 사이로 커다란 거실에 홀로 남겨진 단희의 모습이 처량맞아 보인다. 결국 문이 닫히기 전에 그는 다급히 한마디를 덧붙였다.

"전화할게."

내가 왜 이러지? 그는 자신을 이해할 수가 없었다.

◆ ・ ・ ● ●

「반지의 동물은 불독이 아니라 도사견이라고 합니다. 한국에서 가
장 잘나가는 마약 조직의 심벌이라 하더군요.」

「마약?」

「네. 부산에 거점을 둔 조직이고 야쿠자와 꽤 오랫동안 협력적 관계
를 유지하며 돈을 많이 벌었답니다.」

황당하기가 이를 데가 없다. 오스왈드는 바지 주머니에 손을 넣은
채 그의 마호가니 책상에 엉덩이를 기댔다. 마약 조직이라니. 그가 마
약 중독자인가? 설마. 그는 사리 분별이 뚜렷하고 신체적으로나 정신
적으로나 매우 건강한 노인이었다. 그럼 중간상인인가? 설마. 이미 댈
크로우사에서는 그에 대한 모든 일거수일투족을 감시해 서류화했었
다. 거기 어디에도 그가 강원도 촌구석을 벗어났다는 내용도, 정체를
알 수 없는 신원 미상의 남자들이 다녀갔다는 내용도 쓰여 있질 않았
다. 그곳에 나타났다 사라진 정체불명의 남자들이란 모두 댈크로우사
의 소수 관계자들뿐이다.

「혹시, 아몬석에 대해 내게 보고하지 않은 내용이라도 있나?」

오스왈드는 손으로 이마를 비비며 물었고 코일은 즉각 고개를 좌우
로 저었다.

「그럴 리가요. 아몬석에 관한 모든 사항은 늘 실시간으로 보고드리
는데요.」

마약과 아무런 관련도 없는 노인을 마약 장사 하는 깡패 조직이 납
치한다라. 아무리 머리를 굴려 봐도 아몬석 이외에 별다른 이유가 떠
오르질 않는다.

마약 사업을 접고, 저들 땅에서 나는 광물로 장사를 시작하겠다는

심보인가?

「쓰러졌다는 연구원은?」

「현재 휴식 중입니다. 아직까지는 별다른 특이사항은 없고요.」

「유해성에 대해 좀 더 자세히 검증해 봐야 될 것 같아. 코일. 호흡기 질환을 일으키는지도. 그렇지만 환각이나, 중독성을 일으키는지도.」

코일의 미간이 의심으로 좁혀졌다. 오스왈드가 무엇을 의심하는지는 안다. 하지만 그럴 리가 없어. 그는 그렇게 생각하고 있었다.

「지시는 하겠지만, 우리가 모르는 정보를 그들이 갖고 있을 리는 없습니다. 퀸튼 씨.」

「알아. 하지만 만분의 일의 확률이라도 의심해 보자는 거지. 지금 벌어지고 있는 일들은 모두 비상식적이야. 아몬석을 발견한 것도, 그걸 얻자고 내가 벌이는 일들도, 유환오의 납치도. 게다가 왜 누가 뭣 때문에 유환오를 납치했는지 확신할 수 있는 것은 하나도 없잖아. 그러니까 하나하나 따져 보자는 거야. 이건 우리에게도 치명적일 수 있어, 코일. 사람들은 더 이상 마약이나, 원자로 같은 감당할 수 없는 물질이 세상에 나오는 걸 원하지 않아. 그러니까 우린 이 사업을 시작하기 전에 모든 위험 요소를 다 알고 있어야 해.」

「이해했습니다.」

코일은 고개를 끄덕였고 오스왈드는 자신의 손을 반복적으로 꾹꾹 마사지하듯 누르며 잠시 생각에 잠겨 있었다.

「내가. 만나 볼 수 있나?」

「누구를 만나 보시겠다는 건지요?」

「그 깡패들의 우두머리.」

코일의 미심쩍은 눈동자가 오스왈드를 뚫어져라 쳐다봤다.

「직접 보시겠다고요?」

「그래. 아주 조용히. 가능하면 누구도 모르게.」

그렇게 말하는 오스왈드의 눈이 퍽이나 잔인해 보였고 코일은 침을 한 번 꿀꺽 삼켰다.

저건. 어째…… 죽여서 아무도 모르게 처리해 버리겠단 소리 같은
데…….

「준비해 두죠.」

「고마워.」

천두식은 조용히 담배를 빨아들이며 자신의 앞에 앉아 있는 남자를
안타깝게 쳐다봤다.

"그러게, 인마. 좋게 말할 때 좀 따라왔으면 서로 험한 꼴 안 보잖
아."

남자는 이미 실컷 두드려 맞아 엉망진창이었다. 느닷없이 들이닥쳐
같이 가야겠다는 사람들을 순순히 따라나설 만큼 멍청하진 않다. 게
다가 상대는 천두식이었다. 아무리 손을 털었다지만 어쨌든 그 바닥
에서 그는 제법 오랫동안 위험한 인물로 간주되어 왔다.

"고상하고 우아하게 사업하시겠다더니, 옛날 버릇은 못 버리셨나
봐요."

어린 자식이 입만 살아 가지고.

"고상하고 우아하게 사업하려고 이러는 거야. 너 같은 피라미는 알
리가 없겠지만."

자식이 반항 좀 하지 말지. 원래는 아주 조용히 신사적으로 이곳에
끌고 오려고 했다.

최근에 지어진 28층짜리 건물. 이번 주까지 인테리어를 모두 마치
면 곧 이 오피스텔을 분양받은 사람들이 대거 입주할 건물이지만, 아
직 완공이 되지 않아 오피스텔 안은 텅텅 비어 있었다.

"뭔 짓을 한 건지 몰라도 지금 너 굉장히 생사의 갈림길에 있는 거

같으니, 웬만하면 묻는 말에나 잘 대답해."

천두식은 이미 그쪽 세계에서 손을 털었다. 남들이 뭐라 생각하건 본인은 그렇게 믿고 있다. 하지만 정과 의를 중요시하는 성격 때문에, 아직 그쪽 계통의 동생들을 볼 때면 늘 마음이 쓰였다. 특히 이렇게 큰 사달을 만들어서 묵사발이 됐을 때면 미안하고 안쓰러운 마음도 들었다.

"너 근데 뭔 짓을 한 거야?"

그는 다 피운 담배를 바닥에 던지고 구둣발로 비벼서 껐다.

"또 뭔 짓을 했기에, 그 대단한 양반이 널 따로 보고 싶어 해?"

대단한 양반? 남자가 인상을 썼다.

"그 대단한 양반이 누군데요?"

"너……."

천두식이 안타까움에 다시 말을 붙이려고 할 때 똑똑똑 노크 소리가 났다.

"천 회장님! 도착하신 거 같은데요."

긴장된 부하 직원의 목소리에 천두식은 허둥지둥 자리에서 일어나 옷매무새를 가다듬더니 남자의 얼굴을 두어 번 조급하게 때렸다.

"너 정말, 말 잘해라 어?"

천두식이 정장 윗도리를 다시 한 번 가다듬고 현관 밖으로 문을 열고 나갔다. 고요한 복도에 구둣발 소리가 진동했다.

저벅. 저벅.

그도 오스왈드 퀸튼을 실물로 보긴 처음이었다. 사교 클럽에 가면 매번 그의 이름이 클럽 멤버들 사이에 오르내렸지만 누구도 실물로 그를 접해 본 적은 없었다.

덜떨어진 자식들. 깡패 출신이라고 그렇게 무시하더니 미안하게도 그 손은 내가 먼저 잡게 됐다. 그것도 깡패여서. 그게 메리트가 된 거지.

코일이 도사견 반지를 내밀었을 때 천두식은 직감했다. 이게 자신의 일생일대의 가장 큰 행운이 될 거라는 것을 말이다.

그는 최선을 다했다. 저 펄펄 뛰는 야생마 같은 놈을 완력으로 끌고 와서, 그의 요구대로 조용하고 아무도 모르는 장소로 데리고 왔다. 그와 친분만 쌓을 수 있다면 설사 그가 저 남자를 죽인대도 그 뒤처리까지 해 줄 의향도 있었다.

복도 끝에 건장한 남자의 전신이 보였다. 본인도 남다른 풍채를 자랑하는데 그는 그냥, 이미 생겨 먹은 것 자체부터가 자신과 달랐다. 그의 앞뒤로, 코일과 이름을 알 수 없는 은발의 서양인이 함께 걷고 있는 것이 보이자 두식은 긴장감에 꿀꺽 침을 삼켰다.

"천 회장님."

서글서글한 코일이 먼저 고개를 숙이며 인사를 건넸다. 천두식은 다소 경직된 표정으로 코일과 악수를 끝내고 오스왈드에게 시선을 돌렸다. 장신의 남자를 쳐다보기 위해 천 회장의 목이 위로 들렸다.

오스왈드가 그에게 손을 내밀었다. 두식은 얼른 자신의 손을 내밀어 그와 손을 마주 잡았다. 감촉이 퍽이나 거칠고 차가웠다. 그는 무감하고 심심한 눈으로 본론부터 꺼냈다.

"남자는 어디에 있죠?"

두식이 눈짓하자, 그의 직원이 남자가 갇혀 있는 방의 현관문 손잡이를 살며시 돌렸다.

"저 근데, 워낙 반항이 심해 제가 좀…… 손을 댔습니다."

두식은 그렇게 말하며 긴장해 있었다. 뭐 전쟁에 참가했던 군인 출신이라는 건 아는데 직접 본 오스왈드의 인상은 군인치고 꽤 고상해 보여서 이런 장면들을 거북하게 생각하는 건 아닐까 걱정이 되었다.

"상관없어요."

오스왈드가 곧바로 대꾸했고 두식은 한숨 돌리며 다시 부하에게 눈짓했다. 그러자 직원은 문을 활짝 개방하고 사람들이 들어갈 수 있게

문에서 물러섰다.

「코일, 당신은 여기 있어.」

자신의 뒤를 따라 발걸음을 옮기는 코일을 그는 만류했다.

……뭘 어쩌려고.

코일은 불안해하면서도 뒤로 물러섰다.

남자는 거실 한가운데에 있었다. 손과 다리가 묶인 채 바닥에 엉덩이를 대고 앉아 있었고 눈은 검은색 테이프로 칭칭 감겨 있었다. 이미 흠씬 두드려 맞은 듯 입술이 터지고 광대뼈는 부어 있었다.

이놈이 보스란 말이지. 깡패 두목치고 꽤 젊었다. 20대. 아무리 많게 잡아도 30대 초반 이상으로는 보이질 않았다. 하긴, 겁 없이 앞뒤 못 가리고 뛰어들 시기이긴 하지.

"저 남자 몸은 뒤져 봤나요?"

"아, 네. 뭐…… 별거 안 나왔습니다."

두식은 싱크대 상판을 가리켰다. 그 위엔 남자의 몸을 뒤져 나온 휴대폰, 지갑, 고가의 시계, 도사견 반지, 폴딩 잭나이프가 죽 줄지어 있었다. 오스왈드는 남자의 휴대폰 액정을 켰다.

"비밀번호가 뭐지?"

마치 친구에게 묻듯이 오스왈드는 남자에게 부드럽게 물었다.

"……."

남자는 말해 줄 생각이 전혀 없다는 듯 입을 꾹 다물고 있었고 오스왈드는 휴대폰을 다시 상판 위에 내려놓고 이번엔 지갑을 들었다. 빽빽하게 꽂혀 있는 10만 원짜리 수표들.

"그러니까, 그쪽이 야쿠자랑 Drug sales를 한다고?"

오스왈드는 지갑을 내려놓고 이번엔 남자의 시계를 잡았다. 롤렉스. 금색 시계는 조명을 반사해 번쩍번쩍 빛이 났다. 남자는 위협적인 분위기 속에 마른침을 삼키고 목청을 높였다.

"나한테 원하는 게 뭐야?"

그는 이를 물고 사납게 말했다.

"양심적 고백."

"뭐?"

"유환오의 생사. 위치. 그리고 목적."

그러자, 남자는 코웃음을 쳤다.

"난 그런 거 몰라."

"그래. 그렇게 답할 줄 알았어."

오스왈드는 어느새 도사견 반지를 들어 매만지다가 다시 반지를 정 갈하게 상판 위에 내려놓았다. 그가 이번에 집어 든 것은 남자의 잭나 이프였다. 그가 잭나이프를 들고 남자에게 다가가는 사이 제드릭은 묶인 남자를 밀어 바닥에 엎어 놓고 그의 머리를 무릎으로 꾹 눌렀다. 오스왈드는 남자의 전신을 천천히 살폈다. 양발, 손목, 팔뚝에도 테이 프가 칭칭 감겨 있었다.

"꽤나 꼼꼼하게 묶어 두셨네요."

오스왈드는 천두식을 향해 흡족한 듯이 말했고 그는 이걸 지금 칭 찬으로 들어야 맞는 건지 확신이 서질 않아 대답하지 못했다. 오스왈 드는 무릎을 굽히고 앉았다.

"사람의 신체 중에서 가장 부상이 적으면서, 가장 고통스러운 부위 가 어딘지 알아?"

오스왈드는 잭나이프로 남자의 손목을 포박해 뒀던 테이프를 죽 찢 었다. 그러자 제드릭이 남자의 왼손을 바닥에 손등이 보이게 붙이고 발로 꾹 밟아 고정했고, 오스왈드가 그의 눈에 감긴 검은색 테이프도 뜯어내자 제드릭은 미리 짜 놓기라도 한 듯이 남자가 고개를 들어 오 스왈드의 얼굴을 확인하지 못하도록 아래로 더 강하게 압박했다. 모 든 게 물 흐르듯 자연스러웠다.

남자의 입에서 '윽' 하는 이 악물린 소리가 났다. 오스왈드는 마치 장난감 조립을 시작하는 어린아이처럼, 남자의 손을 신중히 살피다가 그의 검지 손톱 끝에 나이프 끝을 가져다 댔다. 남자의 눈에는 오스왈드의 발, 그리고 자신의 손가락, 그리고 잭나이프의 끝이 어디에 있는지만 보였다.

"난 원시적인 방법 별로 안 좋아해. 근데 여긴 쓸 만한 게 없어서 말이야."

그러곤 예고도 없이 오스왈드는 남자의 손톱 밑으로 천천히 칼날을 집어넣었다.

"아아아아악!"

남자는 날생선처럼 펄떡거리며 비명을 질렀다. 칼날이 손톱의 절반쯤을 파고들었을때 남자의 얼굴은 하얗게 질렸다.

"유환오 어디 있어."

"모, 몰라! 난 정말 몰라."

대답이 끝나자 오스왈드는 조금 더 기다렸다.

"정말이야. 정말 몰라."

남자가 다시 한 번 다급하게 대답하자 그는 칼날을 아주 천천히 좀더 깊이 박아 넣었다. 격하게 흔들리는 머리, 고막이 찢어질 만큼 커다란 비명 소리.

고문이야. 지금 오스왈드가 저 남자를 고문하고 있어.

천두식의 눈에 오스왈드는 지금, 사업가가 아니라 포로의 자백을받아 내려는 고문기술자에 가까워 보였다. 그는 비명 소리를 들으며그 자리에 공포로 굳어 버렸다. 자기도 별 양아치 짓은 다 해 봤지만눈앞의 남자는 그것과 차원이 달라 보였다.

"좋아. 천천히 하자고. 난 시간이 많고 넌 아직 손톱이 10개나 남아있으니까. 아니 9개인가?"

남자가 얼굴이 푸르뎅뎅하게 질리자 오스왈드는 멈췄다가 칼날을뿌리 끝까지 박아 넣고는, 망설임 없이 칼날을 위로 들어 올렸다. 그러자 남자의 손톱이 그대로 뽑혀져 나왔다.

"아아아아아악!"

제드릭이 펄떡거리는 남자의 몸을 힘을 주어 아래로 눌렀다.

고문, 고문이라니⋯⋯. 차라리 죽도록 패는 게 낫지. 대체 쟤네는 뭐 하는 콤비야⋯⋯. 천두식은 어지러워 벽을 짚었다.

오스왈드는 칼날에 묻어 나온 손톱을 손가락으로 밀어 냈고 손톱은 살점과 함께 바닥에 툭 떨어졌다. 손톱과 함께 떨어져 나온 살점을 자신의 눈으로 확인하자 남자의 얼굴은 공포와 고통으로 까맣게 죽어 버렸다. 오스왈드는 칼날을 중지로 옮겼다.

공포에 질린 남자의 입술이 발작하듯 바들바들 떨렸다.

"맞아! 맞아!"

오스왈드가 다시 칼날에 힘을 주었고 두려움을 참지 못한 남자는 다급하게 말했다.

"맞다고! 내가, 내가 시킨 거 맞아!"

"살아 있나?"

"그래! 살아 있어! 산 채로 넘겨줬어!"

"어디 있어."

"그건, 그건 몰라."

오스왈드가 다시 한 번 칼날을 손톱 사이로 밀어 넣었고 남자는 다시 비명을 질렀다. 눈물인지 땀인지 모르는 액체가 그의 얼굴에 범벅이었다.

"정말 몰라! 우린 그냥, 그냥 넘겨주기만 했어!"

"어디로."

"모르겠어, 난⋯⋯."

오스왈드는 칼날을 끝까지 밀어 넣고 남자의 중지 손톱을 그대로 뽑아냈다. 남자는 미친 듯이 비명을 지르다가 이내 혼절하듯 비명을 뚝 멈췄다.

"물."

오스왈드가 천두식을 향해 몸을 돌려 명령했다.

물? 두식은 공포에 눌려 허겁지겁 그에게 자신이 먹다 남긴 생수병을 들려 줬다.

오스왈드는 뚜껑을 따더니 남자의 머리카락을 쥐고 위로 들어 올린 다음 남자의 입에 물을 쏟아 넣었다.

아무래도 이 상황이 익숙하지 않은 건 천두식과 저 기절한 남자뿐인 듯했다. 천두식은 이 자리를 벗어나고 싶었지만 저 잔인한 남자의 심기를 거스를까 봐 입도 뻥긋하질 못했다.

쿨럭쿨럭. 목을 축인 남자가 곧 기침을 하며 정신을 차렸고 제드릭은 다시 그의 얼굴을 무릎으로 찍어 눌러 움직이지 못하게 했다.

"이제 8개 남았어. 유환오 어디로 갔어."

"정말 몰라."

오스왈드가 잭나이프를 위로 치켜들더니 그의 중지 손가락 관절에 그대로 박아 넣었다. 퍽 하고 뼈가 절단 나는 소리가 들렸다.

"아아아아아아악!"

남자는 다시 한 번 비명을 내질렀다.

"아직, 8개 남았어."

"……."

남자의 사지가 부들부들 떨렸다.

"몰라…… 정말이야……. 난 그냥 돈만 받았어. 노인네를 납치해 주면 돈과, 돈과 약을 준댔어. 코카인, 코카인을 준다고 했어."

"누가?"

"외국인…… 외국인이야."

"어떤 인종이지?"

"몰라……."

오스왈드는 칼날을 약지로 이동시켰다.

"비엔에초!"

"뭐?"

"나한테 그렇게 말했어! 비엔에초!"

"백인이었어?"

"아니, 백인은 아니었어! 흑인도 아니고…… 아시아인도 아니었어! 혼혈, 혼혈인지도 몰라. 머리털은…… 머리털이 까맸어! 수염도!"

오스왈드는 자리에서 일어섰다. 피가 묻은 잭나이프를 개수대에 던져 놓고는 여전히 남자를 깔아뭉개고 있는 제드릭을 향해 돌아섰다.

코카인. 수고했다는 스페인어. 까만 머리의 이국적인 인종.

「남아메리카야, 제드릭.」

유환오는 거기에 있다. 멕시코, 콜롬비아…… 마약 카르텔의 나라.

「우린, 도움이 필요할 것 같아.」

◆ • • ● •

처음엔 컴퓨터에 앉아 있었다. 단희는 그의 서재에 들어가 실시간으로 업데이트되는 뉴스를 계속해서 새로고침 했다. '삼척, 시신' 등의 검색어를 끊임없이 쳐 보았다. 하루 동안 단희의 일상은 완전히 뒤엎어졌는데 세상은 아무 일 없다는 듯 고요하게 그녀를 무시했다. 또, 또다시 말이다.

단희는 혼자 울다가 가슴을 치다가 회사를 갈까 고민했다. 아니, 안 돼. 그럼 가만히 있질 못하고 경찰서나, 삼척 땅으로 가고 싶어질지도 모른다. 병원을 가 볼까. 삼척에서 가까운 종합병원은 모두 전화해서 혹시 이름 모를 시신이 오진 않았는지 물어볼까. 아니야, 조심해야 돼. 조심해야 한댔어. 그러다가 갑갑함에 비명을 지르고 발을 구르고 자리에 엎어져 엉엉 울다가 다시 냉수를 한 사발 들이켜고 속을 차렸다.

아빠는 살아 계실까. 어디에 계실까. 누가 그런 것일까. 왜 아무것도 할 수가 없을까. 내가 지금 이러고 있는 사이에 아빠가 어떻게 되어 버리는 건 아닐까. 날 원망하는 것은 아닐까. 고통스럽게 죽어 가는 건 아닐까. 끔찍한 상상이 머릿속을 후비고 해체시키고 뜯어내는 괴로움에 단희는 가슴을 쿵쿵 쳤다.

침착해. 침착해야지. 기다려야지. 기다려야 해. 오스왈드에게 전화가 오겠지. 전화를 준다고 했으니 전화가 올 거다. 그는 맹세한다고 했다. 나쁜 일은 아무것도 일어나지 않을 거라고, 자신이 해결해 줄 거라고 약속했다. 그걸 믿어야 한다. 단희는 어떻게든 그 시간을 견뎌 내고 싶어서 엘리베이터 바로 옆에 마련된 비상구 계단으로 뛰어 내려갔다.

1층에서 그가 사는 50층 꼭대기까지 내려갔다 올라오길 몇 번이고 반복하고 마지막으로 50층까지 뛰어 올라왔을 때에는 비상구 앞에 오스왈드가 서 있었다.

헉헉 소리를 내며 계단 손잡이를 붙잡고 땀에 절어 비틀거리는 단희를 그는 문지방에 기대어 걱정스럽게 쳐다봤다. 뼈밖에 남지 않은 몸을 저렇게 혹사시키는 것이 무척이나 못마땅했지만 저러지 않고선 견딜 수 없는 상황이란 걸 알기 때문에 그는 아무 말도 하지 않았다.

"아빠는요?"

숨이 차 그를 반갑게 맞이할 여력도 없었다. 단희는 무거운 발걸음으로 한 발 한 발 계단을 오르며 물었다.

오스왈드는 설명하기 전에 한숨을 푹 내쉬었다. 이걸 어디서부터 어떻게 설명해야 이 여자가 이해할 수 있을지 모르겠다.

"아버지는 남미에 있어."

"어디요?"

"잘 들어."

오스왈드가 계단을 다 올라와 무릎을 짚고 호흡을 고르는 단희의 팔을 잡아끌어 집 안으로 들였다. 비상구 문을 잘 닫고 그녀를 부엌까지 끌고 가며 그는 말을 이어 갔다.

"우린 미국으로 건너갈 거야."

그는 식탁 앞에서 단희의 팔을 놓고 크리스털 잔에 냉수를 담아 그녀에게 건넸다. 단희는 컵을 받아 들고 계속하라는 듯 그에게서 눈을 떼지 않았다.

"아는 사람들이 있어. 같이 복역했던 사람들. CIA, FBI, 아직 퇴역하지 않은 군인들……. 최대한 조용히 도움을 받아야 해."

"잠깐만요."

단희는 눈을 질끈 감고 머리를 흔들었다.

"무슨 말을 하는지 잘 모르겠어요. 알아듣게 이야기해 봐요."

"부산에 마약 밀매를 해 오던 조직이 있어. 무슨 이유에서인지 모르지만 의뢰를 받고 당신 아버지를 납치한 것 같아. 그리고 의뢰한 사람은, 내 추정으로는 남미의 마약 카르텔이야."

머릿속이 혼란스러워 단희의 눈동자가 심하게 요동쳤다.

"말도 안 돼요. 마약이니 뭐니 그런 건, 본 적도, 들어 본 적도, 경험해 본 적도 없어요. 나나 아빠와는 너무 동떨어진 이야기라고요."

너무 현실감이 없었다. 갑자기 블록버스터 영화 한가운데에 들어와 있는 것 같다. 뭐 때문에 이렇게 된 거지? 대체 뭐 때문에?

혼란스러움이 가중될수록 눈앞의 남자는 더욱 수상쩍었다. 이 사람은 왜 이렇게 침착하지?

……땅. 강원도의 그 땅.

"그 광물이죠? 그렇죠? 그게 뭔가 관계가 있는 거잖아요."

"아직 확실한 건 없어."

단희는 물컵을 바닥에 내동댕이치고 오스왈드를 향해 달려들었다. 크리스털이 파삭 소리를 내며 바닥에 부딪쳐 깨졌다.

"대니!"

"당신 때문이잖아! 당신이 찾아오지만 않았어도! 우릴 내버려 두기만 했어도! 일어나지 않았을 일이잖아!"

단희는 그를 닥치는 대로 때렸다. 가슴, 뺨, 그의 어깨, 팔. 이를 악물고 있는 힘껏 팔다리를 휘둘렀다. 그러다 바닥에 주저앉아 흐느꼈다. 남미니 카르텔이니 그런 건 하나도 모른다. 들어 본 적도 없었다. 하지만 이 일이 너무 크고 복잡해서 더 이상 자신이 어떤 식으로든 이 일을 헤쳐 나갈 수 없다는 것 정도는 알 수 있다. 차라리 돈이 목적인 납치라면 좋았을 것을. 그럼 얼마가 되었든 다 가져다 바칠 수 있었을 텐데.

"아빠가 죽으면 당신 절대로 용서 안 해. 죽어도 용서 안 할 거야. 절대로, 절대로 용서 안 해."

오스왈드는 가슴이 터질 것처럼 갑갑해서 두 손을 곱슬거리는 머리카락 위에 얹고 어금니를 꽉 물었다. 카르텔의 손에 유환오가 있다는 그의 결론보다, 지금 눈앞에 보이는 여자의 태도가 그를 더 힘들게 만든다.

"도와줘요."

단희가 엉엉 울며 얼굴을 들었다. 죽일 듯이 노려보던 눈에서 분노가 빠져나가고 대신 절망만이 가득했다.

"아빠 좀 살려 줘요. 제발 어떻게든 해 줘요. 뭐든 줄게. 돈이고 집이고 땅이고, 아빠만 살려 주면 뭐든지 줄게. 그러니까 제발 도와줘."

오스왈드는 단희의 앞에 몸을 굽히고 앉아 그녀의 머리를 쓰다듬고는 자신에게로 당겼다. 단희는 쓰러질 듯 그의 어깨에 얼굴을 묻고 다시 절망에 찬 울음을 터트렸다.

"진정해. 말했잖아. 맹세했잖아. 나쁜 일은 일어나지 않을 거라고, 내가 어떻게든 바로잡을 거라고, 분명히."

단희는 바보가 아니다. 그가 원하는 게 무엇인지 너무 잘 안다. 그 땅. 그 광석. 단희에겐 아빠의 목숨이 중요하지만 오스왈드에겐 아빠의 목숨보다는 그 땅의 광물이 더 중요하다. 황금보다, 석유보다 최소

몇십 배는 더 가치 있는 광물. 아빠가 죽는 것은 단희에겐 모든 것을 잃어버리게 되는 비극이지만 그에겐 그저, 그 땅을 갖는 일이 조금 더 복잡해지는 정도의 일일 것이다.

아빠가 죽으면 그 땅은 단희의 것이 되고, 그럼 단희와 다시 협상을 하면 된다. 궁금하다. 그는 지금 어떤 마음으로 자신을 품에 안고 달래고 있는 것인지. 무엇이 그의 마음에 더 많은 쪽을 차지하고 있는지.

생명에 대한 도덕성인지, 아니면 자신에 대한 죄책감인지, 그것도 아니면 자신이 노리고 있는 땅에 나타난 이리 떼들에 대한 성가심인지.

뭐가 되었든 단희는 그에게 기대야만 했다. 이 남자에게 자신의 모든 바람을 걸어야 했다. 그가 하자는 대로 해야만 했다. 너무 무기력하고 작아서 그것 이외에는 할 수 있는 게 아무것도 없었다. 그리고 제발 이번만은 이 불행 속에서 희망을 보길 원했다. 그녀를 다시 뜨겁고 괴로운 인생의 구덩이 속에 던져 넣어 버리지 않기를 원했다. 그에게서 간절하게 희망을 찾아 보고 싶었다.

"부탁할 게 있어. 대니. 꼭 해 줘야 돼."

그는 흐느끼는 단희의 어깨를 문지르며 그녀의 표정을 살폈다. 그녀는 여전히 경황없지만 순한 양처럼 오스왈드의 말을 아주 잘 듣고 있었다.

"우리가 무엇을 발견했고, 무엇 때문에 당신 아버지가 납치되었는지 우리는 잘 숨겨야 해."

"아, 알았어요."

그는 사업가다. 어떠한 상황에서도 자신의 이익을 내던질 수는 없었다. 특히 기업의 사활이 걸린 문제에서는 더더욱. 유환오도 지켜야하지만 그보다 더 중요한 건 이 아몬석을 차지하는 일이었다. 그것 때문에 위험을 감수하는 것이고 그것 때문에 단희를 보호하고 있는 것이다. 이 모든 것이 어그러질 경우엔 그는 이 모든 것을 손에서 놔 버려야 했다.

"이제 당신은 내 약혼녀야."

"……."

"당신의 아버지는 나 때문에 납치된 거야."

덜래스 회장, 댈크로우사에겐 많은 적이 있다. 그리고 10년 가까이 이 나라 저 나라를 파병 다니며 많은 수의 군인과 민간인을 죽여 온 그에게도 분명히 적이 있을 것이다. 그에 대한 원한이라고 하는 편이 훨씬 설득력이 있었다. 갖고 있는 모든 것을 지키려면 이 방법이 가장 최선이었다. 그는 단희의 약지에 급히 구한 1캐럿짜리 다이아 반지를 끼웠다.

"모든 일은 비공식적으로 진행될 거야. 아주 비밀리에."

단희는 오랫동안 비워져 있던 자신의 왼손 약지에 눈부신 다이아 반지가 끼워지는 걸 멍하니 쳐다봤다.

"우린 지금부터 만날 사람들을 모두 속여야 해. 내 말 알아들어?"

"……."

"이제 우린, 사랑하는 사이야."

사랑하는 사이.

단희는 눈을 들어 숨죽인 그의 금색 눈동자를 바라봤다.

"그래요. 알겠어요."

그들을 감싸고 있는 세상의 모든 것이 폭풍 전야의 바다처럼 고요했다.

7

미국 버지니아주 랭글리에 위치한 CIA 본부 정보 담당 부국장 프랭크 에반의 사무실 전화기가 울렸다.

「뭐야!」

그는 얼마 전 책을 펴낸 전직 CIA요원의 폭로 때문에 골머리를 앓고 있었다. 그 미친 자식이 CIA가 전 세계의 테러단체를 지원하고 있다는 잡소리를 늘어놓는 바람에 안 그래도 여기저기 입지가 밀려 있던 조직이 더더욱 구설수에 휘말렸다. 이러다간 조만간 다른 기관에 밀려 죽도 밥도 안 되는 거 아닌가 심히 근심스러웠다.

— 저 부국장님, 쿠키 체이서라는 분께 전화가 왔는데요.

잔뜩 찌푸려진 그의 콧잔등이 일순간 놀라움으로 펴졌다.

「누구?」

— 쿠키 체이서라는 분이요.

그는 보고서를 작성하다 말고 그 즉시 수화기를 들었다.

「연결해.」

서둘러 말하는 그는 들떠 있었고 입꼬리는 절로 기분 좋게 말려 올라갔다. 이게 얼마 만이지? 5년, 아니 6년 만인가?

「헤이.」

쿠키 추격자(Cookie Chaser). 프랭크는 멋대로 오스왈드에게 그런 별명을 붙였었다. 인정머리 없고 독한 저격수이자 누구보다 끈덕진 추격자였던 청년을 향한 애정과 존경의 표현이었다. 그가 그 별명을 귀담아 들었던 것 같지 않았는데, 5년 만에 그 이름을 다시 들으니 프랭크는 감회가 남달랐다.

— 프랭크.

수화기 너머로 들려오는 낯익은 목소리에 그는 호탕하게 웃음을 터트렸다.

「오스왈드. 이게 대체 몇 년 만이지?」

— 5년 만이죠. 대장님.

「간간이 소식 들었어. 한국에 가 있다고? 덜래스 회장에게 뭐 밉보인 거 있어?」

프랭크로서는 회장이 가장 유력한 자신의 후계자를 아시아 지역으로 내쫓아 버린 것을 이해하기가 힘들었다. 물론 한중일 삼국의 관계 덕에 꽤나 짭짤한 수익이 보장될지는 모르겠지만, 오스왈드 퀸튼 같은 거물이 가기엔 그곳의 물은 너무 좁았다.

— 여자 문제였죠.

「저런.」

프랭크는 쓴 약을 삼킨 표정으로 혀를 찼다. 하지만 동시에 안심하기도 했다. 그건 저 냉혈한도 제법 사람답게 살고 있다는 증거가 되기도 하니까 말이다.

— 덕분에 여기서 결혼할 여자를 만났으니 오히려 저에겐 잘된 일이라고 할 수 있겠네요.

「어디서? 한국에서?」

— 네.

놀라운 일이다. 사무국에 처박혀 일을 하느라, 그는 오스왈드의 가십에 대해 제대로 알지 못했다. 그나마 그가 알고 있는 최신 소식은 헤일리 피셔를 만나기 3개월 전에 웬 금발의 속옷 모델과 사귀었다는 이야기였다. 그게 프랭크가 알고 있는 오스왈드의 마지막 기사였지만 그래도 분명하게 아는 건 그가 한 여자와 오랫동안 데이트하는 남자가 아니란 것이다. 그런데 결혼이라니. 그것도 동양인과. 프랭크는 보고서에 관한 일은 까마득하게 잊고 흥분된 목소리로 물었다.

「그것 참 축하할 일이네! 식은 언제 치를 예정이지?」

— 아직 모릅니다. 그리고 그것에 관해서 대장님이 도와주었으면 하는 게 있어요.

「나의 도움?」

— 약혼녀의 아버지가 납치됐어요.

프랭크는 오스왈드의 말에 조금씩 입가의 미소를 지웠다.

「그게 무슨 소리야?」

— 남미 카르텔의 짓이라고 추정만 할 뿐이고 아마도 나와 관계된 것 같아요.

세상에, 하고 탄식하는 프랭크의 얼굴은 완전히 굳었다.

「원한으로 인한 납치란 말이야?」

— 지금으로선 그게 가장 확률이 높아요.

「무슨 이유로?」

— 모르죠. 아시다시피 저나, 댈크로우사에겐 적들이 많으니까요.

프랭크는 잠시 멈췄다가 펜과 메모지를 가운데로 끌어당기고 마우스 커서를 움직였다.

「짐작이 가는 사람은 있어?」

— 수도 없이요.

「…….」

— 내가 죽인 사람들, 댈크로우사가 죽인 사람들. 그의 친구, 가족, 동료. 그 모두를 다 포함해서요.

「우린 전쟁 중이었어, 오스왈드. 자네는 그저 명령을 따르는 특수부대원의 한 사람일 뿐이었고.」

— 그 사람이, 군수업체를 운용하게 되었다면 이야기는 달라지겠죠. 어느 면으로 보나 상징성이 클 테니까요.

그의 말이 맞을지도 모른다. 테러단체들의 주 수입원은 마약 밀매였다. 카르텔과 관련되었다는 것은 마약과 관련되었다는 뜻이고 그 뿌리가 어디에서부터 어디까지 뻗어 있는지는 아무리 많은 정보를 수집해도 속속들이 다 알 수 없는 일이었다. 게다가 오스왈드는 군 복무 시절 꽤나 많은 특수 작전에 동원됐었다. 그중엔 CIA와 협조해 멕시코와 콜롬비아의 카르텔을 소탕하는 작전도 꽤 많았다. 어떤 식으로든 본보기를 삼으려 든다면 오스왈드만 한 본보기는 아마 없겠지.

프랭크는 작성 중인 보고서를 컴퓨터 창에서 내렸다. 그러고는 네트워크 창을 띄워 멕시코, 콜롬비아 지부의 번호를 자신의 메모지에 적어 넣기 시작했다.

그는 아프간에서 오스왈드에게 목숨을 빚졌다. 수용소에 포로로 잡혀 있던 그를 오스왈드가 구해 냈었다. 그 구출 작전에서 수많은 병사들이 목숨을 잃었다. 고문으로 제대로 걷지도 못하는 프랭크는 오스왈드의 보호를 받으며 수용소를 빠져나왔고, 작전이 끝나고 난 이후에야 그 작전에서 살아남은 사람은 자신과 오스왈드뿐이란 것을 알았다. 프랭크는 그날 눈부신 전술라이트 너머에서 들려오던 오스왈드의 목소리를 내내 잊지 못했다.

'프랭크 대령님. 저는 퀸튼 병장입니다. 이제 안전합니다.'

「단서는 있나?」

— 스페인어를 썼다는 것과, 대량의 코카인을 소지하고 있었다는 것, 그리고 약간의 인상착의 정도요.

「비서를 통해 메일 주소를 알려 주겠네. 대략의 사항을 적어 내게 보내. 내가 확인해 보지.」

포로수용소를 빠져나온 후, 그는 빠르게 진급했다. 대령에서 소장, 중장을 거쳐 오스왈드가 하사로 군을 제대할 때쯤 그는 대장이 되어 있었다. 그리고 지금은 특수부대 간부 출신이란 간판을 달고 CIA에 안전하게 안착했다. 오스왈드는 프랭크에게 새로운 인생을 선사한 것이나 다름없는 인물이었다.

「3일. 내게 3일만 주게, 오스왈드. 자네에게 진 빚을 이렇게 갚게 되겠군.」

◆ • • ● •

중지가 절단 난 남자는 그 이후로, 술술 불었다. 멀쩡한 오른손으로 인상착의를 그리라니까 순순히 그리기까지 했다. 하지만 원체 그림을 못 그려서인지 그 그림을 보고 나자 오른손은 아예 손목까지 절단 내고 싶어졌었다. 그는 자신의 부하가 왜 삼척 땅에 죽어 나자빠져 있는지도 자세히 알지 못했다. 총에 맞아 죽었다는 사실은 오스왈드의 입에서 처음 들은 듯 보였다. 깡패들 간의 의리란 거기까지였다.

뒷수습은 천두식에게 맡겼다. 조만간 그가 오스왈드에게 뭔가를 요구해 온다면 별 무리가 없는 선에서 그의 요구 조건은 뭐든 들어줄 생각이었다. 그게 그가 원하는 것이라면 말이다.

프랭크 부국장의 비서에게 받은 주소로 알고 있는 모든 것들을 문서화해 보낸 지 정확하게 3일 후, 제한된 발신 번호 표시로 그의 휴대폰에 문자 한 통이 도착했다.

[엉클 생사 확인. 엘패소 공군기지, 3일 후.]

내용만으로도 누군지 알 수 있는 간결한 문자에 오스왈드는 몸에서 피가 튀는 느낌을 받았다. 유환오가 살아 있다. 그 사실을 확인하자 비로소 숨통이 트이는 기분이다.

그는 서둘러 업무를 정리하고 자신의 펜트하우스로 향했다. 100점 짜리 시험지를 손에 든 어린아이처럼 그는 이 소식을 야위어 가는 단희에게 가능한 한 빨리 전해 주고 싶었다.

집에 도착했을 때 여자는 다시 1층에서 50층까지 뜀박질 중이었다. 그녀는 정신적으로 힘들면 육체적으론 더 가혹하게 혹사시키는 식으로 자신의 고통을 다스리는 부류였다.

"조만간 유니세프의 구호 음식이라도 먹여야겠어."

계단에서 까만 머리통 하나가 헉헉거리며 올라서다 오스왈드를 발견하고 자리에 멈췄다.

"당신을 내 약혼자라고 소개하면 사람들이 뭐라고 생각할까. 오스왈드 퀸튼의 이상형이 언제부터 '스켈레톤'으로 바뀌었지?"

아버지가 행방불명되고 일주일 새에 단희의 몸무게는 3킬로그램이나 더 빠져 있었다. 매일 저녁 오스왈드가 억지로 단희에게 음식을 먹였기 때문에 그나마 그 정도였다.

"반지 조심해. 조만간 손가락 새에서 빠져나갈 것 같으니까."

"잔소리 좀 그만해요."

단희는 셔츠 소매 깃으로 땀을 닦으며 귀찮다는 듯 대꾸했다. 처음 엔 자신에게 시큰둥한 단희가 재미있고 유쾌했는데 그 태도가 변함없이 지속되자 슬슬 짜증이 났다. 제법 가까워졌다고 생각할 때마다 단희는 어김없이 멀어져 있었다. 같이 목욕통에도 들어가고, 한 침대에서 잠을 잔 이후에도 여전히 단희는 그에게서 업무적인 관계 이상의 의미를 발견하지 못하는 듯 보였다. 심지어 아직까지도 한방을 쓰고 있는데 말이다. 비록 침대와, 소파지만.

그녀는 마치 탄력성이 아주 좋은 고무 같아서 아무리 당겨도, 결국엔 그 반동으로 제자리를 찾아 갔다. 오스왈드는 여자의 표정이 어떻게 변할지 뻔히 짐작하며 본론을 이야기하기 위해 입을 열었다.

"아버지를 찾았어."

"아빠를요?"

단희의 눈이 순식간에 빛났다. 저것 봐. 오로지 자신의 가족뿐이지. 그 아버지를 찾자고 남한테 아쉬운 소리나 하며 5년 만에 지인에게 연락한 나 따위의 노고는 안중에도 없다는 얼굴.

"그래."

"어디요? 어디에 계시대요? 무사하시대요?"

"생존해 계시다는 연락만 받았어. 3일 후에 CIA와 엘패소에서 만나기로 했어."

그 말에 단희의 표정이 걱정스럽게 변했다.

"3일이나……. 그사이에 아빠에게 무슨 일이 생기면 어떻게 해요?"

"우리가 여기서 엘패소까지 가려면 아무리 빨라도 꼬박 하루가 걸려. 우리에게도 그들에게도 3일은 최소한의 시간이야."

최소한의 시간. 그래. 그렇지. 이건 꽤나 큰일이고 준비가 필요한 일이다. 그의 말이 맞다.

일주일 전까진 자신의 인생에 이렇게 커다란 사건이 생길 줄은 꿈에도 생각지 못했다. 마약, 카르텔, CIA.

천성적으로 남 탓이란 걸 할 줄 모르는 단희가 오스왈드에게 그의 탓이라며 덤벼든 것은 자신의 눈앞에 닥친 일이 제대로 실감이 나지 않아서였다. 모든 것이 예측할 수 없는 순간, 예측할 수 없게 벌어진 일이라고 생각하면서도 스스로 그것을 견딜 수 없어서 그에게 자신의 감정을 배설하고 말았다. 하지만 아버지는 살아 계시다. 공식적으로 확인된 정확한 정보였다.

누구의 탓이건, 무엇이 원인이건 아버지가 살아 계시다면 그걸로 뭐든 다 괜찮았다. 오로지 아버지만 살아 계시다면 다른 건 어떻게 되어도 상관없었다. 어떠한 광물도, 보석도 아빠의 목숨보다 소중한 건 없으니까.

"조급한 건 알겠는데, 이 일에 대해서 모두가 최선을 다하고 있어."

단희는 계단을 올라 느닷없이 오스왈드의 허리를 꽉 껴안았다. 아주 잠시 오스왈드는 날카로운 것이 가슴을 쿡 찌른 듯한 충격을 느꼈다.

"고마워요. 노력해 주는 거 알아요."

"……."

"내가 가끔 미친 여자처럼 굴지만, 진짜로 당신을 미워하는 건 아니에요."

오스왈드는 아주 어색하게 서 있었다. 단희의 스킨십을 어떻게 받아들여야 하는지 생각해 봐야 하는데, 회로가 멈춰서 아무것도 떠오르질 않았다. 오로지 어색한 감각뿐이었다.

"아, 미안해요."

그의 몸이 각목처럼 굳어 있자 단희는 화들짝 뒤로 물러섰다. 여자는 땀에 전 자신의 셔츠 목깃을 코까지 올려 킁킁 냄새를 맡아 보았다. 시큼한 땀 냄새가 축축하게 풍겨 났다.

"씻어야겠네요."

분명 오스왈드는 아무 말도 하지 않았는데, 단희는 난처하게 웃고는 그를 지나쳐 집 안으로 들어가 버렸다.

……언제부터 그런 것에 신경 쓰는 여자였다고.

단희가 샤워를 할 동안, 오스왈드는 비서를 통해 댈러스포트웨이까지 가는 전세기를 예약했다. 댈러스포트웨이에 도착해서는, 엘패소에 있는 미공군기지로 향하는 미군전용기를 탈 계획이었다. 프랭크가 이미 댈러스포트웨이 기지에 헬리콥터를 대기시켜 놨다는 연락을 받아 됐다.

단희는 샤워를 마치고 물을 털었다. 한결 상쾌해진 기분으로 문을 열고 나오니 침대에는 생전 처음 보는 옷들이 널려 있었다.

뭐지?

오스왈드가 드레스 룸에서 몇 개의 원피스와 고상해 보이는 캐주얼 의상을 손에 들고 흘깃 단희를 쳐다보며 그녀를 스쳐 지나갔다.

"비서가 사다 놓은 옷가지를 한 번도 꺼내 보질 않았군."

꺼내 보질 않았다기보다는, 입을 필요가 없었을 뿐이다. 거의 대부분의 시간을 몸을 혹사시키기 위해 뜀박질을 해 댔고 그렇지 않으면 침대에 누워 있거나 인터넷을 검색하거나 하는 등의 일뿐이었다. 굳이 비서가 사다 준 값비싼 옷들을 입을 이유가 전혀 없었다.

"알겠지만 이제 당신은 내 약혼녀야. 그리고 그걸 믿게 하려면 최소한 후줄근한 티셔츠에 홈웨어 바지 차림은 벗어나야 해."

오스왈드는 물이 뚝뚝 떨어지는 선머슴 같은 단희를 머리끝부터 발끝까지 살폈다.

아무래도 섹시함은 무리가 있겠어. 귀여움을 어필하기엔 너무 마른데다가 어려 보이는 여자는 그의 취향이 아니니 그쪽도 배제하자. 그럼 최대한 고상해 보이긴 해야겠지. 꾸밀 필요는 없다. 화장을 하지 않는 편이 더 자연스러울 거다. 하지만 그래도 기본은 해야지. 그는 보테가 베네타의 검은색 랩 원피스를 단희의 가슴팍에 밀었다.

"이게 당신의 유니폼이야. 당분간."

◆　•　•　●　•

전세기는 무척이나 편했다. 원하면 언제든 먹을 걸 가져다줬고, 침대칸이 따로 있어 멀미가 나면 누울 수도 있었다. 고도가 높아지면서 귀가 멍멍하고 계속해서 소음이 들리긴 했지만 못 견딜 정도는 아니었다. 오히려 시간이 지나면서 익숙해져서 나중엔 그 소음이 자장가처럼 느껴지기도 했다. 헬리콥터에 비하면 그건 요람이었지.

항공 급유의 아찔한 기름 냄새도 냄새지만, 바람에 종잇장 같은 기체가 좌우로 흔들릴 때마다 단희는 이 헬리콥터가 어딘가 바닥으로 처박힐 것 같다는 두려움에 휩싸였다.

기류에 다시 한 번 덜컹하고 좌우로 흔들리자 단희는 '악' 소리를 내며 덥석 오스왈드의 허벅지를 잡았다가, 황급하게 손을 떼어 냈다.

"미안해요."

단희가 당황하여 서둘러 사과하자 오스왈드가 말없이 단희의 손을 잡아 다시 자신의 허벅지 위에 올려놨다.

"당신은 내 약혼녀야. 내 몸 어디에 손을 대건 내게 미안할 필요가 없어."

"……."

"우리가 어디에 있는지 명심해. 우리가 속여야 하는 사람들이 누군지도. 그들은 요원이야. 이런 작은 행동 하나로도 모든 걸 눈치챌 수 있어."

다시 미안하다는 소리가 나올 것 같아 단희는 입을 다물고 고개만 끄덕였다. 그러고는 오스왈드의 허벅지에 올라가 있는 자신의 왼손 약지 손가락을 들여다봤다. 이 다이아 반지가 끼워져 있는 이상 자신은 오스왈드의 약혼녀였다.

하면 돼. 못 할 거 없잖아. 동의한 일이야. 누군가를 사랑한 기억은 충분히 있다. 모든 걸 다 바쳐서 한 적도 있다. 그걸 끄집어내면 된다. 어렵지 않아. 어려울 게 없다.

폴 와그너는 헬리콥터가 지상에 착륙하길 기다렸다. 헬기의 고도가 낮아질수록 헬기의 로터바람이 그의 몸을 원 밖으로 밀어 냈다. 헬기의 양쪽 스키드가 바닥에 접지하자 폴은 손으로 얼굴을 가리며 몸을 숙이고 한 발자국씩 앞으로 나아갔다.

헬기의 문이 열리자 갈색 머리의 늘씬한 체구의 남자가 헬리콥터에서 뛰어내렸다. 곧 뒤이어 내리는 작고 여린 체구의 여자의 겨드랑이 밑에 남자가 손을 끼워 여자의 몸을 거의 안다시피 받더니 그녀의 몸을 자신 쪽으로 숙이게 한 채 걸음을 뗐다. 한눈에 봐도 무척이나 소중하게 여기는 듯 보인다. 그 뒤를 이어 은발의 남자가 내렸다.

저 사람은 오스왈드고, 저 작고 마른 여자가 그의 약혼녀겠군. 그리고 저 사람은 제드릭이겠지. 폴은 곁으로 다가가 손을 내밀었다.

「오스왈드 퀸튼 씨!」

오스왈드가 바람 때문에 인상을 구긴 채 내민 손을 맞잡자 그는 소음에 자신의 목소리가 묻히지 않도록 더 언성을 높였다.

「폴 와그너입니다. 이번 작전의 총책임자죠. 기지 안으로 모시겠습니다.」

폴은 그들을 기지 내의 작은 사무실로 인도했다. 단희는 내내 어린아이처럼 오스왈드의 손을 붙잡고 있었다. 빈말이 아니라 정말로 그를 놓쳐 이 낯선 땅에서 미아가 될까 봐 심히 두려웠다.

문을 열고 들어서자 누가 봐도 군인으로밖에 보이지 않는 중년의 남자가 자리에서 벌떡 일어나 오스왈드를 바라보며 씨익 웃었다.

「프리데릭.」

「오스왈드.」

그는 오스왈드가 내민 손을 격하게 잡으며 악수했다. 그가 제대하고 5년 만이었다. 자신은 5년 동안 생명을 연명하느라 하루하루 늙었는데 이 미남자는 5년이 지나도 그대로였다. 저 숨죽인 짐승 같은 얼굴도, 단단하고 호리호리한 몸매도.

오스왈드가 장난스럽게 웃자 그의 금색 눈동자가 반짝였다.

「지금쯤 예멘에 있어야 하는 거 아니야?」

「예멘에서는 손 뗐어. 이제 모래바람과 사막이라면 아주 지긋지긋해.」

「그거 안 됐네.」

「그래. 사막에서 벗어나자마자 엘파소로 오다니. 기분 정말 엿 같아.」

프리데릭은 뒤따라온 제드릭과도 반갑게 인사를 나눴다. 짧은 포옹과 서로의 안부를 묻는 일상적인 대화를 마친 후 프리데릭의 시선은 제드릭에게서 다시 오스왈드, 오스왈드의 웃음 띤 얼굴에서 다시 그의 등 뒤에 서 있는 작은 체구의 동양인에게로 쏠렸다. 짧게 자른 머리에 수수한 얼굴, 제법 비싸 보이는 원피스를 걸치고 있는 여자는 자신과 오스왈드의 사이를 아주 신기하게 번갈아 쳐다보고 있었다.

「이쪽은 내 피앙세 단희 유.」

아아— 남자의 얼굴은 갑자기 태양이라도 뜬 것처럼 환해졌다.

"이쪽은 프리데릭이야. 내…… 군 동료였지."

군 동료? 이 사람도 그린베레야? 이 일에 군대도 참가하나? 얼떨떨한 생각을 하는데 남자는 큰 몸으로 호들갑스럽게 단희를 포옹했다.

「반가워요! 세상에 오스왈드가 여자에게 정착하는 날이 올 줄이야! 역시 오래 살고 볼 일이라니까. 이 꼴을 보려고 내가 여태껏 살아남았나 보지. 시간이 나면 우리 같이 맥주 한잔해요, 다니! 내가 오스왈드가 군대에서 얼마나 좆같았는지 아주 공을 들여 세세히 말해 줄게요.」

「그녀는 영어를 몰라.」

「저런.」

신이 나 침을 튀기며 이야기하던 프리데릭의 얼굴이 삽시간에 우울하게 찌푸려졌다. 왠지 그가 곰처럼 보인다. 가만있자, 여기서 멍청하게 서 있으면 안 되는 건가?

「그…… 만…… 만나서 반가워요.」

단희는 자신이 알고 있는 기본 영어를 어색하게 발음하며 인사치레를 했다. 그러자 우울했던 프리데릭의 얼굴이 다시 환해졌다. 대단히 단순한 사람인가 보다.

「아주아주아주 귀여운 아가씨네. 어디서 이렇게 어리고 귀여운 아가씨를 골랐지?」

「서른 살이야.」

WHAT!?

그는 믿지 못하겠다는 듯 단희를 위아래로 훑었다. 어딜 봐서.

「그리고 조심해. 오른손 어퍼컷이 특기인 여자거든. 나도 네 번이나 맞았어.」

WHAT!?

프리데릭은 단희에게서 재빠르게 한 발자국 물러섰다. 그러더니 믿지 못하겠다는 듯 인상을 쓰면서도 경계 어린 표정으로 뒷걸음질 쳐 천천히 자리에 안착했다. 조심해서 나쁠 건 없지. 보기엔 여리여리해 보이는데 어딘지 모르게 눈빛이 날카로워 보이기도 했다. 퍽 제 약혼자와 닮아 있네. 그래서 오스왈드가 좋아하나? 사디스트? 그럼 오스왈드는 매저인가? 이 여자가 저 산만 한 남자를…… 이렇게 저렇게…… 또 그렇게 하는 건가?

프리데릭이 진지하게 단희에 대해 고찰할 동안 오스왈드는 의자 하나를 빼내고 단희의 팔을 잡아 그곳으로 밀었다.

"앉아."

얼떨떨한 표정으로 의자에 앉으며 단희는 어떻게든 이 혼란스러운 경험에서 냉정함과 침착함을 유지하려고 애썼다. 하지만 전세기를 탈 때부터 허공에 둥둥 뜨고 여러 가지 색의 물감이 엎어져 버린 것처럼 어지러웠던 기분은 쉽게 가라앉질 않았다. 낯선 기분과 불안함이 의식적이지 않아도 오스왈드의 옆에서 절대 떨어질 수 없게 만든다. 아까부터 계속 그의 옆에 바짝 붙어 있지 않으면 진정되질 않았다. 여기가 오스왈드가 사는 세계인가? 하나부터 열까지 다 별세계인 데다가 무척이나 위험해 보인다.

「그럼, 이제 제가 상황을 설명해도 될까요? 퀸트 씨?」

폴은 원형 테이블 위에 파일 하나를 내려놓으며 정중하게 물었다. 그러고는 동의를 구하는 듯 약간의 텀을 두고 파일을 펼쳤다.

「멕시코 정보원의 이야기에 따르면 엉클은 현재 후아레즈에 거점으로 둔 제타 카르텔이 데리고 있는 것으로 확인됐습니다.」

그는 후아레즈 도시 지도 위에 사진 한 장을 더 얹었다.

「이름은 로스 산토스. 현재 제타 카르텔을 이끄는 수장이고, 멕시코 최대 마약 조직인 에르마노 카르텔의 수장 도스 산토스와는 형제관계 죠.」

쌍둥이네. 장발의 유무를 빼고 보면 둘은 한눈에 구별하기가 꽤 어려웠다.

「CIA는 오랫동안, 멕시코 사법 당국과 비밀리에 에르마노 카르텔의 수장인 도스 산토스를 체포하려는 작전을 계획하고 있었습니다. 입수한 정보에 따르면 이 시각부터 24시간 후에 이 두 형제가 후아레즈에 모여 총회를 열기로 했다더군요. 카르텔치고는 참 드문 일이죠. 우리는 육로로 이동해 가능한 한 빠른 시간 내에 도스 산토스를 체포해 본국으로 송환하는 것을 목표로 할 겁니다. 그 과정에서 프리데릭이 이끄는 로미오1팀은 인질을 구출하게 될 겁니다.」

그는 긴 설명을 끝내고 잠시 숨을 골랐다.

「솔직히 말하면 퀸트 씨. 당신은 아주 운이 좋은 겁니다. 당신의 약혼녀도요.」

오래전부터 짜여져 있는 플랜이었다. 처음의 플랜은 에르마노 카르텔의 거점 지역인 시날로아의 근거지를 파악해 급습하는 것이 목표였다. 그러나 카르텔에 심어 둔 CIA첩보요원의 결정적인 정보로 작전은 순식간에 급선회하며 판을 더 키웠다.

화끈한 작전이긴 했지만 대규모의 카르텔 공습이 많은 수의 사상자를 낼 수 있다며 반대하는 수뇌부를 끈덕지게 설득한 건 프랭크 부국 장이었다. 규모를 좀 더 키우더라도 그는 이 조직을 완전히 섬멸시켜 버리고 싶어 했다. 사실대로 털어놓자면 프랭크 부국장이 가장 간절히 원하는 것은 이 마약 형제단을 미끼로 마약 카르텔을 한자리에 다 몰아넣고 미사일을 날려 가루로 만들어 버리는 것이었다. 물론 불가능하지만 말이다.

작전 승낙이 떨어지자마자 폴 와그너는 아주 조용히 부국장실에 불려 갔다. 프랭크 부국장은 그에게 작전 수행 도중에 제타 카르텔에게 잡혀 있는 '엉클'의 인질 구출 작전을 은밀하게 수행할 것을 명령했다. 이 기밀은 오로지 그와, 프리데릭이 지휘하고 있는 로미오1팀. 그리고 당사자인 오스왈드만이 공유하는 것을 원칙으로 했으며 임무에 성공하든, 실패하든 관련된 모든 서류와 기록들은 작전이 끝나는 순간 모두 폐기되어야 했다.

이 대규모 체포 작전이 생각보다 앞당겨진 바람에, 복잡한 서류 작업이나 멕시코 당국, 국경 경비대들에게 따로 협력을 구할 필요도 없이 약혼녀의 아버지는 신속하고 간편한 즉각적인 구출이 이루어지게 된 것이다. 폴에게 이것은 천운으로 느껴졌다. 아니면 오스왈드가 천운을 만들 만큼 비범한 사내이거나.

「건물 진입까지는 같이 행동할 겁니다. 로미오 2, 3, 4팀이 도스 산토스를 생포할 동안 로미오1팀은 엉클을 수색하십시오. 자세한 작전 사항은 당일 지휘부에서 말씀드리죠.」

단희는 그들이 하는 말을 한마디도 알아들을 수가 없었다. 그저 인형처럼 오스왈드의 옆에 앉아 있을 뿐이었다. 어떻게든 대충의 내용이라도 알아듣기 위해 노력했지만 몇 개의 단편적인 단어 이외에, 말의 맥락을 알아듣기엔 그들의 대화는 너무 빠르고 전문적이었다.

해가 질 무렵 오스왈드와 함께 작전팀의 베이스캠프인 이스트 7번가 잭슨 모텔에 도착했을 때에는 완전히 진이 빠져 있었다. 좁은 모텔은 촌스럽고 허름했다. 조금만 두드려도 먼지가 날 것만 같은 침대에 단희는 그대로 상체를 넘어뜨렸다. 그러고는 천장에 돌아가는 환풍기 팬을 멍청하게 쳐다보다가 방 안에 들어서자마자 제집처럼 셔츠부터 벗어젖히는 오스왈드를 향해 눈을 돌렸다.

저 인간은 왜 저렇게 어딜 가든 자연스럽지? 댈크로우사의 CEO라는 근사한 타이틀에, 고급 외제 차, 명품 슈트만 어울리는 구름 위의 존재인 줄로만 알았다. 그런데 특수부대를 복역한 전적 때문인지 그가 살던 펜트하우스와 비교해 시궁창이나 다름없는 이 모텔도 그에겐 썩 잘 어울렸다. 게다가 어째서인지 이편이 더 잘 어울리는 것 같기도 하다. 저렇게 웃통을 훌렁 벗고 싸구려 모텔에 싸구려 위스키를 끼고 있는 모습을 상상해도 썩 괜찮은 그림이다.

맹렬한 더위. 댈러스포트웨이에 도착했을 때부터 느꼈던 맹렬한 더위는 엘패소에 가까워 오면서 한층 더 타는 듯이 변했다. 그것뿐인가. 찌는 듯한 태양 때문에 선글라스가 없으면 눈을 제대로 뜰 수조차 없었다. 왜 미국의 카우보이들이 그 요상스러운 모자에 선글라스를 쓰고 다니는지 이제야 알았다. 그건 단순히 멋을 내는 게 아니고 생존 요령이었다는 것을 말이다.

단희의 시선이 오스왈드의 다부진 등근육을 따라 부엌으로 이동했다. 오스왈드의 펜트하우스는 크기라도 했다. 같이 목욕을 하고 하룻밤은 그 드넓은 킹사이즈 침대에서 동침했으면서도 집이 워낙 커서 한집에 있어도 심리적으로 그와 가까이 있다는 느낌은 전혀 받지 못했다. 하지만 여긴 그와 있기에 매우 비좁았다. 사람이 방 밖으로 나가면 어디에 있는지 쉽게 찾을 수 없는 그 미로 같은 집에 비해 여기는 눈만 돌리면 가만히 앉아서도 그의 위치를 확인할 수 있었다. 이젠 가깝다고 느끼고 싶지 않아도 가깝다고 느껴졌고, 그게 사실이다.

부엌에서 나온 오스왈드가 단희를 향해 맥주 캔 하나를 던졌다. 얼떨결에 그걸 받아 들고는 그의 벗은 상체를 쳐다보지 않으려 의식적으로 노력했다.

좁은 침대 하나. 커피 테이블에 원목 나무 두 개, 작은 옷장 하나, 그의 펜트하우스처럼 오스왈드의 장신을 눕힐 만한 소파 따위는 보이지 않는다. 침대는 둘이 눕기엔 지나치게 비좁았지만 그렇다고 그를 이 방 밖으로 쫓아내거나, 다른 방으로 내보내는 것도 불가능했다. 바로 옆방에 CIA요원들이 다음 날 작전을 위해 진을 치고 있기 때문이었다. 결혼을 약속한 마당에 둘이 방에 꼭 붙어 있지 않으면 공연한 의심을 살 수도 있었다.

됐어. 언제부터 그런 걸 신경 썼다고. 일주일 동안 한방을 썼어도 아무런 일도 일어나지 않았잖아. 남들과 한 공간을 공유하는 게 서툴다는 그도 단희에게만은 유독 아무렇지 않게 굴었다. 그게 연기일 수도 있지만 어쨌든 불편한 티는 내지 않으니 이쪽에서 괜스레 의식할 필요는 없다. 단희는 발끝에서 구두를 털어 내고 맥주 캔을 땄다. 치익 하는 시원한 소리가 들리고 한참 동안 그녀는 맥주 캔 모퉁이를 만지작거렸다.

"이런 분위기에 매우 익숙해 보이네요."

미리 제드릭이 올려 둔 짐 가방에서 하얀 린넨 셔츠를 찾아 머리통에 막 끼워 넣은 오스왈드가 단희의 말에 고개를 그쪽으로 돌렸다.

"어떤 분위기?"

"무섭고 뭔가…… 전쟁 같은 게 곧 터질 듯한 분위기요."

잭슨 모텔로 올 때, 오스왈드는 단희에게 특수부대가 국경을 넘어갈 거고, 아버지를 데리고 엘파소로 돌아올 거라는 선에서 간단명료하게 계획을 설명했다. 그렇게만 들어도 가슴이 터질 것처럼 긴장되는데 이 사람은 평소와 다를 게 전혀 없어 보였다. 모든 게 여유롭고 일상적이었다.

"전쟁이 시작된 지는 아주 오래됐어. 당장 높은 건물에 올라가서 국경 너머를 살펴보면 알 수 있지. 폭약이 폭죽 터지듯 터지니까 말이야."

폭죽 터지듯. 그의 비유가 너무 가볍다.

"하지만 폭죽놀이는 아니잖아요."

"맞아 비할 바가 못 되지. 실제로 도시 하나가 날아가는 장면은 그것보다 훨씬 장관이거든."

"당신은 늘 그런 세계에 살았군요. 미사일이 터지고, 도시가 날아가고, 사람의 목숨이 초 단위로 사라지는 세계요."

"맞아. 그런 세계에 살았어. 오늘은 살아 있지만 내일은 장담할 수 없는 세계."

오스왈드가 셔츠에 팔을 끼워 넣고 허리 아래로 당겨 내리고는 단희의 맞은편 침대 매트리스에 엉덩이를 대고 앉았다.

"그리고 당신이 살던 세계도 나와 별다를 게 없어 보이는데. 아니야?"

누군가는 목숨을 내놓고 살았고, 누군가는 자신의 목숨을 시험하며 살았지만 둘의 사는 방식은 비슷했다. 언제나 죽음을 각오하고 살았다는 것. 그 어긋난 동질감이 오스왈드로 하여금 이 여자를 특별하게 느끼게 하는 것일지도 모른다.

"아빠가…… 무사하셨으면 좋겠어요."

일주일 만에 더 야위어 버린 여자의 눈에는 희망과 절망이 뒤섞여 한데 젖어 있었다. 다시 그 느낌. 명치 한가운데를 꾹 누르는 듯한 통증이 일어서 오스왈드의 눈 아래가 잠깐 꿈틀거렸다. 최선을 다할 뿐, 인질의 목숨을 장담할 수 있는 구출 작전은 어디에도 없다. 특히 교환 조건을 내걸 수 있는 포로가 아니라면 언제 어떻게 되든 이상한 일이 아니었다.

그들은 왜 유환오를 납치해 간 걸까. 오스왈드는 일주일 내내 그것에 대해 생각했다. 만일 아몬석에 정말로 중독성이 강한 마약 성분이 있다손 치더라도 유환오는 그 땅의 주인일 뿐 아몬석에 관한 그 어떤 정보도 갖고 있지 않았다. 만일 땅을 차지하고 싶다면 그를 납치해서 멕시코로 끌고 갈 것이 아니라, 그 자리에서 그를 협박해 강제로 땅을 팔게 하는 편이 더 현명한 방법이었다. 만일 이도 저도 안 된다면 자신이 써먹으려던 방법이기도 했고 그게 훨씬 더 쉽고 간편한 방법이기도 했다.

그런데 대체 왜, 무슨 이유로 그를 납치해 멕시코까지 데려왔고 왜 아직까지 그를 살려 두고 있는 것인지 오스왈드로선 이해하기가 어려웠다. 그에게선 빼낼 정보가 없다. 그렇다면 그를 살려 둘 이유도 없었다. 무엇을 원해서 그를 납치했고 어째서 아직까지 살려 두는 것인지, 노리는 게 무엇인지 전혀 알 수가 없다. 만일 자신이 카르텔이라면 유환오보단 유단희를 납치했을 거다. 딸을 미끼로 땅의 소유권을 요구했을 거다. 방법은 약간 달라도 그것이 지금 자신이 하고 있는 짓이기도 하다.

생소한 기분이 자꾸만 그를 압박했다. 한 번도 느껴 본 적이 없는 누군가를 향한 죄책감. 그게 이 여자에게만은 한정되어 자꾸만 자신을 괴롭혔다. 오스왈드는 기다란 손가락을 들어 단희의 볼에 붙어 있는 가느다란 잔머리카락을 부드럽게 떼어 냈다.

"그건 나도 마찬가지야."

손끝이 퍽이나 조심스러웠다. 그 느낌이 실크처럼 부드러워 단희의 고개가 그의 손을 따라 무의식적으로 기울었다.

동질감인가. 한배를 타고 있다는 동료 의식인가. 아니면 어쩔 수 없이 그를 의지하며 모든 것을 믿어야 하는 상황 때문인가. 늘 이 남자에게 주의를 기울이게 되고 그가 하는 말들이 모두 감정 깊이 파고든다. 지금은 주변의 모든 것이 침전되고 자신과 이 남자뿐인 것 같은 착각이 일었다.

"내가 그 땅을 갖는 조건이 뭔 줄 알아?"

오스왈드의 손끝이 단희의 광대뼈를 지나 여린 턱선으로 내려갔다.

"미소."

미소?

"당신을 웃게 만들면, 당신의 아버지는 내게 그 땅을 준다고 했어."

뭐? 단희는 인상을 찡그리고 '허' 하고 탄식을 내뱉었다.

"그래, 지금 그 반응이 처음의 내 반응이었어. 잠깐 정신이 좀 어떻게 되신 분은 아닌가란 생각도 했거든."

"그땐 정신이 잠깐 나가셨나 보네요. 그쪽은 원래 정신병자니까 그걸 받아들였을 테고요."

"당신 사진을 봤어. 스무 살 때 사진."

단희도 스무 살 때의 자신을 기억하고 있다. 막 대학교에 들어가 친구들과 어울리고 화장을 하고, 미니스커트를 사 입고 하이힐을 신는 것에 목숨을 걸던 때. 그땐 세상 모든 것이 재미있고 신기하고 설레었다. 그리고 그땐 자신의 인생이 이렇게 될 줄 꿈에도 생각지 못했다. 그저 앞으로도 늘 그렇게 신기하고 설렐 줄만 알았다.

"무척 행복해 보이더군."

"철부지였으니까요."

"지금과는 전혀 달라 보였어."

"전혀 다른 사람이에요."

"같은 사람이야. 난 알아. 가끔 당신에겐 그 여자가 보여."

"……."

"아빠가 무사히 돌아온다면……."

그의 손이 단희의 턱 끝에 닿았다.

"좀 더 제대로 된 인생을 살아. 당신 아버지가 나와 거래를 하면서까지 원하는 건 그것 하나였으니까."

알아. 언제나 알고 있다. 하지만 간사하게도 사람의 마음이란 게 갖고 있는 것보다 잃어버린 것에 더 많은 의미를 부여하게 된다. 곁에 있는 아빠보다 잃어버린 아이가 더 소중했다. 배 속의 아이까지 잃어버리며 단희는 껍데기를 제외한 자신의 모든 것이 다 뜯겨져 나간 것 같았다. 그리고 엄마마저 갑작스럽게 돌아가신 후엔 그저 죽기만을 바라며 살아왔다.

아빠는 어땠을까. 자신도 모든 것을 잃어버렸지만, 그건 아빠도 마찬가지다. 이제야, 모래처럼 손에서 빠져나갈지도 모르는 상황이 되어서야 아빠가 소중했다. 곁에 두고도 늘 떠날 궁리만 했는데 이제야 그 곁에 있고 싶어졌다.

가슴이 뭉클하고 목이 따가워져서 아랫입술을 꼭 깨물자 오스왈드가 손가락으로 단희의 입가를 쿡 찔렀다. 다정하고 장난스러운 행동이었다. 그 덕에 무거운 상념에서 벗어난 단희가 눈을 들어 오스왈드를 쳐다봤다.

"내일 아버지를 본다면 웃길 바래."

그는 쿡 찌른 손가락을 거두지 않고 말했다.

"노력해 볼게요. 하지만 만약에 잘 안 되더라도, 그 땅에 관해선 어떻게든……."

"그런 뜻이 아니야."

오스왈드가 피식 웃으며 단희의 말을 막았다.

"그것과는 상관없어. 그저 내가 보고 싶은 것뿐이야."

"……."

뭐야……. 이 말을 어떻게 받아들여야 해?

손가락의 위치가 애매했다. 입술 끄트머리를 누르고 있던 그 촉감이 어느새 입가를 타고 아래로 내려왔다. 단희가 고개를 움직여서인지, 아니면 오스왈드가 손가락을 움직여서인지는 별로 중요하지 않았다. 그저 그의 손이 단희의 메마른 입술에 닿아 있고 그걸 단희가 의식하고 있다는 것이 중요했다.

더운 방 안에 팬이 훅훅 돌아가는 소리만 났다. 이상한 긴장감과 고요함이 온몸의 털을 삐쭉 서게 만든다. 그리고 이런 종류의 긴장감을 경험해 본 일이 없는 단희는 서둘러 그 분위기를 탈피하고 싶었지만 어떻게 해야 좋을지 알 수 없어 불안하게 눈만 깜빡였다. 그저 그가 자신에게 더 가까이 다가오지 않기만을 바랐다.

똑똑똑.

문을 두드리는 소리가 정적을 깼다.

"제드릭일 거야. 먹을 걸 좀 사 달라고 했거든."

오스왈드가 손을 거둬들이고 침대에서 일어서자 단희는 멈췄던 호흡을 간신히 내뱉었다. 그제야 단희는 본인이 숨도 쉬지 못하고 있었단 걸 알아차렸다.

패스트푸드로 저녁을 해결하고 늦은 잠자리에 들었지만 내일이면 아빠를 볼 수 있을 거란 기대감과, 어쩌면 아빠를 볼 수 없을지도 모른다는 불안감, 그리고 정체 모를 떨림이 뒤섞여 잠이 오질 않았다. 긴장되고 걱정되긴 오스왈드도 마찬가지였는지 그는 내내 커피 테이블에 노트북을 펼쳐 놓고 뭔가를 읽고 쓰기를 반복했다.

단희는 침대에 누워 부스럭대고 한숨 쉬기를 반복하다가 좀이 쑤셔 매트리스에서 몸을 일으켰다.

"자장가라도 틀어 줘?"

오스왈드가 테이블 위에 놓인 자신의 맥주 캔을 들며 물었다.

"차라리 내 머리통을 후려쳐서 기절시키는 편이 빠를 거예요."

"거 잘됐네. 그게 내 주특기인데."

단희가 무감하게 그를 향해 고개를 돌렸다.

"프라이팬은 주방에 있어요."

단희의 대답에 그는 맥주 캔을 입에 댄 채 대꾸했다.

"농담이 아니야. 포트베닝에서 실제로 그런 걸 배웠다고."

"나도 농담 아니에요. 하려거든 빨리해요."

그는 결국 웃으며 맥주 캔을 놓고 자리에서 일어섰다.

침대 끝을 돌아서 단희의 옆자리에 앉더니 매트리스 위로 긴 다리를 쭉 뻗어 올리고는 단희의 어깨를 잡아당겨 그녀를 자신의 옆에 털썩 눕혔다. 엇 하는 사이에 오스왈드와 마주 보며 누워 있는 자세가 되자 단희는 신경질적으로 미간을 찌푸렸다.

"자장가를 불러 줄 생각이라면 사양이에요."

"미안하게도 아는 자장가가 없어."

그의 금색 눈동자를 이렇게 가까이서 보기는 처음이었다. 어두운 방 안에, 작은 스탠드 불빛에 의지한 채 단희는 그의 금색 눈동자를 번갈아 가며 쳐다봤다. 가까이에서 보니 그의 눈은 더욱 블랙홀 같았다. 깊고 투명해서 그 속으로 끊임없이 빨려 들어갈 것 같아서 겁이 났지만 그 눈을 피하면 뒷덜미를 물어뜯길 것 같은 묘한 두려움도 동시에 생긴다.

"참 특이해. 이러고 있으면 보통 달려들던데."

"꿈 깨요. 섹스리스 퀸튼 씨."

오스왈드가 웃자 매트리스가 작게 진동했다.

"이번 일이 끝나면 나와 공식적으로 약혼해 보는 건 어때?"

"거절할게요."

"계약 결혼도 괜찮을 것 같네. 오히려 그편이 더 깔끔하겠어."

"거절할게요."

"꽤 괜찮은 제안 아닌가? 난 영구적으로 여자들에게서 해방되는 거고 당신은 나와 이혼하면 꽤 많은 위자료를 받을 수 있을 테니 손해 보는 장사는 아니잖아. 난 당신의 자유를 보장해 주고 당신은 가끔 내 옆에 서서 사진만 찍혀 주면 돼."

"음…… 싫어요."

단희는 고민하는 척하더니 말끔하게 거절했다.

"어째서?"

"골치 아프고 귀찮고 성가셔요."

골치 아프고 귀찮고, 성가……. 최초의 프로포즈를 이딴 식으로 거절당하고 있었다. 비록 감정은 담겨 있지 않았어도 어느 정도는 진심이었는데 말이다. 오스왈드는 몸을 돌려 바로 누웠다.

"당신은 참 짜증 나는 여자야."

"고마워요."

대답에 망설이는 법이 없다. 그게 짜증 나기도 하지만 동시에 기분이 좋기도 했다. 이 여자는 계산하지 않는다. 잔꾀를 부리지도 않고 속마음을 숨기며 자신을 시험하지도 않는다. 그녀는 늘 솔직했다. 거짓으로 자신을 대하는 적이 없었다. 그래서 오스왈드도 그녀에겐 자꾸만 솔직해지는 건지도 모른다.

"하지만 그래서 편하기도 해."

"……."

"생각해 봤는데. 아버지를 데려오면 라스베이거스로 가는 건 어때. 도박을 즐기시는 거 같으니 가서 슬롯머신을 실컷 당기게 해 드리는 거야."

오스왈드는 아직도 유환오가 자신의 등을 두드리던 그 감촉을 생생하게 기억하고 있었다. 전혀 닮지 않았는데 자신의 양아버지였던 니콜라스를 떠올리게 했다. 그는 마초적이고 폭력적인 남자였지만 오스왈드에겐 꽤 다정하고 관대했다.

어릴 땐 그를 좋아했다. 그를 아버지라고 믿었고 그에게 받는 애정을 확신했다. 하지만 니콜라스는 오스왈드에게 퀸튼이란 성을 주고 매끼의 식사와 잠자리를 제공해 주는 대신 그가 마땅히 받아야 할 정규교육과 시민권을 제공하지 않았다. 대신 매일매일 그를 따라 정원일을 돕게 만들었다. 오스왈드는 열일곱이 되어서야 정규교육을 받았고 시민권을 얻기 위해 열아홉에 군대에 입대해야 했다. 그마저도 덜래스 회장이 돕지 않았다면 불가능했을 일이었다.

니콜라스의 행동이 사랑이었는지 아니면 그저 가축을 기르듯 그에게 갖는 의무감이었는지 지금은 확신할 수 없지만 적어도 오스왈드가 살아오며 받아 봤던 것들 중 가장 사랑에 가깝기는 했다. 니콜라스가 죽지 않고 살아 있었다면 딱 유환오 정도의 나이였을 것이다.

만약 니콜라스가 살아 있다면 지금쯤 그와 어떤 모습으로 지냈을까, 유환오는 그 상상의 여지를 남기는 사람이었다. 자신을 대하는 따듯한 눈과 아무리 돌을 던져도 고요할 것만 같은 성품. 그는 그 고즈넉한 삼척의 풍경과 닮아 있었다. 자신과도, 자신이 보아 온 그 어떤 사람과도 달라서 바다처럼 그저 바라보는 것만으로도 치유받는 기분이 들게 했다.

"당신 아버지는 좋은 분이야. 진심으로 그분이 무사하길 빌어. 그 술, 막걸리라는 거. 그걸 또 한 번 먹고 싶거든. 내가 이야기했던가? 내가 당신 아버지를 처음 찾아갔을 때……."

재미난 기억이 생각나 단희를 향해 몸을 돌렸는데 여자는 이미 잠들어 있었다. 잠을 못 자 뒤척거리고 부스럭거리며 1초에 한 번씩 한숨을 쉬어 대더니, 옆에 누운 지 5분도 안 되었는데 곯아떨어져 버렸다.

고집스럽게 혼자이려 하지만 여자는 옆에 있어 줄 누군가가 필요한 사람이었다. 지금처럼 따뜻한 온기가 있어야 비로소 안정감을 느끼고 잠드는 타입.

혼자인 게 무섭지 않았을까. 그것에 익숙해지기 위해 꽤나 괴롭게 발버둥 치며 살았겠지. 혼자인 게 익숙한 자신도 가끔은 혼자라는 사실에 숨 막힐 때가 있다. 그럴 때면 누군가가 옆에 있어 주면 좋겠다는 생각이 아주 막연히 들기도 했다.

이 여자는 어땠을까. 혼자이길 고집하지만 실은 누구보다 외로웠던 건 아닐까. 그 고통을 형벌처럼 달고 꾸역꾸역 인생을 살아가는 건 어떤 기분일까. 자신을 그런 식을 학대하는 것은 어떤 마음일까. 오스왈드는 잠든 여자를 물끄러미 바라보며 깊게 숨을 내쉬었다.

"잘 자."

대니라는 애칭을 뒤에 붙이려다 불현듯 더 좋은 것이 떠올라 그는 씩 웃었다. 여자의 흐트러진 머리카락을 조심스럽게 쓸어 넘기며 그는 다시 말했다.

"잘 자, 달링."

◆　·　　·　●　·

옆방의 떠들썩함에 잠에서 깨어났다. 고함 소리. 자동차의 엔진 소리. 구둣발 소리들이 선명하게 들려왔다. 단희는 찌뿌둥한 몸을 부스스 일으켰다. 늦게 잠이 들어 늦게 일어난 모양인지 창문으론 눈이 아플 정도로 해가 떠 있었다. 문밖에서 느껴지는 부산스러움에 단희는 침대에서 일어나, 모텔 방을 나섰다.

「잘 들어. 일단 모두 육로로 이동한다. 도스 산토스를 끌고 옥상으로 올라와 헬기로 인도한 이후, 대원들은 모두 차량으로 국경선을 넘어 여기, 엘파소로 돌아오면 돼. 모두 알아들었지?」

폴이 대원들을 모아 놓고 큰 소리로 명령했다. 사람들은 모두 방탄복 전술조끼, 그리고 9미리 기관총탄과 키블러 헬멧 등을 챙겨 복장을 갖추며 그의 말에 고개를 끄덕였다.

「이게 마지막 기회야. 마지막 기회란 것은 우리가 도스 산토스의 체포에 실패하게 된다면 결코 두 번째 기회가 주어지지 않는다는 거다. 이건 체포 이야기에 한정된 소리가 아니야. 바로 여러분들에게도 해당되는 이야기다. 내 말 이해했나?」

그러니까 죽을 각오를 하란 이야기잖아. 대원들이 총탄을 확인하며 속으로 투덜거렸다.

「모두들 명령에 따라 신속 정확하게 움직여라. 무엇보다 중요한 건 신속이다, 신속. 모든 건 시간 싸움이야. 나는 이 방 안에 있는 여러분이 누구보다 잘 알고 있으리라 믿는다. 모두의 행운을 빈다.」

폴이 말을 마치자 팀장이 손짓했고 사람들은 주섬주섬 자신의 장비를 챙겨 들고 방 밖으로 사라졌다. 폴은 사람들이 모두 밖으로 나간 걸 확인하고 서둘러 테이블에 지도 하나를 폈다. 방 안에는 폴과 오스왈드, 제드릭, 그리고 프리데릭이 포함된, 단 4명의 관계자만이 남아 있었다.

「확인한 정보에 따르면, 인질은 건물 2층에 있을 확률이 가장 큽니다. 6개의 방이 있는데 그중 어디에 있는지는 몰라요. 도스 산토스는 건물 지하에 마련된 벙커에서 회동을 갖는다더군요. 나머지 팀원들이 지하로 이동하면 여러분은 위층으로 이동하면 될 겁니다. 별도의 채널을 통해 제가 상황을 알려 드리겠습니다.」

「의료진은?」

오스왈드가 물었다. 유환오를 엘파소로 데려오면 그의 상태를 체크할 응급 의료진이 필요했다. 공군기지로 가지 않고 다시 돌아와야 한다면 의사를 이곳으로 불러와야 한다.

「방에서 대기 중입니다.」

「좋아.」

프리데릭이 껌을 씹으며 여유롭게 고개를 끄덕댔다.

"오스왈드."

「피앙세로군.」

프리데릭은 문밖에서 들리는 히스테릭한 여자의 목소리에 오스왈드에게 윙크를 해 보였다.

"이게 다 뭐예요."

이게 다 뭐냐니. 무슨 그런 질문이 다 있지? 오스왈드가 테이블에서 몸을 일으키자 단희는 황당한 얼굴로 방 안에 발을 들였다.

그녀는 작전 상황실처럼 변한 모텔 내부를 황당하게 둘러보고는 다시 시선을 오스왈드에게 옮겼다.

검은색 옷, 뭔가가 잔뜩 들은 조끼를 걸친 그는 누가 봐도 군인처럼 보였다.

"그 꼴이 뭐냐고요."

「프리데릭. 출발하지!」

팀장이 문밖에서 고함치자 오스왈드는 단희에게로 다가왔다.

"가 봐야 해."

"어딜 가는데요."

"제드릭이, 나 없는 동안 보살펴 줄 거야."

"어딜 가냐고요."

"당신 아버지의 인상착의를 내가 가장 잘 알아. 프리데릭은 오랫동안 나와 한 팀이었어."

"갈 필요 없잖아요. 사람들이 저렇게 많은데!"

"모두가 다 한 팀인 게 아니야. 상황이 복잡해서 설명할 수 없지만 난 이 일에 참여해야만 해."

이 상황에 적응을 못 하는 건 그녀 하나였다. 오스왈드는 이곳에 있는 CIA, 그 지휘하에 있는 특수부대원의 어느 팀원보다 인질극에 관한 경험이 많았다. 그는 군 시절 내내 프리데릭의 상관이었고, 선발대 중에서도 늘 1번이었다. 그런 그를 이 상황에서 손 놓고 구경만 시키는 것은 오스왈드 본인에게도, CIA에게도, 팀원들에게도 낭비였다. 그렇기에 프랭크 부국장을 비롯한 CIA지휘관은 애초에 이 작전에 오스왈드를 끼워 넣은 채 계획했다. 6명으로 이루어질 로미오1팀을 5명으로 구성한 것도 그 이유였다.

"미쳤어요? 아무리 군인이었다지만 애저녁에 제대했잖아요!"

단희가 눈을 굴리며 그를 향해 꽥꽥 소리를 질러 댈 동안 오스왈드는 프리데릭에게서 MP5 기관단총을 받아 들어 슬라이드를 당겼다. 철컥하고 총알이 장전되는 소리에 단희의 전신에 소름이 돋았다. 이 남자가 미쳤구나. 제정신이 아니지. 지가 아직도 군인인 줄 알아? 당신은 이제 그냥 일반인일 뿐이라고! 돈이 우라지게 많은 민간인!

"죽고 싶어서 그래요?"

오스왈드는 헤드셋을 귀에 끼우며 빙그레 웃었다.

웃음이 나와, 지금?

「제드릭. 대니를 잘 보살펴 줘.」

「네.」

제드릭이 얌전히 대답하자 단희는 그를 향해 눈을 부라렸다. 거대하고 무서운 외형이지만 어차피 한국말을 못 알아들을 테니 단희는 그에게 되는 대로 지껄였다.

"어떻게든 말려 봐. 이 쓸모없는 인간!"

"제드릭 한국말 잘 알아들어."

뜨끔. 그 말에 단희의 눈이 잠깐 커졌다가 오스왈드를 향해 고개를 홱 돌렸다.

"나와 만나기 전까지 주한미군으로 오랫동안 한국에 있었거든. 전 부인이 한국인이고."

결혼했던 사실은 처음 알았네. 하지만 그게 중요한 게 아니야. 잠깐 오스왈드의 헛소리에 정신이 나간 사이에 그는 45구경 권총과 키블러 헬멧까지 챙겨 들었다.

「오스왈드. 이제 가 봐야 해.」

프리데릭이 문가에 서서 그를 독촉하자 오스왈드가 발걸음을 뗐고 단희는 그의 옷소매를 잡아당겼다.

"가지 말아요. 안 가도 돼요. 아빠 목숨 구하겠다고 당신 목숨을 내 놓을 필욘 없다고요!"

"……."

오스왈드는 묘한 눈동자로 단희를 쳐다보다가 여자를 당겨 아주 짧고 강하게 입을 맞췄다.

"모든 게 다 잘될 거야. 기다려."

그는 단희가 멍청하게 서 있는 새에 문밖으로 빠져나갔고 프리데릭은 단희를 향해 살짝 고개를 숙이며 인사를 건넨 후, 그의 뒤를 따라 시야에서 사라졌다.

　남들에겐 그저 약혼한 연인 사이의 일상적이고 애틋한 인사로 보인 그 키스가 단희에겐 너무 충격적이고 강렬해서 한동안 그 자리에서 움직일 수가 없었다.

8

— 무전 체크, 알파1. 전방 차량 이동 준비. 이동 중이다.

방 안은 고요했다. 치이익거리는 스피커 너머로 차량팀의 목소리만 굉음처럼 들렸다. 단희는 두 손을 깍지 끼고 소파에 앉은 채 숨을 죽이고 그 목소리에 귀를 기울였다. 손바닥은 땀으로 축축하게 젖어 있었지만 온몸이 싸늘하게 식어 발끝부터 불안스레 떨려 왔다.

「컨트롤. 목표 도착 10분 전.」

모니터에 띄워진 위성화면에 줄지어 가는 5대의 차가 확인되자 폴이 무전기를 입에 대고 외쳤다.

— 로미오1. 카피.

「정찰팀으로부터 연락은?」

폴이 컨트롤 타워의 요원들에게 마른 언성을 내뱉자 요원 하나가 작게 고개를 한 번 끄덕였다.

— 로미오1. 전방 50미터 이내 목표물이 보인다. 확인 바란다.

「로미오팀에 알린다. 스톰(STORM), 반복한다. 스톰.」

폴은 미리 공지해 둔 작전 개시 암호를 무전기에 대고 반복했다.
― 스톰. 카피.

검은색 SUV차량이 열리자마자 대원들이 총을 장전한 채 문밖으로
뛰쳐나갔다. 미리 잠복 중이던 CIA대원이 건물 외관을 지키고 있던
카르텔 4명을 사살한 상태였고 문은 굳게 닫혀 있었다. 오스왈드는 로
미오 2, 3, 4팀이 폭약으로 출입구를 폭파하고 안으로 뛰어 들어가자
곧바로 그 뒤를 이어 내부로 진입했다. 그는 손가락 두 개를 세워 방
향을 지시하고는 어깨에 견착된 기관단총의 방아쇠에 손가락을 얹었
다.
「로미오1. 2층으로 이동 중.」
지하에서 총기가 난사하는 소리가 들려왔다. 비명 소리와 스페인어
로 된 욕설 소리가 한데 뒤섞였다. 오스왈드는 발걸음을 재촉했다. 2층
으로 올라가는 계단에 검은 그림자가 불쑥 튀어나왔고 오스왈드의 표
적 지시 레이저 선이 남자의 몸통에 민첩하게 찍혔다. 동시에 그는 반
사적으로 방아쇠를 당겼다. 곧이어 프리데릭의 표적점이 남자의 몸에
하나 더 찍혔고 두 개의 총구에서 불이 뿜어져 나가듯 연쇄적으로 총알
이 빗발쳐 나갔다.
두두두두두두두두두!
「표적 체크! Go! Go! Go! Go!」
남자의 몸이 벽에 부딪쳤다가 아래로 꼬꾸라져 내리는 걸 보자 프
리데릭이 소리쳤다. 대원들은 몸을 낮추고 쏜살같이 복도로 뛰어 들
어갔다.

스피커 너머로 총기가 난사하는 소리와 뭔가가 터지는 폭발음이 들
려오자 단희는 자리에서 벌떡 일어섰다.
"어떻게 된 거예요!"

여자의 얼굴은 당장이라도 쓰러질 것처럼 파리하게 질려 있었다. 위성화면으로 개미만 한 검은 사람들이 내부로 쏜살같이 뛰어 들어가는 모습을 본 이후론 아무것도 보이질 않았다.

— 11시 방향 적 사격! 11시 방향 저격수다!

— 3번, 3번 접수!

— 표적 제거! 3번 표적 제거.

— 클리어.

— 이동, 이동한다.

그저 스피커로 들려오는 고함 소리, 비명 소리, 뭔가가 터지는 소리만이 단희의 상상력을 자극했다. 그녀는 제드릭의 옷깃을 잡고 흔들었다.

"뭐가 어떻게 되는 건지 설명 좀 해 봐요!"

"어……."

그는 이맛살을 찌푸렸다. 원체 말이 없는 데다가 누군가에게 뭔가를 설명하는 것이 그에겐 매우 어려운 일이었다.

"그러니까……."

— 2층 진입. 1번. 진입 속개한다.

"NO.1이 퀸튼 씨입니다."

스피커에 나오는 '1번' 소리에 제드릭이 곧바로 설명을 덧붙였다.

"누가 그걸 물어봤어요! 지금 상황이 어떻게 돌아가는지를 묻잖아요!"

「조용히 해 줄래요!」

단희의 목소리에 묻혀 명령할 타이밍을 놓친 탓에 폴이 짜증스럽게 미간을 구기며 언성을 높였다.

「봐요. 당신 마음은 이해하겠는데 당신 피앙세는 괜찮을 거예요. 괜히 ACE인 게 아니야. 그 사람은 베테랑이라고.」

그가 하는 말을 다 알아들을 수 없어 한참 동안 그 말을 되뇌다 단희는 제드릭에게로 다시 눈을 돌렸다.

"에이스가 뭐예요."

"Army Compartmented Elements."

"뭐요?"

"He was Delta."

제드릭이 설명하기 위해 미간을 찌푸리고 중얼대자 폴이 답답한지
끼어들었다.

"I mean, Delta Force."

들어본 적이 있다. 몇 번. 하지만 오스왈드가 나온 부대는 전혀 생
소한 명칭이었다.

"그 사람은…… 녹색 무슨…… 뭐라더라. 아무튼, 거기 나왔잖아
요."

"그린베레요."

"그래요. 그거요."

오스왈드는 그린베레에서 6년을 근무했고 대테러 작전에 있어 가
장 유능한 부사관이었다. 그는 델타포스 모병관이 추천하여 면접을
통해 선발된 후, 4년을 그곳에서 복역했다. 델타포스로 복역할 동안은
자신의 신분을 철저히 감춰야 했고 그는 아직도 자신의 그런 전력을
감추고 있다. 공식적으로 자신이 델타의 대원이었음을 이야기할 필요
성을 전혀 느끼지 못했기 때문이었다.

"가끔 그린베레에서 D트룹을 모집합니다. 그게 델타포스예요."

"……거긴 뭐 하는 부대인데요?"

"음……."

제드릭의 미간이 더 곤란스럽게 구겨졌고 그는 끙끙 앓으며 고민했
다. 살인, 저격, 고문…… 그중 뭘 이야기해 줘야 하지?

"그냥…… 지금 하는 일이요."

"납치된 인질 구하기요?"

"그렇죠."

"그럼 그 NO.1이란 건 뭔 뜻이에요?"

"어…… 제일 먼저 들어가는 사람이요."

제일 먼저 들어가는 사람. 제일 앞에 선다는 말인가? 얼굴이 퍼렇게 질린 단희가 더듬거리며 다시 물었다.

"그 사람이 선두에 선다고요? 그 사람이 제대한 지 얼마나 됐죠?"

"5년이요. 공식적으로."

단희의 미간이 쭉 좁혀졌다

"……그럼 비공식적인 것도 있어요?"

"……."

펑!!!

스피커 너머로 지금까지와는 비교도 되지 않을 굉음이 터져 나오자 모두의 눈이 한곳으로 쏠렸다. 위성화면에 잡힌 건물의 뒤편은 거대한 화염에 휩싸여 있었다.

폴은 마치 눈앞에서 폭탄이 터지는 걸 본 것처럼 한 발 뒤로 주춤 물러서더니 자신의 머리통에 손을 얹고 다급하게 다시 무전기를 쥐었다.

「컨트롤. 상황 보고해라.」

치이익. 하는 무전 소리 너머로 아무것도 들려오지 않았다.

「아무나 대답해!!」

지지직.

— 로미오3, 건물 북서편 지하에서 폭발이 있었다.

지지직.

— 로미오3, 로미오2에 사상자가 있다.

폴은 낮게 욕을 지껄였다. 이 미친 카르텔 새끼들.

「후발대가 처리하겠다. 목표물부터 포획하도록.」

— 접수, 로미오3, 4 이동한다.

241

폭발하며 건물 전체가 흔들렸다. 오스왈드는 다른 대원들과 마찬가지로 건물 벽에 잠시 몸을 기댔다가 곧 고개를 끄덕였다. 그 신호에 4번 대원이 산탄총으로 두꺼운 나무문을 박살 냈다. 오스왈드는 전술조끼에서 꺼낸 섬광 수류탄을 방 한가운데로 던져 넣었다. 그는 어깨에 총을 견착하고 출입문의 오른쪽으로 이동했다. 뒤따라 프리데릭은 오스왈드와 반대편으로 전진했다. 고요한 방 안에는 바닥의 모래와 군화가 마찰하는 소리만 들려왔다.

「클리어.」

「클리어.」

방에 아무것도 없는 것을 확인한 오스왈드는 두 번째 방으로 향했다. 산탄총이 문을 강제로 개방했고 아까와 같은 순서로 방 안을 돌았다.

— 로미오1. 컨트롤이다.

헤드셋 너머로 폴의 목소리가 들렸다.

— 가능한 한 빨리 엉클 확보 후 퇴각하라. 건물 내에 폭약이 설치되어 있다. 가능한 한 빨리 엉클 확보 후 퇴각하라.

아까 폭탄이 터진 것 같더니 팀 하나가 전멸한 게 틀림없어 보인다.

「카피.」

오스왈드는 낮게 중얼거린 채 세 번째 방을 향해 산탄총을 조준한 대원에게 다시 고개를 끄덕여 보였다. 요란한 격발 소리와 함께 문이 개방되자 오스왈드는 안으로 섬광 수류탄을 던져 넣었다. 뿌연 안개 사이로 기관단총의 전술라이트와 붉은 표적점이 방 안에 들어서자 그 안에 숨어 있던 적들이 총기를 난사하기 시작했다. 방 이곳저곳에는 총탄이 날아가 박혔다.

파파파파파파파파파파팡—

프리데릭과 오스왈드가 서로 반대편 방향으로 움직이며 적을 향해 정밀사격으로 대응했다.

「엄호! 엄호!!」

오스왈드가 소리 지르자 대원들이 시간차를 두고 방 안에 들어서며 엄호사격을 일제히 퍼부었다. 모두가 각자의 몸에 익은 방향대로 쪼개져 움직였다.

「11시 방향 엉클 확인. 11시 방향 엉클 확인.」

섬광 수류탄의 뿌연 연기 속에 작은 노인의 체구를 확인한 오스왈드가 그를 등진 채 사방을 경계하며 한 발씩 뒤로 옮겼다. 유환오는 바로 그의 등 뒤에 있었다. 비명 소리. 총탄이 벽과 바닥으로 박히고 튀어 위태롭게 오스왈드의 앞에서 산산조각 났다. 총구에서 내뿜는 불꽃이 사정없이 번쩍였다.

한동안 천둥이라도 쏟아지는 것처럼 계속되던 사격 소리가 멈췄다. 푸스스 하는 소음과 연기 속에 로미오1팀은 총격 자세를 유지한 채 사방을 경계했다. 전술라이트가 어지럽게 떠다녔다. 바닥엔 대자로 뻗은 시신들이 즐비했고 오스왈드는 그들 하나하나에 라이트를 비추며 확인 사살을 위해 방아쇠를 몇 번 더 당겨 시신에 총탄을 박아 넣었다.

「올 클리어.」

자욱한 섬광탄의 연기가 서서히 걷혔다. 오스왈드는 총기를 아래로 내리고 작은 체구의 남자를 향해 무릎을 꿇었다. 그의 상태를 확인해야 했다. 머리에 둔기로 가격당한 흔적이 있었지만 심각한 상처는 아니었다.

"어르신. 접니다."

남자의 거뭇한 입술이 잠시 움찔거렸다. 갈증과 과로에 제대로 쉰 소리가 미세하게 들려왔다.

"오스왈드……."

"이젠 괜찮습니다. 안심하셔도 돼요."

그는 손으로 헤드셋을 꾹 눌러 고정한 뒤 유환오에게서 눈을 떼지 않은 채 침착하게 입을 열었다.

「로미오1, 올 클리어. 엉클 확보.」

스피커 너머로 들리는 오스왈드의 또렷한 목소리에 단희가 최면이라도 걸린 듯 스피커 앞으로 다가왔다.

— 달링. 당신 아버지 찾았어. 무사하셔. 걱정 마.

자신의 여자에게 하는 말이 분명한 한국어였다. 그 부드러운 말투에 단희는 자신의 입을 두 손으로 꾹 틀어막았다. 온몸에 긴장감이 확 풀려서 잠시 비틀거리다가 이내 그녀는 다시 중심을 잡았다.

아직 긴장을 놓아선 안 돼. 아직 무사히 돌아온 것이 아니다.

「로미오3, 상황 보고하라.」

폴의 재촉에 지지직거리는 스피커 소음 뒤로 남자의 다급한 목소리가 흘러나왔다.

— 로미오3. 벙커에 타깃 없다.

폴의 어금니가 꽉 물리며 턱에 힘이 들어갔다. 이번 작전을 그르치면 도스 산토스는 더 깊은 곳으로 숨게 될 것이다. 그렇게 되면 자신은 물론 프랭크 부국장의 목이 날아갈지도 몰랐다.

「추격해. 무조건 추격해서 잡아!」

오스왈드는 유환오의 몸을 조심스럽게 잡아 일으켰다. 그는 노인에게 케블러 헬멧을 씌우고 방탄조끼를 입히며 빠르고 침착하게 말했다.

"일단 이곳을 빠져나가야 해요. 힘드시더라도 조금만 참으세요. 곧다 괜찮아질 겁니다."

그러곤 마이크를 좀 더 입가로 당겼다.

「컨트롤. 로미오1. 외부 상황을 알려 달라.」

지지직.

— 로미오1, 컨트롤. 건물 외부에 이상 없다.

「복도 이상 무.」

헤드셋으로 상황을 보고받은 다른 팀원이 외쳤다.

「로미오1. 엉클 확보하여 지금 이동하겠다.」

— 알파1 접수.

— 컨트롤. 접수.

"걸으셔야 합니다."

그 말에 유환오는 고개를 몇 번 끄덕였고 오스왈드와 프리데릭은 유환오의 앞뒤에 서서 천천히 발을 뗐다. 유환오는 오스왈드의 등을 보며 그 보폭에 맞춰 걸음을 옮겼고 다른 팀원들은 각기 나뉘어져 엄호했다.

2층 계단을 빠져나오며 오스왈드는 한 번 더 무전으로 상황을 보고했다.

— 로미오1. 출구로 향한다.

막 출구로 나서려던 찰나 다시 한 번 지하에서 퍼어어어어엉! 하는 굉음이 들려왔다. 폭약이 내뿜는 뜨거운 바람이 오스왈드의 왼쪽 면을 강타했다. 시꺼먼 연기와 부서진 벽돌의 파편이 튀자 오스왈드는 온몸으로 유환오를 감싸며 바닥에 주저앉았다. 그러더니 출구 밖에서 피융— 하는 소리를 내며 총알들이 날아들었다.

「건물 외부에 사격수가 있다! 이 빌어먹을 경계조 새끼들아!」

프리데릭이 무전기에 대고 욕설을 퍼부으며 엄호사격을 개시했다. 폭발 후의 구름 같은 연기와 총기 난사 소리에 파묻혀 유환오는 자리에 납작 엎드려 있었다. 눈앞에는 아무것도 보이질 않았다. 그때 문밖에서 누군가 비명을 지르며 뛰어 들어왔고 팀원들은 그를 향해 본능적으로 총알을 갈겨 댔다. 내부에서의 총성과, 표적을 향해 사격을 들이붓는 외부팀의 총알이 엉켜 입구는 벌집이 되어 갔다.

「알파팀! 시야 확보 될 때까지 사격 중지! 사격 중지!」

총알 한 방이 유환오의 허벅지를 날카롭게 스치자 오스왈드가 고함쳤다. 잠시 후 방금 전까지 쏟아지던 총알들이 일순 소강상태가 되었고 그 틈을 타 프리데릭이 욕설을 지껄였다.

「빌어먹을! 이라크에 다시 온 기분이네!」

파사삭.

프리데릭의 투덜거림에 미소 짓던 오스왈드가 지하에서 들려오는 기척에 그쪽으로 휙 고개를 돌렸다. 곧 연기를 뚫고 누군가의 희미한 그림자가 보였다.

“…….”

검은 셔츠에 금색 목걸이를 한 남자.

가만, 머리가 긴 쪽이 로스던가 아님 도스던가? 사진에서 본 적이 있는 산토스 형제 중 하나였다. 남자의 실루엣이 유령처럼 다시 연기와 어둠 속으로 사라졌다.

「프리데릭.」

「어?」

「엄호 후 차량으로 가.」

「……어디 가게?」

「지하에서 뭔가를 본 거 같아.」

오스왈드의 말에 프리데릭이 짧게 숨을 쉬며 고개를 한쪽으로 기울였다. 명백하게 ‘제발 하지 마’ 라고 말하고 있었다.

「뭐가 됐든, 우리 임무는 인질 구출이야. 무엇보다, 우린 명령 없이 움직이면 안 돼.」

그는 대꾸도 하지 않은 채 귀에서 헤드셋을 떼어 바닥으로 던졌다.

「오스왈드…….」

「가.」

「제발.」

오스왈드는 총을 장전하고 발걸음을 옮겼고 이내 지하로 완전히 사라졌다.

저 미친 자식. 프리데릭은 마이크를 당겼다.

「컨트롤. 로미오1. 1번이 이탈했다. 이 미친놈이 또 쿠키를 발견한 것 같다.」

폴이 무슨 말인지 알아듣지 못하는 듯 잠잠하자 프리데릭이 짜증스럽게 한 번 더 말했다.

「무슨 쿠키가 됐건 저 자식한테 걸리면 멀쩡하게 살아 있기 힘들어! 제발 상대방이 저 미치광이를 자극시키지 않기만 바라라고!」

프리데릭은 그의 전력을 잘 알고 있었다. 그는 적이라고 판단되면 모조리 죽였다. 인질이나 포로가 아니고서야 그에게 걸리고 사지 멀쩡하게 생포되는 것은 불가능했고, 살아남는 것도 기적에 가까웠다. 살려 둬도 원하는 것을 얻고 나면 곧 죽였고, 자신에게 위해가 될 거라 판단되면 망설이지 않고 죽였다. 그는 사람을 죽이는 것에 능숙했고 그것에 두려움도 죄책감도 갖질 않았다. 마치 누군가에게 보복이라도 하듯이, 아니면 그저 세상 자체를 경멸이라도 하듯이 그는 목표가 불분명한 증오를 늘 표적에 대입시켰다.

전쟁과 테러라는 특수한 상황은 그 모든 것을 합법적으로 만들었고 언제나 발톱을 숨기고 느긋하게 앉아 있다가도 기회가 되면 상대를 도륙하려 드는 그의 정처 없는 분노는 그를 뛰어난 대원으로 만들었다. 누구보다 뛰어나지만 누구도 그의 행동을 예상하지 못한다는 것은 그의 가장 큰 장점이자 가장 큰 단점이기도 했다.

쿠키 체이서라니. 그건 정말 귀여운 별명이지. 저 자식은 그냥 살인광이라고. 대체 저 미친놈을 누가 말릴 수 있겠어. 설마. 그 약혼녀? 프리데릭은 끌끌 혀를 차며 다시 한 번 마이크를 당겼다.

「로미오1팀. 건물 외부로 나간다.」

로스 산토스는 차오르는 숨을 어떻게든 멈추려 노력했다. 귓가에 자신의 숨소리가 천둥처럼 들렸고 언제든 사격할 수 있게 금색 권총 방아쇠에 얹어 둔 검지는 미세하게 떨려 왔다. 폭탄이 터지며 방향 감각을 잃은 탓에 자칫 미군 쪽으로 돌진할 뻔했다. 발견되기 전에 재빠르게 빠져나온 것이 다행이었다. 그는 궁지에 몰린 쥐처럼 바닥을 기어 지하 하수도로 이어지는 하수관으로 몸을 구겨 넣었다. 사방에서 들려오는 사격 소리와 부하들의 비명 소리를 들으며 그는 몸을 웅크렸다.

어둠. 그가 느끼는 건 오직 예민해진 청각과 하수구의 악취 그리고 어둠뿐이다.

멍청한 도스 새끼, 그 미련한 병신 때문에 모든 계획을 다 망쳐 버렸다. 미친 듯이 조직의 몸집을 불리더니 그 안으로 쥐새끼가 끼어든 것도 몰랐던 모양이지. 그 개자식 때문에 다 망했어. 원래의 계획대로라면 지금쯤 개미 새끼처럼 까만 옷을 입은 CIA가 쳐들어오는 대신 마약과 돈다발이 잔뜩 담긴 화물을 받았어야 맞다.

그는 이곳에서 살아 나갈 궁리를 했다. 어차피 목표는 자신이 아니다. 저 멍청한 도스 자식이지. 그를 따라 탈출 통로로 이동하지 않은 것이 천만다행이었다. 그들은 사전에 건물의 모든 지리를 다 인지하고 있는 것처럼 보였으니까. 도스는 잡힐 거다. 제아무리 발악을 해도 그럴 가능성이 크다.

도스는 현재 가장 큰 카르텔 조직의 우두머리고 그를 잡으면 수많은 거점의 피라미 조직들을 해체시킬 수 있었다. 둘 다 잡을 수 없다면, 둘 중 하나만 택해야 한다면, 미국은 도스를 택할 것이다. 그 자식이 차라리 빨리 잡혀 버리면 좋겠다. 어쨌든 여기서 빠져나가야만 했다. 미국에 송환되면 그는 영원히 감방에서 썩어야만 했다. 똥물을 뒤집어쓰더라도 여기선 꼭 나가야 해.

로스는 천천히 악취 나는 하수구를 기었다. 통로가 좁아 몸을 쉽게 움직일 순 없었지만 상관없었다.

펑!

발끝이 따끔하더니 갑자기 커다란 굉음이 몸 아래에서 들려왔다. 그러더니 쉬지 않고 뭔가가 난사되는 소리가 계속해서 들려왔다.

파파파파파파팡!

그는 섬광탄의 존재를 몰랐고 그저 뒤에서 누군가 미친 듯이 총알을 갈기고 있다고만 생각했다. 로스는 비명을 지르며 두 손으로 감싸 쥔 머리를 바닥에 처박았다.

섬광탄의 소리가 잦아들자 이번엔 다른 소리가 났다. 퓽 하는 얇고 짧은 소리가 나더니 발바닥에 불이 난 것 같은 통증이 갑자기 일어났다.

「윽!」

그는 짧은 비명을 내질렀다. 곧이어 같은 소리가 한 번 더 들리더니 반대편 발바닥에도 마찬가지의 통증이 일었다. 이번에는 좀 더 크게 비명을 질렀다. 철컥. 다시 총알이 장전되는 소리에 그는 서둘러 고함 쳤다.

「항복. 항복! 항복!」

「나와.」

낮은 저음의 목소리가 엄하게 명령하자 로스 산토스는 통증에 덜덜 떨며 오른손에 권총을 꼭 쥐고 몸을 후퇴 방향으로 움직였다. 맨 처음으로 피가 흐르는 발끝이 나오고 무릎, 엉덩이, 마지막으로 머리통이 빠져나오자 뒤통수에 묵직한 것이 닿았다.

로스는 손에 든 권총을 바닥으로 떨어트리고 두 손을 위로 들어 올렸다. 오스왈드는 바닥에 떨어진 총구를 멀리 발로 차 버리고 여전히 그의 머리를 조준한 채 그의 몸을 돌아 남자의 앞에 섰다.

「로스 산토스.」

이 꽁지머리가 누구인지 기억이 났다. 바짝 긴장한 로스는 눈을 들어 남자의 얼굴을 확인하더니 비죽 웃었다.

「오스왈드 퀸튼.」

그 웃음은 즐겁고도 놀라워 보였다.

「이런 취미 생활이 있었군.」

「목적이 뭐야.」

「마약에서는 손 뗐나?」

「유환오를 왜 납치했지?」

「당신이라면 싼값에 주지.」

오스왈드는 남자의 허벅지로 총알을 한 발 더 발사했고 로스의 얼굴이 삽시간에 구겨졌다. 꽁 소리와 함께 이마에 핏줄이 섰고 온몸이 부들부들 떨렸다.

「날 자극하지 마, 로스. 당장 머리에 총알을 박아 넣을 수도 있어.」

「아니 못 할걸.」

그는 아픔에 얼굴이 붉게 달아올랐으면서도 여전히 비죽 웃었다.

「당신은 혼자 왔어. 왜일까? 숨기고 싶은 게 있어서지. 안 그래? 뭔가 구리니까 혼자 온 거야.」

「…….」

「불안하겠지. 마음속 깊이 불안감이 도사리고 있어서 그걸 확인하고 싶을 거야. 내게서 듣고 싶은 것이 있는 한 당신은 날 못 죽여.」

그 말에 오스왈드는 남자의 오른손에 다시 총알을 박아 넣었다. 푹 하고 총알이 그의 손바닥을 관통해 바닥으로 튀었고 피가 뿜어져 나와 바닥에 흩뿌려졌다.

로스가 비명을 지르며 바닥으로 몸을 굽히자 오스왈드는 그의 어깨를 발로 차 그를 바닥에 눕혔다. 움직이지 못하도록 어깨를 밟아 몸을 고정시키고는 그의 왼쪽 눈에 총구를 겨눴다.

「널 못 죽인다면, 대신 널 걸레처럼 만들어 주지. 숨만 쉴 수 있게 주요 장기를 빼놓고 온몸에 1미리 간격으로 총탄을 박아 줄게.」

남자는 입술을 질끈 물었다. 공포감이 몰려왔지만 그는 마지막 이성을 쥐어짜 내며 평정을 찾았고 그즈음 오스왈드가 다시 입을 열었다.

「유환오도, 그 땅도 마약과는 아무런 관련이 없어. 넌 완전히 실수한 거야.」

「쓰레기.」

로스는 떨리는 입술로 이죽댔다.

「……」

「알코올 중독자.」

「……」

「창녀.」

「……」

「마약 중독자.」

「……」

「최도운.」

마지막 이름에 왼쪽 눈에 겨눴던 총구가 살짝 옆으로 비껴 나갔다.

「난 널 알아. 오스왈드 퀸튼.」

핑―

총구에서 나온 총알이 그의 이마 한가운데를 관통했다. 불안하게 떨리는 오스왈드의 눈동자는 사지가 축 처진 남자의 몸에서 한참이나 비껴 난 곳에 멈춰 있었다.

아빠가 탑승한 차량이 국경선을 넘어오고 있다는 말에 단희는 모텔 밖으로 뛰어나갔다. 조금이라도 더 빨리 만나기 위해 그녀는 모텔 밖 도로를 계속해서 서성거렸다.

두 대의 차량이 건조한 아스팔트의 모래바람을 일으키며 다가오는 것이 지평선 너머로 보였다. 단희는 숨을 죽이고 이글거리는 아스팔트의 열기 너머의 그것에서 눈을 떼지 않았다. 떠났던 누군가가, 자신의 곁으로 돌아온 경험은 없었다. 모두가 예고 없이 떠나갔고 남겨지는 건 늘 혼자였다. 이 순간은 그녀의 인생에 두 번 다시 없을 거라 생각했던 희망의 불씨를 일으키고 있었다.

단희는 떨리는 두 손을 꽉 쥐었다. 두 발을 땅에 붙인 채, 느와르 필름의 한 장면처럼 눈부신 반사광을 일으키며 다가오는 검은 차가 점점 커지는 것을 여자는 간신히 울음을 멈추고 쳐다보았다.

차는 서서히 속도를 줄이고 좌회전해 단희의 앞에 멈췄다. 그녀의 뒤에서는 대기하고 있던 의료진과 제드릭, 그리고 막 도스 산토스를 생포해 헬기 이송을 마쳤다는 무전보고를 끝마친 폴이 홀가분한 표정으로 다가오고 있었다.

딸깍— 하고 차량 도어의 잠금쇠가 풀리는 소리와 함께 문이 열렸다. 가장 먼저 프리데릭이 차에서 내렸다. 새까만 연기와 먼지를 뒤집어쓴 그는 전쟁터에서 살아남은 병사의 모습으로 단희를 발견하고는 가볍게 묵례를 해 보였다. 그 뒤로 그의 손을 잡는 야위고 주름진 손 하나가 끌려 나오기 시작했다.

"아빠!"

유환오는 비틀비틀 차량에서 나왔다. 터질 듯이 붉어진 딸의 눈시울에 그는 희미하게 웃어 보였다.

"딸."

갈증으로 쉬어 버린 유환오는 다정스럽게 대답했고 그의 딸은 엉엉 울며 아빠에게 안겼다. 어느새 훌쩍 큰 딸은 한 품에 들어오지도 않았다. 그럼에도 노인은 어린애 같은 딸아이의 울음소리를 들으며 갓난아이를 달래듯 딸의 등을 토닥였다.

"괜찮다. 괜찮아."

감사합니다. 감사합니다. 감사합니다.

단희는 아빠를 안고 누구를 향한 것인지 모를 감사의 인사를 계속해서 중얼댔다. 저주가 아닌 감사의 인사가 끊임없이 흘러나왔다.

"아버님의 상태를 체크해야 합니다."

제드릭이 다가와 엉엉 우는 단희의 어깨를 살며시 잡았다.

"그래요."

단희는 눈물을 닦고 고개를 끄덕이며 유환오에게서 물러섰다. 마지막으로 아빠의 어깨를 한 번 쓸고 손을 꼭 잡았다. 유환오는 딸을 안심시키기 위해 빙그레 웃고 아무 데도 가지 않는다는 듯 딸을 향해 고개를 천천히 끄덕여 보였다. 의료진은 유환오에게 모포를 덮었다. 뜨거운 사막의 날씨에 찌는 듯한 무더위에도 그의 몸은 탈수와 탈진으로 얼음처럼 서늘했다.

"걱정 마라. 조금 지친 것뿐이니까."

유환오의 눈은 단희에게서 조금 비켜 가 그녀의 뒤쪽에 시선을 던졌다.

"저 사람이 구해 줬다."

단희가 그의 시선을 따라 고개를 돌리자 유환오가 말했다.

"따라올 필요 없다."

유환오는 제드릭의 안내에 따라 딸에게서 몸을 돌렸다. 단희의 눈이 모텔로 걸어가는 아버지의 뒤에서 불안하게 흔들리다 이내 다시 원래의 방향을 찾아 돌아갔다.

두 번째 차량에서 빠져나온 그의 얼굴은 까만 잿더미로 뒤덮여 있었고 여기저기 혈흔이 튀어 있었다. 움직일 때마다 건장한 몸에서 가루가 먼지처럼 날렸다. 뜨거운 사막, 이글거리는 태양, 타는 듯한 더위. 사냥을 마치고 돌아온 짐승 같은 모습은 그에게 아주 잘 어울렸다.

아. 이런 남자로구나. 늘 이런 곳에서 사는 남자로구나.

그는 방탄조끼와 총을 팀장에게 넘기고 나서야 단희에게로 눈을 돌렸다.

"다쳤어요?"

"아, 이거."

단희의 말에 그는 얼굴에 묻은 혈흔을 손바닥으로 닦아 내 확인한 뒤 자신의 옷에 쓱 닦았다.

"아니."

오스왈드는 단희와 마주 서서 그녀를 물끄러미 바라봤다.

연기해야지, 유단희. 어서 연기해. 약혼자가 돌아왔잖아. 여전히 떨리는 손발이 진정되지 않았고 여전히 가슴은 불안하고 터질 것처럼 뛰어 대서 그저 눈앞에 남자를 쳐다보는 것 말고 아무것도 할 수가 없었다.

"뭐 해. 나와 약속한 게 있잖아."

살육전을 펼치고 온 사람이 아니라, 어디 백화점에 쇼핑이라도 다녀온 사람처럼 그는 빙그레 웃으며 말했다. 웃어야 하는데. 그래야 한다는 걸 알고는 있지만 단희는 목이 막히고 가슴이 조여 입술만 앙다물고 있었다.

"미안해요. 잘 안 돼요."

울상을 지은 그 말에 오스왈드는 결국 웃음을 터트렸다.

"망했군."

그 장난스러운 말투에 단희는 참지 못하고 오스왈드의 품으로 뛰어들었다. 그는 등을 굽혀 단희의 허리를 받쳐 안았다. 목을 힘껏 죄는 여자의 팔 힘이 느껴졌다.

"고마워요. 정말 고마워요. 무사해서 다행이에요."

이럴 땐 꼭 아이 같네. 참 많은 걸 발견한다. 이 볼품없는 작은 여자에게.

어차피 웃어 줄 거라곤 기대도 하지 않아서일까. 그저, 이것으로 충분했다. 어쩐지 지금 이 순간이 그 미소를 보는 것보다 값어치 있게 여겨졌다.

"아무 이유가 없었단 말씀이군요."

"그래. 언쟁을 벌인 것도, 폭력을 휘두른 것도 아니었어. 순식간이었어."

오스왈드는 노인의 대답에 입을 한일자로 다물었다. 진지한 얼굴에는 어떠한 표정도 떠올라 있지 않았다.

그가 한 질문은 그날, 삼척에서 발견했던 시체에 관한 것이었다. 이모든 실마리를 풀어 가려면 그 남자가 거기서 왜 죽었는지부터 알아내야 할 것 같아, 해가 지고 노인이 조금 안정을 되찾았을 때쯤 그의 객실로 찾아와 물었지만 돌아오는 대답은 아무런 이유가 없다는 것이다.

"대단히 침착했어. 아무도 놀라질 않았네. 미리 계획된 일인 것 같았어."

유환오는 그날의 일을 오스왈드에게 상세하게 설명했다. 저녁 식사를 차리던 도중, 웬 사내들이 집으로 들이닥쳤고, 둔탁한 것으로 머리를 때려 자신을 제압하고 테이프로 온몸을 포박한 후, 아무런 이유도 없이 남자 하나의 머리를 자신과 똑같은 방식으로 내려쳤다고 말이다. 무방비했던 남자는 마지막 발악을 하며 주방을 쑥대밭으로 만들곤 뒷문으로 도망쳤고 곧이어 권총 소리가 들렸다고 했다.

의도적인 살인이었고, 의도적인 시체 방치였다. 마치 누군가가 발견하라는 듯 그들은 일부러 증거를 남겨 둔 것이었다.

"날 납치해 놓고도, 아무것도 묻질 않았네. 그들은 그저 날 가둬 놓기만 했어. 그들은 내가 누구인지도 관심이 없었고, 땅에 대해서도 한마디도 묻질 않았어. 그저 내 딸이 누구인지만 확인했어. 내내 조금이라도 수상한 짓을 하면 딸을 죽이겠다고 협박했네. 어디서 난 것인지 알 수 없지만, 단희의 사진까지 갖고 있었네."

"······."

"자네. 내 딸과 약혼했나?"

"공식적인 약혼이 아니에요. 어르신을 구하기 위한 일시적인 방편일 뿐이었습니다. 이 일은 미국에 오기 전까지, 저와 제드릭, 그리고 따님만 알고 있던 겁니다."

그러니까, 이건 연기일 뿐, 약혼이 아니다······. 그 말이로군.

유환오가 마지막으로 본 오스왈드는 무척이나 혼란스럽고 힘든 모습이었다. 마치 그대로 도망가 두 번 다시 나타나지 않을 것처럼 느껴지기도 했다. 그런데 지금 이곳에 둘이 함께 있다. 오스왈드는 내내 단희를 보호하고 있었던 것 같았고 단희도 그에게 무척이나 의지하고 있는 것처럼 느껴졌다.

노인은 닫히는 문 사이로 서로 껴안고 있던 두 사람의 모습을 똑똑히 보았다. 약혼이든 계약이든 그것과는 상관없이 둘 사이엔 분명 진전이 있어 보였다.

"아까 금발 머리 사내가 통역사를 끼고 와서 묻더군. 둘이 약혼한 것이 정말 사실이냐고."

폴 와그너. 역시나, 의심하는군. 당연해. 단희와 자신의 사이엔 미묘한 긴장감이 있다. 눈치가 빠르다면 아무리 경황이 없는 상태라 할지라도 서로 약혼까지 한, 두 남녀 사이에서 뿜어지는 그 불편하고 팽팽한 기운을 못 느꼈을 리가 없다. 오스왈드의 입은 다시 한일자로 굳게 다물려 있었다. 속을 전혀 알 수 없는 특유의 무표정에 유환오는 담담히 입을 열었다.

"자네는 평범하지 않은 사람이야."

"······."

"모두가 그걸 알고 있고, 그래서 더 자네에 대해 궁금해하는 거야."

"······."

"어느 정도는 타고난 것이지. 어떤 것들은 자네가 만들어 온 것들이고."

"……."

"날 납치한 자들은 내 눈을 가리지도, 내 귀를 막지도 않았어. 얼굴이 노출되고, 자신들의 거점이 노출되는 것도 개의치 않았네. 처음부터 날 죽일 생각으로 데려간 거였어."

노인은 초연했다. 마치 남의 일을 이야기하듯 음색은 단조로웠고 평화롭기까지 했다.

"난 미끼였네. 오스왈드. 이유가 무엇인지는 모르지만 목적은 자네였어. 그리고 나와 내 딸에 관해 안다는 것은 적어도 지금, 자네에게 일어나는 모든 일을 알고 있다는 이야기네."

"적절한 조치를 취할 겁니다."

"자네의 주변을 믿을 만한 사람으로 채우게. 언제든 자네를 보호해 줄 수 있는 사람들로."

"저는 아무도 믿지 않습니다."

단호한 목소리에 아무것도 담겨 있질 않았다. 날카롭고 깊은 그 눈동자는 무표정했지만 유환오의 눈에는 오히려 겁에 질린 어린아이의 그것처럼 느껴졌다.

"아무것도 믿지 않으면, 결국 아무것도 가질 수가 없네."

"……."

"이 세상은 혼자서 살아갈 수 없어. 내 딸도 그렇지만 자네도 오랫동안 곁에 있어 줄 누군가가 필요할 거야."

아니 달라.

오스왈드는 여태껏 그와 반대되는 말을 들으며 자랐다.

'누구도 믿지 마 오스왈드! 잘 들어! 세상은 강한 자만이 살아남는 거야! 오로지 강한 자만이! 우정이니, 사랑이니 듣기 좋은 말에 속지 마! 사람은 모두 자신의 이기에 따라 움직이는 거야! 그걸 명심해! 밟지 않으면 밟히고 죽이지 않으면 죽는 거야!'

실제로 그가 경험한 세상 역시 그랬다. 오스왈드는 더 이야기가 깊어지기 전에 자리에서 일어섰다.

"내일 아침에 이동할 겁니다. 푹 쉬세요."

"오스왈드."

문 쪽으로 돌아선 발걸음을 노인이 잡았다.

"구해 줘서 고맙네. 내 딸을 보호하고 있어 줘서 고맙고. 금발 머리 사내에겐 아무것도 말하지 않았네. 이 일은 우리 둘만의 비밀로 하지."

"……."

"자네 탓이 아니야. 그러니 혹여나 내게 죄책감을 가질 필요 없네."

"쉬세요."

오스왈드는 노인에게 정중하게 인사했다. 여유로운 표정을 지어 보였지만 실제로 유환오가 그것을 믿을지에 대해선 자신이 없었다.

방 밖으로 나오니 유단희가 멍하게 밤하늘을 쳐다보고 있었다. 아빠와 단둘이 할 이야기가 있다는 말에 그녀는 순순히 자리를 비켜 주었다. 오스왈드가 국경선을 넘어 다시 엘파소로 복귀한 이후로 단희의 태도가 눈에 띄게 누그러져 있었다.

예전처럼 날카로운 눈빛으로 쳐다보지도, 당장이라도 할퀼 것처럼 온몸에 털을 곤두세우고 경계하지도 않았다. 오히려 태도가 달라지자 그녀는 고양이라기보단, 강아지처럼 보이기도 했다.

딸깍 하고 문이 닫히는 소리에 난간에 팔꿈치를 대고 있던 단희가 천천히 고개를 돌렸다. 남자는 어느새 자신의 옆에 서 있었다. 허공에 시선을 고정한 그는 난간에 단희와 마찬가지로 팔꿈치를 대고 어깨를 약간 구부정하게 숙였다.

눈앞에 보이는 풍경은 듬성듬성한 집들. 모래. 멀리 보이는 몇 개의 불빛 그리고 거대한 밤하늘에 박힌 별들이 전부였다. 눈에 걸리는 낮은 풍경들이 하나도 없어서 하늘은 꼭 바다와 같이 넓고 푸르게만 펼쳐져 있었다. 단희는 그의 옆얼굴을 잠시 살폈다가 고개를 돌려 그와 풍경을 공유했다.

"낮에는 황량해 보였는데, 밤이 되니까 아주 멋지네요."

단희의 말에 오스왈드는 저 혼자 씩 웃었다.

"이젠 먼저 말도 붙일 줄 아네."

"내가…… 안 그랬었나요?"

"했었지. 이 쓰레기를 대체 언제 눈앞에서 치울 수 있나, 하는 눈으로. 지금과는 아주 다르게."

여자는 머쓱함에 자신의 콧잔등을 긁었고 오스왈드의 입가에 따뜻한 미소가 번졌다.

"우리 사이도 많이 변했네."

그는 몸을 반대편으로 돌려 등을 난간에 기댔다.

"고마워요. 큰 빚을 졌어요. 내 목숨을 던져서라도, 갚을게요."

"당신 목숨은 너무 값싸서 안 받아."

"……."

"나한테 내놓지 않아도, 어차피 버리려던 거잖아."

그 말에 단희는 어깨를 한 번 으쓱해 보였다. 뭐, 그 말이 맞네.

"사업을 하는 사람이라 그런가, 머리 잘 돌아가네요."

"당연하지. 성공은 아무나 하는 줄 알아?"

"글쎄요. 운이 좋아서 하는 경우도 있으니까요. 예를 들면 부모를 잘 만났다든가."

그는 팔짱을 끼고 발바닥을 규칙적으로 바닥에 비볐다. 모래 알갱이들이 바닥에 마찰하는 소리가 부스럭부스럭 들려왔다.

"해당 사항이 없는 이야기로군."

"당신이 덜래스 회장의 사생아란 소문이 있어요."

그는 아무 말 없었다. 여전히 부스럭대는 소리와 규칙적으로 움직이는 자신의 발끝만 쳐다보는 얼굴은 대답할 의지도 없어 보였다. 대답하기 곤란한 것인지, 아니면 너무 어처구니없는 말이라 입 밖에 내고 싶지 않아 하는 건지 모르겠지만, 분위기가 불편해지자 단희는 마른침을 한 번 삼키고 평이한 어조로 덧붙였다.

"뭐가 됐든 상관없어요, 어차피 관심도 없으니까."

"난 덜래스 회장의 사생아가 아니야."

이번엔 단희가 입을 다물었다. 그는 아주 천천히 눈을 들었다.

"난 그 사람과 전혀 닮지 않았잖아."

"뭐……."

왠지 이상한 기분이었다. 갑작스레 서로 너무 가까이 서 있다는 생각이 들어 단희는 한 발 뒤로 물러서며 더듬댔다. 타는 듯한 열기가 식어 버린 사막의 밤은 유난히 눈부시고, 또 유난히 어두워서, 물러서면 물러설수록 그에게 더 자석처럼 다가가는 것 같은 환영이 일어난다.

"폴이 우리 사이를 의심해."

오스왈드는 아직 잠들지 않은 듯 불이 켜져 있는 객실 창문을 쳐다보며 말했다. 덕분에 단희는 질식할 것 같은 기분에서 곧장 깨어났다.

"내가 말했잖아. 눈치가 무척 빠를 거라고. 저자들은 그걸로 밥 먹고 사는 사람들이야."

"……."

"당신은 연기를 정말 더럽게 못하고."

비아냥대는 소리에 단희의 눈이 일순 맑아지며 뾰족한 언성으로 반박했다.

"그럴 리가요. 당신이 멕시코로 넘어가고 나서 내가 얼마나 부들부들 떨었는데요. 여우주연상감이었어요."

천연덕스러운 대꾸였지만 그건 연기가 아니었다. 아빠가 구출되지 못할까 두렵기도 했지만 오스왈드가 어떻게 될까 봐 무척 겁이 나기도 했다. 마치 동정과 사랑이 넘쳤던 과거의 자신으로 돌아간 듯 말이다.

"차라리 기절을 한번 하지 그랬어."

기막혀. 아까 우발적으로 입도 맞췄잖아. 그 정도면 충분한 것 아닌가? 그 일을 들먹거려 볼까도 생각했지만 괜스레 의식하고 있다는 놀림을 받을까 단희는 곧바로 그 생각을 접었다.

"내가 소리 좀 질렀다고 날 얼마나 노려봤는지 알아요? 내가 거기서 기절했으면 두 번 다신 못 들어오게 날 어디 사막 한가운데에 패대기쳐 놨을 거예요."

"문제를 잘 인식하지 못한 모양인데. 난 지금 한 국가의 정보기관에 사기를 치고 있다고. 그것도 국익에 중대한 이익이 될 만한 광물에 대한 이야기는 아예 숨긴 채 말이야. 같이 쇠고랑 차고 싶지 않으면 미국 땅을 벗어나기 전까진 좀 상냥하게 굴어."

"여기서 뭘 더 어떻게 상냥해져요? 최대치라고요."

"농담해?"

그는 믿을 수 없다는 듯 되물었다.

"내가 지금 농담하는 걸로 보여요?"

"긴장 좀 그만해."

단희의 얼굴이 굳었다. 긴장. 그 낯선 불편함은 분명 그런 명칭을 가진 것이었다. 인정하고 싶지 않아 무시했던 부분을 오스왈드는 아주 콕 짚어 이야기하고 있었다.

"뒤로 그만 좀 가."

이런.

"이건 본능적인 거예요. 내가 컨트롤할 수 있는 부분이 아니라고요."

"난 지금 총도, 칼도 없으니 안심하라고."

"당신은 맨손으로도 날 죽일 수 있잖아요."

"반박은 못 하겠군. 하지만 안 죽이니까 걱정 마."

오스왈드는 단희의 손목을 잡고 자신 쪽으로 당겼다.

"부러뜨리지 마요. 골다공증이 있어서 쉽게 안 붙으니까."

"역시 긴장하니 말이 많아지네."

"자극하지 말아요. 자극하면 욕하는 타입이니까."

"그것도 이미 겪어 본 거고."

오스왈드는 아까부터 주시하고 있던 객실 창문을 살피며 단희의 하체를 자신 쪽으로 딱 붙였다.

"나한테 키스해."

"미친놈."

단희는 그를 무표정하게 올려다보며 반사적으로 내뱉었다.

"자극하지 말라고 했잖아요."

"폴이 창문으로 보고 있어. 지금이 실수를 만회할 기회야."

"무슨 실수요?"

"더럽게 어색한 당신의 연기를 만회할 기회."

"그럼 그냥 다정하게 뺨에다 해요."

"여긴 미국이야. 그런 키스는 지나가던 고릴라한테도 할 수 있어."

"세계 어디에서 고릴라가 길에 지나가요."

"말꼬투리 잡지 마. 못 하겠어? 그럼 내가 하고."

"섹스는 못 해도 키스는 하나 봐요?"

"다른 건 몰라도 난 연기는 잘하거든."

"나랑 키스하면 곧 그 연기도 못하게 될걸요."

"왜?"

"그런 거에 형편이 없거든요."

"애는 어떻게 낳았어, 그럼?"

"애 낳는 데 그게 꼭 필요해요?"

아니 꼭 그게 필요하진 않지. 오스왈드의 입술이 위로 비죽 올라갔다. 다른 건 몰라도 웃기는 재주는 있는 여자다.

"이혼한 이유를 알겠네."

"비아냥거리지 말아요. 섹스리스 퀸튼 씨."

여자와의 말싸움이 점점 재밌어지기 시작했다. 좀 더 이런 유쾌함을 유지하고 싶어진다. 고집스럽게 부릅뜬 눈이 별빛처럼 반짝였다. 오스왈드는 정신을 차리기 위해 다시 한 번 힐끔 객실의 창으로 눈길을 돌렸다.

"시간 없어."

"그 남자가 보고 있는 거 맞아요?"

"맞아. 아주 의심스럽게 보고 있다고. 그러니까 빨리 눈을 감든지, 아니면 가져다 대든지 해."

"그럼 그쪽이 가져다 대든가요."

마치 왜 명령질이냐는 듯 그녀는 어처구니없는 표정을 지었고 오스왈드는 단희의 허리에 손을 휘감아 자신에게로 더 당겼다.

그 덕에 몸의 무게중심이 그에게로 쏠리면서 단희의 뒤꿈치가 바닥에서 들렸다.

"사랑스러운 척을 못 하겠으면 눈이라도 감아."

어효. 어쩔 수 없지.

단희는 눈을 질끈 감았다. 곧 오스왈드의 손가락이 턱선을 지나 엄지는 광대뼈 바로 밑에 나머지 손가락은 그녀의 목덜미에 감기는 것이 느껴졌다. 손길이 따듯하고 부드러워서 단희의 고개가 그쪽으로 저도 모르게 기울었다.

"손은 내 목에 감아 주면 정말 고맙겠어."

요구 사항도 많네. 단희는 속으로 투덜거리며 두 손을 그의 어깨 위에 가볍게 얹었다. 그가 다시 한 번 명령하며 위치를 정정할 것이라 생각했지만 눈을 감은 단희의 얼굴에 내려앉는 건 그의 투덜대는 목소리가 아니라 그의 향긋한 숨결이었다.

그리고 곧이어 입술에 서늘하고 부드러운 감촉이 닿았다.

진짜 했네.

그건 좀 충격적인 느낌이었다. 할 것을 알면서도 꽤나 그랬다. 일순 그 충격에 머리가 멍하고 아주 좁은 벽 안에 갇힌 것처럼 온몸이 압착되는 느낌이 들었다.

남자의 입술은 오랫동안 여자의 입술 위에 지긋이 머물렀다. 마치 처음 닿는 것에 적응이라도 하려는 듯 조심스러워서 조금 압박적인 느낌마저 들었다. 단순한 입맞춤인가? 하는 의심이 들 때쯤, 남자의 입술이 움직였다. 촉촉하고 말캉한 감촉이 단희의 아랫입술에 감겨왔고 오스왈드의 어깨 위에 얹은 손에 힘이 꾹 들어갔다.

남자는 부드럽고 느긋했다. 동시에 뜨겁기도 했다. 경직되어 굳게 닫혀 있던 입술이 어느 순간 열기를 흡수하려는 듯 아니면 부족한 무언가를 채우려는 듯 더 크게 벌어졌다. 허리에 감겨 있던 오스왈드의 손이 등을 타고 어깻죽지까지 올라왔고 광대뼈 위를 쓰다듬던 손은 단희의 뒤통수로 자리를 옮겼다. 그는 여자의 턱이 위로 들리도록 자신의 손가락 사이에 여자의 머리카락을 감아쥐고 아래로 당겼다.

도망가지 못하게 두 손으로 꽉 붙들고 나서, 남자는 조금 더 고개를 틀고 여자의 입 안으로 자신의 혀를 밀어 넣었다. 그녀의 몸이 흠칫하며 작게 요동쳤다. 붙들린 채 잠시 힘이 들어가는가 싶더니, 곧 남자의 목으로 손이 휘감겨 왔다.

이미 결혼과 임신, 출산을 경험한 완숙한 여자였다. 그녀는 스스로의 여성성을 부정하며 살았지만 언제든 작은 불씨 하나만으로도 뜨겁게 타오를 수 있는 발화점을 늘 지니고 있었다. 단희는 오스왈드의 목에 감긴 자신의 팔에 더 힘을 주어 당기고 뒤꿈치를 들어 남자에게 몸을 더 밀착했다. 그 이후엔 그저 정신없이 휘몰아치고 휘말려 갔다.

확 트인 모텔의 복도는 둘에게 밀실이었다. 낮고 고요한 밤이 그들을 좁고 어둡게 만들었다. 접촉하는 소리, 질척하게 빨아 당기는 소리. 황급하게 들이마시고 거칠게 내쉬는 숨소리만 가득했다. 여자의 몸은 뜨거운 열기에 녹는 부드러운 초콜릿 같았다. 유연하고 끈적끈적했으며 쓰고 단 향이 났다. 달아오른 몸이 좀 더 그에게 밀착하자 오스왈드는 여자의 두 어깨를 잡고 그녀를 자신에게서 떼어 냈다.

황홀하게 감겼던 눈이 힘겹게 떠졌다. 열기에 취해 있던 눈에 남자의 차분한 얼굴이 들어오자 이내 정신이 번쩍 들며 곧 또렷해졌다. 그는 단희처럼 숨에 차지도 취해 보이지도 않았다. 연기 그 이상도 이하도 아니었던 거다.

아뿔싸. 내가 지금 뭘 한 거지?

시간이 지날수록 더 적극적으로 키스에 응한 건 자신 쪽이었다. 그 깨달음이 그녀를 놀랍고 황당하게 만들었다. 오스왈드가 떼어 내지 않았다면 단희는 아예 그에게 대롱대롱 매달려 있었을 거다.

미쳤어. 완전히 맛이 간 거다. 자신의 행동을 도저히 이해할 수 없을 뿐만 아니라, 심지어 치욕적인 기분마저 들었다. 그나마 다행스러운 건 곤욕스럽게 붉어진 얼굴을 가려 줄 만큼 복도가 어둡다는 사실이었다.

"이 연극을 마무리할 방법이 두 개가 있어. 하나는 나랑 같이 내 방으로 들어가든가, 아니면 넘치는 포옹 후에 헤어지든가."

아빠가 구출되고 나서 단희는 방을 옮겼다. 이제 막 납치에서 풀려난 아빠의 곁에 있으려는 딸의 깊은 효심은 오스왈드와 한방을 쓰는 것에서 벗어날 수 있는 좋은 핑계였다. 설사 지금 한방으로 들어간다 해도 이 남자랑 무엇인가를 더 할 가능성은 없었다. 그건 오스왈드 본인도 그리고 단희 자신도 아주 잘 알고 있는 사항이었다. 하지만 문제는 거기에 있는 게 아니었다. 그걸 알면서도 그의 키스에 정신없이 빨려 들어간 자신에게 있었다. 마지막으로 남자와 이렇게 키스한 게 언제였는지는 기억도 나질 않았다. 어쩌면 처음일지도 모른단 생각마저 들었다.

그것도 이 순간, 이 상황에서, 이 남자와 말이다. 아찔하고, 매우 두려운 감정이 속에서 요동쳤다. 여태껏 지켜 왔던 모든 것들이 불안하게 흔들리는 기분.

위험해. 처음 그를 봤을 때부터 느꼈던 그 경고가 다시금 점등되어 버렸다.

"포옹해요, 그럼."

"좋아."

둘은 서로를 당겨 안았고 오스왈드는 다정하게 단희의 등을 쓸었다.

"이런 거지 같은 짓은 다신 안 해요."

오스왈드의 어깨에 얼굴을 파묻고 단희가 앵앵거렸다.

"동감이야."

"한국에 돌아가면 제발 우리 남남처럼 살아요."

"그건 안 되지. 엄연히 당신 아버지와 나눈 거래가 있는데."

"좀 기다려 봐요. 내가 아빠의 집문서랑 인감도장을 훔쳐서 가져다줄 테니까."

"그거 범죄 아니야?"

"지금 이러고 있는 것도 범죄예요."

"생각보다 그렇게 형편없진 않던데."

"……"

"뭐 썩 좋지도 않았지만."

"고자에게 듣긴 무척 모욕적인 말이네요."

고자란 말에 오스왈드는 단희의 어깨에 두른 손에 힘을 꽉 주어 강하게 압박했다. 가슴이 터질 듯이 조여 와 단희는 '윽' 하고 신음하며 버둥대려 노력했지만 조금도 움직이질 못했다.

"조심해. 문제가 있는 뼈는, 부러뜨리기도 쉬우니까."

오스왈드는 단희의 뺨에 가볍게 입을 맞추고 몸에서 손을 풀었다. 콜록. 단희는 압박감에서 풀려나자 기침을 한 번 하며 잔뜩 미간을 구긴 채 남자를 노려봤다.

"내일 아침에 헬기로 이동할 거야. 푹 자 두라고."

"……."

"잘 자."

"……."

"달링."

오스왈드는 신사적인 미소를 띤 채 단희에게서 물러서더니 그대로 자신의 방으로 들어갔다.

아씨, 짜증 나. 대꾸를 못 했어.

어쩐지 싸움에 진 기분이 들어 여자는 분하고 찝찝한 기분으로 '쯧' 하고 혀를 찼다.

267

9

단희는 아침 일찍 방에서 나섰다. 지난밤에는 괜찮던 아빠가 아침부터 갑자기 고열이 났기 때문이었다. 밤새 한숨도 제대로 자지 못한 얼굴로 그녀는 부산스럽게 기자재를 움직이는 남자들을 따라 시선을 이동했다. 베이스캠프로 사용했던 106번 방은 벌써 거의 텅텅 비어 있었다.

"Can I help?"

방 문간에 서서 이동하는 남자들을 구경하는 단희에게 폴이 먼저 말을 걸었다.

"어⋯⋯, 아빠가. My dad⋯⋯ is sick."

아. 폴은 고개를 한 번 작게 끄덕이고 제이슨이란 이름을 크게 외쳤다. 그는 폴과 같은 CIA요원이었다. 현장직이 아닌 지원팀이었는데 유환오에게 붙일 통역사가 필요해 어제 급하게 엘파소로 불러왔다. 주방 쪽에서 허겁지겁 튀어나온 남자는 하얀 피부에 마른 체형의 동양인으로 아무리 봐도 순진한 범생이로 보였다. 폴에게 몇 마디를 든

더니 그는 헛기침을 하며 단희에게 다가왔다.

"안녕하세요. 제이슨이라고 해요. 아버지가 아프시다고요?"

"네. 갑자기 열이 나세요."

"의사를 부를게요. 방에 가 계세요."

그는 단희와 눈이 마주치자 붉어진 낯빛으로 시선을 피하며 더듬더듬 말했다.

여자에 익숙지 않은 수줍음 많은 청년인가 보네.

"고마워요."

단희는 그를 곤욕스럽게 하지 않기 위해 일부러 더 무뚝뚝하게 대답했다.

제이슨에게 말한 지 채 5분이 지나지 않아, 방 안으로 편한 복장을 한 의사가 도착했다. 그는 청진을 하고 혈압을 재고, 유환오의 눈동자를 살피더니 안심하라는 듯 빙긋 웃었다.

"약간의 몸살이래요. 푹 자고 일어나면 괜찮아지실 거라네요."

제이슨은 의사의 말을 열심히 통역했다. 의사는 만약을 위한 해열제를 하나 처방해 주고는 자리에서 일어섰고 제이슨도 의사의 뒤를 따라 방문을 나서다 불안한 듯 멈춰 섰다.

"저……."

제이슨은 몇 번이고 망설였다. 원래 수줍음이 많기도 하지만 그것보다는 겁이 더 많았다. 그는 단희와 자신의 발끝을 번갈아 쳐다보며 초조한 사람처럼 손가락을 꼼지락거렸다.

"어젠 정말 죄송했어요."

죄송해? 단희는 남자의 사과를 이해할 수 없어 좌우로 눈동자를 굴렸다. 어제 무슨 일이 있었나? 난 오늘 처음 보는데.

"제가 훔쳐보려고 한 게 아니라……."

"뭘요?"

단희가 다시 묻자 그의 얼굴이 더욱더 붉어졌다.

"그, 불쾌하진 않으시겠죠?"

영문을 몰라 단희의 미간이 사납게 구겨지자 남자는 더 어쩔 줄 몰라 했다.

"퀸튼 씨에게 좀 전해 주세요. 정말 아주 조금밖에 못 봤다고요. 절대 훔쳐본 게 아니라, 아니, 훔쳐본 건 맞는데 일부러 그런 게 아니라 그냥 정말 보여서, 그러니까……."

"……."

"원래는 그냥 경치나 구경하려고 했는데, 눈에 들어와서 어쩔 수가 없었어요. 제가 그렇게 오랫동안 훔쳐본 건 아니라고 좀……."

"방이 몇 호죠?"

"101호요."

"……."

단희는 지난밤의 기억이 스쳤다. 이 미친 사기꾼 새끼가!

"어, 저……."

"비켜요!"

여자는 제이슨을 밀치고 씩씩거리며 먼저 방문을 나섰다. 그러곤 고릴라처럼 쿵쿵대며 복도를 가로질러 오스왈드의 방문 앞에 섰다

쾅쾅쾅! 쾅쾅쾅쾅!!

부서져라 문을 두드리는 소리에 폴은 인상을 쓰고 뒤를 돌아봤다. 오스왈드의 약혼녀가 꽥꽥 소리를 지르며 오스왈드의 방 앞에서 성을 내고 있었다. 왜 저래. 저 여자는.

처음 볼 때부터 폴은 여자가 마음에 들지 않았다. 오스왈드가 어떤 여자들과 데이트를 해 왔는지 어느 정도 아는 마당에 아무래도 이상하다는 생각을 지울 수가 없었다. 여자는 기품 있어 보였지만 그건 고급 원피스 탓일지도 모른다. 설사 원피스 때문이 아니라고 해도 육감적이고 화려한 여자들을 선호해 왔던 그에게 단희의 기품은 너무 초라했다.

저 둘은 정말 서로 사랑하는 사이일까? 오스왈드야 워낙 속을 알 수 없는 남자라지만 저 여자는 과연 어떤 걸까. 둘 사이의 끌림은 있어 보이지만 아무리 봐도 사랑하는 사이로는 보이질 않았다.

「저 고질라는 왜 아침부터 난리야.」

「모르겠어요. 저 때문인가 봐요.」

풀이 죽어 다가오는 제이슨을 향해 폴이 심드렁하게 물었다.

「네가 왜?」

「어제 둘이 키스하는 거 훔쳐보다가 걸렸거든요.」

「…….」

「사실대로 말하면 훔쳐본 것도 아니었어요. 보란 듯이 내 방 바로 앞에서 그러잖아요.」

「……그게 뭐 대수로운 일이야?」

「퀸튼 씨랑 눈이 마주쳤단 말이에요. 순간 메두사인 줄 알았어요.」

문을 아무리 두드려도 답이 없자 여자는 씩씩거리며 연쇄살인마처럼 주변을 미친 듯이 두리번거렸다.

「서로 사랑해서 약혼한 사이인 건 맞아요. 얼마나 끈적끈적하던지. 장난 아니었어요.」

제이슨은 입맛을 쩝쩝 다셨다. 어쩌면 오스왈드에게 걸리지만 않았어도 더 괜찮은 구경거리를 목격할 수도 있었을 텐데……. 그 점이 못내 아쉬웠다.

「똑똑한 남자야. 수작일 수도 있어.」

「그런 수작은 나도 좀 부려 봤음 좋겠네요.」

폴은 회의적으로 여자를 지켜봤다. 저 정도 남자라면 얼마든지 여자를 유혹해서 요리할 수 있다. 그깟 키스 같은 거…… 지나가던 아무나 붙잡고도 연출할 수 있을 거다.

모텔 진입로에서 오스왈드가 제드릭과 함께 모습을 드러냈다. 아침 일찍 조깅을 한 모양인지 남자의 셔츠는 땀으로 푹 절어 있었고 표정은 굉장히 상쾌해 보였다.

「아무래도 모르겠는 건, 오스왈드가 대체 뭐가 좋아 저런 여자랑 약혼을 했냐는 말이지.」

폴은 성난 걸음걸이로 성큼성큼 오스왈드에게 다가가는 단희를 쳐다보며 고개를 흔들었다. 대체 무슨 매력이 있는 거야? 저런 여자가.

「의외로 요부라거나?」

「뭐 볼 것도 없어 보이는데.」

「흠……..」

둘이서 심드렁한 농담 따먹기를 하고 있는데 단희가 오스왈드에게 달려가 태클을 걸듯, 있는 힘껏 그의 정강이를 후려 찼다. 그 장면에 짐을 옮기던 프리데릭을 비롯한 모든 남자가 입을 벌리고 그 자리에 정지했다.

저 여자가 지금 미치광이 오스왈드를 후려 찼어!

"Fuck!!!"

오스왈드가 아픔에 못 이겨 새된 욕설을 내뱉으며 상체를 숙이자 폴은 천천히 고개를 끄덕였다.

「좋아. 인정하지. 사랑하는 사이로군.」

선글라스를 고쳐 쓰고서 그는 자신의 말을 정정했다.

엘파소에서의 이동은 유환오의 열이 내린 오후 늦게야 시작됐다. 폴과 CIA대원들은 아침 일찍 짐을 챙겨 모텔을 떠났고 만약의 경우를 위해 자신의 요원 중 한 명을 그곳에 남겨 뒀다. 명분은 '안전을 확인하기 위해'였지만 한번 품은 의심을 마지막까지 확인하려는 수작이기도 했다.

9인승 검은 SUV차량은 도심지를 벗어나 끝이 보이지 않는 사막으로 이동했다. 그곳에는 댈크로우사의 마크를 단 7인승 헬기가 아주 느리게 로터를 돌리며 대기 중이었다. 자동차가 헬기 가까이 진입하자

예열된 로터가 굉음을 내며 언제든 자리를 뜰 수 있게 서서히 가속화하기 시작했다. 정지된 차량의 문을 열자마자 강한 바람이 차 안으로 몰아쳤다.

"내려!"

오스왈드가 유환오를 부축해 차에서 빠져나가는 것을 돕고 난 후에 단희에게 손을 내밀며 고함치자 단희가 눈을 똑바로 뜨고 응수했다.

"꺼져요!"

자신도 몰랐다는 오스왈드의 말을 그녀는 믿지 않았다. 정강이를 부러뜨릴 기세로 찼으면 됐지, 언제까지 그렇게 삐딱하게 굴 거냐고 되묻고 싶었지만 시끄러운 로터 소리에 오스왈드는 이내 포기했다. 적어도 한국에 도착할 때까진 저 상태를 유지할 것 같았다.

단희는 바람에 비틀대면서도 저 혼자 씩씩하게 헬기로 다가갔다. 이미 엘파소에 오며 한 번 탑승을 해 봐서인지 얼굴로 모래바람이 휘날려도 그때처럼 패닉에 빠지진 않았다.

오스왈드와 제드릭이 먼저 헬기의 전면에 뒤를 보고 앉았다. 제드릭의 도움으로 헬기에 오른 유환오는 후면의 3인승 시트 맨 가운데에 자리 잡았고 단희는 아빠의 몸에 안전벨트를 채운 뒤 그 옆에 앉았다. 마지막으로 탑승한 요원이 유환오를 가운데 두고 마지막 자리에 몸을 구겨 넣었다.

제드릭은 헬기 전용 마이크로폰에 출발을 지시했고 로터는 굉음을 내며 더 빨리 돌아갔다. 랜딩기어가 하늘 위로 뜨자 내부는 살짝 요동쳤다가 이내 가라앉았다. 차분하게 가라앉은 실내에는 어색한 적막이 감돌았다.

엘파소의 광활한 대지가 발밑에 펼쳐졌다. 단희는 아빠의 손을 꼭 잡고 건조하고 뜨거운 엘파소의 황갈색 전경을 눈에 담기 위해 창가에 얼굴을 바짝 댔다. 창밖을 보는 딸의 모습에 유환오는 들뜬 기분이 들었다.

확실히, 딸은 변했다. 이 세상 무엇에도 관심이 없었고, 이 세상 무엇에도 의미를 두지 않던 여자가 사고를 당한 이후 처음으로 뭔가를 자신의 눈 안에 담으려고 하기 때문이었다. 아빠의 생환이, 그리고 자신이 의지할 만한 누군가가 존재한다는 사실이 단희를 변화시키고 있는 것이다.

분명 여러 번의 고비가 존재하겠지만 지금 상황에선 충분히 희망적인 발전이었다. 오스왈드와 눈이 마주치자 유환오는 빙그레 웃어 보였다. 어떤 승리감에 도취된 미소처럼 보이기도 했다.

엘파소를 떠나온 지 얼마나 되었을까, 아빠와 나란히 잠이 들었던 단희가 기체의 흔들림에 반짝 눈을 떴다. 그녀는 아빠의 열을 체크하기 위해 이마를 한 번 짚어 보고는 창밖을 향해 시선을 돌렸다. 쭉 뻗은 도로의 양옆으로 낮고 메마른 초목이 듬성듬성 나 있는 거친 사막이 끝도 없이 펼쳐졌다.

어디로 가는 걸까. 정말 아빠에게 슬롯머신을 당기게 할 셈인가? 내내 그에게 화를 내느라 정확한 계획을 묻지 못했다. 단희는 어디로 가는 건지 묻기 위해 오스왈드를 향해 새초롬하게 눈을 돌렸다.

"……."

묻기 위해 살짝 벌렸던 입을 단희는 곧 다물었다. 헬기 내의 긴장된 공기가 뒷목을 서늘하게 만들어 본능적으로 그렇게 됐다. 오스왈드는 한곳만 쳐다보고 있었다. 그 눈빛은 유환오의 납치 사실을 알았을 때나, 죽은 남자의 사체를 발견했을 때와 꼭 닮아 있어 그가 뭔가 안 좋은 상황을 발견했다는 것을 금방 눈치챌 수 있었다.

요원은 비행기가 이륙하고 얼마 지나지 않았을 때부터 계속해서 양복 안쪽에 손을 넣고 있었다. 넣었다 빼기를 반복했지만 불안스럽게 뭔가를 계속 만지고 있는 것만은 분명했다. 허리춤에 총기가 있을 거라는 건 두 번 생각하지 않아도 알 수 있다. 그리고 그걸 계속해서 만지작거리고 있다는 것도.

오스왈드는 총을 소지하지 않고 있었다. 만약을 위해 제드릭만 갖고 있을 뿐이다. 하지만 제드릭이 자신의 맞은편에 앉은 남자의 수상함을 눈치챘을지는 불분명했고, 그걸 그에게 암시해 주기엔 상대방과 너무 가깝게 붙어 있었다. 검은 선글라스 뒤로 어디를 주시하는지 알수 없는 그 남자의 얼굴을 내내 경계심 어린 눈으로 쳐다보는 것 이외에 할 수 있는 것이 없었다.

손가락 하나 까딱하지 않는다. 제정신이라면 헬기 내에 팽팽하게 당겨진 긴장감을 그도 분명 느끼고 있을 것이다. 자칫하다 그 당겨진 고무줄을 잘라 내 버리면 그는 허리춤에서 총기를 빼 들 게 분명했다.

"왜 그래요?"

단희의 불안스러운 그 목소리가 촉발제였다.

젠장.

남자가 장전된 총기를 빼 드는 것과 동시에 오스왈드가 남자에게 달려들어 남자의 팔목을 위로 들었다

탕—!

소음기가 달려져 있지 않은 총구에서 총알이 발사되는 소리가 고막을 울렸다.

모든 것은 눈 깜짝할 새에 벌어졌다. 단희는 어찌 된 영문인지 알지도 못한 채로 눈앞에 오스왈드와 검은 양복의 남자가 엉키는 모습을, 헬기가 갑작스럽게 고도를 잃고 내려앉으며 몸이 붕 뜨는 기분을, 제드릭이 막 빼 들었던 45구경 권총을 다시 허리춤에 꽂고 기어가듯 조종석으로 사라지는 모습을 눈 한 번 깜빡이지 못하고 망막에 새겨 넣었다.

탕!

탕!

탕!

엎치락뒤치락하는 둘 사이에 세 발의 총성이 연속적으로 울렸다. 단희는 깜짝 놀라며 반사적으로 벨트를 풀고 아빠의 몸을 부둥켜안았다.

탕!

마지막 한 발의 총성이 더 울린 이후엔 비릿한 냄새가 나더니 뜨듯한 뭔가가 단희의 얼굴 위로 쏟아졌다.

피.

눈을 들었을 때는 오스왈드가 남자의 팔꿈치 관절을 꺾어 그의 턱밑에서 방아쇠를 막 당기고 난 직후였다. 남자의 뇌수와 선혈이 헬기의 후면에 낭자했고 후면에 부딪힌 피는 단희의 얼굴에 튀었다.

날카로운 비명 소리.

고막을 찢는 소리가 허공을 갈랐고 단희는 그때까지도 그 소리가 자신의 비명 소리라는 것조차 느끼지 못했다. 남자는 죽은 해파리처럼 물렁하고 끈기 없이 시트 위에 늘어졌다. 오스왈드는 남자의 손에서 총을 빼앗아 자신의 허리춤에 넣고는 얼굴에 튄 피를 소매로 닦아냈다. 헬기는 아래로 내리꽂히듯 떨어지고 있었다. 오스왈드는 좌석 시트에 무릎을 대고 두 손으로 헬기의 천장을 받친 채 조종석으로 시선을 던졌다.

「제드릭!」

「기체에 동력이 부족해요! 고도를 낮춰야 할 것 같습니다!」

빗나간 총알은 운 나쁘게 조종사의 관자놀이를 관통했다. 앞으로 고꾸라진 조종사의 시체를 치우고 제드릭은 불안정하게 앉아, 헬기의 급강하를 완만하게 하기 위해 힘껏 조종간을 당겼다.

헬기가 요동치더니 위로 솟아올랐다가 다시 한 번 아찔하게 추락하길 반복했다. 단희는 그 자리에서 샌드위치가 되는 기분에 비명을 내질렀다.

「통제 불능입니다! 추락에 대비해야 될 것 같습니다!」

제드릭이 엔진의 출력을 낮추며 목에 핏대를 세우고 소리 질렀다.

미치겠군! 오스왈드는 두 눈을 꽉 감고 아빠의 몸을 기둥처럼 붙잡은 채 덜덜 떠는 단희의 몸을 돌렸다.

"대니! 자리에 앉아!"

그는 몸의 중심을 간신히 잡고 단희를 좌석에 앉혔다. 붉은 피를 뒤집어쓴 얼굴은 그와 아주 선명한 대조를 이룰 정도로 새하얗게 질려 있었다. 오스왈드는 침착하게 여자의 몸에 벨트를 맸다.

"추락할 거야! 꽉 잡고 있어."

오스왈드는 여자의 떨리는 두 손을 그녀의 어깨에 매어진 벨트 쪽으로 인도한 후 재빠르게 자신의 좌석에 앉아 벨트를 맸다. 공포에 질린 여자의 얼굴은 내내 오스왈드에게서 벗어나질 못했다. 마치 그가 이 모든 게 꿈이라고 말해 주길 기다리고 있는 것만 같았다. 하지만 평소엔 잘만 하던, 모든 게 다 잘될 거란 확신의 말이 좀처럼 입 밖으로 나오질 않았다. 까딱하면 이대로 모두가 죽을지도 모른다는 생각을 도저히 떨칠 수가 없었다.

오스왈드는 어금니를 꽉 물었다. 불안정한 기체가 좌우로 요동치고 지진이 난 것처럼 흔들리는 동안 그는 단희의 눈을 계속해서 붙들고 있었다. 온전한 의지. 그 순간 오스왈드가 여자에게 해 줄 수 있는 거라곤 오로지 그것뿐이었다. 비정상적인 엔진음. 갑작스럽게 헬기의 기수가 직각으로 들렸고 단희의 등이 벽에 쾅 하고 붙었다. 그러더니 다음 순간 기수가 아래쪽으로 롤러코스터처럼 수직 하강했다.

죽는다. 단희는 두 눈을 꽉 감고 부디 그 순간이 고통스럽지 않기만을 빌었다.

아래로 꺾인 헬기의 기수가 바닥에 곤두박질치며 쾅! 하고 충돌했다. 몸이 위로 붕 떴다가 아래로 세게 내리찍혔다. 그러더니 갑작스럽게 모든 게 정지한 것처럼 일순 아무것도 느껴지질 않았다. 숨을 멈춘 채 단희는 그 아찔한 찰나의 순간을 경험했다. 헬기의 스키드가 바닥에 마찰하며 모래와 돌에 쓸려 불꽃을 일으켰다.

쾅쾅쾅쾅쾅쾍! 소리를 내며 요란스레 진동하더니 한순간 헬기가 단희가 앉은 쪽으로 기울기 시작했다. 로터 회전 날이 바닥에 긁히며 마른 수풀을 잔인하게 찢어발기고 있었다. 잠시 후 헬기의 후면이 들렸다가 동체는 그대로 생명을 잃고 그 자리에 멈췄다.

들렸던 후면이 쾅! 하고 아래로 내려가며 다시 한 번 충격이 온몸을 관통했다. 그 이후 갑작스레 모든 것이, 짓누르고 있는 것 같은, 온몸을 압착시키는 것 같은 고통의 순간이 너무 한순간에 멎었다.

죽었나?

단희는 눈을 감은 채 자신이 죽어서 고통을 느끼지 못하는 것이라고 생각했다. 사방이 고요했다. 이것은 꿈이거나, 죽음이라는 확신이 들었다. 눈을 뜨면 거기에 지학이가 있을까? 엄마가 함께 있을까? 내게 손을 내밀까?

"대니!"

날카로운 오스왈드의 목소리에 머릿속에 번개 같은 생각이 스쳤다.

아빠.

단희는 몽롱한 의식을 부여잡고 감았던 눈을 떴다. 오스왈드는 헬기가 멈추자마자 자신의 벨트부터 풀었다. 죽은 남자의 몸을 이리저리 뒤져 신분증을 찾았지만 남자의 몸에선 전원이 켜져 있는 휴대폰 하나만 발견됐다.

빌어먹을!! 그는 휴대폰을 발로 밟아 부숴서 문밖으로 힘껏 던졌다. 켜진 휴대폰으로 위치를 추적하고 있었을지 모르는 일이었다. 누가 꾸민 짓인지 모른다. CIA일 수도, 폴일 수도, 아니면 이 남자일 수도. 그 배후는 누구라도 될 수 있다. 다만 확실한 건 이 남자는 적이라는 것이다. 그것도 내내 누군가의 목숨을 앗아 갈 준비를 하고 있던 적. 노리는 것이 한 사람이었을지도, 어쩌면 헬기 안의 모두였을지도 모른다.

단희의 안색은 끝나지 않은 공포로 여전히 도배되어 있었다. 아니, 어쩌면 더 나빴다. 또렷하게 맨정신을 되찾았지만 여자의 눈은 두려움에 완전히 빛을 잃어버린 후였다.

"아빠가…… 이상해요……."

오스왈드는 단희의 끊어질 듯 멍한 목소리에 유환오의 앞에 무릎을 꿇고 앉았다. 숨소리가 거칠고 공기가 부족한 듯 날카로웠다.

빌어먹을. 오스왈드는 뒷주머니에서 손수건을 꺼내 유환오의 쇄골을 눌렀다.

"총에 맞았어."

안 돼……. 안 돼. 안 돼. 안 돼. 안 돼.

"제드릭!"

오스왈드가 고함치자 그가 빠른 속도로 다가왔다. 두 남자는 축 늘어진 노인을 조심스럽게 들어 올렸고 단희는 오스왈드가 일러 준 대로 아빠의 쇄골에 손수건을 꾹 누른 채 그들을 따라 이동했다. 손끝에서 뜨거운 것이 느껴졌다. 그게 단희의 모든 감각을 앗아 가고 오로지 공포만을 상기시켰다. 그들은 헬기에서 멀리 떨어진 마른 초목 옆에, 유환오를 눕혔다. 노인의 입술은 마르고 질려 있었다. 붉게 충혈된 눈동자는 그가 얼마나 고통스러운지를 알려 주었다.

"헬기에 구급상자가 있을 겁니다. 제가 가져오죠."

제드릭은 유환오를 바르게 눕히자마자 다시 헬기로 뛰어 들어갔다. 아픔에 짓이겨진 노인의 눈동자가 자신의 딸을 향했다. 움찔거리는 입술. 불안한 감각이 숨통을 죄였다. 단희는 흐느껴 울며 무너지지 않기 위해 애썼다.

"됐어! 말하지 마! 말하려고 하지 마!"

이렇게 끝내진 않을 거야. 무수히 많은 절망을 지나왔다. 그 끝에 희망도 보았다. 다시 이렇게 참혹하게 무너지진 않겠다. 단희는 이를 물고 손수건을 꽉 쥐었지만 이내 헉하고 숨을 들이마셨다. 손수건을 누른 자리부터 뜨거운 선혈이 얇은 천을 타고 배어 나왔다. 끊임없이, 끊임없이.

손끝에 닿는 축축하고 미지근한 감각. 사지가 사정없이 떨리며 눈앞이 아찔해졌다. 여자는 엉덩방아를 찧으며 뒤로 주저앉았고 떨리는 손은 쇄골에서, 천에서 떨어져 나갔다. 다시 환영처럼 지학이의 핏덩어리 몸이 떠올랐다. 여자의 손이 떨어져 나가자 오스왈드는 아무 말 없이 냉큼, 유환오의 쇄골 위에 손을 눌렀다. 벌벌 떠는 단희의 애처로운 눈동자는 다시 죽음을 맞이할 준비가 전혀 되어 있지 않았다.

안 돼. 안 돼. 여자는 흐느끼며 다시 마른 모래 위를 기어 아빠의 뺨을 감싸 쥐고 비명처럼 고함쳤다.

"아빠! 아무 데도 가면 안 돼! 알겠어? 아무 데도 가지 마! 나 두고 가면 안 돼!"

유환오는 웃었다. 그는 이미 아주 오래전부터 생명에 초연한 사람처럼 굴었었다. 한순간도 자신의 목숨을 구걸해 본 적이 없던 사람. 그는 고통 앞에서도 잔잔했다.

"단희야."

그는 피를 흘리며 죽어 가고 있는 사람답지 않게 또렷하게 말했다.

"사람답게 살거라."

그가 하는 말이 너무 또렷하고 힘이 있어서 오열하던 단희의 얼굴이 일순 멍해졌다.

아빠의 깨끗한 목소리는 희망이었다. 단희는 웃으며 고개를 끄덕였다. 이젠 정말 그러고 싶다. 이젠 정말 아빠와 함께 제대로 살아 보고 싶어졌다. 아빠만 옆에 있어 주면 그럴 수 있을 것 같다. 아무것도 필요 없어. 아빠만 있으면 돼. 그럼 정말 행복할 수 있을 것 같았다.

"지학이는, 엄마랑 내가 잘 돌보고 있으마."

"……"

"제대로. 행복하게. 네 인생을 살아."

그의 오른손이 딸의 손을 강하게 쥐었다. 잡힌 손이 오그라들 만큼 아주 강하게. 잔잔하고 고요한 숨결. 평화롭고 맑은 눈동자. 딸의 눈에 비친 아버지는 지극히 정상이다. 아빠는 괜찮을 거야. 그럴 거야. 유환오의 눈동자가 딸에게서 오스왈드로 이동했다.

"제드릭!"

오스왈드가 마른 성을 낸다. 그의 숨결은 유환오와 비교도 되지 않을 만큼 거칠고 빨랐다. 죽어 가는 사람은 그가 아니라, 오스왈드 같았다. 그는 초조하게 입술을 씹으며 제드릭이 구급함을 빨리 찾아오기를 재촉했다. 이미 손수건은 피로 흥건했다.

지혈을 할 수 있는 수준을 벗어난 지 너무 오래였다. 노인과 눈을 마주치고 싶지 않다. 그와 마주치면 모든 게 끝날 것만 같아 두려웠다. 오스왈드는 그를 외면했다. 그의 따가운 시선을. 그의 타는 듯한 눈동자를.

제드릭이 구급함과 생수 두 통을 들고 뛰어왔다. 마른 모래 먼지가 눈앞을 따갑게 한다. 제드릭이 구급함을 열고 붕대를 오스왈드에 건넸다. 그는 유환오의 앙상한 몸에 붕대를 다급하게 둘렀다.

"애쓰지 말게."

빌어먹을. 그 차분하고 상냥한 목소리에 오스왈드는 비로소 두려운 두 눈을 들었다.

그는 잔잔하게 웃고 있었다. 빛이 났고 총명했으며 인정으로 가득했다. 그 눈동자는 오스왈드에게 멈췄다. 미동도 하지 않았다. 생명이 날아간 몸에 오로지 그 눈동자만이 선명하게 박혀 있었다.

둔탁한 충격. 오스왈드는 그 자리에 정지한 채 거친 숨만 몰아쉬었다. 미세하게 떨리는 그 숨소리가 무척이나 아프게 들려왔다.

"......"

제드릭도, 오스왈드도 그 자리에 못 박힌 듯 정지하자 단희는 그제야 아빠가 더 이상 움직이지 않는다는 것을 깨달았다. 그것이 그의 마지막 유언이었음을. 으스러질 듯 잡았던 그의 손이 일순 풀어졌다. 깃털처럼 가볍다. 그에게서 이미 생명의 빛은 꺼졌다.

아니야. 아니야. 아니야. 이렇게는 아니야. 단희는 아빠의 마르고 껍질만 남은 몸 위에 엎드렸다. 생명이 떠나간 몸엔 아직 익숙한 온기가 남아 있었다.

"아빠! 안 돼! 가면 안 돼! 지금은 안 돼! 지금은 아니야! 나만 두면 안 돼!"

아빠에게 사랑한다는 말을 한 때가 언제였을까. 아빠에게 웃어 보였던 적이 언제였을까. 아빠의 무등을 타고 별을 구경하던 때가 있었다. 자고 일어나 호빵처럼 부은 얼굴이 귀엽다며 카메라 플래시를 쉼 없이 터트리며 웃던 아빠도 있었다. 지학이를 가졌을 때, 혹여 몸이 허할까 엄마가 밤새 끓인 사골국을 시댁의 문 앞에서 건네고는 그 먼 길을 다시 돌아가던 아빠의 뒷모습을 보며 하염없이 울 때도 있었다.

언제나 과분하게 넘치는 사랑을 늘 조건 없이 받았다. 그걸 한 번도 고맙게 여겨 본 적이 없다. 늘 당연하게, 때로는 귀찮게 여겼다. 어째서일까. 어째서 늘 이렇게 손에서 사라지고 난 이후에야 깨닫는 걸까. 지학이도. 엄마도, 아빠도 늘 너무 빠르고 갑작스럽게 떠나간다.

멍청하게도, 이만큼을 반복했어도 그녀는 여전히 그 누구에게도 사랑을 고백해 보지 못했다. 항상 했어야 하는 말을 그녀는 늘 놓쳐 버리고 만다. 고맙다는 말. 사랑한다는 말. 함께하자는 말……. 그리고 매번 이 순간, 이 반복되는 순간, 도저히 죽음을 받아들일 수가 없다.

여자는 부들부들 떨며 꺽꺽 힘겨운 숨소리로 울음을 토했다. 그 작은 몸은 손을 대면 그대로 바스러질 것만 같다.

보아 왔던 장면. 보아 왔던 슬픔. 보아 왔던 죽음.

늘 오스왈드의 눈앞에서 펼쳐졌던 죽음의 순간들 중 이토록 무거운 때가 있었을까. 이토록 죽음 앞에 경건해지던 때가 과연 있었던가?

광물이 아니었다. 그의 딸 때문도 아니었다. 그를 구하고 싶었던 것은, 그를 살리고 싶었던 것은 그를 좋아했기 때문이었다. 단 한 번도 만나 본 적이 없던 정말로 어른다운 어른. 그 어떤 치부도, 아픔도 담아 줄 것 같은 바다 같은 그를 오스왈드는 좋아했다. 그와 가까워지고 싶었다. 자신의 어깨를 다독이던 그 감촉이 좋았다. 어떤 순간에도 초연히 그를 향해 웃어 보이는 그의 눈이 좋았다. 마지막 순간까지도 노인은 그런 눈을 했다. 그 눈은 마치 아직 이곳은 살 만한 가치가 있다고 증명하는 듯했다.

"……가야 해."

오스왈드의 중얼거림에도 단희는 몸을 일으키지 못했다.

"우린 계속 가야 해."

오스왈드가 단희의 팔뚝을 잡았다. 슬픔에 가누지 못하는 몸을 그는 억지로 붙들어 자신과 마주 보게 했다. 먼지와 땀, 아빠와 낯선 남자의 피로 얼룩진 얼굴은 찢겨진 짐승처럼 보였다.

"이 위치는 노출됐어. 여기에 있는 건 위험해."

여자를 안아 주고 싶다. 으스러지게 껴안고 싶었지만 자신에게 그럴 자격이 있는지 자신이 없어 오스왈드는 그저 무너지는 여자를 잡고만 있을 뿐이었다.

"여길 떠나야 해."

"먼저 가요. 난 못 가요. 난 여기 있을래요. 난 여기 아빠와 있겠어요."

이성을 놓은 듯 여자는 공허하게 중얼거렸다. 떨리는 목소리는 정신이 없었고 평소보다 한 톤 높아진 채 격앙됐다.

"정신 차려! 그는 죽었어!"

그 잔인한 질타에 여자의 얼굴을 타고 다시 고통스러운 눈물방울이 흘러내렸다. 속이 다 타고 없어져 버린 여자는 끓는 듯이 괴로워했다.

"아빠를 이런 곳에 혼자 남겨 둘 순 없어요! 날짐승의 먹이로 만들 순 없어요!"

오스왈드는 참지 못하고 그녀를 품으로 당겨 안았다. 으스러지듯 껴안고도 어찌할 바를 몰랐다. 그는 초조한 동시에 슬펐고 또 동시에 겁이 났다.

"알아! 금방 찾으러 올 거야. 이곳에 혼자 내버려 두지 않을 거야. 제대로 찾아서 제대로 수습해서 제대로 한국 땅으로 돌려보내 드릴 거야. 하지만 그러려면 일단 이곳을 빠져나가야 해!"

단희는 오스왈드의 품에 무너졌다. 마음 한구석에 이 모든 게 그의 탓이라는 원망의 감정이 스쳤다. 그러나 그 외침은 오스왈드의 목소리와 품에 비해 너무 미약하고 너무 가벼웠다. 무너진 자신을 끌어안는 그의 강한 팔이, 또렷하고 낮은 목소리가 몸 안에서 요동치며 자신을 흔들었다. 오스왈드는 아이처럼 우는 여자를 끌어안아 눈물을 닦아 내고 경건한 의식처럼 절박함을 담아 여자의 젖은 뺨에 입을 맞췄다.

"당신은 할 수 있어. 이겨 낼 수 있어. 제대로 마무리할 수 있어."

그는 단희에게 주문을 걸듯 반복해서 속삭였다. 반복적이고 규칙적으로.

그러고는 여자의 겨드랑이 아래에 손을 넣어 땅에서 일으켰다. 경황이 없는 여자의 손에 제드릭에게서 건네받은 물병을 쥐여 주며 그는 침착하게 말했다.

"이제 걸어. 사람이 보일 때까지 계속해서 걸을 거야. 우린 여기서 살아서 나갈 거야. 알겠어?"

단희는 무슨 말인지도 모르고 고개를 끄덕였다. 그녀의 사고는 완전히 마비되었고 기계적으로 그를 따라 발걸음을 옮길 뿐이었다.

어느 방향으로 얼마나 걸었는지 알 수가 없다. 단희는 제드릭이 헬기에서 가져온 모포를 머리 위로 뒤집어쓴 채 걷기만 했다. 타는 태양 아래 숨도 쉴 수 없을 만큼 메마른 모래는 지글지글 타올랐다. 온몸의 수분이 증발되는 기분. 벗어날 탈출구는 보이지 않는다. 눈앞에 펼쳐지는 건 오로지 지금껏 지나온 것과 같이 끝도 없이 펼쳐진 모하비 사막의 마르고 황량한 풍경들뿐이다.

손목에 채워진 시계의 시침을 확인하며 그들은 끊임없이 북쪽으로 걸었다. 터지지 않는 휴대폰은 고립된 상황에선 쓸모없는 기계 덩어리에 불과했다. 부디 자신들이 조난당한 곳이 라스베이거스에서 멀리 떨어지지 않은 곳이길 바랐다. 하다못해 어딘가에 쉴 수 있는 그늘이나, 물웅덩이라도 나오길 바랐다. 감각을 잃은 다리는 생존을 위해 그저 앞으로 나아갈 뿐이다.

돌부리에 걸려 그 자리에 고꾸라졌을 때는 차라리 편안했다. 달콤한 안정감이 몰려들었고 단희는 그 자리에 쓰러져 그대로 잠들고 싶었다. 오스왈드가 생수통 뚜껑을 따고 단희의 머리 위에 뿌려 주지 않았다면 그 자리에서 정신을 놓았을지도 몰랐다.

정신 차려!

그의 언성은 날카로운 채찍이었다. 건조한 모래를 뒤집어쓴 몸이 녹아 갔다. 이 뜨겁고 괴로운 기분은 끝이 없었다. 마른 땅이 노을로 불탔고 모두가 마음만 바빴다. 어둠이 내리기 전에 이 사막에서 벗어나야 한다. 이 펄펄 끓는 더위가 지면 얼음처럼 서늘한 추위가 찾아온다. 그 전에 이곳을 빠져나가든, 아니면 쉴 수 있는 곳을 찾아야만 한다.

제드릭은 생수 대신 베럴선인장이 발견될 때마다 잘라 내어 선인장을 씹었다. 단 두 통뿐인 생수를 남자들은 온전히 단희에게 양보한 것이다. 그마저도 한 통은 진작 동이 나 버렸다.

"아."

제드릭이 작게 탄성을 내질렀다.

누군가가 버리고 간 듯 반쯤 무너진 집이 한 채 보였다. 폐가가 보이기 시작했다는 것은 얼마 멀지 않은 곳에 마을이 자리 잡고 있을 가능성이 꽤 높다는 뜻이다.

「퀸튼 씨. 저기 폐가가.」

제드릭이 말을 마치기도 전에 오스왈드가 앞으로 고꾸라지며 그대로 주저앉았다. 그는 마른 표면 위에서 고개를 떨궜다. 놀란 제드릭이 그의 허리에 손을 두르는 순간 그 장승 같던 남자의 얼굴이 일순 하얗게 질렸다. 그는 오스왈드의 허리에 둘렀던 손을 떼어 낸 후 자신의 손바닥을 확인했다. 흥건한 피.

「퀸튼 씨.」

총에 맞았던 건 유환오뿐만이 아니었다. 오스왈드가 검은 옷을 입고 있어 눈치채지 못했다. 제드릭은 당황했다. 이건 전혀 그답지 않아. 그는 사선을 여러 번 넘은 사람이다. 자신의 부상을 스스로 자각하지 못했을 리는 없다. 어째서? 피를 흘리며 어째서 버틴 거지? 여자 때문에? 그녀를 불안하게 할까 봐? 아니면 자신의 부상보다, 여자의 안정이 더 중요해서?

곁으로 다가온 단희도 제드릭의 손에 묻은 피를 확인하고 아찔함에 몸을 잠시 휘청거렸다.

「괜찮으십니까?」

제드릭의 걱정스러운 물음에 그는 낮게 욕설만 지껄였다. 이미 너무 많은 피를 흘렸기 때문인지 이 더위에 그의 얼굴은 얼음처럼 창백했다.

남은 붕대는 없다. 이미 유환오의 몸에 모두 둘렀다. 제드릭은 구급상자를 단희의 손에 쥐어 주고 오스왈드의 팔을 자신의 어깨에 둘러

지탱한 후 일어섰다.

"폐가로 가죠. 서둘러요."

실내는 어두웠다. 켜켜이 쌓인 먼지와 거미줄을 대충 치우고 단희는 나무 바닥 위에 자신이 덮어쓰고 있던 모포를 깔았다. 제드릭이 그곳에 오스왈드를 눕혔고 그의 크고 무거운 몸이 육중한 소리를 내며 쓰러졌다.

"어, 어…… 어떻게 해야 돼요?"

단희는 덜덜 떨며 물었다. 제드릭은 오스왈드의 몸에서 재킷과 검은 셔츠를 모두 벗겨 냈다. 움직일 때마다 그의 상처에서 피가 샘물처럼 왈칵 솟아났다.

찌익찌익, 제드릭은 능숙한 솜씨로 오스왈드의 셔츠를 찢었다. 남은 생수 한 통을 열어 물로 상처 부위를 씻어 낸 뒤 거즈를 덧대고 곧바로 임시방편으로 만든 붕대를 그의 허리에 칭칭 감았다. 그러더니 오스왈드의 재킷과 자신의 재킷도 벗어 그의 몸 위에 덮었다.

"피를 많이 흘려 한기가 들 겁니다. 해가 지면 체온이 더 내려갈 거예요."

그는 휴대폰을 꺼내 액정을 확인했다. 여전히 수신 불가. 사람을 발견하지 못한다면 최소한 휴대폰 전파가 잡히는 곳으로 가야 했다. 이 상황을 빠져나갈 방법은 그것뿐이다. 그는 하나뿐인 손전등을 손에 들고 자리에서 일어섰다.

"제가 사람을 불러올게요. 여기서 퀸튼 씨와 계세요."

그는 단희에게 나이프를 건넸다.

"아까 제가 잘라 먹던 선인장. 기억하세요?"

단희는 기억을 상기시키려 애쓰며 고개를 끄덕였다.

"둥글고 끝에 노란 열매가 달린 선인장이요. 배가 고프면, 선인장 열매의 씨를 드세요. 갈증이 나면 선인장 몸통을 자르고 수분을 짜 드셔야 합니다."

이미 텅 빈 두 개의 생수통을 대신해 그것으로라도 수분을 보충해야 한다. 단희는 두어 번 고개를 힘겹게 끄덕였다.

"잘 부탁해요."

제드릭은 의식을 잃은 오스왈드를 근심스럽게 한 번 쳐다보고는 서둘러 폐가를 빠져나갔다. 그 어둡고 퀴퀴한 공간에 남은 건 오스왈드와 자신뿐이다. 뭘 어떻게 해야 하지? 뭘…… 어떻게? 어떻게 해야 하지? ……선인장. 그래. 그거라도.

단희는 오스왈드의 몸에 재킷을 꼼꼼하게 덮어 주고 폐가 밖으로 뛰어나갔다. 해진 로퍼는 앞자락부터 벌어졌다. 엄지발가락에서는 피가 나기 시작했고 마른 모래 바닥에 손과 무릎이 쓸려 엉망진창이었다. 단희는 제드릭이 말한 선인장을 발견했다. 아까 봤어. 오스왈드와 그가 어떻게 선인장을 먹는지. 할 수 있어. 못 할 거 없어.

단희는 제드릭이 건네준 칼을 바닥에 내려놓고 주변의 아무 돌이나 들어 선인장을 내리쳤다. 팡팡 소리를 내며, 선인장의 가시가 조금씩 아래로 우수수 떨어졌다.

여자는 고집스럽게 울음을 참고 이를 악물었다. 손등으로 따갑게 젖은 눈두덩을 닦아 내고 나이프를 들었다. 서툰 나이프질에 여기저기 가시가 박혔다. 쓸리고 찢기고 고통에 신음하면서도 여자는 선인장의 밑동을 인내심 있게 잘랐다. 어느 정도 자르고 발로 퍽퍽 치자 '쩌어억' 하는 소리가 나며 선인장 몸통이 바닥에 툭 떨어졌다. 여자는 자신의 치맛자락 위에 선인장을 쓸어 담았다.

가시에 찔린 고통은 아주 잠시다. 올이 다 나가고 더러워진 스타킹, 치켜든 치맛자락 아래로 보이는 찢겨진 속바지, 너덜거리는 로퍼 따위는 어떻게 되어도 상관없다. 창피함 같은 걸 느끼기엔 두려움이 너무도 컸다. 그녀는 어두운 실내로 들어와 치마에 담았던 선인장을 바닥으로 쏟아 냈다.

어느새 정신을 차린 오스왈드가 벽에 기대어 앉아 있었다. 아픔에 일그러진 얼굴. 이마에선 식은땀이 나고 있었다.

"대니."

그가 조용히 여자를 불렀다.

"괜찮아요?"

"이리로."

그는 자신에게 다가오라고 고갯짓했다.

"제드릭이 피를 많이 흘렸다고 했어요. 괜찮은 거예요?"

그는 대답 대신 단희의 앞에 총을 들어 보였다. 제드릭이 그의 옷을 벗기며 바닥 위에 내려놓았던 것을 그가 찾아 든 것 같았다. 그는 단희의 말에는 대답하지 않고 철컥 총기의 해머를 당겼다.

"여덟 발이 장전되어 있어. 이게 해머야. 이걸 아래로 당겨야, 방아쇠를 당겼을 때 총알이 나가."

"……."

"방아쇠를 당기면, 반사적으로 손이 위로 들려. 그러니까 어깨에 힘을 줘야 해."

"뭐 하는 거예요?"

그는 이성적이고 차분하게 말을 이어 갔다.

"항상 지니고 있어야 해. 오발되면 안 되니까 평소엔 항상 잠금쇠를 올리고 있어. 위급한 상황이 오면……."

"그만해요!"

단희는 울음을 터트렸다.

"알고 싶지 않아요! 당신이 하면 되잖아요!"

단 한 자루뿐인 총을 그는 자신에게 넘기려 하고 있다. 여자는 절망했다. 그가 왜 총의 사용법을 알려 주는지 직감했기 때문이었다. 오스왈드는 피에 젖은 손을 들어 여자의 눈물을 닦았다.

"난 끝을 이야기하는 게 아니야. 최선의 방법에 대해 이야기하는 거야. 만약의 경우를 대비해야 해."

"만약의 경우란 건 없어요! 난 아버지를 저 사막에 버리고 왔어요! 당신은 내게, 아빠를 찾아온다고 약속했잖아요! 난 당신 포기 안 해! 난 그렇게 못 해!"

"대니."

"그러니까 당신은 여기서 절대 못 죽어! 죽을 생각은 하지도 마!"

오스왈드는 달래기 위해 여자를 품으로 당겼다. 단희는 다시 한 번 오스왈드에게 무너졌다. 흑흑거리는, 끝이 없는 절망의 울음소리가 모든 것에 가득 차 사정없이 요동쳤다.

"당신마저 죽으면, 나한테는 남은 게 아무것도 없다고. 내가 잡고 버틸 수 있는 게 아무것도 없단 말이야. 당신이 죽으면 나도 죽을 거야."

이상한 일이었다. 누군가 자신을 위해 이렇게 울어 준 경험이 있던가. 고통스러운 감각의 사이로 따뜻한 것이 피어올랐다. 울컥하는 뜨거운 기분.

이대로 죽는 것도 나쁘지 않다는 생각이 든다. 어쩌면 행운일지도 모른다는 생각도 들었다. 여자는 벌떡 상체를 일으키고 코를 훌쩍였다.

"알겠어요? 나도 죽을 거라고. 그러니까 꼭 살아야 돼."

오스왈드는 부드럽게 웃었다. 슬픔과 기쁨이 교차한 표정엔 지금껏 본 적이 없는 따뜻한 애정이 깃들었다.

"당신의 아버지에게, 당신을 웃게 해 준다고 약속했는데."

그는 단희의 뺨을 엄지손가락으로 부드럽게 문질렀다.

"난 늘 당신이 우는 것만 보네."

어쩌면 처음부터 불가능한 거래였을지도 모른다. 그 똑똑하고 속 깊은 노인은 어쩌면 이런 결말을 예상하고 있을지도 모른다.

오스왈드는 언제나 외로웠다. 모든 순간, 모든 공간, 그를 둘러싼 모든 것들이 그를 지독히 외롭게 만들어 왔다. 어떤 식으로 발버둥 쳐도 그는 그 외로움의 덫에서 벗어날 수 없었다. 방법이 없기 때문에 외로움에 순응했다. 썩고 망가지고 텅 비어 버린 내면을 달래고 뭔가를 채워 넣을 여유조차 그는 갖질 못했다. 하지만 지금은 그 무거운 족쇄가 느껴지질 않는다. 끊임없이 자유로운 기분만 들었다. 그 어떤 외로움도 느낄 수가 없었다. 지독히 평화롭고, 지독히 아름답다.

"내 이름은 최도운이야."

절망에 찬 여자가 코를 훌쩍였다.

"난 열두 살 때까지 할머니 손에 자랐어."

"……."

"엄마에 대한 기억은 거의 없어. 밤에 나갔다가 아침에 들어오면 늘 더러운 침대에서 죽은 듯이 잠만 잤어. 그저 막연히 엄마가 미군을 상대로 몸을 팔았다고만 추측할 뿐이야. 그리고 할머니도."

"내게 이러지 말아요."

"엄마도, 나도 우린 아빠가 없었지. 할머니는 엄마의 인생을 망친 게 나라고 하더군."

"고해성사는 성당에 가서 해요."

단희는 고개를 저으며 거부했다.

"당신이니까 이야기하는 거야."

"어째서요. 유언이라면 이미 내겐 충분해요."

"지금이 아니면 누구에게도 이런 이야기를 할 수 없을 거야."

"……."

"난 세상의 누구도 믿지 않아. 사람도, 신도. 내가 누군가에게 고해성사를 해야 한다면 지금, 당신이 좋을 것 같아."

"……."

"난 사생아가 낳은 사생아야. 대니. 그게 내 혈통이야."

"……."

"할머니는 엄마에게 자신의 꿈을 걸었댔어. 자신의 모든 걸."

할머니는 말했다. 엄마가 유학을 중도 포기하고 부른 배를 부여잡고 한국 땅으로 돌아오던 날, 그녀는 모든 것을 잃었다고 말이다. 자신의 꿈. 희망. 인생의 의미조차도. 할머니의 분노는 딸이 낳은, 제 아비를 꼭 닮은 어린 몸뚱이로 향했다.

한국 땅에서 살아남기 힘든 혼혈인, 거기에 미혼모. 그럼에도 엄마는 꽤나 발버둥 쳤던 것 같다. 어떻게든 정상적인 삶의 범주로 들어가 보려고 했던 것 같다. 하지만 어린 그녀에게 세상의 벽은 너무 높았다. 결국 엄마는 모든 것을 포기했다. 자신의 어미와 똑같은 길을 걷던 날, 그녀의 어미는 차라리 자신의 손주가 죽기를 바랐다.

끝없는 매질, 욕설. 선택권 없이 태어난 그는 영문도 모른 채 할머니의 악다구니를 견뎌야 했다.

엄마가 죽은 후엔 강도가 훨씬 심해졌다. 그는 매일 할머니를 피해 맨발로 도망 다녀야 했다. 학교는 당연히 제대로 나가질 못했다. 매일매일 앙상하게 마른 몸으로 거리를 배회했다. 미군들에게 구걸해 끼니를 때웠다. 그의 키는 열두 살 때까지 120센티를 넘지 못했다. 어느 날 할머니가 술에 취해 깨진 유리병을 손에 들었을 때 그는 완전히 그곳에서 도망쳐 나왔다. 그저 살아야겠다는 생각으로 그는 피를 흘리며 비 오는 거리를 무작정 내달렸다.

남자는 고아원으로 보내졌다. 아무도 그를 열두 살이라고 생각하지 않았고 오스왈드도 자신을 열두 살이라고 말하지 않았다. 제대로 배운 것이 없고 폭력에 길들여진 아이는 말이 없고 늘 순했으며 조금은 정신병자처럼 보였다. 고아원 생활도 끔찍하긴 마찬가지였다. 폭력의 가해자가 할머니에서 원장으로 바뀌었을 뿐이다. 그는 아이들에게 썩은 고기와 다 상한 국을 먹게 했다.

6개월 후, 그는 입양됐다. 평생 한 번도 해 보지 못한 깨끗한 샤워, 평생 한 번도 입어 보지 못한 새 옷을 입고 덜컹거리는 비행기를 타고 12시간을 날아가 존 F. 케네디 국제공항에 도착했을 때, 그는 그곳에서 니콜라스를 처음 만났다.

인생에서 처음으로 가져 보는 아버지. 늘 술을 마시고, 놀기 좋아하고 자기 마누라를 때리는 못난 남자였지만 오스왈드는 그에게서 애정을 느꼈다. 그와 함께 일을 하는 것이, 그와 함께 같은 밥상에 앉아 밥을 먹는 것이 좋았다. 그의 험한 욕이 섞인 말들을 듣는 것이, 대화라는 것을 나누는 것이 말이다.

그는 나쁜 남자였다. 가정적이지 못했고 불성실했다. 그가 레베카라는 여자와 바람을 피운 사실을 들키고 나서도 남자는 네년 따위가 감히 입에 담지도 못할 사람이라며 아내에게 손찌검을 했다. 그의 아내가 남편을 향해 총을 장전한 건 어쩌면 당연한 수순이었다. 오스왈드는 폭력에 못 이겨 할머니에게서 도망치는 것을 택했지만 그녀는 그저 맞서서 싸우는 것을 택한 것뿐이었다.

"인생 자체가 전쟁터였네요."

단희의 추임새에 그는 빙그레 웃었다. 정말로 그랬다. 사람들은 가끔 그에게 왜 군인이 되었는지를 물었다. 단 한 번도 제대로 대답해 주지 않았지만 그는 그저 이 거지 같은 삶에서 도망치고 싶었을 뿐이었다.

군대의 단순함은 그에게 잘 맞는 옷이었다. 눈앞의 적은 죽인다. 적을 죽이면 나는 살아남는다. 그 두 가지 원리만이 존재하는 세계. 그곳에선 애정을 기대하는 일도, 누군가의 인생을 망쳤다고 원망을 듣는 일도 없었다. 다만 가끔 깜깜한 밤하늘을 올려다볼 때, 그는 외로움을 느꼈다. 인생의 고단함이, 괴로움이, 그리고 어디에도 정을 붙일 데가 없는 자신의 초라함이 그를 지독히 아프게 했다.

그는 자신이 살아가는 의미를 찾아보려고 노력했다. 신이란 것이 있다면, 그래서 매번 게임을 하듯 목숨을 걸 때마다 그의 생명을 앗아 가지 않는 이유가 있다면 그것이 무엇인지 말이다. 그때부터였다. 그가 다시 한국어를 공부하기 시작한 것은. 12년 동안 썼던 말은 잘 잊히지 않는 법인가 보다. 그는 아주 빠르고 익숙하게 모국어 기억해 냈다.

"내 이름은 할머니가 지어 줬어. 그 여자는 늘 그걸 내게 반복해서 말했거든. 마치 주문이라도 걸듯이 말이야."

성이 왜 최씨인지는 모른다. 누군가의 호적을 빌렸을 거라고만 짐작한다.

"그래서인지 난 한 번도 내 이름을 잊어 본 적이 없어. 심지어 한자의 획수까지 기억하고 있었지. 한국에서 어떤 식으로 이름을 짓는지 알아. 태어난 날, 시간, 앞으로의 운명까지 따져 가며 무척 신중하게 이름을 만든다는 거 말이야."

그저 궁금했다. 할머니는 어떤 식으로 자신의 이름을 지었을까. 무슨 뜻이 담겨 있을까.

"빌 도에 죽을 운."

죽기를 빈다.

"그 한자를 찾아보고서 알았지. 태어나는 그 순간부터 단 한 순간도 할머니는 날 사랑한 적이 없었다는 걸 말이야. 그녀가 부르던 내 이름은 저주였어. 내가 어서 사라져 주길 바라는 저주."

지독한 분노. 그는 태어날 때부터 그런 운명을 타고났다. 그의 황폐함은 그가 살아온 인생에서 잉태된 어쩔 수 없는 산물이었다. 단희는 감히, 그를 동정할 수조차 없었다. 그저 안타까운 마음은 두 주먹을 꽉 말아 쥐는 것으로 대신했다. 이제야 알 것 같다. 아이를 잃었을 때 어떤 기분이냐고 묻던 그의 공허함을. 정말로 이해할 수 없는 것을 어떻게든 짐작해 보려던 그의 노력을. 그에겐 너무도 익숙해 공기와 같던 그 절망감을.

"당신은 내게…… 너무 어려운 여자야."

단희의 눈시울이 다시 붉어졌다. 여자의 콧잔등이 불규칙적으로 찡긋거렸고 슬픔이 아닌 동정의 눈물이 방울방울 턱을 타고 흘렀다.

"하지만 당신은 무척 좋은 여자야. 내 인생을 통틀어서 어쩌면 가장 좋은 여자일지도 몰라."

단희는 고개를 저었다.

"난 그렇게 좋은 여자가 아니에요. 실은 난 형편없는 사람이에요."

인생은 늘 고단했고 괴로웠다. 아이를 잃기 전에도 마찬가지였다. 하루하루 눈을 뜨면 그곳에서 탈출하기만을 꿈꿨다. 너무 어린 나이에 시작한 결혼 생활에 그녀는 내내 적응을 하지 못했다. 아이를 향한 끓는 모정은 오히려 아이가 죽은 이후에 시작됐다.

"난…… 좋은 엄마가 아니었어요. 아이에게…… 사랑한다는 말 한 번 제대로 해 준 적이 없어요."

"그렇지 않아."

오스왈드가 부드럽게 말을 이어 갔다.

"만약 내가 당신의 아이였다면, 나는 하루하루가 행복했을 거야."

"……."

"한순간도 당신의 애정을 의심해 보지 않았을 거야."

"……."

"날 믿어. 아이는 행복했을 거야."

바보 같아. 그 말을 믿을 줄 알고. 단희는 떨리는 입술을 꽉 물었다. 아무것도 알지 못하면서. 아이에게 어떤 엄마였는지, 남편에게 어떤 아내였는지, 그녀의 결혼 생활이 어땠는지 아무것도 알지 못하면서. 어째서 그렇게 확신하는 것일까.

하지만 그는 진심이었다. 그리고 그의 진심에는 그 어떤 핑계도, 그 어떤 이유도, 그 어떤 증거도 필요가 없었다. 오랫동안 자신을 조여 왔던 고통이 그의 부드러운 한마디에 서서히 사라졌다. 늘 가슴을 치던 통증이 사그라들고, 메말라 터져 나오지 않던 눈물이 아주 깊은 곳에서부터 차올랐다.

무엇 때문에 울고 있는 것인지 알 수가 없다. 아버지를 잃은 슬픔,

이 남자도 결국 떠나야 할지도 모른다는 불안감, 오랫동안 숨통을 조이던 고통, 아이에 대한 미안함. 그리고 절절한 모성이 뒤섞여 단희는 모든 것을 토하듯 오스왈드를 끌어안은 채 소리 내어 울었다. 그의 따듯한 손이 내내 여자의 등을 문질렀다.

사막에 밤이 찾아왔다. 멀어져 가는 의식 속에 단희의 목소리가 들려왔다. 차갑고 축축한 것이 입가에 닿았다. 쓰고 떫은 맛.

마셔요! 죽지 말아요! 날 두고 가면 가만 안 둘 거야!

다음 순간에 아마도 여자는 울고 있었다.

무서워요. 너무 무서워요.

모든 감각이 몽롱해지고 맹렬한 추위가 찾아왔다. 얼음처럼 차가운 발끝부터 온기가 닿는다. 부드러운 손가락이 그의 갈색 머리카락을 매만졌다.

지학이는 정말 개구쟁이였어요. 하지 말라는 짓만 골라서 하고, 말 끝마다 싫다는 말을 반복했어요. 언젠가 한번은 너무 속이 상해 아이의 엉덩이가 퍼렇게 멍들 때까지 때리기도 했어요. 그 어린것을 때릴 곳이 어디 있다고. 그러고 나서, 잠든 아이의 엉덩이에 연고를 바르며 펑펑 울었어요. 내가 얼마나 형편없는 엄마인지, 내가 얼마나 나약한 인간인지 아이를 키우는 매 순간 느껴야 했어요.

당신 할머니는 몰라도, 당신 엄마는 당신을 사랑했을 거예요. 사랑하지 않았다면 당신을 낳지도 않았겠죠. 사랑하지 않았다면 몸을 팔아 생계를 이어 가려고 하지도 않았을 거예요. 다만 인생이 너무 고단해 당신에게 그걸 표현하지 못했을지도 몰라요. 나처럼요.

꿈과 현실을 분간할 수 없다. 오로지 몸을 감싸고 있는 따듯한 온기만이 느껴졌다. 정신을 놓쳤다가 다시 깨어나길 반복하는 동안 여자는 울다가, 그를 어르다가 다시 절망하기를 반복했다.

「퀀튼 씨!」

제드릭의 고함 소리. 헬리콥터의 로터 소리. 눈을 찌르는 듯한 헤드라이트 불빛에 오스왈드는 게슴츠레하게 뜬 눈을 다시 감았다.

내내 쥐고 있던 단희의 작고 뜨거운 손이, 그가 들것에 옮겨지며 그의 손에서 빠져나갔다.

대니.

그는 계속해서 그 이름을 중얼거렸다. 멀어져 가는 의식 속에 오로지 그 이름만 또렷했다.

10

하얀 가운. 윤기 나는 검은 단발머리, 단정하고 균형 잡힌 이목구비에 완벽하게 칠해진 매니큐어와 립스틱. 길고 늘씬한 자태가 가장 먼저 눈에 들어왔다. 아스라한 잡음과 희미한 소독약 냄새로 오스왈드는 자신이 어디에 와 있는지 깨달았다. 병원. 자신은 살아 있었다.

「정신이 좀 들어?」

「루시.」

오스왈드는 정신을 차리자마자 몸을 일으켜 여자에게 알은척하고는 링거바늘부터 뺐냈다.

「멍청한 짓이야 OZ(오즈).」

그는 여자의 말에도 아랑곳하지 않고 링거바늘을 빼어 협탁 위로 던졌다.

「너 2주 만에 정신을 차린 건 알아?」

「여자는?」

「무슨 여자?」

「여자. 나랑 같이 온 여자.」

루시는 혀를 차며 도톰하고 부드러운 입술을 매력적으로 일그러뜨렸다. 제정신이 아니로군. 지금 죽다 살아난 놈이 여자부터 찾아?

「대체 그 여잔 누구야?」

「제드릭은 어디 있지?」

「정말 네 피앙세야?」

루시는 그 사실을 믿지 않았다. 20여 년 가까이 그를 지켜봐 온 그녀로선, 그가 온전히 누군가를, 특히 여자를 사랑한다는 것이 불가능하다는 걸 알고 있기 때문이었다.

「넌 왜 여기 있는 거야.」

두통에 자신의 관자놀이를 비비며 오스왈드가 못마땅하게 물었다.

「내가 근무하는 병원이니까. 딜래스 아저씨께서 네 걱정이 이만저만이 아니셔.」

「제드릭 좀 불러 줘.」

따듯함이라곤 하나도 없는 각박한 놈 같으니. 루시는 도도하게 턱을 치켜들고 자리에서 일어섰다. 깨어난 이후 오스왈드는 자신과 눈한 번 마주치질 않았다. 정신이 완전히 다른 곳으로 가 있는 것이다. 그의 냉담함에 무뎌질 때도 되었건만 마주할 때마다 구질구질하게 매달리는 여자가 되는 것 같아 기분이 참 별로였다.

「어디서 무슨 사고를 치고 온 건지 모르겠지만 이번엔 제발 병원에 좀 붙어 있어. 알겠니?」

「네 걱정이나 해, 루시. 넌 아직도 애인 묶고 때리는 게 취미야?」

「상호 합의하에 이뤄지는 건전한 성관계야. 너와는 차원이 달라.」

「그리고 넌 정신과 의사고. 환자들이 참 좋아라 하겠군.」

「제드릭을 불러올게. 아, 참.」

루시는 오스왈드의 앞에 뭔가를 툭 던졌다. 작은 플라스틱 케이스에 담긴 탄환.

「주요 장기를 건드리지 않은 걸 천운으로 여겨. 아니었으면 넌 벌써 저세상 사람이었을 테니까.」

루시는 힐을 또각거리며 병실 밖으로 사라졌고 오스왈드는 붕대가 칭칭 감긴 자신의 옆구리를 확인했다. 진통제 덕에 몸이 둔한 것뿐, 아픔이 느껴지진 않았다. 그러나 그날의 기억은 아주 또렷했다. 아픔도, 슬픔도, 그때 느낀 그 생경한 모든 감정들이 두통이 느껴질 만큼 선명했다. 그러면서도 그날 자신이 느낀 그 따뜻함, 머리를 쓰다듬던 여자의 손길이나 자장가처럼 들려오던 여자의 고백이 모두 사실이었는지는 확신할 수가 없었다. 어디서부터가 꿈이고 어디서부터가 현실이었던 걸까.

병실에 들어온 제드릭은 오스왈드에게 여자가 일주일 전, 아버지의 유해를 가지고 한국으로 돌아갔다고 이야기했다. 시신을 찾아 여자가 원하는 대로 유해를 화장해 여자가 떠날 때에는 손에 작은 유골함만이 들려 있었다고 했다. 그녀는 유골을 화장하는 내내 눈물 한 방울 흘리질 않았다. 담담하고 심지어 평화로워 보였다고 했다.

제드릭이 전해 준 이야기에 오스왈드는 충격을 받았다. 눈을 떴을 때, 단희가 자신을 떠나 있을 거란 예상을 전혀 하지 못한 탓이었다. 여자는 아주 절박하게 자신을 살리려 했었다. 가시에 찔리고 짓이겨져 피투성이가 된 손으로 부들부들 떨며 단희는 그의 입 속에 선인장의 즙을 필사적으로 흘려 넣어 주었다. 매달려 울고 절망하고 그 작고 따뜻한 품으로 간절히 끌어안았다. 그 모든 감정이 진심으로 느껴졌었다.

아니, 어쩌면 착각이었던 걸까. 어쩌면 그 모든 건 상황이 만들어 낸 신기루일지도 모른다. 처음부터 단희는 자신에게 단 한 조각의 따뜻함도 내보일 마음이 없었던 건지도 모른다. 그 모든 상황이 특별하다고 느낀 건 자신뿐일 수도 있었다. 그래서 자신의 의식이 돌아오든, 말든 괘념치 않고 미련 없이 이 땅을 떠났을 수도 있다.

그녀는 아버지를 잃었다. 의도한 바는 아니었어도 그녀의 아버지가 죽은 건 결과적으로 오스왈드, 자신의 탓이 되었다.

로스 산토스는 오스왈드의 과거를 알고 있었다. 심지어 그의 한국 이름마저 알고 있었다. 그의 과거 이름을 알고 있는 사람은 극히 드물었다. 죽은 니콜라스, 덜래스 회장, 오스왈드 자신, 황량한 사춘기를 같이 보낸 루시, 그리고, 레베카.

레베카의 모습이 눈앞에 떠오르자 주체할 수 없는 강렬한 감정의 파도가 그를 집어삼키려 아가리를 벌리기 시작했고, 그는 저도 모르게 눈을 질끈 감아 버렸다.

「그런데, 근무지로 복귀하지 않았다고 합니다.」

제드릭의 말에 그는 눈을 떴다.

「아무 말도 없이?」

「구두로 관두겠다는 이야기를 한 이후 살던 집도 정리했는데, 그 이후엔 행방이 묘연합니다.」

단희가, 사라졌단 말인가?

똑똑똑—

노크 소리는 무성의했다. 문을 열고 병실 안으로 들어오는 폴 와그너의 얼굴은 잔뜩 굳어 있었다.

「몸은 좀 괜찮은가요?」

위축되지 않으려 강한 어조로 말했지만 그는 긴장한 티가 역력했다.

오스왈드는 말이 없었다. 대신 매우 적대적인 그의 눈이 그 모든 것을 대변했다.

「그만하길 천만다행입니다. 아직 상황이 여의치 않지만 일단 사건 청취를…….」

거기까지 말을 마쳤을 때 오스왈드는 남자의 목덜미를 잡고 그를 아주 천천히 침대 위로 쓰러뜨렸다. 컥 하는 소리. 기도가 눌려 얼굴이 터질 듯 붉게 부풀어 올랐다. 방금 의식을 찾은 사람답지 않게 억센 악력이었다. 폴 와그너는 저항의 뜻이 없다는 듯 두 손을 양옆으로 벌려 보였다.

「그만하길 천만다행이라고? 네가 보내 놓은 쥐새끼 때문에 난 죽을 뻔했어.」

「전혀 몰랐습니다.」

사실이다. 그 남자는 아주 오랫동안 폴과 함께 일해 온 동료였고 직무에 충실한 모범적인 요원이었다. 그가 퀸튼의 보디가드 임무에 자원했을 때, 폴은 단 한 치의 의심도 하지 않았다. 만약 조금이라도 의심이 갔다면 그를 보내지 않았을 것이다. 이 일이 터지고 나서야 알게 됐다. 그가 아주 오랫동안 카르텔에게 뇌물을 받아 왔다는 사실을. 아주 오랫동안 조직의 기밀문서를 빼내 왔다는 사실을.

「하지만 거기에 대해서는 사과하죠.」

「네놈의 사과 따윈 필요 없어.」

「이번 일에 대해서는 정부 차원에서의 철저한 조사…….」

오스왈드는 그의 목을 더 강하게 눌렀고 남자의 흰자위에 붉은 피선이 서기 시작했다.

「이 일에서 빠져. 폴 와그너.」

「하지만…….」

「잘 들어. 네놈의 실수로 내가 가장 좋아하던 어른이 죽었고 내 피앙세가 날 떠났어. 만약 내가 한국 땅에 도착해서 그 여자를 찾지 못하면 네놈 몸뚱이의 관절이란 관절은 모두 잘라서, 미국의 주 경계선마다 뿌려 놓을 거야.」

「…….」

「내 일에 방해가 돼도, 마찬가지야.」

「전 미국의 합법적인…….」

「돈과 권력만이 합법인 나라야. 난 그 모든 걸 갖고 있어. 그러니 내

앞에서 그런 개소리는 하지 않는 게 좋을 거야.」

폴은 입을 다물었다. 오스왈드에겐 단 한 마디도 들을 수 없을 것이라고 그는 확신했다. 프랭크는 이 일로 길길이 날뛰고 있었고, 자신의 휘하에 있던 요원은 조직을 배신한 채 모하비 사막에 나자빠져 버렸다. 적절한 해명이나, 사건의 전후 상황을 들고 가지 못한다면 폴은 조만간 CIA조직에서 밀려나고 말 것이다.

그래도 별도리가 없었다. 그의 말대로 그는 이 땅에서 가장 큰 권력과 부를 쥐고 있는 사람이다. 프랭크가 벌벌 떠는 이유도, 오스왈드의 뒤에 덜래스 회장이 있기 때문이었다. 사익을 위해 전쟁도 일으키는 마당에 사익을 위해 조직을 없애거나, 사람 몇 죽이는 게 뭐가 대수겠는가.

폴은 천천히 고개를 끄덕였고 오스왈드는 그를 자신의 손에서 놔주었다. 콜록거리는 기침 소리. 보기 흉하게 흘러내리는 침을 소매로 문질러 닦고 폴은 조용히 그의 병실 밖으로 향했다. 잔뜩 기운이 빠진 그 뒷모습을 바라보던 제드릭이 걱정스럽게 시선을 오스왈드에게 돌렸다.

「그는 CIA예요. 자극해 봤자 좋을 게 없을 겁니다.」

「누구도 믿을 수 없어. 믿을 수 없으면 모두가 적인 거야.」

조금은 유해졌다고 생각했던 오스왈드의 얼굴에 다시 잔인한 빛이 떠올랐다. 그를 감싸고 있던 여유로움마저 사라지고 나자, 살육에만 골몰하던 과거의 모습 그대로였다. 독이 바짝 오른 그의 모습을 보는 건 정말로 오랜만이었다.

「레베카에 대해 알아봐야 해.」

「레베카라면 덜래스 회장의 전처를 말하는 겁니까?」

「그래. 그 여자.」

꽤나 떠들썩한 이혼이었다. 덜래스 회장의 전처는 사교계에 영향력이 아주 큰 귀부인이었다. 마릴린 먼로와 그레이스 켈리를 아주 절묘하게 섞어 놓은 것 같은 금발의 미인. 아름다운 미모만큼 똑똑하고 세련되어서, 그녀는 영국의 다이애나 왕세자비처럼 전 국민에게 추앙을 받았었다.

결혼 기간 내내, 딜래스 회장은 부인의 덕을 톡톡히 보았다. 지금 딜래스 가문이 갖고 있는 강인하고 고급스러운 이미지는 모두, 그 여자가 만들어 놓았다고 해도 과언이 아니었다. 그런 여자와 이혼하고 나서 딜래스 회장은 많은 비난을 받았고, 이혼 이후 쉰이 다된 나이에 20대 초반의 로즐리를 후처로 맞이했을 때는 그 비난이 절정으로 치달았다.

그에겐, 그리고 딜래스 가문에겐 아직도 레베카의 그림자가 존재했다. 이혼 이후, 영국으로 건너가 재혼을 했고, 두 번째 남편이 사망한 이후엔 완전히 종적을 감춘 그 여자를 아직까지 그리워하는 사람들이 많았다. 그녀의 존재는 아직도 딜래스 가문의 골칫거리였다.

왜 갑자기 그 여자를 찾아보라고 하는 건지 제드릭은 잘 이해가 되질 않았다. 그러나 그는 무엇을 묻는 것도, 무엇인가를 설명하는 것만큼 서툰 사람이었다. 오스왈드는 그 점 때문에 제드릭을 자신의 곁에 뒀다. 무엇도 묻질 않지만 무엇도 설명할 필요가 없는 사람이기 때문에.

「내 과거에 대해 제대로 아는 건 그 여자뿐이야.」

「그 여자의 행방을 찾아볼까요?」

오스왈드는 자신의 이마를 문지르며 고개를 저었다. 이 일을 혼자 감당할 순 없다. 상대는 마녀다……. 오스왈드를 무력하게 만드는 유일한 사람이었다.

「아니. 이 일은 딜래스 회장과 상의해야 해. 우선은 내 피앙세부터 찾아야지.」

— 역시나, 라이노바이러스 양성반응 환자만 일부 발견됐을 뿐입니다.

그는 회색 스웨터에, 검은 바지, 감색 코트를 챙겨 입고 마지막으로 손목에 시계를 채우며 전화기 너머에서 들려오는 코일의 목소리에 사무적으로 반응했다.

「초빙한 외부 전문가들은?」

— 아직 원인을 찾지 못했다더군요. 다만 전염성은 현저히 낮다고 보고 있습니다.

오스왈드가 사경을 헤맬 동안, 아몬석에 관련된 발병자의 수가 점점 더 늘어났다. 만성폐부종으로 전환되는 사례가 기하급수적으로 불어나기 시작했고, 사태가 심각해지자 오스왈드는 한국에 들어와 가장 먼저 아몬석의 연구실을 폐쇄하는 일부터 했다. 그에 대한 연구도 잠정적으로 중단했다.

덜래스 회장은 어떤 희생을 치르더라도 광물에 대한 연구를 계속하길 원했지만 일이 더 커지면 비밀리에 진행해 온 프로젝트 자체가 탄로 나 들킬 수 있다는 사실을 주지시키며 오스왈드는 자신의 판단대로 아몬석에 관해 그동안 연구하며 쌓아 놓은 데이터들을 뺀 모든 것들을 폐기했다.

자체적으로 원인을 찾지 못하자, 그는 믿을 만한 외부의 전문가들을 초빙했다. 위험을 어느 정도 감수하고 한 일이었지만 그마저도 현재로선 무용지물이었다.

무엇 하나 제대로 풀리지 않는 상황이 무척이나 짜증이 났다. 거기에 부족한 수면이 그의 스트레스를 더 배가시키고 있었다.

「유단희에 대한 사항은?」

— 아직입니다.

벌써 세 달째. 그날 모하비 사막에서 사라진 여자는 행방불명이었다.

여자가 사라지고 나서 느끼던 불안감은, 그녀가 자신의 사무실로 보내 둔 이름 없는 우편물을 발견했을 때 완전한 공포로 뒤바뀌었다.

1캐럿짜리 다이아 반지, 유단희의 명의로 돌아간 집문서와 인감, 만약을 위한 대리인 위임장까지 제대로 갖춰진 서류를 보고 나자, 이 여자가 이 문서를 끝으로 목숨을 끊었을지도 모른다는 불길한 생각이 그를 휘감았다. 첫 2주, 그 이후 한 달. 그 이후 세 달.

해커를 고용하고, 용역을 동원하고, 경찰을 매수해서 여자를 찾고 있지만 여자는 털끝 하나 발견되지 않았다. 특징이 없는 여자. 너무 평범하고 왜소해서 군중들 무리에 섞이면 한눈에 찾아보기도 힘든 그 여자가 영영 이 세상에서 사라져 버린 것이 아닌지, 오스왈드는 매일 그 괴로운 생각을 떨쳐 버리지 못했다.

「어떻게든 찾아, 코일. 꼭 찾아야 해, 가능한 한 빨리.」

오스왈드는 힘주어 강조한 후 전화를 끊었다. 무조건 찾아야 한다. 구두로 관두겠다고 말한 단희의 퇴직은 일부러 처리하지 않았다. 여전히 도청의 팀장 자리는 비어 있다. 다시 여자를 되찾아 와, 자신의 감시하에 앉혀 둘 때까지 그 자리는 계속해서 비어 있을 거다. 승강기를 타고 지하 주차장에 도착하자 제드릭과 비서 한 명이 차에 대기하고 있었다.

여비서는 오스왈드를 보자 침을 한 번 꼴딱 삼키고 꼿꼿하게 서 있다가 그를 향해 인사를 건넸다.

「안녕하세요. 퀸튼 씨.」

「안녕. 준비는?」

그는 차에 타기도 전에 본론부터 꺼냈다. 냉정하기 이를 데 없는 얼굴에선 보통의 남자에게 찾아볼 수 있는 미인을 향한 호의 같은 것도 보이질 않았다.

「네, 모두 해 두었습니다.」

「좋아. 일단 O병원부터 들르지.」

「네.」

예전엔 청소가 참 싫었다. 돈이 많아서 가정부를 부리며 살든지 아
니면 일주일에 한 번이라도 청소아주머니를 부르며 살았으면 좋겠다
는 생각을 했다. 그러나 시아버지가 실직하면서 시부모까지 5명의 생
계를 전남편이 매달 벌어 오는 돈 300만 원으로 해결하며, 그런 사치
를 부릴 여유가 없었다.

나라에서 주는 돈을 빼고도, 지학이의 교육비로만 한 달에 20만 원
이 들어갔고. 나이가 들어 가는 시부모의 백내장 수술, 임프란트, 관
절염 수술 등의 입원비와 치료비도 만만치 않았다. 결혼 생활 5년 동
안 제대로 된 구두, 원피스, 바지 한 벌 사 본 적이 없었다. 그 흔한 양
말 한 켤레 자신을 위해 구매한 적도 없었다. 스물두 살에 시집와 아
직 채 피지도 못한 청춘은 그때 모두 다 시들어 버렸다. 하지만 아무
도 알지 못했다.

자신의 아내가, 자신의 며느리가, 자신의 딸이 시들어 가는 걸 누구
도 눈치채지 못했다. 후줄근한 복장으로 결혼식을 가야 했을 때, 자신
의 제주도 관광비가 실은 저 못마땅하고 개념 없어 보이는 며느리의
옷 한 벌 값이란 걸 시부모는 몰랐고, 직장 동료들과 어울리며 배짱
좋게 긁었던 술값들이 자기 아내의 신발값이란 걸 남편은 몰랐다.

추억이 많아질수록, 옷장에 터질 듯이 옷이 들어찰수록 누군가는
점점 비어 가고 점점 초라해지고 있다는 것을 그들은 전혀 알지 못했
다. 시부모님의 핀잔 이후, 남편의 늦은 저녁 식사까지 챙기고 돌아누
운 단희에게 남편이 부부관계를 요구했을 때, 그녀는 참지 못하고 소
리쳤다.

'내가 변기야? 왜 다 나한테 배설하려고만 드는데 왜!'

둘의 사이가 심하게 틀어진 건 그때부터였는지도 모른다. 지학이의 죽음은 단지 그 곪고 묵은 상처를 터트리는 매개체였을지도 몰랐다.

1층의 게스트 룸을 모두 청소하고 단희는 근처의 바닷가로 걸어갔다. 돌과 여자와 바람이 많다는 제주도. 바람만큼 파도도 거세서 단희가 입은 커다란 셔츠가 깃발처럼 펄럭거렸다. 매서운 바람에 눈조차 제대로 뜰 수 없었지만 단희는 바다 내음을 더 맡기 위해 앞으로 열심히 걸었다.

아빠는 산과 낚시를 좋아했다. 어릴 때에는 늘 아빠를 따라 호수로, 바다로, 냇가로 놀러 갔고, 조금 더 나이를 먹어선 매년 여름휴가 때 의식처럼 등산을 했다.

설악산, 관악산, 수리산, 계룡산, 지리산, 오대산. 가 보지 않은 산이 거의 없었다.

언젠가 히말라야에 함께 가자던 아빠의 말에 가족 모두는 진절머리를 쳤다. 그 꿈은 결국 이루지 못했다.

단희는 서울에서의 생활을 모두 정리하고 제주도에 왔다. 이렇다 할 계획 없이 그저 아빠의 유해를 한라산에 뿌려 주기 위해서였다. 아빠는 자유로운 분이셨다. 분명 작은 그릇 안에 담겨 작은 진열대 위에 전시되는 것을 원하지 않으실 거다. 비록 히말라야는 아니더라도, 눈을 돌리면 어디서든 바다가 가까운 아름다운 산이었고 아빠도 자신도, 한 번도 와 보지 못한 산이었기에 아빠를 떠나보내기엔 가장 적당한 장소라고 생각했다.

이곳에 머물기로 한 것은 즉흥적이었다. 묵었던 게스트 하우스에서 청소해 줄 사람을 구한다기에 충동적으로 지원했고 게스트 하우스 주인 부부는 흔쾌히 받아들였다. 날이 좋으면 제주도의 바다는 에메랄

드빛을 띠었다. 그러나 오늘처럼 어둡고 바람이 매서운 날에는 모든 걸 집어삼킬 만큼 검푸른 빛이었다.

단희의 얼굴은 예전처럼 멍했다. 아무런 표정도 들어 있질 않았다. 그녀는 다시 무미건조하고 의미 없는 일상으로 돌아와 있었다. 무슨 생각을 하는지 도통 알 수 없는 눈으로 단희는 그저 멍하니 거친 바다만 쳐다봤다.

결재를 해야 할 서류가 산더미인데 개인적인 일까지 겹쳐 오스왈드의 컨디션은 점점 더 바닥을 쳤다.

「저…….」

회사로 돌아가는 차 안에서 비서가 조심스럽게 말을 걸어왔다.

「혹시 마지연이라는 이름의 여자분…… 아시나요?」

「몰라.」

오스왈드는 결재 서류를 펼쳐 들고 건성으로 단답했다. 데이트했던 할리우드 배우 이름도 까먹는 마당에, 데이트해 본 적도 없는 한국 여자의 이름 따위를 어떻게 기억하겠나. 관심조차 없어 보이는 태도에 비서는 조금 물러섰다가 다시 말을 걸었다.

「저 그런데……. 비서실에서 늘 처리하고 있긴 하지만, 몇 번이고 전화가 와서요……. 이야기하기로는 무척 가까운 사이라고…….」

오스왈드의 미간이 불쾌하게 찡그려졌다. 가까운 사이? 여기서도 내 이름 팔아 장사하려는 여자가 있나? 하물며 만나 본 적도 없는 여자가?

「한 번 더 전화하면 법무부로 전화 넘겨. 업무방해로 고소하라고 지시할 테니까.」

「네.」

여자는 만반의 준비를 갖췄다. 아찔하게 높은 힐을 신고 어떤 자세로 오스왈드를 맞이할지 고민하며 소파에도 앉았다가, 벽에 기대어 서 있다가 그의 마호가니 책장에 엉덩이를 대 보기도 했다. 그의 사무실은 넓고 쾌적했다. 마지연은 손끝으로 벽과 테이블, 가죽소파를 훑으며 그것을 오스왈드라고 상상했다. 빈틈없이 채워진 고급스러운 가구들.

내가 남자 보는 눈 하나는 탁월하지. 마치 실크 가운을 걸치고 자신의 화려한 저택을 살펴보는 귀부인처럼 마지연은 잔뜩 만족스러운 기분으로 그 모든 감각을 음미했다.

향기, 눈에 보이는 빈틈없는 인테리어, 부드럽고, 차갑고, 딱딱한 촉감들.

갑작스럽게 밖이 부산스러워지는 소리가 들렸다. 오스왈드가 도착한 게 분명해. 덩달아 바빠진 여자는 트렌치코트를 벗어 바닥에 던져두고 소파에 길게 모로 누웠다. 자신의 유혹적인 자태가 남자에게 어떻게 비칠지 상상하자 여자의 입꼬리가 사악하게 올라갔다.

딸깍.

문을 연 제드릭이 멈칫했다.

오스왈드가 뒤따라 들어서고, 눈으로 여자의 나신을 확인한 것처럼 보이자 제드릭은 그길로 다시 문을 닫고 사라졌다. 긴장된 침묵 속에 여자의 볼이 흥분으로 발갛게 물들었다.

"제가 다시 볼 거라고 했죠?"

이런 미친 여자를 보았나. 해군 참모총장을 접대하던 날 룸살롱에서 본 그 건방진 여자가 자신의 회사 사무실에 쳐들어와 있었다. 허물처럼 벗어 놓은 트렌치코트가 잘 닦인 대리석 바닥에 나뒹굴었고, 여자는 늘씬한 나신으로 자신만만하게 소파에 누워 고양이처럼 갸릉댔다. 부족한 수면 때문에 평소보다 지쳐 보이는 오스왈드의 모습은 눈에 들어오지도 않는 모양이었다.

"여긴 어떻게 들어왔어?"

마지연은 소파에서 몸을 일으켰다. 하이힐 빼고 몸에 걸친 유일한 것을 손가락에 걸고 여자는 배시시 웃었다. 댈크로우 사원증.

"주웠거든요. 마침 아무도 없기에 그냥 들어왔어요. 괜찮죠?"

퍽이나. 주운 게 아니라, 훔쳤겠지. 마침 아무도 없는 게 아니라, 없을 때 몰래 들어왔을 테고.

"근데, 혹시 게이예요?"

마지연은 소파 등받이에 빼꼼 얼굴을 내밀며 물었다가 오스왈드의 표정을 보고는 재밌다는 듯 활짝 웃었다.

"전혀 흥분되어 보이지 않기에."

"그때 충분히 이야기했다고 생각했는데 못 알아들은 모양이지?"

흠. 마지연은 새초롬하게 입술을 빨다가 종종걸음으로 다가와 과감하게 오스왈드의 손을 자신의 가슴에 얹었다.

"이러면 좀 어때요? 백 퍼센트 천연이에요."

잔뜩 흥분되고 재미있어 보이던 얼굴은 변함없이 재미없어 보이는 오스왈드의 표정을 보고 다시 심각하게 골몰하기 시작했다.

"그럼 내가, 오럴을 해 볼까요?"

마지막으로 데이트했던 헤일리 피셔가 어떻게 되었는지 이 정신 나간 여자에게 말을 해 줘야 하나? 오스왈드는 그걸 심각하게 고민하며 생각이라곤 한 톨도 들어 있지 않은 마지연의 천연덕스러운 눈동자를 쳐다보았다.

이건 정말 위험한 짓이다. 제 손에 몸을 내놓은 여자치고 멀쩡한 여자는 없었다. 오스왈드는 머릿속으로 마지연을 바닥으로 메치는 상상을 했다. 간절히 그러고 싶은 욕구가 끌어 올랐지만, 오스왈드에게 눈앞의 인간은 '여자'라기보다 '아이'로 보였고, 사무실에서 골치 아픈 일을 만들고 싶지도 않았으며, 무엇보다 피곤했다. 오스왈드는 여자의 가슴에서 손을 떼어 냈다.

"옷을 입어. 알몸으로 쫓겨나고 싶지 않다면."

"진짜 너무하네. 떠 준 밥도 못 먹어요?"

예민한 신경에 짜증이 몰려온다. 그는 어금니를 물고 이 어린 계집애에게 험하게 굴지 않으려 무척이나 인내했다.

"내가 다리를 벌려 준다니까요. 그쪽은 그냥 넣기만 하면 된다고요."

"입에 걸레를 물었나."

아주 낮고 조용히 덧붙인 그 말에 갑자기 마지연의 온몸이 서늘해졌다. 개념은 없어도 눈치는 빠르다. 오스왈드의 분위기를 보아하니 지금은 물러나지 않으면 안 될 때다. 마지연은 '쯧' 하고 혀를 한 번 차 보이고는 툴툴거리며 트렌치코트를 주워 입었다.

쳇. 재미없어. 우아하고 고상한 타입을 좋아하나? 여태껏 사귄 여자들을 보면 꼭 그렇지만은 않던데. 역시, 게이인가?

"이름이 어떻게 되지?"

"마지연이요."

여자는 트렌치코트를 질끈 묶으며 뽀로통하게 대답했다. 마지연. 직전에 비서에게 들은 바로 그 이름이었다. 알 만하군. 알 만해.

"좋아. 마지연 양."

그는 책상 위에 검지를 규칙적으로 두드렸다.

"그날 그 술집에서 난 돈을 줬고 넌 돈을 받았고. 그럼 거래는 끝이 난 거야. 그러니까 우리가 다시 만날 이유도, 그쪽이 날 찾아올 명분도 전혀 없단 뜻이야."

"내가 달라고 한 적 없는 돈인데요. 물론 주니까 받긴 했어요. 돈 싫어하는 사람 없잖아요. 그럴 리는 없겠지만 달라고 해도 못 줘요. 보시다시피 다 썼거든요."

마지연은 가뿐한 표정으로 자신의 명품 트렌치코트를 탁탁 털어 보였다. 개념만큼 양심도 없어 보인다. 오스왈드는 허탈하게 웃었다.

"지금 내가 피곤하다는 사실을 감사하게 여겨. 아니었으면 넌 지금쯤 두 다리로 멀쩡하게 서 있지도 못했을 테니까.”

“말했잖아요. 내가 원하는 건 헐리우드행 티켓이에요.”

“비행깃값이라면 주지.”

“날 영화사에 꽂아 줘요.”

“정신 나갔군.”

“그래서 내가 내 처녀성을 준다고 한 거잖아요. 그 정도면 꽤 괜찮은 조건 같은데, 대체 왜 안 받아 주는지 이해가 안 가네!”

피로감이 쓰나미처럼 몰려온다. 이 여자나 저 여자나 골치 아프다. 한 여자는 기껏 마음을 열어 보여 줬더니, 사경을 헤맬 동안 도망가 버리고, 또 한 여자는 싫다는데도 다리를 벌려 준다며 사무실에서 스트립쇼나 하고 앉아 있고. 잡고 싶은 쪽은 그에게 원하는 것이 아무것도 없고, 제발 좀 꺼져 줬으면 좋겠다고 생각하는 쪽은 너무 원하는 게 명확해서 기가 막힐 정도다.

차라리 반대의 경우라면 얼마나 좋을까. 그렇다면 최소한 이렇게 불안하고 초조한 마음으로 일상생활이 엉망진창이 되진 않았을 텐데.

“정신병원에 가 봐, 마지연 양. 넌 정신적으로 도움이 필요해 보여.”

마지연은 들은 체도 안 하고 또각거리며 다가와 그의 책상 앞에 자신의 명함을 내려놨다.

“내게 원하는 게 생기면 연락 줘요. 뭐든지.”

마지연은 천진하게 웃어 보였다. 그녀는 흑과 백이 뚜렷하게 구분되지 않은 사람이었다. 사회적 규범이나 도덕을 아직 배우지 못한 갓난아기처럼 보이기도 했다. 순수해서 악한 사람. 본래 갖고 태어난 게 많아서, 자신 이외의 것을 이해하기 어려운 사람. 그래. 이 여자는 헤일리보단 차라리 레베카에 가깝다.

뒤돌아가는 마지연의 뒷모습에서 레베카가 겹쳐 보이자 오스왈드는 이 상황이 더 넌덜머리가 났다. 하나같이 자신의 인생에 꼬이는 여자는 다 이 모양이다.

◆ • • ● •

‘네가, 오스왈드니?’

그게 레베카가 처음으로 건넨 말이었다. 아름다운 외형만큼 목소리도 예뻤다. 양부모를 모두 잃고 다시 천애고아가 된 사춘기 소년에게 불혹의 매혹적인 여자는 여신처럼 보였다.

‘가엾게도, 니콜라스의 일은 정말 유감이야. 하지만 걱정 말거라. 내가 네 후원자가 되어 줄게.’

깨끗하게 다듬어진 손으로 그의 등을 어루만지자 포근하고 따듯한 한편으로 뜨거운 전율 같은 것이 흘렀다. 열다섯. 이제 막 사춘기에 접어든 소년은 그게 무엇을 의미하는지 잘 알 수 없었다.

레베카는 아직 젖살이 빠지지 않은, 오스왈드의 얄쌍한 턱선을 손끝으로 부드럽게 어루만지며 자신에게 당겼다.

‘그럼 넌, 내게 무엇을 해 줄거니?’

띠리리리리— 띠리리리리리리—

휴대폰 벨소리에 잠에서 깨어날 때까지, 꿈에 보인 레베카의 유혹적인 미소는 그를 짓눌렀다. 열다섯의 열에 들뜨고 순진한 소년은 더 이상 그곳에 없었다. 대신 그곳엔 고장 난 내면을 가진 서른 중반의 자신이 있을 뿐이었다.

아침 7시. 액정에는 코일의 이름이 떠 있었다.

「코일.」

— 퀸튼 씨. 유단희를 찾았습니다.

코일의 한마디에 오스왈드는 몸을 벌떡 일으켰다.

— 게스트 하우스에서 일을 하고 있답니다. 서류상 인적 사항이 전혀 남아 있지 않아 애 좀 먹었다더군요. 제가 지금 사람을 보내서 모셔 오도록 하겠습니다.

오스왈드는 눈을 감고 오늘 하루 있을 스케줄을 떠올렸다. 밀린 결재 서류들. 신형 전투기에 대한 계약 건, 본사와의 화상회의도 잡혀 있다. 도저히 발을 뺄 수 있는 상황이 아니다. 젠장. 하는 수 없군.

「아니, 코일. 제드릭을 보내도록 하지.」

주인 부부는 단희가 참 마음에 들었다. 이름이 단희라는 것 말고는 성도, 나이도, 사는 곳도 몰랐지만 그걸 감히 물어봐서도 안 될 것 같았다. 무표정하고 무뚝뚝했지만 맡은 일은 늘 꼼꼼하게 잘했다. 말이 없는 편이라 가타부타 불평도 없어 오히려 더 편했다.

몇 번이고 물어보려고는 했다. 푼돈이라도 돈을 주며 사람을 부리는 마당에 몇 살인지, 성이 무엇인지, 어디에 사는지 정도는 알고 있어야 하는 게 아닐까 싶어서 눈치껏 시도했지만 그때마다 단희는 매번 입을 다물었다. 그걸 꼭 알아야겠냐는 되물음에 부부는 단희가 그날 밤이라도 짐을 싸 들고 어디 먼 곳으로 도망이라도 갈까 봐 겁이 나 그 이후엔 절대로 묻지 않았다.

그래서인지, 낯선 남자들이 찾아와 단희의 사진을 내밀었을 때 주인 부부는 이들에게 사실대로 이야기를 해 줘야 하는지 아니면 단희를 숨겨 줘야 하는지 선뜻 판단하기가 어려웠다.

단정해 보이는 정장 차림의 남자들, 은발의 외국인. 이게 과연 무슨 조합일까. 깡패로 보이진 않고, 그렇다면 경호원 같은 건가? 단희란 여자가 어디 재벌집 자제라도 되나?

머뭇거리는 부부에게 남자 하나가 명함 하나를 내밀었다. 명함에는 떡하니 댈크로우사 로고가 찍혀 있었다.

"저희 회사의 직원분입니다. 부친상을 당한 이후에 행적이 묘연해 져서 찾고 있습니다."

둘은 서로의 눈치를 살폈다. 사실인가? 아내는 몰라도 남편은 이 회사에 대해 잘 알고 있었다. 최근 서울에 건물을 올려 지사를 확장했다는 이야기도 들었고 새로 온 지사장이 엄청 유명한 남자라는 사실도 안다. 설마 이런 기업의 명함을 갖고 장난을 칠까 싶기도 했다. 이야기를 해 줘야 하나, 말아야 하나 고민하고 있는데 막 심부름을 갔다가 게스트 하우스 마당으로 들어오는 단희에게 시선이 꽂혔다.

제드릭.

단희는 네댓 명 사이에 서 있는 그 은발의 사내를 한눈에 알아봤다. 무슨 일로 찾아왔지? 단희가 자리에 멈칫하는 동안, 제드릭도 단희를 발견했다.

"대니."

제드릭은 안도의 한숨을 내쉬었다. 여자는 미국에서 마지막으로 봤을 때보다 오히려 혈색은 더 좋아 보였다. 여전히 마르긴 했지만 전에 비해서 좀 더 살이 붙어 보이기도 했다.

"무슨 일이죠?"

단희는 그의 방문을 놀라워하고 있었다. 눈을 굴리며 혹시 뭔가 자신이 정리하지 못한 것이 있는지 다시 한 번 골똘히 떠올려 보고 있는 듯했다.

"퀸튼 씨가 정말 걱정을 많이 하셨습니다."

그 이름에 숨이 갑자기 턱 막히면서 가슴 한쪽이 지끈 했다. 기어이 떠올리고 싶지 않은 이름이 떠오른다.

"그 사람이 내 걱정을 왜요? 원하던 서류는 모두 보냈잖아요."

애초에 그의 목적은 거기에 있었다. 삼척의 땅. 어차피 그걸 위한 접근이었고 그걸 위한 친절이었다. 그동안 오스왈드가 자신에게 보여준 호의는 모두 그것을 위한 수단일 뿐 그 이상도 그 이하도 아니었다. 그렇기에 갑작스러운 승진으로 쑥대밭이 된 직장에서는 조용히 사라져 준 것이다. 처음부터 오스왈드가 자신의 목적을 위해 고집을 부리지 않았다면 그렇게 됐을 리도 없겠지만, 자신이 파격적인 승진을 할 때부터 그렇게 정리를 하려고 정해 둔 것이기도 했다.

하지만 그것보다 오스왈드와의 관계를 완전히 정리하고픈 생각이 훨씬 더 컸다. 땅문서는 모두 정리해 오스왈드에게 넘겼다. 그가 원하는 것, 단희가 갖고 있고 그에게 줘야 하는 모든 걸 이미 순순히 그에게 내놓았다. 한순간 그와 무척 친밀한 교류가 있었던 것은 사실이다. 하지만 그도, 그리고 자신도 그런 충동적인 감정에 의미를 부여하기엔 이미 어른이었다. 그게 아무런 의미도 없다는 걸 그도 잘 알고 있을 거다.

그런데 무슨 걱정? 이제 와 미안한 기분이라도 든단 말인가?

"내게 미안해할 필요 없다고 전해 줘요. 그것 때문에 여기 온 거라면."

"함께 돌아가시죠. 그러려고 온 겁니다."

"왜요?"

단희는 어처구니없다는 듯 반문했다.

"내가 왜 가야 하죠? 난 더 이상 그곳에 연고지가 없어요. 삼척 땅도 모두 다 넘겼잖아요. 내게 받아 갈 게 또 남아 있대요?"

"그런 뜻이 아닙니다."

"그렇다면, 나는 원하는 것을 줬으니 내게 신경 끊어요."

이렇게 곤란할 수가. 여자는 완강했다. 유연함이라곤 찾아볼 수 없는 쇠심줄.

"이러시면 제가 곤란한데요."

알 게 뭐야. 그 말이 밖으로 튀어나오려다 말았다. 눈앞에 보이는 게 제드릭이 아니라 오스왈드였다면 벌써 꺼지라고 욕을 하든지 정강이를 차서 쫓아 버렸을 거다. 아니, 어쩌면 또 어린애처럼 엉엉 울며 그에게 매달렸을지도 몰라. 아니, 아니야. 이제 그에 대한 이런 모든 잡념들을 완전히 마음속에서 쫓아 버려야 한다.

"서로 안 보면, 더 곤란할 일도 없죠. 가서 그렇게 말하면 되겠네요. 못 봤다고요."

단희가 두 손에 비닐봉지를 고쳐 들고 성큼성큼 그를 비켜 나가자 제드릭은 곤란함에 미간을 찌푸렸다. 이 여자는 오스왈드 퀸튼에게도 겁먹지 않던 여자다. 다른 여자는 그가 눈살만 찌푸려도 몸을 움츠렸는데 말이다. 당해 내기 어렵겠다는 판단에, 제드릭은 잠시 생각에 빠졌다가 곧 같이 온 남자들을 향해 고개를 한 번 끄덕여 보였다.

"뭐야! 이거 놔! 안 놔!"

"I'm so sorry."

남자들에게 사지가 붙들려 악을 쓰며 들려 가는 단희를 보며 제드릭은 정중하게 사과했다.

단희의 발광보다, 단희를 데려가지 못함으로써 보게 될 오스왈드의 발광이 제드릭에겐 더 악몽이었다.

— 확실하니?

차량 스피커로 들려오는 덜래스 회장의 목소리가 딱딱하게 굳었다.

「내 모든 과거, 최도운이라는 내 이름까지 모두 다 알고 있었어요. 레베카 말고 짐작 가는 사람이 없어요.」

덜래스는 길게 침묵했다. 그 역시 오스왈드처럼 그 악몽 같은 이름에서 벗어나려고 무수히 발버둥을 쳐 왔다. 아직도 그림자처럼 따라붙는 전처의 이름. 고통받는 것은 덜래스뿐이 아니다. 지금 그의 처인 로즐리, 그리고 갓난 아들. 그 여자를 다시 들먹거리는 것이 무척이나 힘들 것은 당연했다.

— 결정하기가 쉽지 않구나. 그 여자를 다시, 내 인생에, 네 인생에 끌어들이는 것이 과연 어떨지 말이야.

「멕시코 카르텔, CIA, 댈크로우사. 여기저기 벌집을 쑤시듯 쑤시고 다니는 게 그 여자라면 대체 무슨 짓거리를 하고 다니는 건지, 어디까지 손을 뻗친 건지, 목적이 뭔지를 알아야죠.」

— 내게 앙심을 품었을 확률이 가장 높지.

「당신 덕에 쇠고랑 차는 걸 면했잖아요.」

— …….

댈래스 회장은 다시 길게 침묵했다. 이번 침묵은 훨씬 더 무겁고 아팠다.

「제 말은, 그 이야길…… 꺼내려던 게 아니었어요.」

— 안다.

오스왈드는 사이드미러를 살피며 입술을 잘근잘근 씹었다. 과거의 망령. 레베카라는 이름에 늘 딸려 오는 것들이다. 댈래스 회장도, 자신도 여전히 그것을 떨쳐 버리지 못했다. 어쩌면 평생 그걸 떨쳐 버릴 수 없을지도 모른다. 아마 자신은 그걸 망각해도, 댈래스 회장은 불가능할 거다.

— 난 이 일을 최대한 조용히 해결하고 싶다. 그러니 내게 시간을 좀 다오. 내가 방법을 모색해 보마.

회장은 한발 뒤로 물러섰다. 사태의 심각성을 모르는 것인지, 아니면 사태의 심각성을 알기 때문에 뒤로 물러서는 것인지 모르겠지만 그가 그렇다면 어쩔 수 없는 일이다. 어디까지나 결정권은 그에게 있고, 오스왈드는 그저 거기에 따를 뿐이니까.

「네. 알겠어요.」

— 광물에 대한 진척은 여전히 없고?

「네. 아직 원인조차 밝혀내지 못하고 있어요.」

— 땅의 소유권은?

「……아직이요.」

― 알겠다. 다음 주엔 나도 회의에 참석하마.

「네.」

딸깍 하고 끊어지는 소리와 함께 스피커의 잡음이 멈췄다. 소유권은 이미 넘어왔다. 아직 명확하게 서류화하지 않았지만 이미 그랬다. 하지만 오스왈드는 회장에게 거짓말을 해 버렸다. 한 번도 회장에게 거짓말을 해 본 적이 없었는데 어쩐지 진실을 말하기가 두려웠다.

죄책감인가. 아니면, 매일 밤 뒤척이게 만드는 이 복잡하고 알 수 없는 감정 때문인가. 그걸 확인하고 싶다. 대체 이게 무엇인지. 왜 이렇게 가슴이 타는 것 같은지.

지하 주차장에 포르쉐를 주차하고 그는 엘리베이터에 올랐다. 손잡이를 붙잡은 손가락이 초조하게 쇳덩이를 톡톡톡톡 두드려 댔다.

회의 도중, 여자를 데려왔다는 제드릭의 문자에 그는 서둘러 회의를 끝냈다. 여자가 살아 있다는 사실에 안도한 기분은 아주 잠시였다. 그 이후엔 여자가 자신을 그런 식으로 떠났다는 것에 대해 불쾌해졌고, 왜 떠났는지가 몹시도 궁금해졌다.

서울에서 단 한 번 100만 원의 현금을 빼 간 것 말고 여자는 체크카드 한 번, 신용카드 한 번 사용하질 않았다. 있던 휴대폰은 해지해서 위치를 추적할 만한 단서조차 없었다. 전산상에 아무런 흔적이 없는 유령이 되어 버리자 이 좁은 땅덩어리에서 여자를 찾는 것에 무려 세 달을 소비해야 했다. 혹시나 해서 이름 모를 사체까지 뒤져야 했던 그 심정을 여자가 알 리가 없지.

어딘가 모르게 나사가 하나 빠져 버린 기분. 그는 내내 그런 기분을 느껴야 했다.

보면 무엇부터 해야 하지? 화부터 내야 하나? 아니면 일이 이렇게 된 데에 대해 사과부터 해야 하나? 아니면…… 그때처럼 으스러지게 포옹이라도 해야 하나?

핑— 하는 소리와 함께 엘리베이터는 꼭대기 층에 멈췄다. 갑작스레 가슴이 울렁거렸다. 군에 입대해 최초의 강하훈련을 받았을 때 이후 처음 느껴 보는 것 같았다.

집 안은 여전히 어둡고 텅 비어 있었다.

오스왈드는 차 키를 협탁 위에 내려놓고 코트를 벗으며 천천히 발걸음을 뗐다. 어둠 속에 희미하게 보이는 불빛. 여자는 침실에 있었다. 그는 벗은 코트를 자신의 팔목에 걸었다. 사각거리며 바지가 스치는 소리. 슬리퍼가 끌리는 소리.

"대니?"

단희는 싸늘한 표정으로 침대에 앉아 있었고 그는 문간에 멈췄다. 눈에 들어오는 이질적인 모습이 아주 흥미로웠기 때문이다.

"당신이 시켰어요?"

여자는 오스왈드를 노려보며 말을 씹어뱉었다. 그는 단희에게 다가오며 어깨를 한 번 으쓱해 보였다. 그러고선 여자의 전신을 좀 더 느긋하게 감상했다.

여자의 어깨와 손은 밧줄로 칭칭 감겨 있었다. 척 보기에도 프로의 솜씨였다.

발목 한쪽에 채워진 수갑은 침대 밑 기둥에 고정시켜 놔서 여자는 거기서 단 한 발자국도 움직일 수 없었다. 완전한 포박. 어떻게 해서든 데려다 놓으라고 했더니 정말 어떻게 해서든 데려다 놓은 것이다. 과연, 제드릭이다. 뭐든 일을 맡기면 실망시키는 법이 없었다.

"그러게 반항을 적당히 했어야지."

그는 코트를 침대 옆 소파에 아무렇게나 던졌다.

"이건 엄연한 납치고, 폭력이에요."

여자의 카랑한 목소리를 들으니 숨통이 트인다. 다행이네. 걱정했던 것보다 멀쩡해 보여.

"비인간적이고 몰상식한 짓이라고요."

"조잘조잘 잘도 떠드는 걸 보니, 매우 건강한가 보네."

"날 놔줘요."

"사표를 냈더군."

"당신이 원하는 걸 다 줬잖아요."

"내가 원하는 것? 그게 뭔데?"

"집문서, 인감, 필요한 모든 서류를 넘겼잖아요."

아, 그 이야기. 오스왈드는 '아아' 하고 작게 소리를 냈다. 맞아, 원하는 거였지. 그것도 아주 간절하게.

"난 할 만큼 했어요."

오스왈드는 제드릭이 커피 테이블 위에 놓아둔 열쇠를 주머니에 넣고는 천천히 침대로 다가갔다.

"사표는 왜 냈어?"

"관두고 싶었으니까요."

"살던 집은 왜 정리하고?"

"그 집 싫어한 거 아니었어요?"

"미리 경고하는데, 내 뺨을 때리거나, 정강이를 차면 이번엔 훨씬 심하게 묶일 거야. 잘 알겠지만 이건 농담이 아니야."

오스왈드는 여자의 어깨를 잡아 등을 보이도록 당겼다. 그러곤 침대에 걸터앉아 제드릭이 아주 강하게 결박해 놓은 밧줄의 매듭을 아주 천천히 풀기 시작했다.

"땅문서를 우편으로 보내는 건 심했더군."

"필요한 서류는 다 넣었어요."

"우리가 고작 그 정도 사이였나 봐."

"......"

단단하게 어깨를 죄어 왔던 밧줄이 몸에서 스르르 풀려 나갔다. 오스왈드가 칭칭 감겼던 밧줄의 마지막 줄기까지 거둬 가자 단희는 한숨을 쉬며 어깨를 문질렀다. 단단히 묶였던 손목에 밧줄에 쓸린 자국

이 보였다. 멕시코에서 구출해 온 아빠에게도 이것과 똑같은 자국이
있었다. 단희는 멍하게 자신의 손목을 들여다봤다.

"난 당신이 죽은 줄 알았어."

오스왈드가 단희의 발목을 풀기 위해 바닥에 앉으며 말했다.

"죽은 시체들까지 뒤졌어."

"……."

"내 인생에서 가장 끔찍했던 세 달이었어."

"……."

"어째서 도망쳤지?"

여자는 대답하지 않았다. 오스왈드는 한동안 그녀의 대답을 기다렸
다가 주머니에서 열쇠를 꺼내 단희의 가는 발목에 채워진 수갑 한쪽
을 풀어냈다. 마찬가지로 붉은 상흔이 나 있었다.

"내게 더 받을 게 남았나요?"

"여전히 나는 당신에게 그런 존재로군. 그렇게 많은 일을 같이 겪었
으면서 말이야."

"그 모든 건, 당신이 아빠와 거래를 했기 때문에 일어난 거고, 그 거
지 같은 거래는 이미 끝났어요. 그 땅은 이미 줬잖아요. 우리 사이에
남은 건 아무것도 없어요! 내게 더 뭘 바라나요?"

오스왈드는 침대에서 빼낸 수갑을 협탁에 밀어 두며 자리에서 일어
섰다.

"난 책임감을 느껴."

거지 같은 소리. 단희의 미간은 험하게 좁혀졌다.

"당신이 뭔데요. 내 보호자라도 돼요?"

오스왈드는 유환오의 그 눈을 잊을 수가 없었다. 죽는 순간 자신에
게 멈췄던 그 눈. 죽는 순간까지 평화롭고, 희망적이던 그 눈빛. 어떤
의미에서고 그건 오스왈드에게 충격적인 일이었다. 그 일 이후로 오
스왈드는 자신의 안에서 뭔가가 변했음을 느껴야 했다. 알 수 없는 뭔

가가 말이다.

"아버지는 당신 때문에 죽은 게 아니에요."

여자는 자신의 손목을 매만지며 천천히 고개를 들었다.

"아빠는 췌장암 환자였어요."

그가 이 단어를 알고 있을까. 영어로는 뭐라고 부르는지 모르겠다. 단희는 남자를 올려다보며 말을 이어 갔다.

"아빠 유품을 정리하다가 알았어요."

평소엔 혈압약 하나 드시지 않던 분이었다. 다발로 쌓아 놓은 약봉지를 발견한 후 해당 병원을 찾아가고 나서야 알았다. 항암치료도, 수술도 할 수 없는 시한부 말기 암 환자였다는 사실을.

그제야 알았다. 아빠가 왜 그렇게 바보 같은 거래를 했는지. 어떤 마음으로, 오스왈드에게 그런 부탁을 했는지. 마지막까지 왜 그렇게 초연했는지. 어쩌면 시한부 선고를 받은 그날, 아빠는 이 남자를 만난 건지도 모른다. 자신의 비밀을 숨기며 아빠는 그 산골에 앉아 무슨 생각을 하고 있었을까. 인생의 모든 순간을 곱씹어 보고 있었을까. 이제 곧 혼자 남을 딸아이를 하루 종일 떠올리고 있었을까.

"만약, 내게 이러는 이유가 죄책감 때문이라면 그럴 필요 없어요. 당신을 원망하지 않아요. 미워하지도 않아요. 아빠를 살리기 위해 얼마나 애썼는지 알아요. 그래서 아무 조건 없이 그 땅을 당신에게 넘긴 거예요. 난 당신에게 진 빚을 갚았고, 당신이 내게 갚아야 할 빚 같은 건 아무것도 없어요."

"내가 당신을 보내 주면, 그럼 당신은 어떻게 살 건데?"

"우린 생판 남이에요. 내가 당신에게 그런 걸 말해 줄 거라고 생각해요?"

적대적인 눈빛. 오스왈드는 허탈했다. 이게 유단희다. 작은 구멍조차 낼 수 없는 여자. 뭘 기대한 걸까. 울면서 감격스럽게 안겨 오기라도 할 줄 알았나? 그걸 바랐나?

"하나만 물을게. 솔직히 대답해 주면 좋겠어. 왜, 내가 깨어날 때까지 기다리지 않았어?"

"……."

"그때, 나는 당신이 날 무척 걱정한다고 생각했어. 난 우리 사이에 적어도 우정이라고 불릴 만한, 어떤 것이 존재한다고 생각했어."

"……."

"왜 내게서 도망쳤지?"

그렇게 묻자 단희는 잠시 겁을 먹었다. 아주 찰나, 여자의 눈빛이 유리 조각처럼 흔들렸다가 눈을 깜빡거리고 나선, 다시 익숙한 가면을 덧씌웠다.

"도망친 게 아니에요. 남을 이유가 없어서 떠났을 뿐이에요."

"Bullshit(헛소리)."

"사실이에요."

오스왈드는 이마를 문지르며 몇 발자국 여자에게서 뒤돌아 갔다가 다시 몸을 돌렸다.

"당신은 내 약혼녀였어. 사랑하는 남자가 사경을 헤매는데 혼자 돌아가는 경우가 어디 있지? CIA에게 당신이 내게서 도망쳤다고 이야기하던 내 기분이 어땠을지 생각이나 해 봤어?"

"그건 연기였잖아요."

"그래, 연기였어. 그럼 끝까지 훌륭히 끝냈어야지! 내게서 도망치기 전에!"

"당신이 어떻게 되든 내가 알게 뭐예요! 내가 당신 사정까지 생각해 줘야 해요? 그래서 내가 이득 볼 게 뭐가 있는데요."

오스왈드는 여자의 팔뚝을 잡아 끌어당겼다.

"솔직해져 유단희 씨. 당신이 아무리 얼음 같은 여자라도 이 정도까지 막장은 아니었어. 당신이 이득에 따라 움직이는 사람인가? 아니. 당신은 오히려 손해를 보며 다니는 사람이야. 그 가면 좀 벗지그래.

어차피 어떤 여자인지 들킨 마당에."

"나한테 집착하지 말아요."

"뭐?"

"내가 당신을 왜 떠났는지 그걸 확인해서 뭐하게요. 원하는 걸 얻었으면 그냥 먹고 떨어져요. 당신의 호기심이나 채우자고 날 멋대로 휘두르지 말구요. 아니면 설마 정말 날 좋아하기라도 해요?"

오스왈드의 입이 충격으로 벌어졌다. 믿을 수 없다는 듯 아래로 내려앉은 눈썹과 금색 눈동자가 분노와 혼란의 중간쯤에서 파리하게 빛나고 있었다. 그러다가 단희가 히스테릭하게 웃어 보이자 그는 단희의 팔뚝을 저도 모르게 놔 버렸다.

"잘 있어요. 오스왈드 퀀튼 씨. 부디 언젠가 좋은 여자를 만나 평범한 행복을 누리길 바래요."

진심이 담겨져 있지 않은 가식적인 다정함. 단희는 철저하게 사무적이었다. 오스왈드는 자신을 스쳐 지나가는 단희의 팔목을 잡았다.

"내게 이렇게 잔인하게 구는 이유가 뭐야."

"놔요."

"난 당신에게 내 과거를 털어놨어. 난 그 순간만큼은 진심이었어."

"······."

"당신도 내게 그랬잖아. 왜 다시 그때처럼 서로에게 진실하지 못하지?"

"그게 무슨 의미가 있어요."

무슨 의미가 있냐고? 너무 복잡한 사람이다. 도저히 읽을 수가 없는 여자고.

"난 내 모든 걸 보여 줬어. 누구에게도 열어 보여 준 적 없었던 걸, 당신에게 보여 줬어. 그것이 어떻게 아무런 의미가 없을 수 있지?"

아니. 그건 아무런 의미가 없는 일이었다. 그날, 두 사람 사이에 흘렀던 많은 감정들은 죽음이란 그림자가 만들어 낸 마법일 뿐이었다. 오스왈드도 자신도 끝이라고 생각했기 때문에 서로에게 솔직했던 거다.

하지만 그건 끝이 아니다. 결과적으로 끝이 아니게 되었고, 그건 그저 다시 새롭고, 다시 고통스러운 시작일 뿐이었다. 그러므로 그 한순간의 마법은 잊어야 마땅하다. 그래야 살아갈 수 있다. 자신은 확연하게 알고 있는 그 사실을 왜 이 남자는 모를까. 어째서 모를 수가 있지?

아아. 그래, 이 남자는 고장 난 사람이다. 애정이란 걸 받아 본 적이 없는 사람. 누군가에게 진실해 본 적도 없는 사람. 숨기고, 밟고, 자신처럼 가면을 쓰는 것에 익숙한 사람.

"그거 착각이에요."

그는 어린아이에서 성장이 멈춰 버린 감성을 갖고 있는 거다. 그래서 자신이 갖고 있는 감정이 정확히 무엇인지를 모르는 거다. 이해한다. 그의 과거를 생각하면 오히려 그 편이 자연스럽다. 철없는 소년이 흔히 하는 착각을 이 남자도 하고 있는 것이다. 동경과 사랑을, 동정과 애정을, 죄책감과 관심을 혼동하고 있다.

그렇다면 알게 해 주면 돼.

단희는 그의 눈을 똑바로 쳐다보며 자신의 셔츠를 머리 위로 들어 올려 벗었다. 바지 버클을 풀고 골반 아래로 떨어트렸다. 바지를 발에서 빼내 한쪽 구석에 차 버리고 이번엔 브래지어 후크를 풀었다.

오스왈드의 멍한 눈이 점점 불안하게 흔들리더니 단희가 마지막 남은 속옷을 아래로 벗어 내리자 그는 고개를 갸우뚱 기울였다. 의문이 가득한 얼굴이었다.

"뭘 하는 거야."

그가 어떤 남자인지 안다. 그가 무엇을 가장 싫어하는지도. 어느 부분이 가장 고장 나 있는지도.

"당신에게 확인시켜 주려고요. 내가 당신에게 어떤 존재인지."

본능적으로 그는 뒤로 한 발 주춤거리며 물러섰다. 우습게도 이 순간 저 커다란 덩치의 남자가 궁지에 몰린 순한 양처럼 보인다. 여자가 다가오자 그는 한 발 더 뒤로 물러섰다.

"나라면, 관두겠어."

아니. 이렇게 끝을 볼 거다. 이렇게 끝을 보고, 이 남자와의 관계는 완전히 정리하고 말겠어.

"지금 실수하고 있는 거야."

단희는 대답 대신 성큼성큼 다가가 그의 볼을 잡고 자신 쪽으로 끌어당겼다.

쿵 하고 충돌하는 입. 어찌나 세게 부딪혔는지 입술과 잇몸이 얼얼할 지경이었다. 애정은 전혀 들어 있지 않은 급한 충돌. 단희는 고집스럽게 그의 입술을 당겨 자신에게 붙이고 나체를 그의 몸에 밀착시켰다. 딱딱하게 굳은 남자의 몸이 각목 같았다.

"Stop!"

오스왈드가 입술을 떼고 엄하게 명령하자, 이번엔 빠른 속도로 그의 바지춤을 잡고 버클과 지퍼를 풀었다.

"이봐!"

그러곤 다시 그의 멱살을 당겨 세게 입술을 부딪쳤다. 날 밀쳐. 이 멍청아.

단희는 그가 자신을 세게 밀치고 미친 여자라고 집에서 쫓아내 주길 바랐다. 하지만 그는 단희를 밀치기는커녕 겁을 먹고 그 자리에서 완전히 얼어 버렸다. 이건 정말이지. 정말이지 기분이 더러웠다. 누군가를 추행하는 기분, 그 이상도 그 이하도 아니다.

단희는 그들이 처음이자 마지막으로 한 키스를 기억했다. 뜨겁고 감미로웠던 키스. 그때 느꼈던 감정이 거짓이 아니었다는 건 안다. 그 순간이 특별했다는 것도 안다. 하지만 그것에 의미를 둘 순 없다. 그런 것들에 의미를 두기에 자신은 이미 너무 지쳤다. 다시 상처를 받는 것도, 다시 가질 수 없는 것을 갈망하며 스스로를 괴롭히는 것도 반복하고 싶지 않다.

단희는 한 번 더, 고집스럽게 그의 아랫입술을 당겨 빨았다가 이내 의욕을 상실하고 하던 것을 멈추었다. 더는 단희 자신이 원하지 않았다. 이 정도면 충분해. 추하고 잔인해진 기분이 들었지만 이렇게 하지 않으면 이 쓰고 아픈 관계를 도저히 끊어 버릴 수가 없을 거다. 단희는 멱살을 풀었다. 그리고 막 입술을 떼려는 찰나, 이번엔 오스왈드가 그녀의 양 뺨을 감싸 자신에게로 당겼다.

어?

이번에 뒤로 물러서는 건 단희였다. 놀란 두 눈을 번쩍 떴지만 눈앞에 보이는 건 오스왈드의 희미한 형체였다. 여자가 뒤로 물러설수록 오스왈드는 한 발씩 떼며 그녀를 더 당겼다. 그러곤 놀라움에 벌어진 입 안으로 혀를 밀어 넣었다. 그러자 단희는 일순 삐끗하며 몸이 한쪽으로 기우뚱하게 기울었다.

그는 여자의 허리에 손을 감고 위로 들어 올렸다. 깃털처럼 가벼운 두 허벅지가 허우적대다가 반사적으로 남자의 허리를 휘감았다. 단희는 급작스러운 상황에 혼란이 오기 시작했다. 오기를 부리는 건가? 지금 우린, 싸우고 있는 건가? 누가 이기나 해보자는 건가? 남자를 밀어내야 하나? 아니면 더 강하게 해야 하나? 몸이 뒤로 고꾸라지는 느낌이 들더니 등 뒤에 시트가 닿았다.

침대. 차가운 천 감촉이 맨등에 닿자 머릿속이 하얗게 변했다. 그는 아주 빠르게 자신의 셔츠를 벗었다. 그러고선 허겁지겁 단희의 입술을 다시 덮고 손을 그녀의 엉덩이 아래로 미끄러뜨렸다. 아무것도 걸친 게 없는 맨엉덩이 사이로 거침없이.

단희는 히익 하고 숨을 들이켰다. 오스왈드의 혀에 감겨 소리조차 제대로 낼 수가 없었다. 남자를 당겨야 하는지 밀어야 하는지 모르는 두 손이 시트 위에서 허우적댔다. 아주 짧은 탐험. 그의 손은 익숙하게 여자의 둔덕을 지났다. 시럽을 바른 듯 그의 손은 매끄럽고 부드러웠다.

그의 손이 질구와 클리토리스를 아주 짧게 스쳤다. 마치 위치만 확인하듯 미끄러진 손은 이내 그녀의 둔부에서 빠져나갔다. 무슨 일이 벌어지는 건지 알 수가 없다. 약간의 버둥거림은 이내 멈췄다. 그가 거침없이 부드럽게 자신의 안으로 밀려 들어왔을 때였다.

끙 하는 작은 신음 소리가 목젖에서 울렸다. 남자의 몸이 뜨거웠다. 단희는 그의 어깻죽지에 손을 올려 그곳을 움켜쥐었다. 몸이 기억하는 익숙한 박자. 밀려 들어왔다가, 빠져나가고 다시 채워지는 그 익숙한 박자에 단희의 몸이 점점 데워지기 시작했다. 헐떡거림, 꽉 다문 입술 사이로 새어 나오는 신음 소리. 급박하고 처절한 열기. 오스왈드는 단희의 목덜미에 입술을 대고 두 눈을 질끈 감고 있었다.

따듯하고 부드러운 감촉이 모든 신경을 앗아 갔다. 그는 단지 거기에 열중했다. 그 참을 수 없는 감각이 끝날 때까지 그는 정신없이 빠져들고 있었다. 치골끼리 치받는 행위, 둔탁한 마찰음. 남자의 강인한 동작이 점점 더 힘을 받았다. 꾸역꾸역 들이치는 감각이 정신없이 휘몰아쳤다. 앙다문 여자의 입술이 벌어지고, 허리가 점점 더 활처럼 휘었다. 더 이상 참을 수 없을 것 같은 기분이 들었다. 오스왈드는 어금니를 꼭 물고 점점 더 피치를 올렸다.

파정.

그의 리듬이 일순 뚝 끊겼다. 그는 거친 숨을 몰아쉬었다. 황홀한 기분이 쉽사리 가라앉지를 않았다.

하지만, 이게 대체 뭐지?

그는 눈을 번쩍 뜨고, 팔꿈치를 시트 위에 대며 여자에게 늘어진 자신의 상체를 곧추세웠다. 행위가 끝나자 어이없게도 둘 다 당황해 있었다.

이게 뭐야, 무슨 일이 벌어진 거지? 동그랗게 뜬 둘 모두의 눈이 서로에게 그렇게 묻고 있었다. 서로 말을 하려고 입을 벌렸는데 서로 할 말을 잃었다. 이 어처구니없는 상황을 누군가에게 물을 수 있으면 묻고 싶었다. 웃기게도 말이다.

"당신······ 나한테······."

"알아."

단희가 '나한테 섹스를 못 한다고 했잖아요.' 라는 말을 다 하기도 전에 그가 대답했다. 그러니까 이 상황을 더 설명할 수가 없는 거다. 단희는 그의 몸을 옆으로 밀고 아래에서 빠져나왔다. 벌어진 허벅지 사이로 오스왈드의 체액이 그대로 흘러나왔다.

기막혀. 단희가 침대에서 몸을 일으키자 오스왈드가 급박하게 여자를 붙잡았다.

"어디 가."

"씻으러요."

"······대니 그러니까, 이 일은."

그는 이 상황을 설명하고 싶었다. 본인도 무슨 일이 벌어졌는지 모르면서.

"괜찮아요. 전 어차피 임신 못 해요. 둘째를 사산하고 나서 자궁 유착이 심해졌거든요. 다시 아이를 갖는 건 불가능해요."

아니, 그걸 말하려던 게 아니야. 망할. 실은 무슨 말을 하려던 건지도 모르겠다. 뭔지 모르겠으니 한 번 더 해 보기라도 하자고?

오스왈드는 단희의 손목을 놔줬다. 여자가 화장실로 들어가는 모습을 멍하게 쳐다보며 이 상황을 어떻게 정의 내려야 하는 건지 그는 계속해서 끊임없이 생각했다.

자신에게 벌어진 일을 도저히 스스로에게 설명할 수가 없었다.

11

첫 경험도 이런 식으로 치르진 않았다. 발정 난 종마처럼, 앞뒤 없이 밀고 들어가 버리는 거 말이다. 벗은 여자 몸을 한두 번 봤나? 마지연이 사무실에서 스트립쇼를 한 게 불과 사흘 전이다. 그때마다 느낀 감정은 지루함이었다. 그 애의 몸에 손이 닿았을 때는 창문 밖으로 던져 버릴까를 진지하게 고민할 정도로 짜증이 몰려왔다. 갑작스러운 변화에 그 자신도 적응이 되지 않았다. 이게 무슨 일이란 말인가.

단희의 몸을 맨 처음 본 건 그녀의 집에서였다. 토사물에 엉망진창이 된 여자를 씻기기 위해서. 그땐, 그저 충격을 받았었다. 두 번째 봤을 땐, 여자가 안쓰러웠고 세 번째로 봤을 때는…… 무슨 생각을 할 여유조차 없었다. 너무 빠르게 다가왔고 너무 빠르게 여자의 나신이 자신에게 들러붙었다.

단희가 자신에게 입술을 붙였을 때 내부에서 뭔가가 당겨진 느낌이 들었다. 거북함에 얼어붙은 게 아니었다. 오히려 아주 뜨거웠기 때문에 그 자리에 굳어 버렸다. 그러고는 핀트가 나갔다. 정신을 차려 보니 첫 경험을 치르는 십 대 소년처럼 제대로 된 준비조차 없이 모든 일을 끝낸 후였다.

그것도 일방적으로. 매우 형편없이. 너 이거 제대로 망신살 뻗친 거 아냐? 오스왈드 퀸튼? 그렇다고 이제 와서 아까 한 거는 없던 일로 치고 다시 해 보잔 말을 할 수도 없잖아.

이 상황에서도 고작 그딴 거나 걱정하고 있는 스스로가 우스워서 오스왈드는 저 혼자 웃어 버렸다.

여자를 안았다. 그것도 덜떨어진 남자처럼. 도저히 극복하지 못할 것이라고 생각했던 것이 너무도 급작스럽게 해결되어 있었다.

저 여자는 신인가? 손만 얹으면 나병 환자라도 고쳐 주는 뭐 그런 사람인가? 이 변화를 단순하게 기뻐할 사람은 오로지 루시뿐이다. 하지만 어떻게 고쳤냐고 물어보면 대체 뭐라고 답해야 한단 말인가. 어떤 망가진 여자가 있는데, 그 여자가 헐벗고 덤벼드니 갑자기 되더라. 뭐 이런 식으로 설명해야 맞는 건가?

오스왈드는 거실 소파에 앉아 초조하게 손톱을 물어뜯으며 단희가 도망치듯 올라가 버린 2층의 층계참을 쳐다봤다.

얼마나 어처구니가 없을까. 무슨 마조히즘 환자도 아니고, 온몸을 던져서 싫다고 표현하는 여자를 그대로 안아 버리다니. 사과해야 하나? 어떤 것부터, 어떤 것까지? 벗은 몸을 보고 흥분해서 미안합니다? 키스에 그대로 넘어가서 면목이 없다고? 콘돔 없이 사정해서 죽을죄를 졌다고?

Holy Fucking Shit. 뭐가 됐든 완전 좆 된 거지.

오스왈드는 자리에서 벌떡 일어서서 불안하게 손톱을 지분거리며 만졌다. 뭐가 됐든 대화를 해야 했다. 사과를 하든가, 어디를 처맞든가, 아니면 욕을 처듣든가, 뭐가 됐든지 간에. 그는 곧 계단으로 향했다.

단희가 어느 방으로 들어간 건지는 굳이 다 두드려 보지 않아도 알 수 있었다. 어두운 복도에 빛이 새어 나오는 방은 오직 하나뿐이었으니까.

똑똑똑.

오스왈드는 그 앞에서 잠시 머뭇거렸다가 문을 두드렸다.

"대니."

침묵이 웽웽거리며 귓가에 울려 퍼졌다. 좋은 징조가 아닌데.

똑똑똑.

그는 다시 한 번 방문을 두드렸다.

"대니, 나와 이야기 좀 해."

이봐, 당신 지금 나한테 모세의 기적을 일으켰다니까. 그건 알고 있는 거야?

똑똑똑.

마지막으로 방문을 두드리고, 응답이 없자 오스왈드는 손잡이를 잡아 돌렸다. 딸깍 하고 고정쇠가 당겨지는 소리가 난 후 그는 천천히 문을 안으로 밀었다.

"대니."

환한 방 안. 여자는 누에고치처럼 이불에 말려 있었다. 머리끝까지 뒤집어쓴 덕에 무덤마냥 이불만 불룩 솟았다.

자는 건지, 자는 척을 하는 건지.

"자?"

이불을 걷어 볼까 손을 뻗었다가, 여자의 색색거리는 숨소리에 손을 멈췄다. 거대한 거위털 이불 안에 파묻혀 여자는 곤히 잠들어 있었다.

정말 황당한 여자네.

지금 누구는 그 일 때문에 아래층에서 손톱이나 뜯고 있는데, 누군 여기서 숙면이나 취하고 있다고? 그러니까 그 일에 특별한 의미를 두고 있는 건 또 나쁘란 거야?

내일 아침에 일어나 면전에 대고 여자가 던질 말이 그대로 떠올랐다.

그게 의미가 있어요? 미안한데 너무 빨리 끝나서 기억이 잘 안 나네요.

"……."

상상만으로도 자존심이 상하네. 그렇다고 해도 별도리가 없는 일이다. 이대로 내일 아침 이 여자가 도망쳐 버리면, 그럼 내 꼴은 뭐가 되지?

오스왈드는 곤히 잠든 여자를 잠시 쳐다보다 작은 스탠드 하나만 남기고 방의 모든 불을 껐다. 그는 밤새 이 일에 새로운 활로를 모색하며 뜬눈으로 지새울 거라 확신했다.

◆ ·   · ● ●

얼마 만에 단잠을 잔 건지 모른다. 고급이 괜히 고급은 아닌가 보다. 푹신하고 기분 좋은 시트 아래로 기어들어 가 생각이란 걸 해 보려고 했는데 그냥 잠이 들어 버렸다. 탁상시계로 시각을 확인했다. 아침 9시. 단희는 슬금슬금 이불 안에서 몸을 뺐다. 매트리스 아래로 두 다리를 내리고 앉자마자, 자느라 정리하지 못한 어젯밤 일이 머릿속에 몰려들었다. 배 속이 아려 와 단희는 자신의 아랫배에 손을 얹고 잠시 숨을 멈췄다가 아주 천천히 숨을 가다듬어 내뱉었다. 이건 정말 말도 안 돼.

어젯밤, 단희는 화장실에서 대충 휴지로 뒤처리를 하고 옷가지를 싸맨 후 도망치듯 2층으로 뛰어 올라왔다. 혼자 있을 공간이 필요했고 또, 그와 다시 마주하는 게 두렵기도 했다. 정신없이 샤워를 하고 옷을 갖춰 입은 후에 이 집에서 빠져나가야겠다는 생각을 했지만 다시 1층으로 내려가면 거기서 그 사람이 기다리고 있을 것 같아 함부로 내려

가지도 못했다. 그래서 침대 안으로 기어들어 갔는데, 그냥 잠이 들어 버렸고 일어나 보니 아침이었다.

아직도 귓가에 오스왈드의 거친 숨소리가 들리는 것 같았다. 목덜미를 누르던 강한 입술도. 단희는 황급하게 자신의 두 귀를 꽉 막았다. 와. 정말 미치겠네! 이게 뭐야, 대체!

이렇게 어처구니가 없는 기분은 정말 오랜만에 느껴 본다. 설마 그 남자에게 자신이 알몸으로 덤벼들 거란 생각도 못 했지만 설마 그 남자가 거기에 그런 식으로 반응할 줄은 더더욱 예상을 못 했다. 아니 상상조차 못 했다고 해야 맞지. 제대로 뒤통수를 맞은 느낌이다. 그 사람은 여자랑 그걸(?) 못 한다고 했다. 서로 알몸으로 욕조에 들어앉았을 때도, 한 침대에서 잠을 잤을 때도, 심지어 키스를 했을 때도 그는 태연해 보였다. 그랬기에 옷을 벗고, 그에게 덤벼들면서도 그가 이런 식으로 반응을 보일 줄은 예상하지 못했다.

아니, 뭐 고자가 아니었다고 치자. 하지만 어떻게 이 보잘것없는 몸에 반응할 수가 있지? 이 정도로 취향이 특이할 수가 있나? 단희는 그가 데이트해 왔던, 으레 웹에서 찾아볼 수 있었던 사진들을 떠올려 봤다. 그 정도 여자들에게 둘러싸여 생활했다면 단희가 옷을 벗었을 때 차라리 구역질을 하는 게 상식적인 거 아닌가? 너무 잘난 여자들만 상대하다 보니, 오히려 색다른 맛이었나? 이 남자 정말 변태 아니야?

문제는 이제 어떻게 해야 하느냐는 것이다. 제드릭은 제주도에서 광견병에 걸린 투견처럼 반항하는 단희의 몸을 밧줄로 꽁꽁 묶으며, 남아 있는 짐은 자신이 처리해 서울로 가져오겠다고 어르듯 말했었다. 가져올 짐은 없지만, 가져올 돈과 신분증, 통장들은 있었다. 하지만 아직 그건 가지고 오지 않았고, 그걸 가지고 오지 않으면 단희는 문자 그대로 빈털터리 신세였다.

제주도로 돌아가고 싶어도 돌아갈 방법이 없다. 당장 이 집 밖으로 나가도 무엇 하나 할 수 있는 게 없었다. 거지처럼 구걸을 해서 버스 비라도 벌지 않는 이상.

그 남자는 출근했나? 아직도 저 아래에서 사냥 전의 맹수처럼 자신을 기다리고 있으려나? 마주치면 뭐라고 해야 돼? 아. 정말. 단희는 눈을 질끈 감고 두 발로 방을 한 번 쾅 내리쳤다. 누가 차원의 문을 열어 주었으면 좋겠다. 이 집에서 순간 이동 해 버리고 싶다. 어디라도 상관없어. 그 남자와 마주치지만 않으면 괜찮을 것 같다. 그 남자와 마주하면 다시 지난밤의 모든 순간들이 선명하게 떠올라 버리고 말 거다. 이런 우라질! 차라리 술이라도 마셨으면 좋았을 것을.

침착해. 이건 어쨌든 우발적으로 벌어진 사고다. 아주 이상하고 해괴한 일이긴 하지만 남녀 간의 그렇고 그런 행위야 이미 많이 해 봤지 않나. 이걸 새삼스러워할 필요가 없다. 그냥 아주 이상하고 충동적인 원나잇으로 치부하면 되는 거 아닐까? 하지만 문제는 그 상대가 오스왈드라는 것이다. 이 남자는 너무 골치가 아팠다. 무미건조한, 그리고 늘 그러길 원하는 단희의 일상으로 일단 들어왔다 하면 모든 걸 와장창 박살 내어 버린다.

단희는 방 안을 왔다 갔다 하며 한참을 고민하다 문을 열고 방 밖으로 나왔다. 그는 성실한 남자다. 고작 우발적으로 일어난 이상한 잠자리 때문에 회사를 내팽개칠 사람은 아니다. 그럴 확률이 아닐 확률보다 높다. 만일 재수가 없어서 마주치게 되더라도 태연한 척 연기하면 되지 않을까. 어떻게든 되겠지. 뭐가 되든, 방 안에 갇혀 있는 것보다야 훨씬 나은 방법이다.

단희가 2층 계단을 내려오자 주방에서 덜그럭거리는 소리들이 들려왔다. TV를 틀어 둔 모양인지 중얼거리는 스피커 소음도 들려왔다.

아. 가정부인가? 단희는 안도했다. 가정부가 있다는 것은, 그가 집에 없다는 걸 뜻했다. 실제로 그의 집에 묵으며 몇 번 고용인과 마주한 적이 있지만 늘 오스왈드가 없을 때였다. 그들은 모두 우렁각시처

럼 오스왈드가 없는 틈을 타 청소를 하고 빨래를 개고, 음식을 만들어 조용히 냉장고 안에 넣어 두었다. 고용주의 성격을 모두 잘 알고 있는지 단희와 마주해도 조용히 인사만 건넬 뿐 뭔가를 묻거나 다정하게 말을 붙이지도 않았다. 결벽적일 만큼 누군가와 공간을 공유하기 싫어하는 남자. 그가 가정부와 한 공간에 있을 리가 없다.

주방 정리를 하는 여자가 낯익었다. 지극히 사무적인 얼굴로 늘 고개를 숙여 깍듯하게 인사를 건네고 걸레질을 하거나, 꽃병에 물을 채우던 여자. 실핀으로 잔머리를 아무렇게나 뒤로 넘기고 고무줄 바지에 스웨터를 걸친 채 언제나 묵묵히 일만 했다. 타인에게 이렇다 할 관심이 없는 단희도 묵례에는 그저 묵례로 답했었다. 서로가 마치 한 공간에 없는 것처럼 서로에게 지극히 무관심했었다. 여자는 주방에서 달그락거리다가 2층에서 단희가 내려오는 걸 보고는 화들짝 놀라 물병을 엎었다.

왜 저러지? 단희의 미간이 구겨지자 여자는 얼굴이 하얗게 떴다. 바르르 떨리는 입술이 움찔거리고, 주춤거리는 것이 혹시 뭔가를 훔치다가 걸린 건가 싶은 생각이 먼저 들었다. 단희는 으레 그랬듯 먼저 까딱 묵례를 했다. 귀신이라도 본 것처럼 부들부들 떨던 여자가 엄한 곳으로 시선을 자꾸 회피하며 더듬댔다.

"죄송합니다, 제가, 제가, 누가 계신지 몰라서……."

오스왈드가 말을 안 해 줬나 보네. 하긴 그쪽도 말할 정신이 없겠지. 하지만 어차피 구면인데 저렇게 당황할 필요가 있나 싶었는데 여자의 시선이 한 곳으로 급하게 머물더니 허겁지겁 그쪽으로 달리기 시작했다.

"지학아!"

단희는 자신의 귀를 의심했다. 방금 저 여자가 뭐라고 했지? 단희는 넋이 나간 얼굴로 여자의 움직임을 따라 거실 테라스 쪽으로 시선을 옮겼다.

"여긴 위험해! 알겠니? 문 열지 마, 아야 해!"

남자아이가 있었다. 많아 봤자 네 살. 그래 봤자 다섯 살. 동글동글한 머리통에 곱슬곱슬한 머리카락이 솜사탕처럼 달려 있다. 아이는 휴대용 캐리어의 손잡이를 손에 쥐고 있었다. 기다란 호스 줄이 남자아이의 목까지 이어져 있다.

엄마의 단호한 대꾸에 테라스로 통하는 문고리를 만지작거리던 손이 유리창 위에서 비비적거렸다. 풀 죽은 뒷모습. 어렴풋이 볼록한 뺨 위로 고무 호스가 다시 눈에 보였다.

호흡기.

남자아이는 산소호흡기통을 손에 들고 있는 것 같았다. 단희가 뭔가에 홀린 듯 그 광경을 내려다보며 계단 아래로 완전히 내려섰다. 여자는 황급히 일어서서 당황함과 곤란함에 벌겋게 물든 얼굴로 아이를 제 앞으로 잡아끌어 두 손으로 꽉 잡았다.

"너무, 너무 죄송합니다. 실은 아무도 안 계시는 줄 알고. 제가, 아이를 봐 줄 사람이 마땅치가 않아서요. 이번 한 번만 눈감아 주시면……."

"아이 이름이 지학이예요?"

단희의 물음에 여자는 눈을 동그랗게 뜨고 말을 툭 멈췄다가 조용히 고개를 끄덕였다.

"몇 살이에요?"

"다섯 살이요."

죽은 지학이와 같은 나이다. 하지만 아이는 지학이보다 훨씬 작았다. 다섯 살의 지학이는 발육이 아주 좋은 아이였다. 키도 또래보다 훨씬 컸고 식성이 좋아 몸집도 컸다. 옆에다 데려다 놓으면 또래 친구라기보다는 형과 동생처럼 보였으리라.

단희는 천천히 다가와 지학이 앞에 무릎을 꿇고 앉아 시선을 맞췄다. 순수하고 천진하게 빛나는 커다란 눈이, 눈앞의 사람에게 갖고 있는 호기심을 그대로 내비쳤다. 아픈 아이. 작은 코 위에 이어진 호스가 안쓰러웠다. 아이는 단희를 향해 수줍게 손을 흔들어 보였다. 안녕. 아직 서툰 발음으로 아이는 그렇게 말했다.

아.

서글픈 미소. 슬픈 것인지 기쁜 것인지 단희는 아주 부드럽고 다정한 목소리로 그 인사에 대답했다.

"안녕."

아이가 배시시 웃어 보이자 아주 작은 치아들이 보였다.

"우식증이 있네요."

"단 음식을 좋아해서요. 치아가 몽땅 녹았어요. 그나마 유치라 다행이죠."

규칙상 이래선 안 된다. 아이를 데리고 온 것도 변명의 여지가 없는 잘못이지만, 고용주와 관계된 사람과 잡담을 나누는 것도 그랬다. 다른 곳보다 많은 돈을 주는 일자리지만 그 대신 철저하게 지켜야 하는 사항이 있었다. 고용주와 마주치지 말 것. 무엇도 물어보지 말 것. 사적인 관심을 갖지 말 것. 이야기를 나누지 말 것.

몇 달 전 이 여성분과 마주했을 때도 마찬가지였다 웬만하면 마주치지 말 것. 아무것도 물어보지 말 것. 사적인 관심을 갖지 말 것, 절대적으로 함구할 것. 그게 고용주를 늘 따라다니는 그 집사 같은 은발의 사내에게 들은 규칙이었다.

이렇게 무참하게 깨 버려도 되는 걸까. 그러나 지금 상황에서 더 중요한 건 이 여자에게 호의를 얻는 일이다. 이 일에 대해 비밀을 지켜주고, 자신의 일자리를 보장받으려면 이 여성분에게 솔직해지는 편이 더 나은 방법이었다.

"왜 산소호흡기를 달고 있죠?"

"선천적으로 폐에 문제가 있어서 호흡기 없이는 자가호흡을 못 해요."

가정부는 아들의 작은 머리통을 자랑스레 몇 번 쓰다듬었다.

"의사는 몇 달 못 살고 죽을 거라고 했는데, 그래도 5년이나 살고 있으니 기특하죠."

단희는 아이에게서 눈을 떼지 못했다. 죽음을 달고 사는 아이. 하지만 살아 있는 아이.

"정말 죄송해요. 하지만 시어머니가 골절상을 당해 입원을 해서 아이를 봐 줄 분이 안 계세요. 너무너무 죄송해요. 아이는 아주 순해서, 사고를 치진 않을 거예요. 제가 어서 빨리 일을 마치고 나갈 테니 한 번만 눈감아 주시면……."

지학이는 엄마의 손에서 자꾸 벗어나 테라스 문에 몸을 붙였고 단희의 귀엔 가정부의 말이 잘 들리지 않았다.

"나가고 싶니?"

단희의 물음에 아이는 풀 죽어 고개를 끄덕였다.

"테라스에 제가 데리고 나갈게요. 천천히 해요."

단희는 그렇게 말하며 테라스의 문을 열었다. 아이는 눈을 반짝거리며 반쯤 열린 몸에 문을 끼워 넣었고 단희는 아이의 뒤를 따랐다. 테라스는 아주 넓었다. 정원사를 고용해 꽃과 풀을 관리했고, 텅 비었지만 매립형 야외욕조도 있었다. 아이는 하얀 구절초 앞으로 향했고 단희는 그 옆에 쪼그려 앉아 작은 꽃가지를 하나 꺾어 아이에게 들려 줬다.

너무 익숙해 보이는 모습에 가정부는 잠시 넋을 놓고 그 광경을 쳐다봤다. 무표정하고 딱딱한 줄만 알았는데 아이와 있는 모습이 기가 막히게 평온하다. 정말 마음을 놓고 일을 해도 될 만큼 말이다.

이래도 되나 싶으면서도 여자는 분주하게 몸을 놀렸다. 처음엔 초조하게 쳐다보던 테라스 창밖을 어느 순간부터는 아예 쳐다보지 않게 되어 버렸다.

탁탁탁탁탁탁탁탁.

정신없이 테이블을 두드리는 볼펜 소리에 모두의 눈길이 오스왈드의 손끝으로 향했다.

왜 저러지?

영문을 알 수 없는 그의 불편함에 모두들 서로의 눈치를 살폈고 보다 못한 코일이 조용히 그를 불렀다.

「퀸튼 씨?」

아차, 하며 테이블 위에 흩어졌던 그의 초점이 번뜩 돌아왔다.

「미안, 뭐라고 했죠?」

「리베이트 건이요. 공군 쪽에서, 이번 전투기 계약 건에 대한 보답을 원합니다.」

전투기 40대. 약 4조 원가량의 계약이었다. 7조 정도의 예산을 받아 3조 원을 지들끼리 해 먹고 나서도 리베이트를 또 달라. 거머리 중에서도 상급 거머리.

「충분히 배를 불려 줘요, 코일. 그 일에 관해선 당신에게 맡겨 두죠.」

코일은 오랫동안 한국 시장에 정통해 있는 사람이다. 대부분의 비즈니스 관리를 그가 하고 있으니, 어떤 면에서 이 회사의 실질적인 오너는 여전히 코일이었다. 코일은 알겠다고 대답한 이후 오스왈드가 다시 멍한 틈을 타 회의에 참석한 다른 직원들에게 밖으로 나가라는 의미로 눈짓을 했다. 회의실 안에 자신과 제드릭, 오스왈드가 남자 그는 다시 입을 열었다.

「방송국은 어쩌실 겁니까.」

「그게 왜?」

「이미 서류도 받았고, 유단희 씨도 없는 마당에, 관리를 계속해야 하는지 궁금합니다.」

한 달 전, 방송국은 신관 1층으로 이사했다. 규모를 넓혀 스튜디오와 송출실을 따로 차렸고 직원들의 사무실과 대형 장비를 위한 공간도 따로 마련했다. 부족한 것은 채워 주고, 오래된 것은 모두 버렸다. 그리고 여전히 따로 마련한 도청 방송국의 팀장실은 단희를 위해 텅 비워 두고 있었다.

「팀을 잘 이끌어 줄 만한 전문적인 업체에 되파는 게 좋지 않을까요?」

광물이 매립된 땅은 이미 손에 들어왔고, 잘못하면 그렇게 공들여 얻어 낸 땅마저 현재로선 휴지 조각이 될 가능성도 높았다. 무기업체에서 생뚱맞게 미디어 관련 팀을 계속해서 끌어가는 건 누가 봐도 이해가 되지 않는 불가사의한 일이다.

코일은 이 일을 원래대로 되돌려 놓고 싶었다. 잘못 끼워 맞춰진 퍼즐을 그 통에서 빼내고 싶은 것이다.

「그리고 팀장실을 계속 비워 두는 것에 대해 불만이 엄청나게 많습니다. 단희 씨의 사표 수리는 여전히 처리하지 않으실 겁니까?」

「그 자리는 비워 둬.」

「지금 단희 씨가 팀장 자리에 돌아가도, 여전히 반발이 심할 겁니다. 계속해서 맘에 걸리시면 차라리 사표를 수리하고 본사에 자리를 마련해 두는 편이 어떻습니까?」

오스왈드는 고개를 좌우로 저었다.

「그게 그 여자의 본업이야. 유일하게 잡고 있던 버팀목이고.」

힘든 순간 유일하게 매달렸던 일이다. 그녀를 정상으로 돌려놓으려면, 그래서 세상에 발붙이고 살아가게 하려면 다시금 열정을 쏟을 수 있는 무언가가 필요하다.

「더 할 이야기 없으면 이만 마치지.」

오스왈드는 회의실을 빠져나와 자신의 사무실로 향했다. 단희는 그가 자신에게 집착한다고 했었다. 그의 속을 긁으려 일부러 한 말이었겠지만 오스왈드는 그 말을 흘려 버릴 수 없었다.

집착. 구걸. 지금 그 짓을 또 반복하려고 하는 걸까. 레베카에게 했던 것처럼? 다시는 그 짓을 반복하지 않겠다고 해 놓고 또?

그것에서 도망치기 위해 15년을 발버둥 쳤다. 다시는 가질 수 없는 애정을 구걸하지 않겠다. 다시는 그 갈망에 스스로를 태워 버리지 않겠다. 그 다짐을 수없이 했다. 하지만 단희는 아주 작은 샘물처럼, 자신이 갖고 있는 어떠한 갈증을 채워 준다. 그게 무엇인지 모르겠지만 그것이, 자꾸만 이 여자를 붙들게 만든다.

「제주도에서 대니 양의 짐이 도착했습니다.」

곧바로 따라 들어온 제드릭의 말에 그는 의자에 앉아 자신의 턱을 매만졌다.

「아직 건네주지 마. 짐을 챙기면, 그 여잔 떠날 거야.」

그 여자를 어떻게 붙들어 놓지?

「24시간 경호원을 붙여 두면 어떨까요. 안심도 되고요.」

「아니. 그건 그녀를 숨 막히게 만들 거야. 탄력 좋은 고무처럼 잡아당기면 잡아당길수록 그만큼 튕겨 나가는 여자야. 그것도 아주 따갑게. 그것보단 더 유연한 방법이 필요해.」

책상 위를 더듬던 눈길이 인터폰 옆에 종이 한 장을 발견했다.

연락처가 적힌 명함.

양심도 없고, 철도 없고, 개념도 없지만 자신의 욕구에는 맹목적으로 충실한 어린애.

어쩌면. 이편이 더 적합할지도. 자신의 욕구에 충실한 사람은 마음대로 이용하기도 쉽다.

「제드릭.」

「네.」

「이 아이를 데려와.」

그는 명함을 제드릭에게 건넸고 화려한 은박의 디자인을 확인한 제드릭은 떨떠름한 표정을 지었다. 설마. 이 화려한 명함의 주인이 지난

번 그 스트립쇼를 한 여자는 아니겠지.

「대니의 옆에 붙여 둘 여자라면 보통 여자로는 안 돼. 감당 못 할 거야.」

그 말엔 제드릭도 동의한다. 보통의 여자라면 오스왈드가 이 정도로 절절매진 않을 테지. 그래도 이 여자는 너무 사이코 아닌가?

「이 아인 어린 만큼 멍청하고 멍청한 만큼 단순해. 당근만 눈앞에 매달아 주면, 앞뒤 없이 뛰어들 거야. 데려와.」

마지연이 가장 원하는 건 오스왈드가 쥐고 있다. 헐리우드행 티켓. 그게 있는 이상, 아이는 충직한 개처럼 말을 잘 들을 수밖에 없다. 장담해. 가장 많이 접해 본 종류의 여자니까.

지학이는 욕조를 궁금해했다. 물을 틀어, 그 욕조를 채우고 놀고 싶은 모양인지 이리저리 꼭지를 만지며 이게 무엇이냐고 물었다.

"이건 수영장 같네."

"이거 할래."

"이건 추워서 안 돼. 감기 걸려."

"이거 할래."

"감기 걸리면 병원 가야 되는데?"

"이거 할래."

"지학이는……."

단희는 입술을 꾹 물었다가 다시 입을 뗐다.

"지학이는 주사 잘 맞아?"

아이는 고개를 끄덕거렸다.

"지학아."

아이는 맑은 눈동자로 단희를 쳐다봤다. 작은 인중에 붙은 가느다란 호스. 반쯤 벌린 입에서 어린아이의 달큰한 숨 내음이 났다.

"지학아."

지학아. 지학아. 아이의 이름을 반복해서 입 밖으로 낸다. 입 밖으로 내면 낼수록 눈물이 터질 듯이 아프면서도 한편으로는 무뎌진다. 이 이름을, 다시 부를 줄은 몰랐다. 지학이도 그런 눈으로 쳐다봤었다. 호감과 호기심이 가득한 눈. 엄마 이건 뭐야? 엄마 저건 뭐야? 엄마 이건 잠자리야. 엄마 이건 양말이야. 모든 처음 말을 시작할 때 '엄마'라고 뱉고 보던 아이. 머리가 아파질 정도로 엄마만 찾던 아이.

"울지 마. 미안해."

아이가 또박또박 말했다. 누군가를 울렸을 때, 그렇게 사과하라고 반복적으로 가르친 것이 분명한 말투. 단희는 눈물을 닦으며 희미하게 웃음을 터트렸다. 아이 앞에서 추태네.

3년. 아직 무뎌지기엔 너무 아픈데, 눈앞에 있는 아이를 보자 숙연한 기분이 들었다. 언제 자신의 곁을 떠날지 모르는 아이를 곁에 두고 사는 것도, 늘 곁에 있을 것 같은 아이를 너무 허무하게 잃어버린 것만큼 고통스러운 일이다.

익숙하게 산소통을 끌고 다니는 아이. 고통에 익숙해 주사를 무서워하지 않는 아이. 부서질 것처럼 작은 몸으로 씩씩하게 세상과 소통하는 아이.

이 아이도 언젠가, 지학이처럼 날아가 버릴지도 모른다. 순수하고 무구한 눈이 희망과 호기심으로 빛날 때마다 그것이 행복인 한편, 그것이 불행이기도 했다. 아이에게 엄마는 늘 죄인이다. 살아서도, 죽어서도.

"지학아. 너는 꼭 건강했으면 좋겠다."

단희는 콧등을 손으로 한 번 훔치고 아이에게 말했다. 이 아이가 산소호흡기를 떼고, 나의 지학이가 그랬던 것처럼 씩씩하게 놀이터를 뛰어다녔으면 좋겠다. 적어도, 이 아이도 지학이처럼 멀리 날아가 버렸다는 이야기를 자신이 아는 한 들리지 않기를 바란다.

"배 안 고파? 우리 들어가서 냉장고에 뭐 있나 봐 볼까?"

그 말에 아이는 방그레 웃었다. 지학이에게 딸기를 씻어 식탁에 내어 주고, 단희는 막 2층 청소를 끝내고 다가오는 여자에게 물었다.

"치료할 순 없나요?"

"폐 이식 수술밖에 없는데…… 비용도 너무 비싸고 기증자도 기다려야 해서…… 거기에 어려운 수술이라 아이가 견딜 수 있을지 모르겠다고 하시더라고요."

여자는 씁쓸하게 웃으며 말했다.

"그래도 희망적으로 생각하려고요. 언젠가 이식 수술을 할 수 있을 테니 그때까지 열심히 돈 모으면서 상황을 지켜봐야죠."

아빠의 사망보험금으로 5천만 원 정도를 받았다. 그 돈으로는 해결되지 않으려나? 어차피 자신에겐 그 정도로 거액의 돈이 필요하지 않다. 그저 몸을 눕힐 곳, 허기만 가실 정도의 음식, 입을 수 있는 옷 한 벌 정도를 살 돈이면 됐다.

"비용이 얼마나 드는데요?"

"수술비만 7천만 원에, 매달 약값만 300만 원씩 든대요. 저랑 남편이 하루 종일 일해도 지학이 약값 대기도 버거워요."

그 말에 단희는 입을 다물고 조용히 생각에 빠졌다.

아이를 돕고 싶어. 어쩐지 꼭 그래야만 할 것 같다. 그저 맹목적으로 아이를 돕고만 싶다. 하지만 이 아이는 지학이가 아니야. 아이를 돕는다고 해서, 지학이가 살아 돌아오는 것도 아니야. 아이에게서 희망을 보는 것은 아니었다. 그러나 이 아이가 건강해진다면 이 무의미한 삶에 조금은 의미가 부여될 것 같았다.

사치일지도 모른다. 괜한 욕심일지도 모른다. 하지만 어차피 아빠의 사망보험금은 갖고 있어 봤자 자신에겐 쓸모가 없다. 그러니 만약 그 돈을 어떻게든 써야 한다면, 지금이 딱이었다. 어쩌면 이건 운명일 수도 있다. 문제는 돈이 모자르다는 거였다. 그 모자란 돈은 어디선가 메꿔야 했다. 뭐가 없을까? 자신의 사망보험금이 떠올랐지만 이내 머릿속에서 지워 버렸다. 그건 오버야. 그다음 떠오른 건 오스왈드였다. 맞아. 거기야말로 돈 나올 구멍이지.

◆ ・ ・ ● ●

집에 불이 켜져 있었다. 멀리서 들려오는 TV 소음. 텅 비고 서늘한 집 안에 온기가 감돌았다. 그는 잠시 그 생경함에 발걸음을 멈췄다.

"돈이 필요해요."

오스왈드의 몸이 벽 사이에 드러나자, 소파에 앉아 TV를 보던 단희가 기다렸다는 듯 말을 붙였다.

돈이 없어서 어딜 도망갈 리가 없을 거란 생각을 하면서도, 이 여자라면 드레스 룸에 있는 고가의 시계를 훔쳐서라도 달아날 거란 생각도 한편으로는 들었다. 어젯밤 일로, 여자가 도망가도 할 말은 없다만, 어쨌든 다시 잡아 올 생각도 하고 있었다. 강압적인 태도를 취해야 한다면 그렇게 할 생각이었고, 이런저런 변명이 필요하다면 그것도 할 생각이었다. 하지만 오스왈드가 생각한 예상 그 어디에도 그녀가 이렇게 한가롭게 TV나 보며 자신을 기다린다는 것은 없었다. 게다가 외투를 벗을 틈도 없이 돈을 내놓으라고 할 줄도 몰랐고.

오스왈드는 실내화로 갈아 신고, 거실로 들어서며 자신의 안주머니를 뒤져 검은색 플래티넘 카드 한 장을 여자에게 내밀었다.

"우선은 이걸 써."

"현금으로 줘요."

"……."

"도망 안 가요."

"……."

"다시 수갑이라도 채울래요?"

단희가 손목을 내밀어 보이자 그는 카드를 다시 지갑에 넣고, 5만
원짜리 10장을 다시 건넸다.

"이 정도면 되겠어?"

"곧 갚을게요."

"그럴 필요 없어."

그는 드레스 룸으로 향했다. 외투를 벗고 옷을 갈아입으며 여자가
자신에게 뭔가를 요구한 것을 꽤 긍정적으로 받아들였다. 다시 성난
고양이처럼 털을 바짝 세우고 있던 여자가 조금 온순해진 느낌이 들
었다.

"뭐라도 좀 먹었어?"

"과일이요."

그는 요리사가 식탁에 차려 놓은 음식을 열었다. 홍합과 새우가 들
어간 지중해풍 해산물요리. 음식은 오랫동안 식지 않도록 뜨겁게 데
운 도자기 위에 올려져 있었다.

"앉아. 같이 먹어."

"혹시……."

단희는 천천히 식탁으로 다가왔고 오스왈드는 음식을 떠 그녀의 앞
으로 접시와 포크를 밀었다.

"염치없이 보일 수도 있지만 제가 준 땅이요."

단희는 오스왈드가 식탁에 앉아 포크로 홍합을 찌를 때까지 망설이
다 다시 입을 열었다.

"그 값을 받고 싶어요."

홍합이 공중에서 멈췄다. 엄해진 오스왈드의 눈빛이 단희를 쳐다보
고 있었다.

"얼마나?"

"가능한 한 많이요."

"……."

"안 돼요?"

"아니. 안 될 이유가 없지. 나로선 당연히 값을 지불해야 하고. 문제는."

그는 입 안에 홍합을 넣고 포크를 까딱거렸다.

"돈에 대해 전혀 관심을 보이지 않던 사람이 왜 갑자기 가능한 한 많은 돈을 갖고 싶어 하느냐지."

단희가 손을 뻗어 물컵을 잡고 물을 입 안으로 삼키는 모습을 그는 관찰하듯 지켜봤다.

"당연히 지불해야 하는 거면, 그냥 줬으면 좋겠어요."

"그 이야기를 하려고 날 기다린 거야? 돈을 달라고 하려고?"

"……."

"이미 땅문서는 나한테 있어. 당신의 인감도 나에게 있어. 내가 수틀려서 당신에게 아무것도 주지 않겠다고 하면, 당신은 받을 방법이 없어."

"그럴 건가요?"

오스왈드는 식탁의자에 몸을 기댔다. 여자를 재 보는 듯 잠시 입을 다물었다가 아주 조용히 말했다.

"얼마 정도를 생각하지? 구체적으로."

"……원가의 10배쯤이요."

유환오는 그 땅을 산을 포함해 1억에 매입했었다.

"10억?"

"……."

여자는 자신 없게 고개를 끄덕였다. 10억? 겨우? 수 계산에 약하네.

하긴 그 땅에 정확히 무슨 광물이 있는지 이 여자는 알지 못하지. 비록 지금은 모두 중단했지만 그렇다고 그 광물의 가치가 없어지는 건 아니다. 조만간 정확한 원인과 그에 대한 해결책을 파악하게 되면 어떻게든 그 원석은 이용될 수 있다. 딜래스 회장은 얼마든지 그 값을 지불할 것이고, 그 이후엔 자신이 투자해 온 금액을 회수하려 안간힘을 쓰겠지. 딜래스사에서 기본적으로 거래하는 단위는 1 뒤에 적어도 0이 10개 정도는 붙는다. 그 이하는 거래를 하지도 않아.

"나라면 더 부르겠어."

그 말에 유단희는 오히려 겁을 먹고 움츠러들었다. 더?

"……50억이요?"

그는 그저 웃었다. 그리고 그가 웃자 단희는 더 움츠러들었다. 10억은커녕 1억도 만져 본 적이 없는 단희에게 50억은 가늠조차 하지 못하는 돈이다. 그게 그에겐 오히려 가소로워 보이는 걸까. 단희는 얼떨떨하게 포크를 집어 들었다 머릿속으로 50억이 얼마나 되는지 평균치를 내어 보려 했지만 제대로 되질 않았다.

"정확하게 절차에 따라 진행될 거야. 효력이 있는 계약서로."

"……"

"아직 시간이 남았으니 금액에 관해선 좀 더 생각해 봐."

더 부르란 이야기인가? 그렇게 많은 돈은 필요가 없다. 아이를 도울 돈이면 10억 정도면 충분해. 그 이상은 오히려 사치였다.

"그리고 내일부터 방송팀으로 출근했으면 좋겠어."

"그 자리가 아직도 공석이에요?"

"당신이 돌아오기 전까지 비워 둔 자리야. 공식적으로 병가 상태고."

"내가 사표를 냈잖아요."

"그래. 당신은 사표를 냈고. 난 처리를 안 했고. 간단한 거지."

"당신은 뭐든 쉽네요."

하기야, 쉽지 않은 게 뭐가 있겠나. 총을 들고 사람을 쏴 죽이는 것도 쉬운 사람이.

"당신과 비교하자면 뭐든 쉽기야 하지."

웃어야 하는 농담일까. 아니면 화를 내야 하는 비아냥거림일까. 단희가 뱀눈을 뜨고 그를 노려보는 사이 오스왈드는 한마디를 더 덧붙였다.

"계속 이렇게 살 순 없어. 도망 다니며 숨어 지내는 건 이제 그만해. 어차피 다시 잡혀 올 거야. 정상적인 일상의 사이클을 찾아. 내가 도와줄 테니까."

"왜 날 도우려고 하는데요?"

"당신은 좀…… 나한테 특별해."

특별해? 별로 정의롭고 책임감 있어 보이는 타입이 아닌데. 아직도 아빠의 죽음과 각서에서 자유롭질 못한 걸까. 단희는 포크를 들어 홍합을 이리저리 굴리며 심드렁하게 콧방귀를 뀌었다.

"이젠 정말 그쪽이 날 좋아한다고 믿게 되네요."

"맞아."

뒤적거리던 포크가 탕 소리를 내며 손에서 떨어져 나갔다. 잘못 들은 게 분명하다고 생각하면서 단희는 다시 한 번 물었다.

"뭐라고요?"

"내가 당신을 좋아하는 것 같아."

"미쳤어요!?"

단희가 즉각적이고도 신경질적으로 대꾸하자, 오스왈드의 한쪽 눈꼬리가 매섭게 치켜 올라갔다.

"좀 더 고상한 반응은 없어?"

"누가 누구를 좋아한다는 거예요?"

"내가. 그쪽을."

이 남자가 미쳤나? 웃음기라고는 전혀 없는 진지한 표정을 쳐다보며 단희는 완전히 당황했다. 갑자기 뭘 잘못 먹었어? 아니면 어디서 약이라도 빨았나? 아니면 그냥, 천연덕스럽게 나를 놀리는 건가?

"왜 이래요 나한테?"

"가만. 내가 한국말을 잘못했나? 좋아한다가 아니라 죽인다로?"

"혹시 어젯밤 일 때문에 그래요? 그건 실수였잖아요!"

"실수였지."

"그래요! 실수요!"

"그래, 맞아. 실수."

"그런데 뭐가 문제예요? 그건 실수였고 그냥, 몸싸움에 지나지 않는다고요."

"몸싸움을 그런 식으로 하면, 세상엔 사랑과 평화만 가득하겠네. 안 그래?"

"지금 나랑 말장난해요?"

그는 평화롭게 물컵을 집어 들었다.

"아니. 난 아주 진지해. 당신에겐 어떨지 몰라도, 어젯밤 일은 내겐 아주 특별한 일이었어."

"특별할 게 하나도 없어요. 그건 그냥 실수였으니까요. 당신도 인정했잖아요."

단희는 포크를 집어 들고 매우 거칠고 저돌적으로 홍합에 찔러 넣었다. 덥고 골치가 아프고 혼란스러웠다. 어떻게 이 남자와 있으면 하루도 조용할 날이 없을까.

"내가 말한 실수는 그 뜻이 아니야. 충동적으로 벌어진 일이고 둘 다 당황스러웠던 건 맞지만 난 그런 식의 실수는 안 해."

"그럼 무슨 뜻이에요?"

"그것보단 훨씬 괜찮게 할 수 있었단 뜻이야."

괜찮게 할 수 있었다? 단희의 고개가 한쪽으로 기우뚱 기울자 남자가 아무렇지 않게 덧붙인다.

"당신한테는 몸싸움이고, 나한테는 섹스였던 거."

손에서 다시 한 번 포크가 툭 떨어졌고 여자는 잠시 동안 커다래진 눈을 깜빡거렸다.

"내가 덜떨어진 틴에이저처럼 굴었단 건 인정할게. 변명의 여지가 없어. 하지만 그렇게 형편없는 남잔 아니야."

무슨 이야길 하는 거야 저런 진지한 얼굴로!

혹시 하루 종일 그 문제만 생각했던 거야? 테크닉이 형편없었다? 고작? 테크닉 문제? 어떻게 이렇게 단순하지?

여자는 떨어뜨린 포크를 다시 주워 들고 홍합을 입 안으로 어색하게 밀어 넣었다.

"관심 없어요. 뭐가 됐든 똑같으니까요."

"그 말엔 동의 못 하겠는데."

"무슨 환상을 갖고 계시는지는 모르겠지만, 경험자의 말을 믿어요. 오스왈드 퀸튼 씨. 그 메커니즘에는 별다를 게 없어요. 퍽 푹 찍. 그게 다예요."

"퍽…… 푹…… 뭐?"

오스왈드의 미간이 썩은 생선이라도 본 것처럼 구겨졌다. 설핏 욕으로도 들린다. 이거 지금 나 조롱하는 거 맞지?

"내가 초보자처럼 보여?"

"……."

단희는 대답 대신 그저 빤히 쳐다봤다. 백 마디 말을 담고 있는 눈빛. 그래, 내가 어젠 좀 병신처럼 굴었지. 그걸 반박할 수 없어 속이 부글부글 끓었다.

"명백한 실수였어."

"잘됐네요. 그럼 없었던 일로 해요."

"말귀를 못 알아먹는 거야, 아니면 못 알아먹는 척하는 거야?"

"좋을 대로 생각해요."

"당신의 그 뻣뻣하고 재미없는 태도를 꺾으려면 팔다리를 묶고 입에 재갈을 물리는 수밖에 없겠단 생각이 드네."

"취미 생활로 잘 어울리네요. 부디 취향에 맞는 여자를 잘 찾아보기 바래요."

"우린 맨날 이런 도돌이표 대화만 하고 있어야 하나? 언제까지? 내가 원하는 건 단순해. 나는 당신에게 호감을 갖고 있고, 그걸 어떤 식으로든 이어 나가고 싶어. 그리고 당신은 겁을 집어먹고 펄펄 뛰고 있고."

단희는 포크를 테이블 위에 탕 내려놨다.

"정신 차려요. 당신이랑 내가 가당키나 해요? 난 그쪽에게 줄 수 있는 게 아무것도 없어요. 날 봐요. 나같이 형편없는 사람이 당신과 어울릴 것 같아요? 동정과 애정은 한 끗 차이예요. 그걸 착각하지 말아요."

"내가 어떤 놈인지 알잖아. 내가 누굴 동정해. 그럴 만한 자격이나 있어?"

"난 비어 있어요."

단희가 아프고 공허한 눈동자를 들었다.

"난 텅텅 비어 있는 껍데기라고요."

"……."

단희는 그 말로 자신의 모든 것을 대변했다. 줄 수 있는 게 아무것도 없다는 말은 진심이다. 텅 비고 메말라서, 정말로 아무것도 줄 수가 없다. 오스왈드의 과거를 알고 있는 이상, 그가 얼마나 외롭고 황량한 인생을 살았는지 알고 있는 이상 그의 마음엔 더욱더 답을 해 줄 수가 없었다.

"그날, 모하비 사막에서 온기를 나눠 주던 여자. 속삭이듯 자신의 아픔을 고백한 여자. 그 여자가 당신이야."

"……."

"당신이 텅 비어 있는 건, 아무것도 보여 주려 하지 않아서야. 누구도 당신에게 그런 식으로 살아가라고 하지 않았어. 당신 아버지가 죽기 전에 뭐라고 했는지 잘 기억해 봐."

"잘 자요."

더 이야기를 나누고 싶지 않아 단희는 자리에서 일어섰다.

"제드릭에게 짐을 받을 때까지만 신세 좀 질게요. 그 이후엔 방을 얻어 나가겠어요."

"이 집에서 당신보고 나가라는 사람은 아무도 없어. 당신이 도망치는 것 이외엔."

여자는 대꾸하지 않고 몸을 돌려 2층으로 올라갔다. 오스왈드는 매몰차게 올라가는 단희의 뒷모습을 쳐다보며 조용히 새우만 씹었다.

초콜릿.

엄마, 초콜릿.

안 돼, 이빨 썩어

초콜릿 먹고 싶어.

안 돼, 이빨 썩어.

초콜릿 먹고 싶어!

안 돼! 이빨 썩는다니까!

그럼 사탕 먹을래.

안 돼! 그것도 이빨 썩어!

그럼 까까 줘.

안 돼. 밥 먹어야지.

그럼 사탕 줘!

요거트 먹을래?

싫어!

과일은 어떠니? 딸기?

싫어!

좋아. 그럼 차라리 초콜릿을 먹어. 딱 한 개.

싫어! 사탕 먹을래!

안 돼! 사탕은 초콜릿보다 더 나빠!

싫어! 사탕!

고집스럽게 커다란 눈을 부릅뜨는 지학이의 모습에 단희는 결국 웃음을 터뜨렸다. 너랑 싸워서 내가 무슨 이득이 있겠니. 이러면 안 되는데. 결국 네 이빨은 흔적도 없이 녹고 말겠구나. 그나마 유치인 게 어디야.

단희는 아이의 떼에 못 이겨 전자레인지 위에 올려 둔 사탕 한 개를 꺼내 들었다. 뾰로통하게 입을 내밀고 울먹거리던 아이의 얼굴이 일순 환하게 펴졌다. 활짝 웃는 얼굴이 개나리꽃 같다. 맛있니? 달그락달그락 소리가 나며 아이의 한쪽 볼이 뽈록 튀어나왔다. 귀여운 녀석.

"일어나!"

갑자기 찬물 세례를 받은 듯 잠에서 확 깨어난 단희가 벌떡 몸을 일으켰다. 휑하니 한기가 들었고 오스왈드는 단희의 몸 위에서 거위털 이불을 냉큼 걷어 버렸다.

"뭐, 뭐예요."

검은 라이더 재킷에 청바지를 걸친 그는 벽장에 걸려 있던 단희의 점퍼를 그녀의 무릎 위에 던졌다. 잠이 덜 깨 당황한 상태로 여자는 오스왈드를 머리부터 발끝까지 한번 쭈욱 훑었다. 출근 복장이 아닌데? 어딜 가나?

"입어. 나가게."

"어딜요?"

단희는 시간을 보려고 눈을 비볐다. 아직 햇빛이 어스름한 시각. 새벽이었다.

오스왈드는 단희가 탁상시계를 더듬을 여유조차 주질 않고 여자의 손목을 잡아끌었다.

"이봐요! 어딜 가냐고요!"

"이 거지 같은 인생을 끝내자고."

그렇게 말하는 그의 눈이 태양처럼 이글거렸다.

온몸에 오싹 소름이 돋아나고 완전히 정신이 번쩍 깨어났다.

◆ ‧ ‧ ● ●

제정신이 아닌 건 분명했다. 단희는 한쪽 벽에 기대 덜덜덜덜 떨어 대느라 정신이 없었다. 앉을 곳이라곤 하나도 없는 텅텅 빈 경비행기. 내가 이걸 왜 타고 있어야 하지? 헬기에서 사고가 난 이후, 단희에게 비행기는 트라우마였다. 비행기가 바람에 덜컹거릴 때마다 아찔한 기억에 온몸이 굳었다.

"2천 미터!"

조종석에서 기장이 소리치자 오스왈드는 배낭을 메고 성큼성큼 여자에게 다가갔다.

점프 슈트. 강제로 그 옷이 입혀진 이후로 단희는 자신에게 왜 이런 일이 일어나는 것인지 조금도 이해할 수가 없었다. 오스왈드는 여자의 어깨 위에 자신과 같은 배낭을 메어 주고 무선 헤드셋을 오른쪽 귀에 고정시켜 준 후 헬멧과 고글도 차례대로 씌웠다. 전혀 납득이 안 돼.

"내가 한 말 명심해. 내가 신호하면 배낭 뒤에 줄을 당겨. 알겠어?"

오스왈드는 단희의 글러브를 낀 손을 배낭 뒤로 돌려, 낙하산 줄을 확인시켜 주며 말했다.

"몰라요."

"죽고 싶으면 그냥 두든가."

"뭘 하려는 건데요!"

단희가 덜덜덜 떨며 묻자 그는 잔인하게 웃어 보였다.

"개방해!"

비행기의 시끄러운 모터 소리를 뚫고 오스왈드가 소리치자 거짓말처럼 경비행기의 포켓도어가 열렸다. 설마, 설마. 미치지 않고서야 설마.

단희는 비명을 지르며 뒤로 물러섰고 오스왈드는 여자의 목덜미를 잡아 포켓도어로 끌어당겼다. 단희는 뒤로 주저앉으려 안간힘을 썼다.

"모, 모…… 모, 모, 못 해요! 미쳤어요!? 난 이거 못 해요! 당신은 지겹도록 해 봤겠지! 난 훈련조차 안 받았단 말이야!"

"할 말이 그것뿐이야?"

단희는 그에게 강제로 이끌려 포켓도어 바로 앞에 섰다. 까딱 발을 잘못 디디면 앞으로 그대로 넘어갈 것 같았다. 손톱보다 작은 점들. 온 세상이 미니어처였다. 지금 그들은 구름 위에 있었다. 거지 같은 인생을 끝내자더니 정말 단희의 인생을 끝내게 만드려나 보다! 이 미친 사이코 자식이!

"미쳤어! 제정신이 아니야!"

"아래에서 보자고. 아니면 저승에서 보든가."

무선 헤드셋에 오스왈드의 목소리가 또렷하게 들려왔다. 다음 순간 단희의 몸이 툭 밀어졌다. 오스왈드가 팔로 여자의 등을 가볍게 밀자, 단희는 중심을 잃고 앞으로 그대로 꼬꾸라졌다.

아아아아아아아아아아악 하는 비명 소리. 입 안으로 그 어떤 강풍기에서 나오는 것보다 세찬 바람이 쏟아져 들어왔다. 볼살이 떨어져 나갈 것 같은 강풍을 그대로 받아 내며 몸은 아래로, 아래로 계속해서 곤두박질쳤다. 단희는 눈을 꽉 감았다. 허우적거리자 몸이 공중에서 빙글빙글 돌았다. 그 아찔함이 지속될수록 현기증이 났다. 차라리 이대로 기절해 버렸으면 좋겠는데 놀라울 정도로 정신이 또렷했다. 공포 앞에 모든 신경이 되살아나고 있었다.

얼마나 됐을까. 1초, 10초, 30초, 40초. 정신없이 아래로만 내려갔다. 몸에 불이 붙어서, 한순간 지구에 추락하는 행성이 된 기분이 들었다.

— 낙하산을 펴.

헤드셋에서 오스왈드의 목소리가 들렸다.

— 죽고 싶지 않으면, 낙하산을 펴.

더 생각하고 자시고 할 시간도 없다. 단희는 정신없이 떨어지는 와중에 더듬더듬 배낭 뒤의 끈을 잡아 쭈욱 당겼다. 얼마나 시간이 지났을까. 몸이 갑작스레 위로 솟구치는 느낌에 여자는 다시 한 번 비명을 내질렀다. 그러고는 정적.

정신없이 몰아치던 강풍이 잔잔해졌다. 죽음 이후의 세계에 들어온 것처럼. 그날 헬기가 추락한 이후 느꼈던 그 이상하리만치 완벽한 평화가 다시 느껴졌다. 몽롱하고 깃털처럼 가벼운 기분.

— 보여? 당신 발아래에 세상이 펼쳐져 있어.

오스왈드의 흥분된 목소리에 단희는 눈을 떴다. 발밑에 보이는 작은 점들. 그녀는 하늘을 깃털처럼 날고 있었다. 고요하고 평화롭고 모든 것이 정지된 세상. 구름, 바람, 커다란 강줄기. 갑자기 세상의 모든 게 자신과 동떨어진 것처럼 느껴졌다. 그 넓은 하늘에 오로지 혼자인 것 같은 기분도 들었다.

— 머리 위에 손잡이가 있어. 그걸 당겨 봐. 원하는 대로 갈 수 있을 거야.

짧은 순간이었다. 바람을 따라 천천히 아래로 떨어지는 낙하산에 매달려 세상에서 경험해 본 적이 없는 평화로움을 맛보는 것은 더없이 짧았다. 하지만 그 짧은 순간 모든 것을 경험한 기분도 들었다. 그대로 날아가면, 어딘가 정말로 처음 보는 세상에 당도할 수 있을 것 같은 기분. 어쩐지 초연해지는 대신 왠지 서글퍼지기도 했다.

— 손잡이를 잘 잡아. 균형을 유지해. 곧 착지할 거야.

바닥에 가까워지자 오스왈드의 목소리가 다시 들려왔다. 5미터, 4미터, 3미터.

— 줄을 아래로 당겨. 더. 좀 더 당겨.

오스왈드의 구령에 맞춰 줄을 힘껏 당기자 아래로 떨어지던 낙하산이 앞으로 완만하게 직진했다. 마침내 발이 닿았고 단희는 거의 뛰다시피 발을 구르다 그대로 엉덩방아를 찧으며 뒤로 넘어갔다.

펄럭이는 낙하산 소리. 단지 몇 분 공중에 떠 있었을 뿐인데 발이 육지에 닿자 갑자기 세상이 뒤집힌 기분이 들었다. 정말로 다른 행성에 착륙한 듯한 생소한 기분이었다.

잠시 후 오스왈드가 미끄러지듯 바닥에 착지했다. 그는 몸에 매어진 하네스를 풀어 바닥에 던지곤 성큼성큼 걸어왔다. 헬멧과 헤드셋도 벗어 버린 그는 아주 후련한 미소를 지었다.

"생각보다 잘하는데."

단희는 몸을 굴려 일어나 낙하산을 등 뒤에 매단 채로 그에게 앞뒤 안 가리고 달려들었다.

"하마터면 죽을 뻔했잖아! 당신 미쳤어? 내가 낙하산 줄을 안 당겼으면 어쩔 뻔했어! 날 죽이려고 작정했어!"

"결국 폈잖아."

그 한마디에 갑자기 눈물이 터져 나왔다. 죽음을 기다리며 살아 놓고 막상 죽을 것 같으니 결국엔 사는 길을 택했다. 초라한 본능. 결국 이런 한심한 인간이다. 죽는 순간이 오자 결국엔 두려웠다. 이젠 죽고 싶다는 말은 거짓이 되었다. 어쩌면 처음부터 이미 정해진 진실. 그걸 이 나쁜 자식은 기어이 마주 보게 만들었다. 그것도 목숨을 담보로. 처음부터 이럴 작정이었지. 처음부터 날 이렇게 초라하고 멍청하게 만들 작정이었지. 한없이 나를 말려들게만 하는 남자.

"낙하산에는 자동산개기가 달려 있어. 당신이 펴지 못했어도 자동으로 낙하산은 펴졌을 거야."

그는 온몸을 들썩이며 끓는 듯 울음을 삼키는 단희의 몸에서 하네스를 풀어냈다.

"물론 착지를 잘못해서 어딘가 뼈가 골절됐을 수도 있겠지. 그래도 뼈는 부러지면 다시 붙게 되어 있어. 하지만 당신 인생은 당신이 놓으면 절대로 돌아오지 않아."

"당신은 정말 싫은 남자야."

"그 거지 같은 인생은 여기서 끝내. 죽지 못해 사는 인생은 이제 여기서 끝내는 거야. 당신은 줄을 당겼고 결국 사는 걸 택했으니까."

허무함. 비참한 기분 때문에 눈물이 나는 것만은 아니다. 꽉 막혔던 곳이 뚫린 듯 가슴 안에서, 끊임없이 감정이 솟아올랐다. 그녀의 안에서 뭔가가, 이미 뒤바뀌어 있었다. 주체할 수 없이 흐르는 그 기분을 이젠 주워 담을 수도 없었다.

"내게 왜 이래요."

"말했잖아. 내가 당신 좋아한다니까."

"결국엔 당신도 날 떠날 거예요."

미치도록 두려운 것은 결국 그것이다. 그녀가 사랑했던 사람은 모두가 그녀를 떠나갔다. 지학이, 엄마, 아빠. 자신이 밀어 내긴 했지만 결국 남편도 견디지 못해 그녀를 떠났다. 마음을 다해 사랑을 줘도, 마음을 다해 사랑을 받아도, 결국엔 모두가 사라져 버리고 늘 남겨지는 건 그녀 하나였다. 그 고통을 다시 겪고 싶지 않았다. 그래서 죽음을 기다렸다. 그런 체하며 그렇게 믿었다. 인생을 공허하게 낭비했다. 상처받는 것보단 그렇게 사는 것이 덜 아팠다.

"앞일에 대해 장담은 못 해. 나는 지키지 못하는 맹세는 안 해. 그래도 이거 하나는 맹세할게."

단희가 훌쩍거리는 콧등을 훔치고 고개를 들었다.

"얼마가 되었든, 당신과 있는 모든 순간을 소중히 여길게."

울컥 솟는 감정을 누르려 애썼다. 뿌옇게 변한 눈앞에 오스왈드의 형태가 사정없이 일그러지고 있었다.

"그러니 내 옆에 있어. 내가 당신 아버지와 한 약속을 지킬 수 있게 해 줘. 나랑 같이 다시 시작해. 가능하다면 퍽퍽찍도 하면서."

단희는 짧게 웃음을 터트리며 눈물을 훔쳤다. 하여간 이상한 말은 잊어버리지도 않는다.

"내가 싫다고 하면요?"

"그럼 다시 하늘에다 내던져야지. 낙하산 없이."

못 말려. 단희는 질렸다는 듯 고개를 절레절레 흔들었다.

'사람답게 살거라. 제대로 행복하게 네 인생을 살아.'

아빠의 그 유언이 늘 귓가에 맴돌았다. 그렇기에 꾸역꾸역 어떻게든 삶의 의미를 찾으려 발버둥 쳤다. 일을 하고, 돈을 벌고 남들처럼 평범하게 살아 보려 최선을 다했다. 하지만 텅 빈 마음을, 상실감을 무엇으로도 채울 수가 없었다. 무엇을 위해 살아야 하지? 어떻게 해야 사람답게 사는 거지? 행복했던 과거로는 돌아갈 수가 없고, 남아 있는 것 중, 행복해질 만한 것은 아무것도 없었다.

"내가 안아도 될까?"

오스왈드가 조심스럽게 물었다. 젠틀한 척하기는. 이미 퍽퍽찍도 제멋대로 한 주제에.

그가 천천히 다가와 자신의 품으로 단희를 당겼다. 따듯한 온기. 쓰고 달콤한 머스크 향. 이 남자에게서 희망을 얻을 수 있을까? 내가 다시 행복해질 자격이 있을까? 머릿속에 다시 경보가 울렸다. 이 남자는 위험해, 유단희. 하지만 이제야 깨달은 것도 있다.

이 경보가 울릴 동안에는 더 이상 외롭지도 공허하지도 않았다. 정신없이 그녀를 채우고, 밀고, 당기고, 또 그녀를 펄펄 뛰게 만들어, 펄떡거리는 생선처럼 자신을 살아나게 한다.

"당신은 오늘을 평생 후회하게 될 거예요."

단희는 무섭게 경고하며 오스왈드의 허리에 손을 둘렀다.

"제발 후회하게 해 줘."

오스왈드는 기꺼이 기쁘게 웃었다.

12

단희는 오스왈드의 아파트로 돌아가는 길목에서 잠시 차를 세워 달라고 했다. 길모퉁이에 있는 편의점으로 들어가더니 곧 두 손 가득 사탕과 초콜릿을 사 들고 다시 차에 올라탔다.

"이런 거 좋아해?"

오스왈드가 물었다. 같이 있는 내내 음식을 먹는 모습을 제대로 본 적이 없어서 양껏 간식을 챙겨 든 단희의 모습이 신기하게 느껴졌다.

"아…… 네. 뭐. 조금."

지학이의 일을 사실대로 말할까 하다가, 혹시나 고용주가 알게 될까 봐 바들바들 떨던 여자의 얼굴이 떠올라 단희는 대충 말을 얼버무렸다.

지하 주차장에 차를 주차하고, 엘리베이터에 올랐다. 단희는 오스왈드가 키패드에 비밀번호를 누르는 모습을 아무 생각 없이 바라보다가, 그러고 보니 한 번도 자의를 가지고 혼자서 이곳에 들어온 적이 없다는 것을 깨달았다. 앞으론 스스로 기꺼이 이곳에 발을 들여야 한다는 사실도.

"비밀번호가 뭐예요?"

"1214."

"누구의 생일인가요?"

"트리버. 덜래스 회장의 유일한 아들이지. 한국 나이로 치자면, 이제 겨우 세 살이야."

그렇게 말하는 오스왈드의 얼굴이 전에 없이 편안해 보였다.

"그 아이를 좋아하나 봐요."

"아이니까."

"원래 아이들을 좋아해요?"

그는 대답 대신 어깨를 한 번 으쓱해 보였다. 마치 물을 필요가 있냐는 듯한 제스처였다. 그가 아동과 청소년을 위한 기부와 후원을 많이 한다고 했을 때, 단희는 그건 단순히 사업 차원의 이미지 마케팅일거라고 여겼다. 군수업체인 만큼 그 파괴적인 이미지를 상쇄시키기 위한 일종의 수단일 것이라고 말이다. 그런데 지금 보니 그는 그냥 아이들을 좋아하는 것 같다. 그의 어린 시절을 생각하면 당연한 일인가? 일종의 보상 심리. 그는 이런 식으로 자신의 인생에서 힘들었던 과거와 현재의 균형을 맞추고 있는지도 모른다.

띵 소리와 함께 엘리베이터 문이 열렸다. 집에 도착하자마자 오스왈드는 외투를 벗어 거실 소파에 던져 놓고 부엌으로 갔고 단희는 털털 발에서 신발을 털어 내더니 2층으로 향했다.

"뭐라도 먹을래?"

오스왈드는 아일랜드 바 위에 놓인 사과를 껍질째 한입 베어 먹으며 물었다.

"전 그냥 커피 한 잔이면 될 것 같아요."

"아침부터 아무것도 먹지 않았잖아."

새벽부터 천국과 지옥을 왔다 갔다 해서인지 식욕이 없었다. 돌아오는 차 안에서 오스왈드가 건넨 샌드위치를 절반도 채 먹지 못했다. 지금은 뭐든 씹어 삼키기가 부담스러웠다.

"속이 별로 좋지 않아요. 무리해서 먹으면 탈이 날 것 같아서 그래요. 혹시 배고프면 뭐라도 먹어요. 난 신경 쓰지 말고."

그는 자신이 들고 있던 사과를 살짝 들어 올렸다. 이거면 충분하다는 뜻 같았다. 단희가 먹다 남긴 샌드위치까지 모두 해치웠으니 배가 부를 만도 했다.

"일단 좀 씻고 내려올게요."

"편할 대로."

그는 사과 한입을 더 베어 물며 빙그레 웃었다. 식탁에 비스듬히 서서 새하얀 치아를 빛내고 있는 그를 보자니 갑작스레 모든 일이 비현실적으로 느껴졌다. 자신의 인생을 통틀어 놓고 보자면 현실적인 일보다 비현실적인 일들이 압도적으로 많이 일어나긴 했지만 이것은 조금 달랐다. 지금까지가 악몽이었다면 이건 꼭 환각 같다.

옷을 벗고 샤워 꼭지를 틀며 단희는 자신에게 일어난 일들을 되짚었다. 이미 남녀관계에 한 번 실패했다. 그것도 아주 처참하게. 이 남자와는 다를 수 있을까? 그는 다른 남자와는 다를까?

그는 자신과 있는 모든 순간을 소중히 여기겠다고 했다. 그 말에 무척 감동을 받았지만 그가 스스로 내뱉은 말에 책임을 지는 남자인지는 확신할 수 없다. 그를 전적으로 믿기엔 너무 많은 것을 겪었고 그래서 아는 것이 너무 많다. 그러나 그를 거부할 수가 없었다. 그의 말이 단희의 머리가 아닌 가슴을 두드려 버렸다. 그걸 받아들이는 순간, 지금과는 다른 방식으로 살겠다고 그와 약속한 것이나 마찬가지다. 그럴 수 있을까? 다르게 살 수 있을까?

단희가 다시 1층으로 내려갔을 때 오스왈드는 식탁 위에 미리 단희를 위해 내려 둔 커피 한 잔과 함께 서류, 사진들을 가득 펼쳐 놓고 있었다. 단희는 테이블 맞은편으로 가 커피 잔을 집어 들었다. 영어로 된 서류는 봐도 무슨 내용인지 알아차릴 수 없었지만 대신 사진들은 무엇인지 알 수 있었다. 이거, 누군가를 미행한 사진 아닌가?

"이게 다 뭐예요?"

그는 아주 재미나다는 듯한 표정으로 사진 하나를 단희 앞으로 밀었다.

"게이바에 드나드는 선교사. 어떻게 생각해?"

그가 밀어 준 사진에는 웬 남자 하나가 스탠딩 바에 앉아 맥주잔을 들고 은밀한 눈초리로 주변을 살피는 모습이 찍혀 있었다. 비밀스럽고 조심스럽고 위축되어 보이는 얼굴. 아마도 자신의 데이트 상대를 찾고 있는 것 같다.

"가엾다는 생각이 드네요. 이젠 미행에도 취미 붙였어요?"

그는 다시 피식 웃으며 사진을 자신의 앞으로 가져왔다.

"미행이 아니라, 선행이라고 해 두지."

"단어 선택이 잘못됐네요. 선행이 아니라 악행이라고 해 둬요."

단희의 말에 오스왈드가 사진에 꼭 붙어 있던 시선을 들었다. 그의 황금색 눈이 유쾌하게 빛났다.

"말싸움에서 혹시 져 본 적 있어?"

"글쎄요. 나랑 말싸움하려는 사람은 그쪽 말고는 없어서요."

그 비아냥거림에 오스왈드의 입가에 묘한 미소가 걸렸다.

"설마 내가 말싸움만 하려고 할까."

몸싸움(?)이 연상되는 위험한 발언과 미소. 단희는 눈을 좌우로 굴렸다가 아랫입술을 물고 시선을 사진으로 내렸다.

"이 사람은 뭔데요? 산업스파이예요?"

"성폭행범."

단희가 고개를 홱 쳐들었다.

"무슨 범이요?"

"제이 씨의 여자 친구를 강간했어. 오래전에. 지금은 남자에 취향이 붙은 것 같지만."

"그럼 미행을 할 게 아니라 총으로 쏴 죽여야죠. 아니면 고문을 하든가, 그런 거 잘하잖아요."

"똥물엔 손 안 담가. 똥물은 똥통에 넣어야지. 그게 답이야."

단희는 다시 한 번 남자의 사진을 가져가 유심히 살폈다. 적당한 외모, 적당한 체격, 선해 보이는 눈매가 퍽이나 선교사와 잘 어울리는 인상이었다. 외형적으로는. 그 간극 때문에 더 혐오스럽다.

"그 제이 씨의 여자 친구가 몇 살이에요?"

"열아홉 살."

열아홉 살? 무려 미성년자? 오래전에 당했다면 그보다 더 어릴 때? 단희의 눈이 희번덕거렸다.

"일단 앞에는 잘라요. 뒤에는 꿰매고요. 똥통에 담그든 뭘 하든 일단 해 봐요. 할 수 있잖아요."

"……내 직분을 잊었나 본데. 난 사업가야, 변태 고문기술자가 아니고."

"직업이야 늘 바뀔 수 있는 거예요."

"연애 첫날부터 분에 넘치는 조언 고마워. 내가 당신한테 완전히 미치지 않았다는 사실이 이렇게 기쁠 수가 없네."

그는 장난스럽게 커피 잔을 들어 보이고는 단희의 앞에서 사진들을 몽땅 회수해 봉투 안에 담았다.

"그 남자를 정말 좋아하나 봐요. 이렇게까지 관여하는 거 보면."

"제이 씨 때문이 아니야."

"그럼요?"

오스왈드는 봉투를 접어 식탁 한쪽에 밀어 두고는 단희를 물끄러미 쳐다봤다.

"당신과 닮았어."

"……."

누가. 그 여자 친구가?

"물론 외모는 그쪽이 훨씬 더 귀엽지만."

오스왈드가 입꼬리를 올려 씩 웃자 단희는 한쪽 눈썹을 오만하게 치켜들었다.

"취향이 금발에 큰 가슴에서 페도필리아로 바뀌었어요?"

못 당하겠군. 오스왈드는 기침하듯 웃음을 뱉어 내고는 고개를 저었다.

"내 취향이 그쪽으로 바뀌었다면, 지금 당신이랑 이러고 있을 이유가 없지."

"⋯⋯."

"그 아이도 그런 식으로 날 쳐다봐. 당신처럼. 제발 꺼져 달란 눈으로."

저런.

"지금은 안 그래요."

단희는 오스왈드의 눈길을 의식적으로 피하며 딱딱한 표정을 지었다. 스카이다이빙을 한 이후 단희는 계속 이런 식이었다. 여자의 가시 돋친 대꾸야 이골이 나다 못해 이제 재미있는 지경이지만 평소보다 더 뚱한 표정으로 대꾸하고, 자꾸만 그의 시선을 피하려고만 해서 더 어색한 모양새를 만들고 있었다.

여자는 긴장을 하고 그로 인해 불편해하고 있다. 바뀐 분위기에 적응이 전혀 안 되는 모양이네. 오스왈드는 자꾸만 애먼 곳에 시선을 두는 단희를 물끄러미 쳐다봤다.

'난 텅 비어 있어요.'

절망적인 눈으로 단희는 그렇게 고백했었다. 그 말을 믿진 않지만 잃어버린 뭔가를 다시 찾아오는 데 그만큼 오랜 시간이 걸린다는 것쯤은 헤아릴 수 있다.

"지금은, 당신에 대해 궁금한 게 아주 많아요."

답지 않게 수줍어 보이는 목소리였다. 그는 바지 주머니에 두 손을 꽂고 단희가 자신의 삭막한 집 안에 들어와 있는 풍경을 감상했다. 물기가 아직 다 마르지 않은 머리카락, 여전히 낡고 몸에 맞지 않는 티셔츠를 걸친 채 맑은 눈으로 자신을 쳐다보는 그 모습이 낯설면서도 또 퍽이나 잘 어울렸다.

그는 아주 천천히 식탁을 돌아 단희의 옆으로 걸음을 옮겼다. 거리가 가까워질수록 시선을 맞추기 위해 여자의 턱은 더 위로 들렸다. 그는 단희의 젖은 머리카락 한 가닥을 집어 아래로 부드럽게 쓸어내렸다.

"누구도, 내게 이만큼 가까이 와 본 적은 없어. 당신은 내 풍경에 들어온 최초의 여자가 될 거야."

"그거 영광이네요. 당신 현관 앞 방바닥에 내 손자국 찍어 놔도 돼요? 사인이랑요."

오스왈드는 단희의 농담에 웃음을 터트렸다.

"그것 참 재미있겠네. 진지하게 고려해 보지."

무슨 헛소리를 해도 다 받아 주네. 그러니 자꾸만 툴툴거리게 되지. 처음엔 분명 적대감이었는데 지금은, 마치 어리광을 부리는 것 같다. 전남편에게선 한 번도 느껴 보지 못했던 감정. 그의 풍경 안에 들어간 최초의 여자가 자신이라면. 오스왈드는 그녀에게 있어, 완전히 다른 풍경을 가지고 오는 남자였다. 낯설면서도 여행을 앞둔 여행자처럼 설레기도 하다.

오스왈드는 여자의 살짝 벌어진 입술에 시선을 빼앗겼다. 내가 지금, 키스를 하고 싶은 건가? 샤워를 마치고 나온 몸에선 좋은 향기가 난다. 물기가 다 마르지 않은 머리카락과 피부는 전에 없이 촉촉했다. 그런 것들이 눈에 선명하게 들어온다는 것이 정말 이상하다. 그 시선이 불편한지, 단희가 자신의 도톰한 아랫입술을 살짝 물자 오스왈드의 눈가가 잠시 꿈틀거렸다.

"나도 당신한테 좀 궁금한 게 있는데."

"뭔데요?"

"혹시 식탁에서 몸싸움해 본 적 있어?"

오스왈드가 너무 유용하게 그 단어를 써먹자 단희는 몸싸움이란 단어를 먼저 꺼냈던 자신을 자책했다.

"식탁은 밥을 먹는 신성한 곳이지, 서로 싸우는 곳이 아니라고 아버지께서 늘 말씀하셨어요."

단희는 일부러 더 정색하며 말했다

"그렇게 말을 잘 듣는 딸은 아니었잖아."

"상식과 교양에 관해선 달라요."

그는 박장대소했다.

"미안, 내가 너무 크게 웃었나?"

그는 키득대며 불성실하게 사과했고 단희는 그를 향해 눈을 부라렸다가 이내 발끈한 마음을 추스르고 잔잔하게 미소 지었다.

"괜찮아요. 몸싸움을 못하면 웃는 거라도 잘해야죠. 안 그래요?"

"내가?"

그는 오만하게 한쪽 눈썹을 올렸다.

"무슨 몸싸움에서건, 그 말은 받아들일 수가 없는데."

"겪어 본 바가 없어서요. 아! 지난밤에 그거. 미안한데 너무 빨리 끝나서 기억이 잘 안 나네요. 혹시 그것도 쳐줘야 해요?"

오스왈드는 단희의 반응에 발끈하기는커녕 코웃음을 쳤다. 이미 예상했던 바다. 그는 주머니에 들어 있던 자동차 키와 지갑을 꺼내고, 자신의 왼손에 채워진 손목시계를 딸깍하고 풀어서 보란 듯이 식탁 위에 아주 천천히 내려놨다. 무거운 메탈이 대리석에 마찰하는 소리가 정적 속에 작게 메아리쳤다.

"잘 모르는 모양인데, 난 맨몸으로 싸울 때 더 생존율이 높아."

"굳이 내가 알 필요는 없을 것 같네요."

"알 필요가 없어도, 알게 될걸."

목소리가 지나치게 위험했다. 자극하지 말아야 할 타이밍에 자극을 했나. 뭔가가 잘못된 것 같은 느낌이 들어서 단희는 뒤로 한 발 주춤 물러섰다.

"좀 나중에 알려 주면 좋을 것 같은데요."

"그러려고 했는데, 누가 자꾸 부추겨서."

"누군지 모르겠지만 난 아니에, 꺅!"

오스왈드의 손이 허리에 감기고 발이 공중에 뜨자 단희가 허둥지둥 비명을 질렀다. 아주 짧은 사이, 여자의 엉덩이는 대리석 식탁 위에 올라가 있었다.

그는 단희의 벌어진 무릎 사이에 자리를 잡고 서서 여자를 나른하게 내려다봤다.

"식사예절을 정확히 따라 보지. 식용 가능한 것을 식탁 위에 올려뒀으니 이젠 사랑과 평화가 깃들게만 하면 되는 건가?"

웃지 않으려고 이를 악물었는데 대신 콧구멍이 벌름거렸다. 오스왈드는 엄지손가락으로 아랫입술을 아래쪽으로 당겼다. 그러자 단희의 다물려 있던 입술이 아래로 뿌루퉁하게 빠져나왔다. 그걸 보는 그의 입가에 나긋나긋 미소가 어렸다.

"출근 안 해요?"

"걸어온 싸움부터 해결해야지."

"직분이 사업가라면서요."

"바꾸려고. 어떤 여자의 조언에 힘입어서."

앓느니 죽지. 단희가 '끙' 소리를 내자 그가 낮게 웃으며 입술을 부딪쳐 왔다. 여자의 눈이 반사적으로 감겼다. 그는 단희의 골반을 좀 더 당겨서 그의 하체에 밀착시키고 깊게 숨을 들이켜며 벌어진 단희의 입 안으로 혀를 밀어 넣었다. 부드러운 입 안의 점막이 혀끝에 느껴졌다. 향긋한 커피 냄새와 특유의 쓴맛이 함께 뒤엉킨다.

단희가 두 손을 그의 가슴 위에 얹었다. 심장의 박동 소리가 손으로 움켜쥐면 잡힐 듯이 가까웠다. 그는 단희의 젖은 머리카락 사이로 손가락을 넣었다. 가볍게 머리카락을 쥐고 더 깊이 들어갈 수 있게 단희의 얼굴을 좀 더 옆으로 기울였다. 어쩔 줄 몰라 하는 달뜬 숨소리. 여자의 뜨거운 숨결이 혐오가 아닌 흥분을 일으키는 경우는 한 번도 없었다.

단희의 손이 더듬거리며 오스왈드의 가슴에서 목으로 움직이자 짜릿한 희열이 느껴졌다. 애정을 갖고 대하는 접촉은 이토록 다르다. 그는 단희에게서 입술을 떼고 취한 듯 두 눈을 감고 있는 그녀의 달고, 뜨거운 숨을 가만히 맡았다. 그로 인해 붉게 부풀어 오른 입술이 더없이 매력적이다. 그녀의 몸이 모두 입술 같을까?

오스왈드는 여자의 무릎에 두 손을 얹고 위로 천천히 쓸었다. 그의 넓은 손바닥이 단희의 골반을 지나 셔츠 속으로 들어갔다. 등을 감싸고 척추를 따라 움직이자 몸이 부르르 떨려 왔다. 그는 여자의 이마, 뺨, 콧등, 광대뼈를 입술로 부드럽게 비비고 그녀의 목덜미에 코를 묻었다. 목선을 핥고 깨물자 여자의 입에서 '아' 하는 작은 신음 소리가 흘렀다. 단희의 눈꺼풀이 파르르 떨렸다.

그와 키스를 할 때에도, 충동적으로 몸을 섞을 때에도 늘 어쩔 수 없이 벌어지는 사고로 치부했다. 그런데 이젠 이것을 일상으로 받아들여야 한다. 그래서일까 왠지 모르게 부끄러웠다. 그리고 새삼스레 그런 부끄러움을 느끼는 자신이 더 부끄러웠다.

"이러려던 게 아니에요. 난 그냥 대화를 하려고 한 거예요."

"난 아니야."

"난 아직 준비가 안 된 것 같아요."

"언제는 준비됐었어?"

없었지. 할 말이 없네.

오스왈드는 여자에게서 몸을 떼고 자신의 셔츠를 벗어 바닥에 떨궜다. 몇 번이고 보아 온 그 상반신이 이토록 눈에 확연히 들어온 것은 이번이 처음이었다. 오스왈드는 단희의 손을 잡아 다시 자신의 가슴 위에 얹었다. 쿵쾅거리는 심장 소리. 따듯하다 못해 뜨거운 체온에 손바닥이 얼얼할 지경이다.

"만져 봐."

그가 달콤하게 명령하자 단희는 눈을 동그랗게 뜨고 벌어진 입으로 젖은 숨을 토했다. 그의 눈은 깊고 어두웠다. 만지라고? 마치 곧 터질 지뢰를 만지는 듯 여자의 손끝이 마른 낙엽처럼 떨렸다. 뭐…… 어떻게 하라는 거야, 이렇게?

단희는 손으로 그의 가슴 근육을 아주 조심스럽게 훑었다. 그러자 오스왈드는 눈을 감고 그 감촉을 음미했다. 그의 입가에 만족스러운 미소가 스쳤다. 뭔가를 확인한 사람처럼. 자세히 보지 않았을 땐 보이지 않던 수많은 상흔들이 비로소 눈에 보인다. 학대로 인한 것인지, 아니면 군에서 생긴 것인지 알 수 없는 상처들을 단희는 손으로 조심스럽게 훑었다. 수를 헤아리는 듯, 아니면 그 위에 그림이라도 그리듯 단희의 집게손가락이 그 위를 유연하게 흘렀다. 옆구리에 비교적 선명한 총상. 단희의 손가락이 그곳에 닿자 그의 상반신이 조금 꿈틀했다.

"미안해요."

"괜찮아. 안 아파."

사람이라기보단 짐승의 몸에 가까워 보였다. 손에 닿는 까끌까끌한 감촉이나 굴곡진 단단함도 그렇지만 몸 여기저기에 나 있는 생채기들이 더 그의 몸을 그렇게 만들었다. 그의 몸을 만지고 있자니 아주 원초적인 경외감이 샘솟았다. 만질 수 없는 아주 난폭하고 거대한 짐승이 자신의 손길을 허락한 것 같은 기분 말이다.

"상처가 아주 많네요."

"아."

그는 빙그레 웃었다. 그러고 보니 군대를 다녀온 이후, 누구에게도 벗은 몸을 보여 준 적이 없었다. 무의식적으로 단희에게 허락한 부분이 정말로 많았던 셈이다. 그의 벗은 몸을 만지며 상처의 수를 헤아린 여자도 그녀가 처음이다. 오스왈드는 여자의 손을 자신의 뺨에 올렸다. 앞으로 이 손가락이 자신을 만질 때마다 상처가 훈장처럼 여겨지겠지.

"당신이 만지니까 기분이 무척 좋아."

반짝이는 눈이 너무 천진해서 단희의 입 밖으로 헛숨이 터졌다. 이런 상황에 애 같아 보이는 건…… 말이 안 되는 거 같은데, 그럼에도 불구하고 그는 아이처럼 보였다. 정말 종잡을 수가 없는 남자다. 그는 단희의 셔츠를 잡고 위로 들어 올렸다. 자신의 셔츠와 마찬가지로 아래로 떨군 뒤 그녀의 브래지어도 능숙하게 풀어 같은 자리로 던져 놨다. 긴 목선, 곧게 뻗은 쇄골, 가녀려서 부러질 것 같은 팔뚝을 지나 그의 손가락이 깃털처럼 여자의 벗은 상체를 훑는다. 가슴 아래로 갈비뼈가 선명했다.

"당신은 살이 좀 더 쪄야 해."

"보기 좋은 몸매는 아니죠."

오스왈드는 단희의 검붉은 빛 유두를 살짝 잡고 가만히 비틀었다.

"아."

나른했던 감각이 일순 강렬해지자 단희의 입에서 새된 비명이 터졌다. 뭐, 뭐지?

"날 위해 하는 말이 아니야. 당신을 위해 하는 말이지."

그는 단희를 차가운 대리석 위로 밀었다. 등 뒤에 딱딱하고 서늘한 감촉이 닿자 단희의 어깨에 일순 소름이 쫙 돋아났다. 그는 단희의 팬티와 바지를 잡고 한 번에 벗겨 내렸다. 정말로 식탁 위에 올라간 식용 가능한 날것이 된 기분이 들었다.

그는 실오라기 하나 걸치지 않은 단희의 마른 전신을 눈으로 취하고 손바닥으로 여자의 쇄골부터 가슴, 배꼽까지 부드럽게 쓸어내렸다. 파도가 치듯 손끝을 따라 불같은 감각이 일어섰다. 그의 속도에 어떻게 장단을 맞춰 주어야 할지 머릿속이 하얗게 바랬지만, 오랫동안 접촉하지 못해서일까, 몸은 벌써부터 뜨겁게 데워지고 있었다.

그의 손이 단희의 배꼽 아래에서 멈췄다. 출산의 흔적. 그는 잘린 나무 밑동의 나이테 같은 흔적을 손으로 더듬었다. 자신은 가져 본 적이 없는 모성의 흔적. 그 상처가 이 여자를 더 특별하게 만든다는 걸 알고 있을까? 아마 모르겠지. 오스왈드는 그 흔적에 정성 들여 키스하고는 단희의 몸 위로 허리를 굽혀 얼굴을 마주 봤다. 깊은 황금색 눈동자. 그걸 보고 있자니 태양의 가까이에 간 듯 입술이 바짝바짝 메마른다.

"당신은 뭘 좋아하지? 거친 것? 부드러운 것? 좀…… 더러운 것?"

"잘…… 모르겠는데요."

여자는 그의 물음에 볼을 붉히며 난감해했다. 매사에 뻔뻔스럽게 굴던 여자의 다른 얼굴이 그를 더 들뜨게 만든다. 좋아하는 여자와 해 본 적이 없다. 여자와 몸을 섞었을 땐 모두 명백하게 쾌락에 치중한 행위였다. 강도를 높이고, 폭력적일수록 더 큰 쾌락을 동반하는 행위.

같은 강도로 이 여자를 다루면 그걸 받아들일까, 아니면 부서질까. 어디까지 용감해질까. 그게 궁금하기도 했지만 눈앞의 여자는 지금껏 만났던 사람들과는 다르다. 좀 다른 관계가 되고 싶다. 더 특별하고 친밀한 관계. 마침내 비틀지 않은, 망가지지 않은 관계를 찾았으니까. 손끝에 닿는 뜨거운 온기가, 혐오가 아닌 흥분을 일으키는 여자를 이제야 만났으니까. 그는 단희의 짧은 머리카락을 손가락으로 빗어내렸다.

"날 받아들여 줬으면 좋겠어."

"지금…… 그러고 있잖아요."

"내가 당신을 아프게 하면, 멈추라고 말해 줬으면 좋겠어."

단희는 눈을 끔뻑거리다가 얼떨결에 고개를 끄덕였다. 오스왈드는 여자의 입술을 덮쳤다. 아까보다 훨씬 강렬하고 난폭했다. 단희는 눈을 질끈 감고 그저 밀려들어 오는 남자의 혀를 받아 내기에 바빴다.

손바닥으로 가슴을 문지르자 말랑하고 스펀지 같은 느낌이 난다. 그는 손안에 여자의 가슴을 넣고 그 감촉을 즐겼다. 그러다가 돌연 여자의 유두를 잡아 비틀었다. '음!' 하고 속으로 삼키는 비명 소리가 덮은 입술 새에서 흘러나왔다. 아, 좋네.

그는 만족스럽게 웃고 단희의 안쪽 허벅지를 잡고 좀 더 옆으로 벌렸다. 손으로 훑고 들어가 여자의 사타구니를 마사지하듯 매만지더니 능숙하게 둔덕을 벌리고 클리토리스를 손가락으로 꾹 눌렀다. 여자의 상체가 위로 튀어 오르며 허우적대다가 오스왈드의 어깨에 두 손이 찰싹하고 빨판처럼 들러붙었다. 그의 단단한 어깨를 우악스럽게 잡은 여자의 느낌이 근사했다. 이제 좀 매달릴 마음이 드나 보지.

벌어진 입 안을 마음껏 헤집고 다녔던 그가 입술을 아래로 미끄러트렸다. 단희의 목선, 쇄골을 따라 훑더니 여자의 솟아오른 유두를 강하게 깨물었다. 눈물이 찔끔 나올 정도로 아팠다.

"아파!"

단희가 새된 비명을 내자 이번엔 혀로 아주 부드럽게 쓸어 올렸다. 아. 그 상반되는 감각에 단희는 할 말을 잃었다. 물고, 핥고, 다시 물고 핥기를 반복할수록 통증과 쾌감이 번갈아 가며 휘몰아쳤다. 욱신거리는 열기. 감각이 과잉되자 여자의 아래쪽에도 열기가 몰려들었다. 그의 등 뒤에서 성난 불길이 이글거리는 것 같은 착각이 일었다. 손에 잡히는 그의 몸은 어디라도 바위처럼 단단했다.

내가 이런 남자한테 무슨 경거망동을 한 건가. 단희는 이제야 그게 후회가 됐다. 그의 손마디 하나가 예고 없이 단희의 젖은 질구로 불쑥 침입하자 까마득하게 정신이 멀어지면서 아랫배에 절로 힘이 들어갔다. 여자는 자신의 아랫입술을 꽉 물었다. '흐윽' 하고 끊는 신음 소리가 앙다문 입 새에서 흘러나왔다. 미끈거리고 따듯한 감촉. 부드럽고 유려한 느낌도, 도톨거리고 까끌까끌한 자극도 여자의 질 내에 들어간 손가락에 모두 다 느껴졌다.

젤리 같은 말캉함. 부드러운 촉감 뒤에 숨겨진 뼈의 단단함. 오스왈드는 손가락을 구부러뜨리며 그 안의 모든 감각을 탐구했다. 질척거리는 소리. 여자가 아랫배에 힘을 줄 때마다 손끝에 닿는 공간도 변했다. 좁아지기도 넓어지기도 하는 곳.

오스왈드는 여자의 유두를 다시 한 번 진득하게 쓸어 올리고 여자의 쇄골, 턱선, 아랫입술을 부드럽게 잘근거렸다. 붉게 물든 얼굴, 통통하게 부풀어 오른 입술, 열기에 젖은 눈을 차례대로 눈에 넣었다.

"마음에 들어. 그 얼굴."

"난 고문당하는 기분이에요."

그가 헤실거리며 웃고는 여전히 단희의 질구에 검지를 넣은 채 엄지손가락 끝으로 부푼 클리토리스를 천천히 문질렀다. '아' 하고 터져 나온 신음 다음에 단희는 다시 아랫입술을 꼭 물었다.

"정확하게 그게 내가 하고 있는 거지. 내 새로운 직업이고."

그는 단희의 꽉 물린 아랫입술을 혀로 할짝 핥았다.

"난 당신이 좀 더 부드럽고, 좀 더 젖고, 좀 더 부풀어 오르길 원해. 여기 말이야."

그는 손가락을 갈고리처럼 세워 단희의 질 내벽을 꾸욱 눌렀다. 뭔가 심각하게 아랫배에 차오른 느낌이 벅차 온몸에 뜨거운 열기가 단번에 뿜어져 나갔다. 차라리 죽여요. 그 말이 목구멍까지 차올랐다. 그는 땀에 젖은 단희의 엉덩이를 좀 더 자신에게로 당겼다. 발가벗겨진 하복부 사이로 남자의 단단한 흥분이 느껴지자 그녀는 타는 듯한 숨을 들이켰다.

그는 여자의 허벅지 사이로 머리를 숙였다. 축축하고 부드러운 것이 클리토리스에 느껴지자 누군가 잡아당긴 것처럼 단희의 목이 뒤로 꺾이며 몸이 무너졌다. 그는 단희의 클리토리스를 입 안에서 굴렸다. 혀로 쓸고, 물고, 입술로 잡아당겼다. 손을 뻗어, 단희의 민감해진 유두를 잡아 비트니 여자의 허벅지 안쪽이 움찔 놀라며 온몸의 근육이 단단하게 수축하는 것이 보였다.

오스왈드는 혀에 놓고 굴리던 여자의 정점을 물었다. 날카로운 신음이 텅 빈 허공을 가르고 뻣뻣하게 굳은 여자의 몸이 뒤로 튀어 올랐다. 모든 혈액이 한곳에 몰려들었다. 더할 나위 없이 부드럽고 더할 나위 없이 부풀어 오른 지금이 멈추기 딱 좋은 때다.

오스왈드는 여자의 허벅지에서 몸을 일으켰다. 단희는 애가 타고 고통스럽고 동시에 달아올라 있었다. 바짝 마르는 기분. 여자는 오스왈드의 아래에서 가뭄에 드러난 땅처럼 쩍쩍 갈라졌다. 그리고 그는 단희가 필요로 하는 물을 손 아래 틀어쥐고 내놓지를 않는다.

그럼 뻣어야지. 단희는 상체를 일으키고 오스왈드의 바지춤을 당겼다. 능숙하게 바지 버클을 풀고 지퍼를 내리고 남자의 단단한 살결 아래로 손을 내리는데 갑자기 몸에 휙 뒤집히더니 뺨이 대리석에 닿았다. 단희는 단단한 대리석 위에 상체를 엎드린 채 눌려 있었다.

뭐야, 이거. 나 왜 이러고 있지? 단희가 눈만 깜빡거리자, 뒤통수로 오스왈드의 키득거림이 들렸다.

"성격도 급하지."

아씨. 내 수도꼭지.

"취소요!"

단희가 애타는 목소리로 외쳤다.

"뭐라고?"

"몸싸움 못한다고 한 거 취소할게요."

그는 단희의 손목을 잡고 위로 주욱 잡아당겼다. 손끝에 대리석의 반대편 끄트머리가 닿았다.

"잡아."

"이제 고문하기는 끝내면 안 돼요?"

단희가 징징거렸다. 빨리 내 화단에 물을 달란 말이야!

"잡아. 그럴 거니까."

여자는 손을 구부려 상판의 끝을 단단히 쥐었다. 마른 입술을 혀로 한 번 핥고 욱신거리는 하체의 흥분을 감당하려 다리를 비틀었다. 오스왈드의 손이 벗은 단희의 엉덩이를 부드럽게 매만졌다. 둥근 곡선을 따라 매끄럽게 손을 움직이자 대리석 위로 단희의 뜨거운 숨이 서렸다.

"이게 우리의 풍경이 될 거야."

그의 손이 다시 단희의 젖은 둔부 사이로 파고들자 여자는 이를 물고 신음했다. 이쯤 되면 잔인하다고 봐야 맞다.

"다른 건 다 지워. 당신. 나. 여기. 이게 전부가 될 테니까."

"좋아요."

여자가 허겁지겁 대답했다. 무슨 말인지 제대로 이해도 못 하고 내뱉는 다급한 독촉인 것을 알면서도 오스왈드는 그 대답에 만족했다. 그러곤 여자의 머리카락에 손을 밀어 넣고 옆얼굴이 드러나게 반대편으로 당겼다. 단희의 귓바퀴를 혀로 핥고 뜨거운 입김을 불어 넣자 타는 듯한 갈증은 더욱더 고통스럽게 고조됐다.

"제발."

쿵 하는 충돌. 갑작스러운 충격에 식탁의 네 다리가 바닥과 삐걱하고 마찰하는 소리가 단희의 비명과 함께 울렸다. 벌어진 입술, 충격으로 눈을 커다랗게 뜬 단희의 옆얼굴이 그대로 보였다. 부풀고, 부드럽고, 뜨겁게 달궈진 단희의 안은 손으로 맛봤던 그 느낌 그대로였다.

이게 바로 내가 원한 거야. 그는 만족스러운 숨을 내쉬었다.

그는 단희가 얼굴을 틀지 못하도록 손으로 여자의 머리카락을 단단히 쥐었다. 물러나고, 다시 헤집어 들어오는 동작을 반복할 때마다 시시각각으로 변하는 여자의 얼굴을 한순간도 놓치고 싶지 않았다. 그는 천천히 물러섰다가, 거칠게 파고들었다. 다시 또다시.

상판을 움켜쥐었던 손이 그의 몸을 잡으려 뒤로 뻗었지만 공중에서 허우적거릴 뿐이다. 무기력하고 애타는 기분. 그가 충돌할 때마다 번개를 맞은 것처럼 눈앞이 번쩍거렸다. 엉덩이에 닿는 그의 골반이 얼얼할 정도로 피부를 때렸다.

행위가 반복될수록 단희의 몸은 무너졌다. 바위에 짓이겨지는 계란처럼 조금씩 균열이 가더니 이내 아래로 흘러내렸다. 오스왈드는 단희의 허리를 받쳐 다시 위로 밀고 손목을 잡아 다시 식탁 끝을 쥐게 만들었다.

"견뎌."

안 돼. 쿵쿵 치받는 느낌. 질끈 눈을 감은 단희의 젖은 몸이 대리석 위로 미끈거렸다. 오스왈드의 손과, 대리석 사이에 짓눌린 광대뼈가 아렸다.

아파. 여자가 고개를 들려 꿈틀대자 오스왈드가 더 세게 여자를 눌렀다.

"아니. 그대로 있어."

단희의 머리를 움켜쥐지 않은 오른손이 여자의 허리 아래로 내려가 다시 클리토리스를 누르자 그녀는 눈앞이 까마득해지는 것을 느꼈다. 쾌감이 송곳처럼 여자의 중심을 쿡쿡 찔렀고 이건 끝날 것 같지가 않았다. 안 돼, 이건 너무 강해!

단희는 손을 내려 오스왈드의 팔뚝을 꽉 쥐었다. 허벅지가 부들부들 경련하기 시작하자 오스왈드는 더욱더 피치를 올렸다. 빠르고 강하게 충돌하는 몸. 터질 것처럼 침입하는 중심부, 거기에 그의 미끄럽고 강렬한 손까지 더해져 여자의 몸은 점점 더 부풀어 올랐다.

"그만!"

단희는 비명을 내질렀고 동시에 풍선처럼 감각이 터져 나갔다. 오르가즘을 느끼자 단희의 몸이 각목처럼 굳고 질구가 불규칙적으로 수축했다. 그는 빠져나갈 타이밍을 놓쳤다. 절묘한 맞물림이 오스왈드의 신경을 자극했고 그는 차라리 좀 더 피치를 올려 완전히 끝내는 쪽을 택했다. 몇 번의 충돌 후 그는 이를 악문 채 그대로 사정했다. 여자는 늘어졌다. 오스왈드가 물러서자 그녀는 녹은 버터처럼 식탁 아래로 미끄러져 내렸다.

부들부들 떨리는 손과 발을 가눠 보려 애썼지만 무리였다. 첫 시작부터 끝까지 한순간도 적응할 수가 없었다. 이건 너무 낯설어. 그녀에게 있어서 남녀 간의 행위는 좀 더 사랑스러운 것이었다. 눈을 마주보고 온기를 나누는 행위. 심심하고 지루할진 몰라도 정신적인 충만함이 있었다.

그런데 오스왈드에게선 그것이 느껴지질 않았다. 그저 그 아래에 깔린 무기력함만 맛봤다. 처음 맛보는 기분이다. 무척이나 강렬하고 굉장히 열정적이었지만 동시에 두렵고 허무하기도 했다. 매번 이런 식이어야 하나? 그럼 이게 그의 방식의 끝인 거야…… 아니면 시작인 거야?

"괜찮아?"

그가 몸을 숙이고, 바닥에 엎드려 가느다란 두 팔로 간신히 몸을 지탱하는 여자에게 조심스레 물었다.

"원래 이렇게 거칠어요?"

"아니."

그는 잠시 머뭇거렸다.

"훨씬 더 거칠어."

"……"

부드럽게 다뤄 줘서 고맙다고 울기라도 해야 할 판이다.

"일으켜 줄까?"

단희는 고개를 끄덕거렸다. 그는 단희를 안아 들어 다시 식탁 위에 조심스레 앉혔다.

"불편했어?"

그는 여자를 마주하고 서서 얼굴을 가만히 내려다보다가 대리석에 눌려 붉게 자국 난 단희의 광대뼈를 손바닥으로 쓸었다. 그걸 보고도 별로 놀라워하는 것 같지 않다.

행위 자체가 불편했던 것이 아니다. 자체만으로는 오히려 좋았다.

"아니요."

단희는 고개를 저었다. 그녀는 잠자리에 있어서는 자신을 꽤 적극적이고 개방적인 여자라고 평가한다. 호기심도 많고, 충동도 많은 편이었다. 그러나 남자의 아래에 깔려 무기력하게 쾌감을 느끼고 거친 손길에 그대로 짓눌려질 것 같은 기분을 맛보는 것은 조금 다르다. 감정이 섞여 들지 않아서일까, 이건 조금 무서웠다. 그리고 매우 멍청하고 나약해지는 기분이 들게 만든다.

"당신한테 조종당한 기분이에요."

그는 빙그레 웃었다.

"그래서인지 잘 느끼더라. 어쩌면 적성에 맞는지도."

실소가 터져 나간다.

"지금 웃은 거야?"

그가 신기한 눈으로 물었다.

"좋아서 웃은 게 아니라 어처구니없어서 웃은 거예요."

"어쨌든 목적에 도달하기만 하면 되는 거지. 과정이 뭐가 중요해."

단희는 진지하게 그를 쳐다봤다. 반짝이는 눈동자 안이 어쩐지 비어 보였다. 애정을 받아 본 적이 없는 남자. 그에게 쾌락이 아닌 몸과 마음이 완벽하게 결합되는 행위를 원하는 것은 무리였다. 이게 이 사람의 최선이겠지. 한때였지만 단희는 그 충만함을 맛봤다. 거기서 오는 행복감도. 내가 이 사람을 채워 줄 수 있을까? 이젠 가진 것이 아무것도 없는데?

"다음엔 눈을 보고, 하고 싶어요."

그 말이 오스왈드의 허를 찔렀다. 상대방의 눈을 본다. 당연해 보이는 그 방법을 그는 해 본 적이 없었다.

"이렇게 마주 보고요."

땀과 물기에 젖은 머리카락과 붉어진 뺨이 아주 잘 익은 사과같이 보였다. 신선하고, 촉촉하고, 향긋하기 이를 데 없다. 이런 걸, 사랑스럽다고 표현하는 건가? 그는 새하얀 치아를 장난스럽게 드러내고 웃었다.

"지금?"

꿈 깨시지. 단희는 엄하게 얼굴을 찌푸렸다.

"시체랑 하는 거 좋아해요?"

"누구 시체냐에 따라 달라."

적절하고도 혐오스러운 비유라고 생각했는데 그의 눈동자는 오히려 더 도전적으로 빛났다. 유쾌한 분위기 속에 아직 채 식지 않은 열기가 다시 스멀스멀 기어올랐다.

지이이이이잉—

적절한 타이밍에 그의 휴대폰이 식탁 위에서 적절하게 진동했다. 그는 액정을 확인한 뒤 느릿느릿 손을 뻗어 자신의 휴대폰을 집어 들었다.

「제드릭.」

그러곤 자신의 손목시계를 당겨 시각을 확인했다. 오후 2시 반.

「곧 가지.」

그는 휴대폰 종료 버튼을 누르고 서둘러 옷을 챙겨 입었다. 벗어 던진 청바지. 속옷, 셔츠를 머리통에 끼우고 다시 휴대폰과 차 키를 바지 주머니 안에 넣었다.

"3시에 회의가 있어."

"안 늦었어요?"

"믿을 수 없지만……."

그는 말을 하다 말고 다급하게 손목시계를 찼다.

"늦었어."

그는 바닥에 떨어진 단희의 옷가지를 주섬주섬 주워 여자에게 건넸다.

"옷 챙겨 입어. 조금 있으면 메이드가 올 거야."

그건 이미 알고 있다. 오스왈드가 사라지면 메이드가 온다는 것. 그는 마지막으로 여자의 턱을 당겨 가볍게 키스했다.

"우리가 더 가까워졌길 바래."

오스왈드는 단희가 대꾸하기도 전에 서둘러 몸을 움직였다. 엘리베이터에 오른 그가 단희를 향해 달콤하게 미소 지었다. 닫히는 문틈 사이로 그의 근사한 미소가 사라지고도 한참 동안 단희는 멍하니 그 단단하고 고요한 엘리베이터 문을 쳐다봤다. 마치 아직 꿈속을 헤매느라 정신을 차리지 못한 사람처럼.

그는 다가오는 것을 멈추지 않았다. 앞으로도 멈추지 않을 것이다. 아무 생각 없이 그것을 받아들였으면 좋겠다. 아무런 의심 없이, 아무런 의문 없이. 가슴 한편에 뜨거운 것이 끓었다. 따뜻하다가 따갑고, 덥다가도 어느 순간 서늘해지는 마음. 이 복잡한 감정을 놔 버리면 그때는 정말 행복해질 수 있을지도 모른다.

왜 눈물이 나려고 하지? 단희는 코를 훌쩍이며 손에 들린 옷을 챙겨 입었다. 그러고 나서, 곧 도착할 지학이에게 줄 사탕과 초콜릿을 작은 접시 위에 차례대로 담았다.

그가 펼쳐 놓은 풍경을 제대로 감상하리라. 그래서 조금이라도 따듯한 것으로 인생을 채울 수 있다면 망설이지 않고 주워 담으리라. 그녀는 그렇게 마음먹었다. 자신에게도 그리고 이 남자의 황량한 풍경에도 물기 어린 초목들이 자라나길 여자는 간절히 바랐다.

— 퀸튼 씨. 이 이상 공동개발을 늦출 수 없어요. 더 이상 늦추면, 우린 선두를 놓치게 될 거예요.

「전차 방어 시스템의 정확성을 더 높이기 위해선 좀 더 획기적인 인공지능이 필요해요. 현재 수준으로선 어떤 업체의 계약서에도 사인할 수 없어요.」

오스왈드가 한 치의 망설임도 없이 단호하게 대답하자 화상 속 여자의 얼굴에 지독하게 쓴 빛이 떴다. 골치가 아픈지 주름진 이마를 손으로 문질렀다.

「신형 돌핀급 잠수함은 어떤가요?」

— 공기추진체계를 적용해서 잠수 시간을 대폭 늘렸어요. 스텔스 기능이 어떨지 모르겠군요. 실험해 봐야 해요.

스텔스 기능. 아몬석 연구가 중단되며, 같이 주저앉아 버렸다. 대대적인 변화를 기대하긴 아마도 힘들 것이다. 오스왈드는 의자에 기대어 자신의 아랫입술을 검지로 매만졌다.

「일단 무인지상차량만 추진해 보죠. 현재 분쟁 지역에 아마도, 가장 필요한 기술일 테니까요.」

여자는 어쩔 수 없다는 듯 종이 위에 오스왈드의 지시 사항을 써 내려갔다. 그러다가 펜을 탁 놓고 이해되지 않는다는 듯 화면을 쳐다봤다.

— 퀸튼 씨, 이런 말씀을 드리는 것이 실례인 줄은 알지만, 자리를 비우시는 바람에 제 업무가 과도하게 많아졌어요. 딸아이의 얼굴을 본 지가 언제인지 기억도 안 나는군요.

오스왈드는 키득대며 웃었다. 부드럽게 입꼬리가 말려 올라가자 저절로 빛나는 눈이 반달로 접혔다. 40대의 유부녀에겐 매우 치명적인 미소였다. 그와 3년간 일해 왔지만, 그의 미소에 당황한 적은 처음이었다. 케이트는 더듬댔다.

— 저, 저는…… 매우, 매우 진지합니다. 퀸튼 씨.

「진정해요, 케이트. 잘해 나가고 있잖아요.」

보수적이고 경직된 군수 사업체에서, 여자의 몸으로 부사장의 자리까지 올랐다. 반대를 무릅쓰고 그 자리에 올려 둔 건 오스왈드지만 그 자리를 유지하고 있는 것은 전적으로 케이트의 힘이다.

그녀의 대담함과 결단력은 어떤 측면에서는, 오스왈드보다 한 수 위였고 그녀 덕분에 위기의 회사가 그나마 흔들림 없이 수익을 벌어들이고 있다. 히스테릭하고 날카로워 대하기 까다롭긴 해도 모두들 오스왈드와 마주하기보단 차라리 그녀와 마주하길 택하는 편이니, 직원들 입장에서도 좀 더 편안해졌을 거다. 여자는 어르는 듯 부드러운 오스왈드의 다독임에 무기력하게 한숨을 내쉬었다.

— 아시겠지만 퀸튼 씨의 빈자리를 대신할 사람은 아무도 없어요. 누가 됐든지요. 이건 우리에겐 심각한 손실이에요. 대체 언제 돌아오실 거죠?

언제 돌아올 거냐는 물음에 그의 미소는 더 짙어졌다. 케이트는 화면 안에서 넋을 났다.

「글쎄. 어쨌든 확실한 건 지금은 아니에요. 아마 당분간 아닐 거예요.」

그는 카메라 앞에 좀 더 얼굴을 숙였다. 그의 호박색 눈동자가 좀 더 가까워지자 여자는 얼굴을 붉히며 뒤로 몸을 뺐다.

「내가 당신을 좀 더 믿어도 되겠죠. 케이트?」

케이트의 얼굴이 활활 타오르는 숯덩이처럼 붉게 달아올랐다. 세상에 이 남자가 지금 날 상대로, 미남계를 쓰는 거야? 그걸 알면서도 그녀는 저도 모르게 고개를 끄덕였다. 불가항력이었다.

「좋아요. 수고해요, 케이트.」

혀 안에 초콜릿을 문 듯한 목소리로 그가 나긋하게 속삭이자 여자는 전의를 상실하고, 고장 난 듯 정지해 버렸다. 자신의 행동이 케이트에게 무슨 영향을 미쳤는지 관심도 없는 오스왈드는 무심하게 케이트의 얼굴을 화면에서 지워 냈다. 그러곤 인터폰 버튼을 눌렀다.

— 네, 퀸튼 씨.

「제드릭이 필요해.」

— 네. 모셔 오겠습니다.

비서의 대답이 있고 얼마 지나지 않아 노크 소리가 들렸다. 몇 초 정도 뜸을 들였다가 딸깍하고 문이 열렸다.

오스왈드는 그가 사무실 문을 닫고 어느 정도 가까이 올 때까지 기다렸다가, 코일로부터 받아 오랫동안 서랍 안에 넣어 두기만 했던 서류 더미를 그에게 내밀었다.

「내가 이 남자를 좀 만나 봤으면 하는데.」

오스왈드의 말에 제드릭은 건네받은 서류 봉투를 열었다.

[권우형. 31세.]

종이에는 남자의 신상과, 주소, 나이, 직업 등이 상세히 기술되어 있었다.

「대니의 남편이야.」

제드릭은 남자의 사진을 들여다봤다. 깔끔하고 도시적인 이미지. 성실하고 단정해 보이는 것이, 오스왈드와는 분위기가 전혀 딴판이었다.

「나한테 데려와. 최대한 빨리.」

죽은 유환오의 부탁이었다. 단희의 결혼을 정리하는 것. 늘 마음속에 두고 있던 일이지만, 너무 적대적인 단희의 태도에 이렇다 할 명분이 없어 차일피일 미뤄 뒀다.

하지만 지금은 매우 명확한 명분이 생겼다. 이제 유단희는 자신의 여자였다. 이젠 지체할 이유가 없다.

"저, 사모님. 손님이 오셨는데요."

메이드에게 단희의 호칭은 그렇게 굳혀진 듯했다. 사모님. 듣기가 좀 불편했지만 그렇다고 여타, 부르라고 할 마땅한 호칭이 떠오르지 않아 차라리 그쪽이 말하기 편한 대로 내버려 두는 것이 좋을 것 같았다. 단희는 지학이와 함께 거실에 배를 깔고 누워 색칠공부를 하다가 머리를 들었다.

"손님이요? 이 시간에?"

오스왈드는 아직 회사에 있었고 자신을 찾아올 사람도 없었다.

"여자분이에요. 아주 예쁘장하게 생긴 아가씨던데…… 올라오라고 할까요?"

아가씨? 설마 과거의 여자, 뭐 그런 건가? 식탁에서 몸을 섞은 지 24시간도 채 안 됐는데, 벌써 기대했던 미래들이 산산조각이 나는 건가 싶어 덜컥 겁이 났다.

"비서라고 하던데요."

비서. 그 말을 듣자 단희의 몸이 안도감에 늘어졌다. 그래, 벌써는 아니지.

"들어오라고 해요."

마지연은 아파트의 입구에서부터 좀 정신이 나가 있었다. 기가 질릴 만한 보안 시스템 때문이었는데 꼭대기 층에 도착해서는 벌린 입을 다물지를 못했다.

세상에! 여기가 그 잘난 오스왈드 퀸튼이 사는 데야? 자신도 제법 고급 아파트에서 살고 있다고 생각했는데 여기에 비하면 거긴 반지하 월세방이나 다름이 없었다. 이게 대체 몇 평짜리야? 이런 집에서 살려면, 돈을 얼마나 갖고 있어야 하는 거지?

"와 진짜…… 말도 안 돼……."

단희가 자신을 보고 의아하게 고개를 갸우뚱거리고 있다는 걸 알면서도 마지연은 주변을 돌아보며 저 혼자 감탄사를 내뱉었다. 너무 눈에 뵈는 게 많아, 단희를 신경 쓸 여력조차 없었다.

단희는 정신없어 보이는 여자를 위아래로 훑었다. 긴 다리를 훤히 드러낸 짧은 미니스커트. 고데기로 완벽하게 말아 놓은 긴 머리, 과도하게 큰 귀걸이에 화장이 무척이나 진했다. 아름답고 빼어난 외모지만 나이에 비해 넘치게 조숙해 보이려 한 티가 역력하게 드러난다. 이 여자는 비서가 아니야. 오스왈드의 비서가 이렇게 경박할 리가 없어. 댈크로우사에서 만난 비서들은 하나같이 우아하고 깔끔하고 말 그대로 완벽했다. 이렇게…… 덜떨어지고 산만한 게 아니라.

"누구시죠?"

단희가 눈살을 찌푸리며 묻자 여자는 흘깃 단희에게로 눈을 돌렸다. 그러더니 두 손 가득 들고 있던 쇼핑백을 앞으로 들이밀며 천장에 달린 샹들리에에 눈길을 완전히 고정했다. 단희는 저도 모르게 그것을 받아 들었다. 영문도 모른 채 받아 든 것이 당황스러워 단희는 눈을 내려 내용물을 확인했다.

"옷이랑 휴대폰이랑 구두예요."

마지연이 대답하자 단희는 더 황당하단 표정으로 고개를 들었다.

"사장님이 사 두라고 하셔서요."

"……사장님?"

"유단희 팀장님. 맞죠?"

"……그런데요."

마지연은 방그레 웃으며 미스코리아라도 된 듯 무릎을 숙이며 단희에게 인사했다.

"저는 마지연이라고 해요. 팀장님 비서로 채용됐어요."

뭐가 됐다고?

"내 비서요?"

"네."

아무런 걱정도 사심도 없어 보이는 눈. 내 비서? 내가 비서가 필요해? 그건 누가 결정한 거지? 이 어른인 척하는 어린애가 내 비서라고? 단희는 어쩐지 골치가 아파졌다.

잠깐, 잠깐만.

"마지연 씨라고 했나요?"

"네."

"지금…… 몇 살이죠?"

"스무 살이요."

스물? 이제 스무 살이라고?

"조금 있으면 스물한 살이에요."

마지연은 한 살 더 먹는다는 걸 힘주어 말했다. 그게 자랑할 거리니? 지연은 여전히 방실방실 웃으며 자신의 명품 핸드백을 뒤져 파일 하나를 내밀었다.

"주간회의 기록들이에요. 장 감독님께 팀장님한테 뭐가 필요할지 물어봤거든요. 복귀할 때 뭘 챙겨 드려야 하냐고요. 그랬더니, 이게 도움이 될 거라며 챙겨 주시더라고요."

마지연은 칭찬이라도 기다린 듯 눈을 반짝였다.

"장 감독님이 내가 다시 복귀한다는 걸 알면서, 도움이 될 거라며 이걸 가져다주라고 했다고요?"

단희가 팀장이 됐을 때 가장 극렬하게 반대했던 사람이다. 자신과 싸우다가 자리를 박차고 나갔고 복귀한 이후에는 말 한마디 섞지를 않았다. 처자식들 때문에 굽히고 들어왔겠지만 그 자존심 센 사람이 자신을 곱게 볼 리는 없었다.

"정말 친절한 분이시더라고요."

"장 감독님이요?"

"네. 이것저것 잘 알려 주시던데요. 바쁘실 텐데, 오늘도 계속 같이 다녀 주시고 여기까지 차로 데려다주셨어요. 정말 좋은 분이세요."

있을 수 없는 일이지. 장 감독은 꼰대 기질이 강하고 기본적으로 여자는 남자보다 하등한 존재라고 생각하는 사람이다. 그가 친절이랍시고 베풀 때에는 자신의 우월감을 드러내고 싶거나 아니면 희롱을 할 때뿐이다.

유단희는 마지연의 모습을 다시 한 번 눈으로 훑었다. 끝내주는 각선미. 조각같이 예쁜 얼굴. 거기에 색기 있는 눈매까지.

아. 이 정신 나간 양반. 처자식 딸린 주제에 잘하는 짓이네.

"사모님. 제가 들여놓을까요?"

메이드가 다가와 정중하게 물었다.

"아. 네. 감사합니다."

단희는 이맛살을 잔뜩 찌푸리고 쇼핑백을 여자에게 넘겨준 후, 다시 마지연을 쳐다봤다.

"마지연 씨. 사무실에 나간 지 얼마나 됐어요?"

"이제 하루 됐어요."

"사회 경험은, 이게 처음이죠?"

"정식으로는요. 아르바이트 같은 건 많이 해 봤어요."

헤실거리는 얼굴은 아무 생각이 없어 보인다. 세상 물정 모르는 어린애 하나가 그저 일자리 하나 찾았다고 마냥 좋아하고 있다. 스무 살. 화장하고, 꾸미고, 노는 것 이외에 무엇도 중요하지 않을 나이. 단희 역시 그 나이를 그렇게 보냈다. 그녀는 대학이라는 것을 핑계 삼아 부모님께 빌붙어 펑펑 놀았다면 마지연은 그나마 제 밥벌이는 제가 하겠다고 하고 있으니 어쩌면 자신보단 더 나은 스무 살을 보내고 있는 건지도 모른다.

"저 보기보다 똑똑해요. 그러니 걱정하지 않으셔도 돼요."

마지연은 자신감에 차 씩씩하게 말했다. 그러면서 오스왈드가 할리우드 티켓을 미끼로 그녀에게 던진 수칙을 다시 한 번 머릿속에 상기시켰다.

첫째, 늘 붙어 있을 것. 둘째, 정기적으로 옷과 구두, 가방 등을 제공할 것. 셋째, 끊임없이 먹게 만들 것, 넷째, 시키는 건 무엇이든 할 것. 가장 중요한 건 마지막 사항이었다. 그 모든 일들을 자신에게 보고할 것.

그까짓 거 못 할 거 없지. 그러니까 이 여자만 잘 마크하면 된다는 거 아냐. 그게 뭐 어렵겠어?

"휴대폰은 원래 쓰시던 번호 끝자리 0604 맞죠? 그대로 개통했어요."

"고마워요."

뭐랄까. 본 적이 없는 타입이랄까. 단희는 눈앞에서 외계인을 만난 기분이었다. 이런 유형의 여자를 뭐라고 정의해야 하지? 멍청해 보인다? 아니면…… 순수해 보인다? 아니면…… 그냥 별나 보인다?

"혹시 더 필요하신 거 있으세요?"

"아니요."

마지연은 단희의 뒤쪽으로 보이는 지학이에게 눈길을 줬다.

"안녕, 꼬마야! 코에 찬 거 멋있네!"

그 말에 단희는 당황했는데, 아이는 코 아래의 고무 튜브를 매만지며 까르르 웃었다.

"더 시키실 거 없으면 저는 다시 가 볼게요. 그나저나 집 진짜 끝내주네요!"

마지연은 단희에게 다시 무릎을 굽혀 인사하고 또각 소리를 내며 시야에서 멀어졌다. 도도한 뒷모습이 흡사 런웨이를 워킹하는 자신감에 찬 모델 같았다. 뭔지 모르겠지만 앞으로 회사 생활이 참으로 파란만장할 것 같단 생각은 든다.

엘리베이터 문이 열리는 소리가 났다. 저녁 6시. 이 시간에 인터폰 없이 엘리베이터를 타고 집에 도착할 사람은 딱 한 사람이었다.

"왔어요?"

단희의 인사에 오스왈드는 거실에 들어서다 말고 잠시 멈칫했다.

"……안녕."

한참 만에 부드럽게 대꾸하고 그는 코트 단추를 풀며 단희의 모습이 보일 만큼 소파로 가까이 다가왔다. 여자는 쿠션 위에 발을 올리고 소파에 반쯤 누워 서류철을 살피고 있었다. 까딱거리는 발가락이 이 집에서 한 10년쯤은 산 사람처럼 보였다. 그는 빙그레 웃었다.

"뭐 해?"

오스왈드는 소파에 앉아 단희의 발밑에서 쿠션을 치우고 대신 자신의 허벅지 위에 여자의 종아리를 얹었다.

"비서가 회의록을 가져다줬어요."

"제법이군."

그는 소파에 편안하게 등을 기대며 의외라는 듯 대꾸했다. 확실히 마지연에게 그런 걸 기대했던 건 아니었지. 그는 손으로 단희의 발등을 부드럽게 쓰다듬었다.

"휴대폰이랑 옷도 챙겨 왔어요. 당신이 시켰다면서요."

"일단은 비서니까. 그게 비서의 임무고."

"옷을 사다 주는 게요?"

"이건 강제적인 항목이야. 당신을 안 지 반년이 다 되어 가도록 나는 당신이 그 닳아 해진 티셔츠 말고 다른 옷을 걸친 걸 본 적이 없어."

단희는 고개를 숙이고 자신의 차림새를 흘긋 살폈다. 이럴 줄 알았으면, 드레스 룸에서 그가 예전에 사다 준 그 옷들 중 아무거라도 골라 입고 있었어야 했나 후회가 좀 되었다.

"제대로 생활하려면 당신은 옷이 필요해. 그것도 아주 많이. 매우 많이. 패션 센스가 없는 건 이해해도, 궁상맞은 건 별로야.”

단희는 회의록을 가슴팍에 올려놓고 자신의 발을 만지작거리는 오스왈드를 공격적으로 쳐다봤다. 그녀는 할 말이 아주 많아 보이는 표정이었다.

“오랫동안 관심을 끊고 산 건 맞지만 센스가 없는 건 아니에요.”

그는 키득대며 단희의 발등을 손으로 감싸 쥐고 발바닥의 오목한 부분을 엄지로 마사지하듯 매만졌다. 전혀 진중하게 듣는 것 같지 않은 그의 태도에 단희는 더 뚱해졌다.

“마음만 먹으면, 나도 옷이고 보석이고, 멋들어지게 쇼핑해 올 수 있어요.”

“확실해?”

미심쩍은 듯 묻는 어조에 단희는 ‘허, 참’ 하며 야무지게 손을 펴 보였다.

“내놔요. 지난번에 주려던 그 카드. 한도까지 다 채울 테니까.”

약을 올리려는 것인지 오스왈드의 웃음소리는 더 커졌다.

“내가 못 할 거라고 생각해요? 그까짓 거 명품숍 가서 몇 번 긁으면 그만이에요.”

그는 웃음 섞인 목소리로 입을 떼었다.

“그 카드는 한도가 없어, 달링.”

헐. 미처 생각하지 못한 대답에 대꾸할 게 없어 단희는 입을 다물었다. 한도가 없는 신용카드란 말은 들어 본 적이 없다. 하지만 이 남자면 그런 카드를 갖고 있다는 것이 납득되고도 남았다.

“물론, 나중에 날아온 명세서에 내가 뒷목을 잡을 상황이 올 수도 있겠지만, 아버지의 땅을 10억에 내놓겠다는 배포를 보자면 뭐, 대충 짐작은 할 수 있지.”

“50억이라고 정정했잖아요. 돈 자랑이 하고 싶으면 번지수 잘못 짚었어요. 그 흔한 졸부들의 오만한 레퍼토리는 정말 매력 없다고 생각하니까요."

"카드가 필요하면 지금이라도 줄 수 있어."

"됐고 땅값이나 제대로 내놔요."

"서류 작업 중이야. 정말 필요 없어?"

"난 누가 적선하듯 던져 주는 돈은 안 받아요."

"아쉽네. 당신이 신데렐라 놀이를 한다면, 난 기꺼이 동참해 주려고 했는데."

"유리 구두로 처맞고 싶나 봐요."

"신데렐라에게 맞아 죽는 왕자라. 비극적이네. 호러물인가?"

그 대꾸에 단희가 콧방귀를 뀌었다.

"왕자? 누가요? 당신이? 꿈 깨요. 요정 할머니. 호박이나 주워 오시죠."

오스왈드는 웃음을 터트렸다. 단희가 이렇게 꼬박꼬박 말대꾸를 할 때면 그는 여러 가지 의미로 아드레날린이 치솟았다. 어디까지 맞받아칠지 시험해 보고 싶다. 말대꾸하는 저 여자의 입을 틀어막고 싶다. 가끔은 목을 조르고 싶다. 좀 더 자극해 보고 싶다. 좀 나긋나긋하게 만들어 보고 싶다. 최근에 깨달은 결론은 그러니까, 어디든 눕혀 놓고 몸싸움을 좀…… 해 보고 싶다.

그 생각이 드니 갑자기 허기가 졌다. 그는 단희의 다리를 내려놓고 자리에서 일어섰다.

"뭐 좀 먹었어?"

따듯하게 데워진 접시에 가지로 치즈와 토마토를 싼 오븐구이와 레몬을 곁들인 생선요리가 올라가 있었다.

"아까요. 아저씨가 요리하자마자 덜어 주셨거든요. 아주 맛있던데요."

"아저씨?"

오스왈드는 와인 진열대에서 차갑게 식혀 놓은 와인을 한 병 꺼내며 미심쩍게 되물었다.

"요리사 아저씨요. 몰라요?"

그는 다시 천천히 몸을 돌려 찬장에서 와인 따개를 꺼내 들었다.

"몰라. 본 적 없어."

"이탈리아 분이라고 하던데요. 나이는 제드릭과 얼추 비슷해 보였는데…… 그럼 요리사는 누가 채용했어요?"

"코일이. 마실래?"

"조금만요."

단희는 오스왈드가 찬장에서 잔 두 개를 꺼내고 코르크 마개를 **빼**낸 후, 짙은 보라색의 액체를 잔에 채워 넣는 모습을 가만히 지켜봤다.

"그럼 메이드가 누구인지도 몰라요?"

"몰라."

그는 무심히 대꾸했다. 자신의 집에 들어오는 사람이 누구인지도 관심이 없다라. 단희는 오스왈드가 건네준 잔의 목을 매만지며 생선 요리를 입 안으로 밀어 넣는 그의 모습을 살폈다. 요리사의 채용에 관심이 없는 것처럼, 요리사가 뭘 차려 두는지도 아마 관심이 없을 것이다. 맛있어 보이지도, 맛없어 보이지도 않는 담담한 얼굴. 이 남자에게도 일상의 소박한 즐거움 같은 건 없었다. 자신에게도 그렇듯.

"좋아하는 요리는 뭐예요?"

"글쎄. 딱히 가리는 건 없는데."

"그러고 보니, 식탁에 한식이 차려진 경우를 본 적이 없네요."

"요리사가 할 줄 모를 테니까."

"좋아하는 한식 요리 있어요? 기억나는 거라든가."

오스왈드는 음식을 씹으며 단희를 뚫어져라 쳐다봤다. 사람들은 그에게 질문하는 것을 무척이나 꺼려 했다. 오스왈드는 질문받는 걸 싫어하는 사람으로 정평이 나 있었다. 특히나, 그게 사생활에 대한 쓸데

없는 질문이라면 그의 차갑고 냉랭한 태도를 감당해야만 했다. 오물 거리는 오스왈드의 입가가 부드럽게 호선을 그렸다.

"글쎄."

할머니랑 살며 제대로 된 끼니를 먹은 적도 없지만 한국을 떠나고 나서는 한국 음식을 접한 적도 없었다. 니콜라스와 그의 처는 프랑스 계 미국인이어서 주로 프랑스 음식을 해 먹었고, 덜래스는 전통적인 미국식 식탁을 고수했다. 굶주린 기억이 많았던 그는, 음식에 대한 욕 구는 강했지만 많이 먹는 것에 초점이 맞춰져 있었지, 맛있는 것을 찾 아 먹는 것에는 전혀 관심이 없었다.

"아무거나요."

그는 눈을 굴리며 기억을 더듬었다. 음식. 기억나는 음식.

"소시지랑 김치 같은 게 잔뜩 든…… 국 같았는데……."

할머니한테 흠씬 얻어맞은 날. 그리고 엄마가 처음으로 몸을 팔던 날. 늦은 저녁 엄마가 두 손 가득 음식을 사 들고 빛도 들지 않는 단칸 방에 들어왔다. 그녀는 맞고 찢어진 아들의 얼굴에 눈길을 힐끗 준 뒤 아무 말 없이 음식을 하기 시작했다.

'밥 먹자.'

처음이자 마지막으로 배가 터지도록 밥을 먹은 그날, 엄마는 한 번 도 수저를 들지 않았다. 그저 초점 없는 눈으로 허겁지겁 밥을 퍼 넣 는 아들을 멍하니 쳐다보다가 멍하게 벽을 응시하곤 했었다.

"맛있었어요? 그거?"

단희가 묻자 그는 기억 속에 머물던 눈을 들었다. 그날 하도 많이 얻어맞아 입술이 부르트고, 입 안에 남아 있는 감각이라곤 얼얼함뿐 이었다. 배를 채우기 위해 허겁지겁 수저를 들어 퍼 넣던 음식들. 무 슨 맛인지 실은 전혀 몰랐다.

"그래. 정말 맛있었어."

그는 자조적으로 한번 웃고 여자에게 질문을 돌렸다.

"당신은 좋아하는 음식이 뭔데?"

"남이 해 주는 거요. 밥하는 건 아주 지긋지긋하거든요."

오스왈드는 가지요리를 나이프로 썰어 입 안에 넣고 오물거렸다. 그러곤 와인 잔을 뱅뱅 돌리며 어딘지 심드렁한 단희에게 다시 물었다.

"결혼 생활에 대해서 좀 말해 봐. 당신 남편은 어떤 사람이지?"

그 물음에는 단희의 얼굴이 약간 굳어졌다. 그러고는 목이 타는지 와인을 꿀꺽 입 안으로 삼킨 후에 입을 뗐다.

"이야기할 게 별로 없어요. 어떤 사람인지 저도 잘 모르거든요."

분명 아주 잘 알고 있는 사람과 결혼했는데, 결혼을 하고 나니 그는 전혀 모르는 남자였다. 그녀가 사랑하던 남자는 무슨 일이 있어도 자신을 지켜 주던 사람이었다. 늘 듬직했고 매사에 긍정적이었으며 항상 유머와 재치를 갖고 있던 사람이었다. 그러나 결혼 생활이 지속될수록 그런 남편의 모습은 훨씬 더 빨리 지워졌다. 책임감과 무게에 짓눌려 버린 그는 더 이상 긍정적이지 않았으며, 유머를 잃었고, 이리저리 휘청이기만 했다. 결국 그녀가 떠난 건 사랑하던 사람이 아니라 완전히 낯선 다른 이였다. 더 이상 사랑 따위가 남아 있을 리 없다.

"왜 정식으로 이혼 과정을 밟지 않았어?"

단희는 어깨를 으쓱했다.

"모르겠어요. 난 그저 도망가고 싶었고, 남편은 법원에 가는 걸 싫어했어요. 아마 둘 다 서로 상실감을 추스르기 바빴을 거예요."

덤덤하게 말하지만 마음 한구석이 깊게 가라앉았다. 늘 그 시절을 떠올리면 그랬다. 때론 그 시절을 기억에서 완전 지워 버리고 싶기도 하다. 없었던 일처럼 지워 버리면 후회할 일도 없을 것 같지만 그 기억을 지우면 지학이도 지워야 했다.

지학이의 죽음은 자신의 인생을 다 앗아 갈 만큼 고통스러웠지만 지학이의 존재는 여전히 단희에게 빛이기도 했다. 과거로 돌아간대도, 지학이를 다시 만날 수 있다면 단희는 모든 걸 알아도 같은 선택을 할 것이다. 그리고 아이와 있는 모든 순간을 소중히 여기겠지.

'당신과 있는 모든 순간을 소중히 여길게.'

단희는 눈앞에 앉아 있는 남자를 응시했다. 머릿속에 메아리치는 그 고백의 무게는 떠올릴수록 더 깊어졌다. 마치 그의 눈동자처럼 말이다. 그 앞에서 무언가를 망설이고 있으면 죄스러운 기분이 든다. 어쩔 수 없는 두려움마저도 사치스러운 기분이 들었다.

과거 사랑에 미쳤을 때, 밑도 끝도 없이 빠져들어 주변의 모든 것이 눈앞에서 지워졌을 때 그녀는 그때 자신도 함께 지웠다. 그녀는 그런 식의 사랑만을 했다. 헌신적이고 모든 것을 다 주는 사랑. 그리고 그 결과는 그녀가 가진 모든 것들, 스스로를 버리면서까지 지키려 했던 모든 것들이 송두리째 사라지는 것이었다. 그래서 무언가를 소유하는 것이, 온전한 자신의 것이 되는 것이 두렵다. 그의 고백은 그 두려움에 대한 대답이었다. 모든 순간을 소중히 한다는 말. 그러니까 후회는 남기지 않겠다는 말.

그 말 앞에서 단희는 무장해제 됐다. 그건 그녀가 오랫동안 찾던 답일지도 몰랐다. 후회하지 않는 것. 더 이상 후회하고 싶지 않은 것. 그러나 그렇게 하려면 뭘 해야 하는지 단희는 아직 그것에 대한 답은 찾질 못했다.

오스왈드는 와인 잔을 비우고 냅킨으로 입가를 닦았다. 식사를 모두 마친 듯 포크를 내려놓고 단희에게 다가와 넌지시 손을 내밀었다.

"침대로 가자."

그가 눈을 빛내며 달콤하게 말했다.

"지금이요?"

"지금. 이번엔 당신의 방식으로 해 보자."

"……."

그는 단희의 손에 들린 와인 잔을 빼 식탁에 올려 두고 여자의 손을 잡아끌었다. 단희는 홀린 듯 그를 따라 걸음을 옮겼다. 주방을 지나 복도를 걸어 그의 넓은 침대가 나타날 때까지 꿈속을 걷는 듯 감각이 없었다. 오로지 마주 잡은 그의 손의 따뜻함 그리고 단단함만이 느껴졌다. 침대 곁으로 다가간 그는 단희의 손을 잡고 빙 돌려 여자를 앞에 세웠다. 준비를 끝마친 듯 여자에게 손을 떼어 낸 그는 부드럽게 물었다.

"이젠 어떻게 해야 하지?"

정말 몰라서 묻는 것이 아니다. 그저 그 주도권을 단희의 손에 쥐여 주려는 것뿐이었다. 그녀가 원했던 대로.

단희는 머뭇거리며 그의 셔츠를 잡고 위로 들어 올렸다. 오스왈드는 몸을 숙여 자신의 셔츠를 쉽게 벗길 수 있게 도왔다. 단희는 명백하게 긴장했다. 이렇게 시작하는 경우는 그녀로서도 처음이었다. 단희는 손에 들린 오스왈드의 셔츠를 바닥에 조심스럽게 떨구고 벌거벗은 남자의 가슴을 손으로 매만졌다.

단단한 가슴 근육을 매만지다가 문득 그녀의 손끝이 부드럽고 말랑한 그의 유륜에 닿았다. 아주 가볍게 그 위를 스치자 그 작은 돌기가 단단하게 뭉쳤다. 단희는 그를 올려다봤다. 그는 평온하고 온순했다. 엘패소에서, 먼지와 피를 뒤집어썼던 그 폭력적인 남자를 떠올리기가 힘들 만큼 이질적이다.

"왠지 모르게, 조심스러워지네요."

그 말이 참 이상했다. 마치 아주 상처 나기 쉬운 것에 흠집이 날까 염려하는 듯한 그 어투가 말이다. 어떤 면으로 보나 오스왈드는 어떤 짓을 해도 상처 나지 않을 것 같은 외형을 지닌 남자였다. 많은 사람들이 그렇게 생각한다. 그러나 여자는 다른 그를 보고 있었다. 아무에게도 보여 준 적이 없는 남자를 보고 있었다. 오스왈드는 가슴에 닿은 단희의 손을 자신의 피부로 좀 더 지그시 눌렀다.

"날 가져. 당신은 날 가질 수 있는 유일한 사람이야."

"나한테 소유권을 주는 건가요?"

"그래."

이런 걸 거절할 만큼 멍청한 여자는 아니다. 단희는 그의 따뜻한 가슴으로 파고들었다. 그의 커다란 등을 두 손으로 가두고 그의 따뜻한 향기를 들이마시고 코끝으로 비볐다. 그에게선 좋은 냄새가 난다. 맛 좋은 와인처럼 향긋하고 알싸해서 그걸 맡고 있으면 어쩐지 몸이 달아오르고 취한다.

단희는 그의 가슴에 키스하고 부드러운 유륜을 혀로 쓸었다. 그의 흉곽이 조금 부풀어 올랐다 내려앉았고 안정적인 숨결이 조금씩 들썩였다. 생각을 할 틈이 없이 단희는 본능적으로 그의 가슴을 탐했다. 초콜릿 시럽을 그 위에 얹어 놓은 것처럼 모든 부분을 맛보고 싶었다. 단희는 쪽쪽 소리를 내며 가슴 이곳저곳에 키스했다. 어떤 부분은 혀로 쓸고 어떤 부분은 이로 가볍게 물면서 그가 입고 있는 청바지의 버클을 풀고 지퍼를 내렸다.

그의 몸에서 뿜어져 나오는 뜨거움은 단희를 완전히 취하게 만들었다. 그의 가슴에 입술을 대고 있으면 대고 있을수록 점점 더 황홀한 기분이 든다. 단희가 뜨거운 숨을 토하며 드로즈 안으로 손을 밀어 넣자 오스왈드의 잇새에서 신음이 흘러나왔다. 거기서 그가 느껴졌다. 뜨겁고 단단한 것. 그리고 매우…….

향기에 취해 감겼던 눈이 번쩍 떠졌다. 잠깐, 이게 내 안에 들어왔다고?

당황해 있는 단희의 얼굴이 오스왈드의 손에 의해 위로 들렸다. 붉게 달아오른 그의 입술이 참을성 없이 단희의 입술을 덮쳤고 그는 여자를 자신에게 꼭 붙이고 침대 위로 몸을 던졌다. 오스왈드는 단희의 셔츠를 끌어 올렸다. 여자가 입고 있던 바지와 속옷을 모두 한 번에 벗긴 뒤 자신의 바지와 속옷도 마찬가지로 단번에 벗어 버렸다.

단희는 오스왈드가 침대 위로 올라오는 모습을 보며 주춤주춤 뒤로 물러섰다. 뜨거운 긴장감. 단희는 벌써 짧고 토막 난 숨을 헐떡였다.

"내가 방금 이상한 것을 만졌어요."

"그럴 리가 없는데."

"명백하게 흉기였어요."

"칭찬 고마워. 근데 난 노멀 사이즈야."

"말도 안 된다고 생각해요."

그는 킥킥거렸다.

"본의 아니게 지금 당신 전남편을 매우 한심하게 만든 건 알고 있지?"

이런. 그렇게 되어 버리는 거야?

"어…… 아니요."

오스왈드는 여자의 허리를 잡아채서 자신의 허벅지 위에 올라타게 했다. 단희는 헉하고 숨을 들이마시며 눈 깜짝할 새에 가까워진 오스왈드의 눈을 멀뚱히 쳐다봤다. 어느새 코끝이 마주 닿았고 그의 입가에서 나오는 뜨거운 숨결이 얼굴에 그대로 느껴졌다.

"이게 당신 방식인가? 섹스하며 농담 따먹기 하는 것?"

"어…… 어떠한 경우에도 대화는 좋은……."

오스왈드의 손이 단희의 등을 따라 엉덩이 사이로 미끄러지자 단희의 말이 뚝 멈췄다.

"뭐라고?"

"어……."

오스왈드의 손이 단희의 벌어진 허벅지 사이를 유영했다. 그의 손이 단희의 허벅지 사이를 부드럽게 쓰다듬었다. 닿을 듯 말 듯 애타는 감촉에 단희는 아랫입술을 꼭 물었다. 오스왈드는 여자의 목선을 핥았다. 여자의 어깨를 이로 물고 가슴 구석구석 입을 맞췄다. 단희의 목이 뒤로 유연하게 젖혀지며 흉곽이 솟아올랐다. 그는 여자의 허벅지를 자신에게로 당기고 위로 들어 올려 여자의 젖은 가슴과 유두를 혀로 핥고 쓸었다.

　나른하고 출렁거리는 감각. 단희는 남자의 목을 끌어안고 뜨겁게 숨을 토했다.

　"아…… 오스왈드……."

　남자는 갑자기 멈췄다. 그는 의심스러운 눈으로 단희를 올려다봤고 단희는 그런 그의 행동에 당황하여 게슴츠레하게 뜬 눈으로 그를 내려다봤다. 뭐가 잘못됐나?

　"다시 말해 봐."

　다시?

　"……뭘요?"

　"방금 한 거."

　방금 한 거? 방금 내가 뭐라고 했는데?

　"방금 뭐라고 했어?"

　욕을 했나? 단희는 눈을 끔뻑이며 자신의 행동을 돌아봤다. 한 것이라고는 신음한 것과…… 또…….

　"오스왈드?"

　그는 미소 지었다. 보고 있는 사람을 녹여 버리는 미소.

　오스왈드는 단희의 목을 당겨 깊게 키스했다. 강렬하고, 무척 뜨겁고, 벅찰 정도로 감정적이었다. 혀가 엉키고 타액이 섞이고 끊임없이 밀려 들어와, 단희가 가파른 숨을 헐떡일 때쯤 그는 입술을 떼어 냈다.

"다시 불러 줘."

"오스, 오스왈드……."

"다시."

다시. 다시. 또다시.

"오스왈드……."

단희가 키스에 취해 속삭이자 그의 손이 매끈한 여자의 둔부 사이로 파고들었다. 단희는 오스왈드의 목을 끌어안고 휘청였다. 그는 단희의 중심부를 매끄럽게 쓰다듬었다. 여자가 나른한 숨을 토하자 검지로 여자의 클리토리스를 부드럽고 천천히 문질렀다. 향기가 나는 목덜미에 입술을 묻고 단희가 그에게서 떨어지지 않도록 허리를 강하게 끌어안았다. 검지로 원을 그리는 중간중간 나머지 손으로 여자의 젖은 질구를 애태우듯 침입했다. 달콤하고 아픈 감각이 다리 사이로 몰려든다.

아, 맙소사……. 이건 도저히 참을 수가 없다. 단희는 울듯이 신음하며 남자의 입술을 찾았다. 몸은 욕망을 분출하고 싶어 했다. 어떤 식으로든 애타는 갈증을 채우고 싶어 했다. 단희는 그의 입술을 허겁지겁 빨아 당겼다. 단희가 그의 입을 탐할 동안 오스왈드의 손은 여자의 안에 완전히 자리를 잡고 질벽을 부드럽게 압박했다. 단희의 입에서 다시 신음이 터져 나왔다.

"네 안으로 들어가고 싶어."

그의 속삭임이 단희의 갈망에 불을 질렀다. 단희는 그의 입술에서 입을 떼어 내고, 처음부터 원했던 것을 했다.

그를 마주 보고, 그의 얼굴, 그의 금색 눈동자, 그의 깎아지른 듯한 이마, 보기 좋은 콧날, 선명한 인중, 붉고 도톰한 입술 그 모두를 조각조각 눈에 넣으며 그녀는 오스왈드의 몸 위로 자신을 미끄러트렸다. 그는 부드럽게 빨려 들어갔다. 남자의 입이 벌어지더니 뜨거운 숨결을 토했다. 그의 황금색 동공이 좁아지며 흔들리다 결국 눈이 감겨 버렸다. 까무러칠 만큼 황홀한 감촉에 취해 있는 남자의 표정을 단희는 한순간도 놓치지 않았다.

단희의 안으로 그가 완전히 들어서자 단희는 그의 이마에 자신의 이마를 마주 댔다. 오스왈드는 헐떡거렸다. 그는 좀 더 이 감각을 즐기고 싶었고, 또한 더 강하게 움직이고도 싶었다. 마지막 인내를 쥐어짜듯 신음하며 그는 자신의 마른 입술을 혀로 핥고 부드럽게 미소 지었다. 단희의 부드러움이, 이 바닐라처럼 달콤한 행위가 너무나 즐겁다.

그의 미소를 확인한 단희는 열기를 이기지 못하고 남자의 어깨 위로 무너졌다. 그걸 보고 싶었다. 미소. 그걸 보고 있으면 몸이 아니라, 서로의 마음을 채우는 기분이 들었다.

오스왈드는 여자를 안아 들어 올렸다가, 자신에게 꼭 맞추어 내렸다. 이미 넘칠 만큼 준비가 된 여자는 행위를 반복할수록 더 부드럽게 젖어 들었다. 그리고 무척 빠르게 차올랐다.

오스왈드의 허벅지와, 그의 골반에 쓸리는 기분만으로 단희는 견딜 수 없어 그의 허리를 다리로 감고 허벅지를 조였다. 그리고 곧 통제를 벗어난 감각들이 멋대로 날뛰기 시작했다. 그건 오스왈드에게도 곧바로 전해졌다.

어, 잠깐 이건 너무 빠르잖아. 단희는 비명을 내지르고 수축하며 그의 어깨 위에서 무너졌다. 오스왈드는 단희의 골반을 꼭 붙들고 여자를 움직이지 못하게 했다. 여자의 허벅지가 부르르 떨리자 그는 동요되지 않으려 어금니를 꽉 물었다.

그의 잇새에서 다시 웃음이 새어 나왔다. 여자의 절정이란 사실 매우 사랑스러운 것이었다. 그는 오르가즘의 여파가 가실 때까지 조금의 틈을 두었다가, 단희의 늘어진 몸을 침대 위에 눕혔다. 땀에 젖고, 붉게 물들은 몸은 그의 눈길 아래에서 미끄덩거렸다.

그는 단희의 젖은 허벅지, 골반, 배, 갈비뼈, 가슴, 유두, 쇄골을 따라 입을 맞추며 여자의 몸 위에 체중을 실었다. 목을 따라 올라가 젖은 뺨, 관자놀이, 목덜미에 키스하며 어르듯 다시 젖은 그녀의 안으로 파고들었다. 단희는 '흐읍' 하는 신음 소리를 냈다. 민감해진 몸이 다시 부르르 떨렸다.

"아…… 더는……."

단희는 고개를 힘없이 저으며 중얼거렸다.

"괜찮아. 다시 느껴질 거야."

그는 여자의 몸을 다시금 서서히 달궜다. 느리게, 천천히.

오르가즘을 느끼고 난 후에, 여자의 몸이 얼마나 부드러운지 그는 안다. 그러나 이토록 황홀한 적은 없었다. 훨씬 더 예민하고 부드러워진 단희의 몸은 그의 모든 신경과 감각을 한곳으로 몰아넣었다. 예전에는 가지지 못했던 것. 타는 듯한 욕망 위에 무엇인가가 더 얹어졌다.

오스왈드는 천천히 피치를 올렸다. 단희는 그의 아래에서 신음하고, 그가 강하게 치받을수록 끙끙거렸다. 뒤틀리는 허리. 종국에 단희의 가느다란 허벅지가 떨려 왔다. 시트를 구겨 잡던 여자의 손이 오스왈드의 목을 감았다. 틈 없이 부딪힌 몸을 관통한 오르가즘이 단희를 타고 오스왈드에게 전해졌다. 뭔가가 그에게 쏟아져 들어왔다.

아, 망할. 그건 그를 후려치고 곧 그의 모든 것을 쏟아 내게 만들었다. 오스왈드는 부르르 몸을 떨고 단희의 위에 늘어졌다. 완전히 진이 빠졌다. 이전에는 경험해 보지 못한 강한 안정감. 오스왈드는 그대로 잠 속으로 빨려 들어갔다. 단희는 아직 열기가 식지 않은 남자의 등을 부드럽게 어루만지다가 천천히 그의 아래에서 빠져나왔다. 오스왈드는 작게 신음했다. 침대 위에 늘어진 오스왈드의 등에 시트를 덮자 잠에 취한 그의 손이 더듬더듬 단희의 손을 찾아 쥐었다.

"가지 마. 아무 데도."

몽롱한 목소리.

"안 가요."

단희는 오스왈드의 촉촉한 어깨에 부드럽게 입을 맞췄다.

"잘 자요. 오스왈드."

13

　단희는 출근하자마자 산처럼 쌓인 서류 더미에 파묻혔다. 예전엔 편집 파일들에 파묻혔는데 지금은 결재를 원하는, 그러니까 결국 주머니에서 돈을 **빼** 가게 해 달라는 서류들에 파묻혀 있었다. 맘 같아선 읽어 보고 자시고 할 것도 없이 팀장란에 사인만 해서 모조리 넘겨 버리고 싶다. 이런 재미없는 일이나 하고 있으라고 여기에 붙들어 놓는 건가.

　오스왈드는 규모를 키우라고 했다. 무슨 생각으로 한 말인지는 모르겠지만 규모를 키우기 위해선 사람도 더 뽑아야 하고, 장비도 더 들여야 한다. 그리고 제대로 방음이 되는 녹음실이 꼭 필요했다. 고가의 음향 기기도 다시 들여야 한다.

　도청 입장에서야 방송국의 질이 좋아지면 대환영인 일이지만, 오스왈드는 돈벌이도 안 되는 이 사업체를 뭐하러 키우려는 건지 모르겠다. 그냥 날 굴리려는 거겠지. 다른 생각을 할 틈이 없도록 말이다.

　뚜르르르르.

사무실 전화벨 소리에 단희는 여전히 서류와 씨름을 하며 더듬더듬 손을 뻗었다.

"네, 도청 뉴스팀입니다."

— 휴대폰을 놓고 갔어.

"아."

오스왈드의 낮은 목소리가 들려와 단희는 그제야 서류에서 눈을 뗐다. 어쩐지 수줍어졌다.

"몰랐어요. 안 가지고 다니는 게 습관이 됐나 봐요."

잠깐 뜸을 들였다가 단희는 조용히 대답했다. 차분히 가라앉은 목소리가 평소보다 더 얄팍하게 들렸다.

— 몸에 GPS라도 붙여 둘까 봐. 회사에서 새로 개발한 탐지기가 있거든.

"불법이잖아요."

— 안 걸리면 장땡이지.

단희의 입가가 미세하게 올라갔다.

"잘 잤어요?"

지난밤, 그는 완전히 뻗었다. 밀렸던 잠을 보상이라도 받겠다는 듯 손 하나 까딱거리지 않는 숙면이었다. 정말 죽었나 싶어 단희는 몇 번이고 그의 코 밑에 손을 가져다 댔다. 지쳐서 잠든 사람의 모습을 단희는 아주 오랫동안 물끄러미 바라봤다. 지학이를 빼놓고 잠든 누군가의 모습을 그렇게 넋이 빠져 오랫동안 들여다본 것은 오스왈드가 유일했다.

볼 때마다 다른 얼굴을 가진 볼수록 신기한 사람. 잠든 그의 머리카락을 가만히 쓸어도 보고, 그의 속눈썹도 만져 보고 도톰하고 탐스러운 입술도 충분히 만졌다. 그의 옆에 누워 무척이나 많은 생각들을 했지만 결론은 딱 하나였다. 그는 생각보다 훨씬 더 따뜻한 사람이라는 것.

— 그래. 당신이 날 깨우지 않고 도망간 덕분에 난 이틀 연속 지각이야. 아무 데도 가지 말라고 내가 그렇게 매달렸는데.

"나까지 지각할 순 없잖아요."

— 지각을 하든, 뭘 하든 당신은 안 잘려. 내가 당신의 오너니까. 성의를 보여야 하는 게 어느 쪽인지 잘 좀 생각해 보지그래?

"너무 곤히 자서 못 깨웠어요. 그동안 그렇게 푹 자는 걸 본 적이 없어서요."

수화기 너머로 그가 깊게 숨을 내쉬었다.

— 그래 아주 푹 쉬었지. 당황스러울 정도로.

"잘됐네요."

— 날 기절시키는 재주가 탁월하던데, 달링.

"헛소리할 거면 끊을래요."

그는 키득거렸다.

— 첫 출근은 어때?

"서류 더미에 파묻혀 있어요."

— 승진한 덕이지. 축하해.

단희는 현재 구입한 기자재 외에 녹음실 구성에 관해 적어 놓은 메모지를 만지작거렸다.

"음향실이 따로 필요해요. 목소리만 따로 녹음할 수 있는 곳이요. 방음실로 갖춰졌으면 좋겠어요. 그렇게 되면……."

"그 안에선 무슨 짓을 해도 모르겠군."

수화기 너머로 들리는 소리보다 훨씬 또렷하고 가까운 음성에 단희는 고개를 들었다. 벌컥 열린 문 사이로 오스왈드가 보였다. 그는 주머니에서 단희의 휴대폰을 꺼내 들고 가볍게 흔들었다. 품이 넉넉한 무스탕코트에 검은 슬랙스를 걸쳐 입은 그를 보고 있자니 자신이 혹한 게 그의 마음인지, 아니면 저 잘나 빠진 얼굴인지 헷갈리기 시작했다.

과거엔 그의 외형 같은 건 별다른 흥밋거리가 되지 못했다. 마음에 여유가 없었고 매사에 비관적이어서 그의 번듯한 외형이 오히려 더 거북하기만 했다. 남들이 보면 첫눈에 반할 매끈한 그의 겉모습이 단희에겐 이제야 제대로 실감이 났다. 사무실에서 만나니 그의 모습이 더 객관적으로 보였다. 어디서나 시선을 잡아끄는 저 얼굴로 자꾸만 이곳에 드나드는 것이 그다지 좋은 일은 아닌 것 같았다.

그는 아이처럼 눈만 깜빡거리는 단희에게 다가와 그녀의 책상 위에 휴대폰을 조용히 내려놨다. 그러고는 사무실을 눈으로 천천히 훑었다.

"생각보다 아늑하네."

사무실 안에 들어왔을 때부터 내부에선 좋은 향기가 났다. 캐비닛 위에 올라가 있는 장미 다발은 분명 마지연의 센스일 거다. 멍청한 줄 알았는데 의외로 센스 있는 구석이 있다. 단희에게선 희미한 샴푸 냄새가 났다. 같은 제품을 쓰는데도 여자에게서 나는 향은 그와는 달리 조금 독특했다. 무슨 향이든 그녀의 몸에 닿으면 진한 법이 없었다.

서류에 파묻혀 있다는 말 그대로 단희의 책상에는 서류가 산적해 있었다. 오랫동안 자리를 공석으로 남겨 둔 탓이니 어쩔 수 없는 일이다. 편집기에 코를 박고 모니터만 쳐다보던 사람에겐 제법 힘든 일이겠지만 오스왈드에겐 한나절이면 처리할 만큼의 분량이었다.

그는 책상에 걸터앉아 단희의 차림새로 눈을 돌렸다. 회색으로 통일된 바지와 스웨터. 좀 더 컬러풀한 옷을 입으면 얼굴도 생기 있어 보일 텐데 아무래도 그녀는 무채색만 고집하는 것 같다.

"치마는 없었어?"

"있었어요."

단희는 손을 뻗어 자신의 휴대폰을 집으며 단답했다. 그녀는 휴대폰 액정에서 배터리 양을 확인하고 자신의 손에 가까이 닿을 만한 곳에 다시 내려놨다.

"지각했다고 하지 않았어요?"

"했어."

오스왈드는 대수롭지 않다는 듯 대꾸했다. 적어도 단희가 알기에 그는 불성실한 사람이 아니다. 언제나 같은 시간에 일어나, 무슨 일이 있어도 회사에 출근하고, 틈만 나면 노트북을 들고 앉아 뭔가를 하던 사람이었다. 그는 단희의 허벅지에 꽂힌 시선을 좀처럼 들지 않았다.

"그런데 여기 이러고 있어도 돼요?"

"원칙상으로는? 안 되지."

그는 단희의 얼굴로 시선을 옮기고 재미난 장난을 하고 있는 아이처럼 입가에 개구지게 미소를 띠었다.

"여긴, 방음이 잘되나?"

"아니요."

또 무슨 쉰소리를 하려고 저러나 싶어 단희는 사무적으로 서류 더미를 탕탕 쳐 정리하며 뾰족하게 대꾸했다.

"시험해 봤어?"

음색부터 부적절하다. 단희는 눈가를 파르르 떨다가 손으로 더듬더듬 다른 서류를 펴 들었다.

"그……."

그저 저 입에서 나오는 탁한 한마디에 동요하는 자신이 놀랍다. 예전엔 그가 무슨 소리를 해도 눈 하나 깜짝하질 않았건만, 지금은 그가 아무 말 없이, 저 태양 같은 눈동자로 자신을 쳐다보기만 해도 피가 들끓었다. 왠지 그런 스스로가 경박스럽게 느껴졌고 한편으론 그 강렬한 감정이 무서웠다. 거기서 조금은 도망가고 싶었다.

"녹음실 부스를 차리는 데, 예산을 얼마나 줄 수 있어요?"

단희가 업무적인 이야기를 하자 번식기의 짐승 같던 그의 눈동자에서 열기가 빠져나갔다.

"따로 떼어 놓은 예산은 없어. 양식에 맞춰서 서류를 작성해. 지원팀에서 검토한 후에 확인해 줄 거야."

"양식이 모두 영어던데요."

"댈크로우는 미국 회사고 나도 미국 사람이니까."

한숨이 터져 나왔다. 이럴 줄 알았으면 학창 시절에 다른 데 열 올리지 말고 영어나 좀 배워 둘 것을. 수박 겉 핥기로 배운 영어는 배우지 않느니만 못했다. 이제 다시 시작하려고 해도 배운 것들이 머릿속에 뒤죽박죽 얽혀 있어서 어디서부터 다시 시작해야 하는지 파악도 되질 않는다.

"내가 도와줄까?"

그가 친절하게 물었다.

"일단 해 보구요. 상우 씨도 있으니, 모르는 건 물어보면서 하면 돼요. 정 안 되겠으면 퇴근할 때 가져갈게요. 집에서 가르쳐 줘요."

"침대에서?"

단희가 고개를 홱 쳐들었다.

"나가요."

그녀는 엄하게 미간을 구기며 손가락으로 문 쪽을 쿡 찍어 가리켰다. 오스왈드는 소리 내어 웃었다. 찌푸린 여자의 미간이 그렇게 앙증맞아 보일 수가 없다. 그는 무스탕코트에서 진동하는 휴대폰을 꺼내 들었다. 액정을 확인하고 몸을 일으키며 오스왈드는 단희의 이마에 다정스럽게 입을 맞췄다.

"집에서 보자, 달링."

저 되도 않는 달링 소리는 아주 입에 붙었지. 다른 남자가 하면 역겨워 토하고 싶어질 텐데 그의 입에서 구르듯 발음되는 저 소리는 역겹기는커녕 꿀처럼 달콤하게 들렸다.

아, 유단희. 너도 드디어 뻔한 여자가 되어 가는구나. 그러나 뻔한 여자가 되어 가는 자신을 그가 계속 좋아해 줄까 의문이었다. 그가 좋아하는 건 벌침처럼 따갑고 날카로운 유단희였는데 말이다. 단희는 고개를 절레절레 저으며 다시 서류 더미에 얼굴을 파묻었다.

오스왈드는 사무실에서 빠져나오자마자 통화 버튼을 눌렀다.

「제드릭.」

— 권우형 씨를 모셔 왔습니다. 어디로 갈까요.

초반에 기선을 잘 제압해야 일을 처리하기가 쉬워진다. 권우형은 IT업계의 작은 사업체를 굴리고 있었다. 대표가 공동인 것을 보니 마음 맞는 동료와 따로 회사를 차린 것 같았는데 규모는 작았지만 나름 실속은 있는 회사였다. 그래 봤자 댈크로우사의 가장 작은 연구소보다도 못하지만.

「내 사무실로 데려와.」

굳이 같은 업계가 아니더라도 사업을 한다는 사람들은 댈크로우사를 모르지 않았다. 더욱이 그 회사의 수장인 오스왈드 퀸튼도 모를 리가 없다. 그건 빌 게이츠나, 스티브 잡스를 모른다는 소리와 똑같았다.

우형은 원래 의심이 많은 성격이었다. 뭐든 눈으로 확인하지 않으면 쉽사리 믿지를 않았다. 이 우락부락한 은발의 사내가 나타나 오스왈드 퀸튼의 명함을 건넸을 때도 선뜻 믿기가 어려웠다. 그가 한국에 들어와 있다는 소리를 들은 것도 꽤 오래전이다. 그 이후로는 매스컴을 탄 일이 없어서 그가 아직까지 한국에 있는지도 몰랐다. 웹서칭으로 본 오스왈드의 사진 속에서 그 은발 남자를 다시 발견하지 못했다면 우형은 아마 그 명함을 구겨서 망설임 없이 쓰레기통에 던져 넣었을 것이다.

왜 보자고 했는지 그 이유도 제대로 듣지를 못했다. 그저 그가 자신을 보고 싶어 한다는 설명뿐이었다. 어디를 짚어 봐도 그가 자신을 알 만큼 그와 연줄이 닿을 만한 일은 전혀 없는데 말이다. 그러나 호기심이 일었다. 궁금한 건, 특히 이런 일로 궁금한 건 참을 수 없었다.

사내에게 받은 연락처로 전화를 하고, 그를 다시 본 이후에도 그의 말이 정말로 사실인지 믿을 수가 없었는데 그가 끌고 온 풀 옵션의 롤스로이스를 보고 나니 의심의 싹이 빠르게 걷혔다.

자신이 살아생전 그 차를 타 볼 수 있을 거라는 생각은 해 본 적이 없었다. 눈부신 외관도 그렇지만 고급스러운 차량 내부는 완전히 넋을 잃게 만들었다. 가능하다면 그대로 그 차를 타고 부산까지 왕복하고 싶은 심정이었다.

댈크로우사는 하나의 거대한 도시 같았다. 차량이 검문대를 통과하자마자 그는 기가 눌렸다. 그러는 한편으로는 속이 뒤틀리기도 했다. 이 사람들은 남의 땅덩어리에 와서 이 넓은 면적을 다 차지하고 대체 뭘 하는 것일까? 군에 있을 적, 그의 보직은 기관총 사수였다. 댈크로우의 까마귀 문장이 박힌 그 총기를 그는 군에 있는 내내 지겹게 만지작거렸다. 얼마 전 댈크로우사가 중국에 공장을 설립했다는 이야기는 뉴스에서 얼핏 보았다. 그러나 한국에 공장을 세웠는지는 알지 못했고 이 건물은 공장으로 보기엔 무척이나 세련되었다.

"내리시죠."

제드릭이 정중하게 뒷문을 열어 주었다. 우형은 침을 한 번 꼴딱 삼키고 건물 앞 보도블록에 발을 내디뎠다. 수백 년 동안 지속되어 오며 역사와 그 궤도를 같이한 그룹. 그 건물 앞에 서 있자니 우형은 그 위용에 쪼그라들었다. 아마 죽었다 깨어나도 자신의 회사를 이만큼 키울 수 없을 것이다.

제드릭은 우형을 데리고 건물의 살벌한 보안을 통과한 뒤 15층으로 올라갔다. 그러고는 오스왈드의 말대로 남자를 그의 사무실로 안내했다. 우형은 단단한 양문형 도어 앞에서 조금 주춤거렸다. 댈크로우사의 호사스러움에 기가 질린 것처럼 보였다. 오스왈드의 사무실은, 우형이 임대해 쓰고 있는 사무실과 비슷한 크기였다. 차이가 있다면 그는 혼자 쓰고 자신은 그 사무실을 전 직원과 나누어 쓰고 있다는 것이다.

늘씬하고 우아한 자태의 비서가 곧 그에게 차와 다과를 내어 왔다. 어쩐지 찻잔도 고급스러워 보였다. 여기 들어와 있자니 이곳은 한국이 아니라 댈크로우 본사가 있는 로스앤젤레스인 것 같은 착각마저 든다. 모든 것이 그에겐 이질적이었다.

제드릭은 내내 문 앞을 지켰다. 한 공간에 있으면서도 심하게 거리를 벌리고 있어서 우형은 자신이 구금되어 있는 것처럼 느껴지기도 했다. 그는 초조하게 휴대폰 액정을 매만졌다. 도착한 지 30분이 훌쩍 넘었건만 이 방의 주인은 아직도 나타나질 않았다.

왜 나를 보자고 한 것일까. 무슨 생각일까. 뭔가를 제안하고 싶은 것일까. 그가 하는 사업 중 자신과 관계된 것이 있는지 곰곰이 생각한다. 그들은 GPS기능을 사용한 어플 사업을 하고 있었다. 미아 방지를 위한 위치 추적이라든가, 차량용 내비게이션을 대체할 실용적인 휴대폰 내비게이션을 제공하는 것이 주된 사업이었다. 그리고 이 사업체의 목적은 아주 분명했다. 괜찮은 어플을 개발해 대기업에 되파는 것.

설마 그걸 사려고? 최근 다른 IT업계에서 컨택이 들어오긴 했지만 군수업체에서 이런 어플에 관심을 갖는다는 것은 어폐가 맞지 않았다. 하지만 달리 떠오르는 이유도 없었다. 생각에 생각이 꼬리를 물고 있는데 딸깍, 사무실의 문이 열렸고 우형은 자리에서 저도 모르게 벌떡 일어섰다.

와. 미쳤네. 그게 오스왈드를 대면한 우형의 첫 소감이었다.

그는, 사진으로 볼 때보다 훨씬 더 컸다. 사진은 원래 본판보다 더 뚱뚱하고 비대하게 나오는 것이 정상이 아니던가.

그런데 그는 그 반대였다. 사진 속의 남자는 강인해 보였지만 거칠어 보이진 않았다. 오히려 귀족적이고 우아해 보였다. 말끔하게 차려입은 슈트에, 훤칠한 이마를 드러내 놓고 인형같이 예쁜 백인 미녀들을 끼고 있던 모습은 좀 더 곱살해 보였던 것 같다.

실제의 그는 거칠어 보였다. 꼭 다물린 입매는 서늘했는데 반대로 탁한 황금색의 눈동자는 태양처럼 지글지글 끓고 있었다. 댈크로우사의 CEO라는 타이틀, 특수부대에 복역한 전적, 거기에 얇은 캐시미어 소재의 스웨터가 그의 상반신에 흐르며 대리석처럼 근육을 드러내자 오금이 저릴 지경이다.

당황한 티를 내지 않으려 애쓰는 우형을 본 첫 느낌은 생각보다 키가 작다는 것이었다. 단희가 워낙 작으니 그 옆에 서면 밸런스는 맞겠지만 오스왈드가 상대해 왔던 동양인 중에서도 제법 왜소한 편에 속했다. 그러나 이 나라에서는 아마도 평균치에 속할 것이다.

거뭇한 자신에 비해 남자의 피부는 하얗고 깨끗했다. 심지어 턱에 별다른 수염 자국도 없어서 그는 서른하나라기보다 스물하나처럼 보였다. 사진 속 이미지와도 약간 어폐가 있었다. 사진으로 본 우형은 깔끔하고 명랑한 인상이었다. 직원으로 상대해야 한다면 첫눈에 호감을 가질 만한 외형이었다. 그러나 지금의 우형은 그때보단 지치고 얼굴이 굳어 있었다. 단지 긴장을 했기 때문이 아니라 얼굴에서 풍기는 인상 자체가 좀 각박하게 변한 것 같다.

오스왈드는 아무 말도 하지 않고 자신의 책상으로 향했다. 비서가 미리 그의 책상에 올려 둔 서류 봉투를 열어 내용물을 확인한 뒤 그는 봉투를 가지고 우형의 앞에 앉았다.

오스왈드가 앉자 우형도 그를 따라 다시 자리에 착석했다. 피가 튀는 긴장감이 느껴졌다. 그는 아무런 표정이 없었지만 분위기상 결코 호의적인 느낌은 아니었다.

오스왈드는 무심히 서류 봉투를 커피 테이블에 내려놓고 그것을 우형의 앞으로 밀었다. 방 안에 들어와 지금껏 말 한마디를 하지 않는다. 우형은 영문을 모른 채 얼떨떨하게 봉투를 내려다봤다.

"이게 뭡니까?"

우형은 그렇게 묻고 그의 대답을 기다렸다. 그러나 그는 그럴 필요가 없다는 듯 대답하지 않았다. 내 말을 못 알아듣나? 주워들은 정보로는 한국말이 매우 유창한 것으로 알고 있는데…… 어쩔 수 없이 우형은 봉투를 받아 내용물을 꺼냈다.

[협의 이혼 신청서]

당사자란에 단희의 이름이 쓰여 있었다. 처의 주민등록번호는 물론 이미 오래전 바꿔 버린 휴대폰 번호, 그리고 자신이 알고 있는 것과는 전혀 다른 주소지도 적혀 있었다. 우형은 그 자리에 얼어붙었다. 아내의 이름을 이렇게 마주하게 된 것도 놀랍지만 이 양식을 이 사람이 들이미는 것은 더더욱 놀라웠다. 우형의 커다래진 눈이 단박에 오스왈드에게 향했다. 이 사람이 이것을 내미는 의미를 다 파악하기도 전에 본능적으로 불쾌감부터 솟아올랐다.

"내 아내와 어떤 사이죠?"

내 아내란 그 뻔뻔스러운 명칭에 오스왈드는 험악하게 굴지 않기 위해 자신의 머리를 손으로 짚었다. 그러고는 남자의 자존심으로 똘똘 뭉쳐 굳어진 권우형을 서늘하게 쳐다봤다.

"이런 일에 끼어들기엔 충분한 사이지."

또박또박 발음하는 한국어에 우형의 얼굴은 바짝 마른 나무껍질처럼 변했다.

"설마……"

그는 입에 담기 전에 한 번 망설였다. 입 밖으로 내기에 현실성이 없어 보여서 입술을 잘근잘근 씹다가 다시 어렵게 입을 뗐다.

"설마 내 와이프랑 사귑니까?"

말해 놓고도 황당했다. 그는 단희의 몰골을 머릿속에 떠올렸다. 마지막으로 봤을 때 그녀는 예전보다 더 엉망진창이었다. 푸석한 머리, 훨씬 야위고 볼품없어진 몸, 홀쭉하게 파인 볼. 죽은 생선처럼 생기 없는 눈동자. 산송장처럼 영혼도, 몸도 완전히 비어 버린 상태였다. 호감은커녕 길을 걷다 마주치면 미친 사람인가 싶어 피하고 싶은 정도였다.

우형은 그런 아내의 모습에 적응을 하지 못했다. 오히려 아주 거북했다. 그런 그녀의 꼴을 보고 싶지 않았다. 자신이 알던 유단희의 모습이 아닌, 그런 처참하고 일그러진 여자를 눈에 담고 싶지도 않았다. 속이 상하고 뒤틀리고 너무 아팠기 때문이다. 그런 여자가 이런 남자와 사귀는 게 말이 되나 싶으면서도 그런 이유가 아니고서야 그가 이런 일에 끼어들 이유도 없다고 생각되니 정신이 아찔했다.

"유단희는 더 이상 당신의 아내가 아니야."

더 이상 아내가 아니라니? 우형은 미간을 좁히고 오스왈드를 쳐다봤다. 안광에 서려 있는 빛이 어쩐지 오싹했다.

"둘 사이에 더 이상 애정이 남아 있지 않다는 걸 알아. 그러니 순순히 이혼 절차를 마무리해 줬으면 좋겠어."

"뭘 잘못 아시는 것 같군요."

여전히 넋이 빠진 채 우형은 도리질을 했다.

"우린 이혼하지 않을 겁니다."

그는 차분하게 대답하며 진중하게 오스왈드를 응시했다.

"난 아직 내 아내를 사랑해요."

우형의 말은 허공에 맴돌다 몇 초 후에 오스왈드의 귓가에 박혔다. 그러자 그는 웃었다. 그 웃음은 우형에게 공포로 다가왔다.

"Are you fucking kidding me?"

오스왈드는 험상궂은 말을 내뱉으면서도 자신의 감정을 절제하는 것처럼 보였다. 낮고 고저 없이 씹어뱉는 그 음성이 우형의 목을 조였다.

"대니는 버려진 개처럼 살았어."

말의 내용뿐 아니라, 아내를 부르는 그의 애칭도 쇼킹하다.

"당신은 여자를 시궁창에 버려뒀고 거기서 대니를 꺼내 온 건 나야. 그러니 내 앞에서 허튼소리는 지껄이지 않는 게 좋을 거야."

"틀려요."

우형은 강하게 항변했다. 그녀를 버려둔 것이 아니었다. 다가가질 못한 것이다. 아이를 잃은 후 아내는 완전히 생기를 잃었다. 그 모습을 보는 것이 고역이었지만 그렇다고 아내를 버려두려는 것은 아니었다. 하지만 단희가 우형의 옆을 견디지 못했다.

우형은 자신이 엄마와 아내 사이에서 똑바로 처신을 못 했다는 것은 인정할 수 있었다. 아이를 잃은 아내에게 모진 말을 쏟아 내는 엄마를 제대로 막아 내질 못했다. 하지만 그때는 그 역시 제정신이 아니었다. 제 몸을 다 내주어도 아깝지 않을, 하나뿐인 아들을 잃었다. 목숨과도 바꿀 수 있을 만큼 소중히 여기던 아이였다. 그에게도 감정을 추스를 시간이 필요했다.

"아내가 내게서 도망간 거예요. 붙잡으려고 할수록 더 치를 떨었어요. 그러다 죽을까 봐 겁이 나서 그저 주변에서 맴돌았을 뿐이에요."

그녀는 우형의 옆에서 죽어 갔다. 날개가 묶인 새처럼 허공만 쳐다봤다. 돌아올 거냐는 물음에도 답은 없었다. 하지만 우형은 단희의 그 무언에 희망을 걸었다. 그녀가 마음을 추스르길 바랐다. 자신에게서, 그리고 지학이에게서, 그녀를 괴롭혔던 제 부모에게서 멀어져서 몸과 마음을 잘 다스리길 바랐다. 그게 자신이 할 수 있는 최선이었다. 매년 아이의 기일에 납골당에서 만날 때, 여자의 얼굴이 매번 더 파리하고 야위어 있어도 우형은 그게 최선이라고 생각했다.

"우린 떨어져 있어야 했어요. 그게 내가 해 줄 수 있는 전부였어요."

"아이의 사망배상금은 어떻게 했지?"

우형의 몸이 휘청거렸고 얼굴은 형편없이 일그러졌다. 아이의 사망배상금은 그의 사업자금으로 쓰였다. 젊은 혈기에 멋모르고 뛰어들었지만 시장은 냉혹하고 비정했다. 대표라고 하지만 그에 비해 그가 한 달에 가져가는 돈은 초라하기 그지없었고 직원들의 월급은 대출을 받아 해결해 주고 있었다.

지학이에게 사고가 일어났을 즈음엔 회사의 파산 신청을 고민하던 때였다. 돈이 나올 구멍이 없었는데 아이의 죽음으로 숨통이 트였다. 통장으로 날아든 그 돈을 사업자금으로 쓰라고 설득한 건 부모였다. 이미 아이는 가 버렸고 남아 있는 사람이라도 잘 살아야 한다는 부모를 그는 이길 자신이 없었다. 지학이가 자신에게 자식이었던 것처럼 부모에게 그는 자식이었다. 아내를 지키지 못한 못난 남편, 자식과 함께해 주지 못한 비정한 아버지가 되었는데 거기에 못난 자식까지 되고 싶지 않았다.

단희는 그 사실을 모른다. 단희가 그 사실을 알았을 때 자신을 어떻게 쳐다볼지 겁이 났다. 그 텅 비고 아픈 눈이 자신을 보며 개새끼라고 외치는 것 같았다. 외면하려고 해도 사라지지 않는 죄의식이 단희를 볼 때마다 밀물처럼 쓸려 왔다. 그래서 차라리 단희를 보지 않는 편이, 멀어져 있는 편이 더 속이 편했다. 눈앞에 앉아 있는 남자는 이미 그 사망배상금이 어떻게 쓰였는지 알고 있었다. 그의 말투에서 그것이 묻어났다. 우형은 몸서리를 쳤다.

"난 할 만큼 했어요."

꼭 쥔 우형의 두 손이 부들부들 떨렸다.

"내가 할 수 있는 최선을 다했어요."

울컥 억울함이 솟았다. 아이는 떠났고, 아내는 미쳤고, 부모의 기대와 걱정을 짊어진 자신의 삶은 무겁다. 그 모든 짐을 짊어지고, 그 지옥의 불구덩이 같은 현실의 한복판에서 3년을 꾸역꾸역 살았다. 이를 악물고 기를 쓰며 살았다. 갖고 있는 것을 많이 단념하고 버리면서도 삶의 끈을 놓지 않으려 정말 죽을 둥 살 둥 노력했다. 그런데도 왜 이곳에서 이 남자에게 이런 꼴을 당해야 하는가. 오스왈드가 자신을 비난하는 것은 부당했다. 그는 그 지옥을 겪어 본 적이 없지 않은가.

"당신은 내가 어떤 인생을 살았는지 모릅니다. 내 와이프와 나 사이에 무슨 일이 있었는지도 모르구요."

"당신이 무슨 인생을 살았는지 전혀 관심 없어. 둘 사이에 무슨 일이 있었는지도 별로 알고 싶지 않아. 내가 관심이 있는 건 오로지 유단희뿐이야."

오스왈드는 거침없이 답했다.

"내게 하소연하지 마. 무슨 소리를 해도 당신은 내게 자신의 아내를 버리고, 자기변명이나 해 대는 구질구질한 남자로밖에 안 보여."

"버린 적 없어요."

오스왈드가 테이블을 쾅 하고 내리쳤다. 그러고는 우형을 노려보며 낮게 읊조렸다.

"집어치워."

그는 변명을 듣고 싶지 않았다. 여자가 자신에게서 도망쳤다는 말은 결국 변명일 뿐이었다. 사랑하니까 보내 준다니 세상에 개소리도 그런 개소리가 없었다.

"내 말 잘 들어. 당신이 좋아서 이러고 있는 게 아니야. 당신이 대니의 법적인 남편이기 때문에 그나마 예의를 갖추는 거야."

인상을 찡그린 그의 안광이 퍼렇게 이글거렸다.

"그 여자는 이제 내 거야. 완전히. 그러니까 유단희의 인생에서 꺼져."

그가 으르렁거리자 권우형의 몸에 으슬으슬 소름이 돋았다. 사진에서 보던, 그 이성적이고 우아하고 차분한 남자는 사라지고 금방이라도 목을 물어뜯을 것처럼 적대적이고 공격적인 짐승만 남았다. 원래 이런 남자인 건지 아니면 자신의 아내에게 미쳐서 이러는 건지 알 도리가 없다.

오스왈드는 자신의 머리를 한 번 쓸어 올리며 화를 삭였다. 권우형이 이런 남자일 거라 기대하지 않았다. 좀 더 단희에게 어울리는 사람일 거라고 생각했다. 아니 다 집어치우고, 아직 이 남자가 유단희를 사랑한다고 말한 것부터 속이 뒤집힌다. 그의 상황을 이해하고 싶지도 않았다.

자신을 추스를 여유가 없어서 자신의 아내를 내팽개친 남자? 심약하기 때문에, 부족하기 때문에 자기 여자를 지키지 못한 남자를 무엇 때문에 이해해 줘야 한단 말인가? 만일 이곳이 군대였다면 오스왈드는 그를 곤죽이 될 때까지 두드려 줬을 것이다. 제정신을 차릴 때까지.

유단희가 대체 이런 남자를 왜 사랑했는지 의문이다. 과거의 그가 어떤 모습이었는지는 모르겠지만 지금의 권우형은 여유도 어른스러움도 없었다. 그저 신경질적으로 얼굴을 구기고 앉아 세월에 눌려 눅눅하게 들러붙은 꼬락서니만 취하고 있을 뿐이었다.

이런 남자가 그런 여자에게 사랑을 얻었다고? 달라고 구걸을 해도 온전히 내놓지 않는 것을?

「제드릭.」

「네, 퀸튼 씨.」

「배웅해 드려.」

「네.」

그러니까 이제 용건이 끝났으니 꺼지란 말이었다. 우형은 천천히 일어섰다. 서류 봉투는 일부러 테이블 위에 올려 두었다. 무서운 남자인 것은 인정한다. 그에게 찌그러진 것도 인정한다. 그러나 그도 남자였다. 그리고 남자로서의 자존심도 있었다.

"이혼 문제는 직접 아내와 이야기해 보겠습니다. 연락하라고 전해주세요."

그러곤 뒤도 돌아보지 않고 사무실을 걸어 나왔다. 문이 딸깍 닫히고 서슬 퍼런 오스왈드의 시선이 사라지자 그는 그제야 후들거리는 다리를 붙잡고 크게 숨을 내쉬었다. 억울하고 분한 감정이 치민다. 동시에 아내에 대한 원망도 함께 치밀었다. 그때 친정으로 가겠다던 단희를 보내 줄 때 분명하게 이야기했다. 이혼은 절대 하지 않겠다고. 마음을 추스르면 언제가 됐든 돌아오라고. 분명히.

잊고 산 적도 있다. 바쁘게 하루하루를 살다 보면 그녀를 잊어버릴 때도 있었다. 하지만 한 번도 놓아 본 적은 없었다. 그런데 다른 남자라니. 그것도 저런 남자라니. 이러라고 보내 준 게 아니잖아, 유단희.

"지연 씨, 내가 보낸 파일을 좀 프린트……."

단희는 사무실 문을 열고 마지연을 찾다가 텅 비어 버린 그녀의 자리를 보고 말을 멈췄다. 오전 내내 붙어 있질 않더니 또 어디로 사라진 거야, 대체. 정신머리가 있는 애인지 없는 애인지를 모르겠네.

마지연은 화장실 거울 앞에 서서 마스카라를 꼼꼼하게 고쳐 발랐다. 오전 내내 이 사람 저 사람이 교육해 준답시고 끌고 다니는 통에 제대로 자리에 앉아 있지도 못했다. 좋은 게 좋은 거라고 적당히 맞장구를 쳐 주고 빠져나오니 이번엔 장 감독이 커피나 한잔하자고 들들 볶는다.

짜증은 났지만 이리저리 쓸모가 있어 보이니 적당히 놀아 줘야 했다. 잘만 구슬리면 꽤 유용해 보였다. 젖가슴 한번 만지게 해 주면 간이고 쓸개고 다 내놓을 것도 같다. 뭐 그게 아니더라도 일할 때 이래저래 부려 먹을 순 있겠지. 귀찮은 일도 처리해 달라고 하고.

"야."

마스카라에 집중하고 있는데 전혀 상냥하지 못한 목소리가 지연을 불렀다. 마지연은 눈을 끔뻑이며 상대를 쳐다봤다. 최은경. 내내 못마땅한 눈으로 머리채라도 잡을 것처럼 쳐다보더니 결국 화장실까지 쫓아왔네. 뒤에 붙어 있는 두 명은 기자 떨거지들일 테고. 하여간 어딜 가나 이렇게 떼를 지어 몰려다니는 애들이 있다. 이런 여자야 장 감독 같은 남자만큼이나 많이 겪어 봤으니 별스럽지도 않다.

마지연은 마스카라를 마저 다 칠했다. 거울에 이리저리 얼굴을 돌려 보며 깔끔하게 되었는지 확인한 다음 마스카라 뚜껑을 덮고 파우치에 넣는 여유마저 부렸다.

최은경은 기가 막혀 '허' 하고 신경질적으로 웃었다.

"너 뭐 하는 거야?"

"저한테 볼일 있으세요?"

마지연은 부러 더 천치처럼 앵앵거리는 목소리를 내었다. 그러자 최은경은 독이 바짝 올랐다.

"뭐? 저한테 볼일 있으세요? 이게 어디다 대고 선배한테."

당장이라도 뺨을 후려갈길 듯 최은경은 위협적으로 눈을 치켜떴다. 키는 마지연이 더 컸지만 덩치는 최 주임이 더 좋았다. 여자가 밀면 마지연은 저만치 떨어져 나갈 만큼 체격의 차이가 컸음에도 마지연에 겐 그녀의 마른 언성이나 위협적인 몸짓이 별로 위협스레 여겨지지 않는 것 같았다.

"아. 그 볼일 보러 오셨구나. 그럼 변기에 일 보세요."

웃음기가 가득 담긴 목소리에 최은경이 지연을 벽으로 밀쳤다.

"어디서 굴러먹다 온 계집애야, 이거. 야. 여기가 술집이야? 어?"

"무슨 말인지 모르겠는데요."

"너 여기 남자 꾀러 왔어? 되바라진 것도 정도껏 해야지. 하라는 업무는 안 하고 하루 종일 남자들한테 치근덕대기나 하고 제정신이 야?"

뭐 틀린 말은 아니다. 그런데 본질은 잘못 짚었다. 자기가 치근덕댄 게 아니고 남자가 치근덕댄 거다. 자신이 한 것은 그저 적당히 눈웃음 쳐 주고 적당히 그 진상을 받아 준 것뿐이다. 늘 해 왔던 것처럼.

"유단희가 데려온 애들은 하나같이 왜 이래? 죄다 지 같은 머저리만 데려왔네."

최은경은 신경질적으로 웃음을 흘렸다.

"능력도 없는 게 팀장 자리에 앉더니 어디서 낙하산을 줄줄이 잘도 꿰어 온다? 어? 못생긴 게 사장 상대로 몸이라도 파나."

그래 놓고 본인의 농에 본인이 웃긴지 까르르르 웃음을 터뜨렸다. 마지연은 그런 최은경을 보고 고개를 갸웃거렸다. 들러리처럼 들러붙어 있는 두 명의 여기자는 곤란한지 머쓱하게 서로의 눈치를 봤다. 내키지 않지만 최은경이 하도 닦달을 해 같이 와 주기로 한 것 같았다. 마지연은 최 주임을 전혀 이해할 수 없었다. 뭐가 웃기지 이게?

"그럼 안 돼요?"

마지연은 백치처럼 물었다.

"뭐?"

"못생긴 게, 몸 팔아서 낙하산 챙기는 게 나빠요?"

"……."

최은경은 미친년 보듯 마지연을 쳐다봤는데 그녀는 천진하게 말을 이어 갔다.

"어찌 됐든 그것도 능력 아닌가? 여기 계신 그, 선배…… 맞나 그렇게 부르는 거?"

마지연은 방글 웃으며 최은경을 위아래로 살폈다.

"여기 계신 선배님은 몸 팔아서 낙하산 꽂을 수 있어요?"

최은경이 입을 떡 벌렸다.

"원하는 자리에 머저리 꽂는 거, 그거 되게 어려운 거 같은데……."

그 말에 입을 벌린 것도 모자라 최은경의 미간이 구겨지고 똥 씹은 것처럼 얼굴이 꺼멓게 죽었다.

"날 고용한 게 팀장님은 아니지만, 이야기 듣고 보니 되게 능력은

있으신 분이네요. 잘 모르시겠지만 사장님 끝내주게 잘생긴 남자거든
요.”

마지연은 최은경이 밀친 어깨를 몇 번 매만지고 거울 속의 자신을
다시 한 번 살폈다. 헝클어진 머리카락을 손으로 곱게 빗어 내리고 입
술을 몇 번 뻐끔거리며 립스틱을 다듬었다. 최은경은 마지연의 행동
에 당황했다.

여태껏 여자 후배의 군기는 이런 식으로 잡았다. 물론 그중 마지연
처럼 이렇게 돼먹지 못한 후배들은 없었지만 적당히 언성을 높이면
고개를 숙이고 울거나 죄송하다고 사과했다. 그 얼음장 같던 유단희
도 최은경이 언성을 높이면 시선은 내리깔고 있었다. 참고 듣는 게 고
역처럼 보여도 말대꾸는 하지 않았다. 열 받기는 했어도 이 정도로 황
당하진 않았다.

“아, 그리고 팀장님이 못생겼다는 말은 좀 그래요.”

최은경의 얼굴을 꼼꼼히 뜯어본 마지연의 눈이 측은한 빛을 띠었
다. 그 얼굴은 누가 봐도 명백하게 ‘그래도 너보단 예쁘다’는 말을 함
축하고 있었다. 최은경의 얼굴이 찐 고구마처럼 울퉁불퉁 달아올랐
다.

“이 미친 계집애가!”

입에 거품을 물고 달려들려는 최은경을 양옆에서 붙잡아 세웠다.
참아! 참아! 말하는 기자들의 목소리에 어쩐지 웃음기가 배었다.

웃겨, 진짜. 어디서 못생긴 게 누굴 지적질이야. 마지연은 머리를
뒤로 넘기며 홀가분하게 화장실을 나섰다. 룸을 다니며 하도 험한 꼴
을 많이 봐서 저런 괴롭힘은 아프지도 가렵지도 않다. 그걸 좀 알아야
할 텐데. 그걸 떠나서라도 마지연은 남이 자신을 뭐라고 하든 별로 신
경 쓰지 않았다. 그녀는 자신의 주제를 정확하게 파악하고 있다. 예쁘
고 잘난 외형 말고 지닌 것이 없다는 것도. 그리고 그게 자신의 최대
의 무기란 것도 말이다.

남자에게 꼬리 치고 몸을 무기로 꼬셨다는 것을 한 번도 부정한 적은 없다. 그걸 나쁘다고 생각하지도 않았다. 누구든 자기가 가장 잘할 수 있는 것을 내세우며 살아가는 거다. 마지연은 여태껏 자신의 외모를 무기로 삼았고 그 덕에 남들보다 편하게 살았다. 그게 뭐 어때서? 어차피 다들 자신의 행복을 위해 살지 않나.

마지연의 행복은 자신의 아름다움을 이용해 부와 명예를 거머쥐는 것이었다. 그러기 위해 몸을 팔아야 한다면 기꺼이 몸을 팔 거다. 부끄럽긴커녕 오히려 당당하다. 남의 것을 뺏어서 쥐여 주는 것이 아니지 않나. 온전히 자신이 책임질 수 있는 것만 파는 것뿐이다. 부끄러워야 할 것은 가진 건 쥐뿔도 없으면서 남의 가진 것을 깎아내리고 지처럼 쥐뿔 없이 살아야 옳다고 믿는 사람들이다. 바로 저 여자처럼.

유단희가 어떻게 생기건 그게 저랑 뭔 상관이란 말인가. 능력이 있으니 그런 잘생긴 남자를 잡았겠지. 뺏어 올 능력이 있으면 뺏어 오면 되는 거다. 뒤에서 구시렁거리지 말고. 대체 누가 누구보고 머저리라고 하는 건지 모르겠다.

마지연이 종종걸음으로 로비에 내려오자 기다리던 장 감독의 얼굴이 환하게 폈다. 총각 시절로 돌아간 것처럼 그는 요즘 안 하던 면도를 하고 심지어 몸에 향수까지 뿌리고 다녔다. 최은경이 펄펄 뛰는 것도 영 이유가 없는 것은 아니다.

마지연은 확실히 도청팀에 분란을 일으키는 존재였다. 거기에 대해 조심성이 없어 보이는 것도 문제였다. 그렇다 한들 그런 건 본인들이 감당해야 하는 문제지. 마지연은 자신의 생각을 확고히 했다.

"오래 기다리셨어요?"

마지연이 생글생글 웃자 감독은 정신을 못 차리고 헤벌쭉거렸다.

"아니, 아니 괜찮아. 지연 씨가 너무 바빠서 그냥 얼굴 볼 틈이 없네."

"에이~ 감독님이 더 바쁘시면서. 촬영 다녀오시느라 오전 내내 얼굴도 안 보여 주셨잖아요."

얼굴도 안 보여 줬다는 말이 의미심장하다. 장 감독은 얼굴을 붉히며 크게 웃었다. 마지연이 새초롬하게 자신을 향해 웃어 주면 갑자기 천하장사라도 된 듯 몸에 힘이 솟고 엄청난 위인이 된 것처럼 으스대고 싶어졌다.

"어때? 안 힘들어? 어린 나이에 적응이 잘 안 되지?"

마지연은 쌜쭉하게 입술을 오므리고 부러 시선을 끌려 양 가슴이 봉긋 솟아 있는 원피스의 앞자락을 손으로 지분거렸다. 장 감독은 여자의 느릿한 손짓에 자석에 끌리듯 지연이 이끄는 대로 시선을 내렸다. 말갛게 드러난 가슴골에 홀린 듯 시선이 박혀 뗄 생각도 하질 못했다.

"실은, 선배한테 혼났어요. 최 주임님이요. 저보고 일을 안 한대요."

"최, 최 주임 말 속에 담아 두지 마. 걔는 원래 누구한테도 진상 떠는 애야."

"아니에요. 제가 잘못했죠, 뭐. 다음부턴 옷차림에도 좀 신경을 써야겠어요."

뭐? 그건 안 돼! 이 아슬아슬한 차림새 때문에 눈이 얼마나 호강 중인데!

"에이~ 무슨……. 지금이 딱 좋은데 뭘. 괜찮아, 괜찮아. 다음번에 또 그러면 내가 한마디 할게."

마지연이 까르르 웃음을 터트리며 장 감독의 팔짱을 끼고 바짝 몸을 붙였다. 팔뚝에 어린 여자의 속살이 물컹하게 달라붙자 그의 얼굴이 벌겋게 달아올랐다. 집에 있는 젖먹이와 마누라 따윈 생각도 나질 않는다. 그저 풋풋하게 두근거리는 심장 소리만 달음박질했다. 그에겐 지금이 봄날의 청춘이었다.

"마지연 씨."

차분하고 단호한 목소리에 장 감독 뒤에 흐르던 화사한 봄날의 풍경이 사라졌다. 장 감독은 퍼뜩 놀라며 뒤를 돌아봤다. 그리고 무표정한 얼굴을 한 단희를 발견하자마자 은근슬쩍 마지연의 몸에서 자신의 팔뚝을 떼어 냈다. 단희의 눈동자가 마지연에게서 장 감독으로 옮겨 갔다. 특유의 무감한 눈동자는 지레 찔리고 있는 장 감독에게 비수처럼 날아들었다. 그는 헛기침을 하며 애써 단희의 시선을 외면했다.

"아, 팀장님."

못된 짓을 하다 들킨 어린애처럼 몸을 뒤로 빼는 장 감독과 달리 마지연은 단희를 발견하자마자 방글방글 웃었다.

"죄송해요. 커피만 한 잔 사서 들어가려고 했어요. 뭐 시키실 일 있으세요?"

단희는 마지연이 장 감독에게 들러붙어 육탄 공세를 하는 모양새를 처음부터 끝까지 보고 있었다. 이 대책 없는 스무 살짜리 풋내기는 마흔의 장 감독을 닭발처럼 잘도 발라 버렸다. 껍데기째 벗겨지는 줄도 모르고 흐물거리는 장 감독이 한심한 건 두말하기도 입이 아프고 자기보다 10년이나 더 나이를 처드신 분에게 훈수를 두는 것도 싫고 그럴 가치도 없어서 단희는 마지연의 팔뚝만 꽉 쥐었다.

"나 좀 보죠."

단희는 마지연을 잡아끌며 그 자리에 장승처럼 서 있는 장 감독과 거리를 멀찍이 벌렸다. 마지연은 단희가 끄는 대로 나풀나풀 따라갔다. 높은 힐 때문에 종종걸음을 치느라 앞섶 사이로 보이는 가슴이 탐스럽게 흔들렸다. 단희와 마지연이 지나칠 때마다 남자들의 시선이 마지연의 몸으로 자연스럽게 쏠렸다.

단희는 마지연을 끌고 야외 벤치로 향했다. 서늘한 날씨에 입김이 났지만 햇살이 따뜻해서 그럭저럭 견딜 만했다. 단희는 마지연의 팔뚝을 놓고 여자를 돌아봤다.

"마지연 씨."

"네."

마지연의 눈은 담겨 있는 것이 없어 맑았다. 단희는 그 얼굴을 보며 잠깐 까마득했다.

"여기 일하러 왔죠?"

또 최 주임처럼 판에 박힌 소리를 하려나. 짜증이 났지만 마지연은 화사한 웃음으로 본심을 숨겼다.

"네, 물론이죠."

"앞으로 미니스커트는 금지예요. 가슴이 많이 파인 옷도 금지예요. 무슨 옷을 입건 상관하지 않겠지만 그건 지켜요."

"이건 딱히 미니스커트가……."

"이건 명령이에요."

단희가 딱딱하고 엄하게 덧붙였다. 그러자 해사하던 마지연의 얼굴에서 웃음기가 싹 가셨다.

"하지만……."

"하지만도 없어요. 안 되는 건 무조건 안 되는 거야. 거기에 토 달지 말아요."

마지연은 큰 눈을 깜빡거렸다. 모양새가 낯설고 어색했다. 단희의 표정에는 분노도 불만도 없었다. 그저 단호함만 있었다. 눈은 고요했고 음성은 아주 낮고 점잖았다. 하지만 힘 있게 또박또박 발음하는 목소리는 엄하고 호됐다.

'안 되는 건 무조건 안 돼.'

그건 지학이를 혼낼 때 자주 쓰는 말이었다. 단희는 자신이 너무 마지연을 애처럼 다뤘다는 생각에 한숨을 내쉬고 덧붙였다.

"그리고 장 감독 조심해요. 그 사람은 멍청하고 무식해서 이용해 먹기에도 뭣 같은 사람이야."

마지연의 넋 나간 얼굴에 희미하게 웃음기가 스쳤다.

"내 말 알아들었어요?"

단희가 되묻자 마지연의 고개가 느리게 위아래로 끄덕였다.

"좋아요. 지연 씨. 컴퓨터로 파일을 하나 보냈어요. 프린트해서 방으로 가져와요."

단희는 마지연에게 5만 원짜리 지폐 한 장을 건넸다.

"내 것은 아이스티. 잔돈은 100원 하나까지 정확하게 맞춰서 들고 오도록 해요."

마지연은 쿨하게 돌아서는 단희의 뒷모습을 보며 자리에 못 박힌 듯 서 있었다.

어릴 때, 아버지는 어딘가를 싸돌아다니다 1년에 한두 번 집에 들어왔다. 그때마다 아버지는 성적표를 내놓으라고 했고 성적이 우수하지 못하면 호되게 매질을 했다. 회초리로 때리다가, 그것마저 못 쓰게 되면 손으로 때렸다. 아빠는 똑똑한 것에 집착했다. 자신이 똑똑하지 못해 인생이 이렇게 되었다며 마지연을 쥐 잡듯이 잡아 대던 아빠는 그녀가 중학교를 제대로 졸업하기도 전에 감방에 갔다.

'내 말에 토 달지 마.'

마지연이 울면서 뭐라고 변명하면 아빠는 늘 그렇게 소리를 질렀다. 엄하다 못해 폭력적인 방법이었지만 적어도 그 안에는 사랑이 있었다. 아버지의 삐뚤어진 집착이 마지연의 가치관을 엉망진창으로 만들었지만 그럼에도 마지연은 아버지를 사랑했다. 아무 조건 없이, 바라는 것 없이 자신을 사랑해 주는 사람은 아버지뿐이었다.

단희가 고압적으로 씹어 뱉는 명령은 우아하고 고상했다. 아버지처럼 소리를 지르지도 손찌검을 하지도 않았지만 매우 강렬한 힘이 있었다. 거기엔 마지연을 향한 그 어떤 편견도, 악한 감정이나 가식도 없었다. 그저 단호함만이 있을 뿐이었다. 마지연의 입이 헤벌쭉 벌어졌다.

뭐야 이 언니. 겁나 멋있잖아.

◆ ・ ・ ● ●

단희는 베개를 가슴에 끼고 엎드려 시공사에서 받은, 녹음실의 견적서를 꼼꼼히 살폈다. 워낙 큰돈이 들어가는 계약 건이라 쉽게 결정할 수가 없었다. 게다가 음향실은 한번 만들어 놓으면 다시 뜯어고치기도 힘들었다. 좋든 싫든 계속해서 끌고 가야 하는 곳이었다. 이왕이면 오랫동안 잘 쓸 수 있는 훌륭한 곳으로 만들고 싶었다.

오스왈드는 침대로 올라가며 단희의 셔츠 안에 손을 넣었다. 손바닥으로 살결을 훑고 셔츠 아래에 드러난 자리마다 입을 맞췄다.

"아무래도 국장님을 데려와야 할까 봐요."

침대에서도 업무 이야기네. 오스왈드는 한숨을 내쉬며 단희의 매끄러운 등에서 입술을 뗐다. 그러곤 턱을 괴고 옆으로 누워 여전히 손바닥으로는 단희의 맨살을 지분거렸다.

"인사권은 당신한테 줬잖아."

"모르는 게 너무 많아서 혼자서 해낼 자신이 없어요."

"좋아. 그럼 복귀시켜. 적당한 자리를 마련해 주고 기어오르지 않게 잘 관리해 봐."

마흔 중반의 어른을 두고 '기어오른다' 라고 표현하다니. 단희가 눈살을 찌푸리자 오스왈드는 '왜.' 라고 반문했다. 단희는 못 말린다는 듯 고개를 저으며 눈알을 굴렸다.

"그 파일 좀 치우지그래."

"내일까지 결정해 줘야 해요."

단희가 여전히 서류에서 시선을 떼지 않자 오스왈드가 서류철을 빼앗아서 단희가 '앗' 하는 사이에 반대쪽 커피 테이블로 획 던졌다.

"침대에 일거리 끌고 들어오지 마. 상도덕에 어긋나는 짓이야."

"언제는 침대에서 뭘 가르쳐 준다더니."

"어떤 방식으로 가르쳐 줄지 이야기했던가?"

그는 요염하게 미소 지으며 단희의 입술에 입을 맞췄다. 그에게선 향긋한 숨 내음이 났다. 맨살에 닿은 그의 손은 단단했고, 부딪혀 오는 입술은 더할 나위 없이 부드러웠다. 오스왈드는 단희의 아랫입술을 입술로 물고 살며시 당겼다. 그러자 여자는 나른하게 숨을 뱉어 냈다. 오스왈드는 여자의 귓불을 핥고 그녀의 목덜미에 얼굴을 묻었다.

"내일…… 지학이 기일이에요."

단희의 바지 속으로 들어가 엉덩이를 움켜쥔 그의 손이 뚝 하고 멈췄다.

"화장을 해서 납골당에 두었는데, 내일 거기에 좀 가 보려고요."

오스왈드는 단희의 목덜미에서 입술을 떼어 내고 얼이 빠진 표정으로 쳐다봤다.

"그걸 왜 이제 말해?"

아이 때문에 삶에 대한 미련을 버렸던 여자다. 담담한 목소리를 내는 담담한 표정 뒤에 무슨 생각을 숨겼는지 읽을 수가 없어 오스왈드는 멍하게 그녀의 얼굴만 쳐다봤다.

"내 아이고, 내가 감당할 아픔이지, 당신까지 거기에 동요할 필요는 없어요."

"안 하게 생겼어? 당신이 어떻게 살았는지 알고 있는 마당에?"

단희가 파리하게 질린 오스왈드의 각진 턱을 손으로 쓸었다.

"인상 펴요. 나한테 새롭게 시작하자면서요."

맞아. 그렇게 이야기했었다. 위태로운 여자를 잡고 싶어서. 속절없이 끌리는 자신의 감정을 제대로 키워 보고 싶어서. 그리고 단희를 수렁에서 건져 내고 싶어서.

오스왈드는 단희에게 줄 것만 생각했다. 자신이 갖고 있는 애정, 돈, 안락한 집, 호사스러운 환경. 자신의 품으로 들어와 보살핌을 받는다면 그가 단희에게 해 줄 수 있는 것은 차고 넘쳤다. 그는 단희를 얻기 위해 자신이 감내해야 하는 것들이 별로 없었다. 하지만 단희는 어땠을까. 오스왈드가 미처 헤아리지 못한 건 자신이 내민 손을 잡았을 때, 단희가 감내해야 하는 무게였다.

그가 단희를 좋아하는 데에는 많은 이유가 있지만 그중 하나는 그녀가 누군가의 헌신적인 엄마였다는 것이었다. 가까이서 마주한 여자에겐 소녀 같은 수줍음과 고양이 같은 도도함, 침대 위에서 보여 주는 뜨거움 같은 것도 존재했지만 단희는 늘 그에게 잃어버린 아이를 가진 엄마였다. 한 번도 그 점을 떼어 놓고 단희를 생각해 본 일이 없었다. 그러면서도 단희에게 자신이 내민 손을 잡는다는 것이 어떤 의미였을지 깊게 생각하질 못했다.

그 손을 잡는다는 것은, 자신의 과거를 뒤로한다는 것은, 절절하고 소중했던 아이를 기억의 한편에 묻어 둔다는 것과 같은 말이었다. 그것이 얼마나 버거울까.

"난 괜찮아요. 혼자 조용히 다녀올게요."

누가 딸 아니랄까 봐. 차분하게 말하는 단희의 모습에서 유환오가 겹쳐 보인다. 모든 게 다 괜찮아질 거라고 말하던 노인의 깊고, 고요한, 그 바다 같은 모습이 단희에게도 보였다. 평온하고 잔잔해 보이는 저 유약한 모습. 여자는 아주 많은 것들을, 한때 자신의 전부라고 여겼던 그 모든 것들을 자신의 수면 아래로 삼킨 것이다. 자신의 손을 잡는다는 것은 유단희에겐 그런 의미였다. 그렇게 무겁고 깊은 것이었다.

오스왈드는 단희의 어깨를 잡아 자신에게로 당겼다. 그러고는 으스러질 듯이 품에 꽉 안았다. 이 여자를 정말로 행복하게 해 주고 싶다는 그런 생각이 간절하게 들었다.

"차를 줄게. 제드릭이 데려다줄 거야."

"아니요. 버스가 더 좋아요. 혼자 가는 편이 좋겠어요."

주차장에 즐비한 오스왈드의 차량은 단희에겐 무용지물이었다. 원한다면 그녀에게 어울리는 멋진 차 한 대 정도는 기쁘게 뽑아 줄 수도 있었다. 그러나 단희는 운전을 하지 못한다고 했다. 운전기사를 고용해 주겠다는 오스왈드의 제안도 정중히 거절했다.

그녀는 대중교통을 이용하거나 걷는 것을 더 즐겼다. 단희에게 그 일과는 중요했다. 시궁창 같던 원룸에서 50층 꼭대기의 펜트하우스로, 빛바래고 늘어진 셔츠만 입고 다니던 초라한 차림에서 비서가 사다 주는 명품 의상으로 탈바꿈된 그녀의 일상에서 그녀는 스스로를 지키고 싶었다. 때론 이 호사스러움이 숨이 막혔다.

돈도 명예도 바라지 않는 그녀의 옆에 돈도 명예도 갖고 있는 남자가 있었다. 그것도 매력적이고 잘생긴 남자. 중심을 잡지 못하면 남자에게 중독되어 정신 차리지 못하고 끌려가고 말 것이다. 끌려가는 것이 두려운 것이 아니라. 그 최후가 두려웠다. 감히 상상할 수도 없을 만큼 말이다. 그래서 단희에겐 자신의 처지를, 자신의 일상을 지켜 줄 만한 일과가 꼭 필요했다. 일상에 섞이고 사람들 사이에 섞여서 애초의 자신이 누구인지, 자신의 인생이 어땠는지 잊지 않을 만한 방패막이가 꼭 필요했다.

오스왈드도 단희의 그런 고집에 토를 달지 않았다. 막연하게 그런 단희의 마음을 배려해 주고 있단 느낌이었다.

"마지연은 꼭 데려가."

마지연? 단희는 눈알을 굴리고 인상을 썼다. 그 철부지!

"그 골칫덩어리를요?"

단희는 한숨부터 내쉬었다.

"유부남이고, 총각이고, 그 어린애한테 어찌나 추파를 던져 대는지, 따로 모아서 성교육이라도 받게 해야겠어요. 그 덜떨어진 게 남자들이 자기한테 치근덕대는 걸 좋게 생각하더라니까요!"

알다마다. 자신의 몸과 외모를 써먹는 방법만 배운 아이다. 약은 척 굴지만 실은 세상 물정에 대해 아는 것도 별로 없다. 무엇이 옳은지 무엇이 그른지를 배우지 못한 아이는 결국 결여된 채 자라 도덕심 없는 어른이 된다. 오스왈드가 살면서 무수히 겪어 봤던 그런 부류 말이다.

마지연은 그 중간의 어디쯤에 서 있는 아이였다. 이리 튀고 저리 튀는 그 감당 못 할 성격의 아이는 자신을 꽉 쥐고 호되게 매질을 해 줄 어른이 필요했고 아이를 잃은 단희에겐 그녀를 귀찮게 굴 애물단지가 필요했다. 그래서 오스왈드는 유단희의 옆에 마지연을 붙여 뒀다.

배운 것 없이 깨끗한 마지연은 어떻게 회초리를 쓰느냐에 따라 온순하고 충직한 강아지가 되든지, 아니면 본성대로 살아가는 들개가 되든지 둘 중 하나였다. 단희라면 마땅히 마지연을 온순하고 충직한 강아지로 만들 것이다. 그건 단희에게 도움이 될 일이었다. 적어도 그 골칫덩어리를 데리고 있으면 외로울 틈은 없을 테니까. 잘만 된다면 자신은 채워 줄 수 없는 단희의 빈 부분을 마지연이 채워 줄 수도 있었다. 가능성은 무수히 존재한다.

"살아남는 방법이겠지. 잘난 외모가 강점이니까."

"어리고 드물게 예쁘다는 거 인정해요. 그렇게 예쁜 외모를 왜 본인 스스로 싸구려 취급하는 건지 모르겠어요."

"걘 자신의 처녀성을 파는 애야."

단희의 눈이 휘둥그레졌다.

"그게 가장 강력한 무기인 줄 알아. 걜 이해하려고 들지 마. 그럴수록 골치 아파질 테니까."

단희는 오스왈드의 품에서 벗어나더니 침대 위에 허리를 세우고 앉았다.

"그걸 그쪽은 어떻게 아는데요."

오스왈드는 두 팔을 들어 머리 뒤에 받친 뒤, 베개 깊숙이 몸을 묻었다.

"나한테 그걸 팔려고 했거든."

"⋯⋯."

"두 번이나."

단희는 믿을 수 없다는 듯 인상을 구겼다.

"설마⋯⋯ 그거 샀어요?"

"설마."

오스왈드는 떫은 것을 입에 문 듯 인상을 찡그렸다.

"대신 당신한테 넘겼잖아."

"고맙네요. 정말."

그는 나른하고 편안하게 웃었다. 인상을 찡그리고 마지연에 대해 구시렁거리는 여자가 보이는 풍경은 그가 보아 왔던 어떤 장면보다 즐거웠다. 무슨 대가를 치르더라도 이 그림만은 갖고 싶었다.

14

"네. 방금 도착했어요. 아니요, 택시 탔어요. 콜택시."

마지연은 단화로 바닥을 비비며 심드렁하게 휴대폰을 들고 대답했다. 그러면서 곁눈질로 단희가 사라진 납골당 입구를 살폈다.

"별로 그래 보이지 않았어요……. 네? 따라 들어가라고요?"

인상이 확 구겨졌다.

"싫어요! 죽은 사람 뼛가루만 가득한 곳이잖아요! 난 저런 거 무서워한다니까요."

휴대폰 너머의 목소리를 가만히 듣다가 발바닥으로 탁 바닥을 쳤다.

"팀장님이 따라오지 말라고 했다고요! ……팀장님 되게 엄하단 말이에요! ……물론 갖고 싶죠! ……알겠어요! 알겠다고요!"

마지연은 신경질적으로 휴대폰 종료 버튼을 눌렀다. 그러고는 버버리 코트의 목깃을 좀 더 추켜올렸다. 발목이 아릴 정도로 높은 힐 대신 신은 낮은 구두, 엉덩이에 잘 맞는 스키니 진에 하얀 셔츠를 입은 마지연은 이제야 제 나이인 스무 살로 보였다.

단희는 그녀에게 미니스커트에 가슴이 훤히 드러난 복장만 아니라면 뭘 입든 상관하지 않겠다고 했지만, 마지연은 상사의 마음에 들고 싶었다. 솔직히 자신도 늘 그런 복장으로 사는 것은 아니다. 집에서는 추리닝을 입고, 집 근방에 볼일이 있을 때는 남들처럼 청바지에 셔츠를 입고 다닌다. 말하자면 그녀에게 과한 노출 의상은 철저하게 자신을 무장하는 전투 의상과 같은 것이었다.

그녀는 손에 들고 있던 지나치게 화려한 선글라스를 고쳐 썼다. 오스왈드가 지시한 대로 자신의 상사를 좀 더 가까이서 감시하러 가야 했다.

"너 남자 생겼어?"

납골당에서 권우형을 마주친 건 그리 놀랍지 않았다. 놀라운 것은 그의 태도였다. 매년 만날 때마다 그는 단희를 불편하다는 듯이 봤다. 죄의식과 책임감으로 점철된 얼굴로 그녀의 위아래를 훑으며 복잡한 한숨만 내쉬던 사람이 서슬 퍼런 눈으로 뱉어 낸 첫마디는 경악스러웠다.

단희가 불쾌한 얼굴로 쳐다만 보자 남자는 마른 입술을 축이고 더 언성을 높였다.

"남자 생겼냐고."

단희의 눈가가 가늘게 떨렸다. 아이의 안치실 앞에 꽃을 달고, 이제야 막 밖으로 빠져나온 참이었다. 아직 마음이 가라앉아 있어서 날이 선 우형의 언성이 더 날카롭게 신경에 파고들었다.

"첫마디가 그거야? 남자 생겼냐?"

단희가 쓰디쓴 음성으로 물었지만 우형은 듣지 않고 제 할 말을 덧붙이기 위해 다시 한 번 공격적으로 입을 뗐다.

"그래서 이제 이혼하고 싶어?"

아하하하! 단희는 히스테릭하게 웃었다. 이 모습을 보면 오스왈드는 뭐라고 할까. 웃었다고 좋아하려나?

이혼이라는 말이 새삼 우습다. 달랑 서류 한 장으로 지속되는 혼인 관계도 혼인관계인가? 이미 애저녁에 파토 난 결혼이었다. 아이가 죽고 단희가 그 집을 빠져나오며 이미 완전히 끝났다.

"이제 이혼하고 싶으냐고? 내가 언제는 안 하고 싶어 했어? 맨날 빌었잖아. 제발 헤어져 달라고. 왜 그래? 이제 와서 새삼스럽게?"

"그땐 너도 나도 제정신이 아니었잖아."

단희의 어처구니없다는 반응에 우형은 한풀 꺾였다.

"단희야."

그가 초조하게 단희의 이름을 부르며 한숨을 내쉬었다. 단희야, 단희야. 자신을 부르던 그 목소리를 얼마나 좋아했던가. 멀리 있다가도 그가 부르는 다정한 목소리에는 늘 귀가 열렸다. 그런데 어느 순간 그가 부르는 그 이름이 두렵기 시작했다. 그가 자신을 부를 땐 늘 뭔가를 요구할 때였다. 우형과의 결혼 생활에서 단희에게 존재했던 것은 책임과 의무뿐이었다. 그 결혼에서 그녀가 누린 것은 하나도 없었다.

"아버지가 많이 아프셔. 엄마도 별로 건강치 못하시고. 나는 네가 돌아와 줬으면 좋겠어. 나는 아직 너 사랑해."

"사랑 같은 소리 하네."

단희가 조용히 읊조렸다. 우형은 그녀가 한 말이 선뜻 귀에 박히지 않았다. 헤어져 달라고 빌긴 했어도 그녀는 한 번도 비아냥댄 적은 없었다. 그런데 지금 단희는 비아냥대고 있었다. 그게 믿기질 않는다.

"사랑? 날 사랑해서 나랑 헤어지지 않은 것처럼 이야기하지 마. 귀찮고 복잡하니까 안 해 준 거잖아. 애 잃고 와이프랑도 이혼하면 네 평판에 흠집 날까 봐, 부모님 욕먹을까 봐 그래서 나랑 이혼 안 한 거잖아. 나 너랑 5년을 살았어. 내가 널 몰라?"

복잡하고 어려운 일이 생겼을 때 남편은 늘 이불을 뒤집어쓰고 잠을 잤다. 그게 그의 해결 방법이었다. 시어머니에게 혼쭐이 나고 남편에게 하소연을 하면 그는 늘 골치가 아프다며 침대로 기어 올라갔다. 그 모습을 이골이 나도록 봐 왔다.

이혼을 요구했을 때도 비슷했다. 골치 아프니 그는 그 문제에서 도피하고 싶어 했다. 사랑하기 때문에, 놓고 싶지 않기 때문에 이혼하지 않은 것이 아니다. 너무나 많은 변수들, 경우의 수들, 예측하지 못하는 자신의 앞날을 생각하는 게 골치가 아프니 그냥 그 문제를 외면한 것뿐이었다. 권우형은 그런 남자였다. 모든 것을 자기 위주로 생각하는 남자.

"권우형 씨."

단희는 남편의 이름을 또박또박 불렀다.

오빠, 여보 말고 다른 호칭으로 그를 부른 적은 없었다. 화가 나면 '너, 야'라고 악다구니를 썼어도 거리감은 없었다. 그러나 단희의 입에서 나오는 자신의 이름 세 글자는 무척이나 멀게 느껴졌다. 우형의 얼굴이 싸하게 굳었다.

"너 정말 나랑 살고 싶어? 내가 부모님 버리고 살자고 하면 너 나랑 살래?"

"야, 유단희."

권우형이 엄하게 미간을 구겼다.

"내가 말했잖아. 아버지 편찮으시다고. 어머니도 안 좋다고. 나 하나뿐인 자식이야. 여자에 미쳐서 부모님 버리는 개새끼 만들고 싶어?"

"그렇지? 그건 못 하겠지? 너 정말 내가 필요해? 내가 필요한 거야? 아니면 네 부모님 돌봐 주고 네 밥상 차려 주고 네 잠자리 시중들어 줄 여자가 필요한 거야?"

"야, 유단희!"

권우형이 언성을 높였다.

"너 말을 꼭 그런 식으로 해야 돼? 알아. 우리 부모님 녹록지 않은 거. 너 내내 힘들었던 거. 내가 병신처럼 굴었던 거. 이제 잘할게. 잘한다잖아. 나한테 기회는 줘야지."

"네가 나한테 어떻게 잘할 건데? 나한테 잘하는 게 뭔지는 알아?"

그는 할 말을 잃었다. 그는 단희가 묻는 말엔 늘 답을 내놓지 못했다. 그녀의 물음은 늘 어려웠다. 무슨 답을 해야 단희의 마음을 돌릴지도 늘 어려웠다. 늘 단순하고 낙천적이고 쉬웠던 그녀가 어느 순간부터는 너무 복잡하고 어려워졌다. 어디서부터 잘못된 것인지 생각하는 것도 골이 아팠다. 그가 바라는 건 그저 깨끗하게 지워지는 것이었다. 처음으로 돌아가 다시 시작하는 것이었다.

"우리 아버지, 돌아가셨어. 너 그건 아니?"

"……."

"바라지도 않았지만 너 우리 아버지 3년 동안 한 번도 찾아뵙지 않았어. 나랑 정말 다시 시작하고 싶었으면 넌 우리 아버지부터 찾아왔어야 해. 네가 내게 정말 잘하고 싶었으면, 내게 정말 미안했으면……."

단희의 얼굴이 형편없이 일그러졌다. 과거의 기억을 떠올리는 것 자체가 그녀에겐 고통이었다.

"나 너한테 전화했었어. 엄마 죽던 날. 기댈 곳이 아무 데도 없어서, 너무 무서워서 나 너한테 울면서 전화했었어."

그의 시선이 바닥으로 떨어졌다. 단희를 보내고 1년 정도 되던 날 모르는 번호로 전화가 왔었다. 몇 번을 불러도 수화기 너머로 아무 말도 들려오지 않기에 그는 곧바로 전화를 끊었다. 중요한 미팅 자리에 가야 했고 정신이 없어서 막연히 그 모르는 번호가 단희는 아닐까 짐작했었지만 급하면 다시 걸겠지 싶어 다시 걸어 보지도 않았다. 그럴 여유가 없었다. 며칠이 지나, 급한 일이 마무리되고, 계약도 잘 성사된 이후, 그가 다시 그 번호로 전화를 걸었을 땐 이미 결번이었다.

그 뒤로는 꽤 많은 시간이 흘렀다. 다시 납골당에서 만났을 때 몰라보게 초췌해지고 마른 단희는 엄마의 죽음을 덤덤하게 알렸다. 남의 일인 듯. 상관하지 말라는 듯, 눈조차 제대로 맞추질 않았다. 마음의 벽은 너무 견고했다. 그는 그걸 부술 자신이 없었다. 그녀를 기다리겠다고 했지만 그건 결국 아무것도 하지 않겠단 말이었다. 결국엔 그런 뜻이었다.

"난 결혼 생활 내내 몸이 뜯어 먹히는 거미처럼 살았어. 너는 결혼 생활 내내 그런 나를 외면했어. 너랑 이혼 문제 끝내지 않은 거, 너한테 미련 있어서 그랬던 거 아니야. 나는 산송장처럼 살았어. 죽지 못해 살아서 너랑 서류상 정리되는 거, 그거 나한테 아무런 의미도 없었어. 중요하지가 않았어. 너는 한 번도 나를 제대로 봐 준 적이 없어. 나를 보살피지도 않았어. 남자가 생겼냐고? 내가 어떻게 살았는지 알면 너 감히 나한테 그런 말 못 할 거야."

단희는 말을 멈추고 배에 손을 얹었다. 극심한 스트레스에 장이 꼬이는 느낌이 들었다. 여자는 깊게 호흡했다.

"어디서 무슨 소리를 듣고 이러는 건지 모르겠지만 너와 내 문제에 다른 사람 끼워 넣지 마. 서류상 정리가 되었건 아니건 우리 사이는 애저녁에 끝났어."

"너 그 남자 사랑해?"

그는 패배한 개처럼 보였다. 그건 사랑이 아니다. 남자의 자존심이었다. 그저 자기 것을 남에게 빼앗기기 싫은 이기심. 무슨 대답을 해도 성에 차지 않을 거다. 단희는 그가 측은했다.

"너 그 남자랑 결혼할 거야? 그래서 서류상 정리가 필요한 거야? 그 남자, 너랑 안 어울려. 너한테는 너무 벅찬 상대야."

"권우형 씨."

단희는 다시 한 번 나지막이 그를 불렀다. 얼굴엔 복잡하고 우스운 감정이 스쳤다.

"너 같으면 다시 결혼하고 싶겠니? 결혼에 진저리 나서 도망친 내가 다시 결혼할 거라고 생각해? 그게 얼마나 무의미한지 겪었는데?"

"……."

"결혼이 필요한 건 내가 아니고 너야. 너는 장손이 중요한 집안이고 난 아이를 못 가져. 너랑 내가 설사 다시 시작한다 해도 너네 부모님 나 안 받아들여. 너 그 생각은 해 봤어?"

"아이는, 충분히 가질 수 있어."

아이를 갖지 못한다는 의사의 진단에 시모는 펄펄 뛰었다. 우형은 그런 엄마를 달래며 요즘엔 불임치료도 많고, 시험관 아이도 있고 정 안 되면 아이를 입양하는 방법도 있다고 설득했다. 네가 뭐가 부족해서 아이를 입양을 하느냐, 벌어 둔 돈이 어디 있어서 시험관 아이를 하느냐며 언성을 높이는 시모의 그 말을, 그는 아내가 듣지 못했다고 생각했을 것이다.

하지만 단희는 그 말을 똑똑히 들었다. 아이를 잃자마자 불임을 걱정하는, 마치 며느리를 탓하는 듯했던 그 말이 단희를 난도질했다. 지학이가 죽고 아이까지 사산한 단희가 이혼을 결심하는 건 필수 불가결한 일이었다.

"억지 부리지 마. 이 이야긴 끝내. 오늘 지학이 기일이고, 여기 지학이 있는 곳이야. 너랑 나 말싸움하는 거 별로 좋은 모양새 아니야."

그는 단희에게 위축됐다. 부부싸움이라도 할라치면 그녀는 항상 조용한 어조로 '소리 지르지 마.', '아이 앞에서 언성 높이지 마.', '흥분하지 말고 이야기해.'라며 언성을 낮췄다. 그럼 우형은 바보가 된 기분이었다. 화가 삭는 대신 비참한 기분이 들었다. 그래서 결혼 생활 동안 많이도 싸웠다. 남편과 언쟁을 벌여도 단희는 늘 묵묵히 자기 할

도리는 다했다. 아이를 챙기고 시부모를 챙기고 남편을 챙겼다. 눈도 마주치지 않고 대답도 하지 않아도 제 할 건 다 했다.

그래서일까. 단희가 나가고 난 집은 텅 비어 버렸다. 어디를 봐도 휑했다. 아이도 사라지고 아내도 사라진 집은 숨통이 조일 만큼 적막하고 쓸쓸했다. 오랫동안 집안일에서 손을 놓았던 엄마는 밥을 차리면서도 구시렁거렸다. 늙은 나이에 아들 밥까지 챙겨야 하는 자기 신세를 한탄했다. 아내의 손맛에 길들여져 엄마가 해 주는 밥이 입맛에도 맞지 않았다.

우형에게 단희는 일상의 모든 순간에 존재했다. 늘 아내가 돌아오길 바랐다. 집 안 곳곳에 묻어 있던 아내의 손길이 그리웠다. 하지만 단희는 그것을 지옥으로 여겼다. 그 평화를 지키는 대신 거미처럼 자신이 뜯어 먹혔다고 말하고 있었다. 그걸 인정하기가 죽기보다 어렵다. 아직도 우형은 아내가 그 모든 걸 감수하고 돌아오길 바란다. 이기적이지만 아직도 단희의 희생을 바랐다. 그저 자신의 일상을 다시 채우고 싶었다. 다시 예전처럼 그녀의 보살핌을 받고 싶다. 그런 자신이 참으로 못나 보였다.

"넌 여전히 그런 식이구나. 여전히 참 사람 비참하게 만들어."

우형의 자조적인 말에 단희는 쓸쓸한 얼굴을 했다.

"그리고 넌 여전히 내 탓을 하고. 우린 안 변해. 그러니 이 구질구질한 사이 그만 끝내."

단희는 흐트러진 머리카락을 귀 뒤로 쓸어 넘기고 지학이의 유해가 보관되어 있는 안치실에 시선을 돌렸다.

"지학이…… 바다에 뿌렸으면 해."

꽤 오래전부터 생각한 일이었다. 다섯 살에 인생을 마친 아이를 이 좁은 케이스 안에 가두는 것이 늘 마음에 걸렸다. 할아버지처럼 어디론가 훨훨 날아가게 하는 편이 아이를 위하는 길인 것 같았다.

"너나 나나 우리 죽으면 아이 챙겨 줄 사람도 없잖아. 여기에 두긴 지학이가 너무 외로워 보인다."

"그럼 지학이가 보고 싶을 때 찾아올 곳이 없잖아."

우형은 불만이 가득한 목소리로 대꾸했다.

"어차피 형체도 없는 가루잖아. 이건 순전히 어른들 이기심이야. 부모는 자식을 가슴에 묻는다잖아. 나는 지학이 가슴에 담아 뒀어. 이렇게 가둬 놓는 거 의미 없어."

우형은 황망해졌다. 온몸에 힘이 빠졌다. 단희는 이미 앞으로 나아가고 있었다. 변한 건 산송장 같은 외형만이 아니었다. 곱게 빗겨진 머리. 단정한 옷차림뿐 아니라 그녀의 내면에도 변화가 있었다. 겁이 나서, 골이 아파서 자신이 손을 놓고 있는 사이에, 그저 외면하고 있던 사이에 아내는 누군가의 손에 이끌려 앞으로 나아갔다. 그리고 그에게선 더 멀어졌다.

"너…… 정말 이대로 나랑 끝내고 싶어?"

우형은 마지막으로 한 번 더 물었다. 그렇게 멍청한 놈은 아니다. 아내의 마음이 자신에게서 떠났다는 걸 모르는 것이 아니다. 그녀가 돌아오길 바라는 자신의 마음이 사랑이 아니라 소유욕이라는 것도 안다. 내가 갖긴 골치 아프고 남 주기엔 아까운 마음. 곁에 두자니 벅차고 떠나보내자니 아쉬운 마음. 우형은 그 마음의 거리에서 갈팡질팡했었다.

그사이 단희는 다른 놈이 채어 갔다. 그것도 말도 안 되게 근사한 놈이 말이다. 단희와 그의 사이를 안 다음 처음 든 생각은 그런 남자가 이런 별 볼 일 없는 여자를 좋아할 리가 없다는 것이었다. 하지만 잊고 있던 게 있다.

처음 만났을 때 자신이 반했던 스무 살의 단희가 어떤 여자였는지를 너무 오랫동안 잊고 있었다. 스무 살의 단희는 당차고 발랄했다. 웃음이 많고 쾌활해서 남녀노소 모두 그녀를 좋아했다. 웃는 모습이 예쁘고, 몸매도 좋아서 그녀를 짝사랑하던 동기나 선배들도 많았다.

그녀는 반짝반짝 빛나고 있었다. 사랑과 인정이 넘쳐서 햇살처럼 따뜻했다. 그래서 그 곁으로 가면 저절로 그 빛에 동화되었다. 단희는 사랑스러움 그 자체였고 그녀가 가진 가능성은 무한했다.

그는 장인과 약속했다. 무슨 일이 있어도 따님의 웃음을 지켜 주겠노라고. 분명 장인과 그렇게 약속을 했었다. 그땐 정말 그것이 진심이었다. 그럴 자신도 있었다. 하지만 단희는 결혼을 하며 점점 그 싱그러움을 잃어 갔다. 너무 가까이에 있어서 아내가 왜 그렇게 변해 가는지 눈치채기도 어려웠다.

남들 다 하는 결혼, 남들 다 하는 집안일, 다른 여자들은 잘만 하는 시부모 봉양을 왜 저렇게 힘들어하는지 이해하지 못했다. 바쁜 남편 대신 집안을 챙기고 부모를 챙기는 것은 당연했다. 엄마이니 아이를 챙기는 것도 당연했다. 가정주부이니 살림을 돌보는 것도 당연했다. 그 모든 것을 견디는 것도 당연했다. 그러니 잘못한 것은 자신이 아니라 단희였다.

하지만 그녀는 더 나은 대우를 받을 만한 자격이 있는 사람이었다. 좀 더 사랑을 받을 가치가 있는 여자였다. 그런 단희를 보잘것없이 만들어 놓은 것은 단희가 아니라 권우형 자신이었다. 아내의 값어치를 깎아내린 것도 자신이었다. 아내의 생기를 앗아 간 것도 결국엔 자신이었다. 그걸 인정하기가 너무 힘들었다. 그래서 외면했고 그래서 이렇게 되었다. 그걸 인정하는 게 죽기보다 싫어서, 그래서 단희를 몰아세웠다. 부정한 여자로. 남자에 홀려 가정을 버린 여자로 만들고 싶었다.

하지만 아이가 죽기 이전에도 부부 사이는 되돌릴 수 없을 만큼 벌어져 있었다. 우형은 아내 몰래 친구들과 만나 클럽을 다녔고 그렇게 만난 여자와 번호를 주고받기도 했다. 도덕심 때문에, 사회적인 평판 때문에, 사이를 좀 더 발전시키진 못했지만 결혼 기간 동안 그는 아내 이외에 다른 여자를 수도 없이 눈에 담고 다녔다. 그 속에서 간혹 아내에게서 벗어나는 일탈을 꿈꾸기도 했다. 왜냐하면, 너무 어린 나이에 시작한 결혼이었다.

그의 발등에 떨어진 가장이란 책임감은 그에겐 너무 버거웠다. 한창 신나게 놀고 즐길 나이. 그도 다른 친구들처럼 그 인생을 즐기고 싶었다. 그것이 우형이 되고 싶은 모습이었다.

집에 제대로 들어간 날이 없다. 없는 술자리도 만들어 밖으로 돌았다. 친구들과 있는 것이 즐거웠다. 혹여나 아내에게 전화가 오면 기분이 잡칠까 그는 내내 휴대폰도 꺼 두었다. 그땐 그게 당연하다고 생각했다. 친구들도 그의 역성을 들어 주었고 그게 나쁘단 생각도 하질 못했다. 부부관계도 오랫동안 없었다. 서로 말을 섞지 않는 날들이 대부분이었다.

부부 사이를 되돌리고 싶어서 마지막으로 택한 방법이 둘째를 낳는 것이었다. 기계적이고 고통스러운 잠자리였다. 우여곡절 끝에 단희가 임신을 했어도 부부 사이는 나아지질 않았다. 오히려 하나 더 나올 혹덩이에, 식솔이 늘어난다는 생각에 우형의 짐은 더 무거워졌고 그걸 견디지 못해 더 밖으로만 돌았다. 파탄 난 부부관계에 있어서 책임의 경중을 묻자면 단희가 아니라 우형에게 더 많았다.

우형은 눈앞의 여자를 바라봤다. 스물의 여자가 서른이 되었다. 싱그러운 때도 있었고, 행복했던 때도 있었지만 자신의 옆에 있는 내내 여자는 힘들어했다. 여자가 힘들어하는 것을 알면서도 그는 아무것도 하지 않았다. 점점 더 초라해지는 여자를 보며 그는 단희가 자신을 떠날 거란 생각은 못 했다.

3년 전 단희가 이혼하자고 빌며 자신에게 도망쳤을 때에도 마찬가지였다. 이런 형편없는 외형의 여자를, 다 망가진 여자를 거둬 가는 건 결국 자신일 거라고 장담했다. 그래서 3년이 넘도록 찾지 않았다. 힘들면 제 발로 기어들어 오겠지. 오로지 그 생각만 했다. 하지만 아니었다. 그건 너무 오만하고 안일한 생각이었다. 유단희는 그것보단 더 가치 있는 여자였다. 우형은 그걸 놓쳤고, 이젠 다시 붙잡을 수도 없었다.

"그래. 이만 끝내자. 서류는 내가 작성해서 보낼게. 어디로 보내면 돼?"

단희는 핸드백을 뒤져 자신의 명함을 한 장 건넸다. 격앙된 우형의 손이 단희의 손가락에서 거세게 명함을 빼냈다.

"잘 살아라. 유단희."

우형은 그 한마디를 던지고 단희를 스쳐 지나갔다. 곧 죽어도 단희의 뒷모습을 보고 싶지가 않다. 마지막 남은 자존심으로 그는 먼저 자리를 떴다.

우형의 발소리가 들리지 않을 때까지 기다렸다가 핸드백 지퍼를 닫고 마음을 추스르려 심호흡을 한 뒤 단희는 자리를 벗어났다. 감정적으로 너무 피곤하여 어딘가에서 좀 쉬고 싶었다. 건물 밖으로 나가 벤치에라도 앉을 생각으로 출구로 향하는데 복도를 벗어나자마자 로비 기둥 뒤에 멀뚱히 서 있던 마지연이 불쑥 튀어나왔다. 단희는 흠칫 놀라 뒤로 물러서며 가슴을 쓸었다.

"깜짝이야. 여기서 뭐 해요?"

단희의 물음에 답할 생각은 않고 마지연은 눈을 빛내며 마른 입술에 침부터 바르더니 곧 총알 같은 수다를 장전했다.

"뭐야. 저게 남편이에요? 대박. 사장님 발끝도 못 따라가게 생겼네. 그니까 사장님은 팀장님 유부녀인 거 알면서도 받아 준 거야? 대애애애박. 와 씨. 사람 달라 보이네. 나 같아도 바람나겠다."

바람난 게 아니라고 정정해 주고 싶었지만 마지연에게 그간 있었던 일들을 다 설명하는 것이 더 골치 아플 것 같아 단희는 입을 꾹 다물었다. 아무 말 없이 단희가 걷기 시작하자 마지연은 종종걸음 치며 뒤를 졸졸 쫓았다.

"아니, 팀장님 무슨 결혼 생활 막장 드라마 찍으면서 했어요? 그냥 얼핏 들어도 사랑과 전쟁이야."

"……"

"아니, 뭐 지금이 쌍팔년도 조선 시대야, 뭐야. 지 부모가 아프니까 들어오라는 건 무슨 시나리오야? 그걸 그냥 둬? 나 같으면 그냥 그 자리에서 머리채를 쥐어 잡고……"

"마지연 씨."

뒤에서 쫑알거리는 소리에 골이 다 아팠다. 단희는 자리에 멈춰 서서 관자놀이를 비비며 나지막이 이름을 불렀다.

"네, 팀장님."

마지연은 쪼르르 단희의 앞으로 달려와 눈을 동그랗게 깜빡였다. 커다란 눈으로 방실방실 올려다보는 것이 머릿속을 텅 비게 만들었다.

"나 음료 한 잔만 사다 줄래요?"

"그럼요. 아이스티요?"

"네."

단희가 핸드백을 열자 마지연이 손사래 쳤다.

"됐어요. 이건 제가 살게요. 이혼 확정 기념으로!"

해사하게 웃고 가벼운 발걸음으로 룰루랄라 뛰어가는 마지연의 뒷모습을 보고 있자니 참 멍했다. 쟤는 대체……. 어떻게 생겨 먹은 건지 세상에 근심 고민이 없어 보인다. 가벼워도 너무 가볍달까. 허 참.

단희는 저도 모르게 헛웃음을 쳤다. 하지만 덕분에 무겁고 침전되었던 기분은 훨씬 더 나아졌다.

오스왈드는 코일이 가지고 온 보고서를 보고 넋이 나갔다. 온갖 사람들을 다 끌어내 겨우 알아낸 아몬석의 분석표였다. 열을 가해 액체상태로 녹인 아몬석의 독성은 청산가리의 1조 배에 달했다. 산화할 때 나오는 오염 물질은 니트로벤젠처럼 피부로 곧장 스며들었다. 어디든 달라붙고 어디든 퍼져 나갈 수 있다. 연구원 한둘이 나자빠진 게 문제가 아니었다. 아몬석을 상용화시키려면 그 말도 안 되는 독성 물질을 감당해야 했다. 그 엄청난 독성 폐기물을 대체 어디에다 가져다 버린단 말인가.

「어떻게 할까요.」

코일이 조심스럽게 물었다. 댈크로우에서 건드린 것은 판도라의 상자였다. 꺼내서는 안 되는 것이었다. 그건 지하에 그대로 남겨 두었어야 했다.

「가지고 있는 것이 얼마나 되지?」

「극소량입니다. 산화시킨 양은 더 적구요. 전문가들의 말에 따르면 두꺼운 암반층 사이에 묻어 두면 별다른 해가 되지 않는답니다.」

오스왈드는 서류를 덮었다.

「묻어. 모조리. 하데스의 것은 하데스에게 돌려주자고.」

◆ · · ● ·

단희는 침대에 새우처럼 웅크리고 있었다. 침대 아래에는 아무렇게나 벗어 던진 외투와 핸드백이 널브러져 있다. 들어오자마자 침대에 곧장 누워 버린 듯한 뒷모습은 무척 지쳐 보였다. 그나마 주어진 근무 시간을 다 채우고 퇴근한 것이 대견했다. 오스왈드는 단희의 어깨까지 시트를 끌어다 덮어 주고 발끝에 차이는 외투와 핸드백을 집어 들었다.

외투는 소파 등받이에 걸고, 핸드백은 쿠션 위에 내려 두는데 커피 테이블 위에 작은 상자 하나가 보였다. 오늘 중 단희의 짐을 옮겨 놓으라고 했으니 아마 저 상자는 단희의 것일 게다.

정리를 하려다 포기를 한 것인지 종이 상자는 어수룩하게 아가리를 벌리고 있었다. 그 안으로 검은색 단지갑과 몇 개의 통장. 세면도구,

한두 벌의 낡은 옷이 보였다. 저렇게 작은 박스인데 반도 채우지 못한 단출한 세간살이. 새삼스레 단희가 얼마나 텅 빈 인생을 살았는지 실감이 났다.

그는 단희의 잠든 등을 한 번 쳐다보고 상자 안에서 단지갑을 꺼내 들었다. 낡은 지갑은 모서리부터 해져 있었다. 자주 접히는 부분은 비닐이 일어서고 빛이 바랬다. 오스왈드는 딸깍하고 지갑의 잠금쇠를 풀었다. 신용카드 한 장 꽂혀 있지 않은 지갑은 그녀의 세간살이만큼 단출하다.

3단으로 접힌 지갑의 양쪽 면을 날개처럼 펼치니 사진 한 장이 눈에 띄었다. 쪼그려 앉은 단희는 젖살이 통통하게 오른 남자아이를 품에 안고 있었다. 사진을 찍는데도 무엇을 보는지 허공에 반짝이는 시선이 닿아 있는 아이는 제 어미와 퍽이나 닮았다. 곱슬거리는 갈색 머리에 뽀얀 피부, 허공으로 든 맑은 시선이 그랬다. 이 아이가 지학이로군. 오스왈드는 물끄러미 사진 속의 남자아이를 바라봤다. 아이는 사랑스러웠다. 단희를 닮았기 때문일까.

그는 아이를 좋아했다. 아이가 갖고 있는 순수함을 좋아했다. 그러나 아이가 사랑스럽다는 생각은 잘하지 못했다. 그저 어린 시절의 자신을 보는 것처럼 서글프고 애잔했다.

로즐리가 트리버를 출산하고 얼마 되지 않아 아이를 오스왈드의 품에 안겨 줬을 때도 느끼는 감정은 비슷했다. 신기하고 조심스러웠지만 사랑스럽다기보다 슬픈 기분이 먼저 들었다. 늘 자신의 상처가 아이에게 먼저 투영된 까닭이었다.

그런데 지학이는 사랑스러웠다. 엄마의 품에 안긴 아이는 더없이 맑았다. 사랑을 듬뿍 받고 자란 티가 역력했다. 오스왈드는 지갑에서 사진을 빼냈다. 비닐 사이로 투과되지 않은 단희의 얼굴이 더 선명하다. 여자는 아주 눈부시게 웃고 있었다. 그는 본 적이 없는 화사함이었다. 결혼 생활은 분명 고통스러웠을 것이다.

마지연에게 보고받은 이야기만으로도 그녀의 결혼 생활이 어땠을지는 충분히 짐작할 수 있다. 그럼에도 불구하고 그녀의 미소는 행복해 보였다. 그 어떤 그늘도 찾을 수가 없다. 여자의 얼굴은 희망에 차 있었다. 적어도 이 순간만큼은 희망의 끈을 놓지 않았던 것 같았다. 모든 것이 다 괜찮아질 거라는 희망.

오스왈드는 접혀 있던 사진의 한쪽 부분을 가만히 폈다. 아이를 사이에 두고 나란히 앉은 다정한 가족사진이었다. 남편의 표정은 단희만큼 맑지가 못했다. 입은 웃고 있지만 온전히 그 순간에 집중하지 못하는 듯한 눈은 전혀 행복해 보이지가 않았다. 그녀가 한때 가정을 이루고 아이를 가졌다는 사실이 이제야 새삼 실감이 났다. 단란한 사진을 보고 있자니 마음 한구석이 쓰리고 허전했다.

만일 내가 입양을 가지 않았다면, 내가 한국에 계속 남아 있었다면 어쩌면 이 사진 옆에 있는 남자가 자신이 되진 않았을까. 그런 덧없는 상상이 일었다. 삶의 밑바닥에 있던 자신이 단희를 만났을 리가 없다. 만약 그날 도망가지 않았다면 그는 애초에 이 세상 사람이 아니었을 거다.

삶은 힘겨웠지만 그 과정을 통해 그는 강해졌다. 그리고 그 강함이 지금의 자신을 만들고, 그러하기에 그는 단희에게 줄 수 있는 것이 많았다. 그는 지금의 단희를 좋아했다. 텅 비어 있는 듯 보이지만 누구보다 깊은 심연을 지닌 여자이기에 그는 단희에게 끌렸다. 삶에 대한 미련이 없는 사람만이 가지는 대범함이, 그 특유의 독특한 시니컬함이 그를 붙잡아 세웠다. 그럼에도 불구하고 자신은 가져 보지 못한 사진 속의 행복이, 그에겐 완벽해 보이는 이 행복의 가치를 전혀 모른 남편의 얼굴이 못마땅했다. 그는 질투를 느끼고 있었다. 이건 별로 좋은 감정이 아니었다.

그는 자신의 성정을 잘 안다. 질투를 느끼면 맹렬해지고 맹렬해지면 잔인해졌다. 완전히 여자를 움켜쥘 때까지, 자신이 만족할 때까지,

소유욕을 채울 때까지, 그녀를 밀어붙일 것이다. 그리고 단희는 그런 것을 싫어한다. 여자는 그에게 자신을 완전히 내어놓지 않는다. 그녀는 자신의 일상과 기준을 지키고 싶어 한다. 다시 누군가가 자신을 완전히 앗아 가는 것을, 모든 것을 가지려는 것을 여자는 용납하지 않았다.

"남편 만났어요?"

언제부터 깨어 있던 건지 조용한 침실에 단희의 조곤한 목소리가 들렸다.

"깼어?"

오스왈드는 단희의 목소리에 놀라지 않았다. 그녀의 되물음에도 이렇다 할 대답을 하지 않은 채 그는 사진을 다시 지갑에 넣고 잠금쇠를 잠갔다.

"내가, 생각을 못 했어요."

여자는 조용히 몸을 일으켰다. 피곤함에 충혈된 눈을 손으로 비비고 헝클어진 앞머리를 손으로 쓸어 넘기는 여자의 표정은 착잡해 보였다.

"서류상으로 정리되지 않은 상태로 이렇게 지내는 게 어떻게 비쳐질지."

"당신 아버지가 살아 계실 때 내게 부탁했던 일이야. 난 어떻든 상관없어."

"당신은 유명인이잖아요. 검색창에 이름만 쳐도 관련 뉴스가 수천 개는 나와요. 사정이 어찌 되었든 도덕적으로 비치진 않을 거예요."

"어차피 도덕적인 이미지도 아니야. 게이, 성적 무능력자, 이상성애자. 살인광, 사이코패스, 전쟁 괴물. 그게 내 이미지야. 거기에 불륜 하나 더 추가된다고 해도 아프지도 가렵지도 않아. 어쩌면 정상적인 남자로 비쳐져서 댈크로우의 주가가 뛸지도 모르지."

"한국은 보수적인 나라예요. 분명 타격을 입을 거예요."

오스왈드는 피식 웃었다. 그는 단희의 지갑을 테이블 위에 내려놓고 성큼성큼 다가와 매트리스에 엉덩이를 대고 앉았다.

"우린 정부와 군을 상대로 장사를 해. 여론에 좌지우지되는 기업이 아니야. 그들이 원하는 건 도덕적인 고결함이 아니라 제 입 속에 얼마를 처넣어 줄지, 그래서 자기 배를 얼마나 불려 줄지야. 내가 남색을 하든, 불륜을 하든 그들은 신경 안 써. 댈크로우는 수백 년의 역사가 있는 기업이야. 우리가 테러단체에 무기를 가져다 바쳐서 3차 대전이 터지면 모를까. 그 전에는 절대로 안 무너져."

오스왈드는 단희의 턱을 손으로 잡고 부드럽게 문질렀다.

"겁먹었어?"

"조금요."

단희는 순순히 인정했다. 남편과의 언쟁이 끝나고 나자 정신이 번쩍 났다. 인생을 포기했기 때문에 그와 정리할 필요성을 느끼지 못했었다. 그러나 오스왈드의 손을 잡고 인생을 다시 시작하기로 맘먹고 나자 그것은 문제가 되었다.

사람들은 그 실상이 어떻든 상관하지 않을 것이다. 그들은 피해 당사자의 감정 섞인 무용담보다 객관적인 사실이 기록되어 있는 문서들을 더 믿을 것이다. 그러면 오스왈드는 유부녀와 정을 통한 파렴치한이 된다. 남편은 자신이 악한이 되는 것을 싫어하므로 일이 터지면 이 일에 대해 침묵할 것이다. 악인이 되는 것보다 사람들의 동정을 얻는 것을 더 선호할 것이 분명했다.

그 생각이 들자 온몸에 핏기가 가셨다. 그와 자신이 어울리지 않는다는 것은 이미 오래전에 깨달았다. 커다란 덩어리를 목구멍으로 밀어 넣은 것처럼 버거운 관계다.

단희는 사랑이 영원하단 이야기는 믿지 않는다. 사람의 감정은 어떻게든 식는다. 감정이 식기 때문에, 서로에게 결국엔 소홀해질 수밖에 없기 때문에, 사람들은 결혼을 한다. 법적으로. 제도적으로, 사회적으로 서로를 구속시켜서 사랑이 식고 난 이후에도 서로를 책임지게 한다. 그렇게 하지 않으면 가정을 꾸려서 아이를 낳고 20년 가까이 양육해야 하는 인간의 번식 방법은 지켜질 수가 없다.

사랑이 식고 난 다음에 태어나는 감정을 사람들은 '정'이라고 말했다. 서로에게 구속되고 길들여져서 다른 삶을 꿈꿀 수 없게 만드는 것. 단희는 아직 그것이 행복인지 불행인지 헷갈린다. 아무리 힘들게 지켜도 그건 너무 한순간에 깨어지는 것이었다. 그러한 것을, 그렇게 숭고하고 아름답게 여기는 것이 맞는 걸까.

"아무도 몰랐으면 좋겠어요."

"뭘?"

"우리 관계요."

오스왈드의 눈동자가 깊어졌다. 생각에 잠기면 늘 깊어지는 그 눈동자는 누구도 읽을 수가 없었다. 그는 여자가 생기면 그것을 숨기지 않았다. 오히려 전시할 목적으로 더 내세웠다. 어차피 그런 용도였다. 여자가 약혼자나, 오랫동안 사귀던 남자를 버리고 오는 경우도 많았다. 매스컴에서 초 단위로 뿌리는 가십지에 줄줄이 비난 여론이 쏟아져도 그는 눈 하나 깜짝하지 않았다. 스트레스로 상대방이 절절맬 때에도, 터지는 플래시에 신경쇠약이 걸려 앓아누워도 그는 보란 듯이 여자를 내세우고 다녔다.

그건 자신과 데이트하는 모든 여성들이 감당해야 하는 문제였다. 그걸 해내지 못하면 그 사이는 단칼에 끝났다. 여자가 느끼는 감정 따위는 별로 중요하지 않았다. 히스테릭하게 화를 내고 울고불고하면 그는 늘 거기에 대한 적절한 보상을 했다. 꽃과 보석, 다정한 스킨십과 키스. 마음이 담겨 있지 않아도 여자를 황홀하게 만드는 건 그 정도로도 충분했다. 그러다 견디질 못하면 여자는 떠나갔다. 그가 먼저 끝낸 경우보다 여자가 두 손을 들고 도망친 경우가 더 많았다. 그러다 헤일리 피셔처럼 도가 지나친 장난으로 잔인하게 끝을 보는 경우도 종종 생겼다. 감정적으로 고장이 나서인지 미안한 기분조차 들지를 않았다.

하지만 그 가운데 단희를 데려다 놓는다면 이야기는 달라졌다. 터지는 플래시. 초 단위로 쏟아지는 매스컴의 추문들. 카메라를 들고 따라붙는 기자들. 그 안에 단희를 몰아넣고 그걸 멀뚱히 지켜보는 일은 불가능했다. 그 안에서 단희가 안절부절못할 생각을 하니 등골이 쭈뼛 섰다. 어떻게 해야 하지?

자신과 함께 있으려면 감당해야 하는 것들을, 그녀에게 강요할 수는 없지만 또한 영원히 단희를 숨길 수도 없다. 꼭꼭 숨겨야 하는 관계는 내키지 않았다. 단희는 그의 정부가 아니다. 그녀를 그런 취급하고 싶지 않았다. 그는 단희가 자신과 함께 걸어가길 원했다. 그게 어디가 되었든 목적지가 있다면 거기에 단희와 함께 도착하고 싶었다. 그리고 가능하다면 그곳에 머물고 싶었다.

그녀의 낡은 지갑 속의 사진을 본 이후 그 욕망은 더 간절해졌다. 단희의 얼굴에 피어나던 그 완벽한 미소를 원했다. 그 안에 자신을 구겨 넣고 싶었다. 아이. 그래. 그는 아이를 원한다. 그는 아이를 원했다. 지학이처럼 단희를 꼭 닮은 아이. 그는 그 특별함을 누리고 싶었다. 사진 속의 그 모습을 원했다. 그의 목적지는 그곳이었다.

"무슨 생각 하는지 말해 줄래요?"

단희가 조심스레 물어 왔다. 혹여나 오스왈드의 감정을 상하게 한 것인지 걱정하는 눈빛이 연약하게 흔들렸다. 한때는 그가 무슨 생각을 하건, 어떤 짓을 하건 딱딱하게 말라붙은 접착제처럼 아무것도 들어 있지 않던 눈이었다. 여자는 이미 많은 벽을 허물었다. 이미 여자는 그가 가져 보지 못했던 것들을 주었다. 더 원하는 것은 이기심일지도 모른다.

"그렇게 할게. 그게 당신이 원하는 거면."

단희는 고개를 끄덕였다. 한시름 놓은 듯 굳었던 입가가 유연하게 풀어졌다.

그는 단희의 턱을 조금 더 위로 들어 올렸다. 후련함으로 멍해 있던 여자의 초점이 남자에게 가닿았다.

"웃어 줘."

단희는 그의 요구에 눈을 굴리다가 입꼬리를 살짝 올렸다. 그게 오스왈드가 원하는 것이 아니란 건 안다. 아버지가 그에게 요구했던 것도 이런 미소가 아니었다는 것을 안다. 결국 그 둘 모두가 원하는 건 단희의 행복이었다. 행복함으로 피어오르는 웃음. 예전처럼 반짝거리는 웃음을 원하는 걸 알고 있다. 하하하하 소리를 내고 눈을 반짝이며 세상에서 가장 행복한 듯 웃는 것.

"난 최선을 다했어요."

단희가 먼저 으름장을 놓자 오스왈드가 키득댔다.

"애초에 무리인 부탁이잖아요. 웃겨 주지도 않았으면서."

그러자 오스왈드가 눈을 빛내며 여자의 윗옷에 손을 넣고 옆구리를 손으로 간질였다.

"난 간지러움 안 타요."

단희는 정색했다. 자신이 정색하면 오스왈드가 실망을 하고 손을 뺄 거라 생각했지만 그는 손을 빼는 대신 옆구리를 타고 그녀의 브래지어 속으로 파고들었다. 단희의 입술이 뜨거움으로 벌어졌다. 그는 한 손 가득 단희의 가슴을 움켜쥐었고 여자의 황당한 눈빛을 즐겼다.

"웃음소리는 못 내도 신음 소리는 잘 내잖아."

"연기였어요."

그는 키득키득 웃으며 브래지어 컵 위로 여자의 가슴을 꺼냈다. 얇은 셔츠의 천 사이로 불긋하게 솟은 유두가 보였다. 그는 셔츠 속에서 손을 빼내고 커다란 손으로 옷을 잡아당겨 여자의 동그란 가슴이 천 밖으로 더 도드라져 보이게 만들고는 느긋하게 그 모습을 감상했다.

그러다 얼굴을 숙여 천 위로 여자의 유두를 물었다.

"아!"

단희가 숨을 들이마시고 단발의 신음을 냈다. 그래 놓고 헛기침을 했다.

"신음이 아니라 비명이었어요."

정말 골 때리는 여자다. 오스왈드는 단희의 가슴 위로 달라붙은 천을 축축하게 적시며 다시 웃었다. 어느 상황에서도 놓지 않는 유머 감각이 좋기야 하지만 때론 자신의 아래에서 허덕이는 여자의 모습도 보고 싶었다. 늘 이겨 먹으려는 유단희 말고.

그는 애초에 정복욕이 아주 강한 남자였다. 그렇기에 군인도, 군수 업체의 경영자도 그의 천성에 잘 맞아떨어졌다. 그가 유단희의 뻣뻣함과 때론 매서울 정도로 튕겨 대는 그녀의 도도함을 견디는 건 그것이 일정 부분 유쾌하기 때문이기도 했지만 동시에 정복욕을 자극하기 때문이었다.

그는 몸을 일으키고 여자의 멱살을 천천히 잡았다. 자신의 목깃을 구겨 잡자 단희의 눈이 놀라움과 당황으로 흔들렸다. 볼에 붉은 기가 천천히 올라오는 것이 제대로 얼이 빠져나간 게 틀림없었다. 무슨 생각을 하고 있나. 설마 내가 자신의 멱살을 잡고 바닥에 메다꽂을까 걱정하고 있는 걸까. 오스왈드는 비죽 새어 나오는 웃음을 숨기고 단희의 목깃을 잡고 양옆으로 짧게 당겼다.

찌이이익—

소리를 내며 셔츠는 휴지 조각처럼 양옆으로 뜯겨져 나갔다.

"꺄악!"

이번엔 정말로 비명이었다. 딱 한 번 입은 옷이다. 알렉산더 머시기라고 붙은 메이커는 척 보기에도 고가 같았다. 단희는 황망한 눈으로 오스왈드를 올려다봤다. 차라리 그가 찢은 게 단희의 낡은 셔츠라면 이 정도로 그악스럽진 않을 거다.

오스왈드는 완전히 두 동강 낸 단희의 셔츠를 침대 아래로 털어 냈다. 그러곤 단희의 브래지어도 앞으로 잡아당겼다. 헉하고 숨을 들이켜는 사이에 그 얇고 쓸데기 없는 천 조각도 곧 그의 손에 의해 바닥으로 떨어져 나갔다.

오스왈드는 씨익 웃으며 단희를 침대로 밀었다. 풀썩하고 등이 매트리스 위로 무너졌다. 그는 상체로 단희를 누르고 여자의 바지 버클을 차분하게 풀었다.

"웃음소리도 못 들어. 신음 소리도 연기야. 그럼 내가 들을 수 있는 건 하나뿐이네?"

그는 단희의 바지 지퍼까지 다 내린 후 단희의 몸을 뒤로 뒤집었다. 여자는 버둥거리지도 않았다. 단희는 오스왈드가 어떤 사람인지 여전히 잘 모른다. 가끔은 아이 같고 가끔은 더없이 친절하지만 가끔은 이유 없이 잔인해 보이기도 했다. 그를 어떻게 정의 내려야 할지 마땅한 단어도 생각나지 않았다.

다만 그는 강렬했다. 그건 어느 때나 상관없이 늘 통용되는 단어다. 그리고 그의 강렬함은 단희를 취하게 만들었다. 가끔 이 남자 때문에 그녀는 정신을 놓는다.

오스왈드는 단희의 엉덩이에서 바지와 팬티를 벗겨 냈다. 둥근 곡선을 따라 그녀의 옷은 저항 한 번 없이 미끄러져 내려갔다. 매트리스에 얼굴을 대고 있는데 묵직한 무게가 자신의 위로 올라타는 것이 느껴졌다. 목덜미에 그의 혀가 찐득하게 감겼다. 그의 무릎에 의해 벌어진 둔부 사이로 그의 커다란 손이 뱀처럼 미끄러져 들어갔다.

단희는 시트 위에 얼굴을 묻고 끙끙거리는 신음 소리를 상쇄시켰다. 그의 몸을 등지고 누운 자세는 무기력하게 느껴졌다. 그러나 동시에 내리누르는 그의 무게가 무척이나 안정감을 가져다주기도 했다. 그의 손이 단희의 젖은 곡선을 따라 질구를 유영했다. 척추를 훑는 그의 혀에 온몸에 솜털이 일어서며 전율이 일었다.

그가 혀로 귓바퀴를 쓸고 귓불을 물고 단희의 귓구멍 안으로 끈적끈적하게 혀를 밀어 넣었다. 그 농밀함을 참지 못한 여자가 괴롭게 신음했다. 오스왈드는 단희의 허벅지 사이에서 성실하게 손을 놀리며 물었다.

"이것도 연기인가?"

단희는 그의 아래에 눌려 몸을 꿈틀댔다. 이 사람은 정말 고문기술자다. 그 말이 딱 맞았다. 오스왈드가 무릎을 움직여 단희의 무릎 한쪽을 꺾자, 여자의 가랑이가 더 넓게 벌어졌다. 여자는 고개를 뒤로 꺾었다. 손으로 오스왈드의 턱을 어루만지고 자신에게로 당겼다. 여자의 달뜬 신음이 입가에 닿았다. 단희가 자신의 입술을 간절하게 찾고 있단 것을 안다. 그러나 그는 단희가 원하는 것을 내어 주지 않았다. 약 올리듯 입가에 가볍게 자신의 입술을 스칠 뿐이었다.

"제발……."

단희가 간절하게 속삭였다. 그가 원하는 것은 단희의 몸뿐 아니라 여자의 마음이고 그녀의 영혼이었다. 그 모든 것을 송두리째 다 가져가고 싶었다. 오스왈드는 여자의 귓불을 핥고 목덜미에 더운 숨을 내쉬었다. 단희는 그의 뜨거움에 녹아내렸다.

"네 비명 소리가 듣고 싶어."

그가 속삭였다.

"내 아래에서 지르는 거."

그가 허기진 단희의 입술을 덮고 지끈하게 물었다. 지퍼가 내려가는 소리가 들리더니 다음 순간에 그가 단희의 안을 가르고 파고들었다. 단희 얼굴이 매트리스 위로 떨궈졌다. 그녀는 시트를 움켜잡고 이마를 댄 채 길고 거친 숨을 토해 냈다.

"거칠 거야."

그가 경고했다. 재빠르게 빠져나갔다가 정말로 사정없이 그가 밀려들어 왔다. 단희는 비명을 내질렀다. 그는 단희가 위로 밀려 올라가지 않도록 단희의 오른쪽 어깨를 팔꿈치로 누르고 왼쪽 어깨는 손으로 움켜잡았다. 그는 단희를 아래로 압박한 채 몸을 움직였다. 여자의 어깨가, 팔이, 어깻죽지가, 허리가 이리저리 비틀렸다. 단희는 그 강렬함에서 도망치려는 듯 몸을 꿈틀댔고 오스왈드는 잔인하게 여자를 밀어붙였다.

그는 원하는 대로 했다. 단희가 내지르는 비명 소리를 원 없이 들었다. 날카롭고 쨍하게 내지르는 단희의 목소리는 프리마돈나의 그것처럼 높고 아름다웠다. 빌고, 신음하고, 열망하며 여자의 몸이 뜨겁게 달아올랐다. 열기가 섞이고 물기가 섞이고 이리저리 비틀어 대던 몸이 장작처럼 이글거렸다. 그는 단희를 두려운 곳으로 몰아넣었다. 한 번도 가 본 적이 없는 곳으로 내달렸다. 헐떡거리고 멈춰 달라고 부르짖다가 여자는 날카롭게 공중에서 부서졌다.

절정이 휩쓸고 지나간 이후 단희는 완전히 무너졌다. 여자는 울고 있었다. 흐느끼는 소리가 간헐적으로 들렸다. 땀과 눈물로 얼룩져 찡그려진 얼굴도 눈이 부실 정도로 예뻤다. 감정을 분출하는 법을 모르는 여자. 아픔은 속으로 묻고 냉정함을 가면으로 쓰고 감정을 호소하기보다 모든 상황을 이성적으로 이끌어 내려는 여자. 변명을 할 줄도, 스스로를 위로할 줄도 모르는 여자.

단희는 그의 아래에서 무너졌다. 이젠 무너지는 법에 익숙해져야 했다. 감정을 허무는 법을, 위로를 받는 법을, 아픔을 터트리는 법을 배워야 했다. 오스왈드는 사정을 하고도 오랫동안 여자의 안에 머물렀다. 단희는 오스왈드의 셔츠에 코를 비비고 그 안으로 파고들었다.

그는 웅크린 그녀를 품에 안고 열기와 슬픔에 얽힌 여자의 숨소리가 잦아들 때까지, 힘들고 고된 하루를 떠나보내고 평화와 자유가 찾아올 때까지 가만히 자신의 가슴을 내주었다. 단희가 자신에게 그랬던 것처럼 그도 단희에겐 깊이를 헤아릴 수 없는 사람이 되고 싶었다.

— 이제 와서 포기는 못 한다.

수화기 너머 들려오는 덜래스 회장의 음성은 날이 서 있었다. 오스왈드는 곤란함에 이마를 문질렀다.

「덜래스 씨. 이 물건은 감당 못 해요. 보고서 보셨잖아요.」

— 수치 나부랭이를 믿으며 일을 진행시켰다면 이만큼 가문을 일으키지도 못했다.

「사업의 위험성이 너무 커요.」

— 오스왈드.

낮은 음성이 고막을 때렸다. 노쇠하여 갈라졌지만 여전히 힘이 있었다.

— 감당하지 못하는 물건 같은 건 없다. 독이 약이 되기도 하고 약이 독이 되기도 한다. 역사는 그렇게 진행되어 왔다. 지금 섣불리 판단치 마라. 이 일에 댈크로우의 명줄이 달려 있어. 나는 내가 죽기 전에 댈크로우가 무너지는 꼴은 못 본다. 내 청춘을 다 바쳐 일으킨 기업이야. 내 목숨을 내놓으라면 난 목숨을 걸겠다.

과거의 영광은 과거의 것이었다. 세상은 진화하고 있고 사람은 전쟁과 무기를 혐오한다. 댈크로우는 퇴보해야 하는 사업체였다. 사양길에 접어들어야만 하는 사업이었다.

— 지레 겁먹고 일을 그르치지 말거라.

겁을 먹은 것이 아니다. 아주 냉철하고 이성적인 판단이었다. 사업의 위기를 넘기기 위해 더러운 짓은 수백 번 해 왔다. 정부 인사의 배때기에 기름을 발라 주고, 나라 사이를 이간질해 무기를 팔아먹고, 무기가 테러단체에 들어가든, 분쟁 지역 쿠데타군에게 들어가든 묵인하고 모르쇠로 일관했다. 철저히 이익에 따른 계산이었다. 사람 사이의 분쟁은 사람이 조정할 수 있었다. 더 큰 권력이 존재하는 한 어떤 경우에도 균형은 잡을 수 있다. 그러나 아몬석은 이야기가 달랐다. 아몬석은 제2의 체르노빌을, 제2의 후쿠시마 사태를 일으킬 수 있었다. 살상에 관해서라면 그보다 훨씬 더 위험했다.

방진복으로 무장한 연구원들도 그 손톱만 한 양에 속수무책으로 쓰러졌다. 옷에 묻고, 발자국에 묻고, 공기 중에 기체로 날아다니는 그 독성 물질을 완벽하게 폐기하는 것은 불가능했다. 결국 밀봉을 해 어딘가에 쌓아 놓아야 한다는 이야기였다. 반감기가 언제인지도 모르는 그 물질을, 어떻게 퍼져 나가는지도 모르는 그 물질을 말이다.

오스왈드는 덜래스 회장을 이기지 못했다. 과거의 영광에 취해 감성적으로 변했다는 걸 알면서도 그걸 꺾지 못한다. 그와는 너무 많이 얽혀 있다. 복잡하고 서로에게 너무 많은 피해를 입히는 일이라 감히 그 사슬을 끊어 버리지도 못한다.

— 자세한 이야기는 만나서 나누자꾸나. 오스왈드. 어차피 행사도 참석해야 하잖니.

아이 보기에 지쳐 있는 로즐리가 작심을 하고 뛰어든 자선행사였다. 할리우드에 있을 때 기질을 아직도 못 버리는지 파티와 술을 여전히 좋아했다. 클래식과 하얀 수국으로 대표됐던 덜래스가의 전통적 행사를 이번엔 어떻게 망칠지 눈에 선했다.

— 조만간 뭐라도 하게 해야겠다. 애 보기가 영 성미에 안 맞나 보다. 네 말대로 예술 사업을 떼어 줄까 해.

우울증이 온다고 징징거리며 볶는 통에 곤란한 때가 한두 번이 아니다. 트리버는 하루 종일 보모가 끼고 있는데 대체 뭐가 그렇게 힘들고 우울한지 모르겠지만 말이다.

— 너는 땅만 해결하거라. 오스왈드. 나머지는 시간을 갖고 진행하자꾸나. 로즐리도 일을 하려면 네 도움이 필요하고 본사도 너 떠나고 난장판인가 보다.

「네.」

― 그래. 행사 때 보자.

「덜래스 씨.」

레베카에 대해 물어야 했다. 지난번에 이야기를 나누고도 이미 시간이 많이 흘렀다. 마음 한구석에 도사리고 있는 불안은 시간이 지나도 사라지질 않았다. 잊어버리려고 죽도록 노력한 과거가 이제 와 자신의 발목을 잡게 놔둘 수는 없었다. 그러나 쉽게 입이 떨어지질 않았다. 갑자기 벙어리가 된 것처럼 입 밖으로 목소리가 나가질 않았다. 누구보다 레베카를 잊고 싶어 하는 덜래스 회장이 다시 그 이름을 들먹이며 여자를 수면 밖으로 꺼내려고 할지 장담하기가 힘들다.

「뉴저지에서 뵙죠.」

오스왈드는 전화기를 내려놨다. 결국 레베카에 대해서는 묻지 않았다. 전화로 할 만큼 속 편한 이야기는 아니었다. 조만간 미국으로 들어가 얼굴을 보고 나눠야 할 이야기였다. 확답을 피하는 덜래스와 제대로 된 이야기를 나누고 결론을 짓기에도 그 편이 훨씬 빨랐다.

사내의 보안 시스템을 강력하게 업그레이드했다. 직원들의 메일도 싹 다 뒤졌다. 의심스러운 싹은 모조리 다 잘라 냈다. 프랭크 국장에게 멕시코 카르텔에 대한 정보를 더 털어 달라고 부탁도 했다. 그럼에도 불구하고 아직 해결된 것은 아무것도 없었다.

한국에 1년을 들어와 있으려 생각했다. 1년 안에 느긋하게 일을 처리할 계획이었지만 돌아가는 상황을 보니 여기 느긋하게 앉아서 단희와 연애 놀이나 할 시간은 그렇게 많지가 않았다. 본인이 그것을 간절히 원해도 말이다.

케이트는 과도한 업무에 시달려 한계치에 임박했고 덜래스가 백기 투항해 버린 고집쟁이 로즐리는 생각보다 더 빨리 일을 하고 싶어 했다. 댈크로우, 로즐리가 맡게 될 미술 사업뿐 아니라 조만간 덜래스 회장이 통치하는 가문의 모든 사업이 오스왈드의 손에 쥐어질 것이다.

덜래스의 큰 그림에 오스왈드는 단지 댈크로우의 수장이 아니었다. 그는 오스왈드를 가문의 수장으로 쓰고 싶어 했다. 자신의 거대한 사업체를 지켜 주고, 자신의 사후에 트리버를 이끌어 줄 아버지 역할을 해 주길 바랐다. 군을 제대하고, 명문대를 졸업하고, 경영 전선에 뛰어든 그는 덜래스 가문이 원하는 수장의 길을 그대로 걸었다. 이제 와 다른 삶을 생각하기도 힘들었다. 다른 것을 원해 본 적도 없었다. 아니, 오랫동안 아무것도 원해 본 적이 없었다. 하지만 지금은 원하는 것이 생겼다. 돈으로도, 힘으로도, 권력으로도 휘두를 수 없는 것.

단희에게 같이 미국으로 가자고 하면, 그녀가 그걸 흔쾌히 받아들일지 장담하기 어렵다. 설사 단희가 흔쾌히 그걸 받아들인다 해도 자신에게 도사리고 있는 불안의 그림자부터 떨쳐 내야 했다. 그래야 온전히 여자를 자신의 품에 품을 수 있다.

똑똑똑.

서재 문을 힘없이 두드리는 소리가 들렸다.

"들어가도 돼요?"

오스왈드가 말이 없자 단희는 천천히 문고리를 돌리고 조심스럽게 문을 열었다. 그는 가죽의자에 다리를 꼬고 앉아서 물끄러미 단희를 구경했다. 여자는 드레스 룸에서 오스왈드의 티셔츠를 주워 입고 왔다. 항상 그래 와서 이젠 그게 편한지 잘 땐 늘 오스왈드의 커다란 셔츠를 훔쳐 입었다. 자다 일어나 새집을 지은 커트 머리를 긁으며 맨발로 들어오는 모습이 퍽 개구쳐 보인다.

밤 11시. 단희에겐 자기도 이른 시간이지만 자다가 깨기엔 더더욱 이른 시간이었다. 왠지 서늘해서 눈을 떠 보니 이 시간이었다. 옆에 있던 오스왈드가 없어 휑했던 건지 어쩐 건지 단희는 알몸에 그의 셔츠를 대충 걸치고 남자를 찾아 나섰다.

둘이 살기엔 지나치게 큰 집이었다. 너무 커서 적막도 소음처럼 느껴졌다. 가정을 꾸리고 아이를 많이 낳는다면 물론 이야기가 다를 것이다. 아이를 키우기에 집은 크면 클수록 좋았다. 오스왈드라면 거실을 축구장으로 만들고, 방 하나를 장난감으로 가득 채우고, 테라스 외벽에 농구 골대를 달아 줄 것이다. 여자아이라면 드레스로 가득 찬 공주의 성을 만들어 줄지도 모를 일이다. 아이를 좋아하니 자기 자식이 생기면 간이고 쓸개고 다 빼 줄 것이 분명했다.

근본적으로 그의 상처를 치유하려면 그에게 단란하고 안정된 가정을 만들어 주는 것이 정답이었다. 하지만 단희는 그것을 제공할 수 없었다. 결혼을 원하지 않았고 무엇보다 아이를 가질 수도 없었다. 게다가 오스왈드에게 행복을 제공하기에 자신은 상처가 너무 많았다. 회복할 수 없는 상실감을 갖고 있었고 결혼이 가져다주는 불행에 관해서도 너무 많이 알고 있었다.

그에게 필요한 건 풍파에 깎이고 찢겨진 닳고 닳은 여자가 아니라 스무 살 때의 자신처럼 사랑만 가득하고 아픔이 없는 여자였다. 그래서 망설임도 없고, 두려움도 없이 오스왈드를 품어 줄 수 있는 여자가 필요했다. 자신을 향한 오스왈드의 마음은 시간이 지나면 퇴색될 수밖에 없다. 그게 자연의 이치였다. 가져 보지 못한 것에 대한 호기심. 그 궁금증을 채우고 나면 그는 좀 더 근사한 것을 찾아갈 것이다.

오스왈드는 사랑을 해 본 적이 없는 사람이었다. 처음 하는 사랑이 얼마나 열병 같은지, 그것이 얼마나 눈을 멀게 하는지 단희는 겪어 봤기 때문에 잘 안다. 그가 내뱉는 달콤한 말들이 지금은 진심이겠지만 머지않아 그건 아무런 의미가 없는 비문이 될 것이다.

단희는 손잡이에서 손을 떼고 서재 안으로 발걸음을 옮겼다. 그의 입가에 가늘게 뜬 미소가 선선했다. 무슨 생각을 하고 있던 걸까. 단희는 오스왈드의 바로 앞까지 와 그의 홈 하나 없이 깨끗한 마호가니 책상을 손가락으로 매만지며 그의 눈치를 살폈다.

"혹시 여기, 여자 금지 구역이에요?"

그의 입가가 좀 더 선을 그리며 올라갔다. 깊게 잠겼던 눈에 활기가 돌았다.

"그럴 리가."

단희는 마호가니 책상 위로 깡총 올라앉아, 오스왈드의 의자 손잡이 위에 발을 올렸다. 셔츠 아래로 드러난 하얀 허벅지의 더 아래로 한 줌밖에 되지 않는 단희의 가는 발목이 보였다. 마지연이 약속대로 단희의 식사는 잘 챙기고 있는 걸까.

"혹시 내가 없어서 깬 거야?"

"아마도요."

오스왈드는 웃으며 단희의 종아리를 어루만졌다. 규칙적이고 반복적으로 쓸어 올렸다 내리는 자신의 손동작을 쳐다보며 그는 전혀 다른 이야기를 꺼냈다.

"연말에 뉴저지에서 행사가 있어. 오랫동안 덜래스 가문에서 주최해 온 전통적인 행사야. 난 무조건 가야 해."

단희는 고개를 끄덕였다.

"가면 얼마나 있다 와요?"

그가 고개를 들었다.

"같이 갈래?"

"……."

여자는 뭐라고 대답해야 할지 모르는 것처럼 보였다.

"무리인가?"

그가 씁쓸하게 웃었다. 그런 얼굴을 보고 있자니 단희는 자신이 비겁해진 기분이 들었다.

"일부러 그러죠?"

"뭘?"

"그런 표정 짓는 거요."

"무슨 표정?"

"비 맞은 멍멍이 같은 표정이요."

오스왈드의 잇새에서 '허' 하는 소리가 터졌다.

"내가 개가 되면 어떤지 아직 못 봐서 그러지."

"개랑 멍멍이는 어감부터 달라요. 멍멍이는 귀엽고 개는 상스럽게 들린다고요."

"그래서, 내가 멍멍이처럼 굴면 같이 가 줄 건가?"

오스왈드의 눈이 호기심과 기대감 같은 것으로 반짝였다. 일부러 더 그러는 것 같았다.

"나 지금 구걸하고 있는 건데."

그 말에 단희는 가슴이 따끔해 저도 모르게 눈썹을 구겼다. 이 남자는 어느 면에선 참 비겁하고 어느 면에선 참 집요하다. 강아지처럼 쳐다본다고 말했지만 사실 눈앞의 남자는 무슨 짓을 해도 강아지처럼 보이진 않았다. 도사견이면 몰라도.

무슨 생각을 하는지 전혀 알 수 없는 눈을 가진 남자가, 어느 순간에는 참 쉽게 읽혔다. 그게 자꾸 가슴을 움켜잡고 자신의 모든 것을 송두리째 가져가려는 거 같아 덜컥 겁이 난다.

"나한테 너무 빠지면 곤란해요."

도도한 척하는 한마디에 그는 웃음을 터트렸다.

"웃기지만 인정하지."

종아리를 매만지던 손이 발목까지 훑어 내려갔다가 허벅지까지 쓸어 오며 단희의 셔츠를 그 위로 밀어 냈다. 오스왈드는 은밀하고 도전적인 눈으로 단희를 올려다보며 천천히 여자의 무릎으로 고개를 숙였다. 입술이 닿을까 말까 하더니 그의 혀가 단희의 무릎을 가볍게 핥았다. 따끔한 벌침에 쏘인 것처럼 몸이 움찔했다. 오스왈드가 마른 입술을 핥으며 양손으로 단희의 무릎을 잡고 양옆으로 벌렸다. 다리 사이가 개방되자 단희의 얼굴이 붉게 달아올랐다.

"뭐, 뭐 해요?"

"멍멍이처럼 굴어 보려고."

그는 혀에 물을 축이는 강아지처럼 단희의 허벅지 안쪽을 핥아 올라갔다. 간지럽고 뜨듯한 느낌에 절로 몸이 뒤틀렸다. 그는 단희의 허벅지에 코를 비비며 쿵쿵거리다가 다시 핥았다. 자신의 허벅지에 얼굴을 묻고 있는 그의 모습을 보자니 열이 올랐고 동시에 유쾌했다.

"멍멍이처럼 안 보여요. 그냥 짐승 같은 오스왈드 퀸튼으로 보이지."

사타구니 사이로 웃음 섞인 입김이 느껴졌다.

"맞아. 난 짐승이야."

그는 핥는 것을 멈추지 않았다. 속옷을 옆으로 밀고 그대로 가장 안쪽까지 핥아 올렸다. 단희는 쾌감에 몸부림치며 책상 위에 뻗었고 오스왈드에게 이끌려 짐승처럼 교미했다. 그는 애간장을 녹이고, 단희를 고문하고, 열기에 취하게 만들며 결국 원하는 것을 얻어 냈다.

같이 가겠냐고 반복적으로 묻는 말을 포함해 귓가에 속삭이는 모든 말이 전희 같아 그가 하는 말을 제대로 이해하는 것은 불가능했다. 하지만 자신이 뭐라고 답했는지는 확실히 기억한다. '네.'와 '그래요.' '제발.' 말고는 내뱉은 단어가 없었다.

◆　•　　•　●　●

단희가 다시 복귀하기 전에는 매일 아침 9시에 시작하던 미팅이었다. 단희는 무엇 때문인지 자신의 출근 시간을 10시로 정했고, 팀의 장은 그녀였으니 거기에 토를 달 수 있는 사람은 아무도 없었다. 허겁지겁 출근해 미팅 준비를 해야 했던 직원들은 오히려 그녀가 출근을 미루자 여유가 생겼다.

모두가 그동안 팀장 대행으로 역할을 했던 장 감독에게 학을 떼고

473

있었기에, 단희의 복귀는 오히려 반가운 일이었다. 스튜디오 구석에 의자를 끌고 가 책상도 없이 가졌던 단출했던 회의가, 오스왈드가 방송국을 확장해 준 덕에 제대로 시설을 갖춘 회의실에서 빔 프로젝터와 화이트보드, 큼지막한 테이블을 놓고 할 수 있게 되었다.

직원들은 갑작스레 바뀐 호사스러운 환경에 없던 애사심까지 생긴다며 무척 만족스러워했다. 마지연은 회의 시작 전에 모두의 테이블에 취향에 맞는 커피와 차를 올려 두었다. 다른 것은 몰라도 기호 파악에는 눈치가 아주 빨랐다. 보고 배운 것이 그것뿐인 것 같기도 했다.

"다음 주부터 국장님 복귀할 거예요. 그렇게 알고 계세요."

미팅 말미에 단희가 흘리듯 말했다. 잠시 분위기가 어수선해졌지만 모두들 잘 수긍하는 분위기였다. 성격은 뭣 같아도 일은 잘했으니 그가 다시 합류하는 것은 모두에게 안정감을 주는 일이었다.

단희는 한동안 소란스러웠던 뉴스팀을 안정적으로 돌려놓고 싶었다. 그래서 손에서 좀 털어 내 버리고 싶었다. 오스왈드는 단희가 이 자리에 최적이라고 생각했다. 그녀는 누군가의 말단 직원으로 있기엔 아까운 머리를 가졌고 감정에 휘둘리지 않아 신뢰할 수 있는 사람이었다. 그러나 잘 해내는 것과 천성적으로 잘 맞는 것은 달랐다.

그녀는 누군가를 앞에서 이끄는 역할을 별로 좋아하지 않았다. 이 업무를 지속하고 싶은 마음보다 관두고 싶은 마음이 더 컸다. 솔직히 손이 많이 가는 직원은 마지연 하나로 족했다. 그보다 더 많은 사람을 챙기는 건 버거웠다. 그녀는 오스왈드처럼 회사 일에 정력적으로 임하지 못했다. 그렇게 하고 싶지도 않았다. 그저 해야 하는 일만 성실하게 할 뿐이었다.

"팀장님, 2시에 건강검진 받으셔야 해요."

회의실을 나와 자신의 사무실로 돌아가는 길에 마지연이 스케줄 표를 꺼내 들자 단희가 미간을 구겼다.

"무슨 건강검진?"

"본사에서 시킨 거라 저도 잘 몰라요. 팀장님 건강검진 기록이 필요하대요."

단희가 별다른 대꾸가 없자 마지연은 스케줄 표를 접고 종종걸음으로 그 뒤를 따랐다. 그녀는 단희가 납골당에 다녀온 이후로 상사의 우편물을 꼼꼼히 챙겼다. 내심 그 거지 같은 남편이 보낸 이혼서류를 기다리고 있는데 어디서 나무를 깎아 종이부터 만들고 있나, 코빼기도 보이질 않았다.

마지연은 비서 일이 잘 맞았다. 돈은 좀 덜 벌지언정 진상 손님을 감당하는 것보다 유단희처럼 정신머리가 제대로 박힌 사람을 상대하는 것이 무엇보다 좋았다. 무뚝뚝하고 말이 별로 없는 여자이지만, 직원들을 대하는 태도나, 자신에게 하는 행동이나 무심한 듯 친절했다.

장 감독이나 최 주임은 단희의 무뚝뚝함, 표정 없는 얼굴을 싫어했지만 반대로 자신을 포함해서 상우나, 김 감독이나, 최 기자는 단희의 그런 담백함을 좋아했다. 단희는 허영이나 가식이 없었다. 챙겨 줘야 할 건 잘 챙겨 줬다. 냉기가 돌 정도로 서늘하지만 이상하게 엄마 같은 구석이 있었다.

"팀장님. 아이스티 드실래요? 저 카라멜 마끼아또 먹고 싶은데."

마지연이 활기차게 물었다. 가끔 이런 마지연 때문에 회사에 일하러 온 게 아니라 놀러 온 것 같은 착각이 든다. 여기가 회사가 아니라 여고인 것 같기도 하고……. 아니면 자유로운 대학교 캠퍼스인 것 같기도 했다.

여전히 요란한 귀걸이에 과하게 컬을 넣은 웨이브 머리를 하고 있지만 편안한 복장에 수수한 화장을 한 마지연을 보고 있자니 더 그런 기분이다. 단희는 아무 말 없이 지폐 한 장을 내밀었고 마지연은 씨익 웃으며 그것을 받아 들었다.

"제가 금방 사 올게요."

칠렐레팔렐레 뛰어가는 모습이 해맑다. 그러니까 먹고 싶으니 사 달란 말이었다. 남자들이야 마지연이 눈웃음치며 넌지시 사 달라 눈치를 주면 잘 사 주겠지만 여직원들에게는 고깝게 보일 수밖에 없다. 그걸 아는지 모르는지 쟤는 해맑기만 하다. 알면서도 신경을 안 쓰는 것 같기도 하고.

단희는 자신의 사무실 문을 열었다. 희끗한 파마머리. 눈에 익숙한 둥그스름한 등. 더운지 연신 부채질을 해 대며 '아이구, 아이구' 소리를 혼자 내뱉는 여자의 모습이 너무나 낯익었다. 몇 년이 지나도 저 뒷모습만 보면 속이 턱턱 막혔던 그 기분은 어제처럼 선명했다.

문이 열리는 소리에 노부인이 뒤를 돌았다. 나비 모양이 수놓아진 값비싼 돋보기안경. 깊게 파인 팔자 주름에, 자글자글한 입술 위로 눈이 아플 정도로 선명한 붉은색 립스틱이 발라져 있었다.

시퍼렇게 뜬 안광이 자칫 광기에 차 보이기도 했다. 노부인은 단희를 발견하자 부채질을 멈췄다. 기가 막힌 듯 벌어진 입에서 헛숨이 새어 나왔다.

어머니.

한때는 깍듯하게 어머니라고 불렀던 여자. 못 보던 사이에 마르기는커녕 더 살집이 오른 시어머니를 앞에 두고 단희는 그 자리에서 얼었다. 과거의 망령이 순간적으로 그녀를 뒤덮었다. 노부인은 돋보기안경 밖으로 눈을 치켜뜨며 단희를 위아래로 관찰했다.

"네가 요즘 살 만한가 보구나."

한때는 어른이었다. 한때는 눈앞의 여자가 귀신보다 더 무서웠다. 눈을 치켜뜨고 소리를 지르면 바들바들 떨다가 자리에 주저앉기도 했었다. 친정엄마는 자신이 젊었을 때에도 그런 시집살이는 당해 본 적이 없다며 분통을 터트렸다. 남편과의 사이가 벌어지기 시작한 이유의 거의 대부분을 이 여자가 차지했다.

자신의 손주 새끼가 그렇게 끔찍이 어여쁘면서도, 집에서 애 한 번을 봐 주지 않은 사람이었다. 가끔 남편이 불만을 터트리면 '며느리가 있는데 내가 왜 애를 보냐.' 그 한마디로 모든 상황을 정리하는 사람이었다.

술과 유흥을 좋아하고, 여행을 좋아하고, 친구들을 좋아해서 달마다, 년마다 국내여행이고 해외여행이고 관광이란 관광은 다 다녔으면서 정작 며느리는 밖에서 서너 시간만 있다 들어와도 눈을 퍼렇게 뜨고 거실에서 기다리던 여자였다.

너무 어려서, 그것이 부당한 줄도 몰랐다. 주변에 결혼한 친구도 없으니 시집살이가 어떤 것인지 물어볼 사람도 없었다. 자신이 왜 시들어 가는지 어째서 곪아 가는지 본인조차 몰랐다. 모든 게 다 못나고 속 좁은 자신의 탓이라 여겼다.

여자는 단희를 다른 사람에게 '가족'이라 말했다. '내 가족'. 하지만 분명 여자는 자신의 며느리를 '가족'이라고 생각하지 않았다. 그녀에게 단희는 순진한 아들을 꼬여서 임신한 도둑년이었고, 집안 살림 하나 똑 부러지게 못 하는 머저리였으며, 아들이 벌어 오는 돈을 주머니에 틀어쥐고 생색이나 내는 여우 같은 여자였던 거다.

그걸 아주 나중에야 알게 됐다. 아이를 잃고, 남편과 헤어지고, 그 상황에서 멀어지고 나니 그제야 그 모든 것이 잘못되었단 걸 알게 됐다. 단희는 오랫동안 그저 자신의 무지를 탓해 왔다. 아는 게 없고, 배운 게 없이 시작한 결혼 생활은 본인이 택한 선택이었으니 누굴 원망하려거든 본인을 원망해야 했다.

"어쩐 일이세요?"

"너 남자 생겼다며!"

남편과 헤어질 땐 콧방귀도 끼지 않던 여자다. 내심 더 이상 아이를 갖지 못하는 며느리를 내치고 싶어 했다. 장손이 귀한 집이었다. 줄줄이 계집애만 나오다가 그 집안에 간신히 나온 아들이 권우형이었다.

시아버지는 넷째 아들이지만 권우형은 장손이었다. 씨가 귀했기 때문에 남자아이를 임신한 단희를 받아들일 수밖에 없었다. 보수적이고 가부장적인 시부모가 내심 아들이 건강한 여자와 재혼했으면 하고 바랐던 것도 대번에 눈치챘다. 그러면서 3년 만에 나타나서, 그것도 사무실에 쳐들어와서 제 아들이 그랬던 것처럼 대뜸 남자 생겼냐고 묻는 걸 보고 있자니 차라리 코미디였다.

단희가 아무 말 없이 가만히 자신을 내려다보고 있자 노인은 속에서 천불이 났다. 어디 여우 같은 것이, 무엇 하나 잘한 게 없는 것이, 뭐가 잘났다고 하나뿐인 아들 가슴에 대못을 박아 넣어.

술에 진탕 취해 들어온 아들의 손에 구겨진 이혼서류가 들려 있었다. 어찌 된 영문인지 묻는 엄마에게 혀가 잔뜩 꼬인 채 단희가 새 출발 한단다, 남자가 있단다, 이혼해 달란다 하는 소리를 듣자마자 눈이 뒤집혔다.

아들에게 며느리 연락처를 물었지만 알려 주질 않았고 내내 술만 끼고 살았다. 노인은 억장이 무너졌다. 안 그래도 다 죽어 가는 남편 때문에 힘들어 죽겠는데 아들마저 저 꼬락서니이니 속에서 울화통이 터졌다. 아들의 방 안, 옷가지를 모두 다 뒤져 여자의 명함을 찾아낸 뒤 노인은 지체 없이 택시에 올랐다. 속이 부글부글 끓어 오는 내내 뒤통수가 다 아팠다.

번듯한 팀장이란 직책. 척 보기에도 고가의 옷차림. 어디에서 상거지 꼴이나 면하고 살아가려나 했던 단희가 생각보다 더 멀쩡한 것이 기가 막혔다. 아들은 제 자식을 잃고, 부인을 잃고 그렇게 힘든 시간을 보낼 때, 일에 치여 사업에 치여 아등바등하며 살 때 집 나간 며느리는 번듯한 직장에 남자나 끼고 보낸 것이 이렇게 억울할 수가 없었다. 그러면서 어떻게 저렇게 뻔뻔한 얼굴로 눈 하나 깜짝 안 하고 자신을 내려다볼 수 있나. 노인은 아픈 다리를 부여잡고 자리에서 일어나 두툼한 손바닥으로 단희의 뺨을 올려붙였다.

짝! 하는 소리와 함께 단희의 얼굴이 오른쪽으로 돌아갔다.

"세상천지 너 같은 애 없다. 어떻게 지 새끼 죽이고, 남편은 저 꼴로 만들어 놓고 뻔뻔하게 새 출발을 한다고 해! 어디 이혼도 안 한 여자가 다른 남자를 만나! 어떻게 지학이 버리고 저 혼자 잘 살 생각을 해! 남의 집안 다 말아먹어 놓고 저 혼자 잘 살겠단 생각을 어떻게 하냐고! 이 벼락 맞을 것!"

단희는 아주 천천히 숨을 내쉬었다. 어금니가 절로 물렸지만 광인처럼 내지르는 노인과 같이 악다구니를 쓰고 싶지가 않았다. 침착해지려고 애쓰느라 가슴이 크게 부풀었다가 내려앉았다.

"내가 분통이 터져서 살 수가 없다! 밤새 어찌나 열불이 나던지 온몸이 두드려 맞은 듯 안 아픈 곳이 없다. 아이고, 내 팔자야."

"언제는 안 아픈 곳이 있으셨어요?"

단희가 조용히 말대꾸를 하자 노인은 눈을 가늘게 떴다. 예전 같으면 바닥에 주저앉아 바들바들 떨었을 사람이었다. 억울해도 이를 악물고 고개를 숙였던 아이가 내려다보며 또박또박 말대꾸를 한다.

"안 아픈 곳 없으셨잖아요. 하루는 두통이 오고 하루는 허리가 아프고, 하루는 관절이 안 좋고 삭신이 쑤시고, 잇몸이 아프고, 눈이 침침하고……. 앓아눕지 않은 적, 없으셨잖아요."

"뭐?"

"살은 더 찌셨네요. 의사가 분명 비만 때문이니 빼라고 했을 텐데. 참 여전하시네요."

노부인의 얼굴에 하얗게 떴다.

"정신 차리고 본인 건강은 본인이 챙기세요. 오래오래 사시려면요."

"너 나 겁박하니?"

"관절도 안 좋으신데 여기까지 찾아오고 대단하시네요. 그 열정이 있으면 아드님이나 잘 챙기세요. 더 말랐던데. 엄마는 살쪄 가고 아들은 말라 가고. 남 보기 좋지는 않잖아요?"

"뭐, 뭐?"

"저한테 그러셨잖아요. 너랑 결혼하더니 아들은 말라 가고 너만 살쪄 가는 거 보기 안 좋다고요. 나야 임신해서 그랬다 쳐도…… 그쪽은 그 나이에 임신한 것도 아니잖아요."

그쪽? 방금 날 그렇게 부른 거야? 그쪽?

노부인은 다시 한 번 손을 들었다. 눈을 똑바로 뜨고 대드는 꼴에 이가 악물렸다.

"이게 어디서……."

매섭게 손으로 올려붙일 찰나, 머리 위로 뭔가가 후드득 쏟아졌다. 달콤하고 끈적끈적한 냄새. 얼음이 바닥으로 후드득 떨어지더니 생크림이 섞인 끈끈한 커피가 얼굴 위로 주르륵 흘렀다.

"팀장님, 이거요."

마지연이 노인의 머리 위에 카라멜 마끼아또 잔을 탈탈 털어 내며 단희에게 아이스티를 건넸다. 노인은 눈에 흐르는 끈적한 액체를 닦아 내며 잠깐 멍했다.

"아줌마. 사랑과 전쟁은 드라마구요. 그걸 현실에서 따라 하면 안되죠."

마지연은 노부인을 위아래로 훑으며 혀를 찼다.

"보아하니 나이 꽤나 드신 거 같은데…… 아직도 현실과 판타지 구별이 잘 안 가세요? 노망나셨나?"

"무슨 이런……."

노부인의 미간이 사정없이 구겨졌다. 기가 막혀 말도 제대로 안 나왔다. 성이 난 눈으로 마지연을 노려보자 그녀는 태연하게 고개를 갸우뚱하며 입을 열었다.

"아줌마 이거 영업 방해인데. 경찰서 가도 괜찮을까?"

웬 영업 방해. 업무 방해 아닌가? 단희는 아이스티를 빨며 잠시 의

아했다. 마지연은 단희의 책상 위에서 티슈를 빼 들어 자기가 마끼아또를 쏟아부어 버린 노인의 머리 위를 성실하게 문질렀다. 닦아 낼 의도 같은 건 전혀 없었다. 노인의 머리는 닭털을 뒤집어쓴 것처럼 젖은 휴지까지 엉겨 붙어 더 이상한 꼴이 되어 가고 있었다.

이건 좀 심한데.

"지연 씨……."

점점 더 노인을 엉망으로 만들기 전에 만류하려고 단희가 이름을 불렀지만 지연은 아랑곳하지 않았다.

"얼굴로 마끼아또 드셨다, 생각하시고 조용히 돌아가세요."

"너 미쳤어!"

노인이 소리 지르며 손을 올리자 키가 머리통 하나는 더 큰 마지연이 귀찮다는 듯 노인의 손을 붙잡았다. 맞는 건 이골이 났다. 아빠에게 질리게 맞았고 룸살롱에서 진상 손님들에게도 질리게 맞았다. 입술이 터지고 얼굴이 멍들고 재수 없으면 늘 그 꼴을 하고 다녔다. 이젠 누가 손만 올려도 이가 부득부득 갈린다.

세상천지에는 이런 개만도 못한 것들이 지천에 널렸다. 마지연은 함부로 손찌검을 하는 것들만 보면 눈알이 돌아갔다. 마음 같아선 팔목을 비틀어 꺾어 버리고 싶었다. 이런 살이 피둥피둥하게 오른 노인의 손모가지는 마음만 먹으면 부러뜨릴 수도 있다. 지금 노인은 마지연이 얼마나 성질을 참고 있는지 아마도 모를 것이다.

"아줌마. 나 아줌마 같은 사람들 정말 질리게 겪었거든. 지보다 센 사람한테는 설설 기고 약한 사람한테는 벅벅 성질내는 사람. 근데 나 센 사람이야. 우리 아빠는 사람 죽여서 교도소 가 있고 나는 배운 게 별로 없어. 무서운 것도 별로 없어. 그러니까 이렇게 함부로 손 올리지 마. 그러다 내가 아줌마 머리채라도 잡으면…… 어쩌려고 그래. 나 아빠 닮아 눈깔 뒤집히면 뵈는 거 없어."

새파랗게 어린 계집애의 눈에 광기가 어렸다. 그러자 악에 받쳤던 노인의 얼굴에서 표정이 쑥 꺼졌다.

"그래. 다행히 귀는 아직 안 먹었나 봐. 이제 조용히 집으로 돌아가, 아줌마."

마지연은 방글방글 웃으며 노인의 손을 부드럽게 놓았다. 노인은 마지연이 돌았다고 생각했다. 정신이 나갔든지 아니면 정신이 모자라든지 어쨌든 정상은 아니었다.

"미친 것들. 돌은 것들!"

노인은 핸드백과 부채를 후다닥 챙겨 비틀비틀 사무실을 나갔다. 불만이 가득한 눈이었지만 제법 무섭긴 했던 모양이었다.

마지연은 노인이 사라지자마자 사무실 문밖을 휘적휘적 쳐다보더니 꼭 문을 닫았다.

"편집실이랑 떨어져 있어서 다행이에요. 아무도 못 본 거 같아요."

긴장이 풀리자 단희는 사무실 의자에 비틀거리며 앉았다.

"와, 진짜 진상 집안이다. 꼭 이렇게 끝을 봐야 돼? 팀장님은 대체 뭐가 좋다고 저런 집에 시집갔어요?"

"그러게."

단희가 자조적으로 웃으며 욱신거리는 뺨에 얼음이 들어 있는 아이스티 잔을 가져다 댔다.

"내가 뭐가 좋다고 그랬나 모르겠네. 철없을 때 저지른 일치고 감당해야 되는 게 너무 많네."

재혼? 권우형은 재혼을 할 것이냐고 물었다. 이 꼴을 겪으며 어떻게 재혼을 생각한단 말인가. 결혼이라면 지긋지긋하다. 서류로 구속되는 것도 지긋지긋하다. 남편, 아내, 시댁, 의무, 책임. 그 모든 게 다 진절머리가 났다. 어차피 아이도 갖지 못하는 마당에 평생 남에게 구속되어 붙들려 사는 건 이제 죽어도 하고 싶지 않았다.

"마지연 씨, 아버지 정말 교도소에 있어요?"

"네."

마지연은 티슈를 뽑아 바닥의 얼음과 마끼아또 잔여물을 닦느라 쪼그려 앉은 채 대답했다.

"술 먹고 사람을 죽였대요. 자세히는 몰라요."

"몇 살 때에요?"

"열여섯 살이요."

"그럼 그 이후엔 혼자 지냈어요?"

"아니요. 아빠 교도소 가고 고모네 집에서 한동안 지냈어요. 근데 고모부가 자꾸 밤만 되면 자기 거 만져 달라고 치근대서 3개월 정도 있다가 나왔어요. 고모가 눈치챘거든요. 그 이후론 혼자 살았어요. 아르바이트하면서."

"다른 가족은?"

"모르겠어요. 고모부 일 이후로 완전히 연락을 끊어서요."

"어느 집이나 미친놈은 꼭 하나씩 있어."

단희의 푸념에 마지연은 담담하게 바닥을 닦았다. 과거의 이야기를 하는 것은 불편했다. 과거 이야기를 하고 나면 꼭 동정이 담긴 눈으로 자신을 쳐다봤다. 불쌍하고 애처롭게 보는 눈이 마치 자신보다 하등한 인간을 대하는 듯 보여 기분이 좋지 않았다. 차라리 개념 없고 상식 없는 또라이처럼 쳐다보는 게 훨씬 더 견디기 쉬웠다.

"고생하면 늙는다던데."

"네?"

무슨 이야기인가 싶어 마지연은 고개를 확 들었다.

"지연 씨는 고생 하나도 안 하고 자란 것처럼 보여. 마냥 예쁘잖아. 날 봐. 사랑과 전쟁 찍다가 폭삭 늙었어."

잇새로 비죽 웃음이 새어 나와 마지연은 키득키득 웃었다.

"팀장님도 고생한 것치고 그렇게 늙어 보이진 않아요."

"칭찬이라고 하는 거야?"

"제가 원래 거짓말은 못해요. 그리고 원래 미인은 타고나는 거예요.

나처럼."

"누구 닮은 거야? 아빠?"

"아니요, 엄마요."

어려서 도망간 엄마가 누군지 기억도 안 나지만 아빠를 닮지 않았으니 아마 엄마를 닮았을 거다.

"엄마를 생각하며 하루 삼세번 동쪽을 보고 절해. 그 정도면 로또야."

단희의 농에 마지연은 다시 키득대며 웃었다. 단희는 지연이 웃는 걸 지켜보다 말을 이었다.

"오늘 도와줘서 고마워요. 시집살이하며 분한 마음 오늘 다 풀렸어."

단희의 입가에 조심스레 미소가 피었다. 마지연에게 단희는 깊은 심연이었다. 어둡지만 고요하고 신비했다. 그래서 단희가 미소 지으면 수면 아래 햇살이 비치듯 눈이 부셨다. 그 남자는 분명 여자의 저런 얼굴에 끌렸으리라. 참, 마음에 드는 여자다.

마지연은 바닥을 닦으며 콧노래를 흥얼거렸다. 그러면서 오늘 벌어진 이 극적인 드라마를 사장에게 어떻게 실감 나게 보고할지를 골몰했다. 머릿속에 좌라락 시나리오가 펼쳐졌다. 자신의 활약상이 돋보이는 화려한 액션이 하이라이트다. 생각만으로도 신이 나 절로 어깨가 들썩였다.

하루 종일 얼음찜질을 하면 가라앉을 거라고 생각했는데, 시간이 지나니 자국만 더 울긋불긋해졌다. 조금이라도 가려 볼까 마지연에게 파운데이션을 빌려 연신 두드려도 소용이 없었다. 뭐 이딴 커버력 없는 화장품을 쓰느냐고 투덜대자 마지연은 눈을 깜빡이며 원래 피부가 좋아서 커버할 필요가 없다고 제 자랑질만 해 댔다.

이 꼴을 하고 건강검진을 받고, 퇴근을 한 것은 하등 신경 쓰이지 않았지만 밤에 오스왈드와 마주칠 생각을 하니 무척이나 곤란했다. 자국이나 크게 없어야 부딪혔다고 변명이라도 하지, 누가 봐도 뺨 맞은 자국으로 보여서 거짓말을 해도 속을 것 같지가 않았다. 단희는 엘리베이터 문이 열릴 때까지 연신 자기 볼만 주물럭거렸다.

엘리베이터 문이 열렸고, 이젠 제법 많이 익숙해진 집 안 풍경이 보였다. 텅 빈 듯 넓은 거실이나, 한강이 내려다보이는 탁 트인 전경도, 첫눈을 기다리고 있는 테라스도 모두 눈에 익었다.

단지 그 안에 오스왈드가 벌써 들어와 있으리라곤 예상을 하지 못해서, 단희는 뺨을 주물럭대며 거실로 걸어 들어오다 그 자리에서 흠칫 멈췄다.

"언제 왔어요?"

그는 소파 등받이에 엉덩이를 대고 팔짱을 낀 채 비스듬히 서 있었다. 단희보다 먼저 퇴근한 경우는 한 번도 없었다. 늘 30분에서 한 시간 정도 늦게 돌아와서 그동안 얼음찜질이나 더 하자고 마음먹고 있었는데 하필 오늘 또 일찍 와 있을 건 뭐란 말인가.

뺨에 붙여 놓은 손이 어색했다. 그렇다고 떼자니 흉물스러운 볼을 들킬 것만 같았다. 그는 어두운 거실에 가라앉아 있었다. 다정한 인사도 없었고 대꾸도 없었다. 그가 기분이 좋아 보이지 않는다는 건 좋은 일이 아니다. 설마 알고 있는 걸까. 마지연이 미주알고주알 다 일러바쳤나.

오스왈드는 몸을 등받이에서 일으켜 어색하게 서 있는 단희에게 조용히 다가왔다. 발자국 소리조차 들리지 않아서 사람이 아니라, 유령 같은 것이 다가오는 듯했다. 한일자로 꾹 다문 입을 멍하게 쳐다보고 있는 동안 오스왈드가 다가와 단희의 손목을 잡고 밑으로 내렸다. 그렇게 크게 힘을 준 것도 아니었다. 억지로 떼어 냈다고 하기도 곤란했다. 그렇다고 자의적으로 내리는 것도 아니면서 부드럽게 당기는 그의 손길에 손바닥이 그대로 뚝 떨어져 나갔다.

"그러니까······."

오스왈드의 엄지가 볼에 닿자 홧홧한 기운이 몰려와 단희는 인상을 찡그리며 움찔했다. 그러자 그의 눈가도 같이 움찔하며 눈동자에 불길이 어렸다.

"별거 아니에요."

단희는 본능적으로 덧붙였다. 그가 화내는 것을 본 적이 없다. 말싸움을 주야장천 해 대고 신경을 벅벅 긁어 댔지만 그래도 그가 진짜로 화내는 것을 본 적은 없었다. 그걸 보고 싶지도 않았다. 오스왈드의 턱에 힘이 잔뜩 들어가고 어금니가 갈리는 것처럼 보이자 단희는 눈앞이 깜깜했다.

"별로 아프지도 않았어요."

그는 아무 말도 없이 홱 돌아섰고 단희는 종종걸음을 치며 그를 따라갔다.

"진짜 아무 일도 아니었어요. 혹시 들었어요? 지연이가 이야기해 주던가요?"

그는 성큼성큼 부엌으로 들어가 얼음부터 꺼냈다. 비닐에 넣고 수건으로 감싸더니 화를 삭이는 듯 가만히 있다가 곧 냉정을 되찾고 단희의 뺨에 수건을 가져다 댔다.

"대고 있어."

단희는 그가 시키는 대로 수건을 잡았다. 자기 말을 한마디도 듣고 있는 것 같지가 않았다. 단희는 불안한 눈으로 오스왈드를 올려다봤다. 호박색 눈동자에선 읽을 수 있는 게 아무것도 없었다. 비어 있는 표정의 그를 보는 건 아직도 적응되지 않는다.

"나랑 대화해요."

"당신과 할 말 없어."

대답이 생각보다 더 매섭게 나갔다. 그는 속이 부글부글 끓었다. 화를 삭이느라 온 근육에 쥐가 날 지경이었다. 별게 아니라고? 마지연한

486

테 전화를 받고 그 신나는 무용담을 듣는 내내 머릿속에 카빈소총을 떠올렸다. 손가락을 방아쇠에 걸고 당길 때 느껴지던 그 착 감기는 살육의 희열을 다시 느끼고 싶었다. 누구도 감히, 단희에게 이런 식으로 손을 댈 수는 없다. 이건 심각하게 모욕적이었다.

"내 이야기를 들어야죠."

"들을 이야기도 없어. 이미 다 들었으니까."

마지연. 이 계집애가 뭐라고 말한 거야. 설마 그걸 다 일러바쳤어? 단희는 곤란함에 입술을 씹었다. 얼이 빠져 얼음주머니를 댄 손이 뺨에서 떨어지자 오스왈드가 다시 단희의 손목을 잡아 볼 위에 얹어 두었다.

"배 안 고파요?"

단희가 일상으로 화제를 돌렸다. 어르고 달래도 안 될 것 같으니 차라리 그의 주위를 다른 곳으로 돌리려는 심산이었다.

"우리 같이 뭐라도 먹어요."

그는 대꾸하지 않았다. 그저 조용히 단희의 이마에 입을 맞췄다.

"나가 봐야 돼."

이미 정신이 다른 곳으로 가 있는 듯 기계적이고 의무적으로 말한 뒤 그는 성큼성큼 거실을 지났다. 단희는 다시 종종걸음으로 그를 따르며 초조하게 물었다.

"어디 가는데요? 같이 가면 안 돼요?"

불안하면 말이 많아진다. 오스왈드는 열린 엘리베이터 안으로 들어가기 전에 동동거리는 단희에게로 고개를 돌렸다.

"회사에 일이 있는 것뿐이야."

"언제 오는데요?"

"늦을 수도 있어. 기다리지 마."

그는 엘리베이터 안으로 미끄러지듯 들어갔다.

"화난 거 아니죠?"

엘리베이터 1층 버튼을 누르고 난 뒤 오스왈드는 단희를 깊게 응시했다. 밝은 갈색의 눈동자가 두려움에 오들오들 떨고 있었다. 붉게 달아오른 뺨과 어우러져 물에 젖은 꽃처럼 보였다.

"아니. 화났어."

단희가 무엇인가를 더 이야기하려고 뻐끔거리는 동안 무표정한 오스왈드를 실은 엘리베이터의 문이 미련 없이 쿵 닫혔다.

15

반응이 오기까지 오랜 시간이 걸리지 않았다. 권우형이 회사를 운영하며 돈을 빌린 주거래 은행에 전화만 한 통 넣어도 일은 아주 쉽게 끝났다. 그들은 오스왈드 퀸튼이 누군지 잘 알고 있다.

은행의 투자 자본은 먹이사슬과도 같다. 여러 갈래로 쪼개지지만 결국 한곳으로 흘러 들어간다. 덜래스 사모 펀드. 그리고 곧 그 덜래스 사모 펀드의 주인이 누가 될지는 불 보듯 뻔한 일이었다. 수년째 침체기를 겪고 있는 기업 경제에 외국의 투자 자본은 가뭄에 단비 같은 존재였다. 안 그래도 이미 중국 시장으로 많은 외국인 투자자들이 발길을 돌린 가운데, 덜래스마저 발을 빼면 회생 불가능한 기업들이 셀 수 없이 많았다.

우형은 당황했다. 은행이 왜 갑자기 빌린 돈을 당장 갚으라는 건지, 어째서 그동안 투자 이야기가 나왔던 기업들이 모두 등을 돌리는 건지, 흥미를 보이던 곳들마저 왜 전부 약속조차 취소하는 것인지 처음엔 이해를 할 수 없었다.

궁지에 몰린 쥐가 되자 뭔가가 단단히 잘못되었단 생각이 들었고, 얼마 지나지 않아 그 생각이 오스왈드 퀸튼에게 미쳤다. 그가 했던 경고도 생각났다. 단희의 인생에서 꺼지라고 했던 그 말이. 등골이 서늘해, 얼마 전 식탁 위에서 발견한 단희의 명함을 들고 엄마를 추궁했더니, 기어이 며느리를 찾아가 사무실을 엎었단 이야기를 털어 놓았다.

제 성질에 못 이겨 아들의 밥줄을 끊어 놨다는 걸, 세상 물정 모르는 노모는 아들이 길길이 날뛰는 걸 보고 나서야 깨달았다. 그저 성질 한번 부리고, 악다구니를 한번 쓴 것인데 그게 뭐가 대수인지 영문을 몰랐다. 그저 생전 들어 보지도 못한 외국인 이름을 들먹이며 고래고래 소리를 지르는 아들의 모습에 말문이 막혀 두 눈만 끔뻑거렸다. 온 가족이 거리로 나앉게 생겼다는 말에 덜컥 가슴이 내려앉았다.

우형은 백기 투항했다. 노모에게 사실을 전해 듣자마자 당장 단희를 찾아가 사과하라고 소리를 지른 뒤 곧장 오스왈드를 찾아왔다.

"말로 하면 말귀를 못 알아먹는 모양이지."

그는 깍지 낀 두 손을 책상 위에 올려놓고 제왕처럼 앉아 있었다. 또박또박 내뱉는 단어가 바닥을 울렸고 우형은 난처함에 고개도 들지 못했다.

"어머니가, 좀 무지하십니다. 아무것도 모르고 하신 일이에요."

"내 알 바가 아니야. 분명히 경고했어. 유단희 인생에서 꺼지라고."

자존심이 꿈틀댔다. 누군가에게 고개를 숙이는 게 익숙지 않아 주먹이 꽉 쥐어졌다. 아이러니하게도 이 순간 단희가 생각났다. 도저히 거스를 수 없는, 도저히 대들 수 없는 상대에게 자존심을 누르고 있자니 단희도 늘 이런 기분으로 살았을까 싶었다.

"단희와 이미 서류 정리 하기로 이야기 끝냈습니다. 어머니가 많이 섭섭해서 하신 일이니……."

오스왈드가 서류철 하나를 들고 자리에서 일어섰다. 커다란 장신이 우형의 앞에 그림자를 드리웠다.

"사인해."

지난번 우형의 앞에 들이밀었던 그 이혼서류였다. 우형은 하는 수 없이 펜을 건네받아 자신의 이름과 서명을 써 넣었다. 오스왈드는 우형의 사인과 서명을 확인하더니 서류를 닫아 자신의 책상 위에 올렸다. 우형은 이것으로 그의 기분이 풀렸길 바랐다. 다시 회사가 원활하게 돌아간다고 하면 단희와의 서류 정리는 어떻게 되어도 상관이 없었다. 그저 빨리 이 분란을 해결하고만 싶었다.

"어쨌든 어머님에 대한 일은 제가……."

커다란 손이 우형의 목을 쥐어 잡고, 들어 올리더니 곧 아주 단단하고 쇳덩이 같은 것이 턱을 후려갈겼다. 쩡! 하는 얼얼함과 함께 우형은 그 힘에 밀려 바닥으로 던져졌다. 아주 잠깐 기절을 한 것 같았다. 턱이 부서진 듯한 고통과 함께 자신이 왜 바닥에 쓰러져 있는지 바로 이해하지 못했다. 입 안으로 비릿하고 미적지근한 것이 고였다. 바닥에서 일어나 퉤하고 피를 뱉어 냈고 그제야 자신이 맞았다는 걸 깨달았다.

오스왈드가 다시 남자의 멱살을 잡아 들어 올렸다. 우형은 속수무책으로 딸려 올라갔다. 태어나 누군가에게 얼굴을 맞은 건 처음이었다. 누군가에게 멱살을 잡힌 것도 처음이었다. 그것이, 이렇게 목이 졸리고 위압적인 것인지도 지금 처음 알았다.

"네가 가진 모든 걸 다 뺏어서 비렁뱅이로 만들어 줄까? 아니면 널 죽여서 네 부모 눈에 피눈물이 나게 해 줄까?"

오스왈드의 안광이 섬뜩하게 빛났다. 단순히 분노한 것이 아니었다. 그는 살기가 어려 있었다. 그 살기가 마치 제 옷을 찾아 입은 것처럼 오스왈드에게 너무 익숙해 보여서 우형의 온몸에 소름이 돋아났다.

"그 여자는 내 것이라고 했어. 내 것이라고 했으면 감히 누구도 건드려선 안 되는 거야."

바닥에 간신히 닿는 발가락이 저려 왔다. 힘을 풀고 싶지만 발끝으로 버티지 않으면 그의 손에 효수당할 것만 같았다.

"모르고 하신 일입니다."

그가 신음하듯 항변했다. 그러자 오스왈드가 그를 밀쳐 남자의 뒤통수를 쾅쾅 벽에 찍었다. 그대로 정신을 놓아도 이상할 게 없어 비명조차 나오질 않았다. 온몸이 바람 빠진 풍선처럼 흐물거렸다.

"가서 멍청한 네 엄마에게 전해. 한 번만 더 유단희의 뺨을 때리면 댁 아들의 뺨을 도려내 버릴 거라고. 머리채라도 잡으면 머리 가죽을 다 벗겨 버리겠다고."

"이, 이것……."

"한 번만 더 유단희 인생에서 얼쩡거리면 네 부모를 죽일 거야. 한 번만 더 네 부모가 유단희를 찾아가면 네놈의 사지를 토막 내서 네 집 앞마당에 뿌려 둘 거야."

"이것 좀……."

우형의 얼굴이 터질 것처럼 부풀어 올랐다. 멱살이 잡힌 그의 기도가 숨을 들이마시고 내쉬기에 너무 좁았다. 얼굴이 흑색으로 변한 채 꺽꺽 숨을 들이켜는 우형의 모습을 봐도 화가 가시질 않았다. 이것으로는 충분하지가 않았다. 온몸에 욕구가 들끓었다. 뭔가를 부수고 짓이기고 싶은 욕구가 이성을 좀먹어 갔다.

오스왈드는 팔뚝으로 그의 목을 누르고 한 손을 그의 가슴께로 내렸다. 그의 왼쪽 갈비뼈에 주먹을 올리더니 힘을 주어 압박을 가했다. 그건 고문이었다. 갈비뼈는 그대로 부서질 것 같았다. 오스왈드가 원하는 것도 그것 같았다.

우형은 비명을 내질렀다. 푸르게 질린 얼굴만큼 입술이 새파랗게 질려 있었다. 갈비뼈는 사정없이 눌렸다. 한계치에 다다라 그곳만

파이고 있는 것 같았다. 오스왈드는 그것에 그치지 않고 주먹으로 같은 부분을 반복해서 때리고 눌렀다. 그의 손놀림은 집요하고 잔인했다.

우둑, 하는 소리가 났다. 갈비뼈가 우지끈하고 부서지기 시작했다.

딸깍.

문이 열리는 소리와 함께 예고 없이 누군가가 들어서자 오스왈드는 남자의 멱살을 놓았다. 그는 벽 아래로 주르륵 흘러내렸다. 푸르게 질린 얼굴로 쌕쌕거리며 간헐적으로 기침을 뱉어 냈다. 기침을 할 때마다 입가에 고인 피가 바닥에 흩어졌다. 그는 자신의 옆구리를 부여잡고 잔뜩 몸을 웅크렸다.

단희는 눈앞의 광경을 눈으로 보고도 믿지 못했다. 여기가 어디지? 여기 오스왈드의 사무실 맞나? 방을 잘못 찾아 들어온 것 같았다. 전쟁이 터진 분쟁 지역의 포로수용소에 들어온 기분이 들었다. 그녀는 바닥에 웅크린 우형을 쳐다봤다. 입가가 터지고 턱에는 피가 흘러내렸다. 파랗게 질린 얼굴로 쿨럭일 때마다 피를 뱉고 있었다. 왼쪽 옆구리를 부여잡고 일어나질 못했다. 단희는 눈길을 오스왈드에게로 돌렸다.

숨소리가 차분히 가라앉아 있지만 온몸에서 불길이 일어섰다. 그의 주위만 용광로처럼 뜨거워 보였다. 어떻게 저렇게 얼음 같은 표정으로 어떻게 저렇게 타오를 수 있는지 단희는 그의 모습이 너무 낯설어 뒤로 주춤 물러섰다.

단희는 한 번도 광기에 찬 그의 모습을 본 적이 없었다. 그가 사람이 죽고 폭탄이 터지는 살육의 현장에 뛰어드는 모습을 본 적은 있지만 그때마다 그는 침착해 보였다. 강인해 보였지만 잔인해 보이진 않았다. 적어도 짐승처럼 보이진 않았다. 그런데 지금 눈앞의 남자는 짐승처럼 보였다. 그것도 광기에 찬 짐승.

갑자기 눈앞이 울렁거렸다. 모든 공간이 왜곡되는 것 같아 어지러웠다. 그가 사냥 전의 짐승처럼 보일 때는 꽤 많이 있었다. 그때마다 어둠 속에 몸을 숨기고 숨을 죽인 채 폭발하기를 기다리는 것처럼 보였다. 그러나 그게 전부였다. 하지만 지금은 다르다. 그는 자신이 가진 것을 폭발시키고 있었던 것 같다. 뭔가를 도살하려고 한 것 같았다.

단희는 핸드백을 바닥에 떨어뜨렸다. 오스왈드의 눈빛에 그 자리에서 박제되어 버릴 것 같아 그녀는 서둘러 몸을 움직였다. 단희는 쌕쌕거리는 우형을 내려다봤다. 숨소리에 신음이 섞여 있었다. 가까이서 본 몰골은 더 처참했다. 그걸 보고 있자니 가슴이 쿵 내려앉았다.

"괜찮아?"

우형이 대답하기도 전에 오스왈드가 여자를 뒤로 홱 돌렸다.

"What the fuck are you doing?"

그는 성마른 소리를 했다. 형편없이 일그러진 얼굴이었다.

"여긴 왜 왔어?"

열린 문 안으로 제드릭이 들어왔다. 단희는 우형에게 가는 제드릭의 모습을 좇느라 그의 말에 제대로 대답하지 않았다.

"어떻게 왔냐고 묻잖아!"

그가 고함을 쳤다. 목적을 알 수 없는 분노에 여자는 동요하지 않았다. 단희는 고압적으로 입을 뗐다.

"권우형 어머니한테 전화가 왔어요. 울면서 잘못했다고 아들 좀 살려 달라잖아요."

오스왈드는 제드릭의 부축을 받고 일어나는 우형에게로 눈을 틀었다. 어떤 식으로 해도 말귀를 못 알아먹는 새끼다. 그러자 단희가 우형의 앞에 버티고 서며 그의 시선을 가렸다. 어깨를 펴고 당당하게 서 있는 꼴이 마치 자기 남편을 지키려는 정숙한 부인처럼 보여 오스왈드의 눈가가 꿈틀댔다. 가장 보고 싶지 않은 모습이었다.

"어딜 봐요. 날 봐요."

오스왈드는 낮게 가라앉았다. 동시에 펄펄 타올랐다.

"너 지금 실수하는 거야."

"자금줄까지 다 끊어 놨다면서요. 집에 빨간딱지 붙여야 할 지경으로 만들었다면서요. 그래도 부족해요? 저 사람 꼴을 좀 봐요. 여긴 전쟁터가 아니에요. 당신은 군인이 아니고, 저 사람은 포로가 아니에요. 이렇게까지 해야 해요?"

"네 꼴을 봐!"

그가 단희의 손목을 잡고 그녀의 뺨에 손바닥을 거칠게 붙였다.

"맞은 만큼 복수했어요. 음료를 뿌리고 겁박도 해서 쫓아냈다고요. 당신이 나서지 않아도 이미 끝난 일이었어요."

오스왈드는 콧방귀를 뀌었다.

"복수? 그게 복수야? 뺨을 맞으면 상대방의 턱은 부수는 거야. 내 손을 건드리면 상대방의 손은 자르는 거야. 날 아프게 하면 상대방은 짓이겨서 으깨 놔야 그게 복수야."

단희의 입이 서서히 벌어졌다. 그를 이성적인 사람이라고 여겼다. 단희가 보아 온 그는 항상 침착했으므로, 상식적인 사람이라고 생각해 왔다. 그 안에 깊이 숨긴 불길, 그 뜨거움이 선한 것이라고 믿어 왔다. 지금은 도저히 그것이 믿기지 않는다. 지금은 그가 악마처럼 보였다.

딸깍.

사무실의 문이 닫히는 소리가 지글거리는 방 안에 울렸다. 그 짐승 우리엔 오로지 단희와 오스왈드만 남았다.

"저 개자식이 당신 옆에 한 번만 더 얼쩡거리면 그땐 몸에 붙어 있는 모든 뼈를 다 으깨 놓을 거야. 부모가 얼굴도 못 알아보게 다 부숴 놓겠어."

그는 어금니를 꾹 물고 한 마디, 한 마디 힘주어 발음했다.

"내 것을 건드리면, 그 사람의 것은 모두 다 잿더미로 만들어 버릴 거야. 두 번 다시 엄두도 못 내도록 할 거야."

단희는 오스왈드의 흉포함에 말을 잃었다. 남들이 이런 식으로 말하면 그걸 그저 하는 말로 받아들였을 거다. 화가 나면 찢어 죽인다느니 씹어 죽인다느니, 그런 말은 누구나 할 수 있는 거였다. 그러나 오스왈드의 입에서 나오면 달랐다. 그는 정말로 상대방을 으깨 놓거나 부숴 놓을 수 있는 사람이었다. 그를 사회적으로 매장시킬 수 있는 지위에 있고, 그만한 능력이 있었다. 손 하나 까딱하면 그의 집에 빨간 딱지를 붙일 수 있다.

눈앞에서 전남편을 고문하는 걸 봤다. 조금만 늦게 들어왔으면 뭐가 어떻게 됐을지 장담을 할 수가 없었다. 그가 우형을 병신으로 만들겠다고 하면 그는 그렇게 할 수 있었다. 우형을 거지로 만들겠다고 하면 그는 정말 그럴 수 있었다. 공포는 거기에서부터 왔다. 그가 하는 모든 말들이 결코 헛소리가 되지 않는다는 것에서부터.

"그가 망가지는 걸 원하지 않아요."

오스왈드의 어금니가 꽉 물렸다.

"위선이야."

"아니에요."

"위선이야. 당신은 저 사람을 원망하잖아!"

"우린 아이가 있었어요! 저 사람은 내 아이의 아빠였다구요! 저 사람이 아니었으면 난 지학이를 만나지도 못했어요! 나는……."

그는 단희의 손목을 잡아채 자신에게로 끌어당겼다. 그러곤 거칠게 단희의 턱을 잡아 올렸다.

"지학이는 죽었어. 저 사람은 과거의 남자야. 어디서 빌어먹든 돼지던 당신과는 이제 아무 상관이 없어."

"당신은 이해를 못 해요."

화가 나서 손에 저도 모르게 힘이 들어갔다. 여자를 아프게 하지 않으려 하자 손이 부들부들 떨린다.

"복수해 달라고 한 적 없어요."

"상관 안 해."

"왜 이렇게 잔인해요?"

"난 더 잔인해질 수 있어. 감히 넌 상상도 못 할 만큼."

"놔요."

방어적인 눈이었다. 단희가 처음 이곳에 들어왔을 때, 처음 서로의 얼굴을 대면했을 때 그녀는 이렇게 방어적이고 차가운 눈을 했었다. 날카롭고 빈 음성으로 귀찮다는 듯 모든 말에 대답했었다. 가까워졌다고 생각했는데 갑자기 너무나 멀었다. 다시 그 자리로 돌아가 있었다. 손에 쥐었다고 생각했는데 다시 팔을 뻗어도 잡을 수 없는 곳으로 가 버렸다. 달아나게 둘 수 없다. 흔들리는 것도 볼 수 없다. 여자는 그가 갖고 싶은, 그래서 손에 쥔 유일한 것이었다. 불안함이 고통스럽게 달음박질했다. 그는 그 감정을, 그 광기를 미친 듯이 좇아갔다.

"웃어."

"미쳤어요?"

"웃어."

단희가 발버둥 치며 그의 손을 쳐 내자 이번엔 두 손으로 여자의 턱을 꽉 잡았다. 단희의 눈에 눈물이 그렁그렁 맺혔다. 겁먹고, 화가 난 눈동자가 유리알처럼 흔들렸다.

사진 속의 여자는 행복해했다. 밝게 웃고 있었다. 저 형편없는 새끼 옆에선 그렇게 웃어 놓고 왜 내 앞에선 안 되지? 왜 저 개새끼의 치부는 다 감싸 줘도 난 안 되는 거지? 왜 저 남자에겐 모든 것을 다 주어 놓고 왜 내겐 벽을 세우지? 왜 온전히 나는 그 모든 걸 누릴 수가 없는 거야?

질투가 펄펄 끓어올랐다. 눈앞에서 다른 이의 편을 드는 그녀에게 배신감이 치솟았다. 여자를 부수고 차라리 모든 걸 다 삼켜 버리고 싶었다. 그 욕구가 너무 강해서 가슴속이 뒤틀렸다.

"나는 어떻게 해야 네 안으로 들어갈 수 있지?"

단희는 대답하는 대신 다시 그의 손을 뿌리치려 발버둥 쳤다. 주먹으로 그의 팔뚝을 쿵쿵쿵 내리쳤다. 꼬집고 할퀴어도 보았지만 도저히 물러서질 않았다.

억울함에 눈물이 방울방울 떨어졌다. 절망적이고 힘겨웠다. 가슴이 터질 것처럼 답답했다. 고집스럽게 치켜뜬 눈으로 그를 노려보는 것 말고 할 수 있는 게 아무것도 없었다.

"나는 당신을 위해 모든 걸 다 바치는데도, 모든 걸 다 하는데도 왜 난 온전히 당신을 가질 수가 없지?"

그의 말에 가슴이 쿵쿵쿵 뛰었다. 그 자리에 주저앉아 버리고 싶었다. 그의 간절함은 타올랐다가 한순간이면 사라질 감정이었다. 손에 쥘 수 없어서 애가 탈 뿐, 그의 강렬함은 영원하지 않다. 그가 펄펄 끓으면 끓을수록 단희는 더 아팠다. 쉽게 타오르는 불꽃이 얼마나 빨리, 얼마나 부질없이 사그라지는가. 그가 소유욕에 눈이 멀수록 불이 붙은 꽁지는 더 빠르게 타들어 가고 이별의 순간은 더 빨리 찾아올 것이다.

"당신은 머저리야."

흐느끼는 목소리에 강단이 있었다. 방울방울 눈물을 떨어트리면서 그의 눈길 한 번을 피하지 않았다. 그게 화가 날 정도로 눈이 부셨다.

"말했잖아요. 난 텅 비어 있다고. 그래서 줄 수 있는 것이 없다고."

"내가 말했지. 당신은 연기가 서툴다고."

그는 단희의 턱을 자신에게로 당겼다. 벌어진 그의 입술이 단희의 입술을 삼켰다. '헙' 하는 소리와 함께 단희의 거부 의사마저 그의 입 속으로 삼켜 들어갔다.

쿵쿵쿵 그의 가슴팍을 쳐 대고 밀어도 쇠로 만들어진 틀 안에 갇힌 것처럼 옴짝달싹할 수 없었다. 그와 입술을 맞대고 강제로 열린 입 안으로 혀가 밀려 들어오자 머리가 뱅뱅 돌고 그에게 옮아 붙은 것인지 발끝에서부터 머리끝까지 불기둥이 훨훨 타올랐다.

단희는 오스왈드의 입술이 자신에게서 떨어져 나가자마자 힘껏 남자의 뺨을 올려 쳤다. 피부끼리 부싯돌처럼 부딪치는 소리가 귓가에 아릴 정도로 매섭게 울렸다. 심장이 너무 쿵쾅거려 아플 지경이었다. 이렇게 처절하게 화가 나 본 적이 있을까. 남편과 언쟁을 할 때에도, 시어머니가 뺨을 후려쳤을 때도 이렇게 화가 나진 않았다. 온몸이 다 불타서 그대로 사라질 것 같아 사지가 부들부들 떨렸다. 숨이 막히고, 화가 나고, 그러한 자신이 무서웠다. 눈앞의 있는 남자가, 그 섬뜩하고 찬란한 아름다움이 무서웠다.

"널 사랑해."

벼락이 떨어졌다. 단희는 그 자리에서 두 쪽으로 조각났다. 숯덩이처럼 달아오른 심장이 욱신거렸다. 밟으면 잿가루가 될 것처럼 메말랐는데도 불꽃이 꺼지질 않았다.

망가지고 비틀린 남자의 눈은 광기와 절망이 얽혀 있었다. 단희는 그 뜨거움에서, 그 고통에서 멀어지고 싶었다. 여자는 덜덜 떨며 뒷걸음질을 쳤다. 철로 만든 동상처럼 서 있는 남자에게서 돌아선 뒤 단희는 그대로 사무실을 뛰쳐나왔다. 도망칠 수 없는 감정에서 그녀는 부질없이 도망쳤다.

◆ • • ● •

그는 복도에 쪼그려 앉아 두 손으로 머리카락을 움켜쥐고 있었다. 어깨가 들썩이고 숨소리가 거칠었다.

「오스왈드.」

걸음걸이만큼 나긋나긋한 목소리였다. 실크처럼 부드럽고 바닐라 아이스크림처럼 달콤해서 귓가에 스치는 것만으로도 황홀했다.

「못 하겠어요.」

그는 고개를 저으며 두 손 새로 머리를 더 깊이 묻었다. 여리고 어린 그의 어깨가 다친 새의 날개처럼 떨려 왔다.

「오스왈드.」

부드러운 음성, 서늘하면서도 향긋한 손길이 그의 턱을 위로 천천히 들었다. 돌덩이처럼 굳은 시야에 사파이어 같은 눈동자가 들어왔다.

여자는 관능적이고 아름다웠다. 그는 살면서 다시는 그처럼 아름다운 피조물을 볼 수 없을 것 같았다. 너무 눈이 부셔서, 너무나 신비로워서, 그는 여자의 발밑에 엎드려 그녀의 발등에 입이라도 맞추고 싶었다.

「난 당신을 사랑해요.」

「……」

「내가 원하는 건 당신뿐이에요.」

「……」

오스왈드가 손을 뻗자 여자는 뒤로 물러섰다. 그의 손끝은 여자의 드레스 자락에도 닿지를 못했다. 그의 얼굴이 절망적으로 구겨졌다.

「왜 난 당신을 만질 수조차 없나요?」

「내 아가.」

그녀는 가엽다는 듯 오스왈드의 뺨을 쓰다듬었다. 그 손길이 너무나 간절했다. 매일 눈을 뜨고, 눈을 감을 때까지 언제나 그 손길만을 상상했다. 너무 간절해서 닿는 것만으로도 그는 와르르 무너졌다. 너무 기쁘고 동시에 너무나 괴로웠다. 그는 여자의 손길에 완전히 매혹되었다. 고개를 돌려 향기 나는 보드라운 손끝에 입을 맞추려는 찰나 여자는 손길을 거두어 갔다.

「돌아가렴.」

여자는 방그레 웃어 보이고 문 안쪽으로 사라졌다. 또각또각. 힐 사이로 보이는 완벽하게 다듬어진 발톱이 쌩하니 그를 스쳤다. 매정하리만치 빠른 걸음. 애초에 저 여자가 자신에게 미련 따위를 둘 리가 없다. 필요로 하지 않는다. 어쩌면 원하지도 않는 걸까. 고통으로 타들어 가는 가슴이 욱신댔다. 이 열망을, 이 고통을, 이 마음을 전할 길이 아무 데도 없었다. 그녀를 따라 들어가야 했다. 손잡이를 잡고 문을 돌려야 했다. 그럼 날 사랑해 줄까? 그럼 만지는 것을 허락해 줄까? 그녀의 발끝에서 머리 끝까지 내가 입을 맞추며 숭배하는 것을 받아 줄까?

「가지 마.」

그는 고개를 들었다. 제 또래의 동양인 여자아이 하나가 고집스러운 눈을 하고 버티고 섰다. 몇 번 본 적이 있다. 흑단처럼 검은 머리카락, 백인보다 더 희고 깨끗한 피부를 지닌 동양인 여자아이. 세련되게 올라간 깊은 눈매가 인상적이었다. 그녀는 손에 칵테일 잔을 들고 자신을 깔보고 있었다.

「저 안으로 들어가면 넌 지는 거야.」

「…….」

「넌 영원히 발을 뺄 수 없어.」

그는 자리에서 일어섰다. 고통과 좌절로 범벅이 된 눈물을 닦아 내고 숨을 한 번 크게 들이쉬었다. 그는 문고리를 잡았다. 미친 듯이 갈망하는 건 하나뿐이다. 다른 건 어떻게 되어도 상관이 없었다. 오직 저 여자만, 오직 저 사람만 원한다. 그녀의 발밑에 엎드려서 여자를 만지고, 그 입술에 키스하고 온몸을 내던지고 싶었다. 브레이크가 고장 난 자동차처럼 그는 도저히 멈출 수가 없었다. 열린 문틈으로 어둡고 기괴한 음성들이 터져 나왔다. 그는 그 안에 자신의 영혼과 마음을 던져 넣었다.

◆ • • ● •

늘 버려지는 쪽이었다. 어릴 땐 의도치 않게 버려졌지만 어느 순간부터 그는 버려지는 쪽을 택했다. 두드리면 두드릴수록 견고해지는 쇠처럼 그는 그 아픔이 자신을 강하게 만들어 주는 것이라 믿었다. 그 과정을 즐겼다. 상대방이 두 손을 들고 나가떨어지면 카타르시스마저 느껴졌다. 그는 그 비틀린 광경들을 황홀하게 쳐다봤었다.

고장 난 자신에게 걸맞는 고장 난 광경. 엉망진창인 세계가 그의 전부였다. 그 안에 단희는 어디에도 맞지 않는 퍼즐이었다. 다 부서지고 망가진 그 세계 어디에도 그녀는 끼어 들어갈 자리가 없었다.

한때, 그는 레베카를 간절히 갈망했었다. 그 여자를 갖고 싶어서, 너무나 원해서 눈이 멀었다. 도덕이나, 사회적인 규범, 다른 사람의 시선 따윈 신경도 쓰이지 않았다. 그녀가 양아버지의 연인이었건, 델 래스 회장의 부인이었건 전혀 상관이 없었다. 오로지 그 여자. 오로지 그 여자의 손길, 그 여자의 입맞춤, 그 여자의 품만을 원했다. 가질 수 없기에, 더욱더 갈망했다. 그때는, 그것이 사랑이었다. 시간이 지나서 집착이 되고, 그 집착이 결국엔 지옥이 되었다.

다시 과거의 반복일까. 이 참을 수 없는 갈망은 결국 다시 나락으로 떨어지는 길일까. 그는 두려웠다. 결국 이것도 지옥이 될까 봐. 결국 다시 잘못된 길이 될까 봐.

단희는 레베카가 아니었다. 그녀는 선했다. 단희에게 맞은 뺨이 얼얼했다. 원망스럽게 쏘아보던, 겁에 질린 눈동자가 생각날 때마다 더 아팠다. 그럼 내가 어떻게 해야만 했을까. 다른 방법을 그는 알 수가 없었다.

똑똑똑.

세 번의 노크 소리 이후에 권우형을 병원으로 옮긴 제드릭이 방으로 들어왔다. 한바탕 전쟁이 지나간 이후 방은 무척 썰렁했다. 제드릭의 발자국 소리가 거슬릴 정도로 크게 울렸다.

「갈비뼈에 골절이 조금 있지만, 다행히 심각한 정도는 아니랍니다.」

오스왈드는 책상에 손을 짚어 체중을 싣고 한동안 가만히 서 있었

다. 눈을 천천히 감았다 뜨며 복잡하고 처참한 기분을 추스르고 있었
다.

제드릭은 오스왈드를 오랫동안 지켜봐 왔다. 무자비하고 잔인할 때
도 있지만 기본적으로 그는 냉철한 사람이었다. 만약 잔인해져야 한
다면 그건 반드시 그래야 할 때였다. 그런 그가 이성을 잃었다. 그가
이성을 잃는 경우는 정말로 드물었다. 적어도 그가 아는 한 오스왈드
가 지금처럼 이성을 잃은 경우는 없었다.

「퀸튼 씨.」

제드릭은 힘겨워 보이는 오스왈드를 쳐다보며 자신의 정장 단추를
매만졌다.

「회사 앞에…….」

오스왈드가 묻기 전에는 먼저 대답하지 않는 그였지만, 이번만은
그가 묻기 전에 먼저 대답을 했다.

단희는 멍하게 앉아 있었다. 허옇게 나오는 입김에 시야도 흐렸다.
핸드백 속에서 휴대폰이 진동했다. 단희는 얼어붙은 손을 한번 바지
락거리고 핸드백 속에 손을 넣어 휴대폰을 집었다.

"여보세요?"

헉헉거리는 숨소리가 한참 동안 들려왔고 단희는 표정이 없었다.

— 야, 너 그 새끼, 그 새끼 계속 만날 거야?

분에 못 이긴 권우형의 격앙된 목소리가 부르르 떨렸다. 지난번에
는 대뜸 너 남자 생겼냐며 묻더니, 그는 단희에게 궁금한 게 남자밖에
없는 모양이었다. 입술이 터지고 새파랗게 질린 그의 얼굴이 일순 머
릿속에 떠올랐다 이내 사라졌다.

"첫마디는 참 바뀌질 않는구나."

— 그 남자 진짜 위험해. 네가 감당할 수 있는 사람 아니야.

"당신 어머니한테 꼭 전해. 다시는 나 찾아오지 말라고. 그리고 당

신도 이젠 나 찾아오지 마."

— 야. 너 미쳤어? 할 말이 그것뿐이야?

"진작 이혼서류에 사인했으면 이런 일 없었잖아. 당신 어머니가 나
찾아와서 깽판만 안 쳤어도 그 사람 그렇게 길길이 날뛸 일 없었어."

— 그 새끼 괴물이야!

"말조심해."

— 너 그 새끼 역성 드냐?

"그 사람이 괴물이건 말건, 그게 그쪽이랑 무슨 상관이야."

— 어떻게 사과 한마디 없어? 사람 병신 만들어 놓고?

"씩씩대며 전화하는 걸 보니 살 만한 거 같은데 뭘."

— 뭐?

권우형의 성격을 누구보다 잘 안다. 그는 복잡한 것을 싫어하고
이기지 못하는 싸움을 시작하는 건 더 싫어했다. 자존심이 세지만
피아 구별은 아주 확실히 잘했다. 그렇기 때문에 사업을 계속하고
있는지도 몰랐다. 판단이 정확한 것. 그게 그가 가진 유일한 장점이
었다. 억울하고 힘들어도 오스왈드를 고소하거나 그에게 다시 싸움
을 걸진 않을 거다. 권우형은 결혼 문제만 빼놓고는 멍청한 사람이
아니니까.

"권우형."

— …….

"너는 나한테 정말 나쁜 남편이었지만 지학이에겐 좋은 아빠였어."

그가 지학이에게 나쁜 아빠였다면, 단희는 그 결혼 생활을 견디지
못했을 것이다. 자식에 대한 끔찍한 사랑. 아이와 함께 있는 그를 볼
때마다 단희는 그 그림이 완벽하다고 생각했다. 아이의 작은 손을 양
옆에서 마주 잡고 걸어갈 때면, 여자로서의 행복이 엄마로서의 행복
보다 더 중요하다고 생각되지 않았다. 오로지 그 그림만으로, 그 행복
만으로 단희는 5년을 견뎌 왔다.

"널 죽도록 미워할 때도 있었지만 반대로 널 죽도록 사랑한 때도 있었어. 너는 아이를 잃은 날 동정해 주지 않았지만, 나는 아이를 잃은 당신을 동정해. 당신이 행복했으면 좋겠어."

수화기 너머 말이 없었다. 아마 또 자신을 못난 남자로 만든다고 생각하고 있을 것이다. 아니면 사랑했고, 행복하길 원한다는 그 말이 그의 분노를 소강시켜 버렸는지도 모른다.

"내가 꼭 묻고 싶은 게 있었는데…… 우리 결혼 생활 하면서 당신 나 사랑했어?"

— …….

수화기 너머로 고집스러운 침묵이 이어졌다. 잠시 후 아주 작고 낮은 음성으로 그는 대답했다.

— 그러려고 노력했어.

단희는 숨을 크게 내쉬었다. 마음 깊이 안도감이 들었다. 결혼 생활 내내 느꼈던 고통이 이제야 명확해졌다. 사랑받지 못했다. 사랑하지 않는 여자를 사랑하려고 노력하는 남자를 지켜보는 것이 고통이었다. 사랑해 주지 못하는 사람에게 사랑을 구걸하는 비참함이 고통이었다. 그러니 그의 옆에 남아 있을 필요가 없었다. 도망치는 것이 당연했다. 그러니 그의 곁을 떠난 것에 죄책감을 느낄 필요는 없다.

— 유단희. 이건 정말 널 위해 하는 마지막 충고인데. 그 남자 옆에서 떨어져. 죽고 싶지 않으면.

"충고 고마워. 아이 유골 문제 잘 생각해 보고 연락 줘. 그리고 제발 잘 살아."

단희는 우형의 대답을 듣지 않고 곧바로 전화를 끊었다. 벌써 몇 대의 버스가 그녀의 앞에서 멈췄다가 다시 출발하고 있었다. 자동차가 쌩하고 바람을 가르며 지나가는 소리가 규칙적으로 반복해서 들려온다.

기껏 뛰쳐나온 곳이 회사 앞 정류소였다. 몇 대의 버스를 보내면서도 여자는 그 자리에 박제된 것처럼 옴짝달싹도 하질 않았다. 차가 지나칠 때마다 곱슬거리는 머리카락이 이리저리 휘날렸다.

오스왈드는 천천히 다가갔다. 여자의 유약해 보이는 등을 힘껏 안아 주고 싶기도 했고, 여자를 돌려세워 어깨를 미친 듯이 흔들어 대고 싶기도 했다.

그는 커다란 몸을 굽혀 단희의 옆에 앉았다. 알고 있는지 모르고 있는지 여자는 미동조차 없었다.

"나한테서 도망가려면 좀 더 멀리 갔어야지."

오스왈드는 단희의 옆얼굴을 한 번 쳐다보고 시선을 오가는 차들 사이에 흩뜨렸다.

"그래야 내가 다시 붙잡질 못하지."

"……."

"버스를 계속해서 그냥 보내더군. 여기서 뭐 하고 있는 거야."

"……."

"이렇게 앉아서 내게 시위라도 하는 건가. 사과라도 원해? 아니면 전남편을 찾아가 무릎을 꿇고 빌기라도 할까?"

"내게도 그럴 건가요?"

단희는 조용히 입을 열었다. 여전히 석상처럼 굳어 있어서 입가를 움직인 것은 맞는지 확인하기도 어려웠다. 다만 아주 또렷한 목소리였다.

"내가 당신을 거슬리게 하면, 나도 그런 식으로 고문할 건가요?"

오스왈드의 입이 한일자로 굳었다. 그는 다리를 꼬고 앉아 자신의 무릎 위에 손을 올리고 바지 깃을 천천히 문질렀다.

"그럴 일은 없어."

"어떻게 장담해요?"

"당신을 사랑하니까."

"사랑은 언젠가 식어요."

"날 전혀 이해하지 못하는군."

"당신은 날 이해해요?"

마침내 단희가 고개를 옆으로 돌렸다. 오스왈드가 천천히 여자의 눈을 들여다봤다. 깊게 침전되어 있는 금색 눈동자와 마주한 다갈색의 눈동자는 파리하게 흔들렸다.

"그는 내게 나쁜 남편이었지만 아이에겐 좋은 아빠였어요. 당신 말대로 그를 원망했지만 동시에 그를 동정하기도 했어요. 그에게 벗어나고 싶은 만큼 그가 행복해지길 바래요. 내 행복을 위해 그 사람의 불행을 대가로 받고 싶진 않아요."

"그 사람들은 당신을 무시했어. 널 때리고 널 아프게 했잖아. 그걸 내가 참고 있었어야 해?"

"갈비뼈를 부러뜨릴 필요까진 없었잖아요."

"안 부러뜨렸어. 그냥 금만 가게 했어."

단희는 입을 벌렸다. 그게 할 말이야?

"난 잔인한 사람이야. 알잖아. 난 한순간도 당신에게 그걸 숨긴 적이 없어. 그러니 몰랐던 것처럼 굴지 마."

그는 머리를 긁어 올렸다.

"당신을 위해 그랬단 변명은 안 해. 날 위해 그랬어. 그 자식이 전남편이란 타이틀을 내세워서 당신 옆에 얼쩡거릴까 봐 그랬어. 그 남자가 당신에게 특별한 게 싫어. 둘 사이에 내가 모르는 유대감이 있는 것도 싫어. 나는 모르는 걸 그 자식이 아는 건 더더욱 싫어."

"우린 끝난 사이예요."

"여전히 그를 '우리'라고 칭하잖아."

"……그 남자랑 나는 끝난 사이예요."

"아이가 있었잖아."

"……."

"당신은 그 아이를 끔찍하게 사랑하고, 그 감정을 그 자식과 공유하고 있잖아. 여전히! 나는 그걸 못 참겠어."

오스왈드는 괴로운 눈을 돌렸다. 다시 감정이 뜨겁게 데워져 그걸 삭이느라 그는 잠시 말을 멈췄다.

"난 많은 걸 갖고 있는 것처럼 보이지만 실은 아무것도 갖고 있질 않아. 내가 원해서 손에 쥔 건 오로지 당신 하나야. 많이 원할수록, 많이 갈구할수록 난 파괴적으로 변해. 당신이 날 밀어 낼수록 난 더 미쳐 갈 거야. 이게 나야. 나는 다른 방법을 몰라."

그가 다시 단희의 눈을 바라보았을 때, 그는 다시 낮게 가라앉아 있었다.

"당신은 내가 당신을 떠날 것이 두렵다고 했지만 사실 그 반대야. 우리에게 있는 모든 패는 당신이 쥐고 있어. 결국 모든 건 당신이 원하는 대로 될 거야. 결정은 당신이 하는 거야."

그는 주먹을 꽉 말아 쥐었다.

"말해. 날 떠날 거야?"

심장이 타들어 갔다. 손을 뻗으면 레베카가 그랬던 것처럼 옷깃도 스치지 못할 만큼 멀리 물러서 버릴 것만 같았다. 그러니 잡아선 안 된다. 그녀를 더 멀리 도망치게 두어서도 안 된다. 레베카는 그의 고통을 즐겼다. 그가 고통스러워할수록 레베카는 더 행복해했다. 그런 식의 사랑 말고는 배운 적이 없다. 그래서 이 여자를 어떻게 대해야 할지 모르겠다.

그녀를 잡으려면 어떻게 해야 할까. 발밑에 엎드려 그녀의 발등에 키스하는 걸 허락해 줄까. 애정을 구걸하는 것을, 그녀는 허락해 줄까. 내가 열 수 있는 문이 있을까. 그 안에 무엇이 있든, 들어가길 허락해 줄까. 다시 엉망진창이 되어도 좋았다. 그렇게 해서 가질 수 있으면 갖고 싶었다. 하지만 그러려면 대체 어떻게 해야 하는 걸까.

"불타고 있는 것처럼 보였어요."

"뭐?"

"온몸이 불에 타고 있는 것처럼 보였어요."

그는 펄펄 끓고 있었다. 화마에 삼켜진 채 그곳에서 벗어날 생각조차 하지 않고 그는 그 불꽃 사이에 서 있었다. 온몸이 타들어 갈 듯한 작열통을, 보는 사람마저 느끼는데 그걸 본인이 느끼지 못할 리가 없었다.

"당신은, 당신을 태우는 게 즐거워요? 그 고통이 재밌어요?"

"……."

"당신이 어떤 사람인지 모르겠어요."

많은 여자들이 했던 질문이었다. 어떤 사람인지, 심장이란 게 있긴 한지, 사랑이란 걸 할 줄은 아는지. 그때마다 그는 웃었다. 그가 웃고 여자가 울면, 그 관계는 결국 파국으로 치달았다. 그 질문을 다시 단희에게 듣고 있었고 그는 이제 웃을 수가 없었다.

"그런 식으로 자신을 불태우면 결국 텅텅 비어 있게 될 거예요."

"그럼 네가 채워 줘."

오스왈드는 서둘러 덧붙였다.

"그냥 당신 눈앞에 있는 사람, 지금 눈앞에 보이는 내가 나야. 엉망진창으로 망가진 나도, 스스로를 태우는 나도, 텅 비어 있는 나도, 모두가 다 나야. 당신은 가진 게 아무것도 없다고 하지만 난 그 말 안 믿어. 당신이 날 만지고, 날 안고, 내 이름을 부르면 난 채워져. 난 당신에게 흘러 들어가고 싶어. 어쩌면 내가 당신을 다 채워 버리고 싶은지도 몰라."

꼿꼿하게 앉아서 단정한 어조로 말한다. 깜빡거리는 눈은 낮게 잠겨 있었고 뱉은 말에는 망설임이 없다. 그는 여전히 강했다. 너무 강해서 그대로 부러질 것만 같았다. 감싸 안기에 남자는 너무 컸다. 그러려면 단희는 훨씬 더 커져야 했다. 그게 가능할까. 내가 다시 그렇게 할 수 있을까? 다시 그만큼 나를 키울 수 있을까. 그 두려움을 다 떨쳐 버릴 수 있을까? 다시 그렇게 맹목적일 수 있을까?

"해님과 바람 이야기 알아요?"

해님과 바람? 오스왈드가 눈을 좌우로 움직였다. 나그네 옷 벗기는…… 그 이야기인가?

"알아."

"나한테 바람이 되려고 하지 말아요. 그럼 난 웅크릴 거예요."

"……."

"나한테 해님이 되어 줘요. 내가 모든 걸 다 벗어 버릴 수 있게요."

단희는 추위로 붉어진 눈을 끔뻑거렸다.

"난 빠르게 불타고 빠르게 식어 버리는 건 싫어요. 그러니까 온도를 좀 낮춰요. 아주 천천히 타올라서 아주 천천히 식고 싶어요."

"……."

"해 줄 수 있어요?"

"……널 사랑해. 네가 원하는 건 뭐든지 할 거야."

단희는 추위에 코를 훌쩍이다가 그의 얼굴로 차가워진 손가락을 뻗었다.

"만지지 마."

그러자 그가 차갑게 굳은 얼굴로 경고했다. 그는 곧 터지기 직전의 활화산처럼 보였다. 그런데 이번에는 전혀 겁나지 않았다. 오히려 서러움을 꾹 참고 서 있는 어린아이처럼 보였다.

"날 만지면, 너한테 키스할 거야."

아무에게도 들키고 싶지 않다고 했었다. 오스왈드는 그런 단희의 의견을 존중했지만, 지금 여기, 이 길 한복판에서는 그걸 존중해 줄 수가 없을 것 같아 그는 엄하게 경고했다. 단희는 일정한 속도로 손을 움직였다. 두려움도 망설임도 없이 그의 볼에 손을 올렸다.

"추워서 그래요. 이제 불 좀 때 봐요."

그는 참지 않고 단희를 당겨 품에 안았다. 여자의 입술을 찾아 포개고 입술을 핥고 빨았다. 여자의 입가. 뺨, 코끝. 광대뼈, 눈두덩이, 이

마, 그는 틈 없이 입맞춤을 퍼붓고 여자를 으스러지게 품에 당겨 안았다. 그녀의 목덜미에 얼굴을 묻고 그는 힘껏 체취를 들이마셨다. 그 향기가 미풍처럼 오스왈드의 공포를 녹였다. 얼어붙었던 것들이 흔적도 없이 녹아 버렸다. 알려 주었으면 좋겠다. 어떻게 해야 이 여자를 행복하게 해 줄 수 있는지. 어떻게 해야 행복하게 사랑하는 것인지. 처음부터 모든 것을 다 제대로 해 보고 싶다.

〈2권에서 계속〉

 헤아릴 수 없는

초판 2쇄 찍음 2017년 4월 10일
초판 2쇄 펴냄 2017년 4월 17일

지은이 피숙혜
펴낸이 정 필
펴낸곳 (주)뿔미디어

편집장 박경희
기획 · 편집 박경희, 김수정, 이유나

출판등록 2002년 9월 11일 (제1081-1-132호)
주소 경기도 부천시 원미구 소향로 17, 303(두성프라자)
전화 032)651-6513 팩스 032)651-6094
E-mail bbulmedia@hanmail.net
비북스 http://b-books.co.kr

ISBN 979-11-315-7848-3 04810
ISBN 979-11-315-7847-6 04810 (SET)